당신이
남겨두고 간
소녀

THE GIRL YOU LEFT BEHIND

당신이 남겨두고 간 소녀

★

조조 모예스 지음
송은주 옮김

살림

Part I

1

생페론
1916년 10월

음식 꿈을 꾸고 있었다. 바삭바삭한 바게트, 오븐에서 갓 구워
내 아직도 김이 나는 하얀 빵의 속살과 접시 끝까지 퍼져나가
는 잘 익은 치즈. 그릇에 높이 쌓아 올린 포도와 자두, 멀리까
지 퍼지는 진하고 향기로운 냄새. 손을 뻗어 하나를 집으려는
순간, 여동생이 나를 말렸다. 나는 웅얼거렸다. "치워. 나 배
고파."

"언니, 일어나."

그 치즈를 맛볼 수도 있었다. 프랑스 남동부 지방의 치즈인
르블로숑을 따뜻한 빵 조각 위에 발라 한입 가득 베어 물고 포
도를 입에 넣을 참이었다. 벌써 그 진한 달콤함이 느껴지고 풍
부한 향이 코끝에 감도는 듯했다.

그러나 동생의 손이 다시 내 손목을 잡으며 가로막았다. 접
시들이 사라지고 냄새가 희미해져갔다. 그쪽으로 손을 뻗었지
만 음식들은 비누 거품처럼 터지기 시작했다.

"언니."

"뭐?"

"아우렐리앙이 잡혀갔어!"

나는 옆으로 돌아누워 눈을 깜박거렸다. 동생은 추위를 막기 위해 나처럼 면으로 된 보닛을 쓰고 있었다. 희미한 촛불 빛 속에서 본 동생 얼굴은 핏기 없이 창백했고 눈은 충격으로 휘둥그레졌다. "아우렐리앙이 잡혀갔다니까. 아래층이야."

정신이 맑아지기 시작했다. 아래쪽에서 여러 명이 고함치는 소리가 들려왔다. 돌을 깐 마당에 목소리가 울리고 암탉들이 닭장에서 꼬꼬댁거리며 울었다. 짙은 어둠 속에서 공기는 불길하게 떨렸다. 나는 몸을 일으켜 침대 위에 앉아 가운 자락을 여민 후, 침대 옆 탁자의 촛불을 간신히 켰다.

동생 옆을 지나 휘청거리며 창가로 갔다. 안뜰을 내려다보니 자동차 헤드라이트가 군인들의 모습을 비추고 있었다. 남동생은 머리를 양팔로 감싼 채로 개머리판 세례를 피하려 애쓰고 있었다.

"어떻게 된 거야?"

"그들이 돼지에 관해서 알고 있어."

"뭐라고?"

"슈엘 씨가 우리를 밀고한 게 틀림없어. 그들이 외치는 소리를 내 방에서 들었어. 돼지가 어디 있는지 말하지 않으면 아우렐리앙을 끌고 가겠대."

"그 애는 아무 말도 하지 않을 거야." 내가 말했다.

우리는 동생의 비명에 움찔했다. 여동생의 모습을 제대로 알아보기가 힘들었다. 스물네 살이었지만 그보다 스무 살은 더 먹은 것처럼 보였다. 동생과 똑같은 두려움이 내 얼굴에도 나타나 있을 것이다. 이것이야말로 우리가 줄곧 두려워해왔던 일이었다.

"사령관도 데려왔어. 그들이 돼지를 찾아내면……." 엘렌이 겁에 질려 갈라진 목소리로 속삭였다. "우리를 몽땅 체포할 거야. 아라스에서 무슨 일이 있었는지 언니도 알지? 우리를 본보기로 삼을 거야. 아이들은 어떻게 될까?"

심장이 마구 쿵쾅거리면서 아우렐리앙이 말을 해버릴지 모른다는 두려움에 정신이 아득해졌다. 어깨에 숄을 두르고 까치발로 창가까지 가 마당을 엿봤다. 사령관까지 온 것으로 보아 이번 일은 분명 그저 술 취한 군인들이 몇 차례 을러대고 두들겨 패서 욕구불만이나 해소하려는 게 아니었다. 우리는 정말로 곤란해졌다.

"그들이 돼지를 찾아낼 거야, 언니. 오래 걸리지도 않을걸. 그러면……." 엘렌의 목소리가 두려움에 질려 높아졌다.

아무 생각이 나지 않았다. 눈을 감았다. 그리고 다시 떴다. 내가 입을 열었다. "아래층으로 내려가. 아무것도 모른다고 해. 아우렐리앙이 무슨 잘못을 저질렀느냐고 물어봐. 사령관에게 말을 걸어서 주의를 딴 데로 돌려. 군인들이 집 안으로 들어오기 전에 조금만 나에게 시간을 벌어줘."

"어떡하려고?"

나는 동생의 팔을 꼭 잡았다. "가. 하지만 그들에게 아무 말도 해서는 안 돼, 알아듣겠지? 다 모른다고 잡아떼."

엘렌은 망설이다가 잠옷 자락을 휘날리며 복도로 뛰어나갔다. 철저히 혼자가 된 기분을 그 잠깐 동안만큼 뼈저리게 느껴본 적이 없었다. 공포가 목을 죄어왔다. 가족의 운명이 나를 내리누르는 무게를 느꼈다. 아버지의 서재로 달려가 큰 책상 서랍을 열었다. 낡은 펜, 종잇조각, 망가진 시계 부품, 오래된 지폐 등을 바닥에 내던지며 안을 뒤졌다.

천만다행히도 드디어 찾던 것을 발견했다. 아래층으로 달려가 지하 저장고 문을 열고 차가운 돌계단을 뛰어 내려갔다. 어둠 속에서도 흔들리는 촛불 빛이 필요 없을 만큼 한 발 한 발 단단히 내디뎠다. 뒤쪽 지하 저장고의 무거운 걸쇠를 들어 올렸다. 예전에는 맥주통과 좋은 와인이 가득 쌓여 있던 곳이다. 빈 술통 하나를 옆으로 굴리고 무쇠로 만든 낡은 제빵용 오븐문을 열었다.

아직 한참 더 자라야 할 새끼 돼지가 졸음에 겨워 눈을 끔벅였다. 돼지는 몸을 일으켜 짚자리에서 나를 내다보며 꿀꿀거렸다.

돼지 얘기 전에 하지 않았던가? 지라르 아저씨의 농장이 징발당할 때 돼지를 빼돌렸다. 돼지는 독일군 트럭 뒤칸에 실린 돼지우리에서 하느님이 주신 선물처럼 빠져나와, 난리통 속에서 프왈란 할머니의 풍덩한 치마 속으로 순식간에 사라졌다. 돼지가 우리 모두 먹을 수 있을 만큼 자라기를 바라면서 우리는 몇 주 동안 도토리와 음식 찌꺼기로 살을 찌웠다. 르코크루주 호텔의 주민들은 바삭바삭한 껍질, 육즙이 풍부한 돼지고기 생각으로 지난달을 버텼다.

밖에서 다시 남동생의 비명이 들렸다. 여동생의 다급한 목소리도 들렸다. 곧 독일 장교의 거친 목소리가 여동생의 말을 끊었다. 돼지는 이미 제 운명을 안다는 듯이, 다 이해한다는 듯 영리한 눈으로 나를 쳐다보고 있었다.

내가 속삭였다. "정말 미안해, 우리 꼬마. 하지만 이 길밖에 없단다." 그리고 손을 내밀었다.

서둘러 밖으로 나왔다. 미미를 깨워서 조용히 따라오라는 말만 해줬다. 미미는 지난 몇 달 동안 이런 경우를 하도 많이 보아서 묻지도 않고 순순히 따랐다. 미미는 아기 동생을 안고 나를 힐끗 보더니 침대에서 미끄러져 나와 내 손을 잡았다.

겨울이 다가오고 있었다. 공기는 상쾌했고 저녁에 잠깐 불을 피웠던 탓에 나무 탄내가 감돌았다. 나는 돌로 된 아치형의 뒷문 너머로 사령관을 보고 잠시 망설였다. 그는 우리가 잘 알며 경멸하는 베커 사령관이 아니었다. 그는 더 늘씬하고 면도를 깨끗이 한 무표정한 얼굴로 우리를 주시하고 있었다. 어둠 속이었지만 그의 태도에서 나를 두렵게 만드는 야수 같은 무지함보다는 지적인 분위기를 느낄 수 있었다.

이 새로운 사령관은 생각에 잠긴 채로 우리 집 창문을 뚫어져라 바라보고 있었다. 이 건물이 독일군 고위 장교들이 숙소로 쓰고 있는 푸리에 농장보다 임시 숙소로 더 적당하지 않을까 생각하는 중일지도 몰랐다. 우리 건물이 고급스러워서 마을 전체를 휘두르기에 유리하다는 사실을 아마도 알았을 것이다. 마을에서 잘나가는 호텔이던 시절부터 말들을 위한 마구간과 열 개의 침실을 갖추고 있었다.

엘렌이 자갈길 위에서 아우렐리앙을 팔로 감싸고 있었다.

부하들 중 한 명이 소총을 쳐들었지만 사령관이 손을 들었다. "일어나라." 그가 명령했다. 엘렌은 힘겹게 뒤로 몸을 움직여 동생에게서 떨어졌다. 공포로 팽팽하게 굳은 동생의 얼굴이 보였다.

미미가 엄마를 보면서 내 손을 힘주어 꽉 잡는 것을 느꼈다. 심장이 목구멍으로 튀어나올 것 같았지만 나 역시 손을 꼭 마주 잡아줬다. 그리고 잽싸게 걸음을 옮겼다. "도대체 이게 무슨 일이에요?" 내 목소리가 마당에 울려 퍼졌다.

사령관이 내 말투에 놀라 내 쪽으로 시선을 던졌다. 젊은 여자가 치맛자락에 엄지손가락을 빠는 아이를 달고, 강보에 싼 아기를 또 하나 품에 끌어안고 농가 안마당으로 이어진 아치형 입구로 들어오고 있었던 것이다. 내 잠자리 모자는 약간 비뚤어졌고, 흰색 면 잠옷은 이제 너무 낡아서 속살이 비칠 지경이었다. 나는 거의 귀에 들릴 만큼 심하게 뛰는 심장 고동 소리가 그에게 들리지 않기만 기도했다.

나는 그에게 직접 말했다. "우리가 무슨 잘못을 했다고 지금 사령관님 부하들이 벌을 주고 있는 건가요?"

그는 고향을 떠난 이후로 여자가 이런 식으로 자기에게 말하는 것은 처음 들어봤을 것이다. 조용해진 안뜰은 충격에 빠졌다. 두 동생은 나를 더 잘 보려고 땅바닥에서 간신히 몸을 일으켰지만, 이러한 반항이 우리 모두에게 어떤 결과를 가져올지는 너무나 잘 알고 있었다.

"당신은……?"

"르페브르 부인이에요."

내가 결혼반지를 끼고 있는지 확인하는 모습을 볼 수 있었다. 사실 군이 그럴 필요는 없다. 우리 동네 여자 대다수가 그렇듯 나도 오래전에 먹을 것을 구하느라 팔아버렸으니까.

"부인. 당신들이 불법으로 가축을 숨겨두고 있다는 정보가 들어왔소." 점령 지역에 이전에도 주둔한 적이 있었는지 그의 프랑스어는 그런대로 괜찮았고 목소리도 차분했다. 예기치 못한 상황에 당황할 남자는 아니었다.

"가축이라고요?"

"믿을만한 소식통이 당신네가 집 안에 돼지를 키우고 있다고 알려줬소. 가축을 당국에 내놓지 않으면 적발 시 투옥된다는 것을 알고 있을 텐데."

나는 그의 시선을 맞받아 쏘아봤다. "그런 사실을 알려준 사람이 누구인지도 분명히 알지요. 슈엘 씨 맞지요?" 내 뺨이 새빨갛게 달아올랐다. 어깨 위로 길게 땋아 늘어뜨린 머리카락 끝까지 전기가 통하는 듯한 기분이었다. 머리카락이 목덜미를 따끔따끔 찔렀다.

사령관이 부하들 중 한 명에게 돌아섰다. 부하가 시선을 옆으로 피하는 것으로 보아 내 말이 맞았다.

"사령관님, 슈엘 씨는 적어도 한 달에 두 번은 여기 찾아와서 남편이 없는 우리 상황을 두고 자기의 특별한 위안이 필요하다고 설득하려 합니다. 자신이 베풀고자 하는 친절을 우리가 받아들이려 하지 않으니까 헛소문을 퍼뜨리고 우리 목숨을 위협해서 앙갚음을 하려는 겁니다."

"소식통이 믿을만하니까 당국에서 나선 것이오."

"사령관님, 이렇게 직접 오셨으니 이제 사실이 아니라는 것을 아시겠군요."

그는 꿰뚫을 듯한 눈빛으로 나를 노려봤다. 그는 뒤로 돌아서 집 문 쪽으로 걸어갔다. 나는 뒤처지지 않으려고 애쓰느라 치맛자락을 밟을 뻔하면서 그의 뒤를 쫓아갔다. 그에게 그처럼 대담하게 말을 한 것만으로 범죄행위가 될 수 있다는 사실을 알고 있었다. 그러나 그 순간에는 더 이상 아무것도 두렵지 않았다.

"우리를 보세요, 사령관님. 우리가 쇠고기나 양고기나 돼지고기를 구워서 잔치라도 벌일 것처럼 보이나요?"

그는 고개를 돌려 잠옷 소매 밖으로 삐져나온 내 야윈 손목을 힐끗 봤다. 나는 지난 한 해 동안에만 허리가 2인치 줄었다.

"호텔 보상금 덕분에 피둥피둥 살이 찌기라도 했나요? 암탉 스무 마리 중에서 이제 겨우 세 마리 남았어요. 세 마리 남겨두고 먹이는 것도 사령관님 부하들이 달걀을 가져가게 하기 위해서예요. 그럴 동안 우리는 독일 당국이 음식이랍시고 주는 것을 먹고 살아요. 양이 계속 줄어가는 고기와 밀가루, 너무 형편없어서 가축에게도 먹이지 못할 모래와 겨로 만든 빵이라고요."

그는 판석에 발걸음 소리를 울리며 뒤편 복도를 빠져나가던 중이었다. 그리고 잠깐 주저하더니 술집 안을 통과해 걸어가면서 뭐라고 명령을 내렸다. 어디선가 군인 한 명이 나타나 그에게 램프를 건넸다.

"아기들에게 줄 우유도 없고, 아이들은 배고파서 울고 있어요. 우리는 영양 부족으로 병들었고요. 그런데 오밤중에 나타나서 여자 둘을 겁에 질리게 만들고, 죄 없는 아이를 잔인하게 다루고, 우리를 때리고 협박하다뇨. 부도덕한 남자한테서 우리가 잔치판을 벌일 거라는 소문만 듣고서요?"

내 손이 덜덜 떨렸다. 그는 아기가 꿈틀대는 것을 보았다. 그제야 내가 너무 긴장해서 아기를 너무 꽉 껴안고 있었음을 깨달았다. 나는 뒤로 물러서서 숄을 고쳐 쓰고 아기를 얼렀다. 그러고는 고개를 들었다. 내 목소리에서 비통함과 분노를 숨길 수가 없었다.

"자, 우리 집을 뒤져 보세요, 사령관님. 온통 다 뒤집어서 아직 망가지지 않은 것이 조금이라도 남아 있다면 다 망가뜨리세요. 별채도 다 뒤지시고요. 부하들이 마음에 드는 것을 아직 쓸어가지 않은 게 있다면요. 그 있지도 않은 돼지를 찾는다면 부하들이 그것으로 포식하기를 바라요."

나는 그가 예상치 못했을 만큼 오래 그의 시선을 맞받았다. 창 너머로 여동생이 아우렐리앙의 상처에서 흐르는 피를 치마로 닦으며 흐느끼는 모습이 보였다. 독일 군인들이 그들 위로 굽어보고 서 있었다.

이제 눈이 어둠에 익숙해져서 사령관이 곤란해하는 기색을 볼 수 있었다. 그의 부하들은 어찌할 바를 모르는 눈빛으로 그가 명령을 내리기만 기다리고 있었다. 그는 우리 집을 샅샅이 다 뒤지고 내가 놀랍도록 분노를 터뜨린 벌로 우리 모두 체포하라고 지시할 수도 있었다. 그러나 나는 그가 슈엘 씨와 자신이 잘못 판단한 깃은 아닌지 생각하고 있는 중임을 알았다. 그는 자신이 잘못을 저질렀다 해도 개의치 않고 넘어갈 수 있는 부류의 사람이 아닌 듯했다.

에두아르와 포커 게임을 하던 시절, 그는 웃음을 터뜨리며 내 얼굴에는 진짜 감정이 전혀 드러나지 않아서 도저히 이길 수가 없다고 했었다. 나는 이제 그 말을 다시 떠올렸다. 이건 내가 지금껏 해본 게임 중에서 가장 중요했다. 사령관과 나. 우리는 서로를 노려봤다. 잠시 온 세상이 우리 주위에서 멈춘 듯한 기분이 들었다. 멀리서 총 덜거덕거리는 소리, 여동생의 기침 소리, 비쩍 마른 우리 불쌍한 암탉들이 닭장에서 뒤척이는 소리가 들려왔다. 그와 내가 서로 마주한 채 진실을 놓고 도박을 벌이면서 소리는 점점 희미해졌다. 내 심장 뛰는 소리가 귀에 들릴 지경이었다.

"이건 뭐요?"

"뭘요?"

그가 램프를 들어 올리자 희미한 불빛 속에 빛나는 것은 결혼 초기에 에두아르가 그려준 내 초상화였다. 탐스러운 머리숱을 어깨까지 늘어뜨리고, 화사하게 피어난 맑은 피부에 사랑받는 사람의 차분한 태도로 앞을 응시하는, 결혼 첫해의 내가 있었다. 나는 숨겨두었던 그림을 몇 주 전에 꺼내 왔다. 그러고는 여동생에게 내 집에서 내가 무엇을 보아야 하는지까지 독일군이 결정하게 놔두지는 않겠다고 말했었다.

그는 좀 더 잘 보려고 램프를 약간 더 높이 쳐들었다.

"그림을 거기 걸면 안 돼, 언니." 엘렌이 경고했었다.

"곤란한 일이 생길 거야."

그는 그림에서 눈을 떼기가 힘들다는 듯이 겨우 나에게로 돌아섰다. 얼굴을 보고 다시 그림을 봤다. "남편이 그린 거예요." 왜 그 말을 해야겠다고 느꼈는지는 나도 모르겠다.

어쩌면 그것은 나의 분노가 정당하다는 확신에서 나왔는지 모른다. 그림 속의 여자와 그의 앞에 선 여자 사이의 명백한 차이 때문이었는지도 모른다. 내 발치에 서서 울고 있는 금발머리 아이가 이유였는지 모른다. 아니면 이 점령 지역에 들어온 지 2년이 된 사령관조차 사소한 범행으로 우리를 들볶는 데 진력이 났을 수도 있다.

그는 잠시 더 그림을 바라봤다.

"이 정도면 서로 이해한 것 같소, 부인. 우리 대화는 끝난 게 아니오. 하지만 오늘 밤에는 더 이상 당신을 괴롭히지 않겠소."

그는 내 얼굴에 숨기지 못하고 떠오른 놀란 기색을 놓치지 않았다. 그가 그것으로 만족했음을 알았다. 어쩌면 내가 이제 끝장이라고 믿고 있었음을 안 것으로 충분했을지 모른다. 이 남자는 영리하고 섬세했다. 경계해야 할 상대였다.

"이봐."

부하들은 그의 말에 복종하여 자기들의 차량 쪽으로 걸어 나갔다. 헤드라이트가 군복 실루엣을 비췄다. 나는 그의 뒤를 문밖까지 따라갔다. 내가 마지막으로 들은 그의 목소리는 운전병에게 읍내로 가자고 명령하는 소리였다.

우리는 군용차량이 헤드라이트로 울퉁불퉁한 바닥을 따라 길을 더듬어 도로로 다시 나갈 동안 기다렸다. 엘렌은 덜덜 떨기 시작했다. 아우렐리앙은 어린애처럼 눈물을 흘린 것이 부끄러워 미미의 손을 잡고 어색하게 내 옆에 서 있었다. 나는 엔진 소리가 완전히 들리지 않을 때까지 기다렸다. "다쳤니, 아우렐리앙?" 머리를 만져봤다. 살에 상처가 나 있었다. 멍도 들었다. 무장도 하지 않은 소년을 공격하다니.

동생이 움찔했다. "아프지 않았어. 그놈들이 무섭지 않았다고."

"사령관이 언니를 체포할 줄 알았어. 우리 다 체포당하는 줄 알았다니까." 여동생이 말했다. 엘렌이 그렇게 마치 광대한 심연의 가장자리를 기우뚱거리며 걷고 있는 것 같이 보일 때면 두려워졌다. 그녀는 눈물을 훔치고 억지로 미소를 지으며 쭈그리고 앉아 제 딸을 껴안았다. "바보 같은 독일놈들. 우리한테 잔뜩 겁을 줬어. 그렇지 않아? 겁을 먹다니 엄마 바보 같지."

아이는 말없이 엄숙한 태도로 제 엄마를 살폈다. 가끔 미미가 다시 웃는 모습을 볼 날이 오기는 할까 걱정이 됐다.

"미안해. 이제는 다 괜찮아. 안으로 들어가자꾸나. 미미, 몸이 따뜻해지게 우유 좀 줄게." 그녀는 피 묻은 가운에 손을 문질러 닦은 후 아기를 받으려고 내 쪽으로 손을 내밀었다. "내가 장을 데려가도 되지?"

그제야 얼마나 무서운 상황이었는지 깨달았다는 듯이 경련하듯 부들부들 몸이 떨려오기 시작했다. 다리에 땀이 배어나오고 자갈 속으로 힘이 빠져나가는 듯했다. 당장이라도 주저앉고 싶었다. 내가 말했다. "그래. 그러렴."

팔을 뻗던 여동생이 작게 비명을 질렀다. 밤공기에 노출되지 않도록 잘 싸맨 담요 밖으로 비쭉 튀어나온 것은 새끼 돼지의 분홍색 털투성이 주둥이였다.

"장은 위층에서 잠들었어." 내가 말했다. 나는 벽을 손으로 짚고 몸을 지탱했다. 아우렐리앙이 어깨 너머로 넘겨봤다. 다들 돼지를 쳐다봤다.

"세상에."

"죽은 거야?"

"클로로포름을 썼어. 아버지 서재에 아버지가 나비 채집하러 다니던 시절에 쓰던 병이 있던 게 기억나서. 깨어날 거야. 하지만 어딘가 돼지를 숨겨둘 곳을 찾아야 해. 그들이 돌아올 테니까. 또 올 게 뻔하잖아."

좀처럼 웃지 않는 아우렐리앙도 기쁨의 미소를 천천히 떠올렸다. 엘렌이 허리를 숙여 마취된 작은 돼지를 미미에게 보여주자 그들은 활짝 웃었다. 엘렌은 마치 자기가 지금 잡고 있는 것을 믿을 수가 없다는 듯이 한 손으로는 제 얼굴을 감싸 쥐고 돼지 코를 계속 만지작거렸다.

"군인들 앞에서 돼지를 안고 있었다고? 그들이 여기 왔는데 언니는 그들 코앞에 돼지를 들고 있었단 말이야? 그러고는 그들에게 여기에 왜 왔느냐고 호통을 쳤단 말이지?" 그녀가 믿을 수 없다는 목소리로 말했다.

"그놈들 주둥이 앞에서." 아우렐리앙이 예전의 으스대는 태도를 어느 정도 갑자기 되찾은 듯 소리쳤다. "허! 누나가 그놈들 주둥이 앞에서 돼지를 안고 있었다니."

나는 자갈길 위에 앉아서 웃기 시작했다. 피부가 싸늘해질 때까지 웃었다. 나중에는 웃는지 우는지도 분간이 안 갔다. 남동생은 내가 히스테리에 빠질까 봐 겁이 났는지 내 손을 잡고 나에게 몸을 기댔다. 열네 살이지만 가끔은 사내처럼 발끈했고 가끔은 어린애처럼 저를 달래줄 것을 찾았다.

엘렌은 아직도 골똘히 생각에 잠겨 있었다. "내가 알았더라면…… 언니는 어떻게 그렇게 용감할 수가 있었어? 언니! 누가 언니를 이렇게 만들었어? 우리 어릴 때 언니는 생쥐 같았는데. 생쥐!"

그 답은 나도 알 수가 없었다.

다시 집 안으로 들어와 엘렌은 우유를 덥히느라 부산스러웠다. 아우렐리앙이 가엾게도 두들겨 맞은 얼굴을 씻고 있을 동안 나는 초상화 앞에 섰다.

그 소녀, 에두아르가 결혼했던 소녀가 이제 더는 내가 알아볼 수 없는 표정으로 나를 바라보고 있었다. 그는 그 누구보다도 훨씬 더 전에 나에게서 그것을 보았다. 그림 속 소녀는 표정으로 만족감을 주고받는 것이 무엇인지 알고 있음을 드러내고 있었다. 자부심을 말하고 있었다. 그의 파리지앵 친구들이 여점원이었던 나와 사랑에 빠진 그를 이해하지 못했을 때도, 그는 이미 나에게서 그것을 보았으므로 그저 웃기만 했다.

내가 오로지 그로 인하여 그 사실을 발견했다는 것을 그가 이해했는지는 결코 알 수 없었다.

거기 서서 초상화를 쳐다보면서, 잠깐 동안 그 소녀가 되었다. 그러고는 굶주림도 공포도 없이 에두아르와 단둘이 보낼 은밀한 순간만을 한가로이 생각하는 것이 어떤 기분인지를 기억 속에서 떠올렸다.

그림 속의 소녀는 나에게 세상이 아름다울 수 있었던 시절, 공포와 쐐기풀 수프와 통행금지령이 아니라 예술, 기쁨, 사랑 같은 것들이 내 세상을 가득 채웠던 시절을 떠올리게 했다. 나의 표정 속에서 그를 보았다. 그리고 내가 방금 무슨 짓을 했는지 깨달았다. 그는 나에게 나 자신이 가진 힘을 다시금 깨닫게 해줬다. 내게 아직 싸울 힘이 많이 남아 있다는 것을 알게 해줬다.

'에두아르. 당신이 돌아올 때는 다시 한 번 당신이 그렸던 그 소녀가 되겠다고 맹세할게요.'

2

돼지를 아기로 꾸민 이야기는 점심때가 되기도 전에 생페론 마을 사람 대부분에게 퍼졌다. 르코크루주의 바에 맥주는 어쩌다가 한 번씩 들어왔고 우리한테 있는 것이라곤 턱없이 비싼 와인 몇 병이 고작이었는데도 단골들의 발길은 끊이지 않았다. 얼마나 많은 사람들이 그저 우리에게 안부 인사나 하려고 들렀는지 놀랄 지경이었다.

"그래서 당신이 그자를 따끔하게 혼꾸멍냈다고? 꺼져버리라고 했다면서?" 르네 할아버지는 콧수염 밑에서 쿡쿡거리면서 의자 등을 잡고 웃다가 눈물까지 흘렸다. 그가 그 이야기를 들려달라고 청한 것이 이번으로 네 번째였다. 아우렐리앙은 매번 이야기할 때마다 조금씩 살을 붙여간 끝에 급기야는 내가 "황제 따위 똥이다!"라고 소리쳤고 자기가 사령관을 기병도로 물리쳤다고까지 떠벌렸다.

나는 엘렌과 슬며시 미소를 주고받았다. 엘렌은 마룻바닥을

닦고 있었다. 나는 개의치 않았다. 요즘 우리 마을에는 축하할
만한 일이 드물었다.

"조심해야겠어." 르네가 모자를 들어 올려 인사를 하고 나
간 뒤 엘렌이 말했다. 우리는 그가 우체국 앞을 지나면서 새삼
웃음이 터져 몸을 부들부들 떨면서 걸음을 멈추고 눈을 문지르
는 모습을 지켜봤다. "이 이야기가 너무 멀리까지 퍼져나가고
있어."

나는 어깨를 으쓱했다. "다들 입 다물 거야. 모두 독일놈이
라면 치를 떨잖아. 게다가 다들 돼지고기 한 점이 간절해. 음식
을 받기도 전에 우리를 일러바치러 가지는 않을걸."

돼지는 신중을 기해 아침 일찍 옆집으로 옮겨졌다. 몇 달 전
아우렐리앙이 땔감으로 쓰려고 낡은 맥주통을 쪼개다가 이웃
인 푸르베르네 집의 지하 저장고와 우리 집의 미로 같은 와인
저장고가 벽돌담 한 겹만으로 가로막힌 것을 발견했다. 우리
는 푸르베르네의 협조를 얻어 벽돌 몇 개를 조심스럽게 치우
고 최후의 수단으로 탈출할 길을 마련해놨다. 푸르베르네가 젊
은 영국인을 숨겨줬다가 독일군이 새벽녘에 예고도 없이 들이
닥쳤을 때, 푸르베르 부인은 장교의 지시를 무슨 말인지 못 알
아듣겠다고 둘러대면서 그 젊은이가 지하 저장고로 숨어들어
우리 집 쪽으로 건너올 시간을 벌어줬다. 그들은 부인의 집을
다 뒤집어엎고 지하 저장고까지 둘러봤지만 어둑한 불빛 속에
서 벽의 모르타르가 수상쩍게 갈라진 것은 아무도 알아채지 못
했다.

이런 것이 우리 삶의 이야깃거리였다. 작은 반란이었고 조그

만 승리였다. 잠시나마 우리의 압제자들을 비웃어줄 기회였다. 불확실함, 박탈, 공포의 거대한 바다를 떠다니는 조그만 희망의 배였다.

"그럼 당신은 새로운 사령관을 만나봤군요?" 시장이 창가 테이블에 앉아 있었다. 커피를 가져다주자 그는 나에게 앉으라고 손짓을 했다. 그의 삶이야말로 다른 누구보다도 점령 이후 견디기 힘들어졌을 것이다. 그는 마을에 필요한 것을 허용해 달라고 독일군과 끝없이 협상하느라 자기 시간을 다 보냈지만, 그들은 말을 잘 듣지 않는 마을 사람들을 명령대로 따르게 만들려고 툭하면 그를 인질로 잡았다.

"정식으로 소개받은 것은 아니었지요." 그의 앞에 잔을 놓으며 대답했다.

그는 내 쪽으로 몸을 기울이고 목소리를 낮춰 이렇게 말했다. "베커 사령관은 교화 수용소 중 한 곳을 운영하도록 독일로 도로 불려갔답니다. 그의 장부에 맞지 않는 부분이 있었던 게 틀림없어요."

"놀랄 일도 아니군요. 2년 동안 점령당한 프랑스에서 몸무게가 두 배로 불어난 건 그 사람뿐이니까요." 농담으로 한 말이었지만 그가 떠났다는 말에 감정이 엇갈렸다. 베커는 냉혹한 인물이었고, 부하들이 자기를 얕잡아 볼지 모른다는 두려움과 불안으로 지나치게 심한 벌을 줬다. 그러나 그는 너무 멍청해서 마을의 저항 행위 중 상당수는 알아차리지 못했고, 자신의 명분에 도움이 될 수 있었던 관계들을 만들지도 못했다.

"그래서, 부인이 보기에는 어떻던가요?"

"새로운 사령관 말씀이신가요? 잘 모르겠어요. 더 나쁠 수도 있을 것 같아요. 말을 찢어발기지는 않았어요. 베커라면 단지 자기 힘을 보여주기 위해서 그런 짓을 했을 텐데 말이에요. 하지만……." 나는 콧등에 주름을 잡으며 얼굴을 찌푸렸다. "영리한 사람이에요. 훨씬 더 조심해야 할지 몰라요."

"르페브르 부인, 항상 부인은 저와 의견이 일치한다니까요." 그는 나에게 미소를 지었지만 눈은 웃고 있지 않았다. 시장이 쾌활하고 거들먹거리던 시절, 그가 사람 좋기로 유명하던 시절을 떠올렸다. 어느 마을 모임에서건 그의 목소리가 제일 컸다.

"이번 주에는 뭔가 오나요?"

"베이컨이 좀 올 겁니다. 커피도요. 버터는 거의 안 들어올 거고. 오늘 정확한 배급량을 좀 알게 되었으면 좋겠어요. 부군 한테서는 아무 소식 없나요?"

"8월에 엽서 한 장이 오고 그 후로는 감감무소식이에요. 아미앵 부근에 있다고 했어요. 별 내용은 없었고요."

"밤이나 낮이나 당신 생각뿐이오." 엽서에는 멋지게 휘갈겨 쓴 필체로 이렇게 적혀 있었다. "당신은 이 광기로 가득한 세상에서 나의 북극성이오." 편지를 받고 나서 걱정이 되어 이틀 밤을 꼬박 뜬눈으로 새웠다. 엘렌이 낫으로 잘라야 할 만큼 딱딱한 흑빵을 먹고 빵 오븐에 돼지들을 숨겨두어야 하는 세상도 "광기로 가득한 세상"인 건 마찬가지일지 모른다고 했다.

"장남한테서 마지막으로 편지를 받은 지가 거의 석 달이 되었답니다. 캉브레 쪽으로 밀고 올라가고 있다고 했어요. 사기가 충천하대요."

"지금도 그랬으면 좋겠군요. 루이자는 어떤가요?"

"뭐 그럭저럭 지냅니다. 고마워요." 그의 막내딸은 태어날 때부터 마비가 있었다. 잘 자라지를 못했고 음식도 아무거나 먹을 수가 없어서 열한 살이었지만 병치레가 잦았다. 그 아이를 잘 돌보는 것이 우리 작은 마을의 관심사였다. 우유나 말린 야채 따위가 있으면 항상 시장의 집에 조금 더 보내줬다.

"따님이 다시 몸이 좋아지면, 미미가 안부 묻더라고 전해주세요. 엘렌이 미미와 똑같은 쌍둥이가 될 인형을 바느질하는 중이에요. 자매를 만들어달라고 부탁했거든요."

시장이 내 손을 쓰다듬었다. "당신네 자매는 친절하기도 하지요. 안전한 파리에 남을 수도 있었는데 여기로 돌아와줘서 얼마나 감사한지 몰라요."

"풋. 머지않아 독일놈들이 샹젤리제로 진군해 오지 않으리라는 보장이 어딨나요. 게다가 여기에 엘렌을 혼자 남겨둘 수도 없었고요."

"당신이 없었더라면 엘렌은 살아남지 못했을 거예요. 당신이 이렇게 멋진 여성으로 성장했다니. 파리가 당신한테 잘 맞았나봐요."

"제 남편 덕이에요."

"하느님이 그를 구해주시기를. 우리 모두를 구해주시기를."

시장은 환히 웃고는 모자를 쓰고 일어섰다.

베세트 가가 몇 세대에 걸쳐 르코크루주를 운영해온 마을, 생페론. 이곳은 1914년 가을 독일군의 손에 제일 먼저 떨어진 마을 중 하나였다. 부모님은 오래전 돌아가셨고 남편들은 전선에 있었다. 그 상황에서 엘렌과 나는 호텔을 계속 운영해나가기로 결심했다. 남자들의 일을 떠맡게 된 것이 우리만은 아니었다. 상점, 시골 농장, 학교 등 대부분이 노인과 소년 들의 도움을 받아 여자들의 힘으로 꾸려지고 있었다. 1915년경에는 마을에 남자라고는 씨가 말랐다.

처음 몇 달간은 마을을 통과해 가는 프랑스 군인과 뒤처질세라 따라가는 영국인 덕분에 장사가 꽤 잘됐다. 그때까지만 해도 식량이 풍족했고 행군하는 군대에는 음악과 박수가 따랐다. 우리 대부분은 여전히 최악의 경우가 온다 해도 전쟁이 몇 달 안에 끝나리라 믿었다.

160킬로미터 정도 밖에서 벌어지는 무시무시한 일들에 대한 몇 가지 암시가 있기는 했다. 우리는 가진 것을 마차에 싣고 터벅터벅 걸어가는 벨기에 피난민들에게 먹을 것을 줬다. 집을 떠날 때 입었던 옷과 슬리퍼 차림 그대로인 사람들도 있었다. 가끔씩 동쪽에서 불어오는 바람에 총성이 희미하게 실려 왔다. 그러나 우리는 전쟁이 다가오고 있다는 것을 알면서도 우리의 자랑스러운 작은 마을 생폐론만은 독일의 지배 아래 떨어진 마을들과 같은 운명에 처하지 않을 것이라고 믿었다.

푸제르 부인과 데린 부인이 매일 하던 대로 아침 6시 45분에 광장을 지나 빵집으로 가다 총에 맞아 죽었을 때, 춥고 고요한 가을 아침에 총성이 울리면서 우리가 그동안 얼마나 잘못 생각하고 있었는지 비로소 알 수 있었다.

나는 소란스러운 소리에 커튼을 열어젖혔다. 여러 달이 지나서야 그때 눈앞에 펼쳐진 광경을 이해할 수 있었다. 친구 사이인 칠십 세 넘은 두 과부의 시체가 보도 위에 널브러져 있었다. 머릿수건은 삐뚜름했고 텅 빈 바구니가 발치에 뒤집혀 있었다. 그들 주위에 끈적끈적한 붉은 웅덩이가 마치 한곳에서 나온 것처럼 거의 완벽한 원을 그리며 퍼져 있었다.

나중에 독일 장교들은 저격수들이 그들을 쏘았으며 보복 차원에서 한 일이라고 주장했다. 그들은 점령한 모든 마을에서 그런 식으로 말했을 것이 틀림없다. 마을에서 반란이 일어나도록 자극할 셈이었다면 그 노파들을 죽이는 것보다 더 효과적인 행동은 없었을 것이다. 그러나 잔학한 행위는 거기서 그치지 않았다. 그들은 헛간에 불을 지르고 르클레르 시장의 동상에 총질을 했다. 24시간 후 그들은 햇살에 군모를 번쩍이며 열을 지어 우리 마을의 대로를 행진했다. 우리는 집과 상점 밖에 나와 서서 충격에 빠져 침묵한 채 그 광경을 지켜봤다. 그들은 남아 있던 몇 안 되는 남자들의 수를 세기 위해 밖으로 나오라 명령했다.

상점 주인들과 노점상들은 상점을 닫고 좌판을 치웠다. 독일군에게 물건 팔기를 거부했다. 우리 대부분은 식량을 비축해두고 있었다. 버틸 수 있을 줄 알았다. 그들이 이런 비타협적인 태도에 직면하면 포기하고 다른 마을로 행군해 갈지도 모른다고 믿었던 것이다. 그러나 베커 사령관은 정상적인 업무 시간 중에 문을 열지 않는 상점 주인은 누구든 총살하겠다고 선포했다. 빵집, 푸줏간, 시장 노점 들이 하나씩 문을 열었다. 르코크루주마저 다시 문을 열었다. 우리 작은 마을은 어쩔 수 없이 시무룩하게 반항하는 삶으로 떠밀려갔다.

1년 반이 지나자 살 수 있는 것이 거의 남지 않았다. 생페론은 인근 지역과 완전히 차단됐다. 바깥소식도 듣지 못하고 가끔가다 오는 도움의 손길에만 의존하게 됐다. 그 외에는 암시장에서 비싸게 팔리는 식량으로만 보충할 수 있었다. 때로는 우리가 어떤 고통을 겪고 있는지 자유 프랑스가 알기는 할까 궁금했다. 잘 먹는 사람들은 독일군뿐이었다. 그들의 말(우리 말)은 윤기가 흐르고 살이 포동포동했다. 우리 빵을 만드는 데 쓰여야 할 밀을 말에게 먹였다. 독일군은 우리 와인 저장고를 덮치고 우리 농장에서 난 식량을 빼앗아 갔다.

음식뿐만이 아니었다. 매주 누군가의 집 문을 두드리는 무시무시한 소리가 들렸다. 그러면 새로운 목록에 따라 찻숟가락, 커튼, 접시, 냄비, 담요 등 물품들이 징발됐다. 때로는 장교가 먼저 점검을 나와서 눈독 들일만한 것을 찍어두었다가, 바로 그것을 목록에 콕 집어 올려놓고 돌아오기도 했다. 그들은 돈과 맞바꿀 수 있는 약속어음을 써줬다. 그러나 생페론에서 실제로 그 돈을 받은 사람을 누구도 본 적이 없었다.

"뭐하는 거야?"

"이걸 옮기려고." 나는 초상화를 가져와 남들 눈에 덜 띄는 구석으로 옮겼다.

"그건 누구야?" 내가 초상화를 벽에 수평을 맞춰가며 다시 걸자 아우렐리앙이 물었다.

"누구긴, 나지! 모르겠어?" 내가 돌아보며 말했다.

"오." 동생은 눈을 가늘게 떴다. 나를 모욕하려던 것은 아니었다. 그림 속의 소녀는 거울 속에서 매일 나를 되쏘아보는, 안색이 허옇게 뜨고 경계심이 가득한, 지친 눈빛의 야위고 날카로워진 여자와는 달라도 너무 달랐다. 나는 그 얼굴을 너무 자주 마주치지 않으려 애썼다.

"형부가 그린 거야?"

"응. 우리가 결혼했을 때."

"아름답네." 엘렌이 뒤로 물러서서 그림을 바라보며 말했다. "하지만……."

"하지만 뭐?"

"저기 걸어놓는 건 위험해. 독일군은 릴을 통과하면서 체제에 반하는 것으로 보이는 예술품은 다 불태워버렸어. 형부의 그림은…… 전혀 달라. 그들이 저 그림을 파괴하지 않을 거라는 보장이 없잖아?"

동생은 걱정하고 있었다. 엘렌은 자기 형부의 그림들과 남동생의 성미를 걱정했다. 그리고 내가 대들보의 구멍에 숨겨놓은 편지와 일기도 걱정했다.

"난 그림을 여기 두고 싶어. 내가 볼 수 있는 곳에. 걱정하지 마. 나머지는 파리에서 안전해."

그래도 그다지 납득한 기색이 아니었다.

"너무 단조로운 건 싫어. 난 삶을 원해. 나폴레옹이나 처량한 표정의 개들을 그린 아빠의 바보 같은 그림은 보고 싶지 않다고. 그리고 난 그들이……." 나는 마을 분숫가에서 비번인 독일군 병사들이 담배를 피우고 있는 바깥쪽을 턱짓으로 가리켰다. "내 집에서 내가 무엇을 볼 수 있는지 정하도록 놔두지는 않겠어."

엘렌은 내가 어쩌지 못할 바보라는 듯 고개를 가로저었다. 그리고는 루비에 부인과 뒤랑 부인의 시중을 들러 갔다. 그들은 내 치커리 커피에서 구정물 맛이 난다고 늘상 불평을 하면서도 새끼 돼지를 아기인 척 안고 있었던 이야기를 들으러 왔다.

엘렌과 나는 그날 밤 미미와 장을 옆에 끼고 한 침대에서 잤다. 10월에도 굉장히 추운 날이 있었다. 가끔은 아이들이 잠옷을 입은 채 꽁꽁 얼까 봐 겁이 나서 다 함께 꼭 껴안고 잤다. 밤이 늦었지만 여동생이 잠들지 않았다는 것을 알았다. 달빛이 커튼 틈새로 들어와서 동생이 눈을 크게 뜨고 멀리 한곳을 응시하는 모습을 볼 수 있었다. 지금 남편은 어디에 있을까, 우리집 같은 임시 숙소 어딘가에서 따듯하게 지내고 있을까, 아니면 참호 속에서 추위에 떨고 있을까, 같은 달을 올려다보고 있을까, 생각하는 모양이었다.

멀리서 희미하게 포성이 들려와서 전투가 벌어지고 있음을 알 수 있었다.

"언니?"

"응?" 우리는 소리 죽여 속삭였다.

"언니는 생각해본 적 있어? ……그들이 돌아오지 않으면 어떻게 될지?"

나는 어둠 속에 누워 있었다.

"아니." 나는 거짓말을 했다. "그들은 틀림없이 돌아올 거야. 그리고 난 이제 더는 독일놈들을 두려워하지 않겠어."

"난 그런 생각을 해봐. 가끔은 남편 얼굴도 기억이 안 나. 사진을 봐도 아무것도 기억나지 않아."

"그건 네가 사진을 너무 자주 봐서 그래. 하도 들여다봐서 뚫어지겠다."

"하지만 아무것도 기억해낼 수가 없는걸. 남편의 체취가 어땠는지, 목소리는 어땠는지. 내 옆에 있으면 어떤 느낌이었는지도 기억이 안 나. 아예 처음부터 그이가 이 세상에 있지도 않았던 것 같아. 그러면 이런 생각이 들어. 정말 그렇게 된다면 어떡하지? 그이가 영영 돌아오지 않으면 어떡하지? 남은 평생을 이렇게, 우리를 증오하는 사람들한테 일일이 다 지시를 받으면서 살아야 한다면 어떡하지? 난 모르겠어……. 버틸 수 있을지 자신이 없어……."

나는 한쪽 팔꿈치를 짚고 몸을 일으켜 미미와 장의 몸 너머로 손을 뻗었다. 그리고 동생의 손을 잡아줬다. "아냐, 넌 할 수 있어. 당연히 할 수 있고말고. 장 미셸은 집에 돌아올 거고 네 삶은 밝아질 거야. 프랑스는 자유가 될 거고, 예전의 생활로 되돌아가게 될 거야. 예전보다 더 나아질 거라고."

그녀는 말없이 누워 있었다. 담요 밑에서 몸이 덜덜 떨렸지만 움직일 엄두는 내지 못했다. 여동생이 그런 말을 하니까 겁이 났다. 그녀의 머릿속 세상에는 우리보다 훨씬 더 힘겨운 싸움을 벌여야 하는 공포가 있는 듯했다.

그녀의 목소리는 눈물을 간신히 참는 것처럼 작고 떨렸다.

"언니도 알지? 난 장 미셸과 결혼하고 너무나 행복했어. 평생 처음으로 자유로웠어."

무슨 뜻인지 알고 있었다. 아버지는 툭하면 혁대를 뽑아 휘둘렀고 주먹이 매서웠다. 마을 사람들은 아버지를 누구보다 자비로운 지주이고 공동체의 기둥이며, 항상 농담과 술을 입에 달고 사는 "선량한 노인 프랑수아 베세트"라고 불렀다. 그러나 우리는 아버지의 포악한 성품을 잘 알고 있었다. 우리가 애통하게 여기는 일이 있다면 어머니가 그 그늘에서 다만 몇 년이라도 벗어나 살아보지 못하고 아버지보다 먼저 돌아가셨다는 점이었다.

"그건……. 그건 괴롭힘당하는 건 똑같은데 괴롭히는 사람만 바뀌는 거랑 같아. 가끔씩 난 평생을 남의 뜻대로 굽히고 살게 되는 건 아닐까 싶어. 언니, 언니가 웃는 모습을 봐. 언니는 결단력 있고 용감해서 그림을 걸고, 독일놈들한테 고함을 치지. 그런 힘이 어디서 나오는지 정말 모르겠어. 난 두려워하지 않는다는 게 뭔지도 잊어버렸어."

우리는 말없이 누워 있었다. 내 심장 뛰는 소리가 들릴 정도였다. 그녀는 내가 두려운 게 없다고 믿었다. 하지만 내가 가장 두려워하는 것은 바로 여동생의 두려움이었다. 지난 몇 달간 그녀는 더 약해졌다. 눈에는 새삼스러운 긴장이 감돌았다. 나는 동생의 손을 꼭 잡았다. 그녀는 맞잡아주지 않았다.

우리 사이에서 미미가 몸을 뒤척이며 머리 위로 팔을 올렸다. 엘렌이 내 손을 놓았다. 그녀가 몸을 옆으로 돌려 이불 밑으로 딸의 팔을 다시 부드럽게 넣어주는 모습을 알아볼 수 있었다. 그 몸짓에 이상하게 마음이 놓였다. 나는 다시 누워서 몸의 떨림을 막기 위해 턱밑까지 담요를 끌어올렸다.

"돼지고기." 침묵을 깨고 내가 말했다.

"뭐?"

"그 생각만 해. 소금을 치고 기름을 바른 것. 씹으면 바삭하게 부서질 정도로 바싹 구운 돼지고기. 따듯하고 하얀 비계, 손가락 사이에서 부드럽게 찢어지는 분홍빛 고기 생각만 하라고. 사과 콩포트도 곁들이고. 몇 주 안에 그걸 먹게 될 거야, 엘렌. 맛이 얼마나 좋을지 생각해봐."

"돼지고기라고?"

"그래. 돼지고기. 난 마음이 약해질 때면 배가 볼록하게 솟은 그 돼지 생각을 해. 바삭바삭한 귀, 촉촉한 엉덩잇살을 생각한다고." 동생의 웃음소리가 들리는 듯했다.

"언니, 미쳤어."

"하지만 생각해봐, 좋지 않아? 미미의 얼굴에서 돼지기름이 턱으로 줄줄 흘러내리는 걸 상상할 수 있겠어? 고 조그만 배에서 기분이 어떨 것 같아? 그 애가 잇사이에서 돼지껍질 조각을 빼내려고 낑낑댈 때 얼마나 즐거울지 상상이 가니?"

동생은 자기도 모르게 웃음을 터뜨렸다. "그 애가 돼지고기 맛이 어떤지 기억이나 할까 몰라."

"금세 기억해낼걸. 네가 오래지 않아 장 미셸을 떠올리게 될 것처럼 말이야. 어느 날 제부가 문으로 걸어 들어올 거고, 너는 두 팔을 벌리고 그를 껴안을 거야. 그의 체취, 네 허리를 끌어안는 그의 느낌이 네 몸처럼 너에게 익숙하게 되살아날 거야."

동생의 생각이 그때로 향하는 것을 알 수 있었다. 동생을 다시 끌어온 것이다. 작은 승리였다.

잠시 후 그녀가 입을 열었다. "언니, 섹스가 그립지 않아?"

"매일 그렇지. 그 돼지 생각보다 두 배는 더 많이 하지." 짧은 침묵이 흐르고 우리는 킬킬대며 웃었다. 왜인지는 모르지만 너무 웃어서 아이들이 깨지 않도록 손으로 입을 막아야 했다.

사령관이 다시 나타날 거라고 예상하고 있었다. 나흘이 지나고 그가 나타났다. 폭우가 거세게 쏟아져서 몇 안 되는 우리 손님들은 텅 빈 잔을 앞에 놓고 앉아 밖이 보이지도 않는 김 서린 창만 바라보고 있었다. 별실에서는 르네 노인과 펠리에 씨가 도미노 게임을 하고 있었다. 펠리에 씨의 개는 그들의 발치에 앉아 있었다. 그는 개를 소유하는 특권을 얻기 위해 독일군에게 세금을 내야 했다. 많은 이들이 자기의 두려움을 끼고 혼자 있어야 하는 상황이 싫어 매일 여기 와서 앉아 있었다.

여동생이 새로 핀을 꽂아준 아르노 부인의 머리를 보면서 감탄하고 있을 때 유리문이 열렸다. 사령관이 장교 두 명을 양쪽에 대동하고 안으로 들어왔다. 사이좋게 수다를 떠느라 후끈 달아올랐던 방이 갑자기 조용해졌다. 나는 카운터 뒤에서 나와 앞치마에 손을 닦았다.

독일군은 징발할 때만 우리 가게에 들렀다. 그들은 마을에서 제일 좋은 바인 블랑을 이용했다. 거기가 더 크고 그들에게 우호적인 분위기였다. 우리는 점령군에게 우호적인 공간이 아니라는 티를 항상 노골적으로 냈다. 이번에는 또 뭘 뜯어 가려고 왔나 싶었다. 컵과 접시를 더 빼앗긴다면 손님들에게 공동으로 써달라고 부탁해야 할 판이었다.

"르페브르 부인."

나는 그에게 고개를 끄덕였다. 나를 향한 손님들의 시선을 느낄 수 있었다.

"우리 장교 몇 명이 여기에서 식사를 제공받기로 결정했소. 새로 온 사람들이 편안히 식사를 하기에는 블랑의 공간이 충분 치 않아서 말이오."

나는 이제 처음으로 그를 제대로 볼 수 있었다. 군인들의 경 우에는 나이를 맞히기가 쉽지 않지만, 그는 내가 생각했던 것 보다 나이가 들어서 40대 후반쯤으로 보였다. 그들은 모두 실 제보다 더 나이가 들어 보였다.

내가 대답했다. "유감이지만 어렵겠습니다, 사령관님. 저희 호텔에서 식사를 제공하지 않은 지가 1년 반이 넘었어요. 얼마 안 되는 우리 식구를 먹일 식량도 모자랍니다. 사령관님 부하 들에게 필요한 정량대로 식사를 제공해드릴 수가 없어요."

"나도 그건 잘 알고 있소. 다음 주 초에 충분한 식량이 배급 될 것이오. 부인이 장교들에게 걸맞은 식사를 내놓으리라 기대 하겠소. 한때 이 호텔은 좋은 곳이었겠군요. 그 정도는 해주실 수 있으리라 믿소."

내 뒤에서 여동생이 헉하고 숨을 들이쉬는 소리가 들렸다. 그녀도 나와 같은 기분일 게 틀림없었다. 지난 몇 달간 다른 모 든 것보다 식량 걱정이 가장 컸다. 그런데 독일인들을 우리 작은 호텔에 들이게 되면서 그 본능적인 두려움이 누그러졌다. 남는 음식이 있을 것이다. 국물을 낼 뼈들이 들어올 것이다. 요리하는 냄새가 퍼지고, 한입씩 훔쳐 먹고, 남는 배급 식량을 챙기고, 고기며 치즈 조각을 몰래 떼어둘 수도 있을 것이다. 하지만 그래도.

"저희 식당이 사령관님께 걸맞을지 잘 모르겠군요. 편의 시설은 다 빼앗기고 없어서요."

"내 부하들이 편안할지 여부는 내가 판단할 것이오. 방도 좀 보았으면 하오. 부하들의 임시 숙소로 쓸 수 있을지도 모르지요."

르네 노인이 중얼거리는 말이 들렸다. "제기랄!"

"방을 보시겠다면 얼마든지 환영합니다, 사령관님. 하지만 보시면 아시겠지만 전임자들이 남겨두고 간 것이 거의 없어요. 침대, 담요, 커튼, 심지어 세면대에 연결된 구리관까지 이미 독일군의 것이 되었답니다."

그를 화나게 만들 위험을 무릅쓰고 있다는 것은 나도 알고 있었다. 사람들이 꽉 들어찬 바에서 사령관이 자기 부하들이 어떤 짓을 했는지 전혀 모르고 있으며, 우리 마을에 관한 한 그가 가진 정보는 모두 틀렸다는 것을 확실히 밝힌 것이다. 그러나 반드시 마을 사람들에게 내가 고집 세고 다루기 힘든 여자임을 보여줄 필요가 있었다. 우리 바에 독일군을 들이면 엘렌과 나는 온갖 악의적인 소문에 시달릴 것이다. 그를 들이지 않으려고 우리가 할 수 있는 한 최선을 다했다는 것을 보여줘야 했다.

"다시 한 번 말하지만, 부인. 당신네 방이 쓸만한지 아닌지는 내가 판단합니다. 좀 보여주실까요?" 그는 부하들에게는 바에 남아 있으라고 손짓을 했다. 그들이 나갈 때까지 아무도 입을 열지 않았다.

나는 어깨를 쫙 펴고 복도로 천천히 걸어가 하던 대로 열쇠로 손을 뻗었다. 방을 나설 때 나에게 쏠린 방 안 전체의 시선, 다리 사이를 스치는 스커트, 내 뒤를 따르는 독일인의 묵직한 발걸음 소리를 느꼈다. 문을 열고 중앙 복도로 나왔다. 나는 모든 것을 다 잠가두었다. 독일군이 미처 다 징발하지 않고 남겨둔 것을 프랑스 도둑이 훔쳐간다는 소문이 파다했다.

건물의 객실 쪽에서는 곰팡내와 습기 냄새가 풍겼다. 거기발을 들이지 않은 지가 몇 달이 됐다. 우리는 말없이 계단을 걸어 올라갔다. 그가 내 뒤에 멀찍이 떨어져 따라오고 있어서 고마웠다. 계단 꼭대기에서 걸음을 멈추고 그가 복도로 들어오기를 기다렸다가 첫 번째 방 문을 열었다.

이런 몰골로 변한 우리 호텔을 보기만 해도 눈물이 나던 시절이 있었다. 한때 붉은 방은 르코크루주의 자랑이었다. 여동생과 내가 결혼 첫날밤을 보냈고 시장이 마을을 방문한 명사들을 묵게 했던 방. 핏빛처럼 붉은 태피스트리를 늘어뜨린 기둥 네 개짜리 거대한 침대가 있고, 널찍한 창으로는 우리 정원이 내다보였다. 카펫은 이탈리아산이고 가구는 가스코뉴의 성에서 가져온 것이었으며, 침대보는 진한 붉은색의 중국산 비단이었다. 금박을 입힌 샹들리에와 거대한 대리석 벽난로가 있어 아침마다 객실 청소부가 켜놓은 불이 밤까지 환히 밝혔다.

나는 문을 열고 독일인이 들어가도록 뒤로 물러섰다. 방은 구석에 놓인 다리 세 개짜리 의자 하나를 제외하고는 텅 비어 있었다. 마루에는 카펫이 치워져 회색빛 먼지가 두껍게 덮여 있었다. 침대도 사라진 지 오래였고 커튼은 독일군이 우리 마을을 점령했을 때 맨 처음 훔쳐간 것들 중 하나였다. 대리석 벽난로도 무슨 까닭에서였는지는 몰라도 벽에서 뜯어 갔다. 다른데 쓸 수 있을 것 같지도 않았다. 베커는 그저 우리 사기를 꺾기 위해 아름다운 것은 죄다 없애버리려 했는지 모른다.

그는 방 안으로 한 발짝 걸음을 옮겼다.

"걸을 때 주의하세요." 내가 말했다.

그는 눈길을 아래로 돌리더니 독일군이 지난봄에 땔감으로 쓰려고 마룻장을 뜯어 가려 했던 방구석 자리를 보았다. 너무 튼튼하게 잘 지은 집이라 마룻장들도 아주 단단히 못질이 되어 있었기 때문에 그들은 몇 시간을 끙끙거려 긴 널빤지 세 장을 겨우 뜯어내고 포기했다. 둥그렇게 뻥 뚫린 구멍으로 그 밑의 대들보가 들여다보였다.

사령관은 잠시 서서 바닥을 바라봤다. 그는 고개를 들고 주위를 둘러봤다. 독일인과 단둘이 방 안에 있어 보기는 처음이라 심장이 쿵쿵 뛰었다. 그에게서 담배 냄새가 희미하게 났고 군복에 남은 빗방울 얼룩까지 보였다. 그의 목덜미를 봤다. 그가 만약 갑자기 나를 덮친다면 주먹으로 칠 태세를 취하고 손에 쥔 열쇠를 천천히 움직였다. 자기 명예를 지키기 위해 싸워야만 했던 여인이 세상에 나 하나만은 아닐 것이다.

그가 나에게로 몸을 돌렸다. "다 이 정도로 상태가 안 좋소?"

내가 대답했다. "아뇨. 다른 방들은 더해요."

그가 너무 오래 나를 쳐다봐서 얼굴이 붉어질 정도였다. 그러나 그에게 겁을 먹고 움츠러들 수는 없었다. 지지 않고 그를 쏘아봤다. 짧게 친 회색 머리, 챙 달린 모자 밑에서 나를 뜯어보는 반투명한 푸른 눈을 마주봤다. 턱을 꼿꼿이 치켜들고 무표정한 얼굴을 유지했다.

마침내 그가 몸을 돌려 내 곁을 지나쳤다. 그는 계단을 내려가 뒤편 복도로 들어가다가 갑자기 걸음을 멈췄다. 그러고는 시선이 내 초상화에 멈췄다. 마치 내가 그림을 옮겨 달아놓은 것을 이제야 알아챘다는 듯 눈을 두어 번 깜빡였다.

"사람을 보내 언제 첫 번째 식량이 배달될지 알려주겠소."

그는 빠른 걸음으로 문을 지나 곧바로 되돌아갔다.

3

"안 된다고 했어야지."

뒤랑 부인이 내 어깨를 앙상한 손가락으로 쿡 찔렀다. 나는 놀라 펄쩍 뛰었다. 그녀는 흰색 프릴이 달린 보닛을 쓰고 어깨에는 코바늘로 뜬 색 바랜 파란색 망토를 둘렀다. 신문을 받아 볼 수가 없어서 새로운 얘깃거리가 없다고 불평하는 사람이 있다면, 그 사람은 틀림없이 우리 동네 길을 지나간 적이 없다는 뜻일 것이다.

"뭐라고요?"

"독일군들 밥을 해준다니. 딱 잘라 거절했어야지."

몹시 추운 아침이라 스카프로 얼굴까지 꽁꽁 둘러쌌다. 나는 스카프를 끌어내리고 그녀에게 대꾸했다. "제가 거절해야 했다고요? 그럼 부인은 독일군이 부인 집을 점거하겠다고 해도 딱 잘라 안 된다고 하실 건가요?"

"당신이랑 여동생은 나보다 젊잖아. 그들과 싸울 힘이 있어."

"불행히도 저한테는 군대의 무기가 없어서요. 제가 어떡하면 좋을까요? 바리케이드라도 칠까요? 그들한테 컵이랑 접시를 던질까요?"

부인이 계속해서 나를 나무라는 동안 나는 그녀가 빵집으로 들어가도록 문을 열어줬다. 빵집에서 빵 냄새가 나지 않은 지 오래됐다. 그 안은 여전히 따뜻했지만 바게트와 크루아상 냄새는 이미 사라진 지 오래였다. 문지방을 넘을 때마다 이 사소한 사실에 슬퍼지곤 했다.

"대체 이 나라가 어찌 되려고 이러는지 모르겠네. 당신 아버지가 호텔에 독일놈들이 있는 것을 보신다면⋯⋯." 루비에 부인도 벌써 소문을 다 들은 게 틀림없었다. 그녀는 내가 카운터로 다가가자 못마땅하다는 듯 고개를 절레절레 흔들었다.

"아버지도 별 수 없으셨을 거예요."

빵집 주인 아르망 씨가 그들에게 더는 말 말라고 했다. "르페브르 부인을 나무랄 수 없어요! 지금은 우리 모두 그들이 시키는 대로 할 수밖에 없는걸. 뒤랑 부인, 그들의 빵을 굽는다고 나를 비난하시겠소?"

"난 그저 그들이 시키는 대로 따르는 건 애국심이 부족해서 그렇다고 생각해요."

"총알을 마주하고 있지 않는 한 말이야 쉽지."

"그래서, 그놈들이 더 많이 여기로 몰려온다면요? 지금도 우리 창고로 쑤시고 들어와서 우리 식량을 먹어 치우고 가축을 훔쳐 가고 있잖아요. 올겨울을 버틸 수 있을지 정말 모르겠어요."

"지금까지도 잘 버텨왔잖소, 뒤랑 부인. 극기심과 활기를 잃지 않고 주님께 기도하면 용감한 우리 청년들이 아니라도 독일 놈들 엉덩이에 멋지게 한 방 먹여줄 수 있을 거요." 아르망 씨가 나에게 찡긋 눈짓을 보냈다. "자, 숙녀 여러분. 무엇을 드릴까요? 한 주 묵은 흑빵과 닷새 된 흑빵, 언제 만들었는지도 모를 흑빵이 좀 있습니다만. 바구미가 없다는 것만은 확실히 말씀드릴 수 있습니다."

"요즘 같으면 바구미 정도는 전채로 쳐야지요." 루비에 부인이 서글프게 말했다.

"여러분을 위해 제가 잼을 내놓지요. 제 말 믿으세요. 밀가루에 바구미는 양껏 섞여 들어오는 날이 많답니다. 바구미 케이크, 바구미 파이, 바구미 프로피트롤, 뭐든지 있지요. 너그러운 독일군 덕분에 바구미는 모자라지 않는답니다." 우리 모두 웃음을 터뜨렸다. 웃지 않을 수가 없었다. 아르망 씨는 아무리 지독한 날이라도 웃음 짓게 만들었다.

루비에 부인이 빵을 집어 마음에 안 드는 기색으로 자기 바구니에 넣었다. 아르망 씨는 전혀 기분 상해하지 않았다. 그는 그런 표정을 하루에도 수없이 봤다. 시커멓고 네모난 빵은 끈적끈적했다. 오븐에서 꺼낸 순간부터 썩은 것처럼 곰팡내가 풍겼다. 너무 딱딱해서 노파들은 종종 젊은이들한테 잘라달라고 부탁을 해야 했다.

한동안 우리는 문이 열린 줄도 몰랐다. 그러나 갑자기 상점이 정적에 휩싸였다. 돌아보니 릴리앙 베튄이 들어와 있었다. 그녀는 고개를 쳐들고 있었지만 누구와도 눈을 마주치지 않았다. 그 어느 때보다 통통하게 살이 오른 얼굴의 투명한 피부에 연지를 바르고 분을 뿌렸다. 그녀는 "안녕하세요"라고 인사를 건네고 가방 속에 손을 넣었다. "빵 두 덩이 주세요."

머리카락을 곱슬곱슬하게 말아 올린 그녀에게서는 부유한 티가 흘렀다. 여자들 대부분이 너무 지쳤거나 가진 게 너무 없어서 제 몸 치장하고 다닐 여유가 없는 마을이지만, 그녀만은 반짝이는 보석처럼 두드러졌다. 그러나 내 눈길을 끈 것은 그녀의 외투였다. 눈을 뗄 수가 없었다. 최고 품질의 아스트라한 양가죽으로 만든 새까만 외투는 모피 양탄자만큼이나 두꺼웠다. 비싼 새것 특유의 보드라운 윤기가 흘렀고 칼라가 그녀의 얼굴을 둘러싸서 긴 목이 검은 사탕밀 속에 솟아나온 듯 보였다. 노부인들도 그것을 알아보고 눈으로 외투를 아래위로 내리훑다가 얼굴이 딱딱하게 굳었다.

"하나는 당신 몫이고 또 하나는 당신 독일군 건가?" 뒤랑 부인이 말했다.

"두 덩이라고 말했어요." 그녀가 뒤랑 부인 쪽으로 몸을 돌렸다. "하나는 제 것이고요. 하나는 제 딸애 몫이에요."

이번만큼은 아르망 씨도 얼굴에 미소가 사라졌다. 그는 그녀의 얼굴에서 눈을 떼지 않고 카운터 밑으로 손을 뻗어 통통한 주먹으로 빵 두 덩어리를 내던지듯 꺼내놓았다. 빵을 포장해주지도 않았다.

릴리앙은 돈을 내밀었지만 그는 그녀의 손에서 돈을 받아들지 않았다. 그녀가 돈을 카운터 위에 놓도록 잠시 기다린 다음, 마치 병균이라도 옮을 것처럼 조심스레 돈을 집어 들었다. 돈 서랍에 손을 넣어 그녀가 손을 내밀고 있는데도 잔돈으로 동전

두 개를 내던졌다.

그녀는 그를 쳐다보고 동전이 놓인 카운터를 보았다. "잔돈은 가지세요." 그녀가 말했다. 그리고 우리를 성난 눈으로 쏘아보고 빵을 잡아채서는 상점을 빠져나갔다.

"뻔뻔하기도 하지……." 뒤랑 부인은 남의 험담을 할 때보다 행복한 때가 없었다. "릴리앙도 먹어야 살겠지요. 다른 이들처럼요." 내가 말했다.

"밤마다 푸리에 농장에 간대요. 매일 밤마다. 당신도 저 여자가 도둑처럼 황급히 마을을 지나가는 것을 봤을 텐데."

루비에 부인이 거들었다. "새 외투가 두 벌이나 있대요. 또 한 벌은 녹색이고. 녹색 모직으로 된 신상품이래요. 파리에서 만든 거라나."

"구두도요. 양가죽이래요. 물론 대낮에 감히 신고 나오지는 못하지요. 그랬다가는 혼쭐이 날 테니까."

"그렇지 않을걸요. 독일군들이 뒤를 봐주고 있는데."

"하지만 독일군들이 떠나면 얘기가 달라지지 않겠어요?"

"나 같으면 양가죽이건 아니건 저 여자 구두는 신고 싶지 않을 거예요."

"얼마나 운이 좋은지 보란 듯이 활개치고 다니는 거 꼴 보기 싫어 죽겠어요. 대체 자기가 뭐라고 생각한담?"

아르망 씨가 광장을 지나가는 그 젊은 여자를 바라봤다. 갑자기 그가 미소를 지었다. "난 상관 안 해요. 다 제 뜻대로 되지는 않을걸."

우리는 그를 쳐다봤다.

"비밀 지켜줄 거지요?"

그가 왜 굳이 그런 말을 했는지 모르겠다. 그 두 노부인은 10초 이상 입을 다물고 있지 못하는 사람들이었다.

"뭔데요?"

"멋쟁이 아가씨가 예상치 못한 특별 대접을 받게 해줄 수도 있다는 말만 해두지요."

"무슨 말인지 모르겠어요."

"그녀에게 줄 빵은 카운터 밑에 따로 둬요. 특별한 재료를 넣었거든요. 약속하는데 내 다른 빵에는 절대 넣지 않는 재료입니다."

노부인들의 눈이 휘둥그레졌다. 나는 빵집 주인에게 무슨 뜻인지 감히 묻지 못했지만, 그의 눈빛으로 보아 여러 가지 가능성을 생각해볼 수 있었고, 그중 어느 하나도 길게 말하고 싶지 않았다.

"안 돼요!"

"아르망 씨!" 그들은 분개했지만 이내 킬킬대기 시작했다.

나는 구역질이 났다. 릴리앙 베튄을 좋아하지 않았고 그녀가 하는 짓도 마음에 안 들었지만 그런 행위는 참을 수 없었다.

"전……. 저는 가야겠어요. 엘렌이 부탁한 게 있어서……." 나는 내 빵을 집었다. 그들의 웃음소리가 여전히 귓가에 울렸다. 나는 그나마 안전한 호텔로 도망쳤다.

식량은 다음 주 금요일에 왔다. 처음에는 달걀 스무 개를 젊은 독일 상등병이 밀수품을 나르듯 흰 종이에 싸서 가져왔다.

그다음에는 갓 구운 흰 빵이 담긴 바구니가 세 개 왔다. 나는 그날 빵집에서 있었던 일 때문에 빵에 정이 좀 떨어져 있었지만, 바삭바삭하고 따듯하고 신선한 빵을 보니 먹고 싶은 욕망에 취할 지경이었다. 아우렐리앙이 한입 뜯어먹고 싶은 유혹을 이기지 못할까 두려워서 그를 위층으로 보내야 했다.

다음으로 깃털이 아직 붙어 있는 암탉 여섯 마리가 양배추, 양파, 당근, 달래를 담은 상자와 함께 왔다. 그다음에는 절인 토마토, 쌀, 사과가 왔다. 우유, 커피, 커다란 버터 세 덩어리, 밀가루, 설탕도 왔다. 남부에서는 와인이 잔뜩 왔다. 엘렌과 나는 배달되어 오는 것들을 묵묵히 받았다. 독일군은 우리에게 각각의 양이 꼼꼼히 기록된 서류를 줬다. 빼돌리기가 쉽지 않을 것 같았다. 서류에는 요리마다 사용한 양을 정확히 기록하게 되어 있었다. 또한 자투리 재료는 가축에게 먹이도록 양동이에 모으라고 요구했다. 그것을 보자 침을 뱉어주고 싶었다.

"오늘 밤에 이것을 해야 하나요?" 나는 상등병에게 물었다.

그는 어깨를 으쓱했다. 내가 시계를 가리켰다. "오늘?" 그다음에는 음식을 가리켰다. "요리?"

"반드시." 그가 열심히 고개를 끄덕이며 말했다. "그들이 옵니다. 8시."

"8시래." 엘렌이 내 등 뒤에서 말했다. "8시에 식사를 하겠다는 거야."

우리 저녁은 잼을 얇게 펴 바르고 끓인 비트를 곁들인 흑빵한 조각이었다. 구운 닭, 마늘과 토마토, 사과 타르트 냄새가 주방에 가득 퍼지니 고문이 따로 없었다. 첫날 저녁인데 그 음식들을 보면서도 토마토즙이 흐르거나 사과로 끈적해진 손가락만 빨고 있어야 한다니 견디기 힘든 유혹이었다. 페이스트리를 굴리거나 사과 껍질을 벗기면서 너무 먹고 싶은 나머지 정신이 혼미해진 때가 한두 번이 아니었다. 미미와 아우렐리앙, 어린 장을 위층으로 쫓아버려야 했는데, 위층에서 간간이 항의하는 고함 소리가 들려왔다.

독일군에게 요리를 잘해주고 싶지는 않았다. 그러나 일부러 망치기도 겁이 났다. 오븐에서 구운 닭을 꺼내 육즙을 끼얹으면서 언젠가는 이 음식을 눈으로만 보면서도 즐길 수 있게 될지 모른다고 혼잣말을 했다. 어쩌면 다시 이런 음식을 보고 냄새 맡을 기회가 온 것을 즐길 수 있을지도 모른다. 그러나 그날 밤에는 도저히 그럴 수가 없었다. 장교들이 도착했음을 알리는 초인종이 울렸을 때는 무엇인가가 뱃속을 할퀴는 듯 쓰렸고, 허기로 피부가 땀에 젖었다. 그 전에도, 이후로도 그렇게 격렬하게 독일군을 증오한 적이 없었다.

"부인." 사령관이 제일 먼저 들어왔다. 그는 비가 튄 모자를 벗고 장교들에게도 똑같이 하도록 손짓을 했다.

나는 어떻게 반응해야 할지 몰라 머뭇거리며 일어나서 앞치마에 손을 닦았다. "사령관님." 나는 무표정한 얼굴을 유지했다.

방은 따뜻했다. 독일군이 불을 피울 수 있도록 장작 바구니를 보내줬다. 그들은 목도리와 모자를 벗고 벌써 기대에 차서 웃음 띤 얼굴로 킁킁대며 냄새를 맡았다. 마늘과 토마토 소스에 구운 닭 냄새가 가득 퍼져 있었다. "곧 식사를 하겠소." 그가 주방 쪽을 힐끗 보며 말했다.

"알겠습니다. 와인을 가져오지요." 내가 대답했다.

아우렐리앙이 주방에 여러 병을 따 놓았다. 동생은 손에 두 병을 들고 찌푸린 얼굴로 나타났다. 오늘 저녁 우리에게 가해진 고문이 그에게는 유독 더 견디기 힘들었다. 얼마 전 매질당한 일과 아직 젊고 충동적인 동생의 성격을 고려해보니, 사고를 치지는 않을까 걱정이 됐다. 나는 그의 손에서 병을 낚아챘다. "가서 엘렌한테 저녁 차리라고 하렴."

"하지만……."

"가!" 동생을 꾸짖었다. 나는 술집 안을 돌면서 와인을 따랐다. 테이블에 잔을 놓는 동안 나를 쳐다보는 그들의 시선을 느끼면서도 그들 중 누구도 보지 않았다. 나는 속으로 그들에게 말했다. '그래, 얼마든지 봐라. 또 한 명의 뼈만 남은 프랑스 여자가 굶주리다 못해 너희들에게 굴복했다. 내 몰골에 너희 식욕이 떨어졌으면 좋겠다.'

여동생이 첫 번째 요리를 가져오자 감탄하는 속삭임이 일었다. 곧 사람들은 식기에 수저와 포크를 부딪치면서 자기들 말로 떠들며 열심히 먹었다. 나는 맛있는 냄새를 들이마시지 않으려 애쓰면서, 밝은색 채소 옆에서 반짝이는 구운 고기를 보지 않으려 애쓰면서 무거운 접시를 들고 날랐다.

드디어 요리를 다 냈다. 사령관이 독일어로 긴 축배를 들 동안 엘렌과 나는 카운터 뒤에 함께 서 있었다. 우리 집에서 그들의 목소리를 듣고, 우리가 정성껏 준비한 음식을 먹고, 휴식을 취하고 웃고 마시는 모습을 보아야 하는 기분은 도저히 말로는 다할 수가 없다. '사랑하는 에두아르는 굶주림으로 기진해 있

을지도 모르는데 내가 이 남자들의 힘을 북돋아줬어.' 나는 비
참한 기분으로 생각했다. 이런 생각은 허기와 피로와 뒤섞여
잠시 나를 절망에 빠뜨렸다. 작은 흐느낌이 목구멍 밖으로 새
어나왔다. 엘렌이 손을 뻗어 내 손을 잡았다. 여동생은 내 손을
꼭 눌렀다. "주방으로 가." 그녀가 속삭였다.

"난⋯⋯."

"주방으로 가. 잔을 다시 채워주고 나서 나도 갈게."

이번만큼은 동생 말대로 했다.

그들은 1시간 동안 식사를 했다. 동생과 나는 지친 데다 여
러 생각으로 머리가 어지러워 말없이 주방에 앉아 있었다. 웃
음소리나 쾌활한 탄성이 터져 나올 때마다 우리는 고개를 들었
다. 무슨 뜻인지 알 수가 없었다.

"부인들." 사령관이 주방 문 앞에 나타났다. 우리는 잽싸게
일어섰다. "식사가 아주 훌륭했소. 앞으로도 이렇게 준비해주
기를 바라오."

나는 바닥을 내려다봤다.

"르페브르 부인."

마지못해 고개를 들었다.

"얼굴이 창백하군요. 몸이 불편한가요?"

"전혀요." 나는 침을 꿀꺽 삼켰다. 나를 보는 그의 시선에 델
것 같았다. 내 옆에서 엘렌이 익숙지 않은 뜨거운 물 때문에 발
갛게 된 손가락을 비틀었다.

"부인, 당신들은 뭘 좀 들었소?"

나는 이것이 시험이라고 생각했다. 우리가 그 지긋지긋한 서류를 그대로 따랐는지 확인하려는 것이다. 우리가 사과 껍질이라도 몰래 입에 쑤셔 넣지는 않았는지 확인하기 위해 남은 음식의 무게를 재어볼지도 모른다.

"저희는 쌀 한 톨도 손대지 않았습니다, 사령관님." 그에게 침이라도 뱉어주고 싶었다. 너무 배가 고파서 그런 짓이라도 능히 할 수 있을 것 같았다.

그가 눈을 껌벅거렸다. "그럼 먹어야지요. 먹지 않으면 요리를 제대로 할 수가 없잖소. 뭐가 남았지요?"

나는 몸을 움직일 수가 없었다. 엘렌이 오븐의 구이판을 손으로 가리켰다. 거기에는 군인들이 더 달라고 할 경우를 대비해 네 등분하여 따듯이 해놓은 닭 한 마리가 있었다.

"그럼 앉으시오. 여기에서 드시오."

나는 덫이 아닌지 믿을 수가 없었다.

"이건 명령이오." 그의 표정에는 미소가 어려 있었지만 내 입장에서는 재미있지 않았다. "정말이오. 드시오."

"저…… 아이들에게 먹을 것을 좀 줘도 될까요? 아이들이 고기를 먹어본 지가 너무 오래되어서요."

그는 무슨 말인지 못 알아듣겠다는 듯이 약간 얼굴을 찡그렸다. 나는 그가 미웠다. 독일군에게 음식을 구걸하는 내 목소리가 미웠다. '아, 에두아르. 당신이 지금 내 목소리를 들었다면.' 나는 속으로 생각했다.

"아이들을 먹이고 당신들도 드시오." 그가 짧게 말했다. 그러고는 돌아서서 방을 나갔다.

우리는 말없이 앉았다. 그가 남기고 간 말이 여전히 귓가에 울렸다. 엘렌이 치맛자락을 움켜쥐고 계단을 한 번에 두 개씩 뛰어 올라갔다. 요 몇 달 새 동생이 그렇게 잽싸게 움직이는 모습은 처음 봤다.

이내 엘렌이 장을 팔에 안고, 아직도 잠옷 바람인 아우렐리앙과 미미를 뒤에 데리고 다시 나타났다.

"정말이야?" 아우렐리앙이 물었다. 그는 입을 헤벌린 채 닭을 뚫어져라 쳐다봤다. 나는 고개만 겨우 끄덕였다.

우리는 그 불운한 새를 덮쳤다. 여동생과 내가 숙녀답게 행동했다고, 파리지앵들이 하듯 우아하게 음식을 들고, 먹는 사이사이 대화를 나누고, 입가를 훔쳐가며 먹었다고 말할 수 있었으면 좋겠다. 우리는 걸신들린 듯 아귀같이 먹었다. 살을 찢고, 쌀밥을 손으로 떠서 입을 벌린 채 씹고, 식탁에 떨어진 것까지 정신없이 주워 먹었다. 이것이 사령관의 계략일지 모른다는 걱정은 머릿속에서 완전히 잊혔다. 그렇게 맛 좋은 닭은 먹어본 적이 없었다. 마늘과 토마토가 오랫동안 잊고 있던 쾌감으로 입을 가득 채워줬고, 영원히라도 들이마실 수 있을 것 같은 냄새가 콧속 가득 찼다. 우리는 기쁨의 소리조차 거의 내지 않고 각자 자기만의 만족감에 빠져 남들은 아랑곳없이 야만인처럼 먹었다. 아기인 장은 얼굴에 즙을 범벅하면서 웃음을 터뜨렸다. 미미는 닭 껍질 조각을 씹으면서 손가락에 묻은 기름을 소리내어 쪽쪽 빨아먹었다. 엘렌과 나는 어린것들이 충분히 먹고 있는지 확인해가면서 말도 없이 먹었다.

뼈에 붙은 고기까지 다 빨아먹고, 남은 밥알 한 톨 없이 쟁반을 싹 다 비우고서 우리는 서로를 바라봤다. 술집에서 독일인들이 와인을 마시면서 이야기를 나누는 소리가 점점 더 시끄러워지고 간간이 웃음소리가 들렸다. 나는 손으로 입가를 훔쳤다.

"아무한테도 말하면 안 돼." 나는 손을 헹구면서 말했다. 갑자기 제정신이 돌아온 술꾼이 된 기분이었다. "다시는 이런 일이 없을지도 몰라. 그리고 이런 일이 아예 없었던 척해야 해. 우리가 독일군의 음식을 먹었다는 것이 알려지면 우리도 배신자 취급을 받게 될 거야."

우리는 그 말의 심각성을 전해주려고 미미와 아우렐리앙을 똑바로 쏘아봤다. 아우렐리앙과 미미도 고개를 끄덕였다. 그 순간만큼은 아이들한테 영원히 독일어를 써야 한다고 했어도 아마 그러겠다고 했을 것이다. 엘렌이 행주를 물에 적셔 두 아이의 얼굴에서 밥을 먹은 흔적을 지우기 시작했다. 그녀가 말했다. "아우렐리앙, 아이들을 침대로 데려가렴. 우리는 치워야 하니까."

그에게는 나의 불안이 전염되지 않았다. 그가 미소를 지었다. 사춘기에 든 야윈 어깨가 지난 몇 달 동안 축 처져 있었다. 장을 안아 올릴 때 휘파람이라도 불 듯한 기색이었다. "반드시 명심해야 해." 내가 그에게 경고했다.

"알아." 그는 알 것 다 아는 열네 살짜리의 어조로 대답했다. 어린 장은 몇 달 만에 처음으로 배불리 먹고 지쳐서는 눈꺼풀이 무거워진 채로 아우렐리앙의 어깨 위에 축 늘어져 있었다. 그들은 계단을 올라가 사라졌다. 계단 꼭대기까지 올라갔을 때 그들의 웃음소리가 들렸고, 마음이 아렸다.

11시가 지나서야 독일군은 자리를 떴다. 통행 금지령이 내려진 지 1년이 거의 다 됐다. 양초나 아세틸렌 등이 없으면 엘렌과 나는 밤이 오자마자 바로 잠자리에 드는 습관이 들었다. 점령된 후로는 술집 문을 6시에 닫았다. 몇 달 동안 그렇게 늦게까지 깨어 있어본 적이 없었다.

우리는 기진맥진했다. 굶다시피 하다가 몇 달 만에 기름진 음식을 먹은 탓에 뱃속이 부글거렸다. 동생이 구이판을 닦다가 푹 쓰러졌다. 나는 그 정도로 피곤하지는 않았다. 닭고기를 먹은 덕분에 아직 머리가 맑았다. 오래전에 죽은 신경이 파지직거리며 되살아나는 듯했다. 닭고기의 맛과 냄새를 여전히 느낄 수 있었다. 그것은 내 마음속에서 작은, 반짝이는 보물처럼 타올랐다.

주방을 다시 청소하기 전에 엘렌을 위층으로 보냈다. 그녀는 머리카락을 얼굴 뒤로 쓸어 넘겼다. 예전에는 너무나 아름다웠다. 전쟁 탓에 늙어버린 동생 모습을 보면서 내 얼굴을 떠올렸다. 남편이 나를 보면 어떤 생각을 할까 궁금했다.

"언니만 그들과 남겨두고 싶지는 않아." 동생이 말했다.

나는 고개를 저었다. 두렵지 않았다. 분위기는 평화로웠다. 잘 먹고 나서 성내는 일은 흔치 않다. 그들은 술을 마셨지만 아마도 한 사람 앞에 세 잔까지만 허락된 듯했다. 취해서 추태를 부릴 정도는 아니었다. 아버지는 우리에게 귀한 것은 거의 남겨주지 않았지만, 언제가 두려워해야 할 때인지 알아채는 법을 가르쳐줬다. 낯선 사람이라도 잘 지켜보면 턱에 힘이 들어가고 눈이 보일락 말락 가늘어지면서 내면의 긴장이 갑자기 폭력으로 터져 나오는 정확한 순간을 알 수 있다. 게다가 사령관이 그런 행동을 용인하지 않으리라 생각했다.

주방에 남아 청소를 하다보니 드디어 의자 미는 소리가 들렸다. 그들이 떠나려 한다는 것을 알 수 있었다. 나는 바 안으로 들어갔다.

"이제 문을 닫아도 좋소." 사령관이 말했다. 나는 성난 티를 내지 않으려 했다. "부하들이 훌륭한 식사에 대해 감사를 전해 달라는군요."

나는 그를 쏘아봤고 가볍게 목례를 했다. 독일군의 칭찬에 고마워하는 듯이 보이고 싶지는 않았다.

그는 대답을 기대하지는 않은 듯했다. 그가 모자를 쓰자 나는 호주머니에 손을 넣어 식량 전표를 그에게 건넸다. 그는 그것을 힐끗 보더니 약간 짜증스럽게 나에게 다시 내밀었다. "이런 일은 내 담당이 아니오. 식량을 나르는 사람들에게 내일 주시오."

"죄송합니다." 나는 그렇게 말했지만 실은 아주 의도적인 행동이었다. 나의 어떤 짓궂은 면이 잠깐 동안만이라도 그를 지원병의 지위로 끌어내리고 싶었던 것이다.

나는 그들이 외투와 모자를 걸치는 동안 그 자리에 서 있었다. 신사다운 행동이 아직도 몸에 배어서 의자들을 제자리에 갖다놓는 사람도 있고, 어디든 다 제집처럼 행동할 권리가 있다는 듯 함부로 구는 이들도 있었다. 나는 생각했다. '그러니까 이런 거로구나. 전쟁이 끝날 때까지 독일군을 위해 요리를 하며 살아야 하는구나.'

정성을 덜 기울여서 요리를 일부러 망쳐야 했을까, 하는 생각을 잠깐 했다. 그러나 엄마는 항상 우리에게 요리를 대충하는 것은 그 자체로 죄를 짓는 거라고 말씀하셨다. 그리고 아무리 우리가 비도덕적이었다 해도, 배신자 같은 짓을 했다 해도, 그날 밤의 구운 닭 요리는 절대 잊지 못할 것이었다. 또 먹을 수 있을지 모른다는 생각만 해도 살짝 현기증이 날 지경이었다.

바로 그때, 그가 아직도 그림을 바라보고 있다는 것을 눈치챘다.

나는 여동생의 말이 떠올랐다. 겁이 더럭 났다. 빛바랜 작은 술집에 걸린 그림. 색이 지나치게 밝고 빛나는, 자신감에 찬 소녀를 그린 그림은 정말 반항적으로 보였다. 이제 보니 소녀는 거의 그들을 조롱하는 것 같았다.

그는 그림을 계속 보고 있었다.

그의 뒤에서 부하들이 자리를 뜨기 시작했다. 그들의 거칠고 큰 목소리가 텅 빈 광장에 울렸다. 나는 문이 열릴 때마다 조금씩 몸을 떨었다.

"당신과 아주 닮았군요."

그가 알아봤다는 사실에 충격을 받았다. 제대로 보았다고 대답해주고 싶지는 않았다. 그가 그 소녀에게서 나를 볼 수 있었다는 것은 일종의 친밀감을 암시했다. 나는 침을 꿀꺽 삼켰다. 손을 너무 꽉 쥐고 있어서 손가락 마디에 핏기가 가셨다.

"예. 저, 아주 오래전입니다."

"저건 좀……. 마티스풍이군요."

그 말에 너무 놀란 나머지 나도 모르는 사이 말이 나와버렸다. "에두아르는 파리의 마티스 아카데미에서, 마티스 밑에서 공부했어요."

"나도 거기는 압니다. 한스 푸르만이라는 화가 이름을 들어본 적 있습니까?" 내가 깜짝 놀랐던 것이 틀림없다. 그가 내 쪽으로 시선을 홱 돌렸다. "그의 작품을 정말 좋아합니다."

한스 푸르만, 마티스 아카데미. 독일 사령관의 입에서 그 말을 들으니 마음속 평정을 잃어버리고 말았다.

이제 그가 그만 갔으면 싶었다. 그의 입에서 그런 이름들이 나오는 것이 싫었다. 그 기억들은 나의 것이었다. 이런 삶에 짓눌리는 기분이 들 때면 스스로를 위로하기 위해 끄집어낼 수 있는 작은 선물이었다. 내 가장 행복했던 시절이 독일인의 무심한 말 몇 마디로 더럽혀지는 것이 싫었다.

"사령관님, 이제 저는 청소를 해야 합니다. 실례하겠습니다." 나는 접시를 포개고 잔들을 모으기 시작했다. 그러나 그는 움직이지 않았다. 마치 나를 향하듯 그의 시선이 그림에 여전히 머물고 있는 것을 느꼈다.

"예술에 대해 이야기해본 게 얼마만인지 모르겠군." 그가 마치 그림에게 말을 걸듯이 말했다. 마침내 그는 뒷짐을 지고 나에게서 몸을 돌렸다. "내일 봅시다."

나는 그가 지나갈 때 그를 볼 수가 없었다. "사령관님." 양손 가득 그릇을 든 채 그를 불렀다.

"안녕히 계시오, 부인."

청소를 마치고 위층으로 올라가보니 엘렌은 침대보에 얼굴을 묻은 채 요리하던 옷차림 그대로 잠들어 있었다. 나는 동생의 코르셋을 풀고 신발을 벗기고 이불을 덮어줬다. 그런 다음 침대로 들어갔으나 새벽녘까지 여러 생각으로 머리가 어지러웠다.

4

파리, 1912년

"마드무아젤!"

나는 장갑 진열장에서 눈을 들고 그 위에 유리 케이스를 덮었다. 라 팜 마르셰의 중앙 상점가를 이루는 거대한 아트리움에서는 부르는 소리가 잘 들리지 않았다.

"마드무아젤! 여기요! 좀 도와주실래요?"

그가 소리치지 않았어도 알아봤을 것이다. 그는 키가 크고 체격이 좋았다. 게다가 귀를 덮은 곱슬머리는 우리 상점에 오는 신사들이 많이 하는 단정하게 깎은 스타일과 달랐다. 이목구비가 뚜렷하고 짙어서 우리 아버지 같았으면 시골뜨기라고 무시해버렸을 상이었다. 그는 로마 황제와 러시아 곰 중간쯤으로 보였다.

그쪽으로 걸어가자 그는 손짓으로 스카프들을 가리켰다. 그러나 그의 눈은 여전히 나를 보고 있었다. 실은 하도 오래 나를 계속 쳐다봐서 나 역시 등 뒤로 그의 시선을 느꼈다. 상사인 부르댕 부인이 눈치채지 않을까 마음 졸이고 있었다.

"스카프 좀 골라주세요." 그가 말했다.

"어떤 종류를 원하시는데요, 손님?"

"여성용이요."

"피부색이 어떠신가요? 아니면 그분이 선호하시는 특정 감이 있으신가요?"

그는 여전히 눈을 떼지 않고 있었다. 부르댕 부인은 공작 깃털 단 모자를 쓴 여자를 상대하느라 바빴다. 그녀가 얼굴 크림을 보던 위치에서 고개를 들었다면 귀까지 발개진 내 모습을 봤을 것이다. "당신에게 어울리는 것이면 뭐든지요." 그가 이렇게 말하고 덧붙였다. "당신과 피부색이 같거든요."

조심스럽게 비단 스카프들을 고르는 동안 얼굴은 점점 더 화끈거렸다. 제일 마음에 드는 것 한 장을 끄집어냈다. 파란빛이 진한 오팔색에 깃털처럼 가벼운 좋은 감이었다. "이 색은 누구에게나 다 잘 어울린답니다."

"예……. 예. 좀 들고 있어주세요." 그가 부탁했다. "당신한테 대고요. 여기." 그가 자기 쇄골을 가리켰다. 나는 부르댕 부인을 힐끗 곁눈질했다. 어느 정도 수준까지 친근하게 손님을 대할 것인지에 대해 엄격한 기준이 있었는데, 드러낸 목에 스카프를 대보는 것이 기준에 어긋나지 않을지 자신이 없었다. 그러나 그 남자가 기다리고 있었다. 나는 망설이다가 스카프를 뺨으로 가져갔다. 그가 하도 오래 나를 살펴봐서 1층 전체가 다 사라진 듯했다.

"바로 그거예요. 아름답군요. 자!" 그가 탄성을 지르며 외투로 손을 뻗어 지갑을 꺼냈다. "덕분에 물건을 쉽게 골랐어요."

그는 씩 웃었고 나도 모르게 같이 웃었다. 어쩌면 그가 이제 나에게서 시선을 거둔 덕에 안도했을 따름인지도 몰랐다.

"잘 모르겠지만……." 나는 스카프를 얇은 종이에 싸다가 상사가 다가오자 고개를 숙였다.

"조수가 일을 참 잘하네요, 부인." 그가 굵은 목소리로 말했다. 곁눈질로 그녀를 살펴보니 이 남자의 다소 꾀죄죄한 겉모습과 엄청난 부자들이 쓸 법한 말투 사이의 불일치에 어리둥절해하고 있었다. "승진시켜주셔야 해요. 보는 눈이 있어요!"

"우리는 항상 직원들이 전문가로서 만족시켜드릴 수 있도록 노력한답니다, 손님." 그녀가 부드럽게 말했다. "하지만 무엇보다도 매번 구매하실 때마다 우리 상품의 질에 만족하시기를 바랍니다. 2프랑 40수입니다."

나는 그에게 꾸러미를 건넨 다음 그가 파리에서 가장 훌륭한 백화점을 천천히 걸어가는 모습을 지켜봤다. 그는 향수 냄새를 맡아보고, 밝은색의 모자들을 살펴보고, 점원들, 심지어 그냥 지나가는 사람들한테까지 말을 걸었다. '저런 남자랑 결혼하면 어떨까?' 무심코 그런 생각이 떠올랐다. '매 순간이 어떤 감각적인 즐거움으로 가득한 저런 사람이라면?' 그러나 나는 새삼 상기했다. 그는 얼굴이 붉어질 때까지 상점 여점원을 뚫어지게 쳐다볼 수 있는 남자이기도 하다. 멋진 유리문까지 닿았을 때 그는 몸을 돌려 나를 똑바로 쳐다봤다. 그는 3초는 족히 모자를 들어 올리더니 파리의 아침 속으로 사라져버렸다.

내가 파리에 온 것은 어머니가 돌아가신 지 1년이 지났을 때였고, 여동생이 이웃 마을의 회계원인 장 미셸 몽펠리에와 결혼한 지 한 달이 지난 1910년 여름이었다. 나는 파리에서 가장 큰 백화점인 라 팜 마르셰에 일자리를 얻어 백화점에 딸린 큰 기숙사에서 살면서 창고 조수로 시작해 매장 판매원까지 왔다.

초기의 외로움에서 벗어나게 되자 파리에 만족했다. 시골뜨기 티가 나던 나막신 말고 다른 신발을 살 수 있을 만큼 돈도 벌었다. 아침 8시 45분이면 문이 열리고 멋진 파리지앵 여자들이 걸어 들어오는 그곳에서의 일을 사랑했다. 아버지의 성격이 내 어린 시절 내내 드리웠던 그림자에서 벗어날 수 있어서 좋았다. 제9구의 술주정뱅이들과 난봉꾼들도 전혀 무섭지 않았다.

그리고 나는 백화점을 사랑했다. 아름다운 것들로 가득한 드넓고 풍요로운 세계였다. 그곳의 향기와 광경은 사람을 취하게 했다. 끊임없이 바뀌는 상품들 중에는 이탈리아제 신발, 영국제 트위드, 스코틀랜드산 캐시미어, 중국산 비단, 미국과 런던에서 온 패션 상품 등 전 세계에서 들어오는 새롭고 아름다운 것들이 다 있었다. 아래층 새로운 식품관에는 스위스산 초콜릿, 번쩍이는 훈제 생선, 부드럽고 감칠맛 나는 치즈가 있었다. 라 팜 마르셰의 떠들썩한 공간에서는 더 넓고 더 이국적인 세계를 은밀히 훑어볼 수 있었다.

무엇보다도 나는 결혼할 생각이 없었다. 엄마같이 살고 싶지는 않았다. 재봉사 아르퇴이유 부인이나 내 상사인 부르댕 부인처럼 계속 거기에서 일하는 것이 나에게는 가장 잘 맞았다.

이틀 후, 그의 목소리를 다시 들었다. "아가씨! 마드무아젤!"

나는 질 좋은 양가죽 장갑 한 켤레를 사는 젊은 여자 손님을 도와주고 있었다. 그에게 고개를 까딱하고 그녀가 산 것을 계속해서 조심스레 포장했다.

그러나 그는 기다리지 않았다. "스카프가 한 장 더 급히 필요해서요." 그가 말했다. 손님이 나에게서 장갑을 받아들면서 들릴 정도로 쯧쯧 혀를 찼다. 그 역시 들었을지 모르지만 못 들은 척했다. "빨간색이면 좋겠어요. 불꽃처럼 강렬한 것으로요. 그런 게 있나요?"

나는 약간 짜증이 났다. 부르댕 부인은 이 상점이 작은 낙원 같아야 한다는 점을 잊지 않도록 내게 늘 강조했다. 우아하게 돈을 쓴 손님이라면 항상 분주한 거리에서 안식처를 발견한 기분으로 상점을 나서야 한다. 여성 고객이 불평할까 봐 걱정이 됐다. 그녀는 턱을 치켜들고 나가버렸다.

"아니. 아니 아니. 저런 거 말고요." 그는 내가 진열된 것을 훑기 시작하자 이렇게 말했다. "저런 것들요." 그가 비싼 것들이 놓인 유리 진열장 안을 가리켰다. "저거요."

나는 스카프를 꺼냈다. 피 같은 진한 루비색이 내 창백한 손에 대비되어 상처처럼 강렬한 빛을 내뿜었다.

그는 그것을 보고 미소를 지었다. "당신 목에요, 마드무아젤. 고개를 조금 들고요. 좋아요. 그렇게."

나는 이번에는 스카프를 들고 좀 부끄러움을 느꼈다. 상사가 나를 쳐다보고 있었다. "피부색이 아름다우시군요." 그가 중얼거리며 돈을 꺼내려 호주머니에 손을 넣는 사이, 나는 스카프를 잽싸게 치우고 종이에 그것을 싸기 시작했다.

"부인께서 틀림없이 선물을 마음에 들어하실 거예요." 내가 말했다. 그의 시선에 내 얼굴이 빨갛게 달아올랐다.

그가 이번에는 눈가에 주름을 잡으며 나를 보았다. "그런 피부를 가지고 있다니, 어디 출신인가요? 북부? 릴? 벨기에?"

나는 그의 말을 못 들은 척했다. 고객과, 특히 남자 고객과 개인적인 이야기를 주고받지 못하게 되어 있었다.

"제가 제일 좋아하는 음식이 뭔지 아세요? 노르망디 크림을 넣은 벨기에식 홍합찜이랍니다. 양파도 좀 넣고. 식전에 마시는 아니스 향의 파스티스 술을 조금 곁들여서요. 음." 그가 손가락으로 입술을 누르고 내가 건네준 상품을 들어 올렸다. "또 봅시다. 마드무아젤!"

이번에는 그가 백화점을 지나가는 모습을 감히 볼 수가 없었다. 그러나 목덜미가 화끈 달아오르는 것으로 그가 또 걸음을 멈추고 나를 보고 있음을 알았다. 순간 분노가 확 치밀었다. 생페론에서라면 이런 행동은 생각조차 할 수 없다. 파리 남자들이 얼마나 거리낌 없이 대놓고 쳐다보는지, 속옷 차림으로 거리를 걷는 기분이 들 정도였다.

"당신 팬이 생겼네, 당신한테 반했나봐." 그가 며칠 후 다시 오자 폴레(향수 담당)가 한 말이었다.

"르페브르 씨 말이야? 조심해." 룰루(가방과 지갑 담당)가 코웃음을 쳤다. "우편물실의 마르셀이 그가 피갈에서 매춘부들이랑 수다 떠는 걸 봤대. 흠." 그녀가 자기 카운터로 돌아섰다.

"마드무아젤."

나는 움찔하고 몸을 돌렸다.

"미안해요." 그가 카운터 위로 몸을 기대고 큰 손으로 유리를 쓸면서 말했다. "놀라게 하려던 건 아니었어요."

"전혀 놀라지 않았어요."

그의 갈색 눈이 내 얼굴을 집어삼킬 듯 샅샅이 훑었다.

"스카프를 더 보시겠어요?"

"오늘은 됐어요. 실은…… 당신에게 부탁이 있어요."

나는 옷깃으로 손을 가져갔다.

"당신을 그리고 싶어요."

"뭐라고요?"

"제 이름은 에두아르 르페브르입니다. 화가예요. 두어 시간만 내주신다면 정말로 꼭 당신을 그려보고 싶어요."

그가 나를 놀리고 있다고 생각했다. 룰루와 폴레가 듣고 있지 않나 싶어 그들이 어디에서 손님 응대를 하고 있는지 곁눈질로 살폈다. "왜……. 왜 저를 그리고 싶으세요?"

그가 살짝이라도 당황하는 모습을 본 것은 그때가 처음이었다. "정말로 그 대답을 듣고 싶으세요?"

나는 칭찬을 바라는 듯한 투로 말했음을 깨달았다.

"마드무아젤, 당신에게 부탁드리는 데 별다른 뜻은 없어요. 원하신다면 샤프롱(보호자)을 데려오셔도 됩니다. 단지 제가 원하는 건……. 당신의 얼굴이 제 마음을 사로잡았어요. 라 팜 마르셰를 떠난 후에도 오래 잊히지 않고 마음속에 맴돌아요. 종이 위에 옮겨보고 싶습니다."

나는 턱을 만지고 싶은 충동을 간신히 눌렀다. 내 얼굴이? 마음을 사로잡는다고? "저기……. 아내분도 거기 계실 건가요?"

"저는 아내가 없습니다." 그가 주머니에 손을 넣어 쪽지에 글을 휘갈겨 썼다. "하지만 스카프는 정말 많습니다." 그가 종이를 나에게 내밀었다. 나는 중범죄를 저지르는 사람처럼 무의식적으로 주위를 곁눈질하면서 그것을 받아들었다.

아무에게도 말하지 않았다. 무슨 말을 하면 좋을지도 알 수가 없었다. 제일 좋은 옷을 입었다가 다시 벗었다. 두 번을 그렇게 했다. 머리를 만지는 데 평소보다 훨씬 많은 시간을 들였다. 20분 동안 침실 문 옆에 앉아서 가지 말아야 할 이유를 죄다 읊어봤다.

드디어 집을 나서자 집 여주인이 눈썹을 치켜떴다. 나는 그녀의 의심을 누그러뜨리기 위해 좋은 신발을 벗어두고 나막신을 다시 신었다. 걸어가면서도 나 자신과 입씨름을 했다.

'상사들 귀에 화가의 모델을 섰다는 소문이 들어가는 날에는 품행을 의심받을 거야. 일자리를 잃을지도 몰라!'

'그가 나를 그리고 싶다잖아! 나, 생페론 출신의 소피를. 엘렌에 비하면 보잘것없는 나를.'

'어쩌면 내 외모에 뭔가 싸구려같이 보이는 데가 있어서 거절하지 못할 거라고 확신했을지도 몰라. 그는 피갈의 여자들이랑 놀아난다던데…….'

'하지만 네 생활에서 일하고 자는 거 말고 뭐가 있어? 이런 경험 한 번 못 해보고 살면 너무 불쌍하잖아?'

"오후 2시 이후. 아무 때나."

쪽지에 그렇게 적혀 있었다. 주소는 판테온에서 두 거리 떨어진 곳이었다. 나는 자갈길이 깔린 좁은 골목길을 따라 걸어가다가 문 앞에 멈춰 번지수를 확인하고 문을 두드렸다. 아무 대답도 들리지 않았다. 위에서 음악 소리가 들려왔다. 살짝 열린 문을 밀고 안으로 들어갔다. 좁은 계단을 조용히 올라가 문 앞까지 왔다. 문 뒤에서 축음기 소리가 들려왔다. 사랑과 절망을 노래하는 여자의 목소리 위로 낭랑하면서 귀에 거슬리는 저음의 남자 목소리가 들렸다. 틀림없이 그의 것이었다. 나도 모르게 미소를 짓고 잠시 서서 듣다가 문을 밀어서 열었다.

넓은 방은 빛으로 가득했다. 한쪽 벽은 벽돌로 되어 있는데 텅 비어 있고 다른 벽은 거의 전체가 유리창이었다. 제일 먼저 눈에 띈 것은 방 안이 깜짝 놀랄 정도로 난장판이라는 점이었다. 캔버스가 벽마다 가득 쌓여 있었다. 목탄 상자와 빛나는 색채가 굳어가는 이젤들이 들어찬 바닥에는 딱딱하게 말라붙은 붓이 꽂힌 병들이 빈틈없이 놓여 있었다. 캔버스 시트, 연필, 사다리, 먹다 남긴 음식 접시들이 있었다. 테레빈 냄새가 유화 물감, 담배 냄새, 묵은 와인의 시큼해진 향과 방 안 가득 뒤섞여 코를 찔렀다. 양초를 꽂았거나 축하 행사에서 나온 쓰레기임이 분명한 것이 든 진녹색 병들이 구석구석 놓여 있었다. 나무 스툴 위에 동전과 지폐가 마구 뒤섞인 돈 무더기가 쌓여 있었다. 그리고 그 모든 난장판의 한가운데 르페브르 씨가 파리 한복판에서 약 160킬로미터쯤 떨어진 곳에 사는 농부처럼 긴 작업복과 허름한 바지를 입은 차림으로 생각에 잠겨 붓이 든 병을 들고 천천히 왔다 갔다 하고 있었다.

"르페브르 씨?"

그는 내가 누구인지 기억해내려는 듯 나를 보고 두어 번 눈을 껌벅이더니 옆의 탁자 위에 붓이 든 병을 천천히 내려놨다.

"당신이군요!"

"흠, 예."

"굉장해요!" 그가 마치 여전히 내가 와 있다는 것을 믿기가 어렵다는 듯 고개를 가로저었다. "굉장해. 들어와요, 들어와. 앉을 데를 좀 찾아야겠군요."

그는 몸집이 더 커 보였다. 입은 셔츠는 얇아서 살이 비쳐 보였다. 그가 낡은 긴 의자 위에서 신문 더미를 치우고 겨우 자리를 만들 동안 나는 어색하게 가방을 쥐고 서 있었다.

"자, 앉으세요. 마실 것 좀 드릴까요?"

"물이나 좀 주세요. 고맙습니다."

내 상황이 애매한데도 불구하고 거기에 있는 내내 불편한 기분이 들지는 않았다. 그 낯선 화실의 구지레함도 마음 쓰이지 않았다. 그러나 좀 무시당한 것도 같고 약간 바보가 된 기분이 들어서 경직되고 어색해졌다. "제가 올 거라고는 예상 못 하셨군요."

"죄송합니다. 오실 거라고는 믿지 않았어요. 하지만 와주셔서 정말 기쁩니다. 너무 기뻐요." 그는 한 발 물러서서 나를 봤다.

내 광대뼈, 뺨, 머리카락을 훑는 그의 시선을 느낄 수 있었다. 나는 그의 앞에 풀 먹인 칼라처럼 빳빳이 앉아 있었다. 그에게서는 좀 오래 씻지 않은 냄새가 났다. 불쾌할 정도는 아니었지만 상황이 상황이니만큼 신경이 쓰였다.

"와인 한잔하시겠어요? 긴장을 좀 풀어드릴 텐데?"

"아뇨, 괜찮아요. 그냥 시작했으면 좋겠는데요. 전……. 1시간밖에는 낼 수가 없어서요." 어디에서 그런 말이 나왔을까? 이미 절반쯤은 자리를 뜨고 싶은 마음이었다.

그는 내 자세를 잡으려 했다. 나에게 가방을 내려놓고 긴 의자 팔걸이에 약간 몸을 기대보라고 했다. 하지만 할 수가 없었다. 이유는 말할 수 없지만 굴욕감을 느꼈다. 르페브르 씨가 거의 말을 하지 않고 이젤과 나를 번갈아 보면서 작업을 할 동안, 내가 남몰래 생각했던 것처럼 그가 나를 숭배하고 대단하게 여기는 것이 아니라 그저 나를 똑바로 보고 있을 뿐이라는 생각이 서서히 들었다. 나는 문가에 있는 정물화 속 녹색 병과 사과와 다를 바 없는 하나의 물건, 하나의 대상이 된 것 같았다.

대상으로서조차 마음에 들지 않는 것이 분명했다. 시간이 흐를수록 그는 점점 더 실망한 듯 작게 절망어린 탄식을 내뱉었다. 나는 내가 잘못하고 있나 두려워서 동상처럼 꼼짝 않고 앉아 있었다. 마침내 그가 이렇게 말했다. "마드무아젤, 끝내기로 합시다. 오늘은 목탄의 신이 저와 함께해주지 않나봅니다."

나는 안심이 되어 몸을 쭉 펴고 목을 이리저리 돌렸다. "좀 봐도 될까요?"

그림 속의 소녀는 내가 맞기는 했지만 나는 그녀를 보고 움찔하고 놀랐다. 생기가 없어 보였다. 그녀는 엄숙하고 단호한 표정을 하고 노처녀 이모처럼 꼬장꼬장한 자세로 앉아 있었다.

나는 무너진 마음을 내비치지 않으려 애썼다.

"제가 당신이 바라던 모델이 아닌 것 같네요."

"아닙니다. 당신 탓이 아닙니다, 마드무아젤." 그가 어깨를 으쓱했다. "전……. 저 자신한테 실망했습니다."

"괜찮으시다면 일요일에 다시 올 수 있어요." 내가 왜 그런 말을 했는지 모르겠다. 모델을 한 게 즐겁지도 않았다.

그는 나에게 미소를 지었다. 그의 눈빛은 더할 나위 없이 선량했다. "그렇게 해주신다면……. 정말 너그러우신 일이지요. 다음번에는 틀림없이 제대로 그려 드릴 수 있을 겁니다."

그러나 일요일도 별반 나아지지 않았다. 나는 정말로 노력했다. 긴 의자에 팔을 걸치고 그가 책에서 보여준 비스듬히 누운 아프로디테처럼 몸을 틀고 누워서 다리 주위로 치마를 주름이 잡히게 모았다. 긴장을 풀고 표정을 부드럽게 하려고 했으나 그런 자세에서는 코르셋이 허리를 파고들고 머리카락은 자꾸만 핀에서 삐져나와서 손대고 싶은 유혹을 참을 수가 없었다. 길고 고된 두어 시간이었다. 그림을 보기도 전에 르페브르 씨의 표정으로 보아 다시 한 번 그가 실망했음을 알았다.

이게 나라고? 비너스라기보다는 부드러운 가구 표면에 먼지가 있나 확인하는 까칠한 가정부 같은 음침한 표정의 여자를 보며 생각했다.

이번에는 그가 나를 안쓰럽게 여겼을 것이다. 나는 그가 여태껏 만나본 모델 중에서 가장 못생긴 사람일 것이다.

"당신 탓이 아니에요, 마드무아젤." 그가 주장했다. "때로는……. 인물의 참된 본질을 잡아내는 데 시간이 걸린답니다."

그러나 나를 무엇보다도 화나게 한 것은 바로 그 말이었다. 유감이지만 그가 벌써 잡아낸 것 같았다.

그를 다시 만난 날은 혁명 기념일이었다. 창문 아래 늘어뜨린 거대한 붉은색, 흰색, 파란색 깃발과 향기 좋은 화환들 아래를 지나, 어깨에 라이플총을 걸치고 행진하는 군인들을 구경하려고 선 군중들 속을 지그재그로 헤치면서 라틴 구의 붐비는 거리를 걸어가던 참이었다.

파리 전역이 축하 분위기였다. 나는 평소에는 혼자서 잘 다녔지만 그날은 까닭 없이 심란하고 유난히도 외로웠다. 판테온까지 이르러 발을 멈췄다. 평상시에는 잿빛의 길게 뻗은 거리였던 수플로 가가 지금은 춤추는 사람들, 긴 치마를 입고 챙 넓은 모자를 쓴 여자들, 카페 레옹 밖의 밴드로 가득 차서 엄청난 인파로 소용돌이치고 있었다. 그들은 우아하게 원을 그리며 움직였고, 거리가 무도회장이라도 되는 듯이 보도 끝에 서서 서로 구경하며 대화를 나눴다.

그리고 그 한복판에 목에 밝은색 스카프를 두른 그가 앉아 있었다. 위대한 여가수 미스탱게트가 다정하게 그의 어깨에 손을 올려놓고 뭔가 말하자 그가 큰 소리로 웃음을 터뜨렸다. 그녀는 화려한 미소와 장밋빛 머릿수건 때문에 다른 누구보다도 더 밝게 그려진 듯이 눈에 확 띄었다. 그녀의 숭배자들과 시중꾼들이 그 두 사람 주위를 맴돌았다.

나는 놀라서 쳐다봤다. 그때 내 시선이 너무 강렬했는지 그가 주위를 둘러보다 나를 봤다. 나는 잽싸게 문가로 숨어서 붉어진 얼굴로 반대 방향으로 향했다. 자갈길 위로 나막신을 딸그락거리며 춤추는 사람들 속을 들어왔다 나갔다 하면서 나아갔다. 그러나 곧 그의 목소리가 등 뒤에서 울렸다.

"마드무아젤!"

못 들은 척할 수가 없었다. 고개를 돌렸다. 그는 잠시 나를 포옹이라도 할 기세였지만 내 태도에서 뭔가를 느끼고 멈칫한 듯했다. 그는 내 팔을 가볍게 잡고 인파 쪽으로 나를 이끌었다. 그러고는 "당신과 마주치다니 정말 기쁘군요"라고 말했다. 나는 더듬거리며 변명을 주워섬겼지만 그는 큰 손을 들어 올렸다. "자, 마드무아젤, 공휴일이에요. 아무리 부지런한 사람이라도 가끔은 즐길 줄도 알아야 해요."

우리 주위에서 늦은 오후의 산들바람에 깃발들이 펄럭이며 나부꼈다. 불규칙한 내 심장 고동 소리처럼 펄럭이는 소리가 들려왔다. 나는 예의를 갖추면서 이 상황에서 빠져나갈 방법을 생각해내려 머리를 쥐어짜고 있는데 그가 다시 말을 걸었다.

"마드무아젤, 부끄럽지만 생각해보니 우리가 초면이 아닌데도 당신 이름을 모르는군요."

"베세트예요. 소피 베세트."

"제가 한 잔 사도록 허락해주시겠습니까? 베세트 양."

나는 고개를 저었다. 여기까지 온 것만으로도 이미 내 속을 너무 많이 내보인 것처럼 속이 울렁거렸다. 그의 뒤쪽을 힐끗 쳐다보니 미스탱게트 양이 아직도 자기 친구들과 앉아 있었다.

"괜찮지요?" 그가 팔을 내밀었다.

바로 그때 미스탱게트의 시선이 나를 똑바로 향했다.

솔직히 말하면 그가 손을 내밀었을 때 그녀의 표정에 떠오른 것은 잠깐이었지만 짜증스러운 기색이었다. 이 남자. 이 에두아르 르페브르는, 파리에서 제일 잘나가는 스타 중 한 명에게 자신이 빛을 잃어 남의 눈에 보이지 않는 것처럼 느끼게 할 수 있는 힘이 있었다. 그가 그녀를 놔두고 나를 선택한 것이다.

나는 그를 쳐다봤다. "물이나 좀 주세요."

우리는 테이블로 되돌아갔다. "자, 이쪽은 소피 베세트 양이에요." 그녀는 여전히 웃고 있었지만 나를 훑어보는 눈길은 얼음처럼 차가웠다. "나막신이네." 그녀의 신사들 중 한 명이 그녀의 뒤에서 속삭였다. "정말……. 별걸 다 보네."

낮은 웃음소리에 얼굴이 화끈 달아올랐다. 나는 심호흡을 했다. "봄 시즌이 오면 큰 상점마다 나막신이 가득할 거예요." 나는 차분하게 대꾸했다. "아주 최신 상품이에요. 전원풍이지요."

나는 등에 에두아르의 손끝이 닿는 것을 느꼈다.

"파리 전체에서 가장 예쁜 발목을 가졌으니 베세트 양은 원하는 대로 무엇을 신어도 좋다고 봐요."

에두아르의 말의 의미를 서서히 이해하면서 사람들이 조용해졌다. 미스탱게트가 나한테서 슬며시 시선을 돌렸다. "만나서 반가웠어요." 그녀가 화사한 미소를 지으며 말했다. "에두아르, 저는 가봐야겠어요. 너무 바빠서요. 조만간 나를 보러 와 줄 거지요?" 그녀가 장갑 낀 손을 내밀자 그는 입을 맞췄다. 나는 그의 입술에서 시선을 돌려야 했다. 그런 다음 그녀는 바다를 가르듯 인파 속을 뚫고 사라졌다.

우리는 자리에 앉았다. 에두아르 르페브르는 의자에 몸을 쭉 뻗고 앉았지만 나는 여전히 어색함에 딱딱하게 굳어 있었다. 그는 아무 말도 않고 나에게 음료를 건넸다. 확신할 수는 없지만, 그의·표정에는 뭔가 웃음을 간신히 참으면서 살짝 미안해하는 듯한 기미가 있었다. 마치 내가 무시당했다고 느끼기에는 그 일이, 그런 일들이 모두 너무 우스꽝스럽다는 듯이.

춤추는 유쾌한 사람들, 웃음소리, 맑은 푸른 하늘에 둘러싸여 있으니 긴장이 풀리기 시작했다. 에두아르는 나에게 더할 나위 없이 깍듯했다. 파리에 오기 전까지는 어떻게 지냈는지, 상점 안에서 다른 사람들과의 관계는 어떤지 질문을 던지면서, 때때로 말을 끊고 입에 담배를 물고 큰 손을 허공에 높이 들어 박수를 치며 악단을 향해 "브라보!"라고 외쳤다. 그는 모르는 사람이 거의 없는 듯했다. 걸음을 멈추고 그에게 인사를 건네거나 마실 것을 사는 사람들의 숫자를 다 헤아릴 수가 없을 지경이었다. 화가, 상점 주인, 위험해 보이는 여인들……. 가지각색이었다. 왕족과 함께 있는 것 같았다. 마음만 먹으면 미스탱게트를 가질 수도 있는 남자가 나 같은 여자랑 뭘 하는 걸까 의아해하면서 나를 힐끔거리는 시선을 느낄 수 있다는 점만 빼면.

"가게 여점원들 말로는 당신이 피갈의 창녀들이랑 친하다던데요." 그 말을 해버리고 말았다. 궁금했다.

"맞아요. 아주 좋은 친구들이에요."

"그들의 그림을 그리나요?"

"그들의 시간을 살 여유가 있을 때는요." 그는 우리에게 모자를 들어 인사를 하는 남자를 향해 고개를 끄덕였다. "그들은 훌륭한 모델이 되어줘요. 보통 자기 몸에 대해서 전혀 남의 눈을 의식하지 않거든요."

"나랑은 달리요."

그는 내 붉어진 얼굴을 봤다. 잠시 주저하더니 그가 사과하듯 내 손 위에 자기 손을 놨다. 내 얼굴이 더욱 빨개졌다. 그가 부드럽게 말했다. "마드무아젤, 그 그림들은 내 잘못이었어요. 당신 탓이 아니고요. 난……." 그는 방향을 바꾸었다. "당신에게는 다른 자질들이 있어요. 당신은 매혹적이에요. 믿지 않아도 할 수 없지만 진심이에요. 당신은 별로 겁이 없어요."

나는 잠시 생각해봤다. "맞아요." 나도 동의했다. "제 생각도 그래요."

우리는 빵과 치즈, 올리브를 먹었다. 그렇게 맛 좋은 올리브는 처음 먹어봤다. 그는 파스티스를 마셨는데 한 잔씩 소리 내어 아주 맛있게 꿀꺽꿀꺽 마셨다. 오후가 서서히 저물어가고 있었다. 웃음소리가 점점 더 커져가고 술 마시는 속도가 빨라졌다. 나는 작은 잔으로 와인을 두 잔 마시고서 함께 즐기기 시작했다. 이렇게 좋은 날씨에 이 거리에서는 나도 시골뜨기 이방인, 사다리 맨 아래칸의 여점원이 아니었다. 나 또한 바스티유 축제를 즐기는 사람들 중 한 명일 뿐이었다.

그러다가 에두아르가 탁자에서 일어나 내 앞에 섰다. "한 곡 추시겠습니까?"

나는 그가 내민 손을 잡았다. 그는 나를 사람들의 물결 속으로 이끌었다. 생페론을 떠나온 후로 춤을 추는 것은 처음이었다. 이제 귓가를 스치는 산들바람, 내 허리에 얹힌 그의 손의 무게가 느껴지고 나막신이 이상하리만치 가볍기만 했다. 그에게서는 담배 냄새와 아니스 열매 냄새, 나를 약간 숨 가쁘게 만드는 남자 냄새가 풍겼다.

왜 그랬는지 모르겠다. 술을 거의 마시지 않았으니 와인 탓을 할 수도 없었다. 그가 유달리 잘생겨 보였던 것도 아니고, 남자가 없어서 내 삶이 허전하다고 느꼈던 것도 아니었다.

"나를 다시 그려주세요." 내가 말했다.

그는 동작을 멈추고 당황하여 나를 바라봤다. 그를 탓할 수는 없었다. 나 자신도 영문을 알 수 없었다.

"나를 다시 그려주세요. 오늘. 지금요."

그는 아무 말도 하지 않았지만 탁자로 되돌아가 자기 담배를 챙겼다. 우리는 인파 속을 헤치고 붐비는 거리를 따라 그의 화실로 갔다.

우리는 좁은 나무 계단을 올라가 밝은 화실 문을 열었다. 나는 그가 재킷을 벗고 축음기에 레코드를 걸고 팔레트에 물감을 섞기 시작할 동안 기다렸다. 그러고서 그가 콧노래를 흥얼거리고 있을 때 내 블라우스의 단추를 풀기 시작했다. 신발과 스타킹을 벗었다. 슈미즈와 흰색 면 페티코트만 남기고 스커트까지 벗었다. 코르셋을 벗고 앉아서 머리카락의 핀을 풀어 어깨 위로 흘러내리게 했다. 그는 내 쪽으로 몸을 돌렸다가 헉하고 숨을 들이쉬었다.

그는 눈만 껌벅였다.

"이렇게요?" 내가 물었다.

그의 얼굴에 근심스러운 빛이 스쳐갔다. 아마도 또 그의 붓이 나를 배반할까 두려워하는 듯했다. 나는 고개를 높이 쳐들고 시선을 고정했다. 도전하듯 그를 똑바로 쳐다봤다. 그러자 어떤 예술적인 충동이 그를 압도했다. 그는 예상치 못한 내 우윳빛 피부와 풀어헤친 적갈색 머리카락에 이미 넋을 잃고 제대로 그려내지 못할지 모른다는 걱정마저 잊었다. "좋아요, 좋아요. 머리를 조금만 왼쪽으로 해주세요. 그리고 손도. 거기. 손바닥을 조금만 펴주세요. 완벽해요."

그가 그리기 시작하자 나는 그를 관찰했다. 그는 내 몸을 엄청나게 집중하여 구석구석 샅샅이 훑었다. 그의 얼굴에 만족감이 번져가는 것을 보면서 내 얼굴에도 똑같은 만족감이 퍼져나갔다. 이제는 거칠 것이 없었다. 나는 미스탱게트였고 두려움 없는, 남의 눈 따위 의식하지 않는 피갈의 거리 여자였다. 그가 내 피부를, 내 목의 움푹 팬 곳들을, 머리카락 아래 비밀스러운 빛을 보아주었으면 했다. 그가 내 모든 부분을 보기를 원했다.

그가 그림을 그릴 동안 나는 그의 이목구비를, 팔레트에 그림을 섞으면서 혼잣말을 중얼거리는 모습을 눈여겨봤다. 그가 실제보다 더 나이 든 사람처럼 어기적거리며 돌아다니는 것도 봤다. 하지만 겉으로만 그런 척할 뿐이었다. 그는 상점에 들어오는 대부분의 남자들보다 더 젊고 강했다. 그가 음식을 먹던 모습을 떠올렸다. 탐욕스러운 기쁨이 뚜렷이 드러나던. 그는 축음기에서 나오는 노래를 따라 부르고, 내킬 때 그림을 그리고, 원하는 상대 누구에게나 말을 걸고, 생각하는 것을 이야기했다. 나도 에두아르처럼 매 순간을 골수까지 빨아먹으며, 너무 맛있어서 노래를 부르며, 그렇게 유쾌하게 살고 싶었다.

그러다보니 날이 어두워졌다. 그는 붓을 빨기 위해 하던 것을 멈췄다. 그러고는 이제야 막 알아챘다는 듯이 주위를 둘러봤다. 양초와 가스등을 켜서 내 주위에 놓더니 날이 어두워져 더 이상 그림을 그릴 수 없다는 것을 깨닫고 한숨을 내쉬었다.

"춥지요?" 그가 물었다.

나는 고개를 저었지만 그는 옷장으로 걸어가 밝은 빨강색 모직 숄을 꺼내어 세심하게 내 어깨에 둘러줬다. "오늘은 어두워졌군요. 보고 싶은가요?"

나는 숄을 여미고 이젤 쪽으로 걸어갔다. 맨발이 마룻바닥에 닿았다. 꿈속에 있는 듯한, 거기 앉아 있던 시간 동안 진짜 삶은 증발해버린 듯한 기분이었다. 그림을 보면 주문이 깨질까봐 두려웠다.

"이리 와요." 그가 나를 앞으로 손짓해 불렀다.

캔버스의 소녀를 알아보지 못했다. 그녀는 희미한 불빛 속에서 구릿빛으로 반짝이는 머리카락과 설화석고처럼 하얀 피부를 하고 나를 도전적으로 마주보고 있었다. 귀족처럼 자부심에 찬 소녀였다.

그녀는 낯설고 당당하고 아름다웠다. 마법의 거울에 비친 내 모습 같았다.

"난 알고 있었어요." 그가 말했다. 그의 목소리가 부드러웠다. "당신이 거기 있을 줄 알았어요."

이제 그는 지치고 긴장된 눈빛이었지만 만족한 듯했다. 나는 조금 더 그림 속의 그녀를 바라봤다. 왜 그랬는지 모르지만 앞으로 걸어 나가 천천히 손을 들어 그의 얼굴을 감싸 쥐고 그가 나를 다시 보게 했다. 마치 그가 볼 수 있는 것을 내가 흡수할 수 있다는 듯이 나를 계속 보게 만들었다.

남자와 관계 갖기를 원해본 적은 단 한 번도 없었다. 부모님의 방에서 새어나오던 짐승 같은 소리들과 비명. 대개 아버지가 취했을 때 나는 그 소리는 나를 공포에 질리게 했다. 다음날 어머니의 멍든 얼굴과 조심스러운 걸음걸이를 보고 어머니를 가엾게 여겼다. 그러나 에두아르에 대한 감정이 나를 압도했다. 그의 입에서 눈을 뗄 수가 없었다.

"소피……."

그의 목소리가 거의 들리지 않았다. 그의 얼굴을 내 얼굴 가까이 바짝 끌어당겼다. 우리 주위에서 세상이 증발해 사라졌다. 내 손바닥 아래에서 그의 억센 수염이 쏠리는 소리가 들리고 내 피부에 닿는 따스한 숨결이 느껴졌다. 그의 눈이 아주 진지하게 내 눈을 들여다봤다. 맹세컨대 그는 그때조차 이제 막 나를 본 듯한 눈빛이었다.

나는 호흡을 가라앉히고 아주 약간 몸을 앞으로 기울여 그의 입술에 내 입술을 포갰다. 그의 손이 내 허리를 잡고 반사적으로 꽉 조였다. 그의 입술이 내 입술과 만났고 나는 그의 숨결과 함께 담배, 와인 냄새, 온기, 그의 입술이 젖은 맛을 들이마셨다. '오, 하느님, 그가 저를 집어 삼켜줬으면 좋겠어요.' 나는 눈을 감았다. 내 몸이 불꽃이 튀듯 움찔거렸다. 그의 손이 내 머리카락을 파고들고 입술이 내 목을 더듬었다.

바깥의 거리에서 축제를 즐기는 사람들의 요란한 웃음소리가 들렸다.

밤의 산들바람을 타고 깃발이 나부끼면서 내 안에서 무언가가 영원히 변해버렸다.

"오, 소피. 평생 동안 매일 당신을 그릴 수 있었으면."

그가 내 살결에 얼굴을 묻고 웅얼거렸다. 적어도 그가 "그릴"이라고 말했던 것 같다. 그쯤 와서는 이제 아무래도 좋았다.

5

르네 그르니에의 대형 괘종시계가 종을 울리기 시작했다. 다들 잘 알고 있듯이, 이것은 재앙이었다. 지난 몇 달 동안 독일군의 손에 들어가는 것을 막기 위해 그 시계를 그의 집 옆에 있는 채마밭 밑에 은으로 된 찻주전자, 금화 네 개, 할아버지가 조끼에 달고 다녔던 시계와 함께 묻어두었던 것이다.

그 계획은 성공적이었다. 과연 온 마을이 정원과 길 밑에 서둘러 묻은 귀중품들을 밟고 다녔다. 그러던 어느 상쾌한 11월 아침, 프왈란 할머니가 황급히 술집으로 달려와 당근을 뽑은 밭 아래에서 15분마다 종소리가 울리고 있다는 소식을 전했다. 덕분에 매일 하는 도미노 게임이 중단됐다.

할머니가 속삭였다. "내 귀에까지 그 소리가 들린다니까. 그리고 내가 들을 수 있다면 그놈들한테도 당연히 들릴 거야."

내가 물었다. "정말로 들으신 거예요? 마지막으로 태엽을 감은 지가 벌써 언제인데요."

"어쩌면 그르니에 부인이 무덤 속에서 내는 소리인지도 모르지." 라파르주 씨가 말했다.

"나 같으면 채마밭에 아내를 묻지는 않았을 거야." 르네가 중얼거렸다. "그랬다가는 채소 맛이 쓰게 변하고 시들어버렸을 테니까."

나는 허리를 숙여 재떨이를 비우면서 목소리를 낮춰 속삭였다. "르네 할아버지. 밤에 시계를 파내서 자루에 싸야 해요. 오늘 밤이 안전할 거예요. 그들이 식사를 만들 여분의 식량을 날라 왔어요. 거의 다 여기에 있을 테니 근무하는 사람은 별로 없을 거예요."

독일군이 르코크루주에서 식사를 한 지 한 달이 됐다. 서로가 공유하는 영역을 놓고 불안한 휴전이 이뤄졌다. 오전 10시부터 5시 반까지 술집은 프랑스인들 차지가 되어 노인들과 갈데 없는 이들이 평소처럼 자리를 메웠다. 엘렌과 나는 청소를 한 다음 독일군을 위해 요리를 했다. 그들은 7시 전에 문을 들어설 때 식탁에 음식이 거의 차려져 있기를 기대했다.

덕을 보는 것이 있기는 했다. 일주일에 여러 차례 음식이 남을 때면 우리는 그것을 나누어 먹었다. 닭 요리로 포식을 하기보다는 고기나 야채 부스러기일 때가 많았다. 날씨가 추워지면서 독일군은 더 허기져했다. 엘렌과 나는 우리 몫을 따로 챙겨둘 배짱은 없었다. 그러나 남은 음식을 아무거나 닥치는 대로 얻어먹는 정도라도 차이는 있었다. 장은 전보다 병치레하는 횟수가 줄었다. 우리는 피부가 좋아지기 시작했다. 두어 번은 병든 루이자를 위해 뼈로 끓인 국물을 작은 항아리에 담아 시장

댁으로 살짝 빼돌리기도 했다.

다른 이득도 있었다. 독일군이 저녁에 자리를 뜨자마자 엘렌과 나는 난로로 달려가 장작불을 끈 다음 그것들을 창고에다 말렸다. 반쯤 탄 장작들을 며칠 모으면 유난히 추운 날 낮에 조그맣게 난롯불을 피울 수 있었다. 불을 피운 날이면 마실 것을 사는 손님은 거의 없어도 술집이 터져나갈 듯했다.

그러나 충분히 예상했던 것이지만 나쁜 면도 있었다. 내가 장교들에게 말을 걸지도 않고 그들은 내 집에서 엄청난 부담에 지나지 않는다는 식으로 차갑게 굴었는데도 뒤랑 부인과 루비에 부인은 내가 독일군의 후의를 받아들이는 것이 분명하다고 단정 지어버렸다. 정기적으로 공급되는 식량, 와인, 연료를 받을 때면 그들의 따가운 눈초리를 느낄 수 있었다. 광장에서 우리를 놓고 입방아를 찧느라 정신이 없다는 것을 알고 있었다. 그나마 한 가지 위안이 있다면 야간 통행금지 덕분에 우리가 군인들을 위해 요리한 근사한 음식이나, 어두운 밤 시간에 호텔에서 벌어지는 활기찬 수다와 토론을 그들이 볼 수 없다는 점이었다.

엘렌과 나는 우리 집에서 외국 억양을 들으며 지내는 데 익숙해졌다. 그들 중 몇 명은 얼굴을 익혔다. 귀가 크고 큰 키에 마른 사람이 있었는데 항상 프랑스어로 우리에게 감사를 표하려고 했다. 콧수염이 희끗희끗한 성질 고약한 사람도 있었는데 소금이나 후추를 찾거나 고기를 더 달라며 늘 흠을 잡지 못해 안달했다. 몸집이 작은 홀게르는 술을 너무 많이 마셨고 주변에서 무슨 일이 일어나건 정신이 딴 데 팔린 사람처럼 창밖을 멀거니 내다보곤 했다. 엘렌과 나는 그들의 말에 공손히 고개를 끄덕이며 정중하게, 그러나 친근하지는 않게 상대해줬다. 솔직히 말하자면 그들과 함께 있어 즐겁기까지 한 날도 있었다. 독일인으로서가 아니라 인간으로서. 사람들, 교제, 요리 냄새. 우리는 남자들과의 접촉에, 삶에 너무 오랫동안 굶주려 있었다. 그러나 뭔가 확실히 낌새가 이상한 날도 있었다. 그들이 이야기를 하지도 않고, 경직되고 심각한 표정으로 목소리를 낮추어 속사포처럼 대화를 주고받는 그런 밤도 있었다. 그들은 우리가 적이라는 사실을 새삼 떠올린 듯 우리를 곁눈질로 힐끔거렸다. 마치 자기들이 하는 얘기를 우리가 알아들을 수 있기라도 한 듯이.

아우렐리앙은 배워가고 있었다. 그는 우리에게 군사상 이득이 될 지도나 지령이라도 보게 될지 모른다는 기대에 3호실 바닥의 마룻장 사이 틈새에 얼굴을 꼭 붙이고 누워 있곤 했다. 그는 놀랄 만큼 독일어를 빨리 습득해갔다. 그들이 떠나고 나면 그들의 억양을 흉내 내서 우리를 웃기곤 했다. 가끔은 대화를 일부나마 알아듣기까지 했다. 어떤 장교가 der krankenhaus(병원)에 있다던가, 군인들이 몇 명이나 tot(죽었다)했다던가 하는 식이었다. 나는 그가 걱정이 되면서도 자랑스러웠다. 그 덕분에 독일군의 식사를 차려주는 일에 다른 목적이 숨겨져 있을 수도 있다는 자부심을 가질 수 있었다.

그럴 동안 사령관은 변함없이 깍듯했다. 그는 따뜻하지는 않아도 조금씩 더 친근감 있게 예의를 차리며 나에게 인사를 했다. 입에 발린 말이 아닌 진심으로 요리를 칭찬했고, 부하들을 엄격히 통제하여 과음을 하거나 우리에게 신사답지 못한 태도로 대하는 일이 없도록 단속을 했다. 그는 여러 차례 나와 미술에 관해 대화를 나누려 했다. 나는 그와 단둘이 이야기를 나누는 것이 아주 편하지는 않았지만 남편을 떠올릴 수 있어서 조금은 즐겁기도 했다. 사령관은 푸르만을 존경하며 그가 독일 혈통이라는 얘기도 하고, 모스크바와 모로코를 오래 여행하면서 마티스의 그림을 본 이야기도 했다.

처음에는 대화를 하기가 내키지 않았지만 막상 시작하니 멈출 수가 없었다. 또 다른 삶, 다른 세상을 떠올리게 만드는 것 같았다. 그는 아카데미 마티스의 화가들이 서로 경쟁했는지나 진심으로 서로를 좋아했는지는 알 수 없었지만 그곳의 활력에 매혹됐다. 그가 말하는 방식은 변호사와 비슷했다. 빠르고 지적이면서 자기 말의 요점을 즉시 파악하지 못하는 사람을 참아주지 못했다. 내가 그에게 당황하지 않았기 때문에 나와 이야기하기를 즐겼던 것 같다.

그는 부모님에 관해 "배움이 짧은" 분들이었지만 자기에게 배움에 대한 열정을 불어넣어줬다고 말했다. 전쟁이 끝나면 학구열을 더 발전시켜 여행을 하고, 독서를 하고, 공부를 하고 싶다고 했다. 그의 아내 이름은 리에즐이었다. 어느 날 저녁에는 아이 하나 있다는 말도 했다. 두 살짜리 아들인데 아직 얼굴도 보지 못했다고 했다. 엘렌에게 그 얘기를 해주면서 그녀의 표정이 동정심으로 어두워질 줄 알았지만, 엘렌은 남의 나라를 침략하느라 바쁘니까 그 모양으로 사는 거라고 거침없이 말했다.

그는 내 쪽에서도 보답으로 개인적인 이야기를 털어놓기를 바라는 뜻은 전혀 없이, 지나가는 투로 그런 이야기들을 했다. 그것은 상대를 배려하는 행동이었다. 그는 이미 내 집을 드나들고 내 생활 속으로 침입해 들어온 마당에, 그 이상을 바란다면 지나친 요구라는 것을 충분히 알고 있었다. 나는 그가 꽤 신사답다는 것을 알게 됐다.

처음 한 달이 지나면서 사령관을 다른 이들에 대해 생각하듯이 짐승, 독일놈으로 치부해버리기가 점차 어려워졌다. 독일인들은 전부 다 야만적이라는 믿음 때문에 그들에게도 아내와 어머니, 아기가 있다고 상상하기 힘들었던 것 같다. 그는 매일 저녁마다 내 앞에서 식사를 하고, 이야기를 나누고, 남편이 그랬듯이 다른 화가들의 색과 형태, 기교에 대해 토론했다. 가끔 미소를 지으면 평소 그의 얼굴에서는 잘 드러나지 않지만 실은 행복이 그에게 훨씬 더 익숙한 감정이라는 듯이 밝은 푸른색 눈가에 갑자기 깊은 잔주름이 확 패곤 했다.

나는 다른 마을 사람들 앞에서 사령관을 옹호하지도, 그에 대해 이야기하지도 않았다. 누군가 나를 르코크루주의 독일군들 때문에 힘들겠다고 대화에 끌어들일라치면, 나는 그저 곧 남편들이 돌아오고 이 모든 일도 먼 기억 속으로 사라질 날이 올 거라고만 대답했다. 그리고 독일군이 드나들게 된 후로 우리 집에 징발 명령이 단 한 차례도 떨어지지 않은 것을 아무도 눈치채지 못하게 해 달라고 기도했다.

정오가 되기 바로 전, 깔개 먼지를 턴다는 구실로 숨이 막힐 듯 답답한 술집을 빠져나와 밖으로 나섰을 때였다. 아직도 그늘진 곳에는 땅에 얇게 덮인 얼음이 수정처럼 반짝였다. 추위에 떨면서 깔개를 가지고 옆길로 해서 르네의 정원 쪽으로 가는데 그 소리가 들렸다. 바로 땅속에서 12시 15분 전을 알리는 종소리였다.

돌아와보니 노인들 한 무리가 술집에서 나오고 있었다. "노래를 부르려고 해요." 프왈란 부인이 말했다.

"뭐라고요?"

"노래를 부를 거라고요. 오늘 저녁까지 종소리를 가려야 해요. 그들한테는 프랑스 관습이라고 할 거예요. 오베르뉴 지방 노래를요. 기억나는 대로 뭐든 다 부를 거예요. 그놈들이 뭘 알겠어요?"

"온종일 노래를 부르겠다고요?"

"아니, 아니요. 딱 그 시간에요. 독일군들이 돌아다닐 때만요."

나는 믿을 수가 없어 그녀를 쳐다봤다.

"그놈들이 르네의 시계를 파내 가면, 소피. 온 마을 땅속을 다 뒤질 거예요. 독일 여자들한테 우리 어머니의 진주를 빼앗길 수는 없어요." 증오심에 그녀의 입가가 일그러졌다.

"저, 그럼 시작하는 게 좋겠어요. 시계가 정오에 울리면 생 페론 사람들 절반 귀에 들릴 거예요."

우스꽝스럽기까지 했다. 내가 현관 계단을 서성일 동안 노인들이 골목길 초입에 모여들어 아직도 광장에 서 있는 독일군을 마주하고 노래를 부르기 시작했다. 그들은 프랑스 다른 지방 노래뿐 아니라 내 어린 시절 동요까지, 「양치기 소녀의 노래」 「바일레로」 「나 어릴 적에」 등을 귀에 거슬리는 갈라지는 목소리로 불렀다. 고개를 쳐들고 어깨를 나란히 하고, 가끔씩 곁눈질로 서로를 훔쳐보며 불렀다. 르네는 부루퉁했다가 걱정스러운 표정이 됐다가 했다. 프왈란 부인은 주일학교 교사처럼 경건하게 양손을 앞으로 모아 잡았다.

내가 행주를 손에 쥐고 웃음을 참고 있는데 사령관이 길을 건너왔다. "저 사람들 뭐하는 겁니까?"

"안녕하세요, 사령관님."

"거리에서 모임을 하면 안 된다는 건 알고 있을 텐데요."

"저건 모임이 아니에요. 축제랍니다, 사령관님. 프랑스 전통이에요. 11월에 매시 정각에 생페론의 노인들이 겨울이 다가오는 것을 막기 위해 민요를 부르는 거예요." 나는 아주 그럴듯하게 꾸며내어 말했다. 사령관은 얼굴을 찌푸리더니 노인들을 쳐다봤다. 그들의 목소리가 한꺼번에 올라가는 것을 보아 뒤에서 종소리가 울리기 시작한 모양이었다.

"하지만 끔찍하군요." 그가 목소리를 낮춰 말했다. "지금껏 들어본 것 중에서 최악이오."

"제발……. 멈추게 하지 말아주세요. 들어보면 아시겠지만 그저 농부들의 노래일 뿐이에요. 하루 동안만이라도 고향의 노래를 부르면서 노인들이 작게나마 기쁨을 얻는답니다. 그 정도야 이해해주시겠지요."

"하루 종일 저렇게 노래를 부른단 말이오?"

그를 골치 아프게 하는 것은 모임 자체가 아니었다. 그는 내 남편과 비슷했다. 어떤 예술이든 아름답지 않은 것에는 생리적으로 고통을 느꼈다. "그럴 수도 있지요."

사령관은 그 소리에 감각을 적응시키려는 듯 꼼짝도 않고 서 있었다. 갑자기 걱정이 됐다. 음악을 듣는 그의 귀가 그림을 보는 눈만큼 정확하다면, 그 밑에서 종소리를 탐지해낼지도 모른다.

"오늘 밤에 뭘 드시고 싶으신가요?" 내가 불쑥 물었다.

"뭐라고요?"

"뭘 좋아하시나 해서요. 제 말은, 저희 재료가 한정되어 있기는 하지만, 사령관님을 위해 여러 가지 다양한 것들을 만들어드릴 수도 있을 거예요." 프왈란 부인이 은밀히 위쪽으로 손짓을 하며 다른 노인들에게 더 큰 소리로 노래를 부르라고 독려하는 모습이 보였다.

사령관은 잠시 당황한 기색이었다. 내가 미소를 짓자 그의 얼굴이 잠깐 부드러워졌다.

"그거 정말……." 그가 말을 하다가 멈췄다. 티에리 아르퇴이유가 모직 스카프를 휘날리며 뒤쪽을 가리키면서 길을 달려온 것이다. "전쟁 포로들이다!"

사령관은 내 존재는 잊어버리고 벌써 광장에 모이고 있는 부하들 쪽으로 잽싸게 걸어갔다. 나는 그가 가기를 기다렸다가 노래 부르는 노인들한테로 서둘러 달려갔다. 엘렌과 르코크루주 안의 손님들은 점점 커져가는 소란을 들었는지 창밖으로 엿보고 있었다. 몇몇은 길가까지 나와 있기도 했다.

잠시 침묵이 흘렀다. 곧 작은 호송대를 이룬 백여 명의 군인들이 큰길로 행군해 왔다. 내 옆의 노인들은 계속해서 노래를 불렀다. 눈앞에서 무슨 일이 벌어지고 있는지 깨닫고서 처음에는 목소리가 흔들렸으나 이내 더 결연히 큰 소리로 불렀다.

비틀거리는 병사들 속에서 잘 아는 얼굴을 찾아 걱정스럽게 훑어보는 이는 거의 없었다. 그러나 눈에 익은 얼굴이 없다고 해서 안심할 일도 아니었다. 저 사람들이 정말로 프랑스인일까? 그들은 너무나 움츠러들었고, 너무나 칙칙하고 기죽은 모습으로, 영양실조인 상태로, 몸에 더럽고 낡은 붕대로 상처를 싸매고 있었다. 몇 미터 떨어져서 고개를 푹 숙인 채 우리 앞을 지나갔다. 독일군이 그들을 앞뒤에서 에워싸고 있었다. 우리는 무력하게 아무것도 하지 못하고 바라만 볼 뿐이었다.

노인들의 합창 소리가 내 주위에서 결연하게 높아지면서 갑자기 더 듣기 좋게 조화를 이뤘다. "비바람 속에 서서 노래하네……. 바일레로 레로."

어딘가 머나먼 곳에서 에두아르가 저런 모습일지 모른다고 생각하니 목구멍에 뭔가 큰 덩어리가 턱 걸리는 듯했다. 엘렌의 손이 내 손을 꼭 쥐는 것으로 보아 그녀 역시 나와 같은 생각을 하고 있음을 알았다.

여기 모든 잔디는 더 푸르러라.
노래하네 바일레로 레로…….
내 가서 그대를 데려오리라…….

우리는 얼어붙은 표정으로 포로들의 얼굴을 자세히 훑어봤다. 루비에 부인이 우리 뒤에 나타났다. 생쥐처럼 잽싸게 바람에 모직 숄을 나부끼며 우리들 작은 무리를 헤치고 나가서 방금 빵집에서 모아 온 흑빵을 해골처럼 마른 남자들 중 한 명의 손에 쥐여줬다. 남자는 손에 쥐어진 것이 무엇인지 얼떨떨해하며 고개를 들었다. 그때 독일 병사 한 명이 그의 앞에 서서 그가 받은 것을 알아보기도 전에 고함을 지르며 총 개머리판으로 그의 손을 쳐서 빵을 떨어뜨렸다. 빵은 벽돌처럼 배수로로 떨어졌다. 노랫소리가 멈췄다.

루비에 부인은 빵을 쳐다보더니 고개를 들고 날카롭게 소리 질렀다. 그녀의 목소리가 정적을 뚫고 울려 퍼졌다. "이 짐승! 독일놈들! 이 사람들을 개처럼 굶주리게 하려고! 대체 어찌 된 놈들이냐! 쌍놈들 같으니라고! 개새끼들!" 그녀가 그런 말을 쓰는 것은 처음 들어봤다. 마치 가느다란 실이 타래에서 뚝 끊어지면서 마구 풀려나가는 것 같았다. "누구를 때리고 싶으냐? 나를 때려라! 자, 이 개새끼야. 나를 때려!" 그녀의 목소리가 차디차고 고요한 공기를 갈랐다.

엘렌의 손이 내 팔을 꽉 잡는 것을 느꼈다. 나는 부인의 입을 다물게 하고 싶었지만 그녀는 가느다란 늙은 손가락으로 그 젊은 군인 얼굴에 손가락질을 하며 계속 고함을 질러댔다. 갑자기 부인이 걱정됐다. 독일군은 분노를 참지 못하고 그녀를 노려보고 있었다. 총 개머리판을 쥔 그의 손마디에 하얗게 핏기가 가셨다. 병사가 부인을 후려칠까 두려웠다. 그녀는 너무나 연약했다. 얻어맞는다면 늙은 뼈가 산산조각 나고 말 것이다.

그러나 우리가 숨을 죽이고 지켜보는 가운데 그가 허리를 숙여 도랑에서 빵을 집더니 그녀에게 되돌려줬다. 그녀는 쏘인 듯이 그를 노려봤다. "네놈이 굶주린 동포의 손에서 떨군 것인 줄 알면서 내가 먹을 거라고 생각해? 그들 모두 우리 동족들이 야! 다 내 아들들이라고! 프랑스 만세!" 그녀는 늙은 눈을 번 득이며 침을 뱉었다. "프랑스 만세!" 마치 누가 시키기라도 한 듯이 내 뒤에 선 노인들이 메아리처럼 웅얼거리며 잠시 잊고 있던 노래를 갑자기 시작했다. "프랑스 만세!"

그 젊은 군인은 아마도 상관의 지시를 기다리는 듯 내 뒤를 쳐다봤지만, 순간 더 멀리 떨어진 쪽 줄에서 들려오는 외침에 정신이 쏠렸다. 포로 한 명이 소동을 틈타 탈출한 것이다. 임시 변통으로 만든 팔걸이 붕대를 한 젊은이가 열에서 몰래 빠져나 와 광장을 가로질러 도망가고 있었다.

부서진 르클레르 시장 동상 옆에 장교들 두 명과 함께 서 있 던 사령관이 제일 먼저 그를 발견했다. "서라!" 그가 외쳤다. 젊은이는 더 빨리 달렸다. 그의 발에 너무 큰 신발이 벗겨졌다. "섯!"

포로는 배낭을 내던지고 잠시 달리는 속도가 더 빨라진 듯 했다. 또 다른 신발짝이 벗겨지면서 비틀거렸지만 이내 자세를 바로잡았다. 모퉁이를 돌아 막 사라지려는 찰나였다. 사령관이 웃옷에서 권총을 뽑았다. 내가 미처 상황을 파악할 새도 없이 그는 팔을 들어 조준을 하고 총을 쐈다. 포로가 쿵 소리와 함께 쓰러졌다.

온 세상이 멈췄다. 새들도 침묵에 잠겼다. 우리는 자갈길 위 의 움직이지 않는 몸을 바라보기만 했다.

엘렌은 낮은 신음을 토했다. 그녀는 그에게 다가갈 기세였지만 사령관이 우리 모두에게 그 자리에 그대로 있으라고 명령했다. 그가 독일어로 뭐라고 외치자 부하들이 소총을 들고 남은 포로들을 겨눴다.

아무도 움직이지 않았다. 포로들은 땅바닥만 쳐다봤다. 이런 사태가 벌어졌어도 놀라지 않은 듯했다. 엘렌은 손으로 입을 가리고 덜덜 떨면서 알아들을 수 없는 말을 뭐라 웅얼거렸다. 나는 동생의 허리를 감싸 안았다. 내 거친 숨소리가 내 귀에까지 들렸다.

사령관이 우리 곁에서 포로 쪽으로 잰걸음으로 걸어갔다. 그에게로 가서 몸을 구부리고 턱을 손가락으로 눌렀다. 검붉은 웅덩이가 너덜너덜해진 그의 웃옷을 벌써 물들였다. 광장을 향한 그의 텅 빈 눈빛을 볼 수 있었다. 사령관은 잠시 쭈그리고 앉아 있더니 다시 일어섰다. 독일군 장교 두 명이 그의 쪽으로 왔지만 그는 열로 되돌아가라고 손짓을 했다. 그는 광장을 가로질러 되돌아와 웃옷에 권총을 넣었다. 시장 앞을 지나면서 잠시 걸음을 멈췄다.

"필요한 뒤처리를 하시오." 그가 말했다. 시장이 고개를 끄덕였다. 그의 턱이 희미하게 떨리는 것이 보였다.

고함 소리와 함께 고개를 푹 숙인 포로들의 대열은 길을 따라 움직였다. 그제야 생페론의 여자들은 손수건에 얼굴을 묻고 마음껏 흐느꼈다. 시체는 바스티드 가에 널브러진 채였다.

독일군이 행군해 가자마자 르네 그르니에의 시계가 애도하듯, 침묵 속에서 정각에서 15분이 지났음을 알리는 종을 울렸다.

그날 밤, 르코크루주의 분위기는 차분했다. 사령관은 대화를 하려 시도하지 않았다. 나 역시 대화를 바라는 인상을 전혀 주지 않았다. 엘렌과 나는 식사를 내고, 요리한 냄비들을 설거지하면서 되도록 주방을 떠나지 않았다. 나는 입맛이 없었다. 그 불쌍한 젊은이의 모습, 누더기가 된 옷, 죽음을 향해 도망갈 때 그의 발에서 벗겨져 나간 큰 신발이 머리를 떠나지 않았다.

그것도 그렇지만 그렇게 가차 없이 권총을 뽑아 그를 쏜 장교가 내 식탁에 앉아서 한 번도 보지 못한 자식을 그리워하고 자기가 갖고 있는 미술품에 대해 흥분해 이야기하던 바로 그 사람이라니 믿을 수가 없었다. 사령관이 진짜 자신을 감추고 있기라도 했던 것처럼 속은 기분이 들었다. 독일군은 예술에 대해 토론하고 맛있는 음식을 먹으러 여기 온 것이 아니었다. 그들은 우리 아들과 남편 들을 쏴 죽이려고 여기 와 있는 것이다. 우리를 끝장내려고 와 있다.

그 순간 몸이 아플 정도로 남편이 그리웠다. 그에게서 마지막으로 소식이 온 지가 거의 석 달이 지났다. 그가 어떻게 지내고 있는지 전혀 알 길이 없었다. 그래도 우리가 이 기묘한 고립 속에 있을 동안에는 남편이 건강히 잘 지내고 있다고, 진짜 세상에서 동료들과 코냑을 함께 마시거나, 어쩌면 짬 날 때면 종잇조각에 스케치를 하면서 보내고 있을 거라고 나 자신을 믿게 할 수 있었다. 눈을 감으면 파리에서 기억하는 에두아르의 모습이 보였다. 그러나 이 불쌍한 프랑스인들이 거리를 행군해 지나가는 모습을 보고 나니 계속 환상을 붙잡고 있기가 힘이 들었다. 에두아르는 포로가 되어 부상을 당한 채로 굶주리고 있을지 모른다. 그 사람들이 고통받는 것처럼 그도 고통을 겪고 있을지 모른다. 죽었을지도 모른다.

나는 개수대에 기대어 눈을 감았다.

그때 쿵 소리가 들렸다. 나는 생각에서 깨어나 주방에서 뛰쳐나갔다. 엘렌이 나를 등지고 양손을 든 채 서 있었다. 그녀의 발치에는 깨진 유리잔들이 놓인 쟁반이 나뒹굴었다. 사령관이 한 젊은이의 멱살을 붙잡아 벽에 밀치고 있었다. 그는 얼굴을 잔뜩 일그러뜨린 채 그 남자의 얼굴에 자기 얼굴을 바짝 갖다 대고 독일어로 뭐라고 그에게 고함을 질러댔다. 그의 손에 붙잡힌 남자는 굴복의 표시로 손을 쳐들고 있었다.

"엘렌?"

그녀의 얼굴이 핏기 없이 창백했다. "지나가는데 저 사람이 내 몸에 손을 댔어. 하지만……. 하지만 사령관님이 폭발했어."

이제 다른 사람들이 그들 주위로 모여들어 사령관에게 그를 놓아주라고 애걸했다. 의자가 뒤집히고 저마다 목소리를 높여 서로 고함을 쳤다. 잠시 온 방 안이 난장판이 됐다. 마침내 사령관이 그들의 목소리를 들은 듯 젊은이의 멱살을 틀어쥔 손을 풀었다. 순간 그의 눈이 나와 마주쳤다고 생각했지만 그는 한 발 뒤로 물러서서 주먹을 날려 남자의 옆머리를 강타했다. 남자의 얼굴이 벽을 맞고 도로 튕겨 나왔다. "Sie dürfen die Frauen nicht anfassen!" 그가 외쳤다.

"주방으로 가." 나는 깨진 유리를 주우려고 발을 멈추지도 않고 여동생을 문 쪽으로 떠밀었다. 거친 목소리, 쾅 하고 문 닫히는 소리를 들으며 서둘러 동생을 따라 복도를 걸어갔다.

"르페브르 부인."

나는 마지막 남은 잔을 닦고 있었다. 엘렌은 잠자리에 들었다. 그날의 사건으로 그녀는 나보다도 훨씬 더 기진해버렸다.

"부인?"

"사령관님." 나는 행주에 손을 닦으며 돌아섰다. 주방에는 정어리 깡통에 지방을 넣고 심지를 꽂은 양초 하나뿐이었다. 그의 얼굴을 거의 알아볼 수가 없었다.

그는 손에 모자를 든 채 내 앞에 섰다. "잔이 깨진 건 미안하오. 새것으로 갖다주도록 하겠소."

"신경 쓰지 마세요. 아직 충분해요." 어떤 잔이든 결국은 이웃들로부터 징발될 것이 뻔했다.

"사과하겠소……. 젊은 장교 일 말이오. 다시는 그런 일이 없을 거라 동생을 안심시켜주기 바라오."

나는 그 말을 의심하지 않았다. 이미 뒤쪽의 창으로 그 군인이 옆머리를 젖은 수건으로 누르고 동료의 부축을 받아 숙소로 가는 모습을 봤다.

사령관이 이제 자리를 뜰 거라 생각했지만 그는 그대로 서 있었다. 나를 쳐다보는 그의 시선을 느꼈다. 그의 눈빛은 침착함을 잃고 흔들리다 못해 고뇌에 차 있었다.

"오늘 밤 식사는……. 훌륭했소. 그 요리 이름이 뭐지요?"

"슈 파르시요. 오베르뉴 지방에서 양배추에 속을 채워 만드는 요리예요."

그는 기다렸다. 침묵이 불편할 정도로 길어지자 내가 말을 좀 더 덧붙였다. "야채와 허브, 소시지, 고기를 양배추 잎에 싸서 국물에 졸인 거예요."

그는 자기 발을 내려다봤다. 주방을 몇 발짝 돌더니 걸음을 멈추고 식사 도구를 넣은 항아리를 만지작거렸다. 나는 무심하게 저것을 꺼내려는가보다 생각했다.

"아주 좋았소. 다들 그렇게 말하더군. 오늘 당신이 나에게 뭘 먹고 싶은지 물었잖소. 저…… 조만간 그 요리를 다시 해주었으면 좋겠소. 손이 너무 많이 가지 않는다면."

"그렇게 해드리지요."

그날 저녁 그는 뭔가 평소와는 달랐다. 미묘하게 동요한 기미가 물결처럼 그에게서 흘러나오고 있었다. 사람을 죽이고 나면 어떤 기분일지, 독일군 사령관에게는 그저 커피 한 잔 더 마신 정도에 불과할지 궁금했다.

그는 또 뭔가 할 말이 있는 사람처럼 나를 쳐다봤지만 나는 팬 쪽으로 몸을 돌렸다.

"피곤하겠군요. 그럼 이만 가겠소." 그가 말했다.

나는 유리잔이 놓인 쟁반을 들고 그를 따라 문 쪽으로 갔다. 그는 문에 다다르자 돌아서서 모자를 썼기 때문에 나도 걸음을 멈추어야 했다. "묻고 싶은 게 있었소. 그 아기는 어떻소?"

"장 말인가요? 잘 있어요. 감사합니다. 만약……."

"아니오. 다른 아기 말이오."

하마터면 쟁반을 떨어뜨릴 뻔했다. 나는 잠시 망설이며 마음을 가라앉혔지만 목으로 피가 확 몰리는 것을 느꼈다. 그가 다 알고 있다는 것을 알았다.

내가 다시 입을 열자 목소리가 탁하게 나왔다. 내 앞의 유리잔에 시선을 고정했다.

"우리 모두⋯⋯. 할 수 있는 한, 잘 지내고 있다고 생각합니다. 상황을 고려하면요."

그는 그 말을 생각했다. "아기를 안전하게 잘 지키시오."

그가 조용히 말했다." 밤공기에 너무 자주 나오지 않는 것이 제일 좋소." 그는 조금 더 나를 바라보더니 몸을 돌려 사라졌다.

6

그날 밤은 피곤한데도 잠을 이루지 못했다. 엘렌이 때때로 잠에서 깨어 웅얼거렸고 무의식적으로 손을 뻗어 아이들이 곁에 있는지 확인하는 것을 봤다. 아직도 어두운 새벽 5시에 담요 여러 장을 뚤뚤 말고 침대에서 나와 커피 물을 끓이러 살금살금 아래층으로 내려갔다.

식당에는 여전히 난로에서 나는 장작 냄새와 위장을 자극하는 희미한 소시지 고기 냄새 등 전날 밤의 냄새가 감돌았다. 뜨거운 커피를 만들어 바 뒤에 앉아 텅 빈 광장에 해가 뜨는 광경을 바라봤다. 푸른빛이 오렌지빛으로 바뀌면서 포로가 쓰러졌던 먼 오른쪽 모퉁이에 희미한 그림자를 알아볼 수 있었다. 그 젊은이에게는 아내와 자식이 있었을까? 지금 그들은 앉아서 그에게 편지를 쓰고 있을까, 아니면 그의 무사 귀환을 빌고 있을까? 커피를 한 모금 마시고 억지로 눈을 돌렸다.

옷을 입으러 방으로 되돌아가려는데 문 두드리는 소리가 들렸다. 나는 움찔하면서 면으로 된 발 뒤에서 그림자를 봤다. 담요를 여미고 그림자를 쳐다보면서 이런 시간에 누가 우리를 찾아왔을까, 혹시 사령관이 자기가 알고 있는 것을 가지고 나를 괴롭히려고 온 것은 아닐까 생각을 굴렸다. 발을 들추어보니 릴리앙 베튄이었다. 핀컬을 꽂아 머리카락을 말아 올리고 검은색 아스트라한 외투를 입었는데 눈 밑에 그늘이 져 있었다. 그녀는 내가 맨 위와 아래 빗장을 풀고 문을 열어줄 동안에도 뒤를 흘끔거렸다.

"릴리앙? 당신……. 뭐 필요한 거라도 있어요?" 내가 물었다.

그녀가 외투 속에 손을 넣어 봉투를 하나 꺼내더니 나에게 내밀었다. "당신 거예요."

나는 그것을 힐끗 봤다. "하지만……. 어떻게 당신이……."

그녀가 창백한 손을 들고 고개를 저었다.

다들 편지를 받아본 지가 벌써 몇 달이 됐다. 독일군은 오래전에 모든 통신을 차단했다. 나는 믿을 수 없었지만 편지를 받고 평상시의 태도를 되찾았다. "안으로 들어올래요? 커피 좀 드릴까요? 진짜 커피가 조금 있어요."

그녀는 보일락 말락 미소를 지었다. "아뇨. 고마워요. 딸애 때문에 집에 가봐야 해요." 고맙다는 말을 할 틈도 주지 않고 그녀는 추위에 몸을 옹송그리고 하이힐을 또각거리며 바삐 거리를 걸어갔다.

나는 발을 치고 문을 다시 걸어 잠갔다. 그런 다음 자리에 앉아 봉투를 뜯었다. 오래 듣지 못했던 그의 목소리가 내 귓가를 가득 채웠다.

사랑하는 소피

당신 소식을 들은 지가 너무 오래됐소. 당신이 무사하기만 기도하오. 더 암담해질 때면 당신이 만약 위험에 처하면 먼 곳에서 종이 떨리듯 나의 일부는 그것을 느낄 것이라고 나 자신을 달랜다오.

전할 얘기가 별로 없소. 이번만큼은 내 주위에 보이는 세상을 빛으로 바꾸고 싶은 마음이 전혀 없소. 말은 전혀 어울리지 않는 것 같소. 소중한 아내여, 그것만 알아주시오. 나는 몸과 마음이 다 건강하고 내 영혼은 오로지 당신 생각뿐이라오.

남자들은 사랑하는 사람들의 사진을 부적처럼, 어둠에 맞서는 보호물처럼 꼭 쥐고 다닌다오. 구겨지고 때 묻은 사진들이 보물 같은 것이 되오. 하지만 내 앞에 당신의 모습을 떠올리기 위해서는 사진 따위는 필요 없소, 소피. 눈만 감으면 당신의 얼굴, 당신의 목소리, 당신의 향기를 떠올릴 수 있다오. 당신이 얼마나 나에게 위로가 되는지 모를 거요.

내 사랑, 내 동료 병사들처럼 하루하루 살아남았다는 것이 감사한 게 아니라, 하루가 갈수록 당신에게 돌아갈 날이 24시간씩 더 가까워진다는 데 신께 감사드린다는 것을 알아주오.

당신의 에두아르

두 달 전 날짜가 적혀 있었다. 지친 탓인지, 아니면 전날 사건의 충격 탓인지 모르겠다. 나는 누가 뭐라 해도 쉽게 우는 사람이 아니다. 하지만 편지를 조심스레 봉투에 도로 넣고는 두 손 위에 머리를 올리고 텅 빈 추운 주방에서 흐느꼈다.

왜 돼지를 지금 잡아먹어야 하는지 마을 사람들에게 진짜 이유를 말할 수는 없었지만, 크리스마스가 다가온다는 것이 완벽한 구실이 되어줬다. 장교들은 르코크루주에서 평소보다 큰 모임을 열고 만찬을 즐길 예정이었다. 그들이 여기 있을 동안 프왈란 부인이 광장에서 두 거리 떨어진 그녀의 집에서 몰래 크리스마스이브 파티를 열기로 했다. 내가 독일군 장교들을 붙잡아둘 수만 있다면 마을 사람들은 무사히 프왈란 부인네 지하실의 빵 오븐에 돼지를 구워 먹을 수 있을 것이다. 엘렌은 나를 도와 독일군에게 만찬을 차려준 뒤, 지하실 벽의 구멍으로 몰래 빠져나가 프왈란 부인 집으로 가서 아이들과 합류하기로 했다. 그녀의 집에서 너무 먼 곳에 살아서 들키지 않고는 마을을 지나갈 수 없는 사람들은 통금시간 이후까지 그녀의 집에 남아 독일군이 확인하러 오면 숨어 있기로 했다.

"하지만 이건 불공평해." 내가 그녀 앞에서 이틀 후 시장에게 계획을 설명하고 있을 때 엘렌이 말했다. "언니가 여기 남는다면 만찬을 같이 못 하잖아. 언니가 돼지를 지키느라 얼마나 애썼는데, 그건 옳지 않아."

"우리 중 한 명은 남아 있어야 해. 장교들이 모두 한곳에 있게 할 수만 있다면 훨씬 더 안전하다는 거 잘 알잖아." 내가 지적했다.

"하지만 어차피 똑같지는 않을 텐데."

내가 퉁명스럽게 받았다. "흠, 똑같은 건 아무것도 없어. 내가 없어지면 사령관이 눈치채리라는 건 나도 알고 너도 알잖아."

나는 그녀가 시장과 눈빛을 주고받는 것을 봤다.

"엘렌, 수선 떨지 마. 나는 안주인이야. 매일 저녁 사령관은 내가 당연히 여기 있으리라 생각해. 내가 안 보이면 뭔가 이상하다고 생각할 거야."

내가 듣기에도 너무 고집스럽게 반대하는 듯이 들렸다. 나는 애써 달래는 투로 말을 이었다. "얘, 나한테 고기 좀 남겨다 줘. 냅킨에 싸서 가져와. 독일군이 잔치를 즐길 만큼 식량 배급을 충분히 받으면, 내 몫도 꼭 잘 챙겨 먹을게. 난 괜찮을 거야. 정말이야."

그들은 좀 누그러진 듯했지만 그들에게 사실대로 다 말할 수는 없었다. 사령관이 돼지에 대해 알고 있다는 사실을 알게 된 후로는 그 돼지를 먹고 싶은 생각이 싹 사라졌다. 그가 우리를 벌주기는커녕 그 사실을 아는 티조차 내지 않자, 마음이 놓이고 기쁘기보다는 오히려 못 견디게 불안했다.

이제는 그가 내 초상화를 바라보는 모습을 보아도 독일인까지 남편의 재능을 알아본다고 흐뭇해지지 않았다. 그가 가벼운 대화를 나누러 주방으로 들어올 때면 그 얘기를 꺼낼까 두려워서 몸이 딱딱하게 굳고 긴장됐다.

시장이 말했다. "이번에도 또 당신에게 빚을 지는군요." 그는 지쳐 보였다. 그의 딸은 한 주 내내 아팠다. 언젠가 시장 부인이 루이자가 앓을 때마다 그가 근심이 되어 거의 잠을 이루지 못한다고 내게 말한 적이 있었다.

나는 쾌활하게 말했다. "그런 말씀 마세요. 모두가 하는 일에 비하면 이 정도야 약과지요."

여동생은 나를 너무 잘 알았다. 그녀는 대놓고 묻지 않았다. 그건 엘렌의 방식이 아니었다. 그러나 그녀가 나를 유심히 살피는 시선을 느낄 수 있었고, 크리스마스이브 파티에 대한 질문이 나올 때마다 그녀의 목소리가 약간 날카로워지는 것을 알 수 있었다.

드디어 크리스마스가 일주일 앞으로 다가왔을 때 나는 그녀에게 사실대로 털어놨다. 그녀는 침대 가에 앉아서 머리를 매만지고 있었다. 빗을 든 손이 허공에 멈췄다. "왜 그가 아무런 태도 말 안 했다고 생각해?" 나는 이야기를 다 하고 나서 이렇게 물었다.

그녀는 베드스프레드를 쳐다봤다. 나를 보았을 때 그 눈빛에는 두려움 비슷한 것이 있었다.

"내 생각에는 그가 언니를 좋아하는 것 같아."

축제를 위해 준비할 것이 거의 없었는데도 불구하고 크리스마스 전 주는 분주했다. 엘렌과 두 노부인은 아이들을 위한 헝겊 인형을 바느질했다. 인형은 조잡했다. 치마는 삼베 자루로 만들었고 수놓은 스타킹으로 얼굴을 만들었다. 그러나 생페론에 남은 아이들이 쓸쓸한 크리스마스에 작은 마법이라도 누리도록 해주는 것이 중요했다.

나는 조금 더 대담하게 행동했다. 남은 음식이 더 적어 보이도록 으깨고, 독일군 배급 식량에서 두 차례 감자를 훔쳤다가 호주머니에 넣어 유난히 약해 보이는 사람들에게 가져다줬다. 당근 중 작은 것도 훔쳤다. 그리고 붙잡혀 몸수색을 당하더라도 찾아내지 못하도록 치맛단에 숨겼다. 시장 부인이 루이자에게 수프를 좀 만들어줄 수 있도록 시장에게 닭 육수 두 항아리를 갖다줬다. 그 아이는 안색이 창백하고 열이 났다. 시장 부인은 나에게 딸이 기운을 차리지 못하고 자꾸 움츠러드는 것 같다고 말했다. 커다란 낡은 침대 속에 묻혀 해진 담요를 덮고 기운 없이 간헐적으로 기침을 하는 모습을 보면서 잠시 그 애를 나무랄 수도 없다는 생각을 했다. 아이들에게 이게 무슨 삶이란 말인가?

우리는 힘닿는 데까지 아이들로부터 최악의 것은 숨기려 했지만, 아이들은 남자들이 길거리에서 총에 맞고, 금지된 숲 속을 돌아다녔다거나, 독일군 장교에게 제대로 경의를 표하지 않았다거나 하는 사소한 잘못을 가지고 낯선 사람들이 자기 어머니들의 머리채를 잡아 침대에서 끌어내는 세상에 있었다. 미미는 말없이 의심에 가득 찬 눈으로 우리의 세상을 봤다. 엘렌은 그것을 마음 아파했다. 아우렐리앙의 가슴에는 분노가 쌓여갔다. 화산의 힘처럼 그의 안에 분노가 커져가는 것을 보면서, 매일 동생이 마침내 폭발하더라도 그로 인해 너무 큰 대가를 치르지는 않게 해달라고 기도했다.

그러나 그 주의 가장 큰 소식은 「점령지 신문」이라는 제목의 조잡하게 인쇄된 신문을 통해서 도착했다. 생페론에서 허락된 유일한 신문은 독일이 통제하는 「릴 소식」이라는 너무나도 뻔한 독일 선전물뿐이었다. 사람들은 불붙일 때 말고는 거의 쓰지 않았다. 그러나 「점령지 신문」에는 점령된 마을들의 이름 등 군사 정보가 실려 있었다. 거기에는 공식적인 발표가 실렸다.

점령에 관한 유머러스한 기사, 흑빵에 관한 5행시, 책임 장교를 우스꽝스럽게 그린 스케치도 실렸다. 신문에는 독자들에게 어디에서 난 신문인지 알려 하지 말고 다 읽고 나면 없애달라는 부탁이 적혀 있었다. 신문에는 우리에게 부과된 온갖 시시한 규칙들을 조롱하는 '폰 하인리히의 십계명'이라 불리는 목록도 실려 있었다.

그 네 장짜리 신문이 우리 작은 마을의 사기를 얼마나 올려 줬는지 모른다. 크리스마스이브 파티를 앞두고 며칠 동안 마을 사람들은 꾸준히 술집에 왔고, 변소에서 그 신문을 넘겨봤다. 낮에는 그 신문을 오래된 종이 바구니 맨 밑바닥에 두었다. 거기 실린 소식과 농담은 입에서 입으로 옮겨졌다. 우리가 변소에서 너무 시간을 오래 보내서 독일인들은 무슨 병이라도 돌고 있느냐고 물어볼 정도였다.

신문을 통해 다른 마을들도 우리와 같은 운명으로 고통 받고 있다는 사실을 알았다. 무시무시한 교화 수용소에 대해서도 들었다. 거기 있는 사람들은 죽도록 굶주리며 일한다고 했다. 파리는 우리의 곤경에 대해 거의 모르고 있으며, 시민 사백 명이 루베에서 독일군에게 강제 추방되어 노동을 하게 됐다는 것도 알았다. 그런 정보들이 그 자체로 쓸모 있는 것은 아니었다. 하지만 신문은 우리가 여전히 프랑스의 일부이며, 우리 작은 마을만 이런 고생을 겪는 것이 아니라는 사실을 일깨워줬다. 더 중요한 것은, 신문 자체가 자부심과 맞닿아 있다는 것이었다. 프랑스인이 여전히 독일인의 의지에 맞설 수 있다는 의미가 됐다.

신문이 어떻게 우리 손에 들어올 수 있었을까를 놓고 열띤 설전이 벌어졌다. 르코크루주에 신문이 전해진 덕분에 우리가 독일인들을 위해 요리를 한다고 주민들 사이에서 커져가던 불만이 좀 누그러졌다. 나는 릴리앙 베튄이 아스트라한 외투 속에 빵을 넣고 황급히 지나가는 모습을 보고 짚이는 데가 있었다.

사령관은 우리도 식사를 해야 한다고 우겼다. 크리스마스이브에 요리사가 마땅히 누려야 할 특권이라는 것이었다. 18인분을 준비해야 한다고 들었는데 알고 보니 마지막 두 명은 엘렌과 나였다. 우리는 몇 시간을 주방에서 바삐 움직이면서도 피곤함보다는 우리 집에서 두 거리 떨어진 곳에서 벌어지는 일, 즉 우리 아이들이 은밀히 축하 행사를 즐기고 맛있는 고기를 먹으리라는 데 말없이 느끼는 기쁨이 더 컸다. 그런데 거기다가 두 명 분의 식사까지 온전히 받는다면 너무 과한 것 같았다.
하지만 막상 그렇지가 않았다. 그런 식사를 다시 물리칠 수는 없었을 것이다. 오렌지 썬 것과 생강 절임을 곁들인 구운 오리 고기, 껍질콩과 감자 그라탱, 함께 딸려 나온 치즈 요리, 모든 음식이 맛있었다. 엘렌은 자기 몫을 먹으면서 만찬을 두 번 즐길 수 있다는 데 놀라워했다.
"내 몫의 돼지고기는 누구 다른 사람한테 줬으면 좋겠어." 그녀가 뼈를 빨아먹으며 말했다. "구운 돼지 껍질은 좀 남겨둬도 될 것 같은데. 언니는 어떻게 생각해?"
생기가 넘치는 동생을 보니 기뻤다. 그날 밤 우리 주방은 행복한 곳 같았다. 촛불이 더 있어서 귀한 초를 평소보다 좀 더 밝게 켜놨다. 익숙한 크리스마스 냄새가 났다. 엘렌이 오렌지에 정향을 박아 온 방에 향이 퍼지도록 오븐 위에 걸려뒀던 것이다. 너무 깊이 생각하지 않는다면, 잔 부딪치는 소리, 대화와 웃음소리를 들으며 옆방에 진을 친 자들이 독일군이라는 사실을 잊을 수도 있었다.

9시 30분쯤 여동생한테 옷을 두껍게 입혔다. 그러고는 아래층으로 내려가 이웃집 지하실로 넘어가서 석탄 창고 출입문을 통과할 수 있도록 도와줬다. 그녀는 프왈란 부인 집을 향해 불 꺼진 뒷골목을 달려갈 것이다. 거기에서 오후에 미리 데려다놓은 아우렐리앙과 아이들을 만날 것이다. 돼지는 그 전날 옮겨났다. 그즈음에는 많이 자라서 꿀꿀거리지 않도록 내가 사과를 먹일 동안 아우렐리앙이 잡고 있어야 했다. 푸주한인 보댕 씨가 깨끗한 칼로 돼지를 잡았다.

머리 위 술집에서 군인들의 소리에 귀를 쫑긋 세우고 동생이 지나간 틈새를 벽돌로 메웠다. 지난 몇 달 만에 처음으로 춥지 않아서 만족감을 느꼈다. 배고픔은 거의 언제까지나 가시지 않을 추위에 떠는 것과도 같다. 다시는 잊지 않을 교훈이었다.

"에두아르, 당신이 따듯하기를 바라요." 나는 여동생의 발자국 소리가 벽 건너편에서 사라지는 동안에 텅 빈 지하실에서 중얼거렸다. "우리가 오늘 밤 먹은 것처럼 당신도 먹었으면 좋겠어요."

복도로 다시 나왔다가 기절할 듯 놀랐다. 사령관이 내 초상화를 보고 있었다.

그가 말했다. "당신을 찾을 수가 없었소. 주방에 있을 줄 알았는데."

"저…… 잠깐 바람 쐬러 나갔었어요." 나는 말을 더듬었다.

"이 그림을 볼 때마다 다른 것을 보게 되오. 그녀에게 뭔가 수수께끼 같은 것이 있어요. 당신 말이오." 그는 자신의 실수에 어렴풋이 미소를 지었다. "당신에게는 수수께끼 같은 것이 있소."

나는 아무 말도 하지 않았다.

"당신을 당황하게 하려는 뜻은 아니지만, 이 말은 해야겠소. 내가 지금껏 본 것 중에서 가장 아름다운 그림이라고 생각하고 있었소."

"아름다운 예술 작품이지요. 그래요."

"그림의 주제는 빼고 말이오?"

나는 대답하지 않았다.

그가 와인을 들이켰다. 그는 약간 취한 눈빛으로 입을 열었다. "당신은 솔직히 말해서 본인이 못생겼다고 생각하시오?"

"아름다움은 보는 사람의 눈에 있답니다. 제 남편이 저에게 아름답다고 말하면, 그의 눈에는 제가 그렇게 보인다는 것을 알기 때문에 그 말을 믿어요."

그는 고개를 들었다. 그의 눈이 내 시선을 놓치지 않고 좇았다. 그가 너무 오래 내 시선을 붙잡고 있어서 나는 호흡이 가빠지는 듯했다.

에두아르의 눈은 그의 영혼의 창이었다. 그의 자아가 그 안에 벌거벗은 모습 그대로 있었다. 사령관의 눈은 강렬하고 날카로우면서 진정한 감정을 감추는 듯 조금은 가려진 듯했다. 그가 나의 평정이 허물어져가는 것을 볼 수 있을지, 내가 허락한다면 나의 거짓말을 꿰뚫어 볼 수 있을지 두려웠다. 내 쪽에서 먼저 고개를 돌렸다.

그는 식탁 너머 독일군이 미리 가져다놓은 궤짝으로 손을 뻗어 코냑 한 병을 꺼냈다. "나와 한잔합시다, 부인."

"고맙지만 괜찮습니다, 사령관님." 나는 식당 쪽 문을 힐끗 봤다. 식당에서는 장교들이 디저트를 다 먹었을 것이다.

"한 잔만. 크리스마스니까."

그 말이 명령이라는 것을 알았다. 우리가 앉아 있는 곳의 몇 집 건너에서 구운 돼지고기를 먹고 있을 다른 사람들을 생각했다. 미미의 얼굴에서 돼지기름이 턱을 타고 뚝뚝 떨어지고 있을 모습을, 근사한 사기극을 떠벌리면서 환한 얼굴로 농담을 하고 있을 아우렐리앙을 생각했다. 그 아이는 좀 행복해질 필요가 있었다. 그 주에 두 번이나 싸움을 해서 학교에서 집으로 돌려보내졌지만 나에게는 끝까지 무슨 일이 있었는지 말하지 않았다. 그들 모두 한 끼는 잘 먹게 해줘야 했다. "그렇다면……. 좋아요." 나는 잔을 받아 홀짝였다. 코냑이 목구멍을 타고 타오르듯 흘렀다. 발길질을 제대로 한 방 먹은 듯 기운이 확 되살아났다.

그는 자기 잔을 죽 들이켜고 내가 내 잔을 마시는 것을 보더니 다시 채우라는 뜻으로 내 쪽으로 병을 밀었다.

우리는 말없이 앉아 있었다. 몇 명이나 돼지고기를 먹으러 왔을지 궁금했다. 엘렌은 열네 명일 거라고 했다. 노인 두 명은 통금을 깨는 것을 두려워했다. 신부가 크리스마스 미사가 끝난 후 집에 남아 있던 이들에게 남은 것을 가져다주겠다고 약속했다.

술을 마시면서 그를 자세히 봤다. 그의 턱은 고집 센 성격을 암시하듯 다부졌지만, 군모를 쓰지 않고 있으니 깎은 머리가 연약한 느낌마저 줬다. 군복을 입지 않은 평범한 인간으로서 그의 모습. 일상적인 일을 하고, 신문을 사고, 휴일을 즐기는 모습을 상상하려 해봤다. 하지만 그럴 수가 없었다. 군복을 벗은 그의 모습이 떠오르지 않았다.

"외로운 일이지요, 전쟁 말이오. 그렇지 않소?"

나는 술을 한 모금 마셨다. "사령관님에게는 부하들이 있잖아요. 난 내 가족이 있고요. 우리 둘 다 완전히 혼자는 아니에요."

"하지만 똑같지는 않아요. 그렇지요?"

"우리 모두 최선을 다해 버티고 있어요."

"그런가요? 과연 누구나 이 상태를 '최선'이라고 할 수 있을지 잘 모르겠소."

코냑을 마신 탓에 평소보다 솔직해졌다. "제 주방에 앉아 있는 분은 당신이에요, 사령관님. 대단히 죄송하지만, 우리 중 한 명만이 그 문제에서 선택권이 있다는 뜻이에요."

그의 얼굴이 살짝 어두워졌다. 그는 도전받는 데 익숙하지 않았다. 그의 뺨이 살짝 불그레해졌다. 나는 그가 팔을 들어 올려 도망가는 포로를 권총으로 겨냥하던 모습을 봤다.

그가 조용히 말했다. "정말로 우리 중 누군가에게는 선택권이 있다고 생각합니까? 정말로 우리 중에 어떻게 살지 선택할 수 있는 사람이 있다고 생각해요? 이런 대대적인 파괴 속에서? 그 가해자들이? 전선에서 우리가 보는 것을 당신도 목격한다면, 당신 생각이……." 그는 말끝을 흐리면서 고개를 가로저었다. "미안합니다, 부인. 1년 중 이런 때라서요. 넋두리를 하게 만드는 때로군요. 그리고 우리 모두 알다시피 넋두리하는 군인이야말로 최악이지요."

그는 사과의 뜻으로 미소를 지었고 나는 조금 긴장이 풀렸다. 우리는 주방 식탁 양편에 앉아 음식 쓰레기에 둘러싸여 잔을 홀짝이고 있었다. 건너편 방에서는 장교들이 노래를 부르기 시작했다. 그들의 목소리가 높아졌다. 곡조는 귀에 익었지만 가사는 알아들을 수가 없었다. 사령관이 고개를 숙여 귀를 기울였다. 그러더니 잔을 내려놨다. "당신은 우리가 여기 있는 것이 싫지요, 그렇지 않습니까?"

나는 눈을 깜박였다. "저는 항상 노력했는데……."

"당신은 당신 얼굴에서 아무것도 드러나지 않는 줄 알지요. 하지만 난 당신을 죽 관찰했어요. 이 일을 오래 하면서 사람들과 그들의 비밀에 대해 많은 것을 배웠지요. 우리 휴전을 하면 어떨까요, 부인? 이 몇 시간 동안만이라도?"

"휴전이라고요?"

"당신은 내가 적군이라는 사실을 잊고, 나는 당신이 그 적에게 어떻게 맞설지 궁리하는 데 많은 시간을 보내는 여자라는 사실을 잊는 겁니다. 그리고 우리는 그냥……. 두 사람이 되는 겁니다."

그의 얼굴이 잠시나마 부드러워졌다. 그는 내 잔을 향해 자기 잔을 들었다. 나도 마지못해 내 잔을 들었다.

"외롭거나 말거나 크리스마스에 관한 주제는 피하기로 합시다. 아카데미의 다른 화가들 얘기를 좀 해주시오. 그들을 어떻게 해서 만나게 됐는지도요."

우리가 얼마 동안이나 거기 앉아 있었는지 모르겠다. 솔직히 말하자면 대화와 알코올의 따듯한 열기 속에서 시간이 증발해버렸다. 사령관은 파리의 예술가의 삶에 대해 전부 다 알고 싶어 했다. 마티스는 어떤 사람인지, 그의 삶도 그의 예술만큼이나 추문투성이였는지.

"아니에요. 그는 지적으로 가장 철저한 사람이었어요. 정말 엄격했어요. 그리고 작품에서나 가정사에서나 아주 보수적이었지요. 하지만 어느 정도……." 나는 잠시 안경을 썼던 그 교수를, 가끔 내가 아카데미에 찾아가면 자기 작품을 보여주면서 다음 작품을 보여주기 전에 내가 각각의 요점을 파악했는지 슬쩍 훑어보며 확인하던 교수를 생각했다. "명랑했어요. 자기가 하는 일에서 큰 기쁨을 얻는 것 같았어요."

사령관은 내 대답에 만족한 듯 곰곰 생각했다. "예전에 화가가 되고 싶었지요. 물론 재능이 없었소. 그 점에 대해서는 진실을 아주 일찍 받아들여야 했어요." 그는 자기 잔을 만지작거렸다. "좋아하는 일을 해서 생계를 꾸릴 수 있는 능력이야말로 삶에서 가장 큰 재능이 틀림없다는 생각을 자주 한답니다."

나는 그때 에두아르를, 이젤 뒤에서 나를 바라보며 온통 한

가지에 골몰한 그의 표정을 생각했다. 눈을 감으면 아직도 내 오른쪽 다리 뒤에서는 장작의 온기를, 맨살인 왼쪽 다리 뒤에서는 희미한 냉기를 느낄 수 있었다. 그가 눈썹을 추어올리는 모습을, 그의 생각이 그림에서 떠나는 바로 그 순간을 볼 수 있었다. "제 생각도 그래요."

우리가 처음으로 함께 보낸 크리스마스이브에 그는 이렇게 말했다. "당신을 처음 봤을 때, 그 북적이는 상점 안에 서 있는 당신 모습을 보고 내가 지금껏 본 여자들 중에서 가장 자립적인 여자라고 생각했어요. 온 세상이 당신 주위에서 산산조각으로 폭발해도 여전히 턱을 치켜들고 그 참으로 아름다운 머리카락 밑에서 그 광경을 응시하고 있을 것만 같았어요." 그는 내 손을 자기 입가로 들어 올려 부드럽게 키스했다.

"난 당신이 러시아 곰 같다고 생각했어요." 내가 그에게 말했다.

그가 눈썹을 추어올렸다. 우리는 투르비고 가의 붐비는 식당에 있었다. "으르르." 그가 으르렁거렸고 나는 웃다가 완전히 지쳐버렸다. 그는 우리 주위에서 밥을 먹고 있는 사람들은 무시하고 긴 의자 한가운데에서 나를 자기 쪽을 꼭 끌어당겨 내 목에 수없이 키스했다. "으르르."

건너편 방에서 노랫소리가 끊겼다. 나는 갑자기 부끄러워져서 식탁을 치우려는 척 자리에서 일어났다.

"제발." 사령관이 나에게 앉으라고 손짓을 했다. "잠시만 더 앉아 있어줘요. 어쨌거나 크리스마스이브이지 않소."

"부하들이 왜 안 오시나 하고 있을 텐데요."

"반대로 사령관이 자리에 없어서 훨씬 더 신나게 자기들끼리 즐기고 있소. 저녁 내내 내가 같이 있으면 그게 너무한 거지요."

나랑 있는 건 너무하지 않은 건가, 하고 생각했다. 바로 그때 그가 물었다. "당신 여동생은 어디 있소?"

"먼저 자라고 했어요. 몸이 좀 안 좋은 데다 오늘 밤 요리를 하고 나서 너무 피곤해하더라고요. 내일은 회복됐으면 해서요."

"그럼 당신은 뭘 할 건가요? 축하하기 위해서?"

"우리가 뭐 축하할 일이나 있나요?"

"휴전 말이오, 부인?"

나는 어깨를 으쓱했다. "교회에 갈 거예요. 나이 든 이웃들을 방문할 수도 있고요. 그분들은 혼자 있으면 힘든 날이니까요."

"당신은 모두를 돌보는군요. 그렇잖소?"

"좋은 이웃이 되어서 나쁠 건 없지요."

"내가 당신 쓰라고 배달시킨 장작 바구니 말이오. 시장 집에 갖다 줬다는 거 알고 있소."

"그 댁 따님이 아파요. 우리보다 따뜻하게 지내야 해요."

"부인, 이 작은 마을에서 내 눈을 피할 수 있는 건 단 한 가지도 없다오. 아무것도."

나는 그의 눈을 마주볼 수가 없었다. 이번에는 내 얼굴이, 내 빨리 뛰는 심장 고동이 속내를 드러낼까 두려웠다. 몇 백 미터 밖에서 벌어지는 잔치에 대해 아는 것을 내 마음에서 죄다 지워낼 수 있었으면 얼마나 좋을까. 고양이가 쥐를 가지고 놀듯 사령관이 나를 갖고 논다는 느낌에서 벗어날 수 있으면 얼마나 좋을까.

코냑을 한 모금 더 마셨다. 군인들이 다시 노래를 부르고 있었다. 나도 아는 캐럴이었다. 가사까지 거의 알아들을 수 있을 정도였다.

고요한 밤, 거룩한 밤
어둠에 묻힌 밤

어째서 그가 나를 계속 보고 있을까? 입을 열기가 두려웠고, 그가 어색한 질문을 던질까 봐 다시 일어나야 하나 두려웠다. 하지만 그냥 앉아서 그가 나를 뚫어져라 쳐다보게 내버려두자니 뭔가 공모하는 기분이 들었다. 마침내 숨을 살짝 들이쉬고 고개를 들었다. 그는 여전히 나를 보고 있었다.

"부인, 나와 한 곡 추겠소? 딱 한 곡만? 크리스마스니까?"

"춤이라고요?"

"딱 한 곡만. 그러니까……. 1년 중 이때만큼은 인간의 선한 면을 떠올릴 수 있었으면 좋겠소."

"안 돼요. 제 생각에는……." 하룻저녁은 자유로이 즐기고 있을 엘렌과 다른 사람들을 생각했다. 릴리앙 베튄을 생각했다. 사령관의 얼굴을 자세히 살펴봤다. 그의 청은 진심인 듯했다. "우리 그저……. 두 인간으로서……."

그러고는 남편을 생각했다. 남편이 어느 동정심 많은 팔에 안겨 춤을 추고 있기를 바랐을까? 딱 하루 저녁만이라도? 어딘

116

가 머나먼 곳, 조용한 술집에서 어느 마음씨 좋은 여인이 세상이 아름다운 곳일 수도 있다고 그에게 일깨워줄지 모른다는 희망을 가졌던 것은 아닐까?

내가 말했다. "춤을 추겠어요, 사령관님. 하지만 주방에서만이에요."

그는 일어나서 손을 내밀었다. 나는 잠시 망설이다가 그 손을 잡았다. 그의 손바닥은 놀랄 만큼 거칠었다. 그의 얼굴을 보지 않은 채 몇 발짝 더 가까이 다가서자 그는 다른 쪽 손을 내 허리에 얹었다. 옆방의 남자들이 노래를 부르고 있었고 우리는 천천히 식탁 주위를 움직이기 시작했다. 내 몸에서 불과 몇 센티미터 떨어진 그의 몸, 내 코르셋을 누르는 그의 손의 압력이 예민하게 의식됐다. 그의 거친 군복 천이 맨살이 드러난 내 팔에 닿는 감촉, 그의 가슴을 통해 콧노래를 부를 때의 부드러운 진동이 느껴졌다. 모든 감각이 내 손가락과 팔에 집중되어 행여라도 그가 나를 자기 쪽으로 끌어당기지 않을까 하는 두려움에 너무 가까이 다가가지 않으려 애쓰느라고 온몸이 긴장으로 불타오르는 듯했다.

그럴 동안 내내 머릿속에서는 '내가 지금 독일인과 춤을 추고 있어'라는 말이 되풀이해 울렸다.

고요한 밤, 거룩한 밤,
주 예수 나신 밤, 그의 얼굴 광채가 세상 빛이 되셨네……

그러나 그는 아무 짓도 하지 않았다. 콧노래를 흥얼거리며 나를 가볍게 안고 주방 식탁 주위를 원을 그리며 돌았다. 잠시 동안이었지만 나는 눈을 감고 허기와 추위로부터 벗어났다. 좋은 코냑을 마신 탓에 약간 어지러웠고, 향신료와 맛있는 음식 냄새를 맡으며 크리스마스 전날 밤 춤을 추는 생기발랄한 소녀가 됐다. 에두아르가 그러듯이 작은 즐거움 하나하나를 음미하도록, 나 자신에게 그 모든 아름다움을 보도록 허용했다. 남자품에 안겨본 지가 2년이 됐다. 나는 눈을 감고, 긴장을 풀고 파트너가 이끄는 대로 따라 돌면서, 귓가에 울리는 그의 콧노래 소리를 들으면서, 그 모든 것을 마음 놓고 느꼈다.

왕이 나셨도다!
왕이 나셨도다!

노랫소리가 멈추고 잠시 후 내키지 않는 듯이 그가 나를 놓아주며 뒤로 물러섰다. "고맙소, 부인. 정말 고맙소." 마침내 고개를 들어보니 그의 눈에 눈물이 맺혀 있었다.

다음 날 아침 우리 집 문 앞에 작은 상자가 도착했다. 그 속에는 달걀 세 개, 작은 영계 한 마리, 양파, 당근이 들어 있었다. 옆에는 조심스러운 서체로 'Fröhliche Weihnachten'이라고 적혀 있었다. "'메리 크리스마스'라는 뜻이야." 아우렐리앙이 말했다. 하지만 무슨 까닭인지 아우렐리앙은 나에게서 시선을 돌렸다.

7

날씨가 추워지면서 독일군은 생페론 통제를 강화했다. 마을에 불안한 분위기가 감돌고 지나가는 군대의 숫자가 나날이 늘어 갔다. 바에서 장교들이 대화할 때도 전에 없이 긴박감이 돌아서 엘렌과 나는 주방에서 거의 시간을 보냈다. 사령관은 나에게 거의 말을 걸지 않았다. 대부분의 시간은 신뢰하는 부하 몇과 모여서 보냈다. 그는 지쳐 보였다. 식당에서 그의 목소리가 들려올 때면 성이 나고 높은 때가 많았다.

그해 1월. 몇 번이나 프랑스 전쟁 포로들이 큰길을 행군하여 호텔 옆을 지나갔지만 우리는 이제 보도에 서서 그들을 살펴볼 수가 없었다. 식량은 훨씬 더 귀해졌다. 공식적인 배급량이 확 줄어서 예전보다 훨씬 줄어든 고기와 야채로 그럴듯한 식사를 차려내야 했다. 고난의 시절이 닥쳐오고 있었다.

배달된 「점령지 신문」에는 인근 마을들, 우리도 알고 있는 마을들 이야기가 나와 있었다. 밤이면 멀리서 울리는 총성 때문에 탁자 위의 유리잔에 희미한 잔물결이 이는 일도 드물지 않았다. 새소리가 사라졌음을 깨달은 지 며칠 뒤였다. 열여섯 살 이상의 소녀들과 열다섯 살 이상의 소년들은 이제 모두 독일인들을 위해 사탕무를 뽑던가 감자를 키우는 일 등을 하던가, 아니면 멀리 보내져서 공장에서 일해야 한다는 명령이 떨어졌다. 아우렐리앙이 몇 달만 지나면 열다섯 살이 됐으므로 엘렌과 나는 점점 걱정만 더해갔다. 범죄자들과 같은 숙소에 배정이 되기도 하고, 더 나쁜 경우에는 독일군 병사들을 "즐겁게" 해주라는 명령을 받은 소녀들의 이야기와 함께 젊은이들이 당한 일에 관한 온갖 소문이 퍼져나갔다. 남자아이들은 굶주리거나 매를 맞았고, 혼란에 빠져 순종하도록 끊임없이 이리저리 끌려다녔다. 엘렌과 나는 호텔에서 "독일군의 복지"에 꼭 필요한 인물로 간주되어 면제 대상이 됐다는 말을 들었다. 그 사실이 알려지자 그것만으로도 우리 마을 다른 이들을 분개시키기에 충분했다.

그뿐만이 아니었다. 미묘한 변화였지만 감지할 수 있었다. 낮에 르코크루주를 찾는 이들이 점점 줄어들었다. 늘 오던 스무 명 남짓에서 여덟까지 줄었다. 처음에는 추위 탓에 사람들이 집에 있는가보다 생각했다. 걱정이 되어 아프지는 않은지 보려고 르네 노인을 찾아갔다. 그러나 그는 문 앞에서 나를 만났을 때 집에 있는 편이 더 좋다고 퉁명스럽게 말했다. 그는 말을 하면서 나를 보지도 않았다. 푸르베르 부인과 시장 부인을 찾아갔을 때도 똑같은 일이 벌어졌다. 뭔가 좀 이상하다는 느낌이 왔다. 모두 내 상상일 뿐이라고 믿어보려고 했지만, 어느 날 점심때 약국에 가는 길에 블랑 바를 지나가다 르네와 푸르베르 부인이 탁자에 앉아 체스 게임하는 것을 봤다. 처음에는 내가 잘못 본 줄 알았다. 잘못 본 것이 아니라는 사실이 분명해지자 나는 고개를 푹 숙이고 황급히 지나쳤다.

내게 친근한 미소를 보내는 사람은 릴리앙 베륀뿐이었다. 어느 날 새벽, 우리 집 문 아래 봉투를 밀어 넣는 그녀를 봤다. 그녀는 내가 빗장을 풀자 화들짝 놀랐다. "아, 어머. 당신이었군요." 그녀가 손으로 입을 가리고 말했다.

"이게 혹시 그건가요?" 나는 누구에게 보내는 것인지 적혀 있지 않은 큼직한 봉투를 내려다보며 물었다.

"그거야 저도 모르지요." 그녀는 벌써 광장 쪽으로 돌아서면서 말했다. "난 아무것도 못 봤어요."

릴리앙 베륀만이 예외였다. 날이 갈수록 다른 것들도 눈에 띄었다. 주방에서 바로 나오면 누가 얘기를 하고 있었건 내가 엿듣지 못하게 하겠다고 마음먹은 듯 대화 소리가 작아졌다. 대화 중에 내가 끼어들어도 못 들은 척했다. 시장 부인에게 육수와 수프 항아리를 두 번 보냈으나 우리 집에도 많이 있으니 괜찮다는 대답만 돌아왔다. 그녀는 나와 대화를 하는 데 딱히 쌀쌀맞다고는 할 수 없지만 뭔가 독특한 방법을 개발해냈다. 그리고 내가 포기하자 마음을 놓는 듯했다. 그런 사실을 차마 인정할 수는 없었지만 밤이 되고 식당이 다시 시끌벅적해지면 위로가 되기까지 했다.

나에게 진실을 알려준 사람은 아우렐리앙이었다.

"누나?"

"응?" 나는 토끼 고기 패이스트리와 야채 파이를 만들고 있었다. 손과 앞치마가 밀가루투성이였다. 자투리로 무사히 아이들에게 줄 작은 비스킷을 구울 수 있을지 생각하고 있었다.

"뭐 좀 물어봐도 돼?"

"물론이지." 나는 앞치마에 손을 닦았다. 남동생은 마치 뭔가를 알아내려는 듯 기묘한 표정으로 나를 보고 있었다.

"누나……. 누나는 독일군이 좋아?"

"내가 그들을 좋아하느냐고?"

"응."

"그런 웃기지도 않은 질문이 어딨니? 좋아할 리가 없잖아. 모두 떠나고 예전 생활로 되돌아갈 수만 있었으면 좋겠어."

"하지만 누나는 사령관을 좋아하잖아."

나는 밀대 위에 손을 얹고 있다가 동작을 멈추고 돌아섰다.

"그런 얘기 위험한 줄 잘 알잖니. 엄청나게 골치 아픈 일이 생길 수도 있어."

"골치 아픈 일이 생긴다면 그건 내가 한 말 때문이 아니야."

바깥의 바에서 마을 사람들이 이야기하는 소리가 들려왔다. 걸어가서 주방에 누가 들어오지 못하도록 주방문을 닫았다. 나지막이 차분한 목소리로 다시 입을 열었다. "하고 싶은 말이 있으면 해보렴, 아우렐리앙."

"사람들이 그러는데 누나는 릴리앙 베튄하고 다를 게 없대."

"뭐라고?"

"슈엘 씨가 크리스마스이브에 누나가 사령관이랑 춤추는 모습을 봤대. 사랑하는 사이처럼 눈을 감고 몸을 바짝 붙였대."

나는 충격으로 거의 쓰러질 뻔했다.

"뭐라고?"

"누나가 크리스마스 파티에 오지 않은 진짜 이유도 사령관과 단둘이 있고 싶어서였대. 우리가 배급을 더 받는 것도 그 때문이래. 사령관이 누나를 좋아하니까."

"그래서 학교에서 싸움을 한 거니?" 검게 멍든 눈과 어쩌다 그렇게 됐는지 물어보아도 뚱한 얼굴로 대답하기를 거부하던 일을 떠올렸다.

"진짜야?"

"아냐, 그건 사실이 아니야." 나는 밀대를 옆에 쿵 하고 내려놨다. "그가 부탁했어……. 크리스마스니까 딱 한 번만 춤을 추자고 청했고. 그가 여기에서 춤을 추고 있으면 프왈란 부인 집에서 무슨 일이 벌어지고 있는지는 미처 신경 못 쓸 거라고 생각했어. 그 이상은 아무 뜻도 없었어. 그날 저녁만큼은 누나로서 너를 지켜주려 했던 거야. 그 춤 덕분에 네가 돼지고기로 저녁을 먹었잖니, 아우렐리앙."

"하지만 난 그를 봤어. 그가 누나를 감탄하는 눈길로 바라보는 걸 봤다고."

"그는 내 초상화에 감탄하는 거야. 그건 전혀 달라."

"그가 누나한테 어떤 식으로 말을 거는지도 들었어."

그에게 눈살을 찌푸리자 그는 눈을 들어 천장을 봤다. 과연 그랬다. 그는 3호실 마룻장 사이로 엿보며 많은 시간을 보냈다. 아우렐리앙은 모든 것을 보고 들었음이 틀림없었다.

"그가 누나를 좋아한다는 건 누나도 부정할 수 없을걸. 누나랑 얘기할 때 친근한 호칭을 쓰고 누나도 그냥 받아들이잖아."

"그는 독일군 사령관이야. 아우렐리앙. 그가 나를 어떤 식으로 부르든 나는 할 말이 없어."

"다들 누나 얘기뿐이야. 위층에 앉아 있으면 사람들이 누나를 뭐라고 부르는지 다 들려. 무슨 말을 믿어야 좋을지 모르겠어." 그의 눈이 분노와 혼란으로 이글이글 타올랐다.

나는 그에게 다가가 어깨를 꼭 잡았다. "그럼 이걸 믿어. 난 나 자신이나 남편에게 부끄러울 짓은 아무것도, 단 한 가지도 한 적 없어. 매일 우리 가족을 지킬, 우리 이웃과 친구들에게 먹을 것과 위안과 희망을 줄 새로운 방법을 찾고 있어. 사령관에게는 아무 감정도 없어. 그 역시 우리와 마찬가지로 인간이라는 것을 잊지 않으려고 해. 하지만 아우렐리앙, 내가 남편을 배반할 거라 생각한다면 넌 바보야. 난 온 마음을 다해 에두아르를 사랑해. 그가 없는 매일매일 그 사실을 진짜로 몸이 아픈 것처럼 느껴. 밤이면 그에게 무슨 일이 생기지는 않을까 두려워서 잠을 제대로 이루지 못해. 그리고 다시는 네가 그런 말 하는 걸 듣고 싶지 않아. 내 말 알아듣겠니?"

그가 내 손을 떨쳐냈다.

"알아듣겠냐고?"

그가 부루퉁하게 고개를 끄덕였다.

"오." 내가 덧붙였다. 어쩌면 그 말은 하지 않는 편이 좋았을지도 모르지만 피가 거꾸로 솟았다.

"그리고 릴리앙 베튄을 그렇게 쉽게 비난하지 마. 네가 생각하는 것보다 그녀에게 더 많은 빚을 졌다는 것을 알게 될 거야."

동생은 나를 쏘아보더니 성큼성큼 주방을 나가 문을 쾅 닫아버렸다. 나는 잠시 패이스트리를 멍하니 바라보다 파이를 만들려던 참이었음을 기억해냈다.

그날 오전에 광장을 산책했다. 평소에는 엘렌이 빵을 사왔지만 머리를 좀 비우고 싶었다. 바의 분위기가 점점 나를 갑갑하게 눌러왔다. 그해 1월은 날씨가 너무 추워서 폐가 아플 정도였다. 헐벗은 나뭇가지에는 얼음이 얇게 덮여 있었다. 보닛을 귀밑까지 바짝 눌러쓰고 스카프로 얼굴을 꽁꽁 싸맸다. 거리의 몇몇 사람들 중에서 보나르 부인만 나에게 인사를 건넸다. 아마 너무 겹겹이 둘러싸서 내가 누구인지 잘 알아보지 못했기 때문일 것이다.

나는 바스티드 가로 걸어갔다. 그 거리는 실러 광장으로 이름이 바뀌었지만 우리는 그렇게 부르기를 거부했다. 빵집 문이 닫혀 있어서 문을 밀어봤다. 안에서 루비에 부인과 뒤랑 부인이 아르망 씨와 신나게 수다를 떨고 있었다. 그들은 내 등 뒤에서 문이 닫히자마자 입을 다물었다.

"안녕하세요." 나는 팔에 낀 바구니를 고쳐 들며 인사를 건넸다.

모직 천을 겹겹이 둘러싼 두 부인은 내 쪽으로 애매하게 고개를 까딱했다. 아르망 씨는 그저 일어나서 자기 앞의 계산대 위에 손을 올렸다.

나는 기다리다가 노부인들 쪽으로 몸을 돌렸다. "잘 지내셨어요, 루비에 부인? 르코크루주에 들르지 않으신 지가 꽤 오래됐네요. 몸이 편찮으신 건 아닌가 걱정했어요." 내 목소리가 작은 가게 안에서 부자연스럽도록 크고 높게 들렸다.

노부인이 말했다. "아뇨. 그냥 집에 있는 게 더 좋아서." 그녀는 말하면서도 나와 눈을 마주치지 않았다.

"지난주에 부인께 드리려고 남겨둔 감자 가져가셨어요?"

"가져갔어요." 그녀는 아르망 씨 쪽을 곁눈으로 봤다. "그르누이 부인에게 주었어요. 그 부인은……. 어디에서 난 음식인지를 별로 안 따지는 사람이라."

나는 꼼짝도 않고 서 있었다. 그러니까 바로 이런 것이었다. 그 부당함은 입속에서 쓰디쓴 재 같은 맛이 났다. "그럼 그 부인이 잘 드셨기를 바라요. 아르망 씨, 빵 좀 주세요. 친절을 베푸셔서 제 빵이랑 엘렌 것이랑요." 아, 그가 농담을 해줬으면 얼마나 좋았을까. 야한 얘기나 눈이 돌아갈 정도로 웃기는 말장난이라도. 그러나 빵집 주인은 쌀쌀한 눈빛으로 나를 바라만 볼 뿐이었다. 그는 내가 기대한 대로 안쪽 방으로 들어가지 않았다. 실은 아예 움직이지도 않았다. 내가 막 다시 한 번 부탁하려 할 때 계산대 밑으로 손을 뻗어 흑빵 두 덩어리를 꺼내놨다.

나는 그를 쏘아봤다.

작은 빵집 안의 온도가 뚝 떨어진 듯했지만 다른 세 사람의 눈빛이 불타는 듯했다. 네모난 검은 빵 덩어리가 계산대 위에 놓여 있었다.

나는 눈을 들고 침을 꿀꺽 삼켰다. "제가 잘못 알았군요. 오늘은 빵이 필요 없어요." 나는 조용히 말하고 바구니에 지갑을 도로 넣었다.

"요즘은 뭐 별로 필요한 것도 없을걸." 뒤랑 부인이 중얼거렸다.

나는 돌아서서 노부인과 서로 쏘아봤다. 고개를 꼿꼿이 쳐들고 가게를 나왔다. 창피한 줄도 모르고! 저런 부정한 것! 그 두 노부인의 조롱하는 표정을 보고 내가 바보였음을 깨달았다. 어떻게 바로 내 앞에서 벌어지는 일을 그렇게 오랫동안 알아채지 못할 수가 있었을까? 호텔 쪽으로 돌아오면서 뺨은 붉게 달아올랐고 마음이 어지러웠다. 귓속이 너무 시끄럽게 웅웅거려서 처음에는 나를 부르는 목소리를 듣지 못했다.

"거기 서!"

나는 발을 멈추고 주위를 둘러봤다.

"거기 서!"

한 독일군 장교가 손을 들고 내 쪽으로 다가오고 있었다. 나는 여전히 붉게 달아오른 얼굴로 부서진 르클레르 동상 아래에서 기다렸다. 그가 나에게로 똑바로 걸어왔다. "내 말을 무시했나!"

"죄송합니다, 장교님. 부르는 소리를 못 들었습니다."

"독일군 장교를 무시하는 건 위법 행위다."

"말씀드렸다시피 듣지 못했습니다. 사과드립니다."

나는 얼굴에서 스카프를 조금 풀었다. 그제야 그가 누구인지 알았다. 술에 취해 바에서 엘렌에게 손을 댔다가 벽에 밀쳐졌던 젊은 장교였다. 그의 관자놀이에 난 작은 흉터가 보였다. 그 역시 나를 알아보았음이 분명했다.

"신분증."

호주머니에 신분증이 없었다. 아우렐리앙의 말에 너무 마음이 산란해서 호텔 복도 탁자 위에 두고 온 것이다.

"깜빡 잊었어요."

"신분증 없이 집을 나서는 건 위법 행위다."

"바로 저기예요." 나는 호텔을 가리켰다. "저와 함께 가시면 신분증을……."

"나는 아무 데도 가지 않는다. 용건이 뭐지?"

"그냥……. 빵집에 다녀오던 참이었습니다."

그는 내 텅 빈 바구니를 힐끗 봤다. "투명한 빵을 사려고?"

"마음을 바꿨어요."

"요즘 호텔에서 잘 먹고 있을 텐데. 너희들만 빼고 다들 식량 배급을 받으려고 혈안이 되어 있어."

"저도 다른 사람들과 똑같이 먹습니다."

"호주머니에 든 것을 다 내놔봐."

"뭐라고요?"

그가 나를 소총으로 쿡쿡 찔렀다. "호주머니에 든 것 다 꺼내놓으라고. 그리고 뭘 갖고 가는지 내가 볼 수 있도록 걸치고 있는 것을 한 겹씩 다 벗어."

대낮에도 영하 1도였다. 밖으로 드러난 살갗은 얼음 같은 바람에 감각을 잃었다. 나는 바구니를 내려놓고 천천히 첫 번째 숄을 풀었다. "내려놔. 땅바닥에." 그가 말했다. "다음 것도."

나는 주위를 둘러봤다. 광장 건너편 르코크루주에서 손님들이 구경하고 있을 것이다. 천천히 두 번째 숄을 풀고 두꺼운 외투를 벗었다. 광장의 창문들이 나를 주시하는 것을 느꼈다.

"호주머니 다 비워봐." 그가 총검으로 내 외투를 쿡 찌르는 바람에 얼음과 진흙이 외투에 묻었다. "호주머니를 뒤집어."

허리를 굽히고 호주머니에 손을 넣었다. 몸이 덜덜 떨리고 보랏빛으로 언 손이 말을 잘 듣지 않았다. 몇 번을 애쓴 끝에 주머니에서 배급 통장과 5프랑짜리 지폐 두 장, 종잇조각 하나를 꺼냈다.

그가 종이를 낚아챘다. "이건 뭐지?"

"별것 아닙니다, 장교님. 그냥……. 남편이 준 선물입니다. 그냥 돼주세요."

내 목소리가 공포에 질려 있었다. 그 말을 하면서 뒤늦게 잘못 말했다는 것을 알아차렸다. 그는 에두아르가 우리 둘을 그린 작은 스케치를 펼쳤다. 그는 군복 차림의 곰이고 나는 풀 먹인 파란 드레스 차림이었다. "이건 압수한다."

"뭐라고요?"

"프랑스 군복을 닮은 것을 소지해서는 안 된다. 이건 없애겠다."

"하지만……." 나는 믿을 수가 없었다. "이건 그냥 곰을 그린 스케치일 뿐이에요."

"프랑스 군복을 입은 곰이다. 암호일 수도 있다."

"하지만, 그건 그냥 장난일 뿐이라고요……. 저와 남편 사이의 사소한 장난이에요. 제발 없애지 말아주세요." 나는 손을 뻗었지만 그는 툭 쳐냈다. "제발. 남편을 기억할 것이 거의 없어요……." 내가 덜덜 떨면서 일어서자 그는 내 눈을 똑바로 쳐다보며 그림을 둘로 찢었다. 그러고는 발기발기 찢어서 내 얼굴을 쳐다보며 젖은 땅 위에 색종이 조각처럼 뿌렸다.

"다음번에는 신분증 꼭 챙겨라. 창녀 같은 년." 그는 이렇게 말하고 자기 동료들 쪽으로 가버렸다.

얼어붙고 젖은 숄로 몸을 감싸고 문으로 들어서자 엘렌이 나를 맞았다. 안으로 들어가면서 손님들의 시선을 느꼈지만 그들에게 할 말이 없었다. 바 안을 지나 작은 복도로 들어가 나무고리에 얼어붙은 손으로 간신히 숄을 걸었다.

"어떻게 된 거야?" 여동생이 내 뒤에 서 있었다.

나는 너무 흥분한 상태여서 거의 말을 할 수가 없었다. "지난번에 너를 붙잡았던 장교야. 에두아르의 스케치를 찢었어. 사령관에게 얼굴을 맞은 일로 우리에게 복수하려고 갈기갈기 찢었어. 그리고 아르망 씨도 나를 창녀라고 생각하고 있는 게 분명해서 빵은 못 사왔어." 내 얼굴은 얼어서 감각이 없었다. 알아듣게 말을 하기가 힘들었지만 몹시 화가 나서 목소리가 자제력을 잃었다.

"쉬잇!"

"왜? 왜 내가 조용히 해야 해? 내가 무슨 잘못을 했다고? 여기는 입 다물라고 하면서도 소곤거리는 사람으로 가득해. 아무도 진실을 말하지 않아." 분노와 절망으로 몸이 떨렸다.

엘렌은 바의 문을 닫고 빈 침실 쪽 계단으로 나를 끌고 갔다. 우리 목소리가 들리지 않을 몇 안 되는 곳 중 하나였다.

"진정하고 나에게 말해봐. 무슨 일이 있었다고?"

나는 그녀에게 이야기해줬다. 아우렐리앙이 무슨 얘기를 했는지, 빵집에서 부인들이 나를 어떤 식으로 대했는지, 아르망 씨와 이제 우리가 먹을 수 없게 된 그의 빵 이야기를 했다. 엘렌은 나를 안고 내 머리에 자기 머리를 기댄 채 내 말에 장단을 맞추며 끝까지 들어줬다. 그러더니 마침내 이렇게 물었다.

"언니, 그 사람이랑 춤을 췄어?"

나는 눈가를 닦았다. "흠, 응."

"사령관이랑 춤을 췄다고?"

"너까지 그런 눈으로 나를 보지 마. 그날 밤 내가 무엇을 하고 있었는지 알잖아. 난 크리스마스파티에 독일군이 접근하지 못하게 막기 위해서는 무슨 짓이라도 했을 거야. 여기에 그를 붙잡아둔 덕에 너희들 모두 잔치를 즐겼던 거잖아. 제부가 떠난 후로 최고의 날이었다고 했으면서."

그녀가 나를 바라봤다.

"네가 그렇게 말하지 않았어? 딱 그 표현은 아니었더라도?"

그러나 그녀는 아무 말도 하지 않았다.

"너도 나를 창녀라고 부를 거니?"

엘렌은 자기 발을 내려다봤다. 드디어 그녀가 입을 열었다.

"나 같았으면 독일군과 춤을 추지는 않았을 거야, 언니."

그 말의 의미를 서서히 깨달았다. 나는 말없이 일어서서 계단을 다시 내려갔다. 그녀가 내 이름을 부르는 소리가 들렸다. 내 안의 어두운 곳, 어딘가 깊은 데서 이제는 너무 늦었다는 것을 알았다.

여동생과 나의 기분과는 대조적으로 그날 저녁따라 독일군은 유난히 활기가 넘쳐 보였다. 배급 양이 줄어든 것으로는 누구도 불평하지 않았다. 와인이 줄어든 것도 개의치 않는 듯했다. 사령관만이 다른 생각에 잠겨 엄숙한 얼굴이었다. 다른 장교들이 건배를 들며 신이 난 동안에도 혼자 앉아 있었다. 아우렐리앙이 위층에서 듣고 있을까, 그들이 무슨 얘기를 하는지 알아들을까 궁금했다.

"우리 따지지 말기로 해." 엘렌이 나중에 침대로 들어가면서 말했다. "그래봤자 피곤하기만 하니까." 그녀는 내 손 쪽으로 손을 뻗었다. 어둠 속에서 나도 그 손을 잡았다. 그러나 우리 둘 다 이제 더는 예전과 같지 않다는 것을 알고 있었다.

다음날 아침, 시장에 간 쪽은 엘렌이었다. 요즘은 문을 여는 가게가 별로 없었다. 소금에 절인 고기를 파는 곳, 무시무시하게 비싼 달걀과 야채 몇 가지를 파는 곳 정도였다. 그리고 낡은 천을 고쳐 새 옷을 만드는 방데 출신 노인이 있었다. 나는 호텔 바에 남아 몇 안 되는 손님을 접대했다.

6시 30분쯤 밖에서 소동이 일어났다. 또 포로들인가 싶었지만 엘렌이 머리카락을 풀어헤치고 눈을 휘둥그레 뜬 채 달려 들어왔다.

"상상도 못 할 거야. 릴리앙이야!"

가슴이 쿵쿵 뛰기 시작했다. 나는 비우고 있던 재떨이를 떨어뜨리고 자리에서 일어서 있던 다른 손님들과 함께 문으로 달려갔다. 길을 따라 릴리앙 베튄이 오고 있었다. 그녀는 아스트라한 외투를 입었지만 이제는 파리지앵 모델 같아 보이지 않았다. 그 외에는 아무것도 입지 않았다. 다리는 추위에 얼고 멍이 들어 얼룩덜룩했다. 맨발은 피투성이였고 왼쪽 눈은 부어올라 감겨 있었다. 핀을 꽂지 않은 머리카락이 얼굴을 덮었고 걸음을 뗄 때마다 시시포스가 애쓰듯 힘겹게 절룩거렸다. 그녀의 양쪽에는 독일 장교 두 명이 서 있었다. 그 뒤로 병사 무리가 바짝 따라오고 있었다. 이번만큼은 우리가 내다보아도 신경 쓰지 않는 듯했다.

그 아름다운 아스트라한 외투가 흙투성이가 됐다. 외투 뒤에 묻은 것은 끈적끈적한 핏자국뿐 아니라 틀림없는 가래였다.

그 광경을 보고 있는데 흐느끼는 소리가 들렸다. "엄마! 엄마!" 그녀의 일곱 살짜리 딸 에디트를 다른 군인들이 가로막는 것이 보였다. 아이는 얼굴을 일그러뜨린 채 흐느끼면서 군인들을 지나쳐 엄마에게 가려고 몸부림을 쳤다. 한 군인이 아이가 다가가지 못하게 팔을 잡고 있었다. 또 한 명은 재미있다는 듯 히죽거리고 있었다. 릴리앙은 고개를 푹 숙인 채 혼자만의 고통의 세계에서 넋이 나간 듯 걸어갔다. 그녀가 호텔 옆을 지나칠 때 나지막이 욕설이 터져 나왔다.

"저 잘난 척하던 창녀 꼴 좀 봐!"

"독일놈들이 언제까지나 저를 좋아해줄 줄 알았나, 릴리앙?"

"이제 싫증난 게지. 속 시원하다."

나는 그들이 우리 마을 사람들이라는 것을 믿을 수가 없었다. 주위의 증오에 찬 얼굴들과 경멸스러운 미소를 둘러보고 더는 참을 수가 없었다. 그들을 밀치고 에디트에게 달려갔다. "아이 이리 줘요." 온 마을의 눈이 이 구경거리에 쏠려 있었다. 그들은 위층 창문에서, 시장 건너편에서 릴리앙에게 야유를 보내고 있었다.

에디트가 울면서 애처롭게 외쳤다. "엄마!"

"아이 이리 내요! 독일군이 이제는 어린아이까지 처형하나요?" 내가 외쳤다.

아이를 붙잡고 있던 장교가 뒤를 돌아봤다. 우체국 옆에 사령관이 서 있는 것이 보였다. 그가 옆의 장교에게 뭐라고 말하자 곧 아이를 내게로 풀어줬다. 나는 아이를 품에 안았다. "괜찮아, 에디트. 나랑 같이 가자." 아이는 내 어깨에 얼굴을 묻고 한 손은 여전히 제 엄마 쪽으로 헛되이 뻗은 채 오열했다. 릴리앙이 내 쪽으로 살짝 얼굴을 돌린 듯도 했으나 거리가 멀어서 확실히 알 수는 없었다.

나는 재빨리 에디트를 데리고 바 안으로 들어왔다. 그러고는 마을 사람들의 눈을 피해, 다시 쏟아지는 조롱을 피해, 아무 소리도 들리지 않을 호텔 뒤로 갔다. 아이는 제정신이 아니었다. 아이를 어떻게 나무라겠는가? 아이를 우리 침실로 데리고 가서 물을 먹인 다음 품에 안고 부드럽게 흔들어줬다. 몇 번이고 괜찮을 거라고, 우리가 할 수 있는 일이 아무것도 없는 줄 알면서도 다 잘 해결해주겠다고 말해줬다. 아이는 울다가 완전히 기진해버렸다. 아이의 부은 얼굴을 보고 밤새 울었으리라 짐작했다. 아이가 무엇을 보았는지 누가 알겠는가. 드디어 아이는 내 품안에서 축 늘어졌다. 나는 아이를 조심스레 내 침대에 눕힌 뒤 담요를 덮어줬다. 그런 다음 아래층으로 내려왔다.

바 안으로 들어서자 조용해졌다. 르코크루주가 지난 몇 주 동안 이렇게 붐볐던 적이 없었다. 엘렌은 무거운 쟁반을 들고 탁자들 사이를 이리 뛰고 저리 뛰었다. 문가에 시장이 서서 내 앞의 얼굴들을 살펴봤다. 더는 내가 알던 그 사람들이 아니었다. "이제 만족해요?" 내 목소리가 갈라져 나왔다. "위층에 있는 아이는 잔인하게 끌려가는 제 엄마에게 당신들이 침을 뱉고 조롱하는 모습을 봤어요. 친구라고 생각했던 사람들이요. 자랑스러워요?"

여동생이 내 어깨에 손을 얹었다. "언니……."

나는 그 손을 떨쳐냈다. "언니라고 부르지도 마. 당신들은 지금까지 자기들이 무슨 짓을 했는지도 몰라. 릴리앙 베튄에 대해 다 안다고 생각하지. 흥, 당신들은 아무것도 몰라. 아무것도!" 나는 이제 분노에 차서 울고 있었다. "너무 쉽게 판단해버리면서도 제 입에 맞으면 주는 대로 날름 받지."

시장이 내 쪽으로 걸어왔다. "소피, 우리 얘기 좀 합시다."

"아. 이제야 나랑 얘기를 하시겠다고요! 몇 주 동안 슈엘이 나를 반역자에 창녀로 본다는 이유로, 고약한 냄새라도 난다는 듯 나를 쳐다보시던 분이요. 나를! 위험을 무릅쓰고 당신 딸에게 음식을 가져다주기 위해 별짓을 다했는데. 당신은 나보다는 그를 믿는군요! 흥, 내 쪽에서 당신과는 별로 얘기하고 싶지 않네요. 내가 알고 있는 것을 따져보면 차라리 릴리앙 베튄하고 얘기하겠어요!"

나는 이제 걷잡을 수 없는 분노를 마구 터뜨렸다. 불꽃을 내뿜는 것처럼, 미친 여자처럼 날뛰었다. 사람들이 멍한 얼굴로 입을 떡 벌린 모습들이 눈에 들어왔다. 내 어깨에서 나를 제지하려는 손을 흔들어 뿌리쳤다.

"「점령지 신문」이 어디에서 나왔다고 생각해요? 새들이 물어다준 줄 알아요? 마법 카펫이라도 타고 온 줄 알아요?"

엘렌이 나를 끌고 나가려 했다. "놔둬! 누가 당신네를 도왔는지 알아? 릴리앙이 당신들을 도왔어! 당신들 모두를! 그녀의 빵 속에 오물을 넣었을 때조차도 당신들을 돕고 있었단 말이야!"

나는 복도로 끌려 나왔다. 엘렌의 얼굴이 하얗게 질렸다. 시장은 그녀의 뒤에 서서 사람들 앞에서 나를 끌고 나갔다. 내가 반발했다.

"왜? 진실을 들으니까 너무 불편하니? 내가 말하면 안 되는 거야?"

"앉아, 언니. 제발, 앉아서 좀 진정해."

"베튄 부인에 대해서는 나도 딱하게 생각해요."

시장이 조용히 말했다.

"하지만 그녀 얘기를 하자고 온 게 아니오. 당신과 이야기를 하러 왔어요."

"난 시장님과 할 얘기가 없어요."

나는 손바닥으로 얼굴을 쓸면서 말했다.

시장이 심호흡을 했다. "소피, 당신 남편의 소식을 가져왔어요."

그의 말이 무슨 말인지 잠시 이해가 되지 않았다. 그는 내 옆의 계단에 앉았다. 엘렌은 여전히 내 손을 꼭 쥐고 있었다.

"유감이지만 좋은 소식은 아니에요. 오늘 아침에 마지막 포로들이 지나갈 때, 한 명이 우체국을 지나면서 전갈을 남겼소.

쪽지였지요. 우리 점원이 주웠어요. 거기에 에두아르 르페브르
가 지난달 아르덴의 교화 수용소에 보내진 다섯 명 속에 있다
고 적혀 있었어요. 정말 유감이에요, 소피."

8

에두아르 르페브르는 감옥에서 다른 죄수에게 주먹 크기의 빵 조각을 건네주다가 걸렸다. 그 이유로 매를 맞자 그는 격렬하게 맞서 싸웠다. 에두아르다웠다. 그가 떠밀려 간 교화 수용소는 최악으로 소문난 곳이었다. 아무것도 없는 맨바닥의 헛간에서 이백 명이 잤다. 보리 껍질 몇 개 떠 있는 멀건 수프와 가끔씩 죽은 쥐로 연명했다. 돌을 깨거나 철로 건설하는 작업에 투입되어 무거운 쇠 도리를 어깨에 메고 몇 마일을 날라야 했다. 힘이 부쳐 떨어뜨리기라도 하면 벌을 받고 매질을 당하거나 식량 배급을 받지 못했다. 온갖 병이 돌았고 사소한 잘못에도 총살을 당했다.

나는 그런 이야기를 다 들었고 그 이미지들 하나하나가 꿈속에까지 따라다녔다. "그이는 괜찮겠지요, 그렇지요?" 나는 시장에게 물었다.

그는 내 손을 쓰다듬었다. "우리 모두 그를 위해 기도할 겁니다." 그는 깊은 한숨을 내쉬며 자리를 뜨려고 일어섰다. 그의 한숨 소리가 사형선고 같았다.

릴리앙 베튄이 끌려간 뒤로 시장은 거의 매일같이 찾아왔다. 그녀에 대한 진실이 온 마을에 다 퍼져나가면서 그녀는 사람들의 상상 속에서 서서히 변해갔다. 그녀의 이름을 입에 올려도 더는 자동으로 입을 비쭉거리지 않게 됐다. 누군가 어둠을 틈타 시장 광장에 분필로 "영웅"이라고 낙서를 해놨다. 그 낙서는 금세 지워졌지만 모두 그것이 누구를 가리키는 말인지 알았다. 그녀가 처음 붙잡혀 갔을 때 그녀의 집에서 도둑맞았던 몇 가지 귀중품도 제자리로 돌아왔다.

물론 루비에 부인과 뒤랑 부인처럼 그녀가 맨손으로 독일군들을 목 조르는 모습을 봤다 해도 믿지 않으려 할 사람들도 있었다. 그러나 우리 작은 바에는 애매하게나마 과오를 인정하는 분위기가 돌았다. 르코크루주에 작아서 입지 않는 옷과 음식을 들고 와서 에디트에게 작은 친절을 베풀어주는 이들도 있었다. 릴리앙은 어딘가 우리 마을 남쪽으로 멀리 떨어진 수용소로 보내진 것이 확실했다. 시장이 살짝 알려준 바로는 다행히 즉시 총살당하지는 않았다고 했다. 장교 중 한 명이 특별히 나서서 신속히 처형되는 것은 막은 듯하다고 했다. "하지만 그래도 별 소용은 없어요. 프랑스군의 첩자로 일하다 잡혔으니 그리 오래 목숨을 부지하지는 못할 거예요."

나로 말하면, 이제 마을의 왕따 신세는 벗어났다. 하지만 아무려나 상관없었다. 이웃들을 전과 같은 마음으로 대하기가 힘들었다. 에디트는 그림자처럼 내게 딱 달라붙어 떠나지 않았다. 거의 먹지도 않고 끊임없이 엄마를 찾았다. 나는 네 엄마가 어떻게 됐는지는 모르지만, 너는 우리와 안전할 것이라고 솔직하게 말해줬다. 에디트가 악몽을 꾸다 비명을 지르며 깨어나 다른 두 아이를 깨우지 않도록 예전 방으로 데려가서 함께 잤다. 에디트는 저녁이면 주방을 들여다볼 수 있는 제일 가까운 자리인 네 번째 계단으로 올라가곤 했다. 밤늦게 주방 청소를 마치고 나서 보면 야윈 팔로 무릎을 감싸 안고 잠들어 있었다.

에디트의 엄마에 대한 걱정은 남편에 대한 두려움과 뒤섞였다. 나는 걱정과 피로에 휩싸여 말없이 하루하루를 보냈다. 마을에 들어오는 새 소식은 거의 없었고, 마을에서 나가는 것도 없었다. 그가 어딘가에서 굶주리고 있을지도 모르고, 열병으로 누워 있을지도 모르고, 매를 맞고 있을지도 몰랐다. 시장은 전선에서 두 명, 몽스 인근 수용소에서 한 명, 세 명이 죽었다는 공식 통보를 받았다. 릴 인근에서 장티푸스가 발병했다는 소식도 들었다. 나는 그런 소식들을 개인적으로 받았다.

예상 외로 엘렌은 이렇게 어두운 예감이 퍼져가는 분위기 속에서도 멀쩡해 보였다. 내가 무너지는 모습을 보면서 최악의 일이 벌써 일어났으리라 믿게 된 것 같다. 그렇게 힘과 생기가 넘치는 에두아르가 죽음의 위기에 처해 있다면, 온순한 책벌레인 장 미셸이 무사할 리가 없었다. 그녀의 추리는 남편이 살아남았을 리가 없으니 그 사실을 받아들이는 편이 낫다는 쪽으로 흘러갔다. 그녀는 기운을 내어 맥주 창고에서 남몰래 울고 있는 나를 발견하면 억지로 일으켜서 뭐든 먹게 했다. 에디트와 미미, 장에게는, 좀 이상하지만 쾌활한 투로 자장가를 불러줬다. 동생이 힘을 내줘서 고마웠다. 나는 밤이면 다른 여자의 아이를 품에 안고 누워 다시는 생각할 필요가 없게 되기를 바랐다.

1월 말에 루이자가 죽었다. 충분히 예상했던 일이었지만 막상 닥치니 받아들이기 어려웠다. 하룻밤 새 시장 부부는 10년은 늙어버린 모습이었다. "이런 세상 꼴을 더 이상 보지 않아도 되니 축복이라고 해야겠지요." 시장이 내게 한 말에 나는 고개를 끄덕였다. 우리 둘 다 그 말을 믿지는 않았다.

장례식은 닷새 후 치러졌다. 아이들은 데려가지 않기로 해서 엘렌에게 나 대신 다녀오라고 했다. 나는 예전 소방서 뒤편의 숲으로 아이들을 데리고 갈 생각이었다. 추위가 너무 심해서 독일군은 마을 사람들에게 불을 피울 낙엽을 동네 숲에서 하루에 2시간씩 모으도록 허용해줬다. 많이 찾을 수 있을 것 같지는 않았다. 이미 야음을 틈타 쓸만한 가지는 다 꺾어가버렸다. 그러나 마을에서, 슬픔과 공포와 독일군과 이웃의 끊임없는 감시의 눈초리에서 좀 벗어나고 싶었다.

상쾌하고 조용한 오후였다. 너무 지쳐서 지평선에서 고작 몇 미터 이상 자라기도 힘들어 보이는 나무들의 해골 같은 그림자 사이로 희미한 햇살이 비쳤다. 그런 오후면 우리 풍경을 보면서 이런 세상이 끝나는 날이 올까 생각해보곤 했다. 요즘 들어 자주 그러듯 남편과 말없는 대화를 하면서 걸었다. "강해져야 해요, 에두아르. 버텨요. 살아만 있어줘요. 그러면 꼭 다시 만나게 될 거예요."

에디트와 미미는 처음에는 내 옆에서 얼어붙은 낙엽을 밟으며 말없이 걸었지만, 숲까지 오자 아이다운 충동이 되살아났다. 나는 잠시 발을 멈추고 아이들이 썩은 나무 둥치 쪽으로 달려가 손을 잡고 깔깔대면서 그 위로 팔짝 뛰어올랐다가 뛰어내리는 것을 봤다. 아이들의 신발이 상하고 치마는 흙투성이가되겠지만 그런 단순한 위안조차 막고 싶지는 않았다.

발을 멈추고 아이들의 목소리가 내 마음속에서 가시지 않는 두려움을 삼켜주기를 바라며 바구니에 삭정이를 담았다. 그러다 허리를 펴보니 그가 보였다. 공터에서 어깨에 총을 메고 부하들 중 한 명과 이야기를 하고 있었다. 그는 여자애들의 목소리를 듣고 돌아섰다. 에디트가 비명을 지르며 미친 듯이 나를 찾았다. 그녀는 공포에 질린 눈으로 나를 향해 뛰어왔다. 미미는 왜 친구가 식당에 매일 밤 오는 사람을 보고 저렇게 덜덜 떠는지 영문을 몰라 당황하며 역시 뒤로 물러섰다.

"울지 마, 에디트. 저분은 너를 해치지 않을 거야. 울지 마렴."

나는 그가 우리를 쳐다보는 것을 보고 내 다리에 매달린 아이를 떼어냈다. 허리를 숙여 아이에게 말했다. "저분은 사령관님이야. 저녁 식사에 대해서 잠깐 얘기를 좀 하고 올게. 여기 남아서 미미랑 놀고 있어. 괜찮아, 알겠지?"

미미에게 넘겨줄 때도 아이는 덜덜 떨고 있었다.

"가서 잠깐 놀고 있으렴. 사령관님과 잠깐 얘기 좀 하려는 거야. 여기, 내 바구니를 가져가서 삭정이를 좀 찾아보고 있어. 아무 일 없을 거야."

간신히 아이를 치맛자락에서 떼어놓고 그쪽으로 걸어갔다. 그는 다른 장교와 낮은 목소리로 뭔가 얘기를 하고 있었다.

나는 숄을 여미고, 팔짱을 끼고 사령관이 대화를 끝내기를 기다렸다.

"사냥을 하러 갈까 생각하던 참이었소." 그가 텅 빈 하늘로 눈을 돌리며 말했다. "새들을." 그가 덧붙였다.

내가 말했다. "여기 남은 새는 없어요. 다 오래전에 떠났어요."

"새들이 현명했는지도 모르겠군요." 멀리에서 대포 소리가 희미하게 울렸다. 포 소리에 주위의 공기가 일순 오그라드는 듯했다.

"그 창녀의 아이인가요?" 그가 어깨에 총을 걸고 담배에 불을 붙였다. 나는 썩은 나무등치 옆에 아이들이 서 있는 쪽을 힐끗 돌아봤다.

"릴리앙의 자식요? 네. 저희와 함께 지낼 거예요."

그는 아이를 자세히 살펴봤다. 그가 무슨 생각을 하는지 알 수가 없었다. "어린아이예요. 무슨 일이 있었는지 전혀 이해하지도 못해요."

그가 담배 연기를 뱉어냈다. "순진한 아이로군요."

"그래요. 아이들이 그렇지요."

그는 날카로운 눈빛으로 나를 봤다. 눈을 내리깔지 않으려 애써야 했다.

"사령관님, 부탁이 하나 있습니다."

"부탁이라고?"

"제 남편이 아르덴의 교화 수용소로 끌려갔어요."

"그 정보를 어떻게 알게 됐는지는 묻지 않겠소."

그가 나를 보는 눈빛에서는 아무것도 짐작할 수 없었다. 어떤 실마리도 없었다.

나는 숨을 들이쉬었다. "저…… . 남편을 도와주실 수 없을지요. 그이는 좋은 사람이에요. 아시다시피 화가이고요. 군인이 아니에요."

"그러니까 그에게 소식을 전해달라는 거로군."

"그를 꺼내주셨으면 좋겠어요."

그가 눈썹을 추어올렸다.

"사령관님. 저를 친구처럼 대해주셨지요. 그래서 간청하는 거예요. 제발 남편을 도와주세요. 거기가 어떤 곳이고, 남편이 살아서 나올 가망이 거의 없다는 것을 잘 알고 있어요."

그는 아무 말도 하지 않았다. 그래서 이 기회를 놓치지 않고 말을 계속했다. 머릿속에서 지난 몇 시간 동안 수없이 되풀이했던 말들이었다. "그이가 평생 예술을, 아름다움을 추구하며 살아왔다는 걸 아시잖아요. 그는 평화로운 사람이고 온화한 사람이에요. 그림 그리고, 춤추고, 먹고, 술 마시기를 좋아해요. 그가 죽든 살든 독일군에게는 아무 차이가 없어요."

그는 다른 장교들이 어디로 사라졌는지 확인하려는 듯이 우리 주위를, 헐벗은 숲을 둘러보고는 다시 담배 연기를 뱉어냈다. "나에게 그런 부탁을 하려고 상당한 위험을 감수하는군요. 마을 사람들이 독일군에게 협력했다고 생각하는 여자를 어떻게 대하는지 보았을 텐데요."

"벌써 제가 협력하고 있다고 믿는걸요. 사령관님이 우리 호텔에 온다는 사실만으로도 저는 재판 없이 유죄가 됐어요."

"게다가 적과 춤을 추었고."

이제는 내 쪽에서 놀랄 차례였다.

"전에 당신에게 말했잖소, 부인. 이 마을에서 일어나는 일은 죄다 내 귀에 들어온다고."

우리는 지평선을 바라보며 말없이 서 있었다. 멀리에서 전달된 낮은 포성에 발밑의 땅이 아주 살짝 흔들렸다. 여자아이들도 그것을 느꼈다. 아이들이 제 발을 내려다보는 것이 보였다. 그는 마지막으로 담배 연기를 뿜어내고 군홧발로 뭉갰다.

"당신은 영리한 여자요. 아마도 인간 본성에 대해서도 잘 판단하리라 생각하오. 하지만 당신의 행동은 적군으로서 내가 재판 없이 당신을 총살할 수 있을만한 것이오. 그럼에도 불구하고 당신은 여기 와서 내가 그 사실을 무시할 뿐 아니라 당신을 도와주리라 기대하고 있소. 나의 적이면서."

나는 침을 꿀꺽 삼켰다. 그리고 이렇게 말했다. "그건······. 그건 제가 사령관님을······. 적으로만 보지는 않기 때문이에요."

그는 기다렸다.

"언젠가 우리가 그저······. 둘 다 같은 인간일 뿐이라고 말하셨잖아요."

그의 침묵에 나는 더 대담해졌다. 나는 목소리를 낮췄다.

"당신이 힘 있는 분이라는 거 알아요. 영향력이 있다는 것을요. 남편을 풀어줘야 한다고 말해주시면 그이는 풀려날 거예요. 제발요."

"당신은 자기가 무슨 부탁을 하고 있는지도 모르는군."

"남편은 거기 있으면 죽고 말 거예요."

145

그의 눈에서 보일락 말락 희미한 빛이 반짝였다.

"사령관님은 신사잖아요. 학자이고요. 예술을 좋아하신다는 거 알아요. 사령관님이 존경하는 화가를 구해주신다면…….."

나는 말끝을 흐렸다. 앞으로 한 발 나섰다. 손을 내밀어 그의 팔을 잡았다.

"사령관님. 제발요. 아무것도 바라지 않겠지만 이것만은 빌게요. 제발, 제발, 제발 도와주세요."

그의 표정은 너무나 엄숙했다. 그러더니 예상치 못한 행동을 했다. 손을 들어 내 얼굴에서 머리카락을 걷어낸 것이다. 그는 마치 오랫동안 상상해온 일인 듯 부드럽게, 깊은 생각에 잠겨 그렇게 했다. 나는 충격을 숨기고 가만히 있었다.

"소피……."

"그 그림을 드릴게요. 제일 좋아하시는 거요."

그가 손을 내렸다. 그는 한숨을 내쉬고 시선을 돌렸다.

"그게 제가 가진 것 중에서 가장 소중한 거예요."

"집으로 돌아가시오, 르페브르 부인."

가슴속에서 조금씩 공포가 단단히 맺히기 시작했다.

"제가 어떡하면 되나요?"

"집으로 돌아가시오. 아이들을 데리고 가시오."

"뭐든지요. 남편을 풀어주신다면 뭐든지 다 할게요." 내 목소리가 숲 속에 울려 퍼졌다. 에두아르의 유일한 기회가 나에게서 빠져나가는 것을 느꼈다. 그는 계속 걸어갔다. "제 말 들리시나요, 사령관님?"

그가 갑자기 성난 표정으로 홱 몸을 돌렸다. 그는 내 앞으로 성큼성큼 걸어오더니 불과 몇 센티미터 앞까지 와서 섰다. 내 얼굴에 그의 숨결이 느껴질 정도였다. 겁이 나서 잔뜩 굳은 아이들이 보였다. 나는 두려운 기색을 내보이지 않으려 했다.

그는 나를 뚫어지게 쳐다보다가 목소리를 낮췄다.

"소피……."

그는 뒤의 아이들을 힐끗 봤다. "소피, 나는, 아내를 못 본 지가 거의 3년이 됐소."

"저는 남편을 보지 못한 지가 2년이 됐어요."

"당신은 알아야 해요……. 당신이 나에게 어떤 부탁을 하고 있는지……." 그는 내 얼굴을 보지 않기로 결심한 사람처럼 시선을 피했다.

나는 침을 꿀꺽 삼켰다.

"그림을 드리겠어요. 사령관님."

그의 턱이 미세하게 떨리기 시작했다. 그는 내 오른쪽 어깨 너머 어딘가를 응시하더니 다시 걸음을 옮겼다. "부인. 당신은 아주 어리석거나 아니면 아주……."

"그림과 남편의 자유를 맞바꿀 수 있을까요? 아니면……. 저와 남편의 자유를 맞바꿔야 하나요?"

그는 자기 뜻에 반하는 일을 내게 하도록 강요하고 있다는 듯이 괴로운 표정으로 돌아섰다. 그는 자기 군화만 내려다봤다. 드디어 그가 내 쪽으로 다시 두 발짝, 남의 귀에 들리지 않게 말할 수 있을 정도의 거리까지 왔다.

"내일 밤이오. 막사로 나를 찾아오시오. 호텔에서 일을 끝내고 나서."

아이들 손을 잡고 광장을 통과하는 길을 피해 다른 길로 돌아서 왔다. 르코크루주에 도착했을 때는 치마가 흙투성이가 됐다. 나는 그 독일군이 총으로 쏠 비둘기가 없어서 화가 났던 것뿐이라고 아이들을 안심시키려 했지만 아이들은 입을 꼭 다물었다. 아이들에게 따뜻한 마실 것을 준 다음 내 방으로 가서 문을 닫았다.

나는 침대에 누워 불빛을 막으려 손으로 눈을 가렸다. 30분쯤을 그러고 있었다. 그러다 일어나서 옷장에서 파란색 모직 드레스를 꺼내 침대 위에 펼쳐놨다. 에두아르는 항상 내가 그 옷을 입으면 학교 여선생처럼 보인다고 말했다. 학교 여선생이 되는 것이 근사한 일이라는 투로 그 말을 했다. 나는 진흙투성이 잿빛 드레스를 벗었다. 두꺼운 속치마도 벗었다. 속옷 단 역시 흙투성이였다. 페티코트와 슈미즈 바람이 됐다. 코르셋을 벗고, 속옷도 벗었다. 방은 추웠지만 추위도 잊었다.

거울 앞에 섰다.

몇 달 동안 내 몸을 보지 않았다. 딱히 볼 이유가 없었다. 이제 내 앞의 얼룩진 거울 속에 선 모습이 낯선 타인 같았다. 몸이 반쪽이 되어 있었다. 가슴은 이제는 탱탱하게 부풀어 오른 둥그런 살이 아니라 축 늘어지고 작아졌다. 엉덩이도 마찬가지였다. 말라서 뼈와 가죽만 남은 지경이었다. 쇄골, 어깨, 갈비뼈가 다 뚜렷이 드러나 보였다. 한때는 밝게 빛나던 머리카락마저 빛을 잃었다.

더 가까이 다가가 내 얼굴을 자세히 살폈다. 눈 밑에는 그림자가 졌고 이마 사이에는 희미한 주름이 패었다. 몸이 떨렸지만 추위 탓은 아니었다. 에두아르가 2년 전 두고 떠나간 여자를 생각했다. 내 허리 위 그의 손, 내 목덜미에 닿는 그의 부드러운 입술의 감촉을 생각했다. 그리고 눈을 감았다.

그는 며칠 동안 기분이 좋지 않았다. 탁자 주위에 둘러앉은 세 여자의 그림을 작업하고 있었다. 나는 각각의 포즈를 취해주고 나서 그가 찌푸린 얼굴로 씩씩거리다가 급기야 팔레트를 내던지고 욕설을 내뱉는 것을 말없이 지켜봤다.
"바람 좀 쐴까요." 내가 몸을 쭉 펴면서 말했다. 오래 포즈를 취하고 있자니 몸이 아팠지만 그에게는 내색하지 않으려 했다.
"난 바람 쐬고 싶지 않아요."
"에두아르, 그런 기분으로는 아무것도 안 돼요. 나랑 20분만 나갔다 와요. 가요." 나는 외투를 들고 목에 스카프를 감고 문가로 가서 섰다.
"난 일을 멈추고 싶지 않다니까." 그가 투덜거렸다.
나는 그가 기분이 나빠도 신경 쓰지 않았다. 그때쯤에는 그에게 익숙해져 있었다. 에두아르는 일이 잘 풀릴 때는 세상에서 제일 다정하고, 쾌활하고, 모든 것에서 아름다움을 찾아내는 남자였다. 잘 풀리지 않을 때는 우리의 작은 집에 온통 먹구름이 끼었다. 결혼 초기 몇 달 동안은 내가 무얼 잘못했나, 어떡하면 그의 기분을 풀어주나 전전긍긍했다. 그러나 라 루셰에서, 15번가의 화가들의 화실에서, 라탱 구의 술집에서 다른 화가들의 이야기를 듣고 다들 그런 리듬이 있다는 것을 알게 됐다. 작품을 잘 끝내거나 팔면 기분이 한껏 좋아졌다가, 일이 지지부진하거나 한 작품을 너무 오래 끌거나 혹평을 받으면 기분이 축 처진다. 이런 기분의 변화는 그저 견뎌내고 적응해야 하는 날씨 같은 것일 뿐이었다.

나는 늘 그렇게 성인군자 같지는 못했다. 에두아르는 수플로 가를 걷는 내내 툴툴거렸다. 그는 짜증이 잔뜩 나 있었다. 왜 산책을 해야 하느냐, 왜 자기를 혼자 좀 내버려두지 않느냐. 당신은 이해 못 한다. 내가 얼마나 힘든지 모른다.

"좋아요." 그와 팔짱을 끼고 걷다가 팔을 풀었다. "저는 무식한 여점원이에요. 당신 삶에서 예술가의 고뇌를 제가 어떻게 알 수 있겠어요? 자, 에두아르. 그건 당신에게 맡길게요. 제가 없으면 기분이 좀 나아질지도 몰라요."

나는 화가 나서 센 강둑 쪽으로 성큼성큼 걸어갔다. 그가 곧 나를 붙잡았다. "미안해요."

나는 굳은 얼굴로 계속 걸었다.

"화내지 말아요, 소피. 내가 기분이 좀 언짢아서 그랬소."

나는 그를 한 번 쏘아봐주고 그의 팔을 잡았다. 우리는 잠시 말없이 걸어갔다. 그가 내 손을 감싸 쥐더니 차가운 것을 알아차렸다. "당신 장갑!"

"깜빡했어요."

"그럼 모자는 어쨌소? 추울 텐데."

"나한테 겨울 모자가 없다는 거 잘 알면서. 산책용 벨벳 모자에 좀이 슬어 구멍이 났는데 기울 시간이 없었어요."

그가 발을 멈췄다. "기운 산책용 모자를 쓸 수는 없어요."

"아주 좋은 모자예요. 수선할 시간이 없었을 뿐이라고요."

시간이 없었던 이유가 그의 그림 재료들을 찾고, 그것들을 사는 데 필요한 돈을 구하기 위해 파리 좌안을 돌아다녀야 했기 때문이라는 말은 하지 않았다.

　우리는 파리에서 가장 훌륭한 모자 상점 앞까지 와 있었다. 그가 그 상점을 보고 그 자리에 섰다. "들어갑시다."

　"말도 안 돼요."

　"내 말 들어요. 내가 금세 기분이 확 나빠지는 거 잘 알잖소." 그가 내 팔을 잡고 내가 더 버티기도 전에 상점 안으로 끌고 들어갔다. 문이 뒤에서 닫히고 종이 울렸다. 나는 놀란 눈으로 주위를 둘러봤다. 금박 입힌 거대한 유리에 반사된, 벽을 두른 선반과 진열대 위에 지금껏 본 적도 없는 아름다운 모자들이 놓여 있었다. 검은색이나 화려한 진홍색의 크고 정교한 모자들, 모피나 레이스로 테를 두른 넓은 챙 달린 것들이 있었다. 황새 깃털 장식이 파르르 떨렸다. 방에서는 말린 장미향이 풍겼다. 상점 뒤편에서 나타난 여자는 파리 거리에서 가장 유행하는, 밑통이 좁고 공단으로 만든 스커트 차림이었다.

　"뭘 도와드릴까요?" 그녀의 눈이 내 3년 묵은 외투와 바람에 헝클어진 머리카락을 훑었다.

　"아내에게 모자가 필요해서요."

　나는 그를 말리고 싶었다. 모자를 정 사주고 싶으면 할인을 받을 수 있을지 모르니 라 팜 마르셰로 가자고 하고 싶었다. 그는 여기가 나 같은 여자들의 세계 밖에 있는 유명 디자이너의 살롱이라는 것을 전혀 몰랐다.

　"에두아르, 난……."

"진짜 특별한 모자로요."

"물론 그러시겠지요, 손님. 마음에 두신 것이 있나요?"

"저런 거요." 그가 넓은 챙에 검은 황새 깃털을 단 디렉투아르 스타일의 엄청나게 큰 진빨강 모자를 가리켰다. 검은색으로 물들인 공작 깃털이 챙 위로 둥그렇게 호를 그렸다.

"에두아르, 진심은 아니겠지요?" 내가 중얼거렸다. 그러나 그녀는 벌써 그 모자를 정중한 태도로 들어 올렸다. 내가 그를 향해 입을 딱 벌리고 서 있는 사이 그녀는 조심스레 그것을 내 머리 위에 씌우고 머리카락을 칼라 뒤로 끌어냈다.

"부인께서 스카프를 벗으시면 보기에 더 나을 것 같은데요." 그녀가 나를 거울 앞에 세우고 마치 금실로 짠 스카프인 양 주의를 기울여 풀었다. 그녀의 손길이 거의 느껴지지 않을 정도였다. 모자를 쓰니 내 얼굴이 확 달라 보였다. 평생 처음으로 내가 시중들어주던 여자들처럼 보였다.

"부군께서 보는 눈이 좋으시네요." 여자가 말했다.

"바로 이거요." 에두아르가 기뻐하며 말했다.

"에두아르……." 나는 그를 한쪽으로 끌고 가서 놀란 목소리로 나지막이 말했다. "가격표를 봐요. 당신 그림 세 점 값이에요."

"상관없소. 당신에게 그 모자를 사주고 싶어요."

"하지만 후회할걸요. 나한테 화가 날 거예요. 그림 재료랑 캔버스를 살 돈이에요. 이건 내가 아니에요."

그는 내 말을 끝까지 듣지 않았다. 점원을 향해 손짓을 했다.

"이걸로 하겠어요."

그녀가 조수에게 상자를 가져오라 이르자 그는 거울에 비친 내 모습 쪽으로 돌아섰다. 그는 내 목을 가볍게 쓰다듬으며 머리를 부드럽게 한쪽으로 기울이게 하고 거울 속의 내 눈을 바라봤다. 모자를 기울이고는 고개를 숙여 내 목이 어깨와 만나는 부분에 입을 맞췄다. 그가 입술을 빨리 떼지 않아서 내 얼굴은 붉게 물들었고 두 점원은 놀라 고개를 돌리고 분주한 척했다. 내가 어리둥절한 눈빛으로 다시 고개를 들었을 때도 그는 여전히 거울 속의 나를 보고 있었다.

"이게 당신이오, 소피." 그가 부드럽게 말했다. "언제나 당신이에요……."

그 모자는 아직도 파리의 우리 아파트에 있었다. 여기에서 160킬로미터쯤 떨어진 곳에.

나는 마음을 정하고 거울 앞에서 걸어 나와 파란 모직 드레스를 입기 시작했다.

엘렌에게는 그날 저녁, 마지막 독일 장교까지 모두 떠난 후에 말해줬다. 우리는 식당 바닥을 닦고 식탁에 남은 부스러기를 털고 있었다. 많지는 않았다. 독일군조차 그즈음에는 떨어진 것까지 다 주워 먹었다. 나는 손에 빗자루를 들고 서서 동생에게 조용히 잠시 멈춰보라고 말했다. 그러고는 숲에 산책 나갔던 일, 사령관에게 부탁한 것, 그가 보답으로 요구한 것을 말해줬다.

그녀의 얼굴이 빨개졌다. "그러겠다고 했어?"

"아무 말도 하지 않았어."

"아, 하느님 감사합니다." 그녀가 손으로 얼굴을 감싸고 고개를 흔들었다. "그가 언니한테 아무 약속도 받아내지 못하게 해주셔서 감사합니다."

"하지만…… 그렇다고 내가 가지 않겠다는 뜻은 아니야."

동생이 갑자기 탁자 앞에 풀썩 주저앉았다. 잠시 후 나도 그녀 앞의 의자에 앉았다. 그녀는 잠시 생각을 하더니 내 손을 잡았다. "언니, 언니가 걱정하는 건 알지만 언니가 무슨 말을 하고 있는지 잘 생각해야 해. 그들이 릴리앙에게 한 짓을 생각해 봐. 정말로 독일군에게 몸을 줄 거야?"

"난…… 거기까지 약속하지는 않았어."

그녀가 나를 쏘아봤다.

"내 생각에…… 사령관은 나름대로 고결한 사람이야. 나한테 그런 짓까지는 원치 않을지도 몰라……. 꼭 그렇게 말하지는 않았어."

"아, 순진한 소리 좀 하지 마!" 그녀가 하늘을 향해 손을 쳐들었다. "사령관은 무고한 사람을 쏘아 죽였어! 언니도 그가 별것도 아닌 잘못으로 자기 부하 머리를 벽에 박는 거 봤잖아! 그런데 그의 숙소에 혼자 가겠다고? 그럴 수는 없어! 생각을 해봐!"

"다른 생각은 거의 안 해봤어. 사령관은 나를 좋아해. 나름대로 나를 존중해주는 것 같아. 그리고 그렇게 하지 않으면 에두아르는 틀림없이 죽을 거야. 그런 데서 무슨 일이 일어나는지 너도 알잖아. 시장님은 벌써 그를 죽은 거나 다름없다고 믿고 있어."

그녀는 식탁 위로 몸을 숙이고 다급한 목소리로 말했다. "언니. 사령관은 독일놈이야! 도대체 그가 하는 말을 왜 믿는단 말이야? 언니가 그놈이랑 같이 자고서도 아무것도 얻지 못할 수도 있어!"

동생이 그렇게 화난 모습은 처음 봤다. "가서 얘기를 해야 해. 다른 방법은 없어."

"만약 들통나면, 형부는 언니를 버릴 거야."

우리는 서로를 노려봤다.

"형부한테 숨길 수 있을 줄 알아? 못해. 언니는 너무 정직하거든. 그리고 언니가 숨기려고 해봤자 마을 사람들이 형부한테 말 안 해줄 것 같아?"

동생 말이 옳았다.

그녀는 자기 손을 내려다봤다. 그러더니 일어서서 물 한 잔을 마셨다. 천천히 마시고 나를 두 번 힐끗 봤다. 침묵이 길어지면서 나는 동생의 반감을, 그 속에 숨은 질문을 서서히 깨달으면서 화가 났다. "너는 내가 아무렇지도 않게 그런 짓을 한다고 생각하니?"

"모르겠어. 요즘은 언니를 도통 모르겠어."

한 대 맞은 기분이었다. 여동생과 나는 서로를 쏘아봤다. 뭔가의 끄트머리에 위태롭게 서 있는 듯한 기분이었다. 자기 여동생과 싸우는 것은 누구와 싸우는 것과도 다르다. 여동생만큼 아픈 구석을 잘 알고 무자비하게 그 부분을 노릴 수 있는 사람은 없다. 사령관과 내가 춤을 춘 일이 우리 기억 속을 맴돌았다. 갑자기 끝이 없을 것 같은 기분이 들었다.

내가 입을 열었다. "좋아. 이것만 대답해줘, 엘렌. 이것이 네 남편을 구할 유일한 기회라면, 넌 어떡하겠니?"

드디어 그녀가 흔들리는 것을 봤다.

"죽느냐 사느냐야. 남편을 구할 수 있다면 어떻게 할래? 남편을 걱정하는 네 마음이 끝이 없다는 거 알아."

동생은 입술을 깨물고 어두운 창으로 돌아섰다. "모든 게 다 엉망이 될 수도 있어."

"그렇지 않을 거야."

"언니는 그렇게 믿고 싶겠지. 하지만 언니는 충동적인 성격을 타고났어. 그리고 위태로운 것은 언니의 앞날만이 아니야."

나는 일어섰다. 탁자를 돌아 동생에게 가고 싶었다. 동생 곁에 쭈그리고 앉아 그녀를 안고 다 괜찮을 거라는, 우리 모두 무사할 거라는 말을 듣고 싶었다. 그러나 그녀의 표정은 내게 더 이상 할 말이 없다는 얼굴이었다. 그래서 나는 치마를 털고 손에 빗자루를 들고 주방 문 쪽으로 걸어갔다.

그날 밤은 자다가 여러 번 깼다. 꿈속에서 에두아르를, 혐오감으로 일그러진 그의 얼굴을 봤다. 말다툼을 하고 외면하는 그에게 나는 옳은 일을 했을 뿐이라고 거듭 설득하느라 애쓰는 꿈을 꿨다. 어느 꿈속에서는 말다툼을 하던 도중 그가 탁자에서 의자를 뒤로 홱 밀쳤다. 보았더니 그는 하반신이 없었다. 다리와 몸통 절반이 보이지 않았다. 그가 나에게 말했다. "자, 이제 만족해?"

나는 깨어나 흐느끼다가 에디트가 깊이를 알 수 없는 검은 눈으로 나를 쳐다보는 것을 알아차렸다. 그녀가 손을 뻗어 동정하듯 내 젖은 뺨을 가만히 만졌다. 나는 손을 뻗어 그녀를 안아줬다. 우리는 말없이 새벽이 밝아올 때까지 서로 끌어안고 있었다.

그날 하루를 꿈속에서처럼 보냈다. 독일군이 왔지만 사령관은 보이지 않았고 우리는 그들에게 식사를 차려줬다. 그들은 가라앉은 분위기였다. 종종 그랬듯이 나도 모르게 이것이 그들 편에는 뭔가 끔찍한 소식을 의미하는 것이기를 바랐다.

엘렌은 일하는 동안 나를 계속 힐끔거렸다. 내가 무슨 짓을 하려는지 알아내려 애쓰는 것을 알 수 있었다. 나는 음식을 내고, 와인을 따르고, 설거지를 하고, 식사를 칭찬하는 사람들이 감사의 표시로 고개를 까딱하는 인사를 받아줬다. 그들이 모두 떠나고 나서 또 계단에서 잠든 에디트를 안아 내 방으로 데려갔다. 아이를 침대에 눕히고 턱까지 담요를 끌어올려 덮어줬다. 잠시 아이를 바라보며 뺨에 흘러내린 머리카락을 부드럽게 쓸어 올려줬다. 아이가 잠 속에서도 괴로운 얼굴로 꿈틀했다.

아이가 깊이 잠들 때까지 지켜봤다. 그런 다음 천천히 신중한 동작으로 머리를 빗고 핀을 꽂았다. 촛불에 비친 내 모습을 보던 중 뭔가가 눈에 띄었다. 문 아래로 밀어 넣어진 쪽지를 집었다. 엘렌의 필체로 적힌 글을 들여다봤다.

한 번 일어난 일은 다시 되돌릴 수 없어.

발에 맞지 않는 신발을 신고 있던 죽은 청년 포로. 그날 오후 길을 지나간 잡다한 사람들을 생각했다. 그러자 갑자기 모든 것이 아주 단순해졌다. 선택의 여지가 없었다.

나는 쪽지를 숨긴 다음 조용히 계단을 내려갔다. 다 내려와서 벽에 걸린 초상화를 잠시 보다가 조심스럽게 고리에서 떼어내 드러나지 않도록 숄 안에 감쌌다. 등 뒤의 문을 닫는데 위층에서 여동생의 속삭임이 들려왔다. 그녀의 목소리가 경고하는 종소리 같았다.

"언니."

9

몇 달 동안을 통행금지령 속에서 살다보니 어둠 속을 걸어가는 기분이 묘했다. 작은 마을의 얼어붙을 듯 추운 거리는 고적했고 창은 텅 비었으며 커튼은 움직이지 않았다. 나는 누군가 행여 밖을 내다보더라도 뒷길을 서둘러 지나가는 정체 모를 모습만을 보게 되기를 바라면서 숄을 머리 위까지 높이 올려 쓰고 그늘 속을 급히 걸어갔다.

살을 에듯 추웠지만 거의 느끼지 못했다. 몸이 꽁꽁 얼었다. 마을 외곽의 독일군이 거의 1년 전부터 임시 숙소로 쓰는 푸리에 농장까지 15분이 걸린다.

나는 걷는 동안 내가 어디로 가는 중인지를 생각했다가는 다리를 움직일 수 없을 것 같은 두려움에 한 걸음씩 차례로 내딛기만 했다. 생각을 했다가는 여동생의 경고가 들려올 것만 같았다. 야음을 틈타 내가 사령관을 찾아갔다는 것을 다른 마을 사람이 알게 되는 날에는 그들의 가차 없는 목소리가 들릴 것 같았다. 내 안의 공포가 귀에 들릴 지경이었다.

대신 주문처럼 남편의 이름을 중얼거렸다. "에두아르. 에두아르를 자유롭게 해줄 거야. 할 수 있어." 옆구리에 낀 그림을 단단히 움켜쥐었다.

도시 외곽까지 다다랐다. 흙길이 거칠고 울퉁불퉁해지는 왼쪽으로 돌았다. 골목길은 그 길을 오르내린 군용 차량들 탓에 이미 울퉁불퉁 파여 엉망이었다. 아버지의 늙은 말이 작년에 그런 바큇자국에 다리가 부러진 적이 있었다. 어느 독일군이 앞도 제대로 보지 않고 말을 너무 함부로 몰아낸 탓이었다. 아우렐리앙은 그 소식을 듣고 눈물을 흘렸다. 점령으로 인한 또 다른 피해였다. 요즘은 말 때문에 우는 사람은 아무도 없었다.

'에두아르를 집으로 데려오겠어.'

달이 구름 뒤로 사라졌다. 농장 길에서 비틀거리며 몇 번이나 바큇자국에 고인 얼음 같은 물에 발을 잘못 디뎌 신발과 스타킹까지 젖었다. 손가락이 얼어서 떨어뜨릴까 겁이 나 그림을 꼭 잡았다. 멀리 집 안에서 새어나오는 불빛만 겨우 알아볼 수 있었다. 그쪽으로 계속 걸어갔다. 아마도 토끼인 듯한 희미한 형체가 내 앞에서 갓길을 지나쳐갔고, 여우의 윤곽이 길을 슬금슬금 건너가다가 발을 멈추고 무서울 것 없다는 건방진 태도로 잠깐 나를 쏘아봤다. 잠시 후 겁에 질린 토끼의 끽끽거리는 비명이 들렸다. 목구멍으로 치밀어 오르는 분노를 겨우 참아야 했다.

불빛들로 빛나는 농장이 이제 눈앞에 어렴풋이 나타났다. 트럭 움직이는 소리에 숨이 가빠졌다. 뒤쪽 울타리로 뛰어가 군용차량이 덜컹대고 부릉거리며 지나갈 동안 헤드라이트 불빛을 피해 웅크렸다. 차 뒤의 펄럭이는 덮개 천 밑으로 양옆에 앉은 여자들의 얼굴이 보였다. 그들이 사라질 때까지 지켜보다가 나뭇가지에 숄을 긁히면서 울타리에서 나왔다. 독일군이 마을 밖에서 여자들을 데려왔다는 소문이 있었다. 나는 다시 릴리앙을 떠올리고 말없이 기도를 올렸다.

농장 입구까지 왔다. 내 앞에서 30미터쯤 앞에 트럭이 섰다. 침묵 속에서 여자들의 희끄무레한 형체가 여러 번 와본 길이라는 듯 왼쪽 문으로 걸어가는 모습이 보였다. 멀리서 노래 부르는 남자들의 목소리가 들렸다.

"거기 서."

내 앞에 한 군인이 나타났다. 나는 놀라서 펄쩍 뛰었다. 그는 총을 쳐들고 나를 자세히 훑어봤다. 그는 다른 여자들 쪽을 손짓으로 가리켰다.

"아니. 아니에요. 사령관님을 뵈러 왔어요."

그가 조급하게 다시 손짓을 했다.

"아뇨." 내가 더 큰 소리로 말했다. "사령관님요. 약속을……했어요."

그의 얼굴은 볼 수 없었다. 그러나 실루엣이 나를 자세히 살피더니 마당을 가로질러 겨우 문이라는 것을 알아본 쪽으로 걸어갔다. 그가 문을 두드렸고, 뭐라 웅얼웅얼 주고받는 말소리가 들렸다. 나는 가슴을 두근거리며 기다렸다. 불안한 나머지 살갗이 따끔거렸다.

"누구지?" 그가 돌아와서 물었다.

"저는 르페브르 부인이에요." 내가 속삭였다.

그가 내 숄을 손짓으로 가리켜서 나는 잠깐 숄을 당겨 얼굴을 드러냈다. 그는 마당 건너편 문 쪽으로 손을 흔들었다.

"저쪽 문. 1층. 오른쪽으로 녹색 문."

"뭐라고요? 못 알아듣겠어요."

그는 다시 짜증을 냈다. "저기, 저기." 그가 내 팔꿈치를 잡고 손짓을 하며 거칠게 앞쪽으로 떠밀었다. 사령관을 찾아온 손님을 이런 식으로 다루다니 놀랐다. 그러나 다음 순간 서서히 깨달았다. 유부녀라고 주장해봤자 의미가 없었다. 나는 그저 해가 진 뒤에 독일군을 찾아오는 여자들 중 한 명일 뿐이었다. 내 붉어진 뺨이 그에게 보이지 않아서 다행이었다. 나는 그의 손에서 팔꿈치를 잡아 빼고 오른쪽의 작은 건물을 향해 걸어갔다.

어느 방이 그의 것인지 알아내기는 어렵지 않았다. 문 아래에서 불빛이 새어나오는 방이었다. 나는 밖에서 망설이다가 문을 두드리고 조용히 불렀다. "사령관님?"

발소리가 들리고 문이 열리자 나는 한 걸음 뒤로 물러섰다. 그는 군복을 벗고 칼라가 없는 줄무늬 셔츠를 입고 멜빵을 하고 있었다. 책을 읽던 중이었던 듯, 한 손에는 책을 들고 있었다. 그는 반쯤 웃으며 나를 보고 들어오라고 한 걸음 뒤로 물러섰다.

방에는 크고 굵은 기둥들이 있었다. 마루에는 깔개들이 깔려 있었다. 그중 여러 장이 이웃집에서 가져온 것임을 알아봤다.

작은 탁자와 의자, 두 개의 아세틸린 등불은 놋쇠를 두른 네 귀퉁이가 반짝이는 군용 금고를 비췄다. 옷걸이에는 그의 군복이 걸려 있었다. 방 건너편까지도 온기가 전해질 만큼 기세 좋게 타오르는 벽난로 옆에 크고 편안한 의자가 있었다. 구석에는 두꺼운 퀼트 이불 두 개가 덮인 침대가 있었다. 침대에 닿은 시선을 다른 쪽으로 돌렸다.

"자……." 그가 내 뒤에 서서 내 등에서 숄을 벗겼다. "이건 내가 치워주겠소."

나는 그림을 여전히 품에 꼭 끌어안고 그가 숄을 들어 옷걸이에 걸게 놔뒀다. 거의 몸이 마비된 듯 서 있으면서도 내 누추한 차림새가 부끄러웠다. 너무 추워서 빨래를 제대로 할 수가 없었다. 모직 옷은 말리려면 몇 주가 걸리거나, 밖에서 그대로 꽁꽁 얼어붙었다. 그가 말했다.

"밖이 엄청 춥군요. 당신 옷만 만져봐도 알겠소."

"예." 내 목소리가 낯설게 들렸다.

"여기는 겨울이 지독하군요. 그리고 아직 몇 달은 더 갈 것 같소. 한잔하겠소?" 그가 작은 탁자 쪽으로 가서 유리병에서 와인을 두 잔 따랐다. 나는 걸어오느라 추워서 아직도 떨면서 말없이 잔을 받았다.

"그건 내려놓아도 좋소." 그가 말했다.

내가 그림을 들고 있다는 것도 잊고 있었다. 그림을 바닥에 내려놨다.

"자, 앉으시오." 그는 내가 주저하자 마치 내가 긴장한 것이 모욕적이라는 듯 짜증스러워했다. 나는 그림 액자에 한 손을 올려놓고 나무 의자에 앉았다. 이유는 잘 모르겠지만 그러고 있으면 위안이 됐다.

"오늘 밤엔 호텔에 식사하러 가지 않았소. 당신이 한 말, 우리가 당신 집을 드나들어서 이미 배신자 취급을 받고 있다던 말을 생각해봤소. 당신에게 더 이상 문제가 생기는 건 원하지 않소. 소피……. 우리가 점령한 탓에 당신에게 일어난 문제만으로도 충분하오."

뭐라고 대꾸하면 좋을지 몰랐다. 와인을 한 모금 마셨다. 그는 뭔가 대답을 기다리듯 나에게서 눈을 떼지 않았다.

마당 건너편에서 노랫소리가 들려왔다. 여자들이 군인들과 함께 있는지, 그들은 누구인지, 어느 마을에서 왔는지 궁금했다. 그들 또한 그들이 한 짓 때문에 나중에 죄인 취급을 받으며 거리를 끌려다니게 될까?

"배고픈가요?" 그가 빵과 치즈가 놓인 작은 쟁반 쪽을 손짓했다. 나는 고개를 저었다. 하루 종일 식욕이 전혀 없었다.

"당신 요리에 비하면 한참 못 미치지요. 당신이 지난달 만들어준 그 오리 요리를 며칠 전에도 떠올렸소. 오렌지를 넣은 것 말이오. 다시 만들어주면 좋겠소." 그는 계속 말을 이었다. "하지만 배급이 줄어들고 있소. 슈톨렌이라고 크리스마스 케이크가 생각나는군요. 프랑스에도 그게 있소?"

나는 다시 고개를 흔들었다.

우리는 불가에 앉아 있었다. 온몸에 고루 온기가 퍼지면서 투명해지는 듯, 전기가 통하는 듯한 느낌이었다. 그가 내 피부 속까지 꿰뚫어 볼 수 있을 것만 같았다. 그는 모든 것을 알고 있었다. 모든 것을 파악하고 있었다. 나는 멀리서 들려오는 목소리들에 귀를 기울이며 가끔가다 한 번씩 거기 있는 내 존재를 떠올렸다. '난 사령관과 독일군 숙소에 단 둘이 있어. 침대가 있는 방에.'

"제가 한 말 생각해보셨나요?" 내가 불쑥 말을 꺼냈다.

그는 잠시 나를 쳐다봤다. "잠시 대화를 나누는 즐거움도 안 된단 말이오?"

나는 침을 꿀꺽 삼켰다. "죄송합니다. 하지만 알아야겠어요."

그가 와인을 한 모금 마셨다. "나는 좀 다른 생각을 하고 있었소."

"그럼……." 숨을 제대로 쉴 수가 없었다. 몸을 숙여 잔을 내려놓고 그림을 풀었다. 불빛이 비쳐 그가 제일 잘 볼 수 있는 위치에 의자에 기대어 놨다. "이걸 가져가시겠어요? 가져가시고 그 대가로 남편을 풀어주시겠어요?"

방 안의 공기가 멈췄다. 그는 그림을 보지 않았다. 눈도 깜박이지 않고 속을 알 수 없는 눈빛으로 나를 계속 보고 있었다.

"이 그림이 저에게 어떤 의미인지 당신에게 전해드릴 수 있다면……, 희망 없는 시절에 어떻게 이 그림이 저를 계속 버티게 해주었는지 아신다면……, 제가 얼마나 힘들게 이 그림을 내놓았는지 아시게 될 거예요. 하지만 전…… 그림을 드려도 괜찮아요. 사령관님."

"프리드리히요. 프리드리히라고 불러요."

"프리드리히. 전……. 오래전부터 당신이 남편의 그림을 이해했다는 것을 알았어요. 당신은 아름다움을 이해해요. 화가가 작품 하나에 자신의 무엇을 쏟아붓는지, 왜 그것이 무한한 가치를 갖는지 알아요. 그래서 그림을 잃으면 제 마음이 찢어지겠지만 기꺼이 드리는 거예요. 당신에게요."

그는 여전히 나를 보고 있었다. 나는 눈을 피하지 않았다. 이 순간에 모든 것이 달려 있었다. 그의 왼쪽 귀에서 목까지 길게 난, 살짝 은색으로 빛나는 오래된 흉터를 봤다. 그의 밝은 파란 눈 가장자리에 감도는, 마치 누군가 홍채를 강조하기 위해 그려 넣은 것 같은 검은색을 봤다.

"그림 얘기가 절대 아니었소, 소피."

올 것이 왔다. 이것으로 내 운명이 결정됐다. 나는 잠시 눈을 감고 이 사실을 되새겼다.

사령관은 미술에 대해 이야기하기 시작했다. 그의 말이 거의 들리지 않았다. 나는 잔을 들어 길게 한 모금을 마셨다. "좀 더 주시겠어요?" 나는 잔을 다 비우고 다시 따라달라고 부탁했다. 이렇게 술을 마셔보기는 처음이었다. 무례해 보이더라도 상관없었다. 사령관은 낮고 단조로운 목소리로 이야기를 계속했다. 내가 들어주기만을 원하는 것 같았다. 그는 제복과 챙 달린 모자 뒤에 다른 인간이 있다는 것을 내가 알아주기를 바랐다. 그러나 그의 말이 거의 귀에 들어오지 않았다. 내 주위의 세상이 흐릿해지기를, 이 결정이 내 것이 아니기를 바랐다.

"우리가 다른 상황에서 만났더라면 친구가 됐으리라 생각하나요? 난 그랬을 거라 생각하고 싶소."

내가 그 방에 있고 독일군의 눈이 나를 향하고 있다는 것을 잊으려 했다. 아무 느낌도, 아는 것도 없는 사물이 되고 싶었다.

"어쩌면요."

"다시 나와 춤을 춰주겠소, 소피?"

그는 마치 그럴 자격이 있다는 투로 계속 내 이름을 불렀다.

나는 잔을 내려놓고 그가 축음기 쪽으로 걸어가 느린 왈츠 곡을 걸 동안 팔을 축 늘어뜨리고 서 있었다. 그는 내 쪽으로 다가와 잠깐 망설이더니 내 몸에 팔을 둘렀다. 지직거리며 음악이 흘러나오자 우리는 춤을 추기 시작했다. 나는 그의 손을 잡고 그의 부드러운 면 셔츠에 손가락을 가볍게 올린 채로 천천히 방 안을 움직였다. 그가 내 머리에 자기 머리를 기대는 것을 희미하게 의식하면서 아무 생각 없이 춤을 췄다. 비누와 담배 냄새가 풍겼고 그의 바지가 내 치마를 스치는 것을 느꼈다. 그는 나를 자기 쪽으로 바짝 당기지는 않고 부서지기 쉬운 것을 잡듯이 조심스럽게 나를 안았다. 나는 눈을 감고 몽롱한 상태로 빠져들면서 어딘가 다른 곳에 정신을 두고 음악만 따라가려 했다. 그가 에두아르라고 상상하려 했지만 내 마음이 그렇게 놔두지 않았다. 이 남자는 모든 것이 달랐다. 감촉도, 내 몸에 닿는 몸 크기도, 체취도.

그가 부드럽게 말했다.

"가끔 이 세상에 아름다움이 거의 남지 않은 것 같소. 기쁨도 거의 남지 않고. 당신은 이 작은 마을에서의 삶이 가혹하다고 생각할 거요. 하지만 이 마을 밖에서 우리가 보는 것을 당신이 보게 된다면……. 승자가 없소. 이런 전쟁에는 승자가 없어요."

그는 혼잣말을 하는 듯했다.

내 손가락이 그의 어깨 위에 얹혔다. 그가 숨을 쉴 때마다 손가락 끝에서 근육의 움직임을 느낄 수 있었다.

그가 속삭였다. "나는 좋은 사람이오, 소피. 당신이 그 점을 알아준다는 것이 나에게는 중요하오. 우리 둘 다 알고 있다는 것이."

그때 음악이 멈췄다. 그는 내키지 않는다는 듯 나를 놓아주고 축음기를 다시 틀러 갔다. 그는 음악이 다시 시작되기를 기다렸다. 그러더니 춤을 추는 대신 잠시 내 초상화를 바라봤다. 희미하게나마 희망이 생겼다. 어쩌면 그가 마음을 바꾸지 않을까?

그러나 그는 살짝 망설이더니 손을 뻗어 내 머리에서 핀 한 개를 살며시 뽑았다. 내가 얼어붙은 듯 가만히 서 있는 동안 그는 남은 핀을 하나씩 조심스럽게 뽑아 탁자 위에 놓고 내 머리카락이 얼굴 주위로 흘러내리게 했다. 그는 거의 술을 마시지 않았지만 서글픈 눈으로 바라볼 때는 취한 듯 멍한 표정이었다. 그의 눈이 질문을 던지듯 내 눈을 탐색했다. 나는 도자기 인형처럼 눈을 깜박이지 않았다. 시선을 피하지도 않았다.

마지막 남은 머리카락도 풀어내려지자 그가 손을 들어 손가락으로 머리카락을 빗어 내렸다. 그의 조용함은 움직이기를 조심스러워하는, 먹잇감을 놀라게 하지 않으려는 사냥꾼의 것이었다. 그러더니 양손으로 내 얼굴을 부드럽게 감싸고 키스했다. 나는 잠시 겁에 질렸다. 그의 키스에 호응해줄 수가 없었다. 그러나 눈을 감고 입술을 벌렸다. 충격에 내 몸이 내 몸 같지 않았다. 내 허리를 꽉 끌어안는 그의 손을 느꼈다. 그가 나를 침대 쪽으로 밀어붙이는 것을 느꼈다.

그럴 동안 내내 말없는 목소리가 이것은 거래라고 나를 일
깨웠다. 나는 남편을 위해 그의 자유를 사고 있는 것이다. 그
저 숨만 쉴 뿐 다른 아무것도 할 수 없었다. 눈을 감은 채 부드
러운 퀼트 이불 위에 누웠다. 그의 손이 내 발에서 신발을 벗기
고, 천천히 스커트 밑으로 미끄러져 들어오면서 다리를 만지는
것을 느꼈다. 내 몸을 보는 그의 시선을 느낄 수 있었다.

'에두아르.'

그가 나에게 키스했다. 내 입술에, 가슴에, 드러난 배에 키스
했다. 자신만의 상상의 세계 속에 빠진 그의 숨소리가 들려왔
다. 그는 내 무릎에, 스타킹을 신은 허벅지에 키스하고 그 옆에
있는 것만으로도 참을 수 없는 쾌락의 원천이라는 듯이 맨살에
입술을 비볐다. "소피. 오, 소피……."

그의 손이 내 허벅지 가장 깊은 안쪽에 닿는 순간, 내 뜻대로
따르지 않는 나의 일부가 번득 되살아났다. 피워둔 불과는 전
혀 상관없는 온기였다. 나의 일부는 내 마음과 따로 놀면서 손
길에, 내 몸을 누르는 다른 몸의 무게에 굶주렸음을 드러내버
렸다. 그의 입술이 내 피부를 훑자 나는 살짝 자세를 바꾸었다.
나도 모르게 신음소리가 입에서 흘러나왔다. 그러나 그의 다급
한 반응, 내 얼굴 위에서 거칠어지는 숨결에 신음소리는 나오
기가 무섭게 사그라졌다. 스커트가 위로 밀려 올라가고 블라우
스는 가슴에서 벗겨졌다. 가슴을 더듬는 그의 입술을 느끼면서
신화 속 인물처럼 나도 모르게 돌같이 몸이 굳었다.

그는 이제 내 위에서 자기 몸의 무게로 나를 침대에 꼼짝 못
하게 내리누르고 있었다. 그의 손이 내 속옷을 끌어당기면서

필사적으로 그 안으로 들어가려는 것을 느꼈다. 그는 내 무릎을 옆으로 밀고 내 가슴 위로 반쯤 무너졌다. 그가 강하게, 끈질기게 내 다리를 누르는 것을 느꼈다. 뭔가가 찢어졌다. 그리고 약간 숨을 헐떡이며 그가 내 안으로 들어왔다. 나는 눈을 꼭 감고 반항의 외침이 터져나가지 않도록 이를 앙다물었다.

안. 안. 안으로. 그의 거친 숨소리가 귓가에 울렸다. 그의 희미하게 빛나는 땀방울과 허리띠 버클이 내 피부와 허벅지에 닿는 것이 느껴졌다. 그의 거친 동작에 내 몸이 따라서 움직였다. '오, 맙소사. 내가 대체 무슨 짓을 한 거지?'

안. 안. 안으로. 나는 퀼트 이불을 꽉 움켜쥐었다. 여러 생각들이 혼란스럽게 스쳐 지나갔다. 나의 일부는 희미하게 그 어떤 것보다도 더 그 따뜻한, 묵직한 온기에 분노했다. 누군가로부터 훔쳐낸 것. 그들이 모든 것을 훔쳐갔듯이, 점령했듯이. 나는 점령당했다. 나는 사라졌다.

나는 파리의 거리, 수플로 가에 있었다. 태양이 빛나고 있었고, 걸어가면서 화려하게 꾸민 파리의 여인들, 나무 그늘 속에서 날개를 펴고 걷는 비둘기들이 보였다. 남편과 팔짱을 끼고 있었다. 그에게 무슨 말을 하고 싶었지만 그 대신 작은 흐느낌이 새어나왔다. 그 장면이 정지하더니 증발하듯 사라졌다. 움직임이 멈추었음을 희미하게 깨달았다.

밀어붙이는 동작이 느려지더니 멈췄다. 모든 것이 멈췄다. 그것. 그의 것은 이제 내 안에 있지 않고 부드럽고 쭈글쭈글해져 사과하듯 내 사타구니 위에 있었다. 눈을 뜨자 바로 앞에 있는 그의 시선과 마주쳤다.

내 얼굴 바로 앞, 사령관의 얼굴은 붉게 상기되어 있었다. 고통스러운 표정이었다. 나는 그의 괴로움을 알아차리고 숨을 멈췄다. 어떻게 해야 좋을지 몰랐다. 그러나 그의 눈은 나에게 고정되어 있었고, 내가 안다는 것을 그도 알고 있었다. 그는 거칠게 뒤로 몸을 젖히고 나에게서 몸을 떼어냈다.

"당신은⋯⋯." 그가 입을 열었다.

"뭐가요?" 나는 가슴이 다 드러나고 치마는 허리까지 말려 올라간 것을 의식했다.

"당신 표정⋯⋯. 그러니까⋯⋯."

그가 일어났다. 그가 바지를 입는 동안 나는 눈을 돌렸다. 그는 머리에 한 손을 짚고 나에게서 눈을 돌렸다.

"저⋯⋯ 미안해요." 내가 입을 열었다. 무엇이 미안하다는 건지 나도 몰랐다. "제가 무슨 짓을 한 거지요?"

"당신, 당신이, 내가 원한 것은 이런 게 아니었어!" 그가 내 쪽으로 손짓을 했다. "당신 얼굴은⋯⋯."

"무슨 말인지 모르겠어요." 나는 부당하다는 생각에 화가 나기까지 했다. 내가 무엇을 견뎠는지 알기는 하나? 내 몸에 손 대게 하는 것이 얼마나 힘겨운 일이었는지 알까? "당신이 원하는 대로 했잖아요!"

"내가 당신에게 원한 것은 그런 게 아니었소! 내가 원한 것은⋯⋯." 그가 좌절감에 손을 쳐들었다. "내가 원한 건 저거야! 그림 속의 저 소녀를 원했어!"

우리 둘 다 말없이 초상화를 쳐다봤다. 소녀는 머리를 늘어뜨리고 도전적인 표정으로, 눈부시도록 아름답고 성적으로 만

171

족한 얼굴로 우리를 바라보고 있었다. 내 얼굴이었다.

나는 스커트를 끌어내리고 블라우스를 목까지 올렸다. 탁하고 떨리는 목소리로 말했다. "난 당신에게 주었어요……. 사령관님……. 내가 줄 수 있는 것은 전부 다요."

그의 눈빛이 얼어붙은 바다처럼 멍해졌다. 맥박이 요동치듯 그의 턱이 움찔거렸다. "나가." 그가 조용히 말했다.

나는 눈을 깜박였다.

"죄송해요." 그제야 그의 말뜻을 제대로 이해하고 더듬거리며 말했다. "만약…… 제가 할 수만 있다면……."

"나가!" 그가 고함을 질렀다. 그는 손가락이 살 속을 파고들 정도로 내 어깨를 꽉 움켜쥐고 나를 방에서 질질 끌어냈다.

"내 신발…… 숄!"

"나가, 이년아!" 나는 간신히 그림만 챙겨서 문밖으로 쫓겨났다. 계단 위로 나동그라지면서도 여전히 어찌 된 일인가 혼란스럽기만 했다. 문이 부서질 듯 쾅 하고 닫히는 소리가 들렸다. 뒤이어 유리잔 깨지는 소리가 들려왔다. 나는 뒤를 돌아봤다. 맨발로 계단을 달려 내려가 마당을 지나 도망쳤다.

집까지 걸어오는 데 1시간 가까이 걸렸다. 400미터쯤을 걷고 나니 발의 감각이 없어졌다. 마을에 도착했을 때는 발이 완전히 얼어버렸다. 딱딱하게 언 농장 길을 오래 걷느라 맨발에 난 베인 상처와 벗겨진 자리는 느껴지지도 않았다. 그림을 옆구리에 끼고 얇은 블라우스 바람으로 덜덜 떨었다. 어둠 속을 비틀거리고 걸어가면서는 아무것도 느낄 수 없었다. 걸으면서

172

내가 한 짓과 내가 잃어버린 것에 대해 생각하느라 충격도 느껴지지 않았다. 머릿속이 빙빙 돌았다. 인적 없는 고향 마을 거리를 걸어가면서 나를 보는 사람이 있을지도 더는 신경 쓰이지 않았다.

새벽 1시 직전에 르코크루주까지 왔다. 밖에 서서 시계가 한 번 울리는 소리를 들으며, 모두를 위해 내가 들어가지 않는 편이 더 나은 건 아닐까 하고 잠시 생각했다. 바로 그때 커튼 뒤로 작은 불빛이 보이더니 문 안쪽에서 빗장이 치워졌다. 엘렌이 잠자리 모자를 쓰고 흰 숄을 두른 채 나타났다. 나를 기다리고 있던 것이 틀림없었다. 나는 그녀를 쳐다보고 그녀가 옳았음을 깨달았다. 내가 한 짓은 온 가족을 위험에 빠뜨릴 것이다. 동생에게 미안하다고 말하고 싶었다. 내가 얼마나 큰 잘못을 저질렀는지 깨달았다고, 에두아르를 사랑하는 마음에, 어떻게든 계속 같이 살고 싶은 절박한 마음에, 다른 것은 아무것도 생각하지 못했다고 말하고 싶었다. 그러나 말을 할 수가 없었다. 나는 입을 다물고 그저 문 앞에 서 있었다.

맨살이 드러난 어깨와 맨발을 보고 동생의 눈이 휘둥그레졌다. 그녀는 손을 뻗어 나를 안으로 끌어들인 뒤 문을 닫았다. 내 어깨에 자기 숄을 둘러주고 얼굴에서 머리카락을 뒤로 쓸어 넘겼다. 말없이 나를 주방으로 데려가 문을 닫고 화덕에 불을 피웠다. 그러고는 우유 한 잔을 데웠다. 나는 마시지는 못하고 들고 있기만 했다. 그러는 동안 그녀는 벽에 걸린 양철 목욕통을 내려 화덕 앞 마룻바닥에 놨다. 놋쇠 주전자마다 물을 채워 끓인 뒤 욕조에 부었다. 욕조에 물이 차자 내 쪽으로 걸어와 조심스럽게 숄을 벗겼다. 블라우스의 끈을 풀고 어린아이를 다루듯 슈미즈를 머리 위로 벗겨냈다. 치마 단추를 풀고, 코르셋을 풀고, 페티코트 고리를 풀어 내가 나체가 될 때까지 모두 주방 바닥에 내려놨다. 내가 몸을 떨기 시작하자 내 손을 잡고 욕조 속으로 들어가도록 도와줬다.

물은 델 정도로 뜨거웠지만 나는 거의 느끼지 못했다. 상처가 잔뜩 난 발이 따끔거리는 것을 무시하고 무릎과 어깨만 빼고 몸을 푹 담갔다. 동생이 소매를 걷어 올리고 수건을 가져와 머리부터 어깨, 등에서 발까지 비누칠을 해주기 시작했다. 팔다리를 하나씩 들어 올리고, 손가락 사이사이까지 부드럽게 닦아줬다. 엘렌은 꼼꼼하게 내 몸 구석구석까지 다 깨끗이 닦으면서 아무 말도 하지 않았다. 내 발뒤꿈치의 베인 자리에 박힌 작은 자갈들을 세심하게 빼냈다. 머리를 감기고 비눗물이 다 빠질 때까지 헹구어준 다음 빗질을 해줬고, 수건을 가져와서 내 뺨 위로 흘러내리는 눈물을 말없이 닦아줬다. 그동안 내내 한 마디도 하지 않았다. 드디어 물이 식고 추위 탓인지 피로 때문인지 전혀 다른 이유에서인지 내가 다시 몸을 떨기 시작하자 큰 수건을 가져와 내 몸을 감싸줬다. 그러고는 내게 잠옷을 입혀 위층의 침대로 데려갔다.

"오, 언니." 나는 잠속으로 빠져들면서 그녀가 중얼거리는 소리를 들었다. 나는 그때조차 우리 모두에게 내가 무슨 짓을 한 건지 알고 있었던 것 같다.

"무슨 짓을 한 거야?"

10

며칠이 지나갔다. 엘렌과 나는 두 명의 배우처럼 매일의 일과를 해나갔다. 멀찍이서 보면 이전과 다를 바 없이 보였을지 몰라도, 우리 둘 다 커져가는 불안감으로 허둥거렸다. 우리 둘 다 무슨 일이 있었는지에 대해서는 말하지 않았다. 나는 불면증에 시달려서 하루 수면 시간이 2시간 남짓일 때도 있었다. 밥도 잘 먹지 못했다. 내 몸의 다른 부분들이 아무리 풀어놓으라고 협박해도 내 위는 그 두려움을 꼭 감싸 안고 있었다.

그러지 않으려 해도 자꾸만 그 운명적인 밤의 사건이 떠올랐다. 그럴 때마다 순진하고 우둔하고 오만한 나 자신을 질책했다. 내가 그런 짓을 하게끔 만든 것은 틀림없이 오만이었을 테니까. 사령관의 관심을 즐기는 척했더라면, 내 초상화를 흉내 냈더라면 그의 감탄을 샀을 것이다. 남편을 구할 수도 있었을 것이다. 그게 그리도 끔찍한 일이었을까? 그러나 나는 나 자신이 물건이나 그릇이 된 듯이 굴어서 어느 정도는 나의 부정을 줄이고 있다는 우스꽝스러운 생각에 매달려 있었다. 어느 정도는 신의를 지키고 있었던 것이다. 마치 그것이 에두아르에게 어떤 차이라도 만들 수 있다는 듯이.

나는 매일같이 가슴을 졸이며 기다리고 장교들이 줄지어 들어올 때마다 말없이 지켜봤다. 사령관은 그들 속에 없었다. 그를 보게 될까 두려우면서도 그가 없는 것이, 그것이 의미하는 바가 더 두려웠다. 어느 날 밤, 엘렌이 용기를 내어 콧수염이 희끗희끗한 장교에게 사령관은 어디에 있느냐고 물어보았지만 그는 그저 한 손을 휘저으며 사령관은 "너무 바쁘다"고만 대답했다. 여동생의 눈이 나와 마주쳤다. 우리 둘 다 그 대답이 위안이 되지 않았음을 알았다.

엘렌을 지켜보면서 내가 지은 죄의 무게에 주눅이 들었다. 그녀가 아이들을 쳐다볼 때마다 아이들이 어떻게 될지 걱정하는 마음을 눈치챌 수 있었다. 한번은 그녀가 시장과 조용히 이야기하는 모습을 봤다. 자기에게 무슨 일이 생기면 아이들을 맡아달라고 부탁하는 것 같았다. 시장의 얼굴에 그런 일은 생각조차 하지 말라며 놀라는 듯 겁에 질린 기색이 있었기 때문에 짐작할 수 있었다. 동생의 눈가와 입가에 새로이 늘어난 주름이 보였다. 다 내가 한 짓 때문이다.

아이들은 우리의 은밀한 두려움을 전혀 모르는 듯했다. 장과 미미는 평소처럼 놀고, 춥다느니 상대가 사소한 잘못을 했다느니 하며 징징거리고 불평했다. 굶주림 때문에 아이들은 짜증이 늘었다. 이제는 독일군의 식량에 감히 손도 대지 못했지만 아이들에게 안 된다고 말하기도 쉽지 않았다. 아우렐리앙은 다시 자기만의 불행 속으로 틀어박혔다. 식사할 때도 말없이 밥만 먹었고 우리 중 누구와도 말을 하지 않았다. 그가 또 학교에서 싸움질을 하지는 않았는지 궁금했지만 머릿속이 다른 일로 꽉 차서 거기까지 생각할 여력이 없었다. 하지만 에디트는 알고 있었다. 그 아이는 귀신같이 눈치가 빨랐다. 항상 내 옆에 꼭 달라붙어 있었다. 밤이면 오른손으로 내 잠옷을 꼭 쥐고 잤고, 깨어나 보면 그 큰 검은 눈이 내 얼굴에 못 박혀 있듯 고정되어 있었다. 거울 속의 나를 어쩌다 보게 되면 핼쑥해진 얼굴이 내 눈에도 낯설 지경이었다.

북동쪽 마을 두 곳이 독일군에게 점령당했다는 소식이 들려왔다. 식량 배급은 점점 더 줄어들었다. 갈수록 하루가 길게만 느껴졌다. 나는 식사를 차리고 청소를 하고 요리를 했지만 지쳐서 머릿속은 엉망진창이었다. 어쩌면 사령관이 다시는 나타나지 않을지도 몰랐다. 우리 사이에 있었던 일이 수치스러워 나를 대할 수 없게 된 것일지도 몰랐다. 어쩌면 그 또한 죄책감을 느끼고 있을지도 몰랐다. 죽었을 수도 있다. 에두아르가 문으로 걸어 들어올지도 몰랐다. 전쟁이 내일이면 끝날지도 몰랐다. 여기까지 생각이 미치면 보통 주저앉아 심호흡을 했다.

"위층으로 올라가서 좀 자." 엘렌이 속삭였다. 엘렌이 나를 미워하고 있을까 궁금했다. 내가 그녀라면 그러지 않기가 힘들었을 것이다.

독일군에게 점령당하기 몇 달 전에 받아 숨겨두었던 편지들을 꺼내 두 번을 다시 읽었다. 그가 사귄 친구, 보잘것없는 배급 식량, 드높은 사기에 대해 쓴 에두아르의 글이었다. 유령의 말을 듣는 것 같았다. 나를 향한 애정, 곧 내 곁에 함께하겠다는 약속, 그가 깨어 있는 시간 동안은 온통 내 생각뿐이라는 말을 읽었다.

프랑스를 위해 이 일을 하고 있지만, 실은 그보다 이기적으로 당신을 위해서, 자유 프랑스를 가로질러 내 아내에게 돌아가기 위해서 하는 것이오. 편안한 집, 우리 화실, 뒤 리옹 술집의 커피, 침대에서 보낸 오후, 껍질 벗긴 오렌지 조각을 내게 건네주는 당신……. 얼마나 당신에게 커피를 가져다주고 싶은지 아오? 당신이 머리를 빗는 모습을 얼마나 보고 싶은지? 식탁 맞은편에서 웃는 당신 모습을 얼마나 보고 싶은지? 당신의 행복의 이유가 나라는 것도 알고 있소? 이런 기억들을 꺼내보며 마음을 달래고 내가 여기 있는 이유를 되새긴다오. 나를 위해 무사히 있어주오. 나는 언제까지나 당신의 헌신적인 남편이라는 것을 알아주시오.

나는 그의 글을 읽었다. 이제 다시 그 말을 듣게 될 날이 올는지 궁금해할 이유가 더 생겼다.

지하실로 내려가 맥주통을 바꾸고 있는데, 판돌 위에 울리는 발자국 소리가 들려왔다. 엘렌의 모습이 문가에 나타나 빛을 가렸다.

"시장님이 오셨어. 독일군이 언니를 데리러 왔대."

가슴이 쿵 하고 내려앉았다.

동생은 벽으로 달려가 느슨하게 끼워뒀던 벽돌을 빼기 시작했다. "가. 서두르면 옆집으로 빠져나갈 수 있을 거야." 그녀는 급한 마음에 정신없이 벽돌을 뽑았다. 작은 통 너비만 한 구멍이 뚫리자 나를 돌아봤다. 그녀는 자기 손을 내려다보고 결혼반지를 뽑아 나에게 건네준 다음 자기 숄을 내 어깨에 둘러줬다. "가져가. 지금 가. 내가 그들을 붙잡아둘게. 하지만 서둘러야 해, 언니. 광장을 가로질러 오고 있어."

나는 손바닥에 놓인 반지를 내려다봤다. "그럴 수는 없어."

"무슨 소리야?"

나는 동생을 봤다. "그가 나와의 약속을 지키려는 거라면 어떡해?"

"사령관이? 약속이라고? 대체 어떻게 그가 약속을 지킬 수 있겠어? 그들은 언니를 잡으러 오는 거야! 언니를 처벌하고 수용소로 보내려고 오는 거라고. 언니가 그에게 심한 모욕을 줬다고 말이야! 언니를 끌고 가려고 오고 있다니까!"

"하지만 생각해봐, 엘렌. 나를 벌주고 싶다면 총살을 시키거나 나를 끌고 거리 행진을 시킬 거야. 릴리앙 베튄에게 했던 대로 나에게 할 거라고."

"그럼 언니를 벌주려는 이유가 드러날지도 모르는데? 언니, 제정신이야?"

"아냐." 머릿속이 맑아지기 시작했다. 완전히 이해가 됐다. "그는 마음을 가라앉힐 시간이 필요했고, 이제 나를 에두아르에게 보내주려는 거야. 이제 알겠어."

그녀가 나를 구멍 쪽으로 떠밀었다. "지금 언니는 제정신이 아니야. 잠도 제대로 못 잤고 겁에 질려서 정신이 나간 거야……. 곧 정신이 돌아올 거야. 하지만 지금은 일단 도망가야 해. 시장님이 언니더러 오늘 밤은 프왈란 부인네 아래층 비밀 헛간에서 묵어도 좋댔어. 봐서 나중에 상황을 알려줄게."

나는 그녀의 팔을 떨쳤다. "아냐. 아냐. 모르겠니? 사령관이 에두아르를 여기로 데려올 수는 없어. 그랬다가는 자기가 한 짓이 다 드러날 테니까. 하지만 나를 에두아르와 함께 떠나보낸 다면 우리 둘 다 자유롭게 해줄 수 있어."

"언니! 이제 얘기하고 있을 시간 없어!"

"난 내가 약속한 대로 했어. 그렇지 않아?"

"제발 이렇게 빌게. 가라고!"

나는 그녀의 손을 잡고 반지를 손에 놓아준 다음 손가락을 오므려줬다. 조용히 되풀이해 말했다. "난 가지 않아."

엘렌의 얼굴이 일그러졌다. "그들에게 그대로 끌려가서는 안 돼, 언니. 이건 미친 짓이야. 언니를 교화 수용소로 보낼 거야! 내 말 듣고 있어? 수용소라고! 형부가 죽게 될 거라고 말한 바로 거기 말이야!"

그러나 동생의 말은 내 귀에 들어오지 않았다. 몸을 펴고 숨을 길게 내쉬었다. 이상하게도 마음이 놓였다. 그들이 오로지 나 때문에 오는 것이라면 엘렌은 무사하다. 아이들도 안전하다.

"그에 대한 내 생각이 옳았다고 믿어. 그는 차분히 시간을 갖고 다 생각해본 거야. 그는 내가 쉽지는 않지만 내 나름대로 약속한 것을 다 지키려 했다는 것을 알아. 그는 고결한 사람이야. 우리가 친구라고 말했어."

여동생은 이제 울고 있었다. "제발, 언니. 제발 그러지 마. 언니도 언니 마음을 몰라. 언니는 정상이 아니야. 봐, 아직 시간이……." 그녀는 내 앞을 막아섰지만 나는 그녀를 밀치고 천천히 계단을 올라갔다.

군복 차림의 군인 두 명이 벌써 바의 문 앞에 와 있었다. 바는 조용했고 스무 개의 눈이 나에게로 쏠렸다. 탁자 끝을 잡은 르네 노인의 손이 부들부들 떨리는 것이 보였다. 숨죽여 속삭이는 루비에 부인과 뒤랑 부인도 보였다. 시장은 장교들 중 한 명과 함께 있었는데 거칠게 손짓을 하며 그에게 마음을 바꾸라고, 뭔가 착오가 있었던 게 틀림없다고 설득하려 하고 있었다.

"사령관님의 명령입니다." 장교가 말했다.

"하지만 르페브르 부인은 아무 짓도 하지 않았어요! 이건 말도 안 돼요!"

"용기를 내요, 소피." 누군가가 외쳤다.

꿈속에 있는 듯한 기분이었다. 시간이 천천히 흐르는 것 같고 내 주위의 목소리들이 희미해졌다.

장교 한 명이 나에게 앞으로 나오라고 손짓을 해서 밖으로 나갔다. 엷은 햇살이 광장에 쏟아지고 있었다. 사람들이 거리에 서서 술집에서 소동이 일어난 원인을 보려고 기다리고 있었다. 나는 어둑한 지하실에 있다가 밝은 햇빛 속으로 나온 탓에 잠시 멈춰 서서 눈을 깜박이며 주위를 둘러봤다. 갑자기 모든 것이 내 기억에 선명히 찍히는 듯, 더 세밀하고 더 밝은 이미지로 다시 그려진 듯 투명하게 빛나 보였다. 우체국 밖에 서 있던 신부님이 그들이 나를 차로 데려가는 것을 보고 십자를 그었다. 차를 보니 숙소로 여자들을 나르던 바로 그 차였다. 그날 밤이 100년 전 일 같았다.

시장이 고함을 질렀다. "이런 건 용납할 수 없어! 정식으로 항의할 거요! 더는 참을 수 없어! 사령관에게 먼저 알리지도 않고 이 여자를 데려가게 놔둘 수는 없어!"

"사령관님의 명령입니다."

노인들 몇 명이 장벽을 치듯 군인들을 에워싸기 시작했다.

"무고한 여자들을 처형해서는 안 돼요!" 루비에 부인이 외쳤다. "집을 빼앗고 당신네 몸종처럼 부리더니 이제는 감옥에 넣겠다고? 이유도 없이?"

"언니. 여기." 여동생이 내 옆에 다시 나타났다. "적어도 언니 물건은 가지고 가." 그녀가 천 가방을 나에게 내밀었다. 서둘러 쑤셔 넣은 물건들로 가득 차 있었다. "몸 성히 있어야 해. 내 말 듣고 있지? 몸 성히 지내고 꼭 돌아와."

군중이 항의의 말을 웅얼거렸다. 뜨거운 분노 같은 것이 점점 커져갔다. 곁눈질로 보니 아우렐리앙이 분노에 차 시뻘게진 얼굴로 슈엘 씨와 함께 보도에 선 모습이 보였다. 그를 말려들게 하고 싶지 않았다. 그가 독일군에게 맞서기라도 한다면 그야말로 큰일이었다. 그리고 앞으로 몇 달간은 엘렌에게 힘이 되어줄 사람이 꼭 필요했다. 나는 그쪽으로 갔다. "아우렐리앙, 이 집에서 남자는 너뿐이야. 내가 없어도 식구들을 도와줘야 해." 그러나 그가 내 말을 가로막았다.

"다 누나 잘못이야! 난 누나가 무슨 짓을 했는지 다 알아! 누나가 그 독일놈이랑 한 짓을 안다고!"

모든 것이 멈췄다. 나는 고뇌와 분노가 뒤섞인 동생의 얼굴을 바라봤다.

"누나들끼리 하는 얘기를 들었어. 그날 밤 누나가 돌아오는 걸 봤다고!"

내 주위로 오가는 시선들을 느꼈다. 아우렐리앙 베세트의 말을 지금 내가 제대로 들은 게 맞아?

"그건." 내가 입을 열었다. 그러나 그는 돌아서서 술집 안으로 뛰어 들어가버렸다.

다시금 침묵이 깔렸다. 아우렐리앙의 비난이 되풀이해 속삭임을 타고 미처 듣지 못한 사람들에게까지 퍼져나갔다. 내 주위의 얼굴들에 떠오른 충격, 겁에 질린 엘렌의 시선을 곁눈으로 봤다. 이제 나는 릴리앙 베튄이었다. 그러나 정상참작을 해줄만한 저항 행위를 한 것도 아니었다. 내 주위의 분위기가 눈에 띄게 굳어갔다.

엘렌의 손이 내 손을 잡았다. "떠났어야 했어." 그녀가 갈라진 목소리로 속삭였다. "도망갔어야 했어, 언니……." 그녀는 나를 잡으려는 듯 움직였지만 끌어내졌다.

독일군 한 명이 내 팔을 잡고 트럭 뒤쪽으로 끌고 갔다. 누군가 멀리서 뭐라고 외쳤지만 그것이 독일군들에게 항의하는 말인지 나를 겨냥한 욕설인지 알아들을 수가 없었다. 그때 들려오는 "창녀! 창녀!"라는 외침에 움찔했다. 나는 가슴이 무너지는 듯한 기분으로 속으로 중얼거렸다. "그가 나를 에두아르에게 보내줄 거야. 틀림없어. 믿음을 가져야 해."

그때 침묵을 깨는 목소리가 들려왔다. "소피 아줌마!" 괴로움에 찬 날카로운 아이의 목소리였다. "소피 아줌마! 소피 아줌마!" 에디트가 둘러싼 사람들 속을 헤치고 들어와 내 쪽으로 달려와서 내 다리에 매달렸다. "가지 마요! 떠나지 않는다고 했잖아요!"

우리와 살게 된 후로 가장 많이 했던 말이었다. 나는 눈물이 차올라 침을 꿀꺽 삼켰다. 허리를 숙여 에디트를 안아줬다. '어떻게 이 아이를 두고 가나?' 정신이 흐려지고 모든 감각이 아이의 작은 손으로 집중됐다.

고개를 들자 독일군이 뭔가 짐작하는 눈빛으로 그녀를 지켜보는 것을 알아차렸다. 나는 손을 들어 그녀의 머리카락을 쓰다듬었다. "에디트, 엘렌과 지내고 용감해져야 해. 네 엄마랑 난 너한테 돌아올 거야. 약속해."

아이는 내 말을 믿지 않았다. 두려움으로 눈이 커졌다.

"너한테 나쁜 일은 아무것도 생기지 않을 거야. 약속할게. 나는 남편을 만나러 가는 거야." 나는 에디트가 나를 믿게 하려고 확신에 가득 찬 목소리로 달랬다.

"안 돼요." 아이는 나를 잡은 손에 더욱 힘을 주며 말했다.

"안 돼요. 떠나지 마요."

가슴이 찢어졌다. 나는 말없이 여동생에게 애원했다. 아이를 여기에서 데리고 가. 보지 못하게 해줘. 엘렌이 나에게서 억지로 아이의 손을 떼어냈다. 이제 동생은 울고 있었다.

"제발 언니를 데려가지 말아주세요." 그녀가 에디트를 끌어내면서 군인들에게 말했다. "언니는 자기 마음을 몰라요. 제발 데려가지 말아주세요. 이런 취급을 받을 짓은 하지 않았어요." 시장이 그녀의 어깨를 감쌌다. 아우렐리앙의 말에서 받은 충격과 싸우느라 혼란스러운 표정이었다.

"난 괜찮을 거야, 에디트. 강해지렴." 나는 소란스러운 소리 너머로 아이에게 말했다. 그때 누가 내게 침을 뱉었다. 소매에 묻은 가늘고 더러운 침 자국을 봤다. 군중들이 야유했다. 나는 겁에 질렸다. "엘렌? 엘렌?"

독일군의 손이 나를 거칠게 트럭 뒤편에 태웠다. 나는 어두운 차 안 나무 의자에 앉았다. 군인 한 명이 한 팔로 총을 안고 내 맞은편에 앉았다. 그들은 캔버스 천 덮개를 내리고 시동을 걸었다. 엔진 소음이 커져가면서 그 움직임이 나를 함부로 다루고 싶었던 이들을 자극하기라도 한 듯 군중들의 소란이 커졌다. 나는 잠시 작은 틈 사이로 빠져나갈 수 있지 않을까 생각했지만 "창녀!"라는 외침에 이어 에디트의 가느다란 울부짖음이 들렸다. 돌멩이가 트럭 옆에 날아와 부딪쳐 군인이 경고하는 말을 외쳤다. 내가 앉은 뒤쪽으로 또 돌이 날아오자 나는 몸을 움찔했다. 독일군은 나에게서 눈을 떼지 않았다.

나는 두 손으로 가방을 꼭 쥐고 앉아서 덜덜 떨기 시작했다. 트럭이 빠져나갈 때도 캔버스 천 덮개를 들추고 밖을 내다보려 하지 않았다. 마을 사람들의 눈초리를 느끼고 싶지 않았다. 그들의 판결을 듣고 싶지 않았다. 나는 트럭 바퀴 위의 둥근 자리에 앉아 천천히 두 손에 머리를 파묻고 중얼거렸다.

"에두아르, 에두아르, 에두아르." 이어서 "미안해요"라는 말이 나왔다. 누구에게 사과하는 것인지 나도 알 수가 없었다.

마을 외곽까지 와서야 겨우 고개를 들었다. 펄럭이는 천 틈 새로 겨울 햇살 아래 반짝이는 르코크루주의 붉은색 간판과 군 중 끝에 서 있는 에디트의 밝은 파란색 드레스가 보였다. 그것 은 점점 작아지더니 마침내 마을처럼 사라져버렸다.

Part II

11

리브는 방해하는 사람이 없으면 최대한 오래 조용한 화장실 칸에 앉아 있는다. 그리고 여자 여럿이 때로는 짝을 지어 들어와 화장과 머리 모양을 고치면서 수다 떠는 소리를 듣는다. 오지도 않은 이메일을 확인하고 휴대전화로 스크래블 게임을 한다. 드디어 "플러시"를 따내고 나서야 일어나 물을 내리고, 손을 씻고, 거울에 비친 자기 모습을 보며 일종의 뒤틀린 만족감을 느낀다. 한쪽 눈 밑에 화장이 번졌다. 거울을 보며 화장을 고치면서 어차피 다시 로저 옆에 앉을 건데 신경 쓸 필요가 있나 생각한다.

시계를 확인한다. 언제쯤이면 이른 아침에 모임을 하고 집으로 돌아갈 수 있을까? 운이 좋으면 지금쯤 자리로 돌아갔을 때 로저가 너무 취해서 그녀가 거기 있었다는 것조차 잊어버렸을지도 모른다.

리브는 마지막으로 거울에 비친 자기 모습을 보고, 얼굴에서 머리카락을 쓸어 넘긴 다음 자기 모습을 향해 얼굴을 찌푸린다. 다 무슨 소용이람? 그러고는 문을 연다.

"리브! 리브, 이리 와요! 할 말이 있어요!" 로저가 일어서서 마구 손짓을 한다. 그의 얼굴은 훨씬 더 붉어졌고 머리카락이 한쪽으로 곤두서 있다. 그녀는 생각한다. 그는 반은 사람이고 반은 타조일지도 몰라. 앞으로 30분을 더 그와 함께 보낼 생각을 하니 더럭 겁이 난다. 그녀는 빠져나가고 싶은, 그 누구일 필요도 없이 어두운 거리로 홀로 나가고 싶은, 거의 저항할 수 없는 육체적인 욕망에 익숙하다.

그녀는 전력 질주를 할 것 같은 자세를 하고 아주 조심스럽게 앉아서 와인을 반 잔 더 마신다. "저 정말로 가봐야 해요." 그녀의 말에 식탁에 앉은 다른 이들이 개인적인 모욕이라도 당한 듯이 말도 안 된다고 아우성을 친다. 그녀는 그대로 있는다. 미소를 짓지만 입만 억지로 벌린 것 같다. 자기도 모르게 비운 와인잔이 늘어갈수록 관계에 금이 간 게 확연히 드러나는 부부들을 관찰하게 된다. 한 여자는 남편을 혐오한다. 남편이 말할 때마다 두 번에 한 번은 눈을 굴린다. 이 남자는 자기 아내까지 포함해서 누구와 함께 있어도 지겨워한다. 그는 테이블 밑에서 휴대전화를 강박적으로 확인한다. 그녀는 고개를 들어 시계를 보고 단조롭게 끝도 없이 이어지는 로저의 부당한 결혼생활에 대한 이야기에 멍하니 고개를 끄덕여준다. 그녀는 소리가 나지 않는 디너 파티 빙고 게임을 하고 있다. "학교 등록금"과 "집 값"을 획득한다. "유럽에서 작년에 보낸 휴가"를 막 맞히려는 참인데 누군가 그녀의 어깨를 톡톡 친다.

"실례합니다. 전화 받으세요."

리브가 돌아본다. 웨이트리스는 창백한 피부에 반쯤 걷은 커튼처럼 검고 긴 머리카락으로 얼굴을 가리고 있다. 웨이트리스가 자기 노트패드를 손짓으로 가리킨다. 리브는 익숙하게 깜박거리는 불빛을 알아차린다.

"뭔데요?"

"급한 전화입니다. 가족인 것 같은데요."

리브는 망설인다. 가족이라고? 그러나 이것이야말로 이 자리를 빠져나갈 절호의 기회다. "오, 알겠어요."

"전화기로 안내해드릴까요?"

"급한 전화래요." 그녀는 저녁 만찬의 주최자인 크리스틴에게 입 모양으로 말하고 웨이트리스를 가리킨다. 웨이트리스가 주방 쪽을 가리킨다. 크리스틴이 과장되게 근심하는 표정을 지어 보인다. 그녀가 고개를 숙여 로저에게 뭐라 말하자 그가 뒤를 힐끗 돌아보며 리브를 제지하려는 듯이 한 손을 내민다. 그러나 리브는 키가 작고 피부가 검은 소녀를 따라 반쯤 텅 빈 식당을 지나, 바를 지나, 나무 패널로 벽을 두른 복도를 걸어간다.

어둑한 식당에서 나와 환한 주방으로 들어가니 눈을 뜰 수가 없다. 강철의 흐릿한 광택이 이리저리 빛을 튕겨낸다. 흰 옷을 입은 두 남자가 그녀를 본척만척하며 설거지하는 쪽으로 냄비들을 지나쳐 간다. 뭔가가 구석에서 쉿쉿 소리와 함께 기름을 튀기며 튀겨지고 있다. 누군가 속사포처럼 빠른 스페인어로 말을 한다. 여자는 반회전문 쪽으로 손짓을 한다. 문을 들어가니 또 다른 뒤쪽 공간, 휴대품 보관소다.

"전화는 어디 있지요?" 그들이 발을 멈추자 리브가 묻는다.

여자는 앞치마에서 담뱃갑을 꺼내 담배에 불을 붙인다. "무슨 전화요?" 여자가 멍하니 묻는다.

"나한테 전화가 왔다고 하지 않았어요?"

"아, 그거요. 전화 안 왔어요. 그냥 그 자리에 있는 게 불편해 보여서요." 여자는 담배를 길게 들이마셨다가 연기를 내뱉고는 잠시 기다린다. "저 못 알아보시겠죠? 모예요. 모 스튜어트." 리브가 눈살을 찌푸리자 그녀는 한숨을 쉬었다. "대학에서 당신 수업을 들었어요. 르네상스와 이탈리아 회화요. 인물 스케치도요."

리브는 자기가 했던 학부 수업을 되짚어 생각해본다. 번뜩 그녀를 알아본다. 강렬한 자주색으로 칠한 반짝이는 손톱에 신중하고 무표정한 얼굴로 구석에서 수업 시간마다 거의 말없이 앉아 있던 작은 고스족 소녀.

"우아, 하나도 변하지 않았네." 거짓말이 아니다. 그 말을 하면서도 칭찬이 맞는지 좀 헷갈린다.

"당신도요." 모가 그녀를 자세히 뜯어보며 말한다. "당신은……. 모르겠어요. 물 위의 기름 같아요……."

"물 위의 기름이라."

"그건 아닐 수도 있고요. 달라요. 피곤해 보여요. 뭐랄까, 멋지지만 둔해빠진 남자 옆에 앉아 있는 건 그리 즐거울 것 같지 않아요. 무슨 모임이죠? 싱글들의 밤 행사라도 하나요?"

"나를 위해 모인 거야, 정말로."

"세상에. 가서 사람들한테 당신이 피치 못할 사정으로 먼저 자리를 떴다고 말할게요. 고모할머니가 중풍으로 쓰러지셨다고 할게요. 아니면 더 센 걸로 할까요? 에이즈? 에볼라? 어느 정도가 좋으세요? 계산 따로 하실 건가요?"

"아. 좋은 생각이군." 리브는 지갑을 찾느라 가방 속을 더듬는다. 자유가 될 수 있다고 생각하니 갑자기 약간 어지럽다.

모가 지폐를 받아 찬찬히 센다. "제 팁은요?" 그녀가 정색을 하고 묻는다. 농담을 하는 것 같지는 않다.

리브는 눈을 깜박이다가 5파운드 지폐를 한 장 더 꺼내 건넨다. "고마워요." 모가 지폐를 앞치마 주머니에 쑤셔 넣으며 말한다. "저 비극적으로 보여요?" 그녀는 근심을 나타내기에 적당한 얼굴 근육이 없어서 어쩔 수 없다는 듯이 좀 무심한 표정을 짓는다. 그리고 복도를 따라 사라진다.

리브는 그냥 갈까 그 소녀가 돌아오기를 기다릴까 망설인다. 싸구려 외투들이 옷걸이에 걸려 있고 그 밑에 지저분한 양동이와 대걸레가 놓인 직원용 사무실에서 주위를 둘러보다가 마침내 나무 스툴에 앉는다. 발자국 소리가 들려서 일어섰는데 지중해 출신의 피부색을 한 남자가 들어왔다. 그는 호박색 액체가 든 잔을 들고 있다. "자······." 그녀에게 잔을 내민다. 그녀가 사양하자 이렇게 덧붙인다. "충격에 좋아요." 그는 윙크를 하고 가버린다.

리브는 앉아서 음료를 마신다. 멀리 주방의 달그락거리는 소리와 섞여 로저가 목청 높여 항의하는 소리, 의자 끄는 소리가 들려온다. 요리사들이 주방에서 나타나 옷걸이에서 외투를 들고 마치 직원용 사무실에서 브랜드를 마시며 20분을 보내는 손님

정도는 드문 일도 아니라는 듯 가볍게 목례를 하고 사라진다.

다시 나타난 모는 앞치마를 하고 있지 않았다. 열쇠 한 벌을 들고 리브 옆을 지나 방화문을 잠근다. "다들 갔어요." 그녀가 검은색 머리카락을 뒤로 넘겨 묶으며 말한다. "당신의 멋진 데이트 상대가 당신을 위로하고 싶다면서 무슨 말을 했는데. 저라면 전화를 잠시 꺼놓겠어요."

"고마워. 정말 친절하네."

"뭘요. 커피 드릴까요?"

레스토랑은 텅 비었다. 모가 커피 머신을 준비하고 리브에게 앉으라고 손짓을 한다. 리브는 집에 가고 싶은 마음이 간절하지만 자유를 얻은 대신 치러야 할 대가가 있는 법이다. 예의를 차려 좋았던 시절에 대해 잠깐 대화를 나누는 것도 괜찮을 것이다.

"다들 그렇게 갑자기 가버렸다니 믿을 수가 없군." 모가 다시 담배에 불을 붙이자 리브가 말한다.

"오. 누가 블랙베리에서 보지 말았어야 할 문자를 봤거든요. 그게 시작이었어요. 보통 업무상 점심 약속이 니플 클램프 같은 성인용품이랑 관계가 있을 것 같지는 않은데."

"엿들었어?"

"여기에선 다 들려요. 대부분의 고객들은 웨이터들이 주변에 있어도 계속 얘기를 하니까." 그녀가 우유 거품기 스위치를 켜고 덧붙인다. "앞치마만 두르고 있으면 초능력이 생겨요. 진짜로 투명인간이 된다니까요."

리브는 식탁에 앉아 있을 때 모의 모습이 눈에 들어오지 않았음을 떠올리며 마음이 불편해진다. 모는 그녀의 생각을 듣기라도 한 듯 살짝 미소 지으며 그녀를 본다. "괜찮아요. 전 익숙하니까."

"그래서……." 리브가 커피를 받으며 말한다. "어떻게 지냈니?"

"지난 10년 가까이요? 음, 이것저것 했지요. 웨이트리스 일이 저한테는 딱 맞아요. 바에서 일하는 데 야심이 있는 것도 아니고요." 그녀는 무표정한 얼굴로 말했다. "당신은요?"

"어, 그냥 프리랜서로 지내지 뭐. 혼자 일해. 사무직은 안 맞아서." 리브가 미소를 짓는다. 모가 담배를 한 모금 길게 빨면서 이렇게 말했다. "의왼데요. 당신은 항상 잘나가는 여자들 중 한 명이었는데."

"잘나가는 여자들이라고?"

"아, 당신이랑 당신의 황갈색 부대 말이에요. 늘씬한 다리에 멋진 헤어스타일을 하고 남자들을 위성처럼 주위에 달고 다녔잖아요. 전 당신이……. 모르겠어요. 텔레비전에 나올 줄 알았어요. 아니면 언론이나. 연기를 한다던가 뭐 그런 식으로요."

리브가 이 말을 종이로 받아 읽었다면 그 말 속에서 날 선 느낌을 받았을지도 모른다. 그러나 모의 목소리에 적의는 전혀 없다. "아니야." 그녀는 이렇게 말하고 치맛단으로 시선을 돌린다.

리브는 커피를 다 마신다. 12시 15분 전이다. "문 잠가야 되지? 어느 쪽으로 가?"

"아무 데도 안 가요. 전 여기서 지내요."

"여기가 집이야?"

"아뇨. 하지만 디노는 신경 안 써요." 모는 담배를 비벼 끄고 일어서서 재떨이를 비운다. "실은 디노는 몰라요. 그저 제가 정말 성실하다고만 생각해요. 매일 저녁 제일 늦게까지 있으니까. '다들 너 같으면 얼마나 좋겠니?' 해요."

그녀는 뒤쪽을 엄지손가락으로 가리킨다. "제 라커에 침낭이 있어요. 알람을 새벽 5시 30분에 맞춰놔요. 요즘 주거 문제가 좀 심각하잖아요. 저도 집을 얻을 여유가 없거든요."

리브는 빤히 쳐다본다.

"그렇게 놀란 얼굴 하지 마요. 저 긴 의자가 제가 지냈던 셋집보다 편하다니까요. 진짜로."

리브는 나중에 왜 자기가 그 말을 했을까 스스로도 알 수가 없다. 웬만해선 집에 사람을 들이는 일이 없다. 오랫동안 알고 지내온 사람이라도 그렇다. 그러나 자기가 무슨 짓을 하고 있는지 깨닫기도 전에 입이 열리고 "우리 집에서 지내면 어때"라는 말이 튀어나온다. 말을 뱉어놓고 나서야 "오늘 밤만"이라고 덧붙인다. "남는 방이 있어. 동력 샤워기도 있고." 그 말이 동정을 베푸는 듯이 들릴 수도 있겠다는 생각이 들어 이렇게 덧붙인다. "밀린 얘기나 좀 하지. 재미있을 거야."

모는 여전히 무표정한 얼굴이다. 그러더니 리브에게 호의를 베푸는 쪽은 자기라는 양 얼굴을 찌푸린다. "정 그렇게 말씀하신다면." 그녀는 이렇게 말하고 외투를 가지러 간다.

리브의 집은 한참 멀리서부터 잘 보인다. 낡은 설탕 창고 위에 연푸른색 유리벽이 마치 외계에서 온 물체가 지붕 위에 착

류한 것처럼 눈에 확 띈다. 데이비드는 그것을 좋아했다. 친구
나 고객이 될지도 모를 사람들과 함께 집으로 걸어갈 때면 그
것을 가리켜 보여주곤 했다. 빅토리아 시대 창고들의 진한 갈
색 벽돌과 그 유리벽이 이루는 부조화, 유리가 빛을 받거나 강
이 비치는 모습을 좋아했다. 거의 10년 전쯤에 그 건물을 세울
때 그가 선택한 건축 자재가 유리였다. 건물은 보온 능력이 뛰
어나고 환경 친화적으로 정교하게 만들어졌다. "투명도가 열
쇠야." 그가 곧잘 하던 말이었다. 건물은 그것의 목적과 구조
를 드러내야 한다. 잘 보이지 않게 만든 방은 욕실뿐이다. 그때
조차 한쪽에서만 보이는 유리는 어울리지 않는다는 말로 간신
히 그를 설득해야 했다. 아무리 들여다볼 수 없는 것이 확실하
더라도, 화장실에 있을 때 밖이 내다보이면 불안해지는 심정을
알지 못하는 건 데이비드다웠다.

그녀의 친구들은 이런 위치에 이런 집을 갖고 있는 데다 멋
진 인테리어 잡지에도 종종 나온다고 그녀를 부러워했다. 그러
나 자기들끼리는 이런 미니멀리즘 속에서 살면 미쳐버릴 거라
고 쑥덕이는 것을 알고 있었다. 데이비드에게는 모든 것을 정
화하고 싶은, 꼭 필요하지 않은 것은 다 없애버리고 싶은 충동
이 뼛속까지 새겨져 있었다. 집 안의 모든 것은 그의 윌리엄 모
리스식 테스트를 거쳐야 했다. 기능적이면서 아름다운가? 그
다음에는, 정말로 꼭 필요한가? 처음 데이트를 했을 때부터 그
런 성격이 사람의 진을 뺀다는 것을 알았다. 데이비드는 그녀
가 침실 바닥에 옷을 벗어놓거나, 싸구려 꽃이나 시장에서 사
온 자질구레한 장식품들로 부엌을 채우면 입술을 꼭 깨물었다.

이제 그녀는 집이 이렇게 휑한 것이, 공간이 남아돌게 된 금욕주의가 고마웠다.

"진짜, 죽이네. 근사해." 곧 무너져 내릴 듯한 승강기에서 내려 글라스 하우스로 들어서자 모의 얼굴에는 그녀답지 않게 생기가 돈다. "이게 당신 집이라고요? 진짜로? 세상에, 이런 곳에서 어떻게 살게 된 거예요?"

"남편이 지었어." 그녀는 아트리움을 통과해 걸어가면서 하나뿐인 은색 고리에 열쇠를 조심스레 건다. 그녀가 지나가자 내부 조명이 깜박거린다.

"전남편? 이크. 그런데 당신한테 넘겨줬단 말이에요?"

"딱히 그런 건 아니고."

리브는 버튼을 누르고 지붕이 소리 없이 스르륵 열리면서 주방 위로 별이 빛나는 하늘이 펼쳐지는 것을 본다.

"죽었어."

그녀는 그 아래 서서 자기에게 쏟아질 어색한 동정에 대비하며 얼굴을 위로 향한다. 아무리 해도 결코 쉬워지지가 않는다. 4년이 지났어도 그 말을 할 때면 데이비드의 부재가 아직도 그녀의 몸속 깊이 자리한 상처인 양, 여전히 반사적으로 찌르르한 통증이 느껴진다.

그러나 모는 아무 말도 하지 않는다. 마침내 입을 열었을 때는 딱 이 말이 전부다.

"실망이네."

"응." 리브는 맞장구를 치며 조그맣게 숨을 토해낸다.

"맞아, 정말 그래."

리브는 라디오에서 나오는 새벽 1시 뉴스에 귀를 기울이며 손님용 욕실에서 들려오는 소리와 함께 집에 다른 사람을 들일 때마다 모호한 불안을 느낀다. 화강암 조리대 표면을 부드러운 가죽으로 닦는다. 바닥에 있지도 않은 부스러기들을 닦아낸다. 드디어 유리와 나무로 된 복도를 지나 유리 대신에 쓰는 투명 아크릴 수지와 나무로 된 계단을 올라 침실로 향한다. 쫙 펼쳐 진 흠집 하나 없는 벽장 문들이 그 안에 옷이 조금은 있다는 티 하나 내지 않고 어슴푸레 빛난다. 방 한가운데 널찍하고 텅 빈 침대가 놓여 있고 은행에서 온 빨간 도장이 찍힌 최후 통지문 두 장이 그날 아침 놓아둔 대로 이불 위에 있다. 그녀는 앉아서 그것들을 잘 접어 다시 봉투에 넣고, 초상화 「당신이 남겨두고 간 소녀」를 똑바로 응시한다. 금박 입힌 액자 속의 강렬한 그 림은 부드러운 암녹색과 회색의 방 안에 홀로 둥둥 떠 있다.

　"당신을 닮았어."

　"나하고는 전혀 안 닮았어."

　그녀는 새로운 사랑에 여전히 상기된 채 그의 말에 웃음을 터뜨렸다. 여전히 그의 눈에 비친 자신의 모습을 믿을 준비를 하고.

　"당신이 언제 저 그림이랑 똑같냐 하면……."

　「당신이 남겨두고 간 소녀」가 미소를 짓는다.

　리브는 불을 끄기 전에 다시 그림을 보지 않으려고 눈을 감 는다.

12

어떤 이들은 판에 박힌 일상 속에서 생활하는 편을 더 좋아한다. 리브 할스턴이 그런 사람이다. 주중 아침이면 매일 7시 30분에 일어나 운동화를 신고 아이팟을 잡는다. 머리로 생각할 틈도 없이 잘 떠지지도 않는 눈을 하고 엘리베이터 쪽으로 간다. 그리고 강가를 따라 30분쯤 조깅을 한다. 굳은 얼굴로 출근하는 사람들 사이를 요리조리 헤치고 후진하는 화물 운송 트럭들을 피하다보면 잠이 완전히 깨고, 귓가에 울리는 음악의 리듬, 보도를 부드럽게 탁, 탁, 탁 치는 발소리를 서서히 의식한다. 지금도 두려움이 가시지 않은 시간에서 벗어나려 피해온 것이다. 잠이 깨는 처음 얼마간은 아직도 취약한 상태라 상실감이 예고 없이 덮치곤 했다. 그녀의 생각을 유독한 검은 연기 속으로 몰아넣을 수도 있다.

귀에 꽂은 이어폰, 자신의 움직임, 바깥세상을 일종의 변류기처럼 이용할 수 있다는 것을 깨닫고 나서부터 달리기를 시작했다. 이제는 보험을 붓듯이 달리기가 습관이 됐다.

'생각할 필요 없어. 생각할 필요 없어. 생각할 필요 없어.'

특히 오늘은 더욱 그렇다.

그녀는 달리던 발걸음을 서서히 늦춰 커피를 사고, 땀이 흘러들어가 눈이 따끔거리는 것을 느낀다. 그러고는 땀에 젖어 보기 흉한 자국이 생긴 티셔츠 차림으로 글라스 하우스로 올라가는 엘리베이터에 오른다. 샤워를 하고, 옷을 입고, 커피를 마시고 토스트 두 장에 마멀레이드를 발라 먹는다. 큰 냉장고를 보면 이상하게 압도당하는 기분이 들어서 집에서는 거의 음식을 먹지 않는다. 냉장고의 존재는 크래커와 치즈를 주식으로 삼을 것이 아니라 요리를 하고 식사를 해야 한다고 일깨워준다. 음식이 가득 찬 냉장고는 그녀의 고독한 상태에 대한 무언의 질책이다.

그런 다음 책상에 앉아 카피라이터스피어아워닷컴에서 간밤에 작업 의뢰가 들어왔나 이메일을 확인한다. 아니면 요즘 보통 그렇듯이 아무것도 없다.

"모? 문밖에 커피 놔뒀어." 그녀는 고개를 쳐들고 안에서 뭔가 움직이는 소리가 들리기를 기다린다. 8시 15분이다. 손님을 깨우기에는 너무 이른 시각인가? 집에 사람을 들여본 지가 너무 오래되어서 어떻게 하는 게 맞는지도 잘 모르겠다. 그녀는 졸음에 겨운 대답이나 짜증스러운 툴툴거림이라도 들리기를 반쯤 기대하며 어색하게 기다리다가 모가 아직 자고 있나보다, 하고 생각한다. 어쨌든 저녁 내내 일했으니까. 리브는 혹시 몰라 폴리스티렌 컵을 문밖에 조용히 놓아두고 샤워를 하러 간다.

메일함에는 편지가 네 통 와 있다.

할스턴 씨,
카피라이터스퍼아워닷컴에서 보내주신 이메일 잘 받았습니다.
저는 개인별 맞춤형 문구류 사업을 운영하는데 브로슈어를 좀
다시 만들어야 합니다. 요금을 1000단어당 100파운드로 알고
있습니다. 가격을 조금만 낮추어주실 수는 없을까요? 저희 예
산이 넉넉하지 못해서요. 지금 쓰는 브로슈어는 1250단어 정
도입니다.

테렌스 블랭크

리비,
아빠다. 캐롤라인이 집을 나갔다. 난 버림받았어. 이제 여자들
은 상종도 않을 거다. 시간 날 때 전화 좀 다오.

안녕 리브,
목요일 괜찮아요? 아이들이 정말로 기대하고 있어요. 지금으
로서는 스무 명 정도 예상하지만 알다시피 숫자는 변할 수도
있어요. 필요한 것이 있으면 알려줘요.

아비올라

할스턴 씨,
여러 번 전화 드렸지만 연결이 되지 않았습니다. 마이너스 통
장 상황 문제를 상의드리고 싶으니 시간 나실 때 연락주시기

바랍니다. 연락이 되지 않으면 추가 요금을 부과할 수밖에 없습니다.

데미언 와츠,
개인 회계 담당자, 내트웨스트 은행

그녀는 첫 번째 편지에 답장을 쓴다.

블랭크 씨, 저도 원하시는 대로 가격을 낮춰드리고 싶습니다. 하지만 저도 먹고살아야 해서요. 브로슈어 일 잘 진행되기를 바랍니다.

더 싼값에 그 일을 맡아줄 사람, 문법이나 구두점에 그리 깐깐하게 신경 쓰지 않고, 브로슈어에 "거기에서" 대신 "고기에서"가 스물두 번이 들어가도 눈치 못 챌 사람이 있을 것이다. 그러나 그녀는 이미 낮출 만큼 낮춘 요금을 더 낮추기도 질렸다.

아빠, 전화 드릴게요. 캐롤라인 아줌마가 가끔가다 한 번씩 돌아올지 모르니까 옷을 꼭 차려입고 계세요. 파텔 부인이 그러는데, 아빠가 지난주에 벌거벗고 일본 아네모네에 물을 주고 계셨다면서요. 경찰이 뭐라 할지 아시잖아요.

리브 ✕

캐롤라인이 사라진 후 아버지를 위로하러 마지막으로 찾아갔을 때 아버지는 앞이 벌어진 비단으로 된 동양식의 긴 여자 옷을 입은 채로 문을 열고는 그녀가 입을 열기도 전에 와락 끌어안았다. "누가 뭐래도 난 네 애비다." 나중에 그녀가 나무라자 아버지는 이렇게 중얼거렸다. 근 10년 동안 괜찮은 연기를 보여주지는 못했지만, 마이클 워딩은 어린애같이 옷 입기를 싫어하고 "옷가지"에 짜증내는 성향은 그대로였다. 어린 시절 사만다 하우크로프트가 집에 가서 자기 엄마에게 워딩 씨가 "고추를 덜렁거리며" 돌아다니더라고 말한 후로 친구를 집에 데려오지 않았다. 그녀는 온 학교에 리브 아빠의 고추가 거대한 소시지같이 생겼더라고 떠들고 다녔다. 아버지는 기이하게도 그런 데 신경 쓰지 않는 것 같았다.

머리카락이 불꽃같이 붉은 캐롤라인은 15년 가까이 아버지의 여자 친구였다. 아버지가 벌거벗고 다녀도 개의치 않았다. 실은 자기도 홀딱 벗다시피 하고 돌아다니기를 아주 좋아했다. 리브는 가끔씩 자신의 벗은 모습보다 그 두 사람의 창백한 늙은 몸을 보는 것이 더 익숙하게 느껴지기까지 했다.

아버지는 캐롤라인을 열정적으로 사랑했지만, 그녀는 두 달에 한 번꼴로 아버지를 도저히 참아줄 수가 없다고, 수입도 없는 주제에 다른 여자들과 불장난을 한다고 폭발하여 뛰쳐나가곤 했다. 도대체 여자들이 아버지의 뭘 보고 빠지는지 리브로서는 알다가도 모를 일이었다.

"삶에 열정을 불태워라, 얘야!" 아버지는 이런 말을 하곤 했다. "열정 말이다! 그게 없으면 시체나 다름없어." 리브는 아버지가 자신에게 실망했을 거라고 남몰래 생각한다.

그녀는 마지막 남은 커피를 벌컥벌컥 다 마시고 아비올라에게 이메일을 쓴다.

안녕 아비올라,
오후 2시에 코내기 빌딩 밖에서 만나요. 준비 다 됐어요. 그들은 좀 걱정하면서도 모든 준비를 끝내놓았어요. 행운을 빌어요.
리브

그녀는 메일을 보내고 은행 담당자한테서 온 편지를 들여다본다. 손가락을 키보드 위에 그대로 얹고 있다. 이윽고 삭제 버튼을 누른다.

머리로는 이런 식으로 오래 버틸 수 없으리라는 것을 알고 있다. 침략해오는 군대의 북소리처럼 멀리서, 봉투 속에 깔끔하게 접힌 최종 통지문의 위협적인 함성이 들린다. 그녀는 거의 물건을 사지 않고, 사람도 거의 만나지 않으면서 허리띠를 꽉 졸라매고 있지만 그것으로는 충분치가 않다. 현금 카드와 신용 카드는 ATM 기계에서 도로 튕겨 나오기 일쑤다. 작년에 도시 자문 위원회에서 지방세 납세자들의 세액 산정 작업의 일환으로 그녀를 찾아왔다. 그 여자는 글라스 하우스를 둘러보더니 마치 리브를 사기꾼 보듯이 쳐다봤다. 사실상 젊은 처녀나 다름없는 그녀가 이런 집에서 혼자 살고 있는 것이 모욕이라는 듯이. 리브는 그녀를 비난할 수가 없었다. 데이비드가 죽은 후로 여기 살면서 사기를 치는 기분이었다.

그녀는 데이비드의 기억을 지키는 큐레이터 같았다. 그가 원했을 상태대로 이 장소를 유지해야 했다.

리브는 이제 100만 파운드를 버는 은행가들, 두둑하게 보너스를 받는 금융인들과 같은 수준의, 최고액까지 부과된 지방세를 낸다. 몇 달 동안 그녀가 버는 수입의 절반 이상이 들어간다.

이제 더는 은행 입출금 내역서를 열어보지 않는다. 그럴 필요가 없다. 보지 않아도 무슨 말이 적혀 있을지 훤히 다 안다.

"내 잘못이다." 그녀의 아버지가 과장된 몸짓으로 머리를 두 손에 파묻는다. 손가락 사이로 듬성듬성한 회색 머리카락이 삐죽이 솟아나왔다. 아버지 주위의 주방은 저녁 식사를 하다 만 흔적을 보여주는 냄비와 프라이팬 들로 어지럽다. 파르메산 치즈 반 덩어리, 굳어버린 파스타, 그야말로 난장판이 된 집구석 꼴을 여실히 보여준다. "그녀 곁에 얼씬도 해서는 안 된다는 건 알았지만, 오! 난 불 속으로 뛰어드는 나방 같았다니까. 게다가 그 불꽃이란! 그 열기! 그 열기!" 아버지는 어찌할 바를 모르는 듯했다.

리브가 다 이해한다는 듯 고개를 주억거린다. 그러고는 하루에 담배를 마흔 대씩 피우고 너무 짧은 바지 밑으로 잿빛 발목을 드러낸 동네 꽃집 주인인 50대 여자, 진과의 이 불운한 추문을 애써 이해하려 하고 있다.

리브가 주전자를 올려놓는다. 조리대를 치우기 시작하자 아버지가 잔에 남은 것을 죽 들이킨다.

"와인을 마시기에는 시간이 아직 이르잖아요."

"전혀 이르지 않다. 이건 신의 음료야. 내 유일한 위안이고."

"아빠 인생 전체가 긴 위안이죠."

"어떻게 내가 이렇게 의지력 강하고 칼 같은 딸을 키웠을까?"

"아빠가 안 키우셨으니까요. 엄마가 키우셨지요."

리브는 가끔씩 6년 전 어머니가 돌아가시던 그날, 아버지가 짧고 다사다난했던 결혼생활을 마음속에서 멋대로 각색했다고 느꼈다. 외동딸이 등을 돌리게 만든 그 성질 더럽고 고약한 여편네를 이제 성모 마리아 비슷한 존재로 만들어놨다고. 그녀는 개의치 않았다. 리브 또한 그랬으니까. 어머니를 잃고 난 후 그녀는 상상 속에서 서서히 어머니를 다시 빚어냈다. 부드럽게 입 맞춰주고, 애정 넘치는 말을 해주고, 꼭 껴안아 위로해주는 완벽한 모습으로.

"너는 상실을 겪으면서 더 단단해졌어."

"저는 그저 토마토 요리나 팔러 온 남자하고도 죄다 사랑에 빠지는 타입이 아니에요."

그녀는 서랍을 열어 커피 필터를 찾는다. 아버지의 집은 깔끔한 그녀의 집과는 정반대로 어수선하고 너저분하다.

"며칠 전 밤에 픽스 풋에서 재스민을 봤다. 정말 좋은 애지. 네 안부를 묻더라. 왜 요즘은 재스민하고 안 만나냐? 둘이 참 좋은 친구였잖냐." 아버지의 얼굴이 밝아진다.

그녀는 어깨를 으쓱한다. "살다보면 멀어질 때도 있죠." 그 이유를 아버지에게 다 말해줄 수는 없다.

남편을 잃는다는 것이 어떤 일인지 겪어보지 않은 사람은 모른다. 기운이 없어서 잠만 계속 자고 또 자다가 어떤 날은 다시 잠들기 위해 잠에서 깨는 정도까지 간다. 하루하루 버티는 데만도 초인적인 노력이 필요하다. 딱히 이유도 없이 친구도 싫어진다. 누가 집에 찾아오거나 길에서 마주쳐 당신을 안아주면서 너무 안됐다고 위로의 말을 건넬 때마다 상대가, 상대의 남편이, 어린아이들이 눈에 들어온다. 그러고 나면 질투가 격렬하게 치솟아 올라 스스로 충격을 받는다.

'어떻게 저들은 멀쩡히 살아 있고 데이비드는 죽었지? 데이비드처럼 똑똑하고 다정하고 너그럽고 열정적인 사람은 죽어야 했는데, 어떻게 주말이면 골프나 치러 다니고 우물 안 개구리처럼 자기 세상 바깥에는 손톱만큼도 관심 없는 금융계 친구들이나 리처드 같은 저 지겨운 룸펜은 잘도 살아 있는 거지? 데이비드의 보기 드문 정신, 그의 친절함, 그의 키스는 영영 사라져버린 마당에 어떻게 궁상맞은 팀 같은 놈은 상상력이라고는 없는 다음 세대의 어린 팀들을 이 세상에 계속 내놓는 거지?'

리브는 욕실에서 소리 없는 비명을 지르고, 무례한 행동인 줄 알면서도 스스로를 억누를 수가 없어서 사람들이 가득한 방에서 해명도 남기지 않고 뛰쳐나왔던 일을 기억할 수 있다. 자신의 상실에 슬퍼하지 않고 편안히 남의 행복을 볼 수 있었던 때가 언제였는지 까마득하다.

요즘은 분노하지 않지만 행복한 가족의 모습은 멀리서 보는 편이 더 좋다. 잘 모르는 사람들 속에서, 마치 행복이 그저 과학적 개념 같은 것이어서 입증되는 것을 보면 기분이 좋아진다는 식으로.

이제 체리 부부나 재스민 부부 같은 옛날 친구들과 만나지 않는다. 예전의 자기 모습을 기억하는 여자들과는. 설명하자니 너무 복잡했다. 그리고 자신을 놓고 남들이 하는 말이 특히 마음에 들지 않았다.

　"흠, 재스민한테 전화라도 해보는 게 좋지 않겠니. 너희 둘이 같이 나가는 모습은 참 보기 좋았는데. 젊은 여신 한 쌍 같았어."

　"캐롤라인 아줌마한테 전화하실 거예요?" 그녀는 벗겨진 송판 식탁에서 빵 부스러기를 쓸어내고 레드 와인 자국을 닦으면서 묻는다.

　"나랑 말도 안 하려고 해. 어젯밤에 휴대전화로 문자를 열네 통이나 보냈다."

　"바람 좀 그만 피워요, 아빠."

　"나도 안다."

　"그리고 돈벌이도 좀 하시고요."

　"안다."

　"옷도 제대로 입으세요. 제가 캐롤라인 아줌마 입장이 되어 집에 와서 그런 꼴로 있는 아빠를 본다면 그대로 돌아서서 가버릴 거예요."

　"캐롤라인의 가운을 입고 있는데."

　"그럴 줄 알았어요."

　"아직도 캐롤라인 냄새가 나거든. 돌아오지 않는다면 어떡하지?"

　리브는 잠시 굳은 표정으로 가만히 있다. 과연 아버지가 오

늘이 무슨 날인지 알기나 할까 궁금하다. 그녀는 애인의 가운
을 입은, 쭈글쭈글한 피부에 보란 듯이 푸른 혈관이 튀어나온
이 초라한 몰골의 남자를 쳐다보다 이내 설거짓감으로 고개를
돌린다.

"그거 아세요, 아빠? 다른 사람은 몰라도 저한테는 그걸 물
어보시면 안 되죠."

13

노인은 조심조심 의자에 몸을 부리고 방을 가로질러 오느라 꽤나 힘들었다는 듯이 한숨을 내쉰다. 아들이 노인의 겨드랑이에 손을 넣어 부축하며 걱정스레 살핀다.

폴이 폴더를 펼친다. 노위키 씨의 시선이 자신을 향해 있음을 느끼며 책상 위에 손을 올려놓는다.

"자, 드릴 말씀이 있어서 오늘 오시라고 부탁했습니다. 처음 저에게 오셨을 때 어르신께서 출처에 대한 증거를 갖고 계시지 않기 때문에 까다로운 사례가 될 거라고 미리 경고를 드렸습니다. 아시다시피 화랑들은 대부분 아주 확실한 증거가 없으면 작품을 넘겨주기를 꺼립니다……."

"그 그림을 분명히 기억하고 있어요." 노인이 한 손을 들어 올렸다.

"압니다. 그리고 문제의 화랑이 자기네 편의 출처가 완전하지 않은데도 우리와 상대하기를 굉장히 꺼렸다는 걸 알고 계실 테지요. 문제의 작품이 가치가 치솟는 바람에 이번 사건이 복잡해졌습니다. 그리고 어르신께서 그림에 대하여 우리가 근거로 삼을만한 기억을 제시해주지 못하신다는 점 때문에 더욱 어려웠습니다."

"그런 그림을 어떻게 완벽하게 묘사할 수 있겠습니까? 우리 집을 떠나야만 했을 때 저는 열 살이었어요. 열 살이었다고요. 선생은 열 살 때 부모님 집 벽에 걸려 있던 것을 설명할 수 있습니까?"

"아뇨, 노위키 씨. 못 하지요."

"우리 집으로 다시는 돌아가지 못하게 될 줄 알았겠습니까? 우스꽝스럽군요. 이런 시스템이라니. 도둑맞았다는 것을 어째서 제가 증명해야 합니까? 무엇보다도 우리가 겪은 일을 생각하면……."

"아버지, 그 얘기는 그만하기로 하셨잖아요……." 아들 제이슨이 아버지의 팔 위에 손을 놓자 노인은 내키지 않아 하면서도 그런 식으로 제지당하는 데 익숙한 듯 입술을 꾹 다물었다.

폴이 말했다. "제가 드리고 싶었던 말씀은 이겁니다. 1월에 뵈었을 때, 어르신께서 이웃인 아르투르 보흐만과 어머님이 친분이 있었다고 말씀하셨지요. 보흐만은 미국으로 이주했고요. 디 모인에서 그의 유족들을 간신히 찾아냈습니다. 손녀인 앤 마리가 가족 앨범을 뒤져서 이것을 찾아냈습니다." 폴은 폴더에서 종이 한 장을 꺼내 책상 위에 올려놓은 뒤 노위키 씨 쪽으로 밀었다.

완벽한 사본은 아니지만 흑백의 이미지는 충분히 알아볼 수 있다. 한 가족이 천을 팽팽하게 씌운 소파에 뻣뻣하게 앉아 있다. 여자가 눈이 단추같이 땡그란 아기를 무릎 위에 꼭 안고 조심스레 미소 짓고 있다. 콧수염을 빽빽이 기른 남자는 한 팔을 소파 등에 올리고 몸을 기대고 있다. 소년은 활짝 웃고 있어서 이 빠진 자리가 눈에 확 들어온다. 그들 뒤의 벽에는 춤추는 어린 소녀를 그린 그림이 걸려 있다.

"그겁니다." 노위키 씨가 노쇠한 손을 입가로 가져가며 조용히 말했다. "드가요."

"이미지 뱅크에 확인하고, 에드가 드가 재단에도 확인했습니다. 어르신의 부모님 댁에서 이 그림을 본 기억이 있고, 어르신 아버님이 그림을 어떻게 샀는지 말씀하시는 것도 들었다는 아르튀르 보흐만 씨 따님의 진술과 함께 이 사진을 화랑 측 변호사들에게 보냈습니다."

그는 말을 잠시 끊었다가 계속했다. "하지만 앤 마리가 기억하는 것은 그뿐이 아닙니다. 어르신의 부모님께서 도망가신 후 아르투르 보흐만 씨가 어느 날 밤 그분들이 남겨두신 귀중품을 가지러 아파트에 갔다더군요. 나오면서 보니 그 그림이 사라지고 없더라고 했습니다.".

"드레슐러 씨가 한 짓입니다. 그가 그들에게 말해준 겁니다. 줄곧 알고 있었지. 그래 놓고 그자는 우리 아버지를 친구라 했단 말이오!" 무릎 위에 놓인 그의 손이 덜덜 떨린다.

"예, 저, 드레슐러 씨의 기록을 조사해보았습니다. 독일군과 석연치 않은 거래가 다수 있더군요. 그중에 드가 작품에 대한 기록은 딱 하나뿐입니다. 하지만 날짜와 그 당시 어르신이 사시던 지역에 드가 작품이 많았을 리가 없다는 점을 감안하면 어르신의 주장에 무게가 실립니다."

노인은 천천히 몸을 돌려 아들을 마주 본다. 봤지? 그의 표정이 말하고 있다.

"자, 노위키 씨. 어젯밤에 화랑에서 답신을 받았습니다. 읽어드릴까요?"

"예."

맥캐퍼티 씨,

노위키 씨 가족이 얼마나 큰 고통을 겪어왔는지 알게 됐고, 새롭게 제시된 증거와 출처에 대해 저희 쪽에도 증거가 부족하다는 점에 비추어, 드가의 「춤추는 여인」에 대한 권리를 놓고 다투지 않기로 결정했습니다. 화랑 이사들은 변호사들에게 더 진행시키지 말 것을 지시했습니다. 작품의 인도에 관하여 귀하의 지시를 기다리겠습니다.

폴은 기다리고 있다.

노인은 깊은 생각에 잠긴 듯하다. 마침내 그가 고개를 든다.

"그림을 돌려주겠다는 거요?"

폴은 고개를 끄덕인다. 그는 얼굴에 떠오르는 미소를 감출 수 없다. 길고 힘겨운 사건이었고 기쁘게도 해결은 신속하게 이루어졌다.

"정말로 그림을 우리에게 돌려준다고요?"

"어디로 보내드리면 좋을지만 알려주시면 됩니다."

긴 침묵이 이어졌다. 제이슨 노위키가 손으로 눈물을 훔쳤다.

"죄송합니다. 왠지 모르게……."

"그럴만도 하지요." 폴이 책상 밑에서 티슈 상자를 꺼내 그에게 건넨다. "이런 사건은 항상 감정을 자극한답니다. 그냥 그림이 아니잖습니까."

"정말 오래도 걸렸군요. 드가 작품을 잃었다는 건 아버지와 조부모님이 전쟁에서 겪은 고통을 끊임없이 내게 일깨워주는 것 같았어요. 그리고 확신하지 못했어요……." 그가 코를 푼다. "놀랍고요. 그 사람의 가족을 찾아내다니. 선생이 뛰어나다는 얘기는 들었습니다만……."

그와 제이슨은 노인을 쳐다본다. 노인은 여전히 그림의 이미지에서 눈을 떼지 못하고 있다. 수십 년 전 사건들의 무게가 그를 짜부라뜨리기라도 한 듯, 그의 체구가 줄어든 듯하다. 같은 생각이 동시에 그들의 머릿속을 스쳐간 것 같다.

"괜찮으세요, 아버지?"

"노위키 씨?"

그는 그들의 존재를 겨우 기억해낸 것처럼 몸을 약간 쭉 편다. 사진 위에 손을 얹는다.

폴은 의자에 다시 앉는다. "그렇지요. 그림을 돌려받으시게 됐어요. 미술품 운송 전문 회사를 추천해드릴 수도 있습니다. 그리고 그림이 오기 전에 보험을 들어두시는 게 좋을 겁니다. 이런 그림에 대해 굳이 말씀드릴 것까지 없겠지만……."

"경매 전문 회사도 아시나요?"

"네?"

노위키 씨의 안색이 평소대로 돌아왔다. "경매 전문 회사 아는 데가 있냐고요? 일전에 한 군데랑 얘기해보았습니다만 돈을 너무 많이 요구하더군요. 20퍼센트라고 했던가. 거기에 세금까지. 너무 과해요."

"어르신은…… 보험 때문에 가격 평가를 하시려는 건가요?"

"아뇨. 팔 겁니다." 그는 고개도 들지 않고 낡아빠진 가죽 지갑을 열어 사진을 안에 넣는다. "지금이야말로 팔기 딱 좋은 때지요. 외국인들이 뭐든 다 사들이고 있으니까……." 그는 경멸조로 한 손을 흔든다.

제이슨은 그를 빤히 쳐다본다. "하지만, 아버지……."

"돈이 많이 들었어. 지불해야 할 게 많아."

"하지만 아버지가……."

노위키 씨가 아들에게서 고개를 돌린다. "좀 찾아봐주실 수 있을까요? 대금은 청구해주시고요."

폴은 침을 꿀꺽 삼킨다. 목소리를 차분히 가다듬는다. "그러지요."

긴 침묵이 이어진다. 드디어 노인이 자리에서 일어선다.

"자, 정말 희소식이군요." 드디어 그가 이렇게 말하고 간신히 웃어 보인다. "정말 아주 좋은 소식입니다. 대단히 감사합니다, 맥캐퍼티 씨."

"별말씀을요." 그는 일어서서 한 손을 내민다.

그들이 떠나고 폴 맥캐퍼티는 의자에 앉는다. 파일을 덮고 눈을 감는다.

"그런 걸 감정적으로 받아들이면 안 돼요." 제이니가 말한다. "그 사람들이 팔건 말건 우리하고는 상관없어요. 우리는 반환 관련 일을 해줄 뿐이에요."

"나도 알아요. 단지 노위키 씨한테서 그동안 그 그림이 자기네 가족에게 개인적으로 굉장히 중요한 의미가 있고 그들이 잃어버린 모든 것을 상징한다는 얘기를 하도 많이 들어서……."

"그쯤 해둬요, 폴."

"경찰 일 하던 시절에는 이런 건 없었는데." 그는 일어나서 제이니의 비좁은 사무실 안을 이리저리 오간다. 창가에 멈춰 서서 밖을 내다본다. "사람들 물건을 되찾아주면 그저 기뻤죠."

"경찰로 돌아가고 싶지는 않잖아요."

"알아요. 그냥 해보는 말이에요. 이런 반환 사건을 다룰 때마다 느끼는 거예요."

"흠, 당신은 가망 없어 보였던 사건으로 수수료를 벌었어요. 그리고 그 돈으로 집을 옮길 수 있을 거고, 그렇지요? 그러니까 우리 둘 다 기뻐해야죠. 여기." 제이니가 책상 위로 폴더를 민다. "이거 보면 기분이 좋아질 거예요. 어젯밤에 왔어요. 아주 간단해 보이는데."

폴은 폴더에서 서류를 꺼낸다. 1916년 사라진 한 여인의 초상화로, 10년 전 화가의 유족들이 감사를 하다가 그제야 도난 사실을 발견했다. 그리고 서류 다음 장에는 텅 빈 벽에 대담하게 걸린 문제의 그림의 이미지가 있다. 오래전 어느 고급 잡지에 실린 것이다.

"제1차 세계대전이라고?"

"시효에는 확실히 안 걸리지요. 복잡할 것 하나도 없는 사건 같아요. 독일군이 전쟁 중에 그림을 훔쳐갔다는 증거가 있고 그림은 다시는 나타나지 않았대요. 몇 년 전에 가족 중 누군가가 오래된 잡지에서 봤다는데, 당신 생각에는 사진 한가운데 떡 하니 있는 게 뭘 것 같아요?"

"원작이 틀림없대요?"

"한 번도 복제된 적은 없대요."

폴은 고개를 가로젓는다. 아침의 사건들은 순간 잊히고 이 짧고 반사적인 찌릿한 흥분감을 의식한다.

"바로 거기 있다니까요. 거의 100년이 지나서요. 어느 부유한 부부 집 벽에 걸려 있다고요."

"보아하니 센트럴 런던이네. 정말 근사한 집이로군요. 강도가 노릴까 봐 정확한 주소는 알려주지 않았군요. 하지만 내 짐작으로는 찾기 그리 어렵지는 않을 거예요. 어쨌거나 부부의 이름이 있으니까."

폴은 폴더를 닫는다. 노위키 씨의 꽉 다문 입, 마치 처음 보는 사람을 보듯 제 아버지를 보던 아들의 시선이 뇌리를 떠나지 않는다.

제이니가 가볍게 그의 팔 위에 손을 놓는다. "집 구하는 일은 잘 돼가요?"

"그냥 그래요. 좋은 물건은 손에 현금 쥔 사람들이 다 낚아채 가는 것 같아요."

"흠, 기운 내고 싶으면 뭐 좀 먹으러 갈까요? 나 오늘 밤에는 한가한데."

폴은 미소를 짓는다. 제이니가 머리카락을 매만지며 희망을 품고 애써 미소 짓는 모습을 모른 척한다. 그는 자리에서 일어선다. "늦게까지 일해야 해요. 처리하고 싶은 일이 두어 가지 있어서. 하지만 고마워요. 아침에 제일 먼저 새 파일로 넘어갈게요."

리브는 아버지에게 식사를 차려드리고 1층을 진공청소기로 청소하고서 5시에 집에 도착한다. 캐롤라인은 진공청소기를 거의 쓰지 않는다. 청소를 마치고 나니 바랜 페르시아산 러너 카펫의 색이 눈에 띄게 선명해졌다. 늦여름의 열기로 도시가 부글거리며 끓어오르고, 거리의 소음이 햇빛에 달구어진 길에서 올라오는 디젤 냄새와 함께 새어 들어온다.

"안녕, 프랜." 그녀는 대문까지 오자 이렇게 말한다.

더운 날씨에도 모직 모자를 푹 눌러 쓴 여자가 고갯짓으로 인사를 받는다. 여자는 비닐봉지 속을 뒤지고 있다. 그녀는 비닐봉지를 끝도 없이 모아서 노끈으로 묶거나 봉지 하나 속에 다른 것들을 쑤셔 넣어 한없이 분류를 하고 다시 나누었다. 오늘은 푸른 방수포로 덮은 상자 두 개를 비교적 물건을 잘 보관해주는 관리인 문 앞까지 옮겨다 놨다. 이전 관리인은 몇 년 동안이나 프랜을 눈감아줬고 소포도 대신 받아주었다. 프랜의 말로는 새 관리인은 그녀를 쫓아내겠다고 계속 협박하고 있다. 일부 주민들이 그녀가 동네 물을 흐리고 있다고 불평했다. "내 상자를 자꾸 치워. 아, 자기 손님 왔더라."

"몇 시에 갔나요?" 리브는 메모도 열쇠도 남기지 않았다. 나중에 식당에 들러 모가 잘 있는지 확인해봐야 하나 싶다. 그런 생각을 할 때조차 자기가 그러지 않으리라는 것을 알고 있다. 조용하고 텅 빈 집을 기대하며 뭔가 안도감을 느낀다.

프랜은 어깨를 으쓱한다.

"마실 것 좀 드릴까요?" 리브가 문을 열면서 묻는다.

"차 한 잔 주면 좋지." 프랜이 이렇게 덧붙인다. "설탕 세 개 넣어서." 마치 리브한테 한 번도 차를 얻어 마신 적이 없는 사람처럼. 그리고는 할 일이 너무 많아서 한가하게 수다나 떨 여유가 없다는 듯 부산하게 비닐봉지로 되돌아간다.

문을 열자마자 담배 냄새가 난다. 모는 유리로 된 커피 테이블 옆에 책상다리를 하고 앉아 한 손에는 문고판 책을 들고, 다른 손으로는 흰 찻잔 받침에 담배를 올려놓고 있다.

"안녕." 그녀는 고개도 들지 않고 말한다.

리브는 손에 열쇠를 쥔 채 그녀를 쳐다본다. "네가 갔을 줄 알았는데. 프랜 말로는 네가 갔다고 했거든."

"아. 그 아래층 여자 말이에요? 네. 나갔다가 좀 전에 돌아왔어요."

"어디 갔다 왔는데?"

"낮 근무 하고 왔어요."

"낮 근무라고?"

"요양원에서요. 오늘 아침에 방해가 되지 않았어야 할 텐데. 조용히 나가려고 했어요. 책상 서랍을 열면 당신이 깰 것 같더라고요. 6시에 일어나는 건 손님으로서 예의가 아니니까요."

"책상 서랍이라니?"

"열쇠를 안 두고 가셨잖아요."

리브는 얼굴을 찌푸린다. 이 대화에서 두어 걸음 물러서 있는 듯한 기분이다. 모는 책을 내려놓고 천천히 말한다. "좀 뒤져보다가 책상 서랍에서 여벌 열쇠를 찾았어요."

"내 책상 서랍 속을 봤다고?"

"별것도 없던데요." 그녀는 책장을 넘긴다. "괜찮아요. 열쇠 다시 갖다놨어요." 그녀는 목소리를 낮추어 덧붙인다. "세상에, 진짜 정리정돈 좋아하시나봐요."

그녀는 다시 책으로 돌아간다. 책등을 보니 데이비드의 책이다. 낡아빠진 『현대 건축 입문』 펭귄판. 그가 제일 좋아했던 책이다. 그가 소파 위에 길게 누워 그 책을 읽던 모습이 아직도 눈앞에 선하다. 다른 사람 손에 그 책이 들려 있는 것을 보니 불안감으로 배가 당기는 듯하다. 리브는 가방을 내려놓고 주방으로 걸어간다.

화강암 조리대가 온통 토스트 부스러기로 덮여 있다. 테이블 위에는 안쪽에 갈색으로 테두리가 말라붙은 머그잔 두 개가 놓여 있다. 토스터 옆에는 흰 빵 봉지가 반쯤 열린 채로 놓여 있다. 다 쓴 티백이 싱크대 옆에 버려져 있고 살해당한 피해자의 가슴처럼 무염버터 덩어리에 칼이 꽂혀 있다.

리브는 잠시 그 자리에 섰다가 이내 정리를 시작한다. 쓰레기를 주방 휴지통에 쓸어 넣고, 컵과 접시 들을 식기세척기에 넣는다. 버튼을 눌러 천장의 셔터를 연다. 셔터가 활짝 다 열리자 유리 천장을 여는 버튼을 누르고 손을 휘저어 아직도 남은 담배 냄새를 뺀다.

돌아서니 모가 문간에 서 있다. "여기서는 담배 피우면 안 돼. 절대 안 돼." 리브가 말한다. 그녀의 목소리에 묘하게도 공포가 서려 있다.

"아. 알겠어요. 테라스가 있는 줄 몰랐어요."

"아냐. 테라스에서도 피우면 안 돼. 제발. 여기에서는 담배 피우지 마."

모는 조리대를, 미친 듯이 정리하는 리브를 힐끗 본다. "저기, 나가기 전에 제가 치울게요. 진짜로요."

"괜찮아."

"괜찮지 않아요. 그러다 심장마비 오겠어요. 자, 그만해요. 제가 어질러 놓은 건 제가 치운다니까요. 정말이에요."

리브는 멈춘다. 자기가 과민반응했다는 것은 알지만 어쩔 수가 없다. 모가 빨리 갔으면 하는 마음뿐이다. "프랜한테 차 한 잔 갖다줘야 해."

1층으로 내려오는 내내 귀에서 혈관이 맥박 치는 것이 느껴진다.

돌아와보니 주방은 깨끗이 치워져 있다. 모는 주방 안을 조용히 움직인다. "제가 좀 게을러서 바로바로 치우지를 못해요." 리브가 들어오자 그녀가 말한다. "하는 일이 온종일 청소하는 일이다보니까. 노인들, 식당 손님들……. 하루 종일 그런 일을 질리도록 하다보면, 집에 와서는 좀 안 하고 싶어져요."

리브는 그녀가 쓰는 단어에 발끈하지 않으려고 꾹 참는다.

그때 담배 연기 밑에서 또 다른 냄새를 맡는다. 오븐이 켜져 있다.

허리를 굽혀 오븐 속을 들여다보니 르크루제 접시가 보인다. 접시 표면에 뭔가 치즈 같은 것이 부글부글 끓고 있다.

"저녁을 좀 만들었어요. 파스타 베이크요. 구멍가게에서 구할 수 있는 대로 그냥 다 쓸어 넣었어요. 10분이면 다 될 거예요. 저는 나중에 먹으려고 했지만, 오셨으니까……."

리브는 오븐을 마지막으로 켰던 때가 언제였는지조차 기억이 나지 않는다.

"아." 모가 오븐 장갑을 찾으며 말한다. "그리고 시 자문위원회에서 사람이 왔었어요."

"뭐?"

"예. 지방세 때문이라나."

리브는 순간 울컥한다.

"저한테 말하라고 했더니, 당신이 내야 할 돈이 많다고 하던데요. 엄청나다고." 그녀는 위에 숫자를 휘갈겨 쓴 종이 한 장을 내민다.

리브가 뭐라 화를 내려 하자 그녀가 말한다. "저, 그 사람이 제대로 찾아온 건지 확인을 해야 했어요. 틀림없이 잘못 찾아온 거라 생각했거든요."

액수를 대강은 알고 있었지만 인쇄된 것을 보니 여전히 충격이다. 자기를 쳐다보는 모의 시선을 느낀다. 그녀답지 않게 긴 침묵에 모가 사정을 짐작했음을 알 수 있다.

"앉아요. 일단 배가 부르면 기분이 나아질 거예요." 리브는 그녀가 이끄는 대로 의자에 앉는다. 모가 오븐을 열자 오랜만에 맡는 집에서 만든 음식 냄새가 주방 가득 퍼진다. "그래도 효과 없으면, 진짜 편한 건 의자 알아요."

음식은 맛이 좋다. 리브는 한접시 가득 먹고는 배를 손으로 감싸고 앉아서 모가 진짜로 요리를 할 줄 안다는 사실이 왜 그렇게 놀라울까 의아해한다. "고마워." 자기 몫을 다 먹어치우고 있는 모에게 말한다. "정말 맛있었어. 이렇게 배터지게 먹어본 게 얼마 만인지 모르겠네."

"괜찮아요."

'그리고 이제 너도 가봐야지.' 20분 동안 그 말이 입 끝까지 올라왔으나 밖으로 나오지는 않는다. 아직은 모를 보내고 싶지 않다. 지방세 받으러 오는 사람들과 최종 통지문들과 자기 자신의 걷잡을 수 없는 생각들과 홀로 있고 싶지는 않다. 문득 오늘 밤 얘기할 상대가 있어서 참 다행이라는 생각이 든다. 그날에 맞서 그녀를 지켜줄 인간 방어물.

"그래서요, 리브 워딩. 남편은 죽었고……."

리브는 나이프와 포크를 함께 놓는다. "그 얘기는 하지 말기로 하지."

자신을 쳐다보는 모의 눈길을 느낀다. "좋아요. 그럼 죽은 남편은 말고. 남자 친구 얘기는 어때요?"

모가 베이킹 접시 옆에서 치즈 한 조각을 집는다.

"정신 못 차리는 데이트 상대들?"

"없어."

모가 고개를 홱 쳐든다. "한 명도요? 언제부터 그랬는데요?"

"4년 전부터."

그녀는 거짓말을 하고 있다. 3년 전에 한 명 있었다. 친구들이 선의로 그녀가 "극복해야" 한다고 우겨서. 마치 데이비드가 무슨 장애물이라도 되는 듯이. 그녀는 반쯤은 다 잊어버릴 만큼 술을 마시고 나서 나중에 슬픔과 죄의식, 자기혐오로 눈물 콧물 범벅이 되어 엉엉 울었다. 이름조차 기억나지 않는 그 남자는 그녀가 집에 가야겠다고 했을 때 안도감을 숨기지 못했다. 지금까지도 그 일을 생각하면 쥐구멍에라도 들어가고 싶다.

"4년 동안 아무도 없었다고요? 그리고 당신은…… 몇 살이지요? 서른둘? 그게 뭐예요, 생과부 노릇을 하겠다고요? 무슨 짓이에요, 워딩? 앞으로도 그렇게 죽은 남편한테만 매달려서 살 셈이에요?"

"할스턴이야. 리브 할스턴. 그리고…… 난 그저…… 마음에 드는 사람을 만나지 못했을 뿐이야……." 리브는 대화의 방향을 돌리기로 한다. "좋아, 넌 어때? 감성이 남다르다는 이모족이라도 사귀니?" 방어적이 되다보니 말이 뾰족하게 나간다.

모가 담배 쪽으로 손을 내밀다가 다시 거둔다.

"난 괜찮아." 리브는 기다린다.

"만나는 사람이 있어요."

"만나는 사람?"

"와인 웨이터고 래닉이에요. 2주마다 한 번씩 만나서 기술적으로는 화려하지만 결국은 영혼 없는 관계를 가져요. 걔는 처음 만났을 때만 해도 쓰레기였는데 이제는 제법 잘해요." 그녀는 치즈를 또 한 조각 먹는다. "하지만 아직도 포르노를 너무 많이 봐요. 딱 보면 알아요."

"진지하게 사귀는 사람은 없니?"

"21세기 들어서면서부터 부모님이 더는 손주 얘기를 안 하시더라고요."

"오, 맙소사. 그 말을 들으니 생각난다. 아빠한테 전화한다고 약속했는데." 리브는 갑자기 생각이 난다. 일어나서 가방으로 손을 뻗는다. "저기, 내가 가게 잠깐 가서 와인 한 병 사 올까?" 그녀는 속으로 생각한다. '그것도 괜찮겠는데. 부모님이랑, 내가 기억하지 못하는 사람들이랑, 대학이며, 모의 일 얘기를 하는 거야. 그렇게 섹스 얘기에서 화제를 돌려야지. 거기까지 가기 전에 내일이 될 거고, 내 집은 평소대로 돌아갈 거야. 그러면 이날이 다시 돌아오기까지는 또 1년의 시간이 있는 거야.'

모는 식탁에서 의자를 뒤로 민다. "전 괜찮아요." 그녀가 접시의 음식을 떠먹으며 말한다. "옷 갈아입고 튀어야겠네요."

"튄다고?"

"일하러 간다고요."

리브의 손이 지갑 위에 있다. "하지만…… 일 끝내고 왔다고 했잖아."

"그건 낮 근무고요. 이제 밤 근무 시작해야지요. 흠, 한 20분 후에요." 그녀는 머리를 올려 핀으로 고정한다. "설거지할까요? 그리고 제가 그 열쇠 다시 가져가도 돼요?"

식사를 하면서 느꼈던 짧은 행복감이 비누 거품이 터지듯 사라져버린다. 리브는 치우다 만 식탁 앞에 앉아 음정이 맞지 않는 모의 콧노래 소리, 설거지를 하고 손님용 욕실에서 이 닦는 소리, 침실 문이 살며시 닫히는 소리를 듣는다.

모가 검은색 셔츠와 항공재킷 차림으로 옆구리에 앞치마를 끼고 복도에 다시 나타난다. "이따 봐요, 자기. 래닉이랑 잘 안 되면 말할 것도 없고요."

그녀는 계단을 내려가 삶의 세계로 다시 들어간다. 그녀의 목소리에서 여운이 서서히 사라지면서 글라스 하우스의 정적은 견고하고 묵직해져간다. 리브는 그녀의 집, 그녀의 안식처가 자신을 배신할 준비를 하고 있다는 것을 깨달으며 점점 커져가는 공포를 느낀다.

14

당신이 여자라면, 이런 곳들은 혼자 술을 마시기에 적당치 않다.

바주카. 여기는 예전에 화이트 호스라는 조용한 펍이 있었다. 맞은편 모퉁이에 커피숍이 있었고 축 처진 플러시 벨벳 천을 씌운 긴 의자와 놋쇠 말 장식, 세월의 힘에 페인트가 벗겨져 반쯤 흐릿해진 간판이 있는 곳이었다. 이제는 네온이 번쩍거리는 스트립 클럽이 되어 밤늦은 시간이면 직장인들이 몰려오고, 자정이 넘어가면 긴장된 표정에 화장을 너무 짙게 한 여자들이 플랫폼 슈즈를 신고 나와 미친 듯이 담배를 뻑뻑 빨아대며 팁에 대해 불만을 토한다.

디노스. 90년대 내내 사람이 바글거렸던 이 동네 와인 바는 이제 대낮에 젊은 주부들이 가볍게 들러 요기를 하는 식당으로 탈바꿈했다. 저녁 8시 이후면 가끔씩 스피드 데이트 행사를 열기도 한다. 금요일을 제외한 시간에는 바닥부터 천장까지 창문 너머로 보기 딱할 만큼 눈에 띄게 텅 빈 실내가 들여다보인다.

강 너머 안쪽 골목에는 더 오래된 펍들이 있다. 어디나 원한에 찬 동네 주민들과 손으로 말아 피우는 담배를 문 흐리멍덩한 눈빛의 핏불테리어 같은 남자들이 삼삼오오 모여든다. 이들은 펍에 혼자 있는 여자를 볼 때 비키니 바람으로 산책하는 여자를 쳐다보는 이슬람 율법학자 같은 눈으로 째려본다.

강가의 활기 넘치는 새 술집들은 당신보다 젊은 사람들로 붐빈다. 어디나 애플 맥 백팩을 메고 검은색 두꺼운 유리잔을 든젊은이들이 친구들과 웃고 있어서 집 안에 앉아 있을 때보다더 외로워질 것이다.

리브는 와인을 한 병 사 올까 생각해본다. 하지만 텅 빈 흰공간에 홀로 앉아 있는 자신의 모습을 떠올릴 때마다 이상한두려움에 휩싸인다. 「당신이 남겨두고 간 소녀」 앞에 서서 예전에는 자신도 느꼈던 사랑과 충만함을 그 소녀의 표정에서 본다. 남편과 함께 그림을 샀던 날을 회상하고 싶지는 않다. 데이비드의 눈가에 잡힌 잔주름이나 머그잔을 쥔 손가락을 기억 속에서 떠올리며 그런 요소들이 얼마나 기막히게 잘 어울리는지더는 회상할 수 없음을 알면서, 그와 함께 찍은 사진을 끄집어내고 싶지도 않다.

그가 세상을 떠난 첫해에 강박적으로 했듯이, 자동 응답기에녹음된 그의 목소리를 들으려고 그의 휴대전화에 전화를 걸고싶은 충동도 손톱만큼이라도 느끼고 싶지 않다. 이제 그를 잃었다는 것은 그녀의 일부가 됐다. 다른 누구의 눈에도 보이지않지만 그녀가 끌고 다녀야 하는 어색한 짐이다.

그러나 오늘, 그가 죽은 날인 오늘만큼은 무슨 짓을 해도 다 소용이 없다.

바로 그때 전날 밤 저녁 식사 자리에서 여자들 중 누군가가 했던 말이 떠오른다. "내 여동생은 성가시게 구는 사람 없이 조용히 혼자 있고 싶을 때는 게이 바에 간답니다."

집에서 걸어서 10분도 안 걸리는 거리에 게이 바가 있다. 수없이 그 옆을 지나치면서도 창문에 친 방범용 안전망 뒤에 무엇이 있을까 궁금해 해본 적은 단 한 번도 없다. 게이 바에서는 아무도 그녀를 귀찮게 하지 않을 것이다. 리브는 재킷, 가방, 열쇠를 집어 든다.

"흠, 그건 좀 이상한데."

"딱 한 번이었어. 몇 달 전이고. 하지만 그 여자는 그 일을 하나도 잊지 않은 것 같아."

"그야 형이 너무 뛰어나니까." 그렉은 씩 웃고는 맥주잔을 또 한 잔 비우고 내려놓는다.

폴이 말한다. "아냐…… 흠, 그래, 확실해. 진지하게 하는 말인데, 그렉. 그 여자가 나를 볼 때마다 죄책감이 들어. 뭐랄까…… 지킬 수 없는 약속을 한 기분이야."

"꼭 지켜야 할 규칙이 뭐라고 그랬지? 자기 집 계단에 똥 싸지 마라."

"난 취했었어. 레오니가 나한테 제이크를 데리고 미치네 집으로 들어가 살 거라고 말한 밤이었어. 난……."

"무방비 상태였구먼." 그렉이 대낮에 하는 텔레비전 방송 같은 목소리로 말한다. "형이 나약해져 있을 때 직장 동료가 유혹했단 말이지. 형한테 술을 계속 먹여서. 그리고 이제 형은 이용당한 기분이고. 잠깐……." 그가 손님 시중을 들러 자리를 뜬다. 화요일 밤이라 바가 붐빈다. 테이블이 다 찼고 사람들이 끊이지 않고 술집으로 들어온다. 음악 소리 위로 활기찬 대화 소리가 낮게 웅웅 울린다. 사무실에서 일을 마치고 나서 집으로 갈 생각이었지만 이렇게 동생과 만날 기회가 흔치 않다. 비록 손님들 중 70퍼센트와 눈맞춤을 피하면서 시간을 보내야 하기는 하지만.

그렉이 금전 등록기에 금액을 입력하고 폴 앞으로 되돌아온다.

"자, 이렇게 말하면 어떻게 들릴지 나도 알아. 하지만 그녀는 좋은 여자야. 그리고 줄곧 그녀를 물리친 건 형이 크게 잘못한 거야."

"웃기는 소리 집어치워."

그렉은 또 한 잔을 놓는다. "자, 그녀를 앉혀놓고 당신은 정말로 사랑스럽다, 어쩌고저쩌고 그렇게 말해주면 되잖아. 그런데 왜 그녀에게 그런 쪽으로는 관심이 없다는 거야?"

"어색하니까. 우린 늘 같이 일해왔단 말이야."

"그럼 이건 어때? '어, 저기, 당신 그 사건 끝내면 우리 가볍게 한 판 할까, 폴.' 이런 관계 말이야." 그렉의 시선이 바 건너편 끝으로 쏠린다. "오, 오. 저기 좀 봐."

폴은 저녁 내내 그 여자를 희미하게 의식하고 있었다. 그녀는 완벽하게 차분한 모습으로 들어왔고, 폴은 그녀가 누군가를 기다리는 중일 거라 짐작했다. 이제 그녀는 바의 스툴로 다시 돌아가 앉으려 하고 있다. 두 번을 시도했으나 두 번째 시도에서 휘청거리며 뒤로 넘어간다. 머리카락을 눈 위로 쓸어 올리고 마치 스툴이 에베레스트의 정상이라도 되는 양 바 안을 둘러본다. 그녀는 몸을 앞으로 밀어 올린다. 스툴에 올라앉자 두 손을 뻗어 자세를 바로잡고 드디어 해냈다는 것이 믿어지지 않는다는 듯 눈을 깜박인다. 그녀는 그렉 쪽으로 고개를 쳐든다.

"여기요? 와인 한 잔 더 주실래요?" 그녀는 빈 잔을 들어 올려 보인다.

지친 기색이면서도 재미있다는 듯 그렉이 폴에게 힐끗 시선을 던지고 눈을 돌린다. "10분 후면 닫습니다." 그는 이렇게 말하면서 찻수건을 어깨에 걸친다. 그는 주정뱅이들을 다루는 데 탁월하다. 폴은 그렉이 냉정을 잃는 것을 단 한 번도 본 적이 없다.

"그럼 마실 시간이 아직 10분은 남았다는 거네요?" 그녀의 미소가 살짝 흔들린다.

"손님, 되도록 점잖게 말씀드리고 싶지만 더 드시면 안 될 것 같은데요. 그리고 근무시간 내내 손님들 걱정만 하다 끝내기는 정말 싫답니다."

"작은 것으로요." 그녀의 미소는 보기 안쓰러울 정도다. "전 평소에는 술은 입에 대지도 않아요."

"예. 제가 걱정하는 사람들이 바로 그런 분들이에요."

"오늘은……." 그녀의 눈빛에 긴장이 감돌았다.

"힘든 하루예요. 정말 힘겨운 하루요. 딱 한 잔만 더 주시면 안 될까요? 그러고 나서 믿을만한 점잖은 회사에서 믿을만한 점잖은 택시를 불러주시면 집에 가서 뻗을 거예요. 당신도 제 걱정 안 하고 집에 갈 수 있고요."

그는 폴을 돌아보고 한숨을 쉰다. 내가 어떻게 사는지 알겠지?

"작은 것으로요. 아주 작은 걸로 드릴게요."

그녀의 얼굴에서 미소가 서서히 사라지고 눈이 반쯤 감긴다. 발치로 손을 뻗어 이리저리 더듬으며 가방을 찾는다. 폴은 카운터로 다시 시선을 돌리고 휴대전화의 문자를 확인한다. 내일 밤은 그가 아들 제이크를 데려올 차례. 전처 레오니와 요즘 사이가 좋지만, 한편으로는 여전히 그녀가 뭔가 이유를 대고 데려오는 걸 취소할까 봐 걱정하고 있다.

"내 가방!"

그가 눈을 쳐든다.

"가방이 없어졌어!" 여자가 스툴에서 미끄러져 내려와 한 손으로는 카운터를 붙잡고 바닥을 둘러본다. 고개를 들었을 때 그녀의 얼굴에는 핏기가 싹 가셔 있다.

"화장실에 갖고 가신 적 있나요?" 그렉이 카운터 너머에서 몸을 기울인다.

"아뇨." 그녀는 술집을 둘러보며 대답한다. "의자 밑에요."

"의자 밑에 가방을 두셨다고요? 저 표지판 못 읽으셨어요?"

카운터 위는 온통 경고문으로 도배가 되어 있다. '가방 주의하십시오. 이 지역에 소매치기들이 있습니다.' 폴은 그가 앉은 자리에서만도 셋은 찾아낼 수 있다.

그녀는 미처 경고문을 보지 못했다.

"정말 죄송합니다. 하지만 이 동네가 원래 좀 그래요." 여자의 시선이 그들 사이에서 흔들린다. 그녀가 술에 취하기는 했지만 그들이 무슨 생각을 하는지는 짐작하고 있음을 그 역시 알 수 있다. 한심한 술주정뱅이 같으니라고.

폴이 휴대전화로 손을 뻗는다. "경찰에 전화해드릴게요."

"그리고 제가 바보같이 스툴 밑에 가방을 두었다고 말하려고요?" 그녀가 양손에 얼굴을 묻었다. "아, 맙소사. 지방세 내려고 200파운드를 찾아놨는데. 믿을 수가 없네. 200. 파운드."

그렉이 말한다. "이번 주에만 벌써 두 명이 당했어요. CCTV를 설치하려고 해요. 하지만 어쩌나 극성인지. 정말 죄송합니다."

그녀는 고개를 들고 얼굴을 문지른다. 길고 떨리는 한숨을 토해낸다. 울음을 터뜨리지 않으려고 애쓰는 기색이 역력하다. 와인잔은 카운터 위에 손도 대지 않은 채 놓여 있다. "정말 죄송해요. 그런데 술값은 지금 못 드릴 것 같아요."

그렉이 말한다. "그런 건 생각도 마세요. 아, 형. 경찰에 전화해. 난 이분에게 커피 한 잔 갖다드려야겠어. 자. 잠깐만요, 여러분……."

이 동네 경찰은 없어진 핸드백 정도로는 와주지 않는다. 그들은 리브라는 이름의 그 여자에게 사건 번호를 준 뒤 범죄 피해자 지원 서비스에 관한 편지를 보내주겠다고 약속한다. 덧붙여 뭐든 찾으면 연락주겠다고 한다. 연락이 오지 않으리라는 것은 뻔한 일이다.

그녀가 전화를 끊었을 때는 술집이 텅 빈 지 오래전이다. 그렉은 그들이 나가도록 잠긴 문을 열어주고, 리브는 재킷을 든다. "집에 손님이 머물고 있어요. 그 애한테 여벌 열쇠가 있고요."

"그럼 전화를 하실래요?" 폴이 전화기를 내민다.

그녀는 멍한 눈으로 그를 바라본다. "전화번호를 몰라요. 하지만 일하는 곳은 알아요."

폴은 기다린다.

"여기에서 걸어서 10분 거리에 있는 레스토랑이에요. 블랙프라이어스 쪽이요."

자정이다. 폴은 시계를 본다. 그는 피곤한 데다 내일 아침 7시 30분까지 아들을 태워다줘야 한다. 그러나 울지 않으려고 기를 쓰며 1시간을 보낸 술 취한 여자를 오밤중에 사우스 뱅크 뒷골목을 혼자 걸어가게 할 수도 없는 일이다.

"제가 같이 가드리죠."

그는 그녀의 눈에 경계하는 빛이 서리면서 거절하려는 기미를 눈치챈다. 그렉이 그녀의 팔을 잡는다. "잘됐네요. 형은 전직 경찰이에요."

폴은 자신에 대한 평가가 바뀌었음을 느낀다. 여자의 한쪽 눈 밑 화장이 뭉개져 있다. 폴은 그것을 지워주고 싶은 충동을 애써 누른다.

"제가 보장하는데 우리 형 착해요. 유전적으로 이런 일을 하도록 타고났달까요. 인간의 형상을 한 성 베르나르도 같은 사람이죠."

"그래요. 고마워, 그렉."

그녀는 재킷을 걸친다.

"정말 괜찮으시다면 그렇게 해주실래요?"

"내일 전화할게, 폴. 그리고 행운을 빌어요, 리브 양. 다 잘
되기를 바랍니다." 그렉은 그들이 어느 정도 멀어질 때까지 기
다렸다가 문을 닫아건다.

그들은 빠르게 발걸음을 옮긴다. 자갈을 깐 텅 빈 거리에서
발소리가 침묵에 잠긴 건물들에 부딪쳐 메아리가 울린다. 비가
내리기 시작했다. 폴은 손을 호주머니 깊숙이 쑤셔 넣고 옷깃
을 세우고 목을 웅크린다. 후드티를 입은 젊은이 둘이 지나가
자 그녀가 자기 옆으로 조금 더 바짝 붙는 것을 알아챈다.

"카드는 정지시키셨나요?" 그가 묻는다.

"아뇨." 신선한 공기에 정신이 번쩍 든다. 그녀는 의기소침
해 보이고 가끔씩 약간 비틀거린다. 팔을 빌려줄까 싶지만 그
녀가 받아들일 것 같지 않다. "그 생각은 못 했네요."

"무슨 카드 갖고 계신지는 기억이 나요?"

"마스터카드랑 바클레이요."

"잠깐만요. 도움을 청할만한 데가 있어요." 그는 전화번호
를 누른다. "시리? 안녕. 맥캐퍼티야. 응, 잘 지내, 고마워. 아
주 좋아. 당신은?" 그는 기다린다. "저기…… 부탁 좀 하나 들
어줄래? 나한테 도난당한 은행 카드들 번호 좀 문자로 보내주
겠어? 마스터카드랑 바클레이야. 친구가 좀 전에 가방을 도둑
맞았거든……. 그래. 고마워, 시리. 녀석들한테도 대신 안부 전
해줘. 그래, 조만간 보자."

그는 문자로 번호를 보내고 그녀에게 휴대전화를 건넨다.

"경찰이에요. 세상 참 좁지요." 그러고는 그녀가 오퍼레이터에게 상황을 설명할 동안 말없이 걷는다.

"고마워요." 그녀가 전화기를 되돌려주며 말한다.

"뭘요."

"어쨌든 그 카드들로 돈을 뽑아 간다면 내 쪽에서 놀랄걸요." 리브가 서글픈 미소를 짓는다.

그들은 레스토랑까지 왔다. 스페인 레스토랑이다. 불이 꺼졌고 문은 잠겨 있다. 멀리서라도 인기척을 내려는 듯이 그가 문간을 기웃거리는 동안 그녀는 창문 너머를 들여다본다.

폴이 시계를 본다. "12시 15분이에요. 오늘 밤 영업이 끝났나보군요."

리브는 일어서서 입술을 깨문다. 그에게로 돌아선다.

"아마 그 애가 제 집에 있나봐요. 전화 좀 한 번 더 빌려주실래요?" 그가 전화를 건네자 그녀는 화면을 더 잘 보려고 나트륨 등 밑에 쳐든다. 그녀가 번호를 누르는 것을 보고 고개를 돌린다. 한 손이 무심결에 그녀의 머리카락을 스친다. 그녀는 뒤를 힐끗 돌아보고 그에게 살짝 애매한 미소를 지은 다음 다시 고개를 돌린다. 또 번호를 누른다. 다른 번호를 다시 누른다.

"또 전화 걸어볼 데가 있어요?"

"우리 아빠요. 방금 걸었어요. 아무도 안 받네요. 충분히 있을 법한 일이지만 주무시나봐요. 한번 잠들면 누가 업어 가도 모르시거든요." 그녀는 완전히 당황한 기색이다.

"저기, 제가 호텔에 방을 잡아드리면 어떨까요? 카드 되살리면 그때 갚으세요."

그녀는 그 자리에 서서 입술만 잘근잘근 씹고 있다. 200파
운드. 그는 그녀가 얼마나 절망적인 투로 그 말을 했는지 떠올
린다. 런던 중심가의 호텔 방을 잡을 여유가 있는 사람은 아니
었다.

이제 빗줄기는 더 거세어져 다리까지 빗물이 튀고 그들 앞의
배수로로 꿀럭대며 물이 흘러들어간다. "이러면 어떨까요? 밤
이 깊어가고 있어요. 제가 여기에서 20분 거리에 살아요. 생각
할 여유가 좀 필요하실 테니 제 집으로 가시면 어떻겠어요? 괜
찮으시면 거기에서 생각을 좀 정리해보지요."

그녀가 그에게 휴대전화를 돌려준다. 그는 잠시 내면의 갈등
이 일어나는 것을 본다. 드디어 그녀가 약간 조심스럽게 미소
를 지으며 그의 옆에서 발걸음을 옮긴다. "고마워요. 그리고 죄
송해요. 저…… 정말로 남의 저녁을 망칠 생각은 아니었어요."

리브는 그의 아파트가 가까워질수록 점점 더 조용해진다. 그
는 그녀가 술이 깨고 있을 거라 짐작한다. 리브는 조금 제정신
이 들자 어떻게 자기가 그런 제안을 받아들였는지 의아하다.
폴은 그녀에게 어딘가에서 기다리고 있을 여자 친구가 있을
까 궁금하다. 그녀는 예쁘지만 남의 관심을 끌고 싶어 하는 여
자들처럼 꾸미지는 않았다. 화장도 하지 않고 머리는 뒤로 모
아 하나로 질끈 묶었다. 술꾼답지 않게 피부도 너무 좋다. 늘씬
한 다리에 보폭이 큰 것으로 보아 규칙적으로 운동을 하는 사
람이다.

그러나 리브는 가슴에 팔짱을 끼고 방어 자세로 걷고 있다.

그의 아파트에 도착한다. 시어터랜드 외곽의 카페 위에 있는 2층짜리 아파트다. 그는 문을 열어준 다음 그녀에게서 뒤로 물러나 선다.

폴은 전등을 켜고 커피 테이블로 곧장 간다. 신문과 그날 아침에 꺼내 쓴 머그잔을 치우며 낯선 사람의 눈으로 아파트를 훑어본다. 너무 작은 공간에 참고서적, 사진, 가구 등이 터질 듯 들어찼다. 다행히도 벗어놓은 양말짝이나 빨랫감은 없다. 그는 주방으로 들어가 찻주전자를 얹고 그녀에게 머리를 말리도록 수건을 갖다주고 그녀가 머뭇거리며 방 안으로 들어오는 모습을 지켜본다. 책이 빼곡히 꽂힌 책꽂이며 사이드보드 위의 사진을 보고 안도하는 기색이 역력하다. 사진 속에서는 제복을 입은 그와 제이크가 어깨동무를 하고 활짝 웃고 있다.

"아드님인가요?"

"예."

"닮았네요." 리브는 제이크가 네 살 때 레오니와 다 함께 찍은 사진을 집어 든다. 다른 쪽 팔은 여전히 배를 감고 있다. 그녀에게 티셔츠를 줄까 했지만 옷을 벗게 만들려고 한다는 오해를 사고 싶지 않다.

"이분이 엄마인가요?"

"예."

"당신은…… 게이가 아니군요?"

폴은 잠시 할 말을 잃었다가 이렇게 대답한다. "아! 거기는 동생이 하는 바예요."

239

"아."

그는 제복을 입은 자기 사진을 손짓으로 가리킨다. "저건, 흠, 빌리지 피플 흉내를 낸 게 아니에요. 진짜 경찰이었다고요."

그녀가 웃기 시작한다. 울지 않으려면 웃는 수밖에 없을 때 나오는 그런 웃음이다. 그러고는 눈가를 훔치고 그에게 부끄러운 듯 미소 짓는다. "미안해요. 오늘은 끔찍한 날이네요. 가방 도둑맞기 전부터 그랬어요."

정말 예쁜데. 갑자기 그런 생각이 든다. 그녀는 모든 감정이 피부를 벗겨낸 사람처럼 좀 지나치게 잘 드러나 보인다. 그녀가 그를 향해 돌아서자 그는 시선을 마주치기가 쑥스러워 고개를 돌린다. "폴, 마실 것 좀 있나요? 커피 말고요. 제가 완전히 취했다고 생각하시겠지만 지금 바로 이 순간 너무너무 술이 필요해요."

그는 찻주전자를 치우고 와인 두 잔을 따라 거실로 나온다. 그녀는 소파 끄트머리에 앉아 무릎 사이에 팔꿈치를 찔러 넣고 있다.

"그 얘기를 하고 싶으세요? 전직 경찰들은 보통 별별 이야기들을 다 들어봤어요." 그가 와인잔을 그녀에게 건넨다. "당신 정도는 일도 아닐걸요. 내기를 해도 좋아요."

"괜찮아요." 그녀가 와인을 한 모금 마신다. "실은, 맞아요. 오늘로 남편이 죽은 지 4년째가 됐어요. 죽었다고요. 대부분의 사람들은 그가 죽었을 때는 그 말을 꺼내지도 못하더니, 이제 와서는 나한테 계속 새 출발을 했어야 했다는 거예요. 난 어떻게 새 출발을 할지 전혀 모르겠는데. 내 집에 지금 웬 고스족 여자애가 들어와 살아요. 그런데 난 그 애 성도 몰라요. 돈을 빌릴만한 사람한테는 전부 다 빌렸어요. 그리고 오늘 밤에는 집에 혼자 있기가 너무 끔찍해서 게이 바에 갔다가 지방세를 내려고 현금서비스 받은 200파운드가 든 가방을 홀랑 도둑맞았어요. 게다가 전화를 걸 사람이 있냐고 당신이 물었을 때 하룻밤 신세질만한 사람으로 떠올린 이는 프랜이라고, 우리 동네 마분지 상자 속에 사는 여자예요."

그는 "남편"이라는 말을 미처 받아들이지 못해서 나머지는 거의 귀에 들어오지도 않았다. "저, 제 집에서 주무세요."

다시 경계하는 시선.

"제 아들 침대 쓰세요. 세상에서 제일 편안한 잠자리는 아니에요. 동생이 마지막으로 남자 친구랑 깨졌을 때 그 침대를 한번 썼는데, 그러고 나서 접골사한테 갔다고 그랬거든요. 그래도 침대는 침대예요." 그가 잠시 말을 멈췄다가 다시 말을 이었다. "마분지 상자보다는 나을지도 몰라요."

그녀가 그를 곁눈질로 봤다.

"좋아요. 조금은 더 낫겠지요."

그녀가 냉소를 띠고 자기 잔을 바라봤다. "어쨌든 프랜한테는 부탁할 수 없었어요. 나를 단 한 번도 초대한 적이 없는걸요."

"흠, 그건 예의가 아닌데요. 하여간 당신을 이대로 돌려보낼 수는 없어요. 거기 있으세요. 당신이 쓸 칫솔 찾아올게요."

리브는 생각한다. 평행 우주로 빠지는 게 가끔은 가능할지도 몰라. 얼핏 보면 총체적 재난이다. 가방은 도둑맞았지, 현금 잃어버렸지, 남편은 죽었지, 인생이 다 꼬여버렸다. 그리고 웬 밝은 파란색 눈에 머리카락이 살짝 희끗희끗한 미국인의 좁은 아파트에 앉아 있다. 새벽 3시가 다 된 시간인데 그 남자는 마치 세상천지에 걱정할 일 하나 없는 사람처럼 당신을 웃겨주고 있다.

그녀는 술을 꽤 많이 마셨다. 거기 온 후로도 와인을 적어도 세 잔은 마셨고 술집에서는 그보다 훨씬 더 많이 마셨다. 그러나 그녀는 드물게 술이 알맞게 딱 취한 기분 좋은 상태에 도달했다. 속이 메슥거리거나 머리가 띵할 만큼 마시지는 않았다. 어떤 기억도 담고 있지 않은 좁아터진 아파트에서 남자와 깔깔대고 웃으며 이 즐거운 순간에 멈춘 듯이 둥둥 떠 있을 수 있을 만큼만 기분이 좋다. 그들은 이야기를 하고 또 했다. 목소리가 점점 더 높아지고 커진다. 그리고 그녀는 충격과 알코올의 힘을 빌려, 또 그가 낯선 사람이고 아마도 다시 볼 일 없으리라는 사실에 힘입어 그에게 모든 것을 다 털어놨다. 그는 그녀에게 끔찍했던 이혼 과정과 경찰 조직 내의 정치적 이해관계, 왜 자기가 거기 맞지 않았는지, 왜 뉴욕을 그리워하면서도 아들이 성인이 될 때까지는 돌아갈 수 없는지 얘기해줬다. 그녀는 그에게 자신의 슬픔과 자신의 분노에 대해, 다른 커플들을 어떤 눈으로 보는지 얘기해줬고, 다시 시도해야 할 이유를 찾을 수가 없다는 말도 했다. 그 사람들 중에서 그 누구도 정말로, 제대로, 행복해 보이지 않는데. 단 한 명도.

"좋아요. 제가 한번 딴죽을 걸어보지요."

폴이 잔을 내려놓는다. "그리고 이 말은 정작 자기 결혼생활은 완전히 결딴을 냈던 사람이 하는 소리입니다. 하지만 당신의 결혼생활은 4년이었죠, 그렇지요?"

"그렇죠."

"냉소적으로 말하고 싶지는 않지만, 당신의 머릿속에서는 모든 것이 완벽한 이유가 남편이 죽어서일 수도 있지 않을까요? 원래 갑자기 끝나버리면 더 완벽해지는 법이거든요. 요절한 영화 스타들이 얼마나 잘 팔리는지 봐요."

"그러니까 당신 말은 남편이 살아 있었더라면 우리도 남들처럼 불평불만투성이에 서로를 지겨워하게 됐을 거라는 말인가요?"

"꼭 그렇다는 건 아니고요. 하지만 익숙해지고, 애가 생기고, 일도 하고, 일상생활의 스트레스가 쌓이다보면 로맨스는 사라지는 게 당연하잖아요."

"경험에서 나온 말이군요."

"그럴걸요."

"흠, 그렇지 않았어요." 그녀는 단호하게 고개를 가로젓는다. 방이 약간 빙빙 돈다.

"아, 이봐요. 시간이 좀 더 지났더라면 상대가 지겨워졌을 거예요. 다들 그래요. 알다시피, 낭비가 심하다느니 침대에서 방귀를 뀐다느니 치약 뚜껑을 안 닫았다느니 하며 잔소리를 해대면⋯⋯."

리브는 재차 고개를 흔든다. "다들 왜 그럴까요? 왜 다들 우리가 가졌던 것을 그토록 단호하게 깎아내릴까요? 그거 아세요? 우린 그저 행복했어요. 정말로 싸우지도 않았어요. 치약이니 방귀니 그런 싸울 거리가 없었다고요. 서로를 좋아할 뿐이었어요. 정말로 서로를 좋아했어요. 우리는…… 행복했어요."

그녀는 터져 나오려는 울음을 도로 삼키고 창문 쪽으로 고개를 돌린다. 오늘 밤에는 울지 않을 것이다. 절대로. 긴 침묵이 흐른다. 빌어먹을, 그녀는 생각한다.

"그렇다면 당신은 운 좋은 사람이었군요." 그녀의 뒤에서 목소리가 들려온다. 고개를 돌려보니 폴 맥캐퍼티가 병에 마지막으로 남은 것을 내민다.

"운이 좋다고요?"

"그런 것을 얻는 사람은 많지 않아요. 단 4년만이라도요. 감사해야 해요."

감사라. 그가 그렇게 말하니 맞는 말 같다. "맞아요." 잠시후 그녀가 동의한다. "그래요, 감사해야지요."

"실은 당신 이야기를 들으니 희망이 생기네요."

그녀가 미소를 짓는다. "듣기 좋으라고 하는 말이죠?"

"흠, 진짜예요. 저…… 남편 이름이 뭔가요?" 폴이 잔을 든다.

"데이비드."

"데이비드를 위해. 좋은 남자들 중 한 명."

그녀는 미소를 짓는다. 전에 없이 환하게. 그녀는 그의 희미하게 놀란 듯한 표정을 알아차린다. "그래요. 데이비드를 위해."

폴이 한 모금 마신다. "저기, 내 집에 여자를 불러들여 놓고 결국 남편을 위해 건배를 해보기는 처음인데요."

상황이 다시 그렇다. 그녀의 안에서 거품처럼 솟아나는 웃음, 예기치 못한 손님.

그가 그녀 쪽으로 몸을 내민다.

"저, 내내 이렇게 하고 싶었어요." 그가 앞으로 몸을 숙이더니 그녀가 놀라 얼어붙을 틈도 주지 않고 엄지손가락을 내밀어 왼쪽 눈 밑을 부드럽게 문질러준다. "화장이요." 그가 엄지를 추어올리며 말한다. "모르시는 것 같았어요."

리브는 그를 빤히 쳐다본다. 전기 충격이 온몸을 훑고 지나간 것 같다. 그의 반점이 있는 억센 손, 칼라가 목에 맞닿은 자리를 보고 있으니 정신이 멍해진다.

잔을 내려놓고 몸을 앞으로 내밀어 그가 뭐라 말하기도 전에 자신의 머리에 떠오른 유일한 행동을 한다. 그의 입술에 입을 맞춘 것이다. 육체적 접촉의 충격이 짧게 지나가고 자기 피부 위에 그의 숨결을, 허리에 닿는 그의 손을 느낀다. 그 역시 키스를 받아준다. 그의 입술은 부드럽고 따듯하고 희미하게 타닌 맛이 난다. 그녀는 그의 안으로 자신이 녹아들게 내버려둔다. 호흡이 빨라지고 술기운과 감각과 안겨 있다는 달콤한 느낌을 타고 몸이 둥둥 떠오른다. 오, 맙소사, 하지만 이 남자. 눈이 감기고 머리가 빙빙 돈다. 그의 키스는 부드럽고 달콤하다.

그때 그가 몸을 뒤로 뺀다. 그녀는 잠시 정신을 차리지 못한다. 그녀 역시 약간 뒤로 몸을 뺀다. 숨이 턱까지 찬다. "당신은 누구지요?"

그가 그녀의 눈을 똑바로 쳐다본다. 눈을 깜박인다.

"저기…… 당신은 정말 너무나 사랑스러워요. 하지만 이런 일에 제 나름의 규칙이 있어요."

그녀는 입술이 부어오르는 것을 느낀다.

"당신…… 누가 있어요?"

"아뇨. 단지······." 그가 자기 머리를 쓸어내린다. 턱을 앙다문다. "리브, 당신 지금······."

"취했지요."

"예, 예. 취했어요."

그녀가 한숨을 내쉰다. "술에 취해서 섹스해본 적 있어요."

"지금은 그만 얘기해요. 난 정말, 정말 착해지려고 노력 중이에요."

그녀는 소파 쿠션에 뒤로 몸을 홱 기대었다. "정말로요. 술 취하면 함부로 구는 여자들도 있지요. 난 아니었어요."

"리브······."

"그리고 당신은······ 달콤해요."

그의 턱은 아침이 밝아오고 있다는 것을 그들에게 알려주기라도 하려는 듯, 수염이 까칠하게 자라 있다. 그 까끌까끌하게 돋은 수염을 손가락으로 쓸어보고, 거친 수염을 느껴보고 싶다. 그녀가 손을 내밀자 그가 뒤로 물러선다.

"그럼 전 가보겠습니다. 좋아요, 예, 갑니다." 그는 일어서서 심호흡을 한다. 그녀의 눈을 피한다. "어, 저기가 아들 침실입니다. 마실 물이 필요하면 수돗물이 있어요. 어, 그게 물이에요."

그는 잡지를 집었다가 다시 내려놓는다. 그러고는 두 번째로 똑같은 짓을 한다. "그리고 잡지도 있어요. 읽을거리가 필요하시면. 많이······."

여기에서 뚝 멎는다. 그녀는 온몸에서 뿜어져 나오는 것처럼 그를 너무나 간절히 원한다. 지금 이 순간 진짜로 빌라면 빌 수도 있을 것 같다. 아직도 허리에 그의 손의 열기를, 그의 입술의 맛을 느낄 수 있다. 그들은 잠시 서로를 응시한다. '느껴지지 않나요? 가지 말아요.' 그녀는 말없이 그에게 호소한다.

'제발 나한테서 떠나가지 말아요.'

"잘 자요, 리브."

그가 잠시 더 그녀를 바라보더니 복도를 걸어가 자기 침실로 들어가서 조용히 문을 닫는다.

4시간 후 리브는 작은 방에서 아스널 팀 무늬를 넣은 이불을 덮고 잠에서 깬다. 머리가 너무 심하게 지끈거려서 누구한테 맞은 게 아닌가 손을 뻗어 확인해본다. 눈을 깜박이며 흐릿한 눈으로 맞은편 벽에 붙은 일본 만화에 나오는 작은 인물들을 바라보면서 천천히 전날 밤의 일을 조각조각 끼워 맞춘다.

'가방을 도둑맞았지.' 그녀는 눈을 감는다. '오, 젠장.'

낯선 침대. 열쇠가 없다. 아, 맙소사. 열쇠가 없다. 그리고 돈도. 움직이려 했더니 머리가 쪼개질 듯 아파서 비명이 터져 나올 뻔했다.

그리고 그 남자가 기억난다. 피트? 폴? 새벽녘 텅 빈 거리를 걷는 자기 모습이 보인다. 그리고 그에게 휘청거리며 키스해달라고 다가가는 모습, 그가 예의 바르게 물리치는 모습도 보인다. "당신은…… 달콤해요."

"오, 안 돼." 그녀는 나직이 탄식하며 손으로 눈을 가린 채로 말한다. "아, 아니야……."

그녀는 일어나 앉아서 침대 가로 움직이다가 오른발 가까이

에 놓인 작은 노란색 플라스틱 자동차를 본다. 문 열리는 소리
와 함께 옆방에서 샤워하는 소리가 들리기 시작하자 리브는 자
기 신발과 재킷을 들고 살그머니 아파트를 빠져나와 불협화음
이 넘치는 빛 속으로 나선다.

15

"약간 침입당한 기분이 들었답니다." CEO가 셔츠 바람으로 팔짱을 끼고 다시 일어나서 신경질적으로 웃는다. "다들…… 그런 식으로 느끼지 않나요?"

"오, 맞아요." 그녀가 대답한다. 드문 반응은 아니다.

그녀 주위에 열다섯 명 정도의 10대들이 넓은 코내기 증권사 로비를 이리저리 뛰어다니고 있다. 둘은 유리벽을 따라 뻗은 난간 위를 건너뛰고 있다. 다른 아이들 몇은 웃음 섞인 비명을 질러대면서, 벌써 완벽한 일직선으로 쭉 뻗은 복도 가를 따라 네모난 수족관을 부드럽게 헤엄치는 거대한 코이 잉어들을 손가락질하며 중앙 아트리움으로 쏜살같이 달려 들어갔다.

"늘…… 저렇게 시끄러운가요?" CEO가 묻는다.

청소년 문제 카운슬러인 아비올라가 리브 옆에 서 있다.

"네. 보통은 공간에 적응할 시간을 10분 준답니다. 그러고 나면 놀랄 만큼 금세 차분해져요."

"그리고…… 뭘 망가뜨리지는 않나요?"

"한 번도 그런 적은 없어요." 리브는 캠이 높은 난간을 따라 가볍게 달려가서 난간 끝으로 뛰어오르는 것을 본다. "제가 목록을 드린 예전 회사들의 경우, 카펫 타일이 한 개 벗겨진 정도밖에는 없었답니다." 그녀는 그의 믿지 못하겠다는 표정을 본다. "보통의 영국 아이들은 76제곱미터가 안 되는 집에서 산다는 점을 잊지 말아주세요." 그녀가 고개를 끄덕인다. "그리고 아마도 성인이 되어서는 그보다도 훨씬 더 작은 집에서 살게 될 거예요. 아이들이 새로운 곳에서 잠시 발이 근질거려서 제멋대로 구는 건 어쩔 수 없답니다. 공간이 아이들에게 적응할 거예요."

한 달에 한 번. 솔버그할스턴 건축회사에 소속된 데이비드 할스턴 재단에서는 불우 계층 어린이들을 위한 견학 일정을 잡아서 건축학적으로 특별한 의미가 있는 건물을 방문한다.

데이비드는 어린이들에게 건축 환경에 대해 가르치기만 할 것이 아니라 그 안에 풀어놓아야 한다고 믿었다. 그는 아이들이 건물을 즐기기를 원했다. 화이트채플 출신의 벵골 어린이들과 그가 대화를 나누는 모습을 처음 보았던 기억이 아직도 생생하다.

"너희들이 안으로 들어갈 때 이 출입구가 뭐라고 말할까?" 그가 거대한 문틀을 가리키며 이렇게 물었다.

"돈이요." 한 명의 대답에 다들 까르르 웃음을 터뜨렸다. 그러자 데이비드가 미소를 지으며 말했다. "바로 그거야. 여기는 증권사거든. 거대한 대리석 기둥이 있고 금박으로 글자를 새긴 이 출입구는 너희에게 이렇게 말하고 있단다. '우리에게 당신의 돈을 주시오. 그러면 더 많은 돈을 벌게 해주겠소.' 이 문은 가장 노골적인 식으로 이렇게 말하고 있는 거란다. '우리는 돈에 대해서라면 전문가다.'"

"니킬, 그래서 너네 집 문은 높이가 1미터쯤 되는 거야." 한 소년이 다른 아이를 쿡 찌르며 말하자 둘 다 웃음을 터뜨렸다.

하지만 효과가 있었다. 그녀는 그때조차 효과가 있다는 것을 알았다. "아이들에게 자기들이 사는 좁아터진 상자가 세상의 전부가 아니라는 것을 알려줘야 해." 데이비드가 말했다. "환경에 따라 느끼는 감정이 달라진다는 것을 알아야 한다고."

그가 죽은 후 스벤의 허락을 받아 그녀는 데이비드의 역할을 대신하여 회사 이사들을 만나고, 그들이 이 기획의 사회적 이점을 이해하도록 설득했다. 처음 몇 달, 그녀가 이 세상에 살아 있을 이유가 없다고 느끼던 때 그 일 덕분에 버틸 수 있었다. 지금은 그녀가 매달 고대하며 기다리는 일이 됐다.

"선생님? 저 물고기 만져봐도 돼요?"

"아니, 만지는 건 안 돼. 다들 왔니?" 그녀는 아비올라가 재빨리 머릿수를 헤아릴 동안 기다린다.

"좋아. 이제 시작하자. 10초 동안 가만히 서서 이 공간에 있으니 어떤 기분이 드는지 말해주렴."

"평화로워요." 웃음소리가 잦아들고 나서 한 아이가 말한다.

"어째서?"

"몰라요. 물 때문에요. 그리고 폭포 같은 거 떨어지는 소리요. 평화로워요."

"또 무엇 때문에 평화로운 기분이 들까?"

"하늘이요. 지붕이 없어요. 그쵸?"

"맞아. 왜 지붕이 없다고 생각하니?"

"지붕 지을 돈이 모자라서요." 웃음소리가 터져 나온다.

"그리고 밖으로 나가면 제일 먼저 뭘 하니? 안 돼, 딘. 그러면 안 돼."

"심호흡을 해요. 숨을 들이쉬어요."

"우리 집에서는 고약한 냄새가 나거든요. 여기 공기는 필터나 뭐 그런 걸 쓰나봐요."

"여기는 열려 있어. 공기를 거를 수가 없단다."

"그래도 전 숨을 쉬어요. 크게 숨 쉬는 게 좋아요 좁은 곳에 갇혀 있는 건 싫어요. 제 방에는 창문이 없어서 잘 때는 문을 열어놓아야 해요. 안 그러면 관 속에 들어간 기분이 들거든요."

"우리 오빠 방에도 창문이 없어서 엄마가 창문 대신 이 포스터를 붙여놓으라고 했어요."

아이들은 침실을 비교해보기 시작한다. 리브는 이런 아이들을 좋아하면서도 무서워한다. 아이들이 무심하게 털어놓는 박탈감 때문에, 그들 삶의 99퍼센트는 물리적 제약이나 경쟁, 갱단과 불법 침입에 대한 두려움으로 1.5~3제곱킬로미터 안에서 보내게 되리라는 사실 때문에.

이런 자선이 대단한 것은 아니다. 그러나 데이비드의 삶이 헛된 것이 아니었다고, 그의 생각들은 계속되고 있다고 느끼게 해줄 기회였다. 가끔은 정말 영리한 아이들도 있다. 데이비드의 생각을 즉시 이해하는 아이. 그녀는 그런 아이들은 어떤 식으로든 도움을 주려고 한다. 아이들의 선생에게 말하거나 장학금을 받게 해준다. 두어 번 그들의 부모를 만난 적도 있다. 데이비드의 초기 제자들 중 한 명은 지금 재단의 지원을 받아 대학에서 건축학 공부를 하고 있다.

그러나 대부분의 아이들에게는 다른 세계를 잠깐 엿보는 창이 된다. 1~2시간 정도 계단이나 난간이나 대리석 로비에서 도심의 구조물을 오르고 뛰어다니는 스포츠인 파쿠르 기술을 연습할 기회가 되기도 한다. 이곳에 아이들을 들일 수 있도록 그녀가 설득한 부자들의 어리둥절한 시선 밑에서 이뤄지는 활동이지만, 내부에서 부의 신을 볼 기회가 된다.

"몇 년 전 발표된 연구 결과가 있는데, 아이 한 명이 활동할 면적을 약 4.5제곱미터에서 7.5제곱미터로 줄이면 아이들은 더 공격적이 되고 서로 상호작용도 줄어드는 경향이 있대. 어떻게 생각하니?"

캠은 난간 끝에서 몸을 홱 돌린다. "저는 형이랑 침실을 같이 써야 해요. 형을 때려주고 싶을 때가 한두 번이 아니에요. 항상 자기 물건을 제 쪽에다 놓거든요."

"그럼 어디에 있을 때 기분이 좋아지니? 이런 곳에 있으면 기분이 좋아?"

"여기 있으니까 근심, 걱정이 사라지는 기분이에요."

"저는 식물이 좋아요. 잎이 커다란 거요."

"아, 전 그냥 여기 앉아서 물고기 보고 싶어요. 여기는 분위기가 편안해요."

동의하는 웅성거림이 들린다.

"그리고 한 마리 잡아서 엄마한테 튀김 요리를 해드렸으면 좋겠어요."

다들 웃음을 터뜨린다. 리브는 아비올라를 쳐다보며 자기도 모르게 같이 웃기 시작한다.

"잘 끝냈어요?" 스벤이 책상에서 일어나 그녀를 맞아준다. 그녀는 그의 뺨에 입을 맞추고 가방을 내려놓는다. 그러고는 맞은편에 놓인 흰색 임스 의자에 앉는다. 외출할 때마다 솔버 그할스턴 건축회사에 들러 커피를 마시고 이야기를 하는 것이 습관이 됐다. 예상보다 늘 더 피곤하다.

"좋았어요. 코내기 씨는 아이들이 아트리움의 풀에 뛰어들지 않겠다는 확신이 들고 나니까 굉장히 열의를 보이던데요. 계속 자리에 남아서 아이들과 이야기를 해줬어요. 잘 설득하면 스폰서도 해줄 것 같아요."

"잘됐군요. 좋은 소식이에요. 앉아요. 커피 좀 가져올게요. 잘 지냈어요? 그…… 상태가 나쁘다는 친척은 어떻게 됐어요?"

그녀가 멍하니 그를 봤다.

"이모 말이에요?"

그녀의 칼라 위로 홍조가 퍼졌다. "아. 아. 예, 그렇게 심하지는 않아요. 고마워요. 나아졌어요."

스벤이 그녀에게 커피를 건넨다. 잠시 너무 오래 그의 눈길이 그녀에게 머문다. 그가 앉자 의자가 부드럽게 삐걱거리는 소리를 낸다.

"크리스틴은 용서해줘요. 너무 흥분해서 자제력을 잃었던 것뿐이에요."

"아." 그녀가 움찔한다. "그렇게 제 속이 다 보였나요?"

"크리스틴은 몰라요. 크리스틴은 에볼라는 외과의사가 못 고친다는 것도 모르는데요 뭐." 리브가 신음소리를 내자 그가 미소를 짓는다. "그 생각은 접어둬요. 로저 폴즈는 멍청이에요. 그리고 적어도 당신이 외출을 해서 좋았어요." 그가 안경을 벗는다. "정말요. 더 자주 그렇게 해야 해요."

"흠, 요즘은 좀 그러고 있어요."

그녀는 폴 맥캐퍼티와의 밤이 떠올라 얼굴을 붉힌다. 그 이후로 며칠 동안을 그러지 않으려 해도 자기도 모르게 이가 빠진 자리를 혀로 쓸어보듯 자꾸만 그날 밤의 일을 걱정하고 있었다. 그가 나를 어떻게 생각할까? 그 키스를 기억하는 것만으로도 몸이 부르르 떨렸다. 부끄러움으로 싸늘해지면서도 입술 위에 남은 감촉이 부드럽게 타오른다. 아주 아득한 자신의 어떤 일부에서 생명의 불꽃이 다시 반짝하고 튄 것 같은 느낌이다.

"그래서, 골드스타인은 어떻게 됐나요?"

"아직 크게 진전은 없어요. 새 건물 등록 건으로 문제가 좀 있었어요. 하여간 골드스타인 쪽에서는 만족하고 있어요."

"사진 있어요?"

골드스타인 빌딩은 데이비드가 주문받았던 것 중에서도 그의 꿈이었다. 이 런던 금융가 끝자락의 광장 주변을 드넓은 유기 유리 구조물이 반쯤 에워싸고 펼쳐진다. 그는 결혼생활 중

2년을 그 작업에 매달렸다. 부유한 골드스타인 형제들에게 자신의 원대한 비전을 공유하자고, 주위의 각진 콘크리트 성과는 전혀 다른 것을 만들어내보자고 설득했다. 죽을 때에도 그는 여전히 그 작업을 하던 중이었다. 스벤이 계획을 넘겨받아 기획 단계에서부터 죽 감독을 해와서 이제 실제 건축까지 담당하고 있다. 지으면서 문제가 좀 있었던 것이, 중국에서 운송해 온 자재가 잘못된 유리였다. 재단은 런던의 점토에는 그 유리가 부적합하다고 판정했다. 그러나 이제 드디어 거대한 뱀의 비늘처럼 유리 패널이 반짝이며 계획한 대로 정확히 건물이 지어지고 있다.

스벤이 책상 위의 서류 더미들을 헤치고 사진 한 장을 집어 건넨다. 그녀는 광대한 구조물을 들여다본다. 푸른색 임시 울타리로 둘러싸여 있지만 데이비드의 작품이라는 걸 느낌으로 알 수 있다. "웅장한 모습이 되겠군요." 미소를 누를 수가 없다.

"말씀드리고 싶었는데……. 데이비드를 기념하여 로비에 작은 명판을 다는 데 그들이 동의했어요."

"정말요?" 목이 콱 멘다.

"예. 제리 골드스타인한테서 지난주에 들었어요. 어떤 식으로든 데이비드를 기념하는 것이 좋겠다고요. 그를 무척이나 좋아했거든요."

그녀는 그 생각을 곰곰이 음미한다. "정말…… 잘됐군요."

"그렇지요. 개막식에 오실 거죠?"

"그래야죠."

"좋아요. 다른 일은 어때요?"

그녀는 커피를 홀짝인다. 스벤에게 자기 생활을 이야기할 때마다 항상 조금은 겸연쩍다. 마치 뭔가가 모자라서 결국 실망시키는 것 같은 기분이다. "저, 집에 같이 살 사람이 생긴 것 같아요……. 재미있어요. 여전히 달리기를 하고요. 일은 좀 잠잠해요."

"상황이 얼마나 안 좋아요?"

그녀는 애써 미소 짓는다. "솔직히 말할까요? 방글라데시 저임금 노동자보다 쥐금 더 벌걸요."

스벤이 자기 손을 내려다본다. "저…… 뭔가 다른 일을 시작해봐야 할 것 같지 않아요?"

"다른 일을 할 능력이 안 되어서요." 결혼생활 중 일을 포기하고 데이비드를 따라다닌 것이 그리 현명한 선택이 아니었음을 오래전에 깨달았다. 친구들이 사무실에 12시간씩 처박혀서 경력을 쌓을 동안 그녀는 그저 그와 함께 파리로, 시드니로, 바르셀로나로 돌아다녔다. 남편 덕분에 그녀는 일을 할 필요가 없었다. 내내 그와 떨어져 지낸다면 바보짓일 것 같았다. 그리고 그녀는 뒤처졌다. 오래전부터 그랬다.

"작년에 그 집을 저당 잡혀야 했어요. 이제는 계속 상환을 할수가 없어요." 마지막 말은 자백하는 죄인처럼 무심결에 튀어나왔다.

그러나 스벤은 놀라지 않는다. "저기…… 글라스 하우스를 팔고 싶으면 내가 살 사람을 쉽게 찾아줄 수 있어요."

"판다고요?"

"혼자 살기에는 집이 너무 크잖아요. 그리고…… 모르겠네요. 당신은 거기에 너무 고립되어 있어요, 리브. 데이비드가 처음으로 경험을 쌓았던 굉장한 작품이고 둘이 칩거하기에는 멋진 곳이었지만, 이제 다시 세상 속으로 섞이는 게 좋지 않겠어요? 좀 더 활기찬 곳이 어때요? 노팅힐이나 클러큰웰에 있는 좋은 아파트 같은 데로요."

"데이비드의 집을 팔 수는 없어요."

"왜요?"

"그건 옳지 않으니까요."

그는 딱히 꼬집어 말하지 않는다. 굳이 그럴 필요가 없다. 의자에 뒤로 기대어 할 말을 꾹 참고 입을 다무는 것을 리브가 보는 것으로 충분하다.

"저……." 그가 책상 위로 몸을 내밀면서 말한다. "그냥 내 생각을 말해보는 거예요."

"아이들은 잘 지내요?" 그녀가 불쑥 말한다. 스벤은 오래 그녀를 알고 지낸 사람답게 요령껏 화제를 바꾼다.

월례 회의를 반쯤 진행했을 때 폴은, 그와 제이니의 일을 함께 봐주는 비서 미리엄이 의자가 아니라 두 개의 큰 파일 상자 위에 앉아 있는 것을 알아차린다. 그녀는 치마가 너무 올라가지 않도록 다리를 비스듬히 세우고 등은 상자에 기댄 채로 어색하게 앉아 있다.

1990년대 중반쯤이던가. 도난당한 미술품을 되찾아주는 일이 큰 사업이 됐다. 트레이스앤리턴 파트너십에서는 아무도 이를 예상하지 못했던 것 같다. 그래서 몇 년간 제이니의 점점 비좁아져가는 사무실에서, 삐뚤빼뚤 쌓인 서류철 무더기나 팩스와 복사용지 상자들 속에서 회의가 열리고 있다.

"미리엄?" 폴이 일어나 자기 의자를 내주지만 그녀는 거절한다. "정말 괜찮아요." 그녀는 스스로에게 그 말을 확인시키려는 듯 계속 고개를 끄덕인다.

"1996년의 미해결 논쟁으로 빠져들고 있군요." 그가 말한다. 그러면서 한마디 덧붙이고 싶다. 그리고 당신 치마 절반은 위로 올라갔다고.

"미리엄은 괜찮아요. 폴. 진짜로." 제이니가 안경을 고쳐 쓰며 말한다.

"그러니까 직원과 사무실 문제에 관한 한 지금 이런 상황이군요. 어디까지 얘기했더라?"

변호사인 션이 앞으로의 일정을 훑어보기 시작한다. 약탈당한 벨라스케스 작품을 개인 수집가에게 되돌려주도록 스페인 정부와 접촉할 것. 폴은 의자에 몸을 기대고 메모지 위에 볼펜 끝을 갖다 댄다. 그리고 거기에서 다시 서글픈 미소를 짓는 그녀가 보인다. 갑자기 터뜨리는 웃음. 눈가의 미세한 주름 속에 숨은 슬픔. "술 마시고 섹스해본 적 있어요."

그날 아침에 욕실에서 나왔을 때 리브가 떠나버린 것을 알고 얼마나 실망했는지, 스스로 인정하고 싶지 않다. 아들의 침구는 단정히 정돈되어 있어서 그녀가 있었던 곳에는 아무 흔적도 없었다. 휘갈겨 쓴 메시지도 없었다. 전화번호도 없었다. 아무것도 없었다.

"그 여자 단골이야?"

그날 저녁 전화로 그렉에게 무심한 척 물었다.

"아니. 처음 봤어. 그런 식으로 떠맡겨서 미안해, 형."

"괜찮아." 굳이 그렉에게 그녀가 또 오면 알려달라는 말까지는 하지 않았다. 왠지 그녀가 다시 오지 않을 거란 생각이 들었다.

"폴?"

그는 자기 앞의 메모지로 억지로 정신을 돌렸다.

"음…… 저, 알다시피 노위키 씨 그림은 되돌려 받았어요. 경매에 나갈 거고. 분명히, 음…… 돈벼락을 맞을 거야." 그는 제이니의 경고하는 눈빛은 무시한다. "그리고 이번 달에 본햄의 작은 조각품 컬렉션에 대한 회의가 있어요. 에어셔의 웅장한 저택에서 도둑맞은, 풍경화가 로리 작품을 찾는 건데……." 그는 서류를 휘리릭 넘긴다. "이 프랑스 작품은 제1차 세계대전 때 약탈당했고 런던에 사는 어떤 건축가 집에 있대요. 내 생각에는 가치를 고려하면 그리 쉽사리 그림을 내주지는 않을 것 같아요. 하지만 진짜로 처음에 그림이 도난당했다는 사실만 밝힐 수 있으면 복잡할 것 같지는 않고요. 션, 만약을 위해서 제1차 세계대전의 법적 선례를 찾아봐야 할지도 몰라요."

션이 메모를 한다.

"그것과는 별개로, 지난달부터 진행 중인 다른 건들도 있어요. 새 미술품 등록부를 쓰는 게 좋을지 보험회사들이랑 얘기 중이에요."

"또 다른 건요?" 제이니가 묻는다.

"경찰이 미술품과 골동품 추적반을 축소한대요. 보험회사들이 불안에 떨고 있어." 폴이 말했다.

"우리한테는 희소식일지도 모르지. 말 그림으로 유명한 스터브스 일은 어떻게 진행되고 있지요?"

그가 펜 끝을 톡톡 친다. "진전이 없어요."

"션?"

"까다로운 건이에요. 선례를 찾아봤지만 재판으로 가는 것도 무리가 아니야."

제이니는 고개를 끄덕이다가 폴의 전화가 울리자 고개를 든다. "미안." 그는 휴대전화를 주머니에서 꺼낸다. 이름을 쳐다본다. "저, 미안하지만 이 전화 좀 받을게요. 시리, 안녕."

그는 제이니의 따가운 눈길을 등 뒤에서 느끼며 방을 빠져나온다. 문을 닫는다. "찾았어? 이름? 리브야. 아니, 그것밖에 몰라……. 그래? 설명 좀 해줄래?……. 그래. 맞는 것 같아. 응, 금발에 가까운 갈색 머리고 어깨까지 내려와. 하나로 묶었냐고? 전화기, 지갑, 다른 건 모르겠어. 주소 없냐고?……. 응, 없어. 물론. 시리, 부탁 좀 하나만 들어줄래? 가방 내가 받아가도 돼?"

그는 창밖을 내다본다.

"응. 응. 알겠어. 이제 알았어. 돌려줄 방법이 있을 것 같아."

"여보세요?"

"리브 씨인가요?"

"아닌데요."

그는 잠시 멈춘다. "음…… 리브 있습니까?"

"집달관이세요?"

"아닌데요."

"저, 지금 없어요."

"언제 돌아오는지 아시나요?"

"진짜 집달관 아니에요?"

"정말로 아니라니까요. 제가 리브의 핸드백을 갖고 있어요."

"그럼 가방 도둑이에요? 그걸로 협박할 셈이라면 시간 낭비일걸요."

"도둑 아니에요. 집달관도 아니고요. 가방을 찾아서 돌려주려는 거예요." 그는 칼라를 잡아당긴다.

상대는 한참 동안 말이 없다.

"이 번호는 어떻게 알아냈어요?"

"제 휴대전화에서요. 리브가 제 것을 빌려서 집에 전화를 걸었거든요."

"리브와 같이 있었어요?"

그는 살짝 기분이 좋아지려고 한다. 망설이다가 애써 무심한 척 묻는다. "왜요? 제 얘기를 하던가요?"

"아뇨." 주전자 물 끓는 소리. "그냥 물어본 거예요. 저기⋯⋯ 리브는 해마다 가는 여행을 떠나고 없어요. 4시쯤 오시면 그때쯤에는 돌아와 있을 거예요. 제가 대신 받아둘게요."

"그럼 당신은 누구신가요?"

의심에 찬 긴 침묵.

"전 리브 대신 도둑맞은 핸드백을 받아주는 여자예요."

"그렇군요. 그럼 주소가 어디지요?"

"모르세요?" 또다시 침묵이 흐른다. "흠. 오들리 스트리트랑 패커스 레인 모퉁이까지 오시면 거기로 나갈게요……."

"가방 도둑 아니라니까요."

"계속 그 말씀이시네요. 도착하면 전화주세요." 폴은 여자가 무슨 생각을 하는지 알 수 있었다. "아무도 전화를 받지 않으면 뒷문 옆 마분지 상자 속에 있는 여자한테 가방을 주시면 돼요. 이름이 프랜이에요. 그리고 우리는 당신이랑 만나지 않을 거니까 헛수작 부리지 말아요. 우리는 총도 있어요."

여자는 폴이 미처 뭐라 대꾸하기도 전에 전화를 끊어버린다. 그는 책상 앞에 앉아 자기 휴대전화를 쳐다본다.

제이니가 노크도 없이 그의 사무실로 들어온다. 그녀가 이런 식으로 구는 데 슬슬 짜증이 나기 시작했다. 자기가 뭔가 하는 도중에 현장을 덮치려 한다는 느낌이다. "르페브르 그림 말이에요. 아직 질의서를 보내지는 않았지요?"

"네. 어디에 전시되어 있는지 아직 확인 중이에요."

"최근 소유주 주소가 있지 않아요?"

"잡지에 그 기록은 없더군요. 하지만 괜찮아요. 그의 근무처를 통해서 보낼 테니까. 건축사라면 찾기 어렵지 않을 거예요. 회사에 이름이 있을 테니."

"그렇군요. 청구인에게서 연락이 왔어요. 몇 주 후면 런던으로 오는데 만나고 싶대요. 그 전에 첫 답변을 받을 수 있으면 좋을 텐데요. 날짜를 좀 잡아줄래요?"

"그럴게요."

그는 눈앞에 보이는 것이 모니터의 화면 보호기뿐인데도 제이니가 눈치를 채고 나갈 때까지 컴퓨터의 모니터를 뚫어져라 들여다본다.

모는 집에 있다. 그녀는 머리카락과 옷이 놀랄 만큼 칠흑같이 검다는 것을 감안하더라도 이상하리만치 있는 듯 없는 듯 눈에 띄지 않는다. 가끔 리브는 6시에 잠에서 반쯤 깨어난다. 그러고는 모가 살금살금 걸어 다니며 오전에 요양원에서 일할 준비하는 소리를 듣는다. 집에 누군가 다른 사람이 있다는 것이 묘하게도 위안이 된다. 모는 매일 요리를 하거나 레스토랑에서 음식을 가져와서 호일을 덮어 냉장고에 넣고 주방 테이블에 요리법을 써놓고 간다. "180도에서 40분간 데울 것. 오븐을 켜라는 뜻임. 그리고 내일까지 다 먹어치우지 않으면 이게 그릇에서 기어 올라와서 우리를 죽일 것임." 이제 집에서 담배 냄새는 나지 않는다. 리브는 모가 발코니에서 몰래 숨어 피울 거라 짐작하지만 묻지는 않는다.

그들의 일상은 나름대로 자리가 잡혔다. 리브는 예전처럼 일어나서 콘크리트 보도로 나가 머릿속을 소음으로 가득 채우고 달리기를 한다. 프랜을 위해 차를 끓이고 자기가 먹을 토스트를 굽고 일거리가 없다는 걱정을 애써 밀어내며 책상 앞에 앉는다. 그러나 요즘은 모가 집에 돌아오는 3시면 열쇠 돌아가는 소리를 자기도 모르게 반쯤 기대하고 있다. 모는 집세는 내지 않는다. 둘 다 이것을 정식 계약이라고 여기지는 않는 것 같다. 하지만 리브의 가방 얘기를 들은 다음 날, 구겨진 돈뭉치가 주방 테이블 위에 놓여 있었다. "우선 이것으로 지방세 내세요.

이상하게 생각하지 마세요." 이런 메모가 적혀 있었다.

리브는 그것이 이상하다는 생각은 손톱만큼도 하지 못했다. 달리 선택의 여지가 없었다.

그들이 차를 마시면서 무가지를 읽고 있는데 전화벨이 울린다. 모가 공기 중에서 냄새를 맡는 사냥개처럼 고개를 번쩍 들고 시계를 확인하더니 이렇게 말한다. "아, 누군지 알겠어요." 리브는 신문으로 다시 고개를 돌린다. "당신 핸드백 가져온다는 남자예요."

리브의 머그잔이 허공에 멈춘다. "뭐라고?"

"깜박 잊고 얘기를 안 했네. 어떤 남자한테서 전화가 왔었어요. 모퉁이에서 기다리면 우리가 가겠다고 했거든요."

"어떤 남자인데?"

"몰라요. 집달관이 아니라는 것만 확인했어요."

"오, 맙소사. 진짜로 가방을 갖고 있다고? 보상이라도 바라는 거 아닐까?" 그녀는 호주머니 속을 뒤진다. 동전으로 4파운드와 잔돈 약간이 잡히자 그것을 내민다.

"너무 약소할까?"

"섹스해주는 것만은 못해도 당신 주머니를 다 털어서 주는 건데요 뭐."

"4파운드야."

리브는 돈을 손에 쥐고 모와 함께 엘리베이터로 향한다. 모가 히죽히죽 웃는다.

"왜?"

"그냥 그런 생각이 들었어요. 우리가 그 남자 가방을 훔친다면 재미있겠다고요. 그 남자를 상대로 강도질을 하는 거예요. 여자 강도들." 그녀가 킬킬거렸다. "예전에 우체국에서 분필을 훔친 적 있어요. 난 손재주가 좀 있어요."

리브는 충격을 받는다.

"뭐라고?" 모의 얼굴이 어두워진다. "일곱 살 때였어요."

그들은 엘리베이터가 내려갈 동안 말없이 서 있다. 문이 열리자 모가 말한다. "아무도 모르게 도망갈 수 있어요. 그 남자는 당신 주소를 모르니까요."

"모……." 리브가 뭔가 말하려다 대문 밖으로 걸어 나오면서 모퉁이에 선 남자를 본다. 그의 머리 색깔, 머리를 손으로 쓰다듬는 모습을 보더니 얼굴이 발갛게 달아올라 홱 돌아선다.

"왜 그래요? 어디 가요?"

"난 갈 수 없어."

"왜요? 당신 가방 보이네요. 저 남자 멀쩡해 보여요. 강도 같지는 않아요. 신발도 신었고. 강도는 신발을 안 신거든요."

"네가 좀 대신 받아다줄래? 정말로…… 저 사람이랑 얘기를 할 수가 없어."

"왜 그러는데요?" 모가 날카로운 눈길로 그녀를 살핀다. "왜 그렇게 얼굴이 홍당무가 됐어요?"

"저, 나 저 남자 집에 갔었어. 너무 창피해."

"아이고, 세상에. 저 남자랑 사고 쳤군요."

"아니, 그건 아니야."

"아니긴 뭐가요." 모가 그녀에게 눈을 흘긴다.

"아니면 사고를 치고 싶거나. 그러고 싶군요? 딱 걸렸어요."

"모. 그냥 아무 말 말고 내 가방 좀 받아다줘. 알겠지? 내가 집에 없다고 해. 응?" 모가 뭐라 대꾸하기도 전에 그녀는 다시 엘리베이터를 타고 핑핑 도는 머리로 꼭대기층 버튼을 눌러댄다. 글라스 하우스까지 오자 문에 이마를 대고 귀에서 쿵쿵 심장 박동 울리는 소리에 귀를 기울인다.

'난 서른두 살이야.' 그녀는 생각한다.

뒤에서 엘리베이터 문이 열린다.

"아, 고마워, 모……."

폴 맥캐퍼티가 그녀 앞에 서 있다.

"모는 어디 있어요?" 그녀가 멍해져서 묻는다.

"당신 동거인 말인가요? 그 사람…… 재미있는 여자던데요."

그녀는 말을 할 수가 없다. 혀가 부풀어 올라 입을 꽉 채웠다. 손을 들어 머리로 가져간다. 머리를 감지 않았다는 것을 떠올린다.

"어쨌든, 안녕." 그가 말한다.

"안녕."

그가 한 손을 내민다.

"당신 가방이요. 맞지요?"

"이걸 찾아냈다니 믿을 수가 없군요."

"난 물건 찾는 데 선수거든요. 그게 직업이라서."

"아. 그렇죠. 전직 경찰이라고 하셨죠. 고마워요. 정말로."

"궁금하다면 알려주는데, 쓰레기통에 버려져 있었답니다. 다른 가방도 두 개 더 있었고요. 유니버시티 칼리지 도서관 밖에요. 관리인이 찾아서 인계해줬어요. 유감이지만 카드랑 휴대전화는 없어졌고요……. 희소식은, 현금이 그대로 있다는 겁니다."

"뭐라고요?"

"예. 놀랍지요. 200파운드요. 확인해봤어요."

따뜻한 목욕물에 몸을 담그듯 안도감이 밀려온다. "정말이에요? 현금에 손을 안 댔다고요? 이해가 안 되네요."

"저도 마찬가집니다. 아마 도둑들이 가방을 열었을 때 돈이 지갑에서 빠졌던 게 아닌가 싶어요."

그녀는 가방을 받아 안을 뒤져본다. 바닥에 200파운드가 머리빗, 그날 아침 읽던 문고판 책, 립스틱과 같이 들어 있다.

"이런 일은 처음 봅니다. 하지만 도움이 되겠지요? 걱정할 거리가 한 가지는 줄어들었으니."

그는 미소 짓고 있다. '아이고 이런 술 취해서 수작이나 붙이던 한심한 여자야' 하는 딱하다는 미소가 아니라, 그저 뭔가에 대해 진심으로 기뻐하는 사람의 미소다.

그녀 역시 미소로 화답한다. "이건 정말…… 놀라울 따름이네요."

"그럼 보상으로 4파운드 받아도 되겠소?" 그녀가 눈을 깜박이며 그를 본다. "모한테서 들었어요. 농담이에요. 정말로." 그가 웃음을 터뜨린다.

"하지만……." 그는 잠시 자기 발을 뚫어져라 쳐다본다

"리브……. 언제 나와 데이트해주지 않겠어요?"

그녀가 즉시 대답을 하지 못하자 그가 덧붙인다.

"심각하게 생각할 필요 없어요. 술은 안 마셔도 되고. 게이 바에 갈 필요도 없고요. 그냥 집 열쇠 꼭 쥐고 가방 도둑맞지 않게 잘 챙기면서 산책이나 하는 거예요."

"좋아요." 그녀는 천천히 대답한다. 얼굴에 미소가 다시 퍼 져나간다. "그거 맘에 들어요."

폴 맥캐퍼티는 시끄럽고 덜컹대는 엘리베이터를 타고 내려 오는 내내 휘파람을 분다. 1층까지 왔을 때 그는 호주머니에서 ATM 영수증을 꺼내 조그만 공처럼 뭉쳐서 옆에 있는 쓰레기 통에 던져 넣는다.

16

그들은 네 번을 만난다. 처음에는 피자를 먹고, 그녀는 그가 정말로 자기를 술주정뱅이로 보지 않는다는 확신이 들 때까지 생수를 고집한다. 그 시점이 오자 그녀는 진 토닉을 마신다. 지금까지 마셔본 진 토닉 중에서 가장 맛있다. 그는 그녀를 집까지 걸어서 데려다주고 바로 떠날 듯 보인다. 그러더니 잠시 어색하게 망설이다 그녀의 뺨에 입맞춘다. 둘 다 마치 좀 부끄러운 듯이 웃음을 터뜨린다. 그녀는 몸이 먼저 움직여 고개를 내밀고 그에게 제대로 키스한다. 짧지만 강렬한 키스다. 자신의 일부를 내어주는 키스. 키스하고 나서 그녀는 약간 호흡이 가빠진다. 그는 다시 엘리베이터를 타고 그녀가 문을 닫을 때까지 계속 활짝 웃어준다.

그녀는 그가 좋다.

두 번째로 그의 동생이 추천해준 록 밴드를 보러 갔는데 별로 마음에 안 든다. 20분쯤 지나서 그녀는 그 역시 마음에 들어

하지 않는 것을 알아차리고 마음이 놓인다. 그가 그녀에게 나가고 싶으냐고 묻는다. 그들은 붐비는 바 안에서 서로를 잃어버리지 않도록 손을 꼭 잡고 간신히 사람들 틈을 헤치고 나온다. 손은 그의 아파트에 도착할 때까지도 놓지 않는다. 거기에서 그들은 어린 시절 얘기를 하고 좋아하는 밴드와 개의 종류, 쥬키니 호박을 얼마나 싫어하는지를 이야기한다. 그러고는 소파에서 그녀의 다리에서 힘이 풀릴 때까지 키스를 한다. 그 후로도 꼬박 이틀 동안 붉게 달아오른 그녀의 얼굴은 가라앉지 않는다.

그로부터 이틀 후, 그가 점심시간에 전화를 건다. 우연히 근처 카페를 지나던 길인데 잠깐 커피 한잔하지 않겠느냐고 한다. "정말 지나가던 길이었어요?" 그의 점심시간이 허락하는 한까지 커피와 케이크를 즐기고서 그녀가 묻는다.

그는 "그럼요"라고 대답했음에도 불구하고 귀가 붉어진다. 그녀는 그 모습을 보고 기분이 좋아진다. 그는 그녀의 시선을 눈치채고 손을 들어 자기 왼쪽 귓불을 만진다. "아, 이런. 전 정말 거짓말에 서툴러요."

네 번째로는 레스토랑에 간다. 푸딩이 나오기 바로 전에 그녀의 아버지한테서 또 캐롤라인이 집을 나갔다며 전화가 온다. 아버지가 하도 울부짖어대는 통에 테이블 맞은편의 폴이 움찔한다. "가봐야겠어요." 그녀는 도와주겠다는 그의 제안을 물리친다. 두 남자를 만나게 할 준비가 아직 안 됐다. 더군다나 아버지가 바지를 제대로 입고 있을지 알 수 없는 지금 같은 상황에서는 더욱 그렇다.

그녀가 30분쯤 지나 아버지의 집에 도착했을 때 캐롤라인은 벌써 돌아와 있었다.

"모델 데생하러 나가는 날이라는 걸 깜박했어." 아버지가 멋쩍게 말한다.

폴은 무리해서 밀어붙이려 하지 않는다. 그녀는 잠깐씩 자기가 데이비드 얘기를 너무 많이 하고 있는 것이 아닌가 싶기도 하다. 어쩌면 자기가 미리 출입금지 구역을 쳐놓은 것인지도 모른다. 하지만 그가 신사답게 행동하는 탓에 그런 것일 수도 있다. 또 어떤 때는 거의 분개하다시피 데이비드는 자신의 일부라고 생각한다. 폴이 자기와 함께하고 싶다면, 흠, 그것도 받아들여야 한다. 그녀는 혼자 머릿속에서 그와 몇 번이나 이야기를 나누고 두 번은 말다툼을 벌인다.

그녀는 그를 생각하면서, 그녀가 하는 말은 단 한마디도 절대 놓치지 않겠다는 듯이 몸을 앞으로 내밀고 이야기를 하는 태도, 관자놀이에 때 이르게 희끗희끗 센 머리카락, 그의 파랗고도 파란 눈을 생각하며 잠에서 깬다. 누군가를 생각하면서 잠에서 깬다는 것이, 육체적으로 가까이 있고 싶다는 것이, 살 냄새를 떠올리면 살짝 현기증이 일어난다는 것이 어떤 것인지 그동안 잊고 지냈다. 가끔 낮에 그가 문자를 보낼 때가 있다. 그의 미국식 억양이 들리는 것 같다.

알면 알수록 폴 맥캐퍼티는 남자는 다 지저분하고 약아빠졌으며 저밖에 모르고 포르노에만 빠진 게으름뱅이라는 모의 주장과는 일치하지 않는다. 그는 차분하고 솔직해서 속이 훤히 다 들여다보인다. 그는 그래서 NYPD 특별 수사반 자리가 자기한테 맞지 않았다고 말한다. "높이 올라갈수록 세상일이 흑과 백으로 분명하게 나뉘지 않는 경우가 점점 많아지거든요."

그는 지금 도난당한 귀중품을 찾아주는 회사에서 일한다. 그가 너무 많이 말하려 하지 않는 것을 보면 신중한 성격을 타고났다. 그가 유일하게 망설이지 않고 자신 있게 말할 때는 아들 얘기를 할 때뿐이다. "끔찍한 일이에요, 이혼이라는 건." 그가 말한다. "다들 아이들은 괜찮다고 하죠. 불행한 사람 둘이 서로 고함을 질러대며 함께 사느니 이혼하는 게 낫다고들 말하지만 아이들에게 절대 진실을 물어보지는 못해요."

"진실이라고요?"

"아이들이 무엇을 원하는지요. 답을 뻔히 알고 있으니까요. 그리고 그 답을 들으면 마음이 너무 아플 테니까." 그가 멀리 시선을 던지더니 잠시 후 평소대로 미소를 짓는다. "하지만 제이크는 괜찮아요. 정말로 괜찮아요. 우리 같은 부모한테는 과분하지요."

그녀는 그의 미국적인 면이 좋다. 그런 점 때문에 조금 더 낯설어 보이고 데이비드와는 전혀 다른 사람으로 보인다. 그는 예의바른 태도가 천성에 배어 있다. 기사도적인 제스처를 취하느라 그러는 것이 아니라, 누가 지나가려면 당연히 문을 열어줘야 한다는 생각에 여자를 위해 본능적으로 문을 열어주는 그런 남자다. 그에게는 뭔가 위엄이 있어서, 그가 거리를 걸어갈 때면 정말로 사람들이 길을 비켜준다. 그는 이를 의식조차 하지 못한다.

"아, 젠장. 당신 진짜 완전히 홀딱 빠졌군요." 모가 말한다.

"뭐가? 별것 아닌데. 그냥 같이 시간을 보내니까 좋더라……."

모가 코웃음을 친다. "이번 주에야말로 같이 자겠네요."

그러나 그녀는 아직 그를 글라스 하우스에 초대한 적이 없다. 모는 그녀의 망설임을 눈치챈다. "좋아요, 라푼젤. 당신이 탑 안에 박혀 있을 셈이라면 그 이상한 왕자님한테 머리카락이라도 만져보게 해줘야지요."

"모르겠어……."

"그래서 생각해봤는데요, 당신 방의 가구 배치를 바꾸면 어때요? 집을 좀 바꿔보는 거예요. 그러지 않으면 당신은 언제까지나 데이비드의 집에 딴 남자를 들이는 기분을 떨쳐내지 못할 거예요."

리브는 가구 배치를 아무리 바꾼들 소용없을 거라 생각한다. 그러나 화요일 오후 모가 근무를 쉬는 날, 그들은 침대를 방 반대편으로 옮긴다. 집 중앙을 건축적인 중추처럼 지나는 설화석고색 콘크리트 벽에 침대를 붙여놓는 것이다. 트집을 잡자면 침대를 놓기에 자연스러운 장소는 아니지만 그렇게 하니 뭔가 전혀 색다르게 보이고 새로운 기운을 불어넣는다는 것을 인정하지 않을 수 없다.

모가 「당신이 남겨두고 간 소녀」를 보며 말한다. "저 그림을 어디 다른 데 걸까요?"

"싫어. 그대로 둘래."

"하지만 데이비드가 당신을 위해 산 그림이라고 했잖아요. 그러니까 그 말은……."

"상관없어. 그대로 둘 거야. 게다가……." 리브는 그림 속의 여자를 눈을 가늘게 뜨고 쳐다본다. "거실에 두면 이상해 보여. 그녀는 너무…… 친밀해 보이거든."

"친밀하다고요?"

"그러니까…… 섹시해. 그렇게 생각지 않아?"

모가 그림을 곁눈질한다. "난 잘 모르겠는데. 나 같으면 저 자리에 큼직한 평면 텔레비전이나 놓겠어요."

모가 나가고 리브는 그림을 계속 바라본다. 이번만큼은 슬픔에 사로잡히지 않는다. 그녀는 폴에게 자기 성을 처녀 때 이름으로 알려줬다. 상징적이라는 느낌이 든다. 어떻게 생각해? 그녀는 소녀에게 묻는다. 이제 드디어 새 출발을 해볼 때가 온 건가?

리브는 거울 속 자기 모습을 바라보고 있다. 남자에게 자기 몸을 보여준 지가 3년이고, 신경을 쓸 만큼 제정신으로 몸을 보여준 지는 4년이다. 그녀는 모의 제안을 따랐다. 몸의 털을 할 수 있는 데까지 깨끗이 제모하고, 얼굴 각질 제거도 하고, 머리카락에 트리트먼트도 했다. 속옷 서랍을 뒤져 은근히 유혹적이면서도 낡지는 않은 것을 찾아냈다. 발톱에 매니큐어도 칠하고, 손톱을 손톱깎이로 깎아내는 정도에 그치지 않고 줄칼로 손질까지 했다.

데이비드는 이런 것에는 전혀 개의치 않았다. 그러나 데이비드는 이제 없다.

그녀는 옷장을 뒤지면서 검은색과 회색 옷, 튀지 않는 검정 바지와 스웨터들을 자세히 살펴본다. 실용적인 옷들뿐이라는 것을 인정하지 않을 수가 없다. 드디어 검정색 펜슬 스커트와 브이넥 스웨터를 골라잡는다. 이것들을 발끝에 나비 장식이 달린 빨간색 하이힐과 매치한다. 사두고 결혼식 때 딱 한 번 신었지만 버리지 못하고 두었던 것이다.

"우아! 세상에!" 모가 재킷을 입고 어깨에는 배낭을 메고 일하러 나갈 채비를 한 채 문가에 서 있다가 감탄한다.

"좀 과한가?" 그녀가 미심쩍은 듯 발목을 앞으로 내민다.

"근사해요. 할머니 같은 운동화는 이제 신지 마요, 알겠죠?"

리브는 심호흡을 한다. "안 신을게. 할머니 운동화 안 신어. 이 동네 사람들 전부에게 내가 어떤 속옷을 고르는지 알려줄 것도 아니고."

"자 그럼 이제 나가봐요. 사고만 치지 말고요. 약속대로 치킨 남겨놨어요. 냉장고에 샐러드 볼 있고요. 드레싱만 뿌리면 돼요. 오늘 밤에는 래닉이랑 보낼 테니 귀찮게 굴지 않을게요. 마음대로 하세요." 그녀는 의미심장하게 리브에게 씩 웃어 보이고는 계단을 내려간다.

리브는 거울 쪽으로 돌아선다. 스커트 차림에 화장을 좀 진하게 한 여자가 자신과 마주보고 있다. 그녀는 발에 익지 않은 구두를 신고 불편한 느낌을 가라앉히려 애쓰며 약간씩 휘청거리면서 방 안을 거닌다. 스커트는 맞춘 것처럼 딱 맞다. 달리기를 한 덕분에 그녀의 다리는 조각한 듯 매혹적인 각선미를 뽐낸다. 구두가 전체 의상에 좋은 포인트가 되어준다. 속옷은 너무 야하지 않으면서 예쁘다. 그녀는 팔짱을 끼고 침대가에 앉는다. 1시간 후면 그가 올 것이다.

그녀는 「당신이 남겨두고 간 소녀」를 올려다본다. '나도 너처럼 보였으면 좋겠어.' 그녀는 소녀에게 속으로 말한다.

이번만큼은 그 미소가 그녀에게 아무것도 전하지 않는다. 마치 그녀를 조롱하는 듯하다. 그림이 말한다. "꿈도 꾸지 마."

리브는 잠시 눈을 감는다. 구두를 벗어 던진다. 그런 다음 휴대전화로 손을 뻗어 폴에게 문자를 보낸다.

계획을 바꿨어요. 집 말고 다른 데서 만나 한잔하러 가지 않을래요?

"그러니까…… 요리하기가 싫어졌다고요? 내가 테이크아웃 음식을 가져올 걸 그랬네요."

폴이 의자에 몸을 기대고 첫소리를 질러대는 회사원들 한 무리를 쳐다본다. 술에 취해 시시덕거리는 분위기로 보아 오후 내내 거기 있었던 것 같다. 그는 그 사람들과 비틀거리는 여자들, 구석에서 꾸벅꾸벅 조는 회계사를 보며 재미있어했다.

"저…… 그냥 집 밖으로 나가고 싶었어요."

"아, 그래요. 집에서 일하다보면 그럴 수 있지요. 당신이 힘들 수도 있겠다는 생각을 미처 못 했네요. 동생이 처음 여기 왔을 때 내 집에서 입사 지원서를 쓰면서 몇 주를 보냈었거든요. 퇴근하고 돌아오면 말 그대로 1시간은 나를 붙잡고 쉬지 않고 떠들어댔어요."

"동생이랑 같이 미국에서 건너왔어요?"

"동생은 내가 이혼하고 나서 나를 도와주러 왔어요. 그때 내가 좀 엉망진창이었거든요. 그 후로 아예 눌러앉게 됐고요." 폴이 영국에 온 건 10년 전이다. 그의 영국인 아내는 우울증에 빠져 고향을 그리워했다. 특히 제이크가 아기였을 때 심했다. 그래서 그는 아내를 행복하게 해주려고 NYPD를 떠났다.

"여기 와서야 문제는 장소가 아니었다는 것을 깨달았지요. 완전히 착각했던 거예요. 어, 저기 봐요. 파란 정장 입은 남자가 헤어스타일이 근사한 여자한테 수작을 걸려고 하네요."

리브가 술을 홀짝인다. "저거 진짜 머리 아니에요."

그가 곁눈질을 한다. "정말요? 농담이겠죠. 저게 가발이라고요?"

"연장한 거예요. 그렇게 불러요."

"몰랐네요. 그럼 이제 저 가슴도 가짜라고 할 거지요?"

"아뇨, 저건 진짜예요. 쿼드로붑을 했네요."

"쿼드로붑?"

"너무 작은 브라를 했다고요. 저렇게 하면 가슴이 네 개인 것처럼 보여요."

폴은 숨이 막히도록 웃어댄다. 그녀도 미소로 답했지만 좀 억지로 웃는 듯 보인다. 오늘따라 마음속에서 다른 대화가 따로 진행되면서 반응이 좀 느리게 나오는 듯, 평소와는 어딘가 느낌이 다르다.

그가 가까스로 웃음을 참는다. "그래서 어떻게 생각해요?" 그는 그녀의 긴장을 풀어주려 묻는다. "쿼드로붑 아가씨가 넘어가줄까요?"

"술 한 잔만 더 들어가면 가능할지도 모르지요. 진짜로 남자를 마음에 들어하는지는 잘 모르겠네요."

"맞아요. 남자와 얘기를 하면서도 계속 상대 어깨너머를 힐끔대고 있어요. 내 생각에는 저 여자가 찍은 사람은 회색 구두 같은데."

"저런 구두를 좋아할 여자는 없어요. 내 말 믿어요."

그는 한쪽 눈썹을 들썩이더니 술잔을 내려놓는다. "이러니까 남자들이 여자가 머릿속으로 무슨 생각을 하고 있는지 알아내느니, 분자를 쪼개고 다른 나라를 침략하는 편이 더 쉽다는 거예요."

"풋. 당신이 운이 좋다면 언젠가 내가 우리 여자들 규정집을 슬쩍 보여줄게요." 그가 자기를 쳐다보자 그녀는 말을 너무 많이 한 듯 얼굴이 붉어진다. 갑자기 왠지 모르게 어색한 침묵이 깔린다. 그녀는 자기 술잔만 쳐다본다. "뉴욕이 그리운가요?"

"한 번 가보고 싶어요. 미국에 가면 이제는 다들 내 악센트 가지고 놀릴걸요."

그녀는 반은 흘려듣는 것 같다.

"그렇게 걱정스러운 표정은 하지 않아도 돼요. 정말로요. 난 여기에서 행복해요."

"아. 아니에요. 미안해요. 그게 아니라……." 그녀는 말끝을 흐린다. 긴 침묵이 이어진다. 그러더니 고개를 들어 그를 보면서 손가락을 잔 테두리에 올려놓고 말한다. "폴……. 오늘 밤에 당신을 우리 집으로 부르고 싶었어요. 그러고 싶었는데……. 하지만 난, 난 그저……. 너무 일러요. 못 하겠어요. 못 하겠다고요. 그래서 저녁 약속을 취소했던 거예요."

말들이 허공으로 흩어진다. 그녀는 온 얼굴이 새빨개졌다.

그가 입을 벌렸다가 다문다. 몸을 앞으로 내밀고 조용히 말한다. "그럴 땐 그냥 '저녁 생각이 별로 없어요'라고만 하면 돼요."

그녀는 눈을 크게 뜨더니 몸을 약간 앞으로 숙인다. "아, 맙소사. 난 너무 끔찍한 데이트 상대네요. 그렇지 않아요?"

"지나치게 솔직하기는 해요."

그녀가 신음을 흘린다. "미안해요. 나도 내가……."

폴은 몸을 앞으로 숙여 그녀의 손을 가볍게 쓰다듬는다. 그녀의 근심스러운 표정을 지워주고 싶다. "리브……." 그가 조용히 말한다. "난 당신이 좋아요. 당신이 대단하다고 생각해요. 하지만 당신이 오랫동안 당신만의 공간에서 지내왔다는 거 잘 알아요. 그리고 난…… 난……." 그 역시 말을 마저 끝맺지 못한다. 이런 대화는 너무 이른 것 같다. 그리고 그 밑에서는 자신도 모르게 실망감과 싸우고 있다. "아, 젠장. 피자 먹으러 갈까요? 배고파 죽겠어요. 뭐든 좀 먹고 다른 곳에서 서로 어색하게 만들어줍시다."

자기 무릎에 닿는 그녀의 무릎을 느낄 수 있다.

"저, 집에 먹을 것이 있어요."

그가 껄껄 웃는다. 웃음을 뚝 그친다. "좋아요. 자, 이제 무슨 말을 하면 좋을지 모르겠군요."

"'그거 잘됐네요'라고 하면 돼요. 그리고 이렇게 덧붙여도 좋고요. '이제 입 다물어요, 리브. 일이 더 꼬이기 전에.'"

"그거 잘됐네요."

폴이 말한다. 그는 그녀가 코트를 입도록 도와주고 함께 술
집을 나선다.

이번에는 걸으면서 침묵을 지키지 않는다. 그들 사이에 뭔
가, 어쩌면 그의 말이나 그녀의 갑작스러운 안도감을 통해 빗
장이 풀렸다. 그들은 여행객들 사이를 헤치고 나와 택시를 탄
다. 그가 뒷좌석에 앉아 팔을 내밀자 그녀는 그 품에 안겨 그의
깨끗한 남자 냄새를 맡으면서 갑작스럽게 찾아온 행운에 약간
현기증을 느낀다.

가을이 다가오면서 공기가 상쾌해졌다. 그들은 후덥지근한
로비로 서둘러 들어선다. 리브는 뭔가 우스운 기분이 든다. 이
전의 48시간 동안 폴 맥캐퍼티가 더는 그녀가 상상하던 남자가
아니라 하나의 개념, 하나의 사물로 바뀐 듯한 기분이다. 이제
비로소 그녀가 새 출발을 한다는 상징. 그렇게나 새로운 것에
는 너무 많은 무게가 실려 있었다.

귓가에 모의 목소리가 울린다. 아휴, 정말. 당신은 생각이 너
무 많아요.

엘리베이터 문이 닫히자 그들은 침묵에 빠진다. 불이 깜박이
고 엘리베이터가 덜컹거리고 메아리를 울리면서 천천히 올라
간다. 멀리서 누군가 계단 오르는 소리, 다른 아파트에서 건너
오는 첼로 음악 몇 소절이 또렷이 들려온다.

리브는 밀폐된 공간에 그와 단둘이 있다는 것을, 그의 애프
터셰이브의 톡 쏘는 감귤향을, 자기 어깨에 두른 그의 팔의 감
촉을 날카롭게 의식한다. 고개를 숙이다가 문득 이 유행에 안

맞는 스커트와 플랫 힐로 바꿔신지 말 것을 그랬다는 생각이 든다. 나비 장식 구두를 신었어야 했다.

고개를 들자 자기를 바라보는 폴이 보였다. 그는 웃고 있지 않다. 그가 손을 내민다. 리브가 그 손을 잡자 천천히 엘리베이터 맞은편으로 그녀를 두 걸음 이끌어내더니 고개를 숙여 그녀의 얼굴 앞으로 바짝 갖다 댄다. 그러나 키스를 하지는 않는다.

그의 파란 눈이 천천히 그녀의 얼굴을 훑는다. 눈, 속눈썹, 눈썹, 입술, 마침내 그녀는 이상하리만치 다 노출되어버린 기분이 든다. 자기 피부에 닿는 그의 숨결을 느낄 수 있다. 그의 입이 그녀의 입에 너무 바짝 다가와 있어서 살짝 내밀어 그의 입술을 부드럽게 깨물 수도 있을 것 같다.

그러나 그는 그녀에게 키스를 하지는 않는다. 그녀는 갈망으로 온몸이 떨려온다.

"당신 생각을 멈출 수가 없어요." 그가 중얼거린다.

"잘됐네요."

그가 그녀의 코에 자기 코를 갖다 댄다. 그들의 입술 끝이 아주 살짝 스친다. 자기 몸을 눌러오는 그의 무게를 느낄 수 있다. 다리가 떨려오는 것 같다. "응, 좋아요. 내 말은, 아니, 무서워요. 하지만 좋은 뜻이에요. 난, 내 생각에는……."

"말하지 말아요." 그가 중얼거린다. 그녀는 자기 입술 위에서 움직이는 그의 입술을, 자신의 목선을 따라 훑어 내리는 그의 손길을 느끼고 입을 다문다.

그들은 키스하면서 맨 위층까지 왔다. 엘리베이터 문을 열고 여전히 서로 꼭 껴안은 채로 함께 비틀거리며 나온다. 그녀는 한 손을 그의 셔츠 속에 넣고 피부의 온기를 느낀다. 다른 손은 뒤로 뻗어 문을 더듬어 찾는다.

그들은 집 안으로 쓰러진다. 그녀는 불을 켜지 않는다. 그에게 안겨 키스하면서 정신이 멍해 비틀거리며 뒷걸음질친다. 그를 너무나도 간절히 원한 나머지 다리가 물처럼 풀어지는 것 같다. 벽에 쿵 하고 부딪치자 그가 나직이 욕설을 내뱉는다.

"여기." 그녀가 미처 생각해보기도 전에 속삭인다. "지금요."

그녀의 몸을 누르는 그의 몸이 단단하다. 그들은 주방에 있다. 천창 위로 달이 걸려 방 안에 차가운 푸른빛을 던지고 있다. 뭔가 위험스러운 것, 어둡고 생생하면서 달콤한 기운이 방 안에 들어와 있다. 그녀는 잠시 주저하다가 머리 위로 스웨터를 벗는다. 그녀는 오래전 알던 그 두려움 없고 탐욕스러운 존재다. 그에게서 눈을 떼지 않고 손을 위로 뻗어 셔츠 단추를 푼다. 셔츠가 그녀의 어깨에서 미끄러져 내리면서 허리까지 벗은 몸이 드러난다. 그녀의 맨살은 서늘한 공기 속에서 탄탄하다. 그의 눈이 그녀의 상체를 훑자 그녀의 호흡이 빨라진다. 모든 것이 정지한다.

방은 그들의 숨소리뿐, 고요하다. 그녀는 자석처럼 끌리는 것을 느낀다. 몸을 앞으로 기울이자 뭔가가 이 짧은 정지의 순간에 강렬하고 선명해진다. 그들은 키스를 하고 있다. 그녀가 오랫동안 기다려온 키스, 마음속에서는 이미 완전히 마침표를 찍은 키스다. 그의 애프터셰이브 향을 들이마시면서 머릿속이 빙빙 돌다가 텅 비어간다. 그들이 어디에 있는지도 잊어버린다. 그가 부드럽게 몸을 떼고는 미소를 짓는다.

"왜요?" 그녀가 게슴츠레해진 눈으로 숨을 헐떡이며 묻는다.

"당신." 그는 할 말을 찾지 못한다. 그녀의 얼굴에 미소가 퍼지더니 그에게 키스를 퍼붓다가 마침내 아찔함에 정신을 잃는다. 이성이 귀로 새어나가고 점점 커져가는 끈질긴 자신의 욕망이 웅웅대는 소리만 들린다. 여기. 지금. 그가 그녀를 꽉 감싸 안으면서 그녀의 쇄골에 입술을 갖다댄다. 그녀는 가쁜 숨을 토하면서 그를 향해 손을 뻗는다. 심장이 터질 듯 쿵쾅대고 모든 감각이 예민해져 그의 손가락이 그녀의 살갗에 닿자 몸을 부르르 떤다. 그가 셔츠를 머리 위로 벗는다. 그녀를 서툴게 조리대 위로 안아 올리자 그녀는 다리로 그의 몸을 감는다. 그가 몸을 앞으로 숙이자 스커트가 허리 주위로 쫙 펼쳐진다. 허리를 뒤로 기울여 차가운 화강암 상판에 맨살이 닿자 눈을 들어 유리 천장을 바라보며 그의 머리카락 속으로 손가락을 넣는다. 그녀의 주위에서 셔터들이 열리고 유리벽을 통해 밤하늘이 보인다. 그녀는 별이 점점이 박힌 어둠 속을 바라보며 승리감에 차서 생각한다. '나는 아직 살아 있어.'

그리고 눈을 감고 더는 생각하기를 멈춘다.

폴의 목소리가 그녀의 몸을 울린다. "리브?"

그는 그녀를 안고 있다. 그의 숨소리가 들린다.

"리브?"

남은 떨림이 그녀로부터 빠져나간다.

"괜찮아요?"

"미안해요. 네. 너무…… 오랜만이라서요."

그는 말없이 대답 대신 그녀를 안은 팔에 힘을 준다.

또다시 침묵.

"추운가요?"

그녀는 숨을 고르고 나서 대답한다. "너무 추워요."

그가 그녀를 들어 올렸다가 내려놓고 바닥의 셔츠를 주워 천천히 그녀의 몸을 덮어준다. 그들은 옅은 어둠 속에서 서로를 바라본다.

"음…… 저건……." 그녀는 가벼운 마음으로 뭔가 재치 있는 말을 하고 싶다. 그러나 말이 나오지 않는다. 마치 그녀를 땅에 고정시켜주고 있는 것이 오직 그인 것처럼 그를 놓기가 두렵다.

진짜 세계가 침입해온다. 아래층에서 오가는 차 소리가 다소 너무 크게 들려오고 맨발에 차가운 석회암 바닥의 감촉이 느껴진다. 신발 한 짝을 잃어버린 것 같다. "대문을 열어놨나봐요." 그녀가 복도를 힐끗 보며 말한다.

"음…… 문은 잊어버려요. 천장이 없어진 건 알아요?"

그녀가 위쪽을 본다. 천장이 열린 줄도 몰랐다. 주방으로 들어오면서 실수로 버튼을 눌렀던 것이 틀림없다. 가을 공기가 그들 주변에 가라앉아 그녀의 맨살에 소름이 돋는다. 그 사실 또한 이제야 겨우 깨달은 것 같다. 모의 검은 스웨터가 내려앉은 맹금의 활짝 편 날개처럼 의자 등에 걸쳐져 있다.

"잠깐만요." 그녀는 주방을 가로질러 가서 버튼을 누른다. 천장이 닫히면서 웅 하는 소리가 들린다. 폴은 엄청나게 큰 천창을 바라보다 그녀에게로 시선을 돌리더니 눈이 희미한 빛에 익으면서 천천히 한 바퀴 둘러보며 주변을 살핀다. "흠, 여기는…… 이런 곳일 줄은 미처 몰랐어요."

"왜요? 그럼 어떤 곳일 줄 알았어요?"

"모르겠어요……. 당신 지방세 얘기 때문에……." 그는 다시 열린 천장으로 시선을 돌린다. "작고 뒤죽박죽일 줄 알았어요. 내 집처럼요. 여기는……."

"데이비드의 집이에요. 그가 지었어요."

그의 표정이 살짝 흔들린다.

"아. 말하지 말걸 그랬나요?"

"아니에요." 폴은 거실 쪽을 보더니 숨을 훅 내쉰다. "괜찮아요. 그는…… 어…… 정말 대단한 사람인 것 같군요."

그녀가 물을 따라주고 옷을 입으면서 애써 의식하지 않으려 한다. 그들은 서로를 보고 갑자기 거꾸로 옷을 입은 모습에 수줍어져 웃는다.

"그래서, 이제 어떡하나요? 혼자 있고 싶어요?" 그가 덧붙인다. "미리 말해두겠는데요, 내가 떠나기를 바란다면 다리가 떨리는 것이 멈출 때까지는 기다려줘야 할 것 같네요."

그녀는 폴 맥캐퍼티를, 그의 따뜻한 눈을, 이제는 아주 깊이까지 친숙해진 그의 몸을 바라본다. 그를 보내고 싶지 않다. 그의 옆에, 그의 품에 안겨, 그의 가슴에 머리를 기대고 눕고 싶다. 잠시라도 자기 자신의 생각으로부터 도망가고픈 끔찍한 충동을 느끼지 않고 잠에서 깨고 싶다. 지금 이 순간을 살아야 할 때가 왔다. 이제 더는 데이비드가 남겨두고 간 여자가 아니다.

그녀는 불을 켜지 않는다. 폴의 손을 잡고 그를 이끌고 어두운 집 안을 지나 계단을 올라 침대로 간다.

그들은 깜빡 잠이 든다. 뒤엉킨 팔다리와 소곤거리는 목소리들이 안개처럼 뒤섞이는, 눈부시게 아름다운 시간들이다. 그녀는 자신의 몸에 다른 사람의 몸이 감겨 있는 완전한 기쁨을 잊고 지냈다. 새로운 공간을 차지한 듯한, 재충전된 듯한 기분이다. 새벽의 싸늘한 섬광이 방으로 스며들어오기 시작하는 6시다.

"근사한 집이군요." 그가 창밖을 내다보며 웅얼거린다. 그들의 다리가 얽히고 그가 그녀의 온몸에 키스를 퍼붓는다. 그녀는 행복에 취한 기분이다.

"그래요. 하지만 난 여기 계속 살 여유가 없어요." 그가 희끄무레한 어둠 속 그녀를 바라본다. "난 지금 재정 상태가 엉망이거든요. 다들 나보고 집을 팔아야 한대요."

"하지만 당신은 그러고 싶지 않고요."

"배신하는…… 느낌이에요."

"저, 왜 당신이 떠나고 싶지 않은지 알겠어요. 여기는 아름다워요. 너무나 조용하고요." 그가 다시 위쪽을 쳐다봤다. "우아. 마음 내킬 때면 언제든 천장을 열 수 있다니……."

그녀는 그의 품에서 꿈틀거리며 긴 창문 쪽으로 몸을 돌리고 그의 팔 안쪽에 머리를 눕힌다. "어떤 날 아침에는 타워 브리지 쪽으로 가는 바지선을 볼 수 있어요. 저기 봐요. 빛이 제대로 비추면 강이 황금빛으로 반짝여요."

"황금빛으로 반짝인다고요?"

그들은 입을 다문다. 그들이 보고 있는 사이 정말로 강이 빛나기 시작한다. 그녀는 강이 그녀의 미래로 이어지는 실처럼 서서히 빛나는 것을 바라본다. 이래도 괜찮을까? 다시 이런 행복을 느껴도 좋을까?

폴이 너무 조용해서 잠이 들었나 싶다. 돌아보니 그는 침대 맞은편의 벽을 보고 있다. 이제 막 새벽빛 속에 보이기 시작한 「당신이 남겨두고 간 소녀」를 보고 있다. 그녀는 옆으로 누워 그를 바라본다. 그는 점점 환해지는 가운데 얼어붙은 듯 그 그림으로부터 눈을 떼지 못하고 있다. 이 사람도 그녀가 마음에 들었구나. 진짜로 순수한 기쁨 같은 감정이 찌르듯 날카롭게 느껴진다.

"마음에 들어요?"

그는 듣지 못한 것 같다. 그녀는 다시 그의 어깨에 얼굴을 묻고 품 안으로 파고든다.

"이제 곧 그녀의 색이 더 분명히 보일 거예요. 제목이 「당신이 남겨두고 간 소녀」예요. 아니면 적어도 우리…… 내 생각은 그래요. 액자 뒷면에 잉크로 적혀 있어요. 그녀는…… 내가 이집에서 가장 좋아하는 것이에요. 실은 이 세상에서 제일 좋아해요." 그녀가 말을 멈췄다. "데이비드가 신혼여행 중에 나에게 준 거예요."

폴은 말이 없었다. 그녀는 손가락으로 그의 팔을 쓸어본다.

"바보 같은 소리지만, 그가 죽고 나서 난 세상으로부터 완전히 벗어나고 싶었어요. 몇 주 동안이나 여기 앉아 있었어요. 다른 인간을 보고 싶지가 않았거든요. 그런데 정말로 상황이 나빴을 때조차도 그녀의 표정에서는 뭔가를 느낄 수 있었어요……. 내가 상대할 수 있는 것은 오직 그녀의 얼굴뿐이었어요. 나에게 다 견디고 살아남을 거라고 일깨워주는 것 같았어요."

그녀는 깊은 한숨을 내쉰다. "그리고 당신이 나타나고서부터 그녀가 나에게 그 외에도 또 뭔가를 일깨워주고 있다는 것을 깨달았어요. 그건 바로 예전의 나였어요. 늘 걱정근심 없던 나. 즐기는 법을 알고 있던 나. 그러니까…… 내가 다시 되고 싶은 나 말이에요."

그는 여전히 묵묵부답이었다. 그녀는 말을 너무 많이 했다. 그녀가 원한 것은 폴이 자기 얼굴을 들여다봐주는 것, 자기 몸 위에 그의 무게를 느끼는 것이다.

그러나 그는 아무 말도 하지 않는다. 그녀는 잠시 기다리다 침묵을 깨려고 말한다. "바보같이 들리겠지요……. 그림에 그렇게까지 애착을 갖다니……."

그녀에게 고개를 돌렸을 때 그의 표정이 이상해 보인다. 긴장된 얼굴에 핏기가 가셔 있다. 어둠침침한 빛 속에서도 알아볼 수 있다. 그가 침을 꿀꺽 삼킨다. "리브…… 결혼 후 당신의 성이 뭐였나요?"

그녀가 눈을 깜박인다. "할스턴이에요. 왜요……?" 그녀는 어찌 된 영문인지 어리둥절하다. 그가 그림을 그만 보았으면 싶다. 편안했던 분위기가 사라지고 그 자리에 뭔가 낯선 분위기가 들어섰음을 갑자기 깨닫는다. 그가 자기 머리로 한 손을 들어 올린다.

"음…… 리브? 먼저 좀 가봐도 괜찮겠어요? ……좀 처리할 일이 있어서요."

그녀는 숨이 턱 막히는 듯하다. 잠시 말을 하지 못하다가 입을 열자 그녀의 목소리 같지 않게 높은 소리가 나온다. "새벽 6시에요?"

"네. 미안해요."

"아." 그녀가 눈을 깜박인다. "아. 알겠어요."

그는 침대에서 나와 옷을 입는다. 그녀는 그가 바지를 입고, 쫓기듯이 급하게 셔츠를 꿰입는 모습을 지켜본다. 그는 옷을 다 입고 돌아서서 망설이더니 몸을 내밀어 그녀의 뺨에 입을 맞춘다. 그녀는 자기도 모르게 턱밑까지 이불을 끌어올린다.

"아침 먹지 않고 가도 괜찮겠어요?"

"괜찮아요……. 미안해요." 그의 얼굴에 웃음기가 없다.

"아." 그는 한시라도 빨리 이 자리를 떠나고 싶은 모양이다. 핏속에 독이 퍼지듯 굴욕감이 그녀에게 퍼져나간다.

침실 문까지 간 그는 그녀와 눈을 마주치지 못한다. 파리를 쫓으려는 사람처럼 고개를 흔든다. "음…… 전화할게요."

"그래요." 그녀는 애써 가볍게 대답한다. "언제든지요."

그녀가 몸을 앞으로 내미는데 문이 닫힌다.

"일 잘 처리하고요……."

적막한 집 안에 자신이 억지로 꾸며낸 쾌활한 말들이 메아리처럼 울리는 가운데, 리브는 믿을 수가 없어 그가 있었던 자리를 멍하니 바라본다. 폴 맥캐퍼티가 그녀 안에 열어놓은 공간에 공허함이 스멀거리며 스며든다.

17

사무실에는 아무도 없다. 그는 문을 열고 좁은 방 안으로 똑바로 들어간다. 오래된 형광등 전구가 머리 위에서 깜박거리며 켜진다. 안으로 들어오자 서류들이 바닥으로 쓰러지는 것도 아랑곳하지 않고 책상 위의 파일과 폴더 더미를 뒤진 끝에 찾던 것을 발견한다. 탁상용 스탠드를 켜고 복사한 기사를 앞에 놓고 손바닥으로 잘 편다.

그가 중얼거린다. "그럴 리가 없어. 내가 잘못 안 거야."

그림의 이미지가 페이지를 가득 채울 만큼 확대되어 있어서 글라스 하우스의 벽은 일부만 보인다. 그러나 그림은 다시 보아도 분명히 「당신이 남겨두고 간 소녀」다. 그리고 소녀의 오른쪽으로 리브가 그에게 보여줬던 바닥에서 천장까지 이어진 창, 틸버리 쪽으로 펼쳐진 전망이 있다.

그는 기사 발췌문을 훑어본다.

할스턴은 이 방 주인이 아침 해를 받으며 잠에서 깨어나도록 설계했다. "원래는 여름 낮 시간을 위해 가림막 같은 것을 달려고 했습니다. 하지만 자연스럽게 잠에서 깨어나면 피곤을 덜 느끼게 됩니다. 그래서 가림막은 달지 않기로 한 것이지요."

·안방은 일본식으로……

글은 거기까지만 복사가 되어 있다. 폴은 잠시 기사를 들여다보다가 컴퓨터를 켜고 검색창에 데이비드 할스턴을 입력한다. 검색 결과를 기다리면서 손가락으로 책상을 톡톡 두드린다.

어제 38세의 나이로 리스본에서 급사한 모더니스트 건축가 데이비드 할스턴을 위한 추도식이 있었다. 최초 보도에서는 그의 죽음이 미확진 심부전 탓일 가능성을 제기하고 있다. 지역 경찰은 그의 죽음에 의혹을 품고 있지는 않다.

그의 아내 올리비아 할스턴은 그와 결혼한 지 4년이 됐고 28세다. 그때 그와 함께 있었으며, 가족들의 위로를 받고 있다. 리스본의 영국 영사관 직원은 가족들이 조용히 슬픔에 잠길 수 있게 해달라고 호소했다.

할스턴의 죽음은 혁신적인 유리 사용으로 명성을 떨쳤던 화려한 경력에 종지부를 찍었다. 동료 건축가들은 조의를 표……

폴은 천천히 의자에 몸을 깊숙이 파묻는다. 다른 서류들을 획획 넘겨보고 나서 르페브르 가의 변호사가 보낸 편지를 다시 읽는다.

상황을 따져보건대, 명확한 사건이라서 시간이 오래 걸릴 것 같지는 않습니다……. 1917년경 화가의 아내가 독일군에게 잡혀간 직후 생페롱의 한 호텔에서 도난당한 것입니다…….

우리는 TARP가 이 사건에 신속하고 만족스러운 결론을 내주기를 바라고 있습니다. 현 소유자에게 보상할 예산은 어느 정도 여유 있게 준비되어 있지만, 경매 추정 예상가에는 미치지 못할 것입니다.

그 그림이 누구의 것인지 그녀가 전혀 모른다고 확신할 수 있다. 수줍은 듯하면서도 기묘하게 소유권을 주장하는 듯한 그녀의 목소리가 귓가에 선하다. "그녀는 이 집에서 내가 제일 좋아하는 것이에요. 사실은 세상에서 가장 좋아하는 것이죠."

폴은 양손에 머리를 묻는다. 잠시 그대로 있다.

해가 런던의 동쪽 평지 위로 떠올라 침실을 연한 황금빛으로 가득 채운다. 흰색 표면에 거의 파르스름한 빛이 반사되면서 벽이 잠시 빛난다. 다른 때 같으면 리브는 신음을 흘리며 눈을 꼭 감고 이불 속에 얼굴을 파묻었을 것이다. 그러나 그녀는 지나치게 큰 침대에, 큰 베개를 목 밑에 받치고 여전히 꼼짝도 않고 누워 있다. 하늘에 멍하니 시선을 고정한 채 아침이 밝아오는 것을 바라보기만 한다.

뭔가 크게 잘못됐다.

그의 얼굴이 여전히 눈앞에 보이고, 예의 바르게 자신을 물리치던 그의 말이 들린다. "먼저 좀 가봐도 괜찮겠어요?"

그녀는 손에 전화기를 쥐고 그에게 짧막하게 문자라도 보낼까 말까 생각하며 거의 2시간을 그대로 누워 있었다.

"우리 괜찮은 건가요? 당신 갑자기……."

"데이비드 얘기 너무 많이 해서 미안해요. 평소에는 잘 잊곤 하는데 늘 그렇지는……."

"어젯밤에 당신을 만나서 정말 좋았어요. 일이 어서 잘 끝나기를 바라요. 일요일에 시간 있으면……."

'내가 뭘 잘못했을까?'

그녀는 어느 것 하나 흘려보내지 않는다. 고고학자가 뼈를 살펴 추려내듯 한 구절씩 한 문장씩, 꼼꼼하게 되짚어보고 대화를 이리저리 더듬어본다. 이 시점에서 그가 마음을 바꾸었나? 그녀가 뭔가 한 일이 있었나? 미처 몰랐던 성적인 괴벽이 있나? 글라스 하우스가 문제였나? 데이비드의 물건이 더는 남아 있지 않지만, 그의 존재가 너무나 뚜렷이 보여서 온 벽마다 그의 흔적이 배어 있는 이 집이? 자신이 저질렀을지도 모를 실수들을 따져볼 때마다 불안으로 뱃속이 죄어든다.

그녀는 생각한다. '난 그를 좋아했어. 정말로 좋아했어.'

마침내 아무리 애를 써도 잠이 오지 않을 것을 알고 침대에서 나와 아래층으로 내려가 주방으로 간다. 피로로 눈 속이 모래가 들어간 듯 까끌까끌하고 속이 텅 빈 것 같다. 커피를 내리고 주방 테이블에 앉아 커피를 후후 불어 식히고 있는데 문이 열린다.

"보안 카드를 깜빡했어요. 그게 없으면 요양원에 들어갈 수가 없거든요. 미안해요. 방해되지 않게 들어오려고 했는데."

모가 누군가를 찾는 듯 멈춰 서서 그녀 뒤쪽을 살핀다.

"그래서…… 어떻게 됐어요? 그를 먹어치웠어요?"

"집에 갔어."

모가 장롱을 열어 재킷 속을 뒤지기 시작한다. 보안 카드를 찾아 주머니에 넣는다.

"다 지나갈 거예요. 4년은 너무 긴 시간이라……."

"난 그를 보내고 싶지 않았어." 리브가 침을 꿀꺽 삼킨다.

"그가 갑자기 가버렸어."

모는 깔깔 웃다가 리브가 진지하다는 것을 알아채고 웃음을 뚝 그친다.

"진짜로 침실에서 도망가버렸어." 그녀는 자기 말투가 비극적으로 들려도 개의치 않는다. 이미 기분이 이보다 더 나빠질 수가 없다.

"관계를 하기 전에요, 하고 나서요?"

리브가 커피를 홀짝인다. "맞혀봐."

"오, 아이고. 그렇게 나빴어요?"

"아니, 아주 좋았어. 내 생각에는 그래. 인정하지 않을 수 없는데, 최근에 그렇게 좋았던 적이 없었어."

모는 단서를 찾으려는 듯 그녀를 이리저리 살펴본다. "데이비드 사진은 치웠지요?"

"그야 물론이지."

"그럼, 음, 중요한 순간에 데이비드의 이름을 입에 올리거나 하지는 않았겠지요?"

"그럼." 그녀는 폴이 자신을 안던 기억을 떠올린다.

"그이 덕분에 내가 나에 대해 다르게 느끼게 됐다고 했어."

모가 서글프게 고개를 젓는다. "아, 리브. 운이 없었군요. 당신이 만난 상대는 하룻밤 즐길 상대나 찾는 이기적인 독신남이었어요."

"뭐라고?"

"그는 완벽한 남자예요. 솔직하고, 배려심 많고, 남의 말을 잘 들어줘요. 당신이 자기를 좋아한다는 것을 알게 될 때까지는 더할 나위 없이 믿음직하지요. 그러다가 안면을 싹 바꿔요. 애정에 굶주린 연약한 여자들에게는 수퍼맨의 크립토나이트라고요. 그게 바로 당신이었던 거예요."

모가 얼굴을 찌푸린다. "하지만 놀랍기는 해요. 솔직히 그가 그런 남자일 것이라고는 생각 못 했는데."

리브가 자기 머그잔으로 시선을 떨군다. 모의 말을 부인하려는 기색은 전혀 없이 이렇게 말한다. "내가 데이비드 얘기를 좀 했을 수도 있어. 그림을 보여주면서."

모의 눈이 휘둥그레지더니 하늘을 쳐다본다.

"저, 모든 것을 다 솔직하게 털어놓을 수 있다고 생각했어. 그는 내가 어떤 사람인지 알아. 상관 않는 줄 알았어."

자기 목소리가 낯설게 들린다. "그렇다고 했는데."

모가 일어나서 빵 저장 통 쪽으로 간다. 그녀가 빵을 한 조각 꺼내 반으로 잘라 한입 베어 문다.

"리브, 다른 남자들에 대해서는 솔직해지면 안 돼요. 예전 남자가 아무리 죽었다 해도 얼마나 멋진 사람이었는지 듣고 싶어 하는 남자는 없다고요. 그럴 바엔 차라리 내가 알아온 우람

한 페니스들 얘기를 늘어놓는 편이 나아요."

"데이비드가 내 과거의 일부가 아닌 척할 수는 없어."

"그렇지요, 하지만 그가 지금 당신 전부일 필요도 없잖아요." 리브가 쏘아보자 모가 말한다. "솔직하게 말할까요? 당신은 계속 똑같은 일을 반복하고 있는 것 같아요. 데이비드 얘기를 하고 있지 않을 때조차도 얘기하려고 생각하고 있는 것 같이 보여요."

몇 주 전까지만 해도 그 말이 사실이었을지 모른다. 그러나지금은 아니다. 리브는 새 출발을 하고 싶다. 폴과 함께 새 출발을 하고 싶었다. "흠. 그건 그리 중요하지 않아, 그렇지? 내가 다 망쳐버렸어. 그가 돌아올 것 같지는 않아." 그녀는 커피를 마신다. 혀를 데었다. "희망을 품다니, 내가 바보였어."

모가 그녀의 어깨 위에 손을 얹는다. "남자들은 참 이상해요. 당신이 전혀 문제없다는 말은 아니지만요. 아, 제기랄. 시간 좀 봐. 당신은 미친 달리기하러 나가야지요. 3시에 돌아와서 레스토랑에는 전화로 아파서 못 간다고 할게요. 우리 변덕이 죽 끓는 사내새끼들 욕이나 실컷 해주고 그놈들한테 어울릴 중세 형벌이라도 생각해봐요. 부두 인형 만들 찰흙 위층에 있어요. 꼬챙이 좀 준비해놓을래요? 내 것은 다 써버렸어요."

모는 여벌 열쇠를 들고 빵을 쥔 손으로 거수경례를 하고는 리브가 대답할 틈도 주지 않고 가버린다.

지난 5년간 TARP는 잃어버린 작품을 다시는 보지 못하리라 믿고 있던 소유주나 소유주의 후손들에게 되찾아주는 일을

240건 이상 했다. 폴은 NYPD에서 일하면서, 그 어느 것에도 비교할 수 없을 만큼 무시무시한 전쟁 중에 벌어진 잔학 행위에 관한 이야기를 들었다.

그 많은 이야기는 수십 년 전이 아니라 바로 어제 일어난 일처럼 또렷이 회상되면서 반복된다. 그는 긴 세월에 걸쳐 내려온 귀중한 유산처럼 전해지고, 남겨진 자들의 얼굴에 또렷이 새겨진 고통을 보아왔다.

공포와 배신뿐인 이야기들. 제2차 세계대전 중 살해당하고 추방당한 가족들의 이야기를 들으면서, 그 희생자들이 아직도 매일같이 불의에 시달리며 살고 있음을 알게 되고서 그는 작으나마 그들에게 보상해주는 데 한몫할 수 있어서 기뻤다.

이런 일은 한 번도 부딪쳐본 적이 없었다.

"제기랄. 어렵네." 그렉이 말한다.

그들은 그렉이 키우는 지나치게 팔팔한 테리어 두 마리를 데리고 산책 중이다. 계절에 맞지 않게 쌀쌀한 아침이라 폴은 점퍼를 입고 올 걸 그랬다고 후회한다.

"믿을 수가 없더라니까. 진짜 그 그림이었어. 바로 내 눈앞에 있더라고."

"그래서 형은 뭐라고 했어?"

폴은 스카프를 목에 둘렀다. "아무 말도 안 했어. 무슨 말을 할지 모르겠던걸. 그냥…… 나왔어."

"도망쳤다고?"

"생각할 시간이 필요했단 말이야."

두 마리 중 작은 쪽인 파이어레이트가 유도 미사일처럼 히스

밭을 가로질러 쏜살같이 달려간다. 두 남자는 잠시 멈추어 서서 개의 최종 목표가 무엇인지 기다려본다.

"제발 고양이는 안 돼. 아, 좋아. 진저다." 멀리서 파이어레이트가 사냥개 스프링어 스패니얼에게 신이 나서 달려간다. 두 마리 개는 긴 잔디밭에서 점점 크게 원을 그리며 미친 듯이 서로를 뒤쫓는다. "그래서 그게 언제 일인데? 어젯밤?"

"이틀 전이야. 전화를 하긴 해야 하는데. 무슨 말을 하면 좋을지 알 수가 없어서."

"'그럼 내놔요'라고 할 수는 없겠지." 그렉이 바로 뒤의 더 나이 먹은 개를 따라오라고 부르고서 이마에 손을 올리고 파이어레이트를 눈으로 좇는다. "형, 운명의 장난으로 이 특별한 데이트가 끝장이 나버렸다는 사실을 받아들여야 할 것 같아."

폴이 주머니 깊숙이 손을 찔러 넣는다. "난 그녀를 좋아했어."

그렉이 곁눈질로 그를 흘끔 보며 묻는다. "뭐? 진짜로 좋아했다고?"

"그래…… 자꾸 생각나."

동생이 그의 얼굴을 빤히 들여다본다. "좋아. 흠, 이거 재미있어졌는데…… 파이어레이트. 옛다! 비즐라였네. 난 저 형가리산 사냥개 싫더라. 상사한테는 얘기했어?"

"그럼. 제이니는 나랑 다른 여자 얘기를 하고 싶어 안달인데. 아니. 우리 변호사한테만 확인해봤어. 변호사는 우리가 이길 거라고 생각하는 것 같아."

이런 사건에는 시효가 없어요, 폴. 션이 보던 서류에서 눈도 떼지 않고 말했다. 당신도 알잖아요.

"그래서 어쩔 건데?" 그렉이 개를 다시 줄에 매고 그 자리에 서서 기다린다.

"내 선에서 할 수 있는 일이 별로 없어. 그림은 정당한 주인에게 돌아가야 해. 그녀가 받아들일지는 잘 모르겠어."

"괜찮을 거야. 형의 예상하고는 다를 거야." 그렉이 이리저리 뛰어다니면서 하늘을 향해 미친 듯이 짖어대는 파이어레이트 쪽으로 잔디밭을 성큼성큼 가로질러 걸어간다. "그녀가 파산 상태고 적절한 보상을 받게 된다면 형은 사실은 그녀를 도와주는 셈이 되는 거야." 그가 달리기 시작해서 마지막 말은 산들바람을 타고 어깨 너머로 날아간다. "그리고 형에 대한 감정도 그대로일 거고, 그 밖에 다른 것은 신경 쓰지 않을 거야. 잊지 마. 어쩌니 저쩌니 해도 그건 그냥 그림일 뿐이라고."

폴은 동생의 등을 쳐다본다. '그건 절대 그냥 그림이 아니야.'

침묵 속에서 무거워진 주말이 지나간다. 모가 들어왔다 나간다. 폴에 대한 그녀의 새로운 판결은 이렇다. "바람둥이 돌싱남. 최악의 종자." 그녀는 리브에게 점토로 조그맣게 그의 모형을 만들어서 그것을 찌르게 한다.

리브는 미니 폴의 머리카락이 깜짝 놀랄 만큼 정교하다는 것을 인정하지 않을 수 없다. "이렇게 하면 그가 두통에 시달릴 거라고 생각해?"

"보장은 못 해요. 하지만 당신 기분은 나아질 거예요."

리브는 꼬치용 꼬챙이를 집어 미니 폴의 배꼽에 머뭇거리면서 찔렀다가 이내 죄책감에 사로잡혀 엄지손가락으로 그 부분을 매만져준다. 자신이 아는 폴과 이러한 폴을 일치시킬 수가 없지만, 깊이 생각할 가치가 없는 일이라는 점은 안다. 그래서 모의 충고를 받아들여 정강이가 쑤실 때까지 달리기를 했다. 글라스 하우스를 구석구석 깨끗이 청소했다. 나비 장식 달린 구두를 쓰레기통에 처박았다. 전화를 네 번 확인한 다음 미련을 버리지 못하는 자신이 싫어져서 전원을 껐다.

"그 정도로는 턱도 없어요. 그놈 발가락조차 못 건드렸어요. 내가 대신 한바탕 뒤집어줄까요?" 모가 월요일 아침에 작은 모형을 살펴보며 말한다.

"아냐. 괜찮아. 정말로."

"당신은 너무 물러요. 이렇게 말해봐요. 집에 가면 그놈을 엉망진창으로 만들어서 재떨이에 처박아주자!" 리브가 주방으로 다시 들어가자 모는 그의 정수리에 성냥개비 열다섯 개를 꽂았다.

월요일에는 일거리가 두 가지 들어왔다. 하나는 문법과 스펠링 오류로 어지러운 어느 직거래 회사의 카탈로그다. 6시까지 고칠 것이 하도 많아서 리브는 전체를 거의 다시 쓰다시피 했다. 단어당 요금은 처참한 수준이다. 그녀는 개의치 않는다. 일을 하느라 생각을 하지 않아도 되는 것이 너무나 위안이 되어서, 고용 문제 법률 서비스를 제공하는 포벡스 솔루션스의 카탈로그를 전부 다 공짜로 써줄 수 있을 정도다.

초인종이 울린다. 모가 출근하면서 열쇠를 두고 간 모양이다. 그녀는 책상에서 일어나 기지개를 펴고 현관 인터폰으로 향한다.

"열쇠 놓고 갔지?"

"폴이에요."

그녀는 얼어붙는다. "아. 안녕."

"올라가도 될까요?"

"그럴 필요 없어요. 내가……."

"올라가게 해줄래요? 할 말이 있어요."

얼굴을 확인하거나 머리를 다시 빗을 틈도 없다. 그녀는 문을 여는 버튼에 한 손가락을 올려놓은 채 망설인다. 결국 버튼을 누르고서 폭발에 대비하는 사람처럼 뒤로 물러선다.

엘리베이터가 덜컹대며 올라온다. 소리가 커질수록 그녀는 배 속에 팽팽한 긴장감을 느낀다. 그리고 드디어 도착한 그가 엘리베이터 난간 사이로 그녀를 똑바로 보고 있다. 부드러운 갈색 재킷을 입었고 평소답지 않게 경계하는 눈빛이다. 지친 기색이다.

"안녕."

그가 승강기에서 걸어 나와 복도에서 기다린다. 그녀는 방어하듯 팔짱을 끼고 서 있다.

"안녕."

"들어가도…… 돼요?"

그녀가 뒤로 물러선다. "차 한잔할래요? 내 말은…… 잠깐 들어오겠어요?"

그가 그녀의 말을 놓칠세라 대답한다. "그거 좋지요. 고마워요."

그녀는 등이 딱딱하게 굳은 채 집 안을 지나 주방으로 가고,

그가 뒤따라온다. 차 두 잔을 만들면서 자신을 보는 그의 시선을 느낀다. 생각에 잠긴 듯 관자놀이를 문지르는 그에게 한 잔을 건넨다. 그녀와 눈이 마주치자 그가 변명하듯 말한다.

"두통이 와서요."

리브는 냉장고 위의 작은 찰흙 모형을 힐끗 보고 죄책감에 얼굴이 붉어진다. 지나가면서 슬쩍 냉장고 뒤로 그것을 떨어뜨린다.

폴이 테이블 위에 머그잔을 내려놓는다. "좋아요. 정말로 어렵군요. 더 빨리 왔어야 했는데 아들이 와 있어서요. 그리고 어떡하면 좋을지도 좀 생각해봐야 했고요. 저, 그냥 다 털어놓고 설명해줄게요. 하지만 일단 좀 앉아봐요."

그녀가 그를 바라봤다. "아, 세상에. 당신 유부남이었군요."

"유부남 아니에요. 차라리 그러면 더 쉬울지도 모르겠네요. 제발, 리브. 일단 앉아요."

그녀는 그대로 서 있다. 그가 재킷에서 편지 한 통을 꺼내어 그녀에게 건넨다. "이건 뭐죠?"

"읽어봐요. 그러고 나서 최선을 다해 설명해줄게요."

TARP
런던 W I 그랜섬 스트리트 115 6호실.
2006년 10월 15일.

할스턴 씨,
저희는 트레이스 리턴 파트너십이라는 회사에서 일하고 있습니다. 이 회사는 전쟁 중 개인적으로 소장했던 미술품을 도난 당하거나 강제로 팔고서 손실로 고통받는 이들에게 작품을 반환해주기 위해 설립된 회사입니다.

귀하가 프랑스 화가 에두아르 르페브르의 작품 「당신이 남겨 두고 간 소녀」를 소유하고 있다는 것을 알고 있습니다. 이것이 화가의 아내가 개인 소유한 것이며 강제로 팔린 작품이라는 것을 르페브르 씨의 후손으로부터 문서로 확인받았습니다. 프랑스 국적인 의뢰인들은 화가의 가족에게 그림이 반환되기를 바라고 있습니다. 제네바 협정과 무력 분쟁 시 문화 자산 보호에 관한 헤이그 협약에 의거하여, 그분들을 대신하여 이러한 요구를 제기하고자 함을 알려드립니다.

대부분의 경우 이러한 작품들은 최소한의 법적 개입으로 정당한 소유자들에게 반환될 수 있습니다. 그러므로 이 과정을 시작하기 위하여 귀하와 르페브르 가족 대표들 간의 모임을 주선할 수 있도록 저희에게 연락주시기를 부탁드립니다.

이런 통지에 크게 놀라셨으리라 생각합니다. 그러나 전시의 범죄 행위의 결과로 취득한 예술품의 반환을 지지하는 강력한 법적 선례가 있다는 것을 상기시켜드리고자 하며, 덧붙여 귀하의 손실에 대해서는 재량껏 금전적 보상이 있을 것입니다.

비슷한 다른 작품들의 경우와 마찬가지로, 작품이 결국 정당한 주인에게 되돌아갔다는 사실을 알게 되는 것도 관련된 모든 분들에게 또 다른 기쁨이 될 것입니다.

이 문제로 더 상의하고 싶으시면 언제든 연락주시기 바랍니다.

폴 맥캐퍼티, 제이니 디킨슨. TARP 이사

그녀는 편지 아래 이름을 뚫어져라 쳐다본다. 방 안 풍경이 희미해진다. 농담일 거라 생각하며 다시 읽는다. 아니, 다른 폴 맥캐퍼티, 완전히 다른 폴 맥캐퍼티다. 동명이인이 한둘이 아닐 것이다. 그만큼 흔해빠진 이름이다. 그러다 문득 사흘 전 그가 그림을 보던 눈길이며 그다음에 자기와 눈을 마주치지 못하던 것을 떠올린다. 그녀는 무겁게 의자에 앉는다.

"이거 농담이지요?"

"나도 그랬으면 좋겠소."

"도대체 TARP는 또 뭐예요?"

"우리는 사라진 미술작품들을 추적해서 원래 주인에게 반환이 되는지 감독합니다."

"우리라고?" 그녀는 편지를 본다. "이게…… 나랑 무슨 상관이에요?"

"「당신이 남겨두고 간 소녀」가 반환 청구 대상이에요. 그 그림은 에두아르 르페브르라는 화가의 작품이에요. 가족들이 돌려받고 싶어 해요."

"하지만…… 말도 안 돼요. 내가 4년을 가지고 있었어요. 4년이라고요. 10년의 절반 세월이에요."

그는 호주머니에 손을 넣어 사진이 든 다른 편지를 꺼낸다.

"2주쯤 전에 사무실로 온 편지예요. 내 미결 서류함에 있었어요. 난 당신의 결혼 후 바뀐 성을 몰랐어요. 알았더라면 진작 두 가지를 연결시켰겠지요. 그러다가 당신이 며칠 전 밤에 나를 초대해줬을 때 바로 알아차렸고요."

리브는 사진이 실린 종이를 훑어본다. 복사를 해서 흐릿해졌지만 그녀의 그림이 종이에서 그녀를 마주보고 있다. "「아키텍처럴 다이제스트」지로군요."

"예. 그거 같아요."

"우리가 처음 결혼했을 때 글라스 하우스에 대한 기사를 쓴다고 여기 왔어요." 그녀가 입가로 손을 가져간다. "데이비드는 자기 작업이 매스컴의 주목을 끌 좋은 기회라고 생각했어요."

"르페브르 가는 에두아르 르페브르의 모든 작품에 대해 감사를 실시했는데, 그러던 중 여러 작품이 없어진 것을 알게 됐지요. 그중 하나가 「당신이 남겨두고 간 소녀」예요. 1917년 이후로는 그 그림에 대한 기록이 전혀 없어요. 어떻게 그림을 얻었는지 좀 얘기해줄래요?"

"말도 안 돼요. 그건…… 데이비드가 어떤 미국 여자한테서 샀어요. 바르셀로나에서요."

"갤러리 주인이었나요? 영수증 갖고 있어요?"

"있기는 해요. 하지만 아무 가치도 없어요. 그 여자는 그림을 버리려고 했어요. 길에 내다놓았어요."

폴이 얼굴을 손으로 문지른다. "그 여자가 누군지 압니까?"

리브가 고개를 흔들었다. "너무 오래전이에요."

"리브, 기억해내야 해요. 중요한 일이에요."

리브가 폭발한다. "기억 안 난다니까요! 여기까지 와서 기껏 한다는 소리가 어디 사는 누군지도 모를 사람이 100만 년 전에 그림이 자기 거였다고 주장한다는 이유로 내가 그림을 어떻게 얻게 됐는지 해명하라는 거예요? 이게 대체 뭐예요?" 그녀가 주방 테이블 옆을 서성인다. "난, 난 당최 이해가 안 돼요."

폴이 손으로 얼굴을 감싼다. 그가 고개를 들고 그녀를 바라본다. "리브, 정말로 미안해요. 내가 이제껏 다룬 사건들 중에서 가장 최악이예요."

"사건이라고요?"

"이게 내가 하는 일이에요. 도난당한 미술작품을 찾아서 주인에게 돌려주는 거."

그녀는 그의 목소리에서 기묘하게 완강한 느낌을 받는다. "하지만 이건 도난당한 것이 아니에요. 데이비드가 정당하게 제값을 주고 산 거라고요. 그리고 나에게 주었고요. 이건 내 거예요."

"그건 도난당했어요, 리브. 거의 100년 전 일이에요. 하지만 어쨌거나 도난당한 것이 맞아요. 저, 그래도 다행인 건 그들이 금전적 보상을 해주겠다고 해요."

"보상이라고? 당신은 이게 돈 문제라고 생각해요?"

"내 말은……."

그녀가 벌떡 일어서서 이마로 손을 올린다.

"저기, 폴? 가줬으면 좋겠어요."

"그림이 당신에게 많은 의미가 있다는 건 알아요. 하지만 이해해줬으면 좋겠는데……."

"정말로요. 지금 가주세요."

그들은 서로를 노려본다. 그녀는 몸에서 방사선이 뿜어져 나올 듯한 기분이다. 이렇게까지 화가 나기도 처음인 것 같다.

"저, 우리가 이 문제를 해결할 방법을 생각해볼게요."

"잘 가요, 폴."

그녀는 그를 몰아낸다. 그의 등 뒤에서 문을 쾅 닫을 때 문
소리가 너무 크게 울려서 자기 발밑의 창고 전체가 다 흔들리
는 것이 느껴질 지경이다.

18

그들이 신혼여행을 갔을 때였다. 파리에서 신혼여행이랍시고 시작했지만 결국은 그를 완전히 일에 빼앗겨버렸다. 그때 데이비드는 바르셀로나의 새로운 컨퍼런스센터 작업을 하고 있었다. 푸른 하늘과 반짝이는 바다를 반사하도록 전체 구조가 일체식으로 지어진 유리 건물이었다. 그가 스페인어를 유창하게 해서 좀 놀랐고, 그가 아는 것과 그녀가 아직 그에 대해 알지 못했던 것 양쪽 모두에 압도되는 느낌이 들었던 기억이 난다.

오후마다 그들은 호텔 침대에 누워 있다가 고딕 지구와 본의 중세풍 거리를 산책하며 그늘에서 쉴 곳을 찾았다. 모히토를 한잔씩 하면서 열기로 끈적해진 피부를 맞대고 서로에게 기대어 한가로이 쉬기도 했다. 그가 허벅지 위에 손을 얹었던 느낌이 아직도 생생히 기억난다. 그의 손은 장인의 손이었다. 그는 항상 눈에 보이지 않는 설계도를 쥐고 있는 것처럼 손을 약간 벌린 채로 손바닥과 하늘이 마주보게 했다.

카탈루냐광장 뒤편을 거닐고 있는데 미국 여자 목소리가 들렸다. 여자는 무표정한 남자 세 명에게 거의 울부짖듯 고함을 지르고 있었다. 남자들은 패널을 댄 출입구를 통해 아파트 건물 앞에 가구와 집안 살림, 자질구레한 장신구 등을 집어 던지면서 나타났다. "이러지 마요!" 그녀가 소리 질렀다.

데이비드가 리브의 손을 놓고 앞으로 나섰다. 밝은 금발에 40대 초반으로 보이는 바싹 마른 그 여자는 집 앞에 의자가 내던져지자 절망에 빠져 낮게 탄식만 내뱉었다. 여행객들 몇몇이 걸음을 멈추고 구경하고 있었다.

"괜찮으세요?" 그가 그녀의 팔을 잡아주며 말했다.

"집주인이에요. 우리 어머니 물건을 다 치우고 있어요. 내가 그 물건들을 둘 곳이 없다고 계속 말하는데도요."

"어머니는 어디 계신데요?"

"돌아가셨어요. 물건을 살펴보고 정리하려고 왔는데 집주인이 오늘까지 다 내봐야 한다는 거예요. 저 사람들이 짐을 길바닥에 다 내버리고 있어요. 어떡하면 좋을지 모르겠어요."

데이비드가 나서서 리브에게 그 여자를 길 건너 카페로 데려가라고 했다. 그러고는 매리앤 존슨이라는 이름의 그 미국 여자가 얼음물을 마시며 길 건너편에서 걱정스레 바라보고 있을 동안 그가 남자들에게 스페인어로 항의하던 그의 모습이 기억난다. 그녀는 그날 아침 막 비행기로 날아왔다고 털어놨다. 너무 정신이 없어서 어찌할 바를 모르겠다고 했다.

"정말 유감이에요. 어머님이 언제 돌아가셨나요?"

"아, 석 달 전이에요. 제가 더 빨리 조치를 취했어야 했어요.

하지만 스페인어를 할 줄 모르면 너무 힘들어요. 장례식을 위해 어머니의 유해를 비행기로 미국까지 옮겨야 했고요……. 전 바로 얼마 전에 이혼한 처지라 혼자 모든 걸 처리해야 해요……." 그녀는 새하얀 손가락에 요란스러운 플라스틱 반지들을 끼고 있었다.

데이비드가 집주인인 듯한 남자와 이야기를 하고 있었다. 집주인은 처음에는 경계하는 태도였으나 10분쯤 지나자 이제는 데이비드와 다정하게 악수를 나눴다. 데이비드가 그들의 테이블에 나타났다. 그는 여자에게 가져가고 싶은 물건은 챙겨두라고 했다. 그리고 그 물건들을 포장하고 그녀를 위해 고향까지 배송해줄 배송 회사 전화번호도 줬다. 집주인은 내일까지 물건들을 치우지 않고 두겠다고 했다. 나머지는 운송업자들에게 돈을 조금 주고 처분하게 하면 된다고 했다. "비용 문제는 괜찮으신가요?" 그가 조용히 물었다. 그는 그런 남자였다.

매리앤 존슨은 감사한 나머지 거의 울먹였다. 그들은 그녀가 물건을 옮기고, 남겨둘 것과 버릴 것을 나누어 오른쪽이나 왼쪽으로 쌓는 것을 도와줬다. 여자가 물건들을 가리키고 이쪽저쪽으로 조심해서 옮길 동안 리브는 보도 위의 물건들을 더 자세히 들여다봤다. 코로나 타이프라이터와 빛바랜 신문들을 모은 큼직한 가죽 장정 앨범들이 있었다.

"엄마는 기자셨답니다." 여자가 돌계단 위에 그것들을 조심스럽게 내려놓으며 말했다. "이름은 루앤 베이커였고요. 제가 어렸을 때 엄마가 이것을 사용하셨던 기억이 나요."

"저건 뭐예요?" 리브가 작은 갈색 물체를 가리키며 물었다.

알아보려면 더 가까이 가봐야 했지만 그녀의 어떤 부분이 본능적으로 전율을 일으켰다. 사람의 치아처럼 보이는 것이 눈에 들어왔다.

"아. 저거요. 저건 엄마가 어디선가에서 가져온 말라 쪼그라든 머리들이에요. 별의별 것을 다 수집하셨지요. 어딘가 나치 헬멧도 있을 텐데. 박물관에서 저런 것들을 가져갈까요?"

"세관을 통과할 수 있을지 모르겠네요."

"아이고 세상에. 그냥 길바닥에 놔두고 도망갈래요." 그녀는 잠시 멈추고 이마의 땀을 닦았다. "덥기도 해라! 죽겠어요."

그때 리브의 눈에 그 그림이 들어왔다. 큰 안락의자에 기대어 세워져 있었다. 그림 속 얼굴은 난장판 속에서조차 눈길을 확 끌었다. 그녀는 허리를 숙여 조심스럽게 그림을 자기 쪽으로 돌렸다. 소녀가 낡은 도금 액자 속에서 눈을 게슴츠레 뜨고 도전적인 표정으로 바라보고 있었다. 붉은기가 도는 풍성한 금발 머리채가 어깨까지 흘러내렸다. 희미한 미소는 일종의 자부심과 함께 뭔가 더 내밀한 것을 전해주고 있었다. 관능적인 어떤 것.

"당신을 닮았군." 데이비드가 목소리를 낮추어 그녀의 옆에서 소곤거렸다. "딱 당신 같아." 리브의 머리카락은 붉은색이 아니라 금발이고 짧았다. 그러나 그녀는 보자마자 알아차렸다. 순간 그들 주변의 거리가 두 사람뿐인 것처럼 희미해졌다.

데이비드가 매리앤 존슨에게 고개를 돌렸다. "이 그림 가져가실 건가요?" 그녀가 몸을 쭉 펴고 그를 힐끗 봤다. "아뇨. 안 가져갈 것 같아요."

데이비드가 목소리를 낮췄다. "저한테 팔지 않겠어요?"

"판다고요? 그냥 가지세요. 저를 구해주신 걸 생각하면 그 정도야 해드릴 수 있지요."

그러나 그는 거절했다. 보도 위에 서서 데이비드는 그녀가 받겠다는 액수보다 더 많은 돈을 주겠다고 고집을 부리며 기묘한 흥정을 벌였다. 결국 리브가 행거에서 떨어진 옷들을 개고 있을 동안 그녀가 액수에 합의를 봤다.

"그림을 드리게 되어서 기뻐요." 데이비드가 돈을 세고 있을 때 매리앤이 말했다. "솔직히 말하면, 전 저 그림을 그다지 좋아하지 않았거든요. 어릴 때는 그림 속 여자가 저를 비웃는 것 같았어요. 항상 좀 오만해 보였지요."

그들은 해 질 녘에 텅 빈 아파트 앞의 깨끗이 치워진 보도에서 그의 휴대전화 번호를 주고 헤어졌다. 매리앤 존슨은 자기 물건을 챙겨 호텔로 돌아갔다. 무더위 속을 걸어가면서 그는 그날 저녁 나중에 리브를 안듯이 그림을 정중하게 안고서 굉장한 보물을 손에 넣은 듯 활짝 웃었다. "이건 당신에게 주는 결혼 선물이야. 당신에게 준 게 아무것도 없잖아."

"난 당신이 깨끗한 벽을 어지럽히고 싶어 하지 않는 줄 알았는데." 리브가 그를 놀렸다.

그들은 분주한 거리에 서서 다시 그림을 들어 올려 구경했다. 그녀는 자기 목 뒤의 햇빛에 그을린 팽팽한 피부, 옅은 먼지가 앉은 그의 윤기 나는 팔을 기억한다. 무더운 바르셀로나의 거리에서 그의 눈에 오후의 햇살이 반사되어 빛났다.

"우리가 사랑하는 것을 위해 규칙 정도야 깰 수 있지."

"그러니까 너랑 데이비드는 좋은 뜻에서 그 그림을 샀구나, 그렇지?" 크리스틴이 물었다. 그녀는 냉장고 속을 뒤지는 10대 아이의 손을 찰싹 때린다. "안 돼. 초콜릿 무스는 안 돼. 저녁 먹어야지."

"맞아요. 영수증을 간신히 찾아냈어요." 그녀는 핸드백에서 영수증을 가져왔다. 잡지 뒷장에서 뜯어낸, 닳아빠진 종잇조각이었다.

「당신이 남겨두고 간 소녀」라는 제목의 초상화 값으로 받음. 300프랑. 매리앤 존슨.

"그러면 그건 네 것이지. 네가 샀고, 영수증도 갖고 있잖아. 그걸로 얘기는 끝인 거지 뭐. 태스민? 조지한테 10분 후에 저녁 먹는다고 전해줄래?"

"그렇게 생각하시겠지요. 그리고 우리한테 그림을 판 여자는 자기 어머니가 50년 전에 산 그림이라고 했어요. 우리에게 팔려고도 하지 않았어요. 그냥 주려고 했어요. 데이비드가 고집을 부려 돈을 줬고요."

"흠, 솔직히 전부 다 우스꽝스러워." 크리스틴이 샐러드를 섞다 말고 양손을 번쩍 들어 올린다. "내 말은, 대체 어디가 끝이야? 네가 집을 샀는데 중세 시대에 수탈당한 땅에 지어진 것이라면, 언젠가 누가 나타나서 네 집을 돌려달라고 요구할 수도 있단 말이야? 내 다이아몬드 반지가 아프리카에서 훔쳐온 것일지 모른다는 이유로 돌려줘야 한단 말이야? 제1차 세계대전이었다고. 거의 100년 전이야. 법률 제도가 도를 넘은 거야."

리브는 다시 의자에 앉는다. 그날 오후, 충격에 덜덜 떨면서 스벤에게 전화를 했다. 그는 그날 저녁 보러 오겠다고 했다. 그는 믿음직하게 차분한 태도로 그녀에게서 편지 얘기를 들었고, 편지를 읽으면서 어깨를 으쓱했다.

"이건 구급차를 쫓아다니는 변호사의 새로운 변종이로군요. 말도 안 돼요. 내가 확인해볼게요. 하지만 난 걱정 안 해요. 당신에게 영수증이 있고, 법적으로 그림을 산 게 맞으니까 법정에 가더라도 밀리지 않을 거예요."

크리스틴이 테이블에 샐러드 볼을 놓는다. "하여간 그 화가가 누구라고? 올리브 좋아하니?"

"에두아르 르페브르래요. 하지만 서명은 없어요. 올리브 좋아요. 고마워요."

"너에게 말하려고 했는데……. 지난번에 우리가 얘기한 뒤에 말이야." 크리스틴이 딸을 쳐다본다. "잠깐만, 태스민. 자리 좀 비켜주겠니."

리브는 태스민이 불만 가득한 얼굴로 방에서 슬며시 빠져나갈 동안 기다린다. "로그 말이야."

"누구요?"

"나쁜 소식이야." 그녀가 움찔하고는 테이블 위로 몸을 내민다. "저기, 그는 네가 정말 근사하다고 생각했지만, 유감인데…… 너는 자기 타입이 아니래."

"네?"

"자기는…… 더 젊은 사람을 찾는대. 정말 미안해." 리브는 스벤이 방으로 들어오자 애써 표정 관리를 한다. 그는 휘갈겨 쓴 메모를 들고 있다. "지금 막 소더비에 있는 친구하고 통화를 했어요. 그러니까…… 나쁜 소식은 TARP가 평이 꽤 좋은 회사라는 거예요. 도난당한 작품들을 추적하지만 점차 더 어려운 일도 처리하고 있대요. 전쟁 중 사라진 작품들 말이에요. 지난 몇 년간 세간의 이목을 끄는 작품들을 되돌려줬다는군요. 그중에는 국가 소장품도 있고요. 성장하는 분야인 것 같아요."

"하지만 그 그림은 세간의 이목을 끄는 작품이 아니에요. 신혼여행 중에 얻은 조그만 유화일 뿐이라고요."

"흠……. 어느 정도는 사실이에요. 리브, 편지를 받은 후에 이 르페브르라는 사람에 대해서 찾아봤어요?"

그녀가 제일 먼저 한 일이 바로 그것이었다. 지난 세기말 인상파 화가들 중 잘 알려지지 않은 인물이었다. 진한 갈색 눈에 옷깃까지 닿게 머리를 기른, 체구가 큰 남자의 변색된 사진이 한 장 있었다. 마티스 밑에서 잠깐 작업하기도 했다.

"왜 그의 작품이……. 그게 그의 작품이라면 말이지요, 왜 반환 청구 대상이 될 수 있는지 알 것 같아요."

"계속해요." 리브가 올리브를 입에 넣는다. 크리스틴이 손에 행주를 들고 그녀 옆에 서 있다.

"친구한테 반환 청구 얘기는 하지 않았어요. 보지 않고서는 가격을 매길 수 없겠지만, 지난번에 팔린 르페브르 그림과 그 유래를 기준으로 따져보면, 값이 200에서 300만 파운드는 너끈히 나갈 거라 예상해요."

"뭐라고요?" 그녀가 힘없이 되묻는다.

"그래요. 데이비드의 작은 결혼 선물이 꽤 괜찮은 투자였던 거예요. 최소 200만 파운드라고 콕 집어 말했어요. 사실 그는 당장 보험액 평가를 받아보라고 권하더군요. 확실히 우리 르페브르는 미술 시장에서 잘나가는 인물이 됐어요. 러시아인들이 특히 그를 좋아해서 가격이 천정부지로 치솟았어요."

그녀는 올리브를 통째로 삼켰다가 숨이 막힌다. 크리스틴이 등을 두드려주고 물을 갖다준다. 물을 마시면서도 그의 말이 계속 귓가에 어른거린다. 그 말들이 전혀 이해가 되지 않는 것 같다.

"그러니까, 한몫 잡아보겠다고 갑자기 튀어나온 사람들이 있는 것도 놀랄 일은 아니지요. 대녀에게 비슷한 사례를 몇 건 찾아서 이메일로 좀 보내달라고 했어요. 이런 청구인들은 가족사를 뒤져보고 그림이 조부모에게 너무나 소중한 것이었다면서 그림에 대한 소유권을 주장하고 있어요. 가슴 아픈 사정으로 그림을 잃어버리게 됐다나요……. 그러고서 그림을 돌려받으면, 어떡하는지 아세요?"

"어떡하는데요?" 크리스틴이 되묻는다.

"팔아버린답니다. 그리고 꿈에서도 생각지 못했던 돈방석에 앉는 거죠."

주방이 침묵에 잠긴다.

"200에서 300만 파운드라고? 하지만……. 하지만 우리는 그림값으로 300프랑 줬는데요."

"「앤틱 로드쇼」 같네." 크리스틴이 기뻐하며 말한다.

"데이비드답지요. 그는 미다스의 손을 가졌어요." 스벤이 와인을 한 잔 따른다. "그림이 당신 집에 있다는 것을 알아내다니 유감이군요. 내 생각에는, 당신이 그림을 갖고 있다고 입증하려면 근거나 증거가 있었어야 할 텐데요. 그림이 거기 있다는 것을 그들이 확실히 알고 있는 건가요?"

그녀는 폴을 떠올린다. 가슴이 쿵 내려앉는다. "예." 그녀가 대답한다. "내가 갖고 있다는 것을 알고 있어요."

"좋아요. 그러면 어찌 됐건." 그가 옆에 앉아 그녀의 어깨에 손을 올린다. "당신 법정 대리인을 세워야겠군요. 그것도 빨리."

리브는 그 후로 이틀 동안 머릿속은 웅웅거리고 심장은 쿵쿵 뛰었다. 몽유병 환자처럼 움직였다. 치과의사를 방문하고, 빵과 우유를 사고, 마감에 맞추어 작업을 마치고, 프랜에게 차를 가져다준다. 프랜이 설탕을 안 가져왔다고 불평하면 다시 갖다주기도 한다. 그녀는 그 모든 일을 기계적으로 해낸다. 폴이 해주던 입맞춤, 우연한 첫 만남, 보기 드물게 너그럽게도 도와주겠다고 제안하던 일을 생각하고 있다. 처음부터 이럴 계획이었던 걸까? 그림의 가치를 생각하면, 그녀가 정말로 교묘한 함정수사의 대상이었을까?

구글에서 폴 맥캐퍼티를 검색한다. 그가 NYPD의 미술품과 골동품 전담반에 있었던 것과, 그의 "탁월한 범죄자의 심리"라던가 "전략적 사고"에 관한 추천의 말들을 읽는다. 그를 향한 믿음이 전부 다 사라져버린다. 그녀는 두 번이나 속이 메슥거려 테이블을 떠났다. 찬물로 얼굴을 씻고 화장실의 싸늘한 도기에 얼굴을 기대고 있어야 했다.

지난 11월 TARP는 러시아계 유대인 가족이 작은 세잔의 그림 한 점을 되찾도록 도와줬다. 그림의 가치는 대략 1500만 파운드 정도로 알려졌다. TARP의 웹사이트는 회사 소개란에 수수료를 받고 일한다고 밝혀놨다.

그는 그녀에게 세 번 문자를 보냈다. "얘기 좀 할 수 있을까요? 쉽지 않은 줄은 알지만, 제발…… 의논 좀 할까요?" 그는 아주 이성적인 투로 말하고 있다. 믿어도 좋을 사람인 것처럼. 그녀는 잠을 잘 자지 못하고 밥도 겨우 먹는다.

모는 이 모든 것을 지켜보면서도 이번만큼은 아무 말도 하지 않는다.

리브는 달린다. 매일 아침, 어떤 때는 저녁에도 달린다. 달리기가 생각하고, 먹고, 때로는 잠자는 것까지 대신했다. 정강이가 쑤시고 폐가 터질 듯한 기분이 들 때까지 달린다. 그녀는 새로운 루트를 달린다. 서더크 뒷골목을 돌아, 다리를 건너 런던의 금융가인 시티의 반짝이는 실외 복도로 들어간다. 정장을 차려 입은 은행 직원들과 커피를 든 비서들 사이를 뚫고 달린다.

그녀는 금요일 저녁 6시에 출발한다. 아름답고 상쾌한, 런던 전체가 어떤 낭만적인 영화의 배경처럼 보이는 그런 저녁이다. 공기 속으로 뿜어져 나온 그녀의 숨결이 보인다. 머리 위로 양모 비니를 눌러 썼다. 워털루 다리까지는 시간이 좀 걸릴 것이다. 멀리서 스퀘어 마일의 불빛이 반짝인다. 버스들이 임뱅크먼트를 따라 느릿느릿 움직이고 거리가 웅웅거린다. 그녀는 아이팟 이어폰 플러그를 꽂고 아파트 건물 대문을 닫는다. 열쇠를 반바지 호주머니에 쑤셔 넣고 달리기 시작한다. 귀가 먹먹해질 만큼 쿵쾅거리는 박자가 마음속에 흘러넘치도록, 무자비하게 울리는 댄스 음악이 생각할 여지도 남겨놓지 않도록 놔둔다.

"리브."

그가 앞에 불쑥 나타난다. 그녀는 상대가 누구인지 알아차리 자 휘청거리며 불에 덴 듯한 손을 내밀었다가 도로 거둔다.

"리브, 얘기 좀 합시다."

그는 갈색 재킷을 입고 추위를 막으려 옷깃을 세운다. 옆구리에는 서류 폴더를 끼고 있다. 눈이 마주치자 그녀는 어떤 감정인지 스스로 인지하기도 전에 몸을 획 돌려 쿵쾅대는 가슴을 안고 달린다.

그가 그녀의 뒤에 있다. 돌아보지 않고 그저 음악 위로 그의 목소리를 알아들을 수 있을 뿐이다. 볼륨을 더 높인다. 그가 자기 뒤를 따라오는 동안 보도 위에 울리는 그의 발자국의 진동이 느껴질 지경이다.

"리브." 그가 손을 뻗어 그녀의 팔을 잡는다. 거의 본능적으로 그녀는 오른손을 들어 거칠게 그의 얼굴을 후려친다. 타격의 충격이 너무 커서 둘 다 뒤로 휘청거리며 물러선다. 그가 손으로 코를 누른다.

그녀가 이어폰을 뺀다. "날 내버려둬요!" 휘청이는 몸을 바로잡으며 고함친다. "꺼져버려!"

"얘기 좀 해요." 그의 손가락 사이로 핏방울이 떨어진다. 그는 시선을 아래로 내리깔다가 그것을 봤다. "맙소사." 그는 파일을 떨어뜨리고 다른 손으로 호주머니를 뒤져 간신히 큼직한 면 손수건을 꺼내 코를 누른다. 다른 손으로는 진정하라는 손짓을 한다. "리브, 지금 나한테 많이 화난 거 알아요. 하지만……."

"당신에게 화났다고? 당신에게 화가 났다고? 지금 내가 당신에 대해 느끼는 감정을 표현하려면 그 정도 말로는 턱도 없어요. 내 집으로 들어오려고 수작을 부렸지. 내 가방을 찾았네 개수작을 하면서 그럴듯한 말로 꼬여서 내 침대까지 들어와서 봤더니! 아, 우아. 놀랍기도 해라. 거기 바로 당신이 찾아주고 수수료 한몫 두둑이 챙기기로 한 그림이 떡 있군요."

"뭐라고요?" 손수건 사이로 그의 목소리가 흘러나온다. "뭐라고? 내가 당신 가방을 훔쳤다고 생각해요? 다 내가 꾸민 일이라고? 당신 미쳤소?"

"가까이 오지 마요." 목소리가 떨리고 귓속이 윙윙 울린다. 그녀는 길을 따라 걸어간다. 사람들이 그들을 구경하고 있다.

그가 뒤쫓아 온다. "아니에요. 들어봐요. 잠깐이면 돼요. 난 전직 경찰이오. 남의 가방 따위 훔치는 사람이 아니오. 솔직히 말하면 가방을 찾아주는 사람도 아니지. 당신을 만나서 좋아하게 됐는데 알고 보니 이 무슨 개떡같은 운명의 장난인지 당신이 바로 내가 찾아줘야 하는 그림을 갖고 있었던 거요. 이 일을 다른 누군가에게 넘겨줄 수만 있다면, 내 말 믿어줘요, 난 그렇게 할 거예요. 미안해요. 하지만 내 얘기 좀 들어줘요."

그가 손수건을 치운다. 입술에서 피가 난다.

"그 그림은 도난당한 거예요, 리브. 서류를 백만 번은 검토했어요. 화가의 아내인 소피 르페브르의 그림이오. 그녀가 독일군에게 잡혀간 직후에 그림이 사라졌어요. 도난당한 거지요."

"100년 전 일이에요."

"그럼 상관없단 말이오? 아끼는 물건을 빼앗긴다는 것이 어떤 건지 당신도 알잖소?"

"뜻밖이겠지만." 그녀가 내뱉듯이 말한다. "알아요."

"리브, 당신이 좋은 사람이라는 거 알아요. 이런 일이 생기면 충격받겠지만, 잘 생각해보면 당신은 올바른 행동을 할 거예요. 시간이 흐른다고 잘못이 없어지지는 않아요. 그리고 당신의 그림은 그 불쌍한 여자의 가족이 도난당한 거예요. 가족들에게 남은 그녀의 유품은 그것 하나였고, 그건 그들 것이에요. 돌려주는 게 옳아요." 그의 목소리는 부드럽고 거의 설득력 있게 들릴 정도다. "소피 르페브르가 어떤 일을 당했는지 안다면 그녀를 전혀 다르게 보게 될 거요."

"아, 위선적인 소리는 집어치워요."

"뭐라고요?"

"그림의 가치가 얼마인지 내가 모를 줄 알아요?"

그가 그녀를 빤히 쳐다본다.

"내가 당신과 당신 회사에 대해 안 찾아봤을 것 같아요? 당신네가 어떻게 일하는지? 나도 다 알아요, 폴. 당신이 말하는 옳고 그른 것과는 아무 관계가 없다는 것을요." 그녀가 얼굴을 찡그린다. "세상에, 나를 정말 만만하게 봤군요. 남편을 잃은 슬픔에서 헤어나지 못하고 텅 빈 집에 그저 멍하니 앉아 눈앞에 무슨 일이 벌어지는지도 모르는 멍청한 여자로 알았군요. 다 돈 때문이잖아요, 폴. 당신과 누구인지 몰라도 이 일 뒤에 있는 사람은 그림이 큰돈이 되니까 원하는 것뿐이에요. 흠,

나에게는 돈 문제가 아니에요. 난 돈으로 살 수 없어요. 그림도 마찬가지예요. 이제 나를 내버려둬요."

그녀는 몸을 돌려 그가 뭐라 말하기도 전에 달려간다. 귀에 울리는 심장 고동 소리가 다른 모든 소리를 삼켜버린다. 사우스 뱅크 센터에 이르러서야 속도를 늦추고 방향을 돌린다. 그는 보이지 않고 집으로 돌아가는 수많은 사람들만 런던 거리를 메우고 있다. 문 앞에 올 때까지 그녀는 눈물을 참고 있다. 머릿속은 온통 소피 르페브르 생각으로 가득하다. 가족들에게 남은 그녀의 유품은 그것 하나였고, 그건 그들 것이에요. 돌려주는 게 옳아요.

"빌어먹을." 그의 말을 지우려 애쓰며 소리 죽여 되풀이한다. 빌어먹을 빌어먹을 빌어먹을.

"리브!"

그녀는 집 문 앞에서 한 남자가 걸어 나오자 놀라 펄쩍 뛴다. 그러나 그 사람은 검정 베레모를 머리에 쓰고 목에는 무지개색 스카프를 두르고 무릎까지 내려오는 낡은 트위드 코트를 걸친 그녀의 아버지다. 나트륨 등불 아래 아버지의 얼굴이 금빛으로 빛난다. 아버지가 그녀를 껴안으려 양팔을 활짝 벌리자 빛바랜 섹스 피스톨즈 티셔츠가 드러난다.

"너로구나! 그 멋진 데이트 이후로 너한테 소식을 듣지 못했잖니. 지나가다 어떻게 됐나 궁금해서 잠깐 들렀다!"

19

"커피 드릴까요?"

리브가 비서를 힐끗 올려다본다. "고마워요." 그녀는 안락한 가죽 의자에 꼼짝도 않고 앉아서 15분 동안 읽지도 않는 신문을 쳐다보고만 있다.

그녀는 한 벌뿐인 정장을 입고 있다. 최신 유행에는 뒤떨어진 스타일일지 몰라도 오늘은 좀 뭔가 각이 딱 잡힌 느낌이 필요하다. 변호사 사무실에 처음 다녀온 이후로 자신감이 너무 떨어졌다. 지금은 그녀가 대담하게 버틸 수 있도록 돕는 용기 이상의 무언가가 필요하다.

"헨리는 리셉션에 내려가 그들을 기다리고 있어요. 오래 걸리지는 않을 거예요." 비서가 프로다운 미소를 띠고 몸을 돌려 하이힐을 또각이며 멀어져간다.

훌륭한 커피다. 그녀가 시간당 지불하는 돈을 생각하면 당연히 그래야 마땅하다.

"이런 사건은 화력을 웬만큼 쏟아붓지 않으면 싸우는 의미가 없어요." 스벤의 주장이었다.

스벤은 반환 청구를 놓고 가장 잘 싸울 수 있는 사람이 누구인지 경매소의 친구며 법조계 아는 이들과 상의했다. 그는 안타깝지만 거물을 쓰려면 돈이 많이 든다고 덧붙였다. 그녀가 헨리 필립스를, 그의 멋지게 다듬은 머리와 아름다운 수제 구두, 부티와 여유가 잘잘 흐르는 통통한 얼굴을 볼 때마다 머리에 떠오르는 생각은 이것 하나였다. '당신은 나 같은 사람들 덕분에 부자가 된 거로군.'

로비 바깥에서 발소리와 목소리가 들린다. 그녀는 일어나서 스커트 주름을 펴고 표정을 가다듬는다. 그리고 파란색 모직 스카프를 두른 폴이 옆구리에 폴더를 끼고 헨리와 그녀가 처음 보는 다른 두 명 바로 뒤에서 모습을 드러낸다. 눈이 마주치자 그녀는 자신의 목을 따끔거리게 찌르던 짧은 머리카락이 느껴져 고개를 홱 돌린다.

"리브? 다 모였습니다. 회의실로 가실까요? 커피를 가져오라 하겠습니다."

그녀는 헨리에게서 눈을 떼지 않는다. 헨리가 그녀 옆을 지나쳐 다른 여자가 들어가도록 문을 열어준다. 그녀는 폴이 진짜로 열기를 내뿜기라도 하는 듯 그의 존재를 느낀다. 폴은 이런 회의는 자기한테는 산책하러 나가는 정도에 불과하다는 듯이 청바지 차림으로 나타났다.

"요즘은 어떤 여자한테 사기를 쳐서 귀중품을 슬쩍하시나요?" 그녀가 조용히, 그에게만 들릴 정도로 조용히 말한다.

"아뇨. 핸드백을 훔치고 쉬운 여자들을 유혹하느라 너무 바빴어요."

그녀가 고개를 홱 쳐들어 그의 눈을 마주본다. 그 역시 그녀만큼이나 화가 난 모습에 충격을 받는다.

회의실은 나무 패널을 둘렀고 가죽으로 덮은 묵직한 의자들이 놓여 있다. 한쪽 벽에는 가죽 장정한 책들이 줄지어 꽂혀 있다. 그럴듯한 법률 회사 회의실의 세월에 위엄 있는 지혜가 스며 있음을 보여준다. 그녀는 헨리 뒤를 따라간다. 곧 모두 테이블 양편에 나란히 앉는다. 그녀는 자신의 노트, 자기 손, 자기 커피. 폴만 아니면 뭐든 쳐다본다.

"그래서." 헨리가 커피를 따라줄 동안 기다린 다음 손끝을 가지런히 모은다. "우리는 TARP를 통해 할스턴 씨에게 제기된 청구 소송에 대해 편견 없이 의논하기 위해, 법적 조치에 의지하지 않고서 조정에 이를 수 있는 방법이 있을지 찾아보기 위해 이 자리에 모였습니다."

그녀는 맞은편에 앉은 사람들을 바라본다. 여자는 40대 초반이다. 검은 곱슬머리가 구불거리며 얼굴을 감싸고 내려와 있고 긴장한 표정이다. 메모장에 뭔가 휘갈겨 쓰고 있다. 그녀 옆의 남자는 프랑스인이고 40대의 세르주 갱스부르처럼 생김새가 굵직굵직하다. 리브는 사람들이 말하는 것을 듣지 않고서도 서로 다른 국적의 얼굴들을 구별할 수 있다는 생각을 자주 했다. 이 남자는 너무나 프랑스적이라서 프랑스산 궐련 담배인 골루아즈를 피우고 알이 굵은 진주 목걸이를 두르는 편이 낫겠다.

그리고 폴이 있다.

"우선 먼저 각자 자기소개를 좀 해주시는 게 어떨까요? 저는 헨리 필립스이고, 할스턴 씨의 대리를 맡고 있습니다. 이쪽은 TARP 대리인 션 플래허티 씨, TARP 이사인 폴 맥캐퍼티 씨와 제이니 디킨슨 씨입니다. 이쪽은 르페브르 가의 앙드레 르페브르 씨로, TARP와 함께 청구소송을 제기하신 분입니다. 할스턴 씨, TARP는 미술품을 추적해서 되찾아주는 일을 전문적으로 하는……."

"저도 알아요." 그녀가 말을 자른다.

아, 하지만 그가 너무 가까이 있다. 바로 테이블 맞은편이라서 그의 손에 솟은 핏줄 하나하나, 소매 속에서 삐져나온 커프스까지 보인다. 그는 그들이 만난 날 밤 입었던 셔츠를 입고 있다. 테이블 밑으로 발을 뻗으면 그의 발이 닿을 것이다. 그녀는 의자 밑에 얌전히 양발을 모으고 커피잔으로 손을 뻗는다.

"폴. 할스턴 씨에게 이 청구가 어떻게 제기됐는지 좀 설명해주실까요."

"예." 그녀는 차가운 목소리로 말한다. "듣고 싶네요."

그녀는 천천히 고개를 든다. 폴이 그녀를 똑바로 보고 있다. 자기가 얼마나 심하게 떨고 있는지 그가 알아챌 수 있을까 궁금하다. 모두의 눈에 분명히 보일 것 같다. 숨소리조차 자기 뜻대로 억제할 수가 없다.

"저……. 먼저 사과 말씀드리겠습니다. 이런 일이 충격으로 다가오리라는 것은 잘 압니다. 안타까운 일이지요. 슬프지만 이런 일을 무난하게 잘 처리할 수 있는 방법은 없습니다."

폴은 그녀를 똑바로 바라보고 있다. 그녀가 자신의 말을 들어주기를, 뭔가 신호를 주기를 기다리고 있음을 느낄 수 있다. 그녀는 뭔가 집중할 것을 찾느라고 책상 밑에서 손톱이 살 속을 파고들 만큼 무릎을 꽉 잡는다.

"법적으로 남의 것을 빼앗고 싶은 사람은 아무도 없습니다. 그리고 우리가 하는 일이 그런 것도 아니고요. 하지만 오래전 전쟁 중 범죄 행위가 저질러졌다는 것은 분명한 사실입니다. 에두아르 르페브르의 그림이자 그의 아내가 소장했고 아꼈던 그림, 「당신이 남겨두고 간 소녀」는 독일군에게 약탈당했고, 그들의 손에 넘어갔습니다."

"당신이 그걸 어떻게 알아요." 그녀가 대꾸한다.

"리브." 헨리의 목소리에 경고조가 담겨 있다.

"우리는 르페브르 부인의 이웃이 갖고 있던 일기장을 증거 서류로 입수했습니다. 거기에 화가 아내의 초상화가 도난당했던가 아니면 당시 그 지역에 주둔해 있던 독일군 사령관에게 강압적으로 탈취당했다는 사실이 암시되어 있습니다. 우리가 작업하는 사건 대부분이 제2차 세계대전 중 일어난 손실에 관한 것인데 이 사건은 최초 도난 시점이 제1차 세계대전 중이었다는 점에서 드문 경우입니다. 하지만 헤이그 협약이 마찬가지로 적용됩니다."

"그런데 왜 하필 지금이에요? 당신 말로는 도난당한 지 거의 100년이 지났는데요. 르페브르가 갑자기 이제는 값이 하늘 높은 줄 모르고 치솟았다, 이거 아닌가요?"

"그림의 가치는 중요하지 않습니다."

"좋아요. 가치가 중요하지 않다면 제가 보상해드리지요. 지금 당장요. 얼마면 되겠어요? 영수증이 아직 저한테 있거든요. 얼마 드리면 저를 가만 내버려두실래요?"

방이 침묵에 잠긴다.

헨리가 손을 뻗어 그녀의 팔을 잡는다. 펜을 쥔 그녀의 손가락 관절이 하얗다. 그가 부드럽게 말한다. "제가 좀 끼어들자면, 이번 모임의 목적은 이 문제에 대한 해결책을 여러 가지 내놓고 그중 수용할만한 것이 무엇인지 보자는 것입니다."

제이니 디킨슨이 앙드레 르페브르와 나지막이 몇 마디 말을 주고받는다. 그녀에게는 초등학교 선생같이 주도면밀한 침착함이 있다. "르페브르 가의 입장을 말씀드리자면, 그분들의 그림을 돌려받는 것 이외에는 어떤 제안도 받아들일 수 없다고 하십니다."

"그분들 그림이 아니라는 게 문제지요." 리브가 대꾸한다.

"헤이그 협약에 따르면 그분들 소유입니다." 그녀가 차분히 말한다.

"말도 안 돼요."

"법적으로는 그렇습니다."

리브가 고개를 들자 폴이 그녀를 쳐다보고 있다. 그의 표정은 여전히 그대로이지만 눈빛에는 사죄하는 기색이 있다. 무엇에 대해서? 니스 칠한 마호가니 테이블을 사이에 두고 고함친 것? 도둑맞은 밤? 도둑맞은 그림? 알 수가 없다. 나를 보지 마요. 그녀는 그에게 무언으로 전한다.

션 플래허티가 입을 연다. "어쩌면, 헨리의 말처럼 가능한 해결책 몇 가지를 최소한 윤곽이라도 잡을 수는 있을 겁니다."

"아, 당신은 그게 가능하군요." 리브가 말한다.

"이런 사건에는 선례가 많이 있습니다. 하나는 할스턴 씨가 임의로 청구를 소멸시키는 겁니다. 그러자면, 할스턴 씨, 르페브르 가에 그림값을 지불하시고 계속 갖고 계시면 됩니다."

제이니 디킨슨은 메모장에서 고개를 들지 않는다. "제가 이미 말씀드렸듯이, 그 집안은 돈에는 관심이 없습니다. 그림을 원해요."

리브가 대꾸한다. "오, 좋아요. 제가 협상 따위는 해본 적도 없는 사람인 줄 아시는가보지요? 선제 기습 공격도 모를 거라 생각하세요?"

"리브……." 헨리가 다시 나선다. "우리가 할 수 있다면……."

"어떤 식으로 일이 진행될지 뻔하잖아요. '오, 아뇨, 우리는 돈은 원치 않아요.'로또 맞은 거랑 맞먹는 액수가 나올 때까지 그러겠지요. 그러고는 다들 상한 감정을 가까스로 극복하겠지요."

"리브……." 헨리가 조용히 그녀를 부른다. 그녀가 한숨을 토한다. 테이블 아래에서 손이 덜덜 떨린다.

"그림을 공동소유하기로 합의를 보는 경우도 있습니다. 이와 같은 불가분 자산의 경우에는 문제가 복잡한 것이 사실입니다. 하지만 원하신다면 시간을 나누어 공동으로 소유한다든가, 아니면 공동소유로 하되 대형 갤러리에 전시하도록 하는 경우도 있습니다. 물론 그러려면 방문객들에게 그림이 과거에 도난당한 적이 있고 이전 소유주들께서 관용을 베풀었음을 공지로 알려야겠지요."

리브는 말없이 고개를 가로젓는다.

"그림을 팔아서 나누어 가질 수도 있는데……."

"아뇨." 리브와 르페브르가 동시에 대답한다.

"할스턴 양."

"할스턴 씨에요." 그녀가 말한다.

"할스턴 씨." 폴의 어투가 딱딱해졌다. "저희들 쪽이 훨씬 승산이 있다는 점을 말씀드려야겠습니다. 반환을 뒷받침할 증거와 저희의 명분에 무게를 실어주는 선례들을 많이 갖고 있습니다. 해결 방법에 대해 좀 신중하게 생각해보시는 게 당신에게도 이로울 겁니다."

방이 조용해졌다. "나를 겁주려는 건가요?" 리브가 묻는다.

"아뇨." 그가 천천히 말한다. "하지만 이 문제를 평화적으로 해결하는 것이 모두에게 가장 이익이 된다는 점을 잊지 말아주셨으면 합니다. 이런 사건은 한 번 시작하면 끝을 보아야 합니다. 저는……. 우리는 끝까지 갈 겁니다."

그녀는 갑자기 그를 본다. 그의 팔이 그녀의 벗은 허리를 감싸 안고 그녀의 왼쪽 가슴 위에 그의 갈색 머리를 놓는다. 그녀는 어슴푸레한 불빛 속에서 웃고 있는 그의 눈을 본다.

그녀가 턱을 약간 들어 올린다. "그 그림은 당신들이 가져갈 수 없어요. 법정에서 봅시다."

그들은 헨리의 사무실에 있다. 그녀는 위스키를 좀 많이 마셨다. 대낮에 위스키에 취해본 것은 난생처음이지만 헨리가 충분히 이해한다는 듯이 그녀에게 위스키를 따라줬다. 그녀가 몇 모금 마시는 것을 잠시 기다린다.

"경고하는데, 돈이 엄청 드는 사건이 될 겁니다." 그가 의자에 다시 몸을 기대며 말한다.

"얼마나요?"

"흠, 예술품은 대개의 경우 법무 관련 비용을 치르고 난 뒤에야 팔 수 있어요. 최근 코네티컷에서 한 청구인이 2200만 달러 나가는 도난 작품을 되찾은 일이 있었지요. 하지만 변호사 한 명에게만 1000만 달러 이상의 빚을 졌어요. 전문가들을 고용해야 할 텐데, 그림의 역사를 생각하면 특히 프랑스 법률 전문가가 필요해요. 그리고 이런 사건은 시간을 오래 끌 수도 있어요, 리브."

"하지만 우리가 이기면 그쪽에서 우리 비용도 지불해주는 거지요?"

"꼭 그렇지는 않아요."

그녀는 그 말을 곰곰이 생각한다. "흠, 몇 만 달러 정도면 될까요?"

"0 하나는 더 붙여야 할 겁니다. 그들의 화력에 따라 달라지겠지요. 하지만 선례로 봐서는 그들이 유리해요." 헨리가 어깨를 으쓱한다. "우리는 당신의 소유권에 아무런 문제가 없다는 것을 입증할 수 있어요. 하지만 현재 상태 대로라면 그 그림의 역사에 빈 부분이 있는 것 같아요. 그림이 전쟁 중에 사라졌다는 증거를 그들이 갖고 있다면, 그러면……."

"수십만 달러라고요?" 그녀는 방을 이리저리 왔다 갔다 한다. "믿을 수가 없군요. 잘 살고 있는데 누가 갑자기 나타나서 내가 소장한 물건을 다짜고짜 넘기라고 요구하다니 믿을 수가 없는 일이에요. 그동안 내가 지니고 있었던 것을."

"그들 쪽이 완벽하게 빈틈이 없지는 않아요. 하지만 요즈음 정치적인 기류가 청구인들에게 유리하게 돌아가고 있는 건 사실입니다. 소더비 경매장에서 작년에 그런 작품이 서른여덟 점이 팔렸어요. 10년 전에는 한 건도 없었지요."

그녀는 감전된 듯한 기분이다. 그 만남의 여파로 여전히 신경이 잔뜩 곤두서 있다. "그림은 그의…… 그들의 것이 아니에요."

"하지만 돈이 문제예요. 벌써 비용이 부담스럽다고 했잖습니까."

"2차 담보 설정을 하겠어요. 비용을 낮출 방법이 있을까요?"

헨리가 책상 위로 몸을 숙인다. "싸우기로 마음먹으신다면 할 수 있는 일은 많습니다. 가장 중요한 것은, 그림의 출처에 대해 더 많이 알아낼수록 우리 입장이 유리해진다는 거예요. 그렇지 않으면 이쯤에서 알려드려야겠는데, 시간당 요금을 내셔야 합니다. 일단 법정으로 가면 전문가의 증언 비용 없이도 그렇습니다. 그렇게 하시겠다면 지금 상황을 확인해보고 법정 변호사에게 지시할 것을 조사해보겠습니다."

"조사를 시작할게요."

그녀의 귓가에 그들의 확신에 찬 목소리가 계속 맴돈다. "저희들 쪽이 훨씬 승산이 있다는 점을 말씀드려야겠습니다. 반환을 뒷받침할 증거와 저희의 명분에 무게를 실어주는 선례들을 많이 갖고 있습니다." 폴의 얼굴이, 걱정해주는 척하던 표정이 눈앞에 떠오른다. "이 문제를 평화적으로 해결하는 것이 모두에게 가장 이익이 된다는 점을 잊지 말아주셨으면 합니다."

그녀는 위스키를 홀짝이며 약간 기가 꺾인다. 갑자기 지독한 외로움이 엄습한다. "헨리, 당신이라면 어떡하겠어요? 당신이 나라면 말이에요." 그는 손끝을 모아 코 위에 놓는다. "이건정말 말도 안 되게 부당해요. 하지만 리브, 나라면 법적 절차를진행하는 데에는 신중하겠어요. 이런 사건은…… 지저분해지기 쉬워요. 해결할 방법이 있을지 조금 더 시간을 갖고 생각해보는 게 좋을 거예요."

그녀는 계속 눈앞에 폴의 얼굴이 어른거린다. "아뇨." 그녀가 단호하게 대답한다. "그림은 못 내줘요."

"하지만……."

"안 돼요."

그녀는 자기 물건을 챙기면서 자기를 보는 그의 시선을 무시하고 그대로 방을 나온다.

폴은 네 번째로 전화번호를 누른다. 통화 버튼 위에 손가락을 올려놨다가 마음을 바꾸고 뒷주머니에 휴대전화를 쑤셔 넣는다.

"점심 먹으러 갈래요?" 제이니가 문가에 나타난다. "1시 30분으로 예약해뒀는데."

그녀는 향수를 방금 막 뿌린 것이 틀림없다. 그의 책상 쪽까지 향기가 퍼진다. "내가 꼭 끼어야 되나요?" 그는 잡담이나 주고받을 기분이 아니다. 남들한테 잘 보이려 애쓰고 싶지도 않고, 회사의 놀랄만한 반환 실적을 세세히 들추고 싶지도 않다. 제이니 옆에 앉아 있는 것도, 그녀가 웃을 때 자기 쪽으로 몸을 기대고 무릎을 붙여오는 것도 싫다. 그보다 더 정확히 말하자면 앙드레 르페브르의 의심에 찬 눈빛과 입꼬리가 아래로 처진 입이 싫다. 고객이 이렇게까지 마음에 안 들기도 처음이다.

"그림이 없어졌다는 것을 제일 처음 알아차리신 때가 언제인지요?" 그가 물었다.

"감사를 하던 중 알았습니다."

"그래서 개인적으로 그 그림에 애착이 있으셨습니까?"

"개인적으로요?" 그가 왜 그런 질문을 하는지 모르겠다는 듯 어깨를 으쓱했다. "우리 것이어야 할 작품으로 엉뚱한 사람이 금전적 이득을 본다는 게 말이 됩니까?"

"정말 같이 안 갈 거예요? 왜요?" 제이니가 묻는다. "뭐 다른 일 있어요?"

"서류 작업을 좀 해야 할 것 같아서요."

제이니가 그에게 시선을 던진다. 립스틱을 발랐다. 힐도 신었다. '다리가 예쁘군.' 그는 무심코 생각한다.

"우리는 이 사건이 필요해요, 폴. 그리고 앙드레에게 우리가 이길 거라는 확신을 줘야 해요."

"그렇다면 그와 점심을 함께하느니 뒤에서 일을 하는 편이 내 시간을 더 알차게 쓰는 셈일걸요." 그는 그녀를 보지 않는다. 그는 고집스럽게 턱을 앙다문 것처럼 보인다. 이번 주 내내 누구한테나 다 퉁명스럽게 대했다. "미리엄을 데려가요. 밥 한 끼 잘 사줄만하니까."

335

"비서까지 밥 사줄 여유는 없어요. 당신 괜찮은 거예요, 폴?"

"그럼요."

"흠." 여전히 그녀의 목소리에는 날이 서 있다. "설득이 안되는군요. 당신이 그 사건에 대해 뭘 찾아올지 기대할게요. 틀림없이 결정적인 것을 들고 오겠지요."

그녀는 잠시 더 서 있다가 가버린다. 사무실에서 나가면서 그녀가 르페브르와 프랑스어로 이야기하는 소리가 들린다.

리브는 벽에서 그림을 떼어낸다. 유화 표면을 가볍게 손가락으로 쓰다듬어 소용돌이무늬와 붓질 자국을 느끼면서 화가의 손이 남긴 것이라는 데 새삼 놀라움을 느끼며 캔버스의 여자를 바라본다. 금박 칠한 액자는 군데군데 흠집이 났지만 그녀는 늘 그것이 보기 좋다고 생각했다. 오래되고 초라한 장식과 여자를 둘러싼 선명하고 깨끗한 선이 이루는 대조를 즐겼다. 「당신이 남겨두고 간 소녀」가 방에서 유일하게 화려한 색이고, 침대 끝에서 작은 보석처럼 빛나는 고풍스럽고 소중한 것이라는 사실이 마음에 들었다.

이제 그녀는 단지 '그 소녀'가 아니다. 신혼여행 온 부부들끼리 공유하는 역사의 한 조각, 주고받은 친밀한 선물 그 이상이다. 지금 그녀는 실종된, 어쩌면 살해당했을지도 모를, 유명한 화가의 아내다. 그녀가 마지막으로 남편과 만난 것은 강제 수용소에서였다. 그녀는 사라진 그림이고 소송 대상이고 앞으로의 조사 대상이다.

리브는 이 새로운 사실을 어떻게 받아들여야 할지 알 수가 없다. 리브가 아는 것은 이미 자신의 일부를 잃어버렸다는 것뿐이다.

"그림은…… 약탈당해 독일군의 소유로 넘어갔습니다."

앙드레 르페브르. 소피의 그림에는 거의 눈길조차 주지 않던 그의 적의 어린 표정. 그리고 맥캐퍼티. 그 회의실에서의 폴 맥캐퍼티를 떠올릴 때마다 머릿속이 분노로 웅웅거린다. 가끔은 끝도 없이 과열되다가 분노로 불타버릴 것만 같은 기분이 든다. 어떻게 소피를 내줄 수 있을까?

20
1917년 2월

사랑하는 언니,

언니가 떠난 지도 3주 하고 나흘이 지났네. 이 편지가 언니한 테 전해질지, 다른 편지들은 전해졌는지 알 길이 없어. 시장님 이 새로 통신선을 구축했어. 안전하다는 통지를 받는 대로 곧 이 편지를 보내주겠다고 약속하셨어. 그래서 난 기다리면서 기 도하고 있어.

열나흘 동안 계속 비가 내리는 바람에 남은 길이 온통 진흙탕 이 됐어. 다리가 진흙투성이가 되고 말발굽에서 편자가 빠졌 어. 우리는 광장 밖까지는 거의 나갈 엄두를 내지 못했어. 너무 춥고 힘들어서 이제 더는 단 몇 분이라도 아이들 곁을 떠나고 싶지 않아. 에디트는 언니가 떠나고 사흘 내내 창가에 앉아 움 직이지도 않으려 했어. 결국 병이 날까 겁이 나서 억지로 테이 블로, 나중에는 침대로 데려가야 했지. 이제는 말을 하지 않아. 슬프지만 그 애를 위로해줄 시간이 거의 없었어. 요즘은 저녁에 오는 독일군 수가 더 줄었지만 식사를 차려주고 그들이 가고 나서 청소하는 것만으로도 매일 자정까지 일을 해야 할 정도야.

아우렐리앙은 자취를 감췄어. 언니가 떠나고 난 후 바로 없어졌어. 루비에 부인으로부터 그 애가 아직 생페론에 자크 아리에쥐와 담배 가게 위에 머물고 있다는 소식을 들었지만 사실 이제는 보고 싶지도 않아. 언니는 사람들이 선하다고 믿었지만, 난 사령관이 진심으로 언니가 잘되기를 바랐다면 그런 식으로 언니를 끌고 가서 마을 전체가 근거도 없는 언니의 죄를 알게 만들지는 않았을 것 같아. 그들의 행동에서 조금이라도 인간다운 데를 찾을 수가 없어. 아무리 생각해도.

언니를 위해 기도해. 아침에 잠에서 깨면 언니 얼굴이 떠올라. 아직도 몸을 뒤척이다 언니가, 언니의 풍성하게 많은 머리채가 내 옆에 없다는 데 깜짝 놀라. 나를 웃겨주고 머릿속에서 떠올린 음식 이야기를 들려주던 언니가 말이야. 바에서도 몸을 돌려 언니를 부르지만 언니가 있어야 할 자리에는 침묵뿐이야. 미미는 마치 자기도 책상 앞에 앉아 글을 쓰거나 꿈꾸는 눈빛으로 허공을 응시하는 언니를 찾게 될 거라 기대하는 것처럼 언니 침실로 올라가서 안을 들여다봐. 우리가 그 창가에 서서 저 너머 무엇이 있을까 상상해보던 거 기억나? 요정과 공주와 우리를 구해줄 귀족들을 꿈꾸던 시절 말이야. 어린 시절의 우리가 지금 이곳에서, 구멍이 파인 길과 누더기를 걸친 유령 같은 사람들, 굶주린 아이들로 무엇을 만들어낼 수 있을지 궁금해.

언니가 떠난 후로 마을은 너무나 조용했어. 죽을 때까지 삐딱할 루비에 부인이 들어와서 계속 고집스럽게 언니 얘기를 해. 아무나 붙잡고 장광설을 늘어놓아. 사령관은 저녁에 식사를 하러 오는 몇 안 되는 독일군 속에 없어. 차마 나랑 눈을 마주칠 수가 없을 거야. 아니면 내가 과도로 자기를 찔러 죽일 것을 아니까 피해 있기로 마음먹었든가.

여전히 정보가 조금씩 흘러들어와. 우리 문 밑으로 들어오는 쪽지를 보니까 릴 인근에서 또 인플루엔자가 발생했대. 연합군 호송대가 드웨 부근에서 사로잡혔대. 벨기에 국경에서는 말들을 잡아먹었대. 장 미셸한테서는 아무 소식도 없어. 언니한테서도 소식이 없고.

며칠 동안 갱 속에 묻혀서 멀리서 희미하게 들려오는 목소리만 듣고 있는 기분이야. 내가 사랑하는 사람들은 아이들을 제외하고는 모두 내 곁에서 끌려갔어. 이제는 누가 살았는지 죽었는지도 알 수가 없어. 가끔은 언니가 너무나 걱정되어서 몸이 마비되는 것 같아. 수프를 젓다가 상을 차리다가 억지로 숨을 쉬면서 아이들을 위해서 강해져야 한다고 스스로에게 타이르곤 해. 무엇보다도 믿음을 잃어서는 안 된다고. 언니라면 어떻게 했을까? 스스로에게 물어보면 대답은 언제나 분명해.

제발, 사랑하는 언니, 몸조심해야 해. 독일군이 언니를 붙잡고 있다 해도 더는 그들을 자극해서는 안 돼. 아무리 참기 힘들어도 위험한 짓을 해서도 안 되고. 제일 중요한 것은 언니가 우리에게 무사히 돌아오는 거야. 언니랑 우리 그이랑 언니의 사랑하는 남편이랑.

이 편지가 언니한테 닿을 거라고 스스로에게 말해. 어쩌면, 정말 어쩌면 언니와 형부가 함께 있을지도 모른다고, 내가 가장 두려워하는 일이 일어나지는 않을 거라고 나 자신에게 말해. 하느님이 이 어두운 시절에 우리의 미래를 가지고 장난을 좀 쳐보기로 했다 해도 틀림없이 정의로우실 거라고 나 자신에게 말해.

무사해야 해, 언니.

언니를 사랑하는 동생, 엘렌.

21

폴은 제1차 세계대전 중 레지스탕스 첩보원들이 감추어뒀던 서신 은닉처에서 입수한 편지를 내려놓는다. 그것이 소피 르페브르의 가족들한테서 찾은 유일한 증거다. 그 편지는 다른 편지들과 마찬가지로 소피에게 전해지지 않았던 것 같다.

「당신이 남겨두고 간 소녀」는 이제 폴의 최우선 과제가 됐다. 그는 평소 정보원들, 박물관, 기록문서 보관 담당자들, 경매소, 국제 미술품 사건 전문가들을 만나고 다닌다. 그보다 다루기 힘든 정보원들은 비공식적으로 접촉한다. 일명 스코틀랜드 야드라고 부르는 런던 경시청의 옛 지인들, 미술품 범죄 분야의 연줄들, 도난당한 유럽 미술품 전체의 지하에서 움직임을 거의 오차 없이 정밀하게 기록하는 것으로 유명한 루마니아인 등이다.

그가 발견한 사실들은 이런 것이다. 에두아르 르페브르는 최근까지도 마티스 아카데미에서 가장 주목받지 못한 화가였다.

그의 작품을 다루는 교수는 딱 두 명뿐이며, 둘 다 「당신이 남겨두고 간 소녀」에 대해서는 그가 아는 정도밖에는 알지 못한다.

르페브르 가에서 얻은 사진 한 장과 일기로 그림이 제1차 세계대전 때 독일군에게 점령당했던 마을인 생페론의 르코크루주라는 호텔에 걸려 있었다는 것을 알 수 있었다. 소피 르페브르가 체포되고 얼마 지나지 않아 그림은 흔적도 없이 사라졌다.

그리고 그림이 루앤 베이커 소유로 다시 모습을 나타내기 전까지는 삼십여 년의 간격이 있다. 그녀는 서른 해 동안 미국의 자기 집에 그림을 갖고 있다가 스페인으로 옮겨가서 거기에서 사망했고, 데이비드 할스턴이 그림을 샀다.

그 사이의 기간 동안 무슨 일이 있었을까? 그림이 정말로 도난당했다면 어디에서 도둑맞았을까? 역사에서 사라져버린 듯한 소피 르페브르는 어떻게 됐을까? 사실들은 흩어진 퍼즐 조각처럼 띄엄띄엄 존재하지만 결코 명확해지지 않는 부분이 있다. 소피 르페브르에 관한 것보다는 그림에 대한 기록이 더 많다.

제2차 세계대전 중에 약탈당한 귀중품들은 독일의 지하 안전 금고에 보관됐다. 비양심적인 판매상들과 전문가들의 협조 아래 수백만 점에 달하는 예술 작품을 목표로 한 약탈이 군사적으로 효율성 있게 이뤄졌다. 전투에서 군인들에 의해 마구잡이로 이뤄진 약탈이 아니었다. 그 약탈은 체계적이었고, 잘 통제되고 조직됐으며, 문서로 기록됐다.

그러나 제1차 세계대전에서 도난당한 자산들, 특히 북부 프랑스의 도난품들에 대해서는 남은 기록이 거의 없다. 제이니

말로는 그렇기에 이번 사건이 일종의 판례가 될 것이라고 한다. 그녀는 자부심을 갖고 그 말을 한다. 사실 이 사건은 그들의 회사에 대단히 중요하다. 작품 출처의 자료를 모으고, 죽은 사람들의 친척이 수십 년간 추적해온 작품들의 목록을 만드는, 그들과 비슷한 회사의 숫자가 나날이 늘고 있다. 이제 아끼던 작품을 되찾을 수만 있다면 무슨 말이라도 다 믿을 사람들에게 터무니없는 약속을 하면서 소송에서 지면 수수료도 안 받겠다며 경쟁자보다 비용을 후려치는 회사들까지 나오고 있다.

션은 리브의 변호사가 그 소송을 무효화하기 위해 다양한 법적 수단을 동원했다고 알린다. 그 사건이 제약 법령 밖에 있고, 데이비드가 매리앤 베이커로부터 그림을 산 것은 "아무 문제가 없었다"고 주장한다.

그러나 여러 가지 복잡한 이유로 이러한 시도는 모두 실패로 돌아갔다. 션은 그들이 신나게 법정으로 향하고 있다고 말한다. "다음 주가 될 것 같아. 우리 판사는 버거워. 유일하게 이런 사건에서 청구인에게 유리한 판결을 내려온 사람이야. 잘될 것 같아!"

"그거 잘됐군." 폴이 대답한다.

그의 사무실에는 다른 사라진 그림들이나 반환 청구 대상들 틈에 「당신이 남겨두고 간 소녀」의 사진이 붙어 있다. 폴은 한 번씩 올려다볼 때마다 리브 할스턴이 자기를 떠올리지 않기를 바란다. 폴은 눈앞의 서류들로 주의를 돌린다.

"이 그림은 초라한 동네 호텔에서는 보기 힘든 것이오."

사령관은 아내에게 어느 대목에서 이런 말을 한다.

"사실 그림에서 눈을 뗄 수가 없소."

그림에서? 폴은 궁금하다. 아니면 그녀한테서?

리브 역시 한참 떨어진 곳에서 일을 하고 있다. 그녀는 7시에 일어나 런닝화를 신고 나서서 음악을 들으며 심장 고동 소리에 발을 맞추어 강을 따라 달린다. 모가 일하러 나간 뒤에 집으로 돌아와 샤워를 하고 아침을 만들고 프랜에게 차를 한 잔 갖다주지만 이제는 글라스 하우스를 나와 미술 전문 도서관에서, 화랑들의 답답한 기록 보관소에서, 그리고 인터넷에서 단서를 쫓으며 하루를 보낸다. 헨리와 매일 연락을 하고, 그가 회의를 하자고 할 때마다 들른다. 헨리는 프랑스의 법적 증언이 중요한데 전문가 중에서 증인을 찾기가 어렵다고 설명한다. 그녀가 말한다. "그러니까 그림 속 여자는 존재했던 적도 없는 것 같고 그 여자에 대한 기록도 전혀 없는데, 당신은 그런 그림에 대해서 내가 구체적인 증거를 내놓아야 한다는 거로군요."

헨리는 그녀에게 소심하게 미소 짓는다. 그럴 때가 많다.

그녀는 오로지 그림에만 매달려 살고 있다. 크리스마스가 다가오는 줄도, 아버지가 애처롭게 전화를 하는 것도 모른다. 헨리는 그녀에게 상대편에서 공개한 파일을 모두 줬다. 소피가 남편과 주고받은 편지 사본들. 그들이 살았던 작은 마을과 그림에 대한 참고 자료다. 리브에게 소피는 점차 실체를 갖춰갔다. 리브는 그녀를 떠나보내지 않을 것이다.

리브는 수백 편의 학술 논문과 정치 문서, 반환에 대한 신문 기사를 읽는다. 다하우 수용소에서 풍비박산이 난 가족들과 살아남은 손자들이 티치아노 작품을 되찾기 위해 돈을 빌린 이야기도 있고, 어느 폴란드 가족 중 유일하게 살아남은 사람이 아버지의 작은 로댕 조각을 되찾고 나서 두 달 후 행복하게 눈을 감은 이야기도 있다. 이런 기사들은 거의 다 청구인의 관점에서, 모든 것을 잃었다가 어려움을 무릅쓰고 할머니의 그림을 찾아낸 가족들의 관점에서 쓰였다. 독자는 그들이 작품을 되찾으면 함께 기뻐한다.

"불의"라는 단어가 거의 모든 문단마다 나온다. 기사들은 좋은 뜻으로 그림을 샀다가 잃게 된 사람들의 의견은 거의 다루지 않는다.

'이런 게 뭐가 공정하담? 폴의 손에 절대 그림을 넘겨주지 않겠어.' 그녀는 다짐한다. 하지만 어떤 질문을 던지고 무엇을 보아도 소용없다는 듯이, 그가 얻은 정보를 그녀가 뒤쫓고 있을 뿐이라는 듯이, 어디를 가나 그의 발자취를 찾을 수 있다.

그녀는 일어나 기지개를 켜고 서재 안을 이리저리 걷는다. 일하는 동안 소피가 영감을 불어넣어주기라도 할 것처럼 「당신이 남겨두고 간 소녀」를 책장 위로 옮겨 걸었다. 그들이 함께 할 시간이 제한되어 있다는 것을 의식하기라도 하듯이 이제는 늘 자기도 모르게 그녀를 보고 있다. 그리고 재판 날짜가 멀리서 벌어지는 전투의 북소리처럼 점점 다가온다.

'나에게 답을 줘, 소피. 하다못해 실마리라도.'

"안녕."

모가 요거트를 마시며 문가에 나타난다. 한 달 반이 지났는데 모는 여전히 글라스 하우스에 산다. 리브는 그녀가 있어서 고맙다. 몸을 쭉 뻗으며 시계를 확인한다. "벌써 3시야? 세상에. 오늘은 거의 아무것도 못 찾았는데."

"이거 좀 한번 봐요." 모가 옆구리에 끼고 있던 석간신문을 내민다. "3면이에요." 리브는 신문을 펼친다.

'유명 건축가의 미망인이 나치가 약탈한 그림을 놓고 100만 파운드가 걸린 싸움을 벌이다'가 기사 제목이다. 그 밑에는 수년 전 그녀와 데이비드가 한 자선 행사에서 찍은 사진이 지면 절반에 걸쳐 실려 있다. 그녀는 금속성이 도는 밝은 파란색 드레스를 입고 카메라에 건배하듯 샴페인잔을 들고 있다. 그 옆에 「당신이 남겨두고 간 소녀」의 사진이 다음과 같은 설명과 함께 실려 있다. "100만 달러 가치의 인상파 그림이 '독일군에게 약탈'당했다."

"드레스 멋진데요." 모가 말한다.

리브의 얼굴에서 핏기가 싹 가신다. 처음에는 사진 속에서 파티를 즐기며 미소 짓고 있는 여자, 다른 삶에서 온 여자를 알아보지 못한다.

"오, 맙소사……." 누군가 자기 집, 자기 침실 문을 홱 열어젖힌 기분이다.

"당신을 상류사회의 마녀로 보이게 만들려는 것 같아요. 그렇게 하면 자기들은 불쌍한 프랑스 희생자가 될 테니까요."

리브는 눈을 감는다. 눈을 계속 감고 있으면 다 사라져버릴지도 모른다.

"분명 역사적으로 오류가 있어요. 내 말은, 제1차 세계대전 때는 나치가 없었다고요. 이 사실을 다른 사람들도 알아차릴지 몰라요. 그러니까 걱정할 필요 없다는 거예요." 긴 침묵이 이어진다. "그리고 누가 당신을 알아볼 것 같지는 않아요. 요즘 당신은 완전히 딴판으로 달라졌으니까요. 훨씬……." 그녀는 애써 할 말을 찾는다. "더 가난해졌어요. 그리고 좀 더 나이 먹었고."

리브는 눈을 번쩍 뜬다. 그녀는 부유하고 근심, 걱정 없는 또 다른 자신의 모습으로 데이비드 옆에 서 있다.

모가 입에서 숟가락을 꺼내 자세히 살펴본다. "온라인 판은 보면 안 돼요. 알겠죠? 어떤 사람 댓글은 좀…… 심해요."

리브가 고개를 든다.

"오, 알잖아요. 요즘은 다들 제 의견이 있다고요. 다 헛소리일 뿐이지만." 모가 주방으로 가서 찻주전자를 올린다. "저기, 이번 주말에 래닉을 좀 데려와도 괜찮을까요? 열다섯 명이랑 한집에서 살거든요. 텔레비전 앞에서 다리 한 번 뻗으려 해도 남의 엉덩이를 걷어차기 일쑤예요."

리브는 저녁 내내 커져가는 불안을 애써 억누르며 일을 한다. 그 신문 기사를 계속 들여다본다. 기사 제목, 샴페인 잔을 들고 있는 상류사회 여성. 헨리에게 전화를 거니 기사는 무시하라고, 그 정도 일은 아무것도 아니라고 말한다. 그녀는 어느새 자기도 모르게 법의학자처럼 그의 어조를 세심하게 살피며 그의 자신 있는 말투가 얼마만큼 진심인지 가늠해본다.

"들어봐요, 리브. 이건 큰 사건이에요. 온갖 더러운 수작을 쓸 거예요. 마음 단단히 먹어야 해요." 헨리는 법정변호사에게 보고를 했다. 마치 그녀가 마땅히 들어봤어야 한다는 듯이 그의 이름을 알려준다. 그녀가 비용이 얼마나 들지 묻자 헨리 쪽에서 서류 뒤적이는 소리가 들린다. 헨리가 총액을 말하는 순간 폐 속의 공기가 한 방에 싹 다 빠져나가는 기분이다.

전화벨이 세 번 울린다. 한 번은 그녀의 아버지다. 연극 「라이어」의 소규모 순회공연에서 배역을 얻었다고 한다. 그녀는 자기도 기쁘다고, 이제 다른 여자들한테 한눈 좀 그만 팔라고 건성으로 대답해준다. "캐롤라인이랑 똑같은 소리를 하는구나!" 아버지는 이렇게 외치고 전화를 끊는다.

두 번째는 크리스틴이다. "아이고, 애야." 그녀는 인사도 생략하고 바로 본론으로 들어간다. "지금 막 신문 봤다."

"네. 오후의 읽을거리로 최고라고는 할 수 없지요."

크리스틴이 손으로 송화기를 덮어 대화가 새어나가지 않게 한 것 같다. "스벤이 다시는 아무한테도 말하지 말라더라. 한마디도 말라고."

"안 했어요."

"그럼 어디에서 이렇게 끔찍한 것을 구했을까?"

"헨리 말로는 아마 TARP에서 새어나갔을 거래요. 사건을 가능한 한 나쁘게 보이도록 만들 정보를 흘리는 게 그들에게 이로울 테니까요."

"내가 갈까? 지금은 별로 바쁘지 않아."

"고마워요. 하지만 전 괜찮아요." 그녀는 누구와도 이야기할 기분이 아니다.

"흠, 너만 좋다면 내가 가서 위로해줄 수 있는데. 아니면 내가 편들어주기를 바란다면 나한테도 인맥이 좀 있어. 「헬로!」 지는 어떨까?"

"그건……. 됐어요. 고마워요." 리브는 전화기를 내려놓는다. 지금쯤은 사방에 다 퍼졌을 것이다. 정보를 퍼뜨리는 데에는 크리스틴이 석간신문보다 한 수 위다. 리브는 친구들, 지인들에게 자기 상황을 설명해야 할 것이다. 그림은 이미 어느 정도 그녀만의 것이 아니다. 그것은 공식 기록의 문제, 토론의 초점, 불의의 상징이 됐다.

전화기를 내려놓기 무섭게 다시 벨이 울려서 그녀는 깜짝 놀란다.

"크리스틴, 저……."

"올리비아 할스턴 씨신가요?"

남자 목소리다. 그녀는 주저한다. "네?"

"저는 로버트 실러라고 합니다. 「더 타임스」지의 미술 담당 기자입니다. 안 좋은 때에 전화를 드렸다면 죄송합니다만 당신의 그림에 대해 배경 정보를 모으고 있습니다. 궁금한 게……."

"아뇨. 아뇨, 고맙습니다." 그녀는 전화를 쾅 내려놓는다. 의심스러운 눈으로 전화기를 노려보다가 다시 전화벨이 울릴까 겁이 난다. 수화기를 걸이에서 내려놓는다. 세 번 수화기를 도로 올려놓았는데 그때마다 놓기가 무섭게 전화벨이 울려댄다. 기자들이 자신의 이름과 전화번호를 남겨놓는다. 환심을 사려고 친절한 목소리다. 다들 공정하게 다뤄주겠다고 약속하고 시간을 빼앗아 미안하다고 사과한다. 텅 빈 집에 그녀의 심장이 쿵쾅대는 소리가 울리는 것 같다.

모는 새벽 1시가 갓 지났을 때 귀가했다가 수화기를 내려놓고 컴퓨터 앞에 앉아 있는 리브를 발견한다. 그녀는 프랑스 20세기 초 미술 전문가란 전문가에게는 죄다 이메일을 보내고 있다.

"……에 대하여 아시는 바가 있는지요……. 저는 ……의 역사에서 빈 곳을 메우려는 중입니다. ……에 대해 갖고 계신 정보나 아시는 것이 있으면 무엇이든……."

"차 마실래요?" 모가 코트를 벗으며 묻는다.

"고마워." 리브는 고개도 들지 않는다. 눈이 아프다. 이제는 웹사이트들을 그저 기계적으로 열고, 이메일을 확인하고 또 하는 지경까지 왔음을 알지만 멈출 수가 없다. 뭔가, 아무것이나 그녀의 소유권을 확인하는 데 도움이 될 것을 찾고 있다. 그리고 아무리 무의미할지라도 뭐든 하고 있다고 느끼는 편이 낫다.

모가 주방에 마주 앉아서 그녀 쪽으로 머그잔을 밀어준다.

"몰골이 말이 아니에요."

"고마워."

모가 그녀가 친 글을 힘없이 쳐다보며 차를 한 모금 마시고는 의자를 리브 곁으로 바짝 끌어당긴다. "좋아요. 그러니까 미술사 우등 졸업생으로서 한번 봅시다. 박물관 기록문서 보관소는 다 훑었어요? 경매 카탈로그는요? 딜러들은요?"

리브가 컴퓨터를 끈다. "다 해봤어."

"데이비드가 미국 여자한테서 그림을 샀다고 그랬잖아요. 그녀의 어머니는 어디에서 샀는지 물어볼 수 없나요?"

리브가 서류를 뒤적인다. "그게…… 상대편에서 벌써 물어봤어. 모른데. 루앤 베이커 소유였고, 딸이 바르셀로나에서 엄마 물건들 속에서 발견했고, 우리가 그것을 샀지. 그녀가 아는 건 그게 전부야. 정말로 알고 있어야 했던 건 그거 하나인데."

리브는 석간신문을 들여다본다. 기사는 자신과 데이비드가 잘못했다고, 어쨌거나 그림을 소유한 것은 도덕적으로 결함이 있다고 넌지시 말하고 있다. 그녀는 폴의 얼굴을, 변호사 사무실에서 자신을 보던 그의 눈빛을 떠올린다.

모의 목소리가 그녀답지 않게 나직하다. "괜찮아요?"

"응. 아니. 난 그 그림을 너무나 좋아해, 모. 정말로 좋아해. 바보 같은 소리인 줄 알지만, 그녀를 잃는다고 생각하면……. 그건 내 일부를 잃는 거나 같아."

모가 눈썹을 살짝 치켜세운다.

"미안해. 그냥……. 내가 신문에 공공의 적 1호로 나온 것을 본 거야. 아, 빌어먹을. 모, 내가 대체 무슨 짓을 하고 있는 건지 모르겠어. 내가 싸우는 상대는 이걸 업으로 삼는 사람인데 난 허섭스레기나 쑤시고 다니고 단서라고는 아무것도 없어." 그녀는 울음이 터질 것 같아 창피함을 느낀다.

모가 서류 폴더들을 자기 앞으로 끌어당긴다. "밖으로 나가요. 베란다로 나가서 10분 동안 하늘을 봐요. 그리고 결국은 우리가 가진 것은 의미 없고 헛된 존재뿐이고, 우리의 작은 별은 어쩌면 블랙홀에 집어 삼켜질지도 모르고, 그러면 이 모든 것이 다 소용없어진다는 것을 다시 떠올려봐요. 그리고 내가 도와줄 수 있을지 볼게요."

리브가 코를 훌쩍인다. "하지만 너도 피곤할 텐데."

"괜찮아요. 근무가 끝나면 긴장을 좀 풀어줘야 해요. 그래야 푹 잘 수 있어요. 가요." 그녀가 테이블 위의 폴더들을 획획 넘겨보기 시작한다.

리브는 눈가를 닦고 스웨터를 입고 베란다로 나간다. 거기에서 끝없고 검은 밤하늘을 보며 기묘하게 무중력 상태가 되는 기분을 느낀다. 발아래 펼쳐진 드넓은 도시를 바라보며 찬 공기를 들이쉰다. 어깨가 뭉치고 목이 굳은 것을 느끼며 몸을 쭉 편다. 그리고 언제나 아래쪽 어딘가에서 뭔가를, 이제 막 시야를 벗어나 떠다니는 비밀들을 놓치고 있는 듯한 기분을 느낀다.

10분 후 주방으로 들어와보니 모가 메모장에 뭔가 적고 있다. "체임버스 씨 기억나요?"

"체임버스?"

"중세 회화요. 당신도 틀림없이 그 수업을 들었을 거예요. 그가 뭔가에 대해서 했던 말이 머리에 콱 박혀서 계속 생각나요. 가끔은 그림의 역사가 그저 그림에 관한 것만이 아니라고 했어요. 온갖 비밀과 위반을 담은 가족의 역사이기도 하다고요." 모가 테이블을 펜으로 톡톡 두드린다. "흠, 이건 완전히 내 능력 밖의 일이에요. 하지만 그림이 사라졌을 때, 소피가 사라졌을 때 가족과 같이 살고 있었다는 점을 고려하면 좀 이상해요. 가족들 모두 아주 사이가 좋은 것 같았는데 그들에 대한 증거는 어째서 아무 데도 없는지 말이에요."

리브는 밤새 앉아서 두꺼운 서류 파일들을 뒤적이며 확인하고 또 확인한다. 안경을 코끝에 걸치고 인터넷을 뒤진다. 마침내 새벽 5시가 막 지나서 찾던 것을 발견하자 공공 기록을 잘 유지해두는 프랑스인들의 세심함에 신에게 감사한다. 그런 다음 다시 앉아서 모가 일어나기를 기다린다.

"요번 주말에 래닉 대신 나한테 시간 좀 내줄 수 있어?" 그녀는 모가 잠에 취한 눈으로 검은 머리를 어깨까지 늘어뜨리고 나타나자 이렇게 묻는다. 짙은 검정색 아이라인이 없는 모의 얼굴은 기묘하게 분홍빛이고 연약해 보인다.

"난 달리기 싫어요. 고맙지만 됐어요. 땀 흘리는 건 정말 다 싫어요."

"프랑스어 잘했다면서. 나랑 같이 파리에 가지 않을래?"

모가 찻주전자 쪽으로 간다. "그게 상대편에게 굴복하기로 했다고 당신식으로 말하는 화법이에요? 내가 파리를 좋아하기는 하지만 난 빼줘요."

"아냐. 내가 여든 살 노인이랑 대화를 하려면, 너의 뛰어난 프랑스어 실력이 필요하다고 내 방식으로 말하는 거야."

"그런 주말이라면 최고죠."

"그럼 썩어가는 별 한 개짜리 호텔 정도는 잡아보지. 그리고 어쩌면 갤러리 라파예트 백화점에서 하루쯤 쇼핑도 할 수 있을지 모르고. 구경만이라도 말이야."

모가 몸을 돌려 그녀를 흘겨본다. "어떻게 그런 제안을 거절하겠어요? 몇 시에 출발해요?"

22

그녀는 오후 5시 반에 세인트판크라스 역에서 모를 만난다. 카
페 밖에 서서 손에 담배를 들고 있다. 그녀를 보고 가볍게 손
을 흔들면서, 이틀간 떠나 있을 생각을 하니 약간은 창피하지
만 마음이 놓인다. 글라스 하우스의 죽음 같은 고요로부터 떠
나 있을 이틀. 방사성 물질처럼 여기게 된 전화기로부터 떠나
있을 이틀. 존재만으로도 그녀가 망쳐버린 모든 것을 생각나게
만드는, 폴로부터 떠나 있을 이틀.

전날 밤 스벤에게 자기 계획을 알려주자 즉시 그의 입에서
이런 말이 튀어나왔다. "그럴 여유가 있어요?"

"여유는 없어요. 집을 2차 담보 설정했어요."

스벤의 침묵이 그녀의 마음을 아프게 찌른다.

"어쩔 수 없었어요. 변호사 사무소에서 보증을 원했어요."

법률 비용이 모든 것을 다 잡아먹고 있다. 법정변호사에게만
1시간에 500파운드를 줘야 하는데 그는 아직 법정에 서지도

않았다. "그림이 다시 내 것이 되면 다 괜찮아질 거예요." 그녀는 쾌활하게 말했다.

"그러니까 우리가 만나러 가는 남자는 누구이고, 당신 사건과 어떻게 관계가 있는 거예요?" 모가 열차에 오르면서 묻는다.

필립 베세트는 소피 르페브르의 남동생인 아우렐리앙 베세트의 아들이다. 리브는 아우렐리앙이 점령 기간 동안 누나와 함께 르코크루주에 살았다고 설명해준다. 소피가 잡혀갔을 때 그 자리에 있었고 그 후로도 오랫동안 마을에 남았다. "그는 그림이 사라진 경위를 누구보다 잘 알고 있을지 몰라. 그가 있는 요양원 수간호사랑 얘기해봤는데, 아직 정정해서 대화를 할 수는 있지만 귀가 거의 멀어서 전화로는 얘기를 할 수가 없으니까 내가 직접 와야 한다더라고."

"흠, 도와줄 수 있게 되어서 기쁘군요."

"고마워."

"근데 나 실은 프랑스어를 못 해요."

리브가 고개를 홱 돌린다. 모는 플라스틱 잔 두 개에다 작은 병에 든 레드 와인을 따르고 있다. "뭐라고?"

"프랑스어 못 한다고요. 하지만 노인들이 웅얼거리는 소리는 잘 알아들어요. 뭔가 얻어낼 수 있을 거예요."

리브가 의자에 털썩 주저앉는다.

"농담이에요. 세상에, 당신 참 잘 속네요." 모가 그녀에게 와인을 건네주고 길게 한 모금 들이마신다. "가끔은 당신이 걱정된다니까요. 정말로요."

나중에 돌이켜보면 실제 기차 여행은 거의 기억나지 않는다.

그들은 와인을 작은 병으로 두 병 더 마시고 수다를 떤다. 밤에 외출해본 지가 몇 주 만이다. 모는 그녀에게 부모님과 떨어져 살게 된 사연을 들려준다. 부모님은 그녀가 야심도 없고 요양원에서나 일하면서 그 일을 좋아하기까지 하는 마음을 이해하지 못한다. "아, 나도 우리가 간병인 중에서도 최하층이라는 것은 알지만, 노인들은 좋아요. 진짜 똑똑한 사람들도 있고, 재미있는 사람들도 있어요. 난 내 또래 사람들보다 노인들이 좋아요." 리브는 "지금 동거인은 예외로 하고요"라는 말을 기다리지만 그 말이 나오지 않자 애써 상한 기분을 감춘다.

그녀는 결국 모에게 폴에 대해 털어놓는다. 그러자 모가 잠시 말문이 막힌다. "같이 자기 전에 구글링도 안 해봤단 말이에요?" 다시 말할 기운을 되찾자 이렇게 묻는다. "아이고, 세상에, 당신이 데이트는 그만하기로 했다고 했을 때도 전혀 짐작조차 못 했는데……. 남자랑 잘 거면 꼭 뒷배경을 조사해봐야 된다고요. 세상에."

모는 다시 앉아 잔을 채운다. 아주 잠깐이지만 그녀는 묘하게 활기가 넘쳐 보인다. "우와. 지금 막 이런 생각이 들었어요. 리브 할스턴, 당신은 진짜로 역사상 가장 값비싼 섹스를 했던 것일지도 몰라요."

그들은 파리 외곽의 저렴한 호텔에서 밤을 보낸다. 욕실은 노란색 플라스틱을 통짜로 찍어서 만들었고 샴푸는 주방용 세제랑 색깔과 냄새가 완전히 똑같다. 딱딱하고 기름투성이인 크루아상과 커피 한 잔을 먹고 나서 그들은 요양원에 전화를 건다.

리브는 벌써 불안 섞인 기대감으로 배 속이 꼬이는 것을 느끼며 짐을 싼다.

"어, 일이 잘 안 풀리네요." 모가 전화기를 내려놓으며 말한다.

"뭐?"

"그가 몸이 좋지 않대요. 오늘은 손님을 만날 수 없다는데요."

리브는 화장을 하다가 충격을 받고 그녀를 멍하니 바라본다.

"우리가 런던에서 왔다고 얘기했어?"

"시드니에서 왔다고 했어요. 전화 받은 여자 말로는 그가 쇠약해진 상태라서 우리가 온다 해도 잠만 자고 있을 거래요. 내 휴대전화 번호를 줬어요. 회복되면 전화해주겠다고 했어요."

"죽으면 어떡하지?"

"감기예요. 리브."

"하지만 고령이잖아."

"진정해요. 바에서 술이나 한잔하고 쇼핑할 돈은 없지만 옷 구경이라도 하러 가요. 전화 오면 바로 거기로 가자고요."

그들은 끝도 없는 갤러리 라파예트 백화점을 돌며 오전을 보낸다. 백화점은 크리스마스 장식용 방울로 꾸며져 있고 크리스마스 쇼핑을 하러 나온 사람들로 붐빈다. 리브는 그쪽으로 정신을 돌리려 하지만 하나하나 가격을 예민하게 의식한다. 언제부터 청바지 한 벌에 200파운드가 그럴 법한 가격이 됐담? 100파운드짜리 모이스처라이저가 주름살을 정말로 없애준다고? 그녀는 옷걸이를 집기가 무섭게 도로 놓는다.

"그 정도로 상황이 안 좋아요?"

"법정변호사 비용이 시간당 500달러야."

모는 잠시 할 말을 찾지 못한다. "우아. 그 그림이 그만한 가치가 있어야 할 텐데요."

"헨리는 우리가 변호사는 잘 구했다고 생각하는 것 같아. 말을 번지르르하게 잘하는 사람들이래."

"그럼 걱정은 접어둬요, 리브, 제발요. 이번 주말이면 상황을 호전시킬 수 있어요."

그러나 그녀는 즐길 수가 없다. 팔순 노인의 머리를 빌리러 여기까지 왔는데 그와 대화를 할 수 있을지도 알 수 없는 상황이다. 법정 소송은 월요일에 시작될 예정이고 그녀에게는 지금껏 준비한 것보다 더 큰 화력이 필요하다.

"모."

"음?" 모가 검은 실크 드레스를 들고 있다. 그녀는 약간 불안스럽게 보안 카메라를 계속 쳐다보고 있다.

"우리 다른 데 가볼까?"

"좋아요. 어디 가고 싶어요? 팔레 루아얄? 마레 지구? 다시 원래 모습으로 돌아가고 싶다면 당신이 춤출 술집을 찾을 수도 있을 거고요."

그녀는 핸드백에서 지도를 꺼내 펼친다. "아니. 생페롱에 가보자."

그들은 차를 한 대 빌려 파리에서 북쪽으로 향한다. 모는 운전을 못 하기 때문에 리브가 운전대를 잡았다. 리브는 길 오른쪽을 벗어나지 말아야 한다는 것을 잊지 않으려고 기를 쓴다.

운전을 해본 지가 수년이 됐다. 생페론이 가까워지면서 멀리서 북소리가 들리는 듯하다. 교외가 농장으로, 거대한 산업 지대로 바뀌더니 드디어 거의 2시간을 달려 북동쪽의 평야에 닿았다. 그들은 표지판을 따라가다가, 잠시 길을 잃었다가, 겨우 제 길로 돌아온 끝에 4시가 조금 못 되어 마을 중심가를 따라 천천히 들어선다. 벌써 하루의 장사를 정리하는 시장 노점 몇 군데와 회색 돌이 깔린 광장에 사람 몇 명밖에 없는 조용한 곳이다.

"숨이 막히네. 제일 가까운 술집이 어딜까요?"

그들은 차를 세우고 광장의 호텔을 쳐다본다. 리브가 창문을 내리고 벽돌로 된 건물 정면을 바라본다. "저기야."

"저게 뭔데요?"

"르코크루주. 그들이 살았던 호텔이야."

그녀는 간판을 곁눈질하며 천천히 차에서 내린다. 지난 세기 초로 되돌아간 듯한 모습이다. 창문은 밝은색으로 칠해져 있고 크리스마스 맞이 시클라멘 꽃 상자들이 놓여 있다. 연철 버팀대에 매달린 간판이 흔들린다. 아치형 입구를 지나 자갈 깔린 안뜰로 들어가니 값비싼 차들이 여러 대 보인다. 기대 반 불안 반으로 그녀 안에서 알 수 없는 뭔가가 팽팽해진다.

"미슐랭 가이드에서 별을 준 곳이네요. 굉장하다."

리브가 그녀를 쳐다본다.

"흠. 미슐랭 스타가 붙은 레스토랑에는 잘생긴 직원들이 있다는 건 다 아는 사실이에요."

"그럼…… 래닉은 어쩌고?"

"외국에서는 얘기가 다르지요. 다른 나라에 있을 때는 상관

없다는 것도 다 아는 사실이라고요."

모가 술집 안으로 들어간다. 젊고 눈이 휘둥그레질 만큼 잘
생긴 남자가 풀을 빳빳하게 먹인 앞치마를 두르고 그녀를 맞아
준다. 리브는 모가 그와 프랑스어로 대화를 나눌 동안 옆에 서
있는다.

리브는 요리하는 음식 냄새, 밀랍 냄새, 꽃병의 장미향을 들
이마시며 벽을 쳐다본다. 여기에 그녀의 그림이 있었다. 거의
100년 전 「당신이 남겨두고 간 소녀」가 여기 그 주인과 함께
있었다. 기이하게도 그녀의 마음속 한구석에서는 자기 앞의 벽
에 그림이 나타나기를 기대하고 있다.

그녀가 모에게로 돌아선다. "베세트 가가 아직도 여기 주인
인지 물어봐줘."

"베세트라고요? 아뇨."

"아니래요. 여기는 라트비아 사람이 주인이래요. 호텔 체인
을 가지고 있대요."

그녀는 실망한다. 독일군으로 가득하고, 카운터 뒤에서는 붉
은 머리 여인이 적개심으로 눈을 빛내며 바삐 일하는 모습을
상상해본다.

"저 사람 이 술집의 내력을 안대?" 그녀가 가방에서 사진 복
사본을 꺼내어 둘둘 말았던 것을 펼친다. 모가 그 말을 프랑스
어로 빨리 되풀이한다. 바텐더가 몸을 움츠리고 어깨를 으쓱한
다. "9월부터 여기에서 일을 시작했대요. 내력에 대해서는 전
혀 아는 게 없다네요." 매니저는 휴가를 가고 없다.

바텐더가 다시 뭐라고 말하자 모가 덧붙인다. "그림 속의 여

자가 예쁘다고 하네요." 그녀는 눈을 들어 하늘을 본다.

"그리고 당신 전에도 그런 질문을 한 사람이 있었대요."

"뭐라고?"

"그렇게 말했어요."

"어떻게 생긴 남자였는지 좀 물어봐줄래?"

그가 길게 설명할 필요도 없었다. 30대 후반쯤에 키는 180센티미터 정도이고 짧은 머리카락이 나이에 맞지 않게 약간 세웠다. "경찰관이랑 함께요. 명함을 주고 갔어요." 웨이터는 이렇게 말하며 명함을 리브에게 건넨다.

폴 맥캐퍼티, TARP 이사

그녀는 속에서 불이 활활 타오르는 것 같다. '또? 나보다 먼저 여기에 왔었다고?' 그에게 놀림을 당하는 기분이다. "제가 이 명함 가져도 될까요?" 그녀가 묻는다.

"그럼요." 웨이터가 어깨를 으쓱한다. "자리로 안내해드릴까요?"

리브의 얼굴이 붉어진다. '우린 그럴 여유가 없어.'

그러나 모가 메뉴판을 살피며 고개를 끄덕인다. "네. 크리스마스잖아요. 멋진 식사를 하자고요."

"하지만……."

"내가 살게요. 난 늘 다른 사람들한테 음식을 날라다주기만 했어요. 한번쯤 거창한 식사를 한다면 이런 미슐랭 스타 레스토랑에서 잘생긴 프랑스 남자들한테 둘러싸여서 할래요. 그 정도 돈은 벌었다고요. 그리고 자, 난 당신한테 빚이 있잖아요."

그들은 레스토랑에서 식사를 한다. 모는 수다스럽게 떠들고 직원들과 장난을 친다. 그녀답지 않게 코스가 나올 때마다 감탄을 토하고 키 큰 흰색 양초에 의식을 치르듯 폴의 명함을 불태운다.

리브도 같이 어울리려 애쓴다. 음식은 맛있다. 그렇다. 웨이터들은 정중하고 아는 것이 많다. 모가 계속 말하는 것처럼, 음식의 천국이다. 그런데 봄비는 레스토랑에 앉아 있는 동안 이상한 일이 벌어진다. 그곳이 단지 식당으로만 보이지 않는다. 술집에서 소피 르페브르가 보이고, 오래된 느릅나무 마루를 울리는 독일군 군홧발 소리가 들린다. 벽난로에 타오르는 불빛이 보이고 행진하는 군대의 소리, 먼 총소리가 들려온다. 밖에 보도가 보이고, 군용 트럭으로 끌려가는 한 여자, 슬픔에 겨워 바로 이 술집에서 고개를 숙이고 흐느껴 우는 여동생이 보인다.

"그건 그냥 그림일 뿐이에요." 리브가 초콜릿 퐁당을 물리치자 모가 좀 짜증이 나서 쏘아붙인다.

"나도 알아."

마침내 호텔로 돌아와서도 그녀는 서류 파일을 플라스틱 화장실에 갖다놓고, 모가 잠들자 긴 형광등 불빛 아래에서 무엇을 놓쳤는지 알아내려 읽고 또 읽는다.

일요일 아침, 리브가 손톱을 잘근잘근 씹고 있는데 수간호사한테서 전화가 온다. 그녀는 도시 북동쪽의 주소를 알려준다. 그들은 작은 렌터카를 타고 낯선 거리와 꽉 막힌 외곽 순환도로를 헤매면서 거기로 간다. 전날 저녁에 와인을 두 병 가까이 마신 모는 축 처져서 기분이 좋지 않다. 리브도 머릿속에 여러 가지 질문이 가득 차 잠을 설쳐 피곤한 탓에 말이 없다.

그녀는 PVC 창문에 잘 정돈된 주차장이 있고 적갈색 벽돌로 된 1970년대 상자식의 다소 음침한 건물을 예상했다. 그러나 그들이 도착한 건물은 덧문이 달린 우아한 창이 있고 전면이 담쟁이로 덮인 4층짜리 건물이다. 잘 다듬은 정원에 둘러싸여 있고 그 앞에 높은 연철 대문이 있다.

리브는 모가 립스틱을 고쳐 바를 동안 현관의 초인종을 누르고 기다린다.

리셉션에서 한참을 기다린 후에야 누군가가 다가온다. 왼쪽의 유리문 너머로 노래를 부르는 떨리는 목소리가 들려오고 짧은 머리 젊은 여자가 전자오르간을 연주하고 있다. 작은 사무실에서 두 중년 여성이 차트 작업을 하고 있다.

드디어 한 명이 돌아본다. "안녕하세요."

"안녕하세요." 모가 인사를 한다. "누구를 찾아오셨나요?"

"베세트 씨요." 모가 완벽한 프랑스어로 여자에게 말한다. 그녀가 고개를 끄덕인다. "영국인이신가요?"

"예."

"그렇군요. 서명 좀 해주세요. 손 닦으시고요. 이쪽으로 오세요."

그들이 노트에 이름을 적고 나자 여자가 항균 손세정제를 가리킨다. 그들은 손가락까지 골고루 잘 문지른다. "좋은 곳이네요." 모가 감정사처럼 중얼거린다. 그들은 여자의 씩씩한 걸음을 따라 미로같이 이어지는 복도를 걸어가다 마침내 반쯤 열린 문 앞에 선다.

"환자분? 손님 오셨어요."

그들은 여자가 안으로 들어가 의자 등처럼 보이는 것과 속사포처럼 빠른 말투로 이야기를 할 동안 문가에 어색하게 서 있는다. 그녀가 다시 나타난다. "들어가보세요." 그녀가 말한다. 그리고 이렇게 덧붙인다. "환자분을 위해 뭔가 가져오셨으면 좋겠는데요."

"수간호사님이 환자분께 마카롱을 좀 드리라고 하더군요."

그녀는 리브가 가방에서 꺼낸 고급스러운 포장의 상자를 힐끗 본다.

"아, 좋아요." 그녀가 살짝 미소를 짓는다. "그거 좋아하세요."

"저 사람들은 5시까지 직원 사무실에 있을 거예요." 여자가 자리를 뜨자 모가 속삭인다.

필립 베세트는 안락의자에 앉아서 분수가 있는 작은 안뜰을 내다보고 있다. 카트 위의 산소 탱크가 그의 콧구멍에 테이프로 붙인 작은 관과 연결되어 있다. 그의 얼굴은 제 풀에 무너져 내릴 듯이 주름투성이에 잿빛이다. 군데군데 반투명한 피부 밑으로 혈관이 보인다. 숱 많은 머리카락은 하얗게 세었고 눈의 움직임은 늙은 얼굴에서 풍기는 느낌에 비해 어딘가 기민해 보인다.

리브와 모는 의자 옆을 돌아 마침내 그를 마주한다. 모는 눈높이를 맞추려고 허리를 숙인다. 리브는 생각한다. '모는 사람들을 거리낌 없이 편하게 대해. 마치 다 자기 사람들인 것처럼.'

"안녕하세요." 모가 그에게 자기들을 소개한다. 그들은 악수를 하고 리브가 마카롱을 내민다. 그는 잠시 들여다보다가 상자 뚜껑을 톡톡 친다. 리브가 뚜껑을 열고 상자를 내민다. 그는 손짓으로 그녀에게 먼저 먹으라 권하고 그녀가 거절하자 천천히 하나를 고르고 기다린다.

"입에 넣어드려야 할 것 같아요." 모가 속삭인다.

리브는 망설이다 마카롱을 내민다. 베세트는 아기 새처럼 입을 열어 받아먹고는 눈을 감고 맛을 음미한다.

"에두아르 르페브르의 가족에 대해서 좀 여쭙고 싶은 것이 있다고 말씀드려."

베세트가 그 말을 듣고 한숨을 쉰다. "영어를 할 수 있소."

"에두아르 르페브르와 아는 사이셨나요?"

"만나본 적은 없소." 말을 하는 것도 힘들다는 듯 느린 목소리로 대답한다.

"하지만 아버님이신 아우렐리앙 씨는 그를 아셨겠지요?"

"아버지는 여러 차례 그를 만났지요."

"아버님이 생페론에 사셨나요?"

"우리 가족은 다 내가 열한 살 때까지 생페론에 살았어요. 엘렌 고모는 호텔에 살았고 아버지는 담배 가게 위에 살았소."

"어젯밤에 그 호텔에 가봤어요." 리브가 말한다. 그러나 그는 귀담아듣는 것 같지 않다. 그녀가 복사본을 펼친다. "아버님이 혹시 이 그림 얘기를 하신 적이 있었나요?"

그가 소녀를 물끄러미 바라본다.

"소피 고모." 드디어 그가 입을 연다.

"맞아요." 리브가 열심히 고개를 끄덕인다. "소피에요."

그녀는 희미한 흥분이 번쩍이는 것을 느낀다.

그는 그림이 그 시대의 기쁨과 슬픔을 가져다주는 듯, 퀭하고 진물이 진득거려 잘 보이지도 않는 눈을 그림에서 떼질 못한다. 주름진 눈꺼풀을 천천히 움직여 눈을 껌벅인다. 마치 선사시대의 기이한 존재를 보는 것 같다. 드디어 그가 고개를 든다. "말씀드릴 수 없소. 고모 얘기는 못 하게 했어요."

리브가 모를 흘낏 쳐다본다.

"뭐라고요?"

"소피 고모의 이름은……. 우리 집에서는 사람들이 입 밖에 내지 않았소."

리브가 눈을 깜박인다. "하지만…… 하지만 당신의 고모였잖아요? 훌륭한 화가와 결혼했고."

"아버지는 그 얘기는 한 번도 안 하셨다오."

"이해할 수가 없네요."

"가족 안에서 일어난 일을 다 설명할 수 있는 것은 아니지요."

방이 침묵에 잠긴다. 모는 어색해한다. 리브가 화제를 바꾸려고 해본다. "그러면…… 르페브르 고모부에 대해서는 좀 아시는 게 있겠지요?"

"아뇨. 소피 고모가 사라진 후 그림 일부는 파리의 화상에게 보냈소. 내가 태어나기 얼마 전의 일이지요. 소피 고모가 없었기 때문에 엘렌 고모가 두 점을 가졌고 두 점은 우리 아버지에게 줬어요. 아버지는 필요 없다고 했지만 아버지가 돌아가시고 나서 보니 우리 다락에 있더군요. 그 그림들 덕분에 내가 여기서 지낼 수 있게 된 것이지요. 여기는…… 살기 좋은 곳이오. 그래서 여러 가지 사정에도 불구하고 소피 고모와 나는 좋은 관계였다고 할 수 있겠지요."

그의 표정이 잠시 부드러워진다.

리브가 몸을 앞으로 내민다. "여러 가지 사정에도 불구하고?"

노인의 표정을 읽을 수가 없다. 그녀는 잠깐 그가 고개를 끄덕인 것도 같다. 그러나 그가 말하기 시작한다. "생페론에서는 고모가 부역자였다는 소문…… 뒷얘기들이 돌았다오. 그때문에 아버지가 고모 얘기를 입에 올리지 못하게 하신 거였고. 고모를 아예 없는 사람 취급하는 편이 더 쉬우니까. 그래서 엘렌 고모도, 아버지도 내가 자랄 동안 소피 고모 얘기는 하지 않았다오."

"부역자라고요? 첩자 같은 거요?"

그는 잠시 뜸을 들이다가 대답을 한다. "아뇨. 독일 점령군과 어떤 관계였는지는…… 분명하지 않았어요." 그는 두 여자를 올려다본다. "우리 가족에게는 대단히 고통스러운 일이었다오. 이런 시대에 살고 있지 않다면, 가족이 작은 마을 출신이 아니라면, 그 일이 우리에게 어떤 의미였는지 이해할 수 없을 거요. 편지도, 그림도, 사진도 없어요. 소피 고모는 잡혀간 그 순간부터 아버지에게는 없는 사람이 됐지. 아버지는……." 그가 한숨을 내쉰다. "용서를 모르는 분이었지요. 불행히도 나머지 가족들 역시 우리 역사에서 고모의 존재를 지워버리기로 했고요."

"소피의 여동생조차도요?"

"엘렌 고모조차도."

리브는 충격을 받는다. 오랫동안 소피를 살아남은 자들 중한 사람으로 생각해왔다. 그녀의 승리감에 찬 표정, 얼굴 가득한 남편에 대한 애정을 보아온 탓이다. 사랑받지 못하고 버려진 여자의 이미지를 자신만의 소피와 일치시키기가 힘들다.

노인의 길고 지친 한숨에는 깊은 고통이 묻어난다. 리브는갑자기 그런 기억을 다시 떠올리게 만든 데 죄책감을 느낀다. "정말 죄송해요." 그녀는 달리 할 말을 찾지 못해 이렇게 사과한다. 이제 여기에서 아무것도 얻지 못하리라는 것을 깨닫는다. 폴 맥캐퍼티가 굳이 여기까지는 오지 않은 것도 당연하다.

침묵이 길어진다. 모가 슬쩍 마카롱을 먹는다. 리브가 고개를 들자 필립 베세트가 그녀를 빤히 쳐다보고 있다.

"만나주셔서 감사합니다." 그녀가 그의 팔을 잡는다. "제가 본 여자와 당신이 묘사한 소피를 연결하기가 힘들군요. 제가…… 그녀의 초상화를 가지고 있답니다. 언제나 그 그림을참 좋아했어요."

그가 고개를 약간 더 쳐든다. 모가 프랑스어로 옮겨줄 동안그는 그녀한테서 눈을 떼지 않는다.

"솔직히 말하자면 그녀는 사랑받는다는 것이 어떤 것인지잘 아는 사람처럼 보인다고 생각했어요. 활기가……." 그녀는어깨를 으쓱한다. "넘쳐 보였어요."

문가에 간호사 두 명이 나타나서 지켜보고 있다. 그 뒤로 카트를 밀고 온 여자가 초조하게 들여다본다. 음식 냄새가 방 안으로 퍼져 들어온다.

그녀는 가려고 일어선다. 그러나 그 순간 베세트가 한 손을 쳐든다. "잠깐만." 그가 손가락으로 책장 쪽을 가리킨다. "빨간 커버 있는 것."

리브는 그가 고개를 끄덕일 때까지 손가락으로 책등을 따라 훑는다. 드디어 책장에서 낡아빠진 서류철 하나를 꺼낸다.

"그게 소피 고모의 서류들, 고모가 쓴 편지들이오. 에두아르 르페브르와의 관계에 대한 내용이 약간 있어요. 호텔의 고모 방에 숨겨져 있던 것을 찾았소. 내 기억으로는 당신의 그림에 대한 내용은 없어요. 하지만 고모를 좀 더 또렷이 그려볼 수 있게 해줄 거요. 고모의 이름은 지워졌어도 그 기록 덕분에 고모가 나에게…… 한 인간으로 보이게 됐다오. 놀라운 인간으로 말이오."

리브는 서류철을 조심스레 열어본다. 엽서, 삭아 내릴 듯한 편지, 조그만 스케치 들이 그 속에 끼워져 있다. 바스러질 듯한 종이에 둥글둥글한 글씨체로 소피라고 서명한 것이 보인다. 숨이 턱 막힌다.

"아버지가 돌아가신 뒤 유품 더미에서 찾았다오. 엘렌 고모한테는 태워버렸다고 하셨지요. 다 태워버렸다고. 엘렌 고모는 돌아가실 때까지 소피 고모에 대한 것은 전부 다 없어졌다고 믿으셨지요. 아버지는 그런 분이었어요."

그녀는 눈물을 참을 수가 없다. "복사하고 바로 돌려드릴게요." 그녀가 더듬더듬 말한다.

그가 괜찮다는 듯 손을 젓는다. "내가 그것들을 어디에다 쓰겠소? 이제 읽을 수도 없는데."

"한 가지 궁금한 것이 있어요. 이해가 안 돼요. 르페브르 가에서는 이것들을 보고 싶어 했을 텐데요."

"그랬지요."

그녀와 모는 서로 시선을 주고받는다. "그런데 왜 그들에게 넘겨주지 않으셨어요?"

그의 눈 위에 그늘이 드리워지는 듯하다. "그들이 맨 처음 나를 찾아왔을 때였소. 내가 그림에 대해 뭘 알았겠소? 그들을 도와줄 게 뭐가 있었겠소? 질문들, 질문들……." 고개를 절레절레 저으면서 목소리가 높아진다. "그 사람들은 그 전까지는 소피 고모에 대해 관심도 없었어요. 이제 와서 왜 그들이 고모를 팔아서 이득을 봐야 합니까? 에두아르의 가족은 자기들 말고는 아무한테도 관심이 없어요. 오로지 돈, 돈, 돈뿐이지. 그들이 소송에서 졌으면 좋겠소."

그의 표정은 고집스럽다. 그는 할 말을 다했다. 간호사가 문가에서 서성이며 말없이 시계를 가리킨다. 리브는 이제 가야할 때가 됐음을 알지만 아직 딱 하나 더 물어볼 것이 남았다. 손을 뻗어 코트를 잡는다.

"소피 고모가 호텔에서 떠난 후로 어떻게 됐는지 혹시 아시나요? 뭐라도 찾아내신 게 있나요?"

그는 그녀의 그림을 내려다보더니 손을 뻗는다. 가슴 속 깊은 곳에서부터 한숨이 울려 나온다.

"고모는 독일군들에게 체포되어 교화 수용소로 끌려갔다오. 고모가 떠난 후로 다른 많은 사람들과 마찬가지로 우리 가족은 고모의 소식을 듣지도, 다시는 고모를 보지도 못했지요."

23

가축을 싣는 차가 끽끽 소리를 낸다. 건너가기에는 너무 큰 구덩이를 피하느라 길옆의 잔디밭으로 가끔씩 휙 방향을 틀기도 하면서 여기저기 파인 길을 덜컹덜컹 달려갔다. 부슬비 내리는 소리가 들렸다. 비 때문에 질척해진 진창에서 바퀴가 헛돌기도 하고, 빠져나가려고 기를 쓰면서 진흙 덩어리가 튀어 오르고 엔진이 부릉거리며 요란하게 울렸다.

우리 마을에서 2년을 조용히 갇혀 살다가 그 너머에 놓인 삶과 파괴의 양상을 보고 충격을 받았다. 생페론에서 불과 몇 마일 떨어진 마을들은 죄다 알아볼 수 없을 만큼 변해 있었다. 포격으로 흔적도 없이 사라지고 상점과 집 들은 잿빛 돌무더기만 남아 있었다. 길 한가운데 푹 파인 거대한 포탄 구덩이에는 물이 고였고, 오래전 그것들이 서 있었던 흔적이라고는 파란 물이끼와 식물뿐이었다. 마을 사람들은 그들이 지나가는 모습을 묵묵히 바라보기만 했다. 마을을 세 곳 지나쳤지만 어디가 어디인지 알아볼 수 없었다. 나는 서서히 우리 주위에서 일어난 일의 규모를 이해했다.

나부끼는 방수포 자락 틈새로 밖을 내다봤다. 비쩍 마른 말을 타고 줄 맞춰 행진하는 군인들, 들것을 나르는 핏기 없는 얼굴의 남자들, 시커멓고 젖은 군복, 흔들리는 트럭 안에서 초점 없는 멍한 시선으로 밖을 내다보는 지친 얼굴들이 보였다.

가끔가다 운전사가 트럭을 세우고 다른 운전사와 몇 마디 말을 주고받았다. 아는 독일군이 있어서 내가 어디로 가고 있는지만이라도 알 수 있으면 얼마나 좋을까 싶었다. 비 때문에 그림자는 희미했지만 남동쪽으로 가고 있는 듯했다. 아르덴 방향일 거라고 애써 숨죽여 혼잣말로 중얼거렸다. 자꾸만 숨이 막혀오는 공포는 본능적인 것이었다. 이것을 억누를 수 있는 길은 지금 에두아르에게 가고 있다고 스스로를 안심시키는 것밖에 없었다.

사실은 정신이 멍했다. 트럭 뒤칸에서 처음 몇 시간은 누가 질문을 해도 대답을 할 수가 없는 상태였다. 그저 앉아서 아직도 귓가에 울리는 마을 사람들의 거친 목소리, 남동생의 혐오스럽다는 표정만을 떠올렸다. 방금 전 일어난 일들로 입안이 바싹바싹 말라왔다. 슬픔으로 일그러진 여동생의 얼굴이 보이고 나에게 매달리던 에디트의 조그만 팔에서 느껴지던 억센 힘이 떠올랐다. 그 순간 공포심이 확 몰려와 나 자신이 부끄러울 정도였다. 공포가 파도처럼 몰려오면서 다리가 덜덜 떨리고 이가 딱딱 맞부딪쳤다. 폐허가 된 마을들을 내다보면서 많은 이들에게 이미 최악의 상황이 벌어졌음을 깨달았다. 나 자신에게 진정하라고 타일렀다. 이건 에두아르에게 돌아가기 위해 거쳐야 할 단계일 뿐이었다. 내가 자청한 일이다. 그렇게 믿어야만 했다.

다시 공포가 포식 동물처럼 스멀스멀 몰려왔다. 나는 눈을 감고 가방을 꼭 움켜쥐고 남편을 생각했다……

에두아르가 껄껄 웃고 있었다.

"뭐라고요?" 나는 그의 목소리가 내 살갗에 부드럽게 와 닿도록 그의 목을 양팔로 감싸 안았다.

"어젯밤에 계산대를 돌아 파라주 씨를 쫓아가던 당신 생각을 하고 있었다오."

우리 빚은 점점 감당할 수 없이 불어났다. 나는 에두아르를 끌고 피갈의 술집들을 돌았다. 그에게 빚을 진 사람들한테 돈을 내놓으라 하고 돈을 줄 때까지는 자리를 뜨지 않겠다고 으름장을 놨다. 파라주는 거부하고 나에게 모욕을 줬다. 그러자 평소에는 화를 거의 내지 않던 에두아르가 큼직한 주먹을 그에게 날렸다. 우리는 탁자가 뒤집히고 술잔들이 날아다니는 일대 소동이 일어난 술집을 빠져나왔다. 나는 도망가지 않겠다고 버티다가 결국 계산대의 서랍에서 딱 에두아르가 받아야 할 빚만큼의 액수를 꺼내어 치맛자락을 모아 쥐고 침착하게 빠져나왔다.

"용감하기도 하지. 어린 아내여."

트럭이 크게 덜컹 흔들리면서 머리를 지붕 버팀대에 쿵 하고 부딪치며 정신이 번쩍 든 것으로 보아 졸았던 것 같다. 머리를 문지르고 추위에 뻣뻣해진 팔다리를 쭉 펴면서 밖을 내다봤다. 어느 마을이었지만 기차역에는 알아볼 수 없는 독일식 새 이름이 붙어 있었다. 한 독일군이 방수포를 들추고 얼굴을 디밀었다. 그는 안에 나뿐인 데 놀란 듯했다. 고함을 지르며 손짓으로 나에게 나오라고 했다. 내가 잽싸게 움직이지 못하자 팔을 홱 잡아채는 통에 휘청하고 젖은 땅바닥에 가방을 떨어뜨렸다.

그렇게 많은 사람들을 한곳에서 본 것은 2년 만이었다. 플랫폼이 두 개 있는 기차역은 사람들로 바글거렸다. 대부분 군인과 죄수였다. 완장과 누추한 줄무늬 옷으로 죄수를 알아볼 수 있었다. 나는 그들 속을 헤치고 나아가며 얼굴을 훑어보면서 에두아르를 찾았지만, 너무 빨리 떠밀려 가는 통에 제대로 알아볼 수가 없었다.

"여기! 여기!" 문이 옆으로 밀려 열리면서 나는 화물칸 안으로 넣어졌다. 널빤지를 댄 칸 안으로 어슴푸레하게 사람들의 모습이 보였다. 가방을 놓치지 않으려 애쓰면서 뒤에서 문이 쾅 하고 닫히는 소리를 들었다. 침침한 빛에도 눈이 서서히 익숙해졌다.

안에는 좁은 나무 벤치가 양쪽으로 놓여 있고 사람들이 빼곡히 들어차 앉아 있었다. 바닥에 앉은 사람은 더 많았다. 가장자리에는 아마 옷가지일 듯한 작은 보퉁이에 머리를 기대고 누운 사람들도 있었다. 모든 것이 이루 말할 수 없이 더러웠다. 오랫동안 씻지 못해 풍기는 악취가 진동했다.

"프랑스 사람 있나요?" 나는 침묵 속에서 소리쳤다. 여러 얼굴이 멍하니 나에게 시선을 돌렸다. 다시 한 번 외쳤다.

"여기요." 뒤쪽에서 목소리가 들렸다. 나는 자고 있는 사람들을 건드리지 않으려 조심하면서 지나가기 시작했다. 러시아 사람인 듯한 목소리가 들렸다. 누군가의 머리카락을 밟는 바람에 욕설이 들려왔다. 마침내 차량 뒤쪽까지 왔다. 머리를 빡빡 민 남자가 나를 바라보고 있었다. 그의 얼굴은 최근에 천연두를 앓은 듯 흉터가 있었고 광대뼈가 해골처럼 툭 튀어나왔다.

"프랑스인이오?" 남자가 물었다.

"그래요. 이건 뭐죠? 우리는 어디로 가는 건가요?"

"우리가 어디로 가고 있냐고?" 남자는 깜짝 놀란 눈으로 나를 쳐다보더니 곧 내가 진지하게 묻고 있다는 것을 깨닫고 억지로 미소를 지었다.

"투르, 아미앵, 릴일지도 모르지요. 나인들 알겠소? 아무도 우리가 어디로 가는지 알지 못하도록 온 나라를 끝없이 끌고 다니고 있나봅니다."

나는 몇 시간을 양팔로 무릎을 감싸고 불안으로 정신이 멍해진 채 그의 곁에 앉아 있었다. 무슨 까닭인지 열차가 잠시 서곤 했다. 그러면 우리 중 몇몇은 일어나서 팔다리를 좀 펴보려고 차량 안을 이리저리 걷기도 했다.

내 자리로 막 되돌아오려는데 바닥에 뭔가가 보였다. 검은 외투가 너무 눈에 익어서 처음에는 선뜻 다가설 엄두를 내지 못했다. 잠든 남자를 지나 앞으로 걸어가 무릎을 꿇었다.

"릴리앙?" 머리카락 아래 아직 멍이 가시지 않은 그녀의 얼굴이 보였다. 그녀는 자기 귀를 믿을 수 없다는 듯 한쪽 눈만 떴다. "릴리앙! 나 소피예요."

그녀가 나를 쳐다봤다. "소피." 그러더니 한 손을 들어 내 손을 잡았다. "에디트는요?" 쇠약해진 상태에서도 그녀의 목소리에서 두려움을 읽을 수 있었다.

"에디트는 엘렌과 함께 있어요. 무사해요."

그녀의 눈이 감겼다.

"몸이 아파요?" 그때 그녀의 스커트에 말라붙은 핏자국이 눈에 들어왔다. 시체같이 창백한 얼굴도.

"오랫동안 이런 상태였나요?"

그녀 옆의 한 남자가 릴리앙 같은 경우를 하도 많이 보아서 이제는 동정심 따위도 느껴지지 않는다는 듯 어깨를 으쓱했다. 한 프랑스 남자가 말했다. "저 여자는 우리가 기차에 오를 때부터 여기 있었어요."

그녀의 입술은 갈라졌고 눈은 퀭했다. "누구 물 좀 있어요?" 내가 외쳤다. 몇몇 얼굴이 나를 쳐다봤다.

프랑스 남자가 안쓰러운 투로 말했다. "여기가 식당차라도 되는 줄 알아요?"

나는 목소리를 높여 다시 한 번 물었다. "누구 물 좀 가진 분 없나요?" 사람들이 서로를 마주봤다.

"이 여자는 목숨을 걸고 우리 마을에 정보를 갖다줬어요. 누구든 물 있으면 조금만 부탁합니다." 차량 안에서 중얼거림이 퍼져나갔다. "제발요! 자비를 베풀어주세요!" 그러자 놀랍게도 잠시 후 에나멜 그릇이 하나 전달되어 왔다. 바닥에 빗물인 듯한 것이 약간 고여 있었다. 나는 감사를 표하고 릴리앙의 머리를 부드럽게 들어서 입에 귀한 물을 축여줬다.

프랑스 남자에게서 잠시 생기가 돌았다. "비가 올 동안에는 가능하다면 컵이든 그릇이든 다 차량 밖으로 내놓읍시다. 다음 번 언제 물이나 음식을 받을 수 있을지 알 수 없으니."

릴리앙은 고통스럽게 물을 마셨다. 나는 그녀가 내게 몸을 기댈 수 있도록 자세를 잡았다. 철길 위에서 금속이 끽끽거리 며 마찰하는 거친 쇳소리와 함께 기차는 시골길을 달렸다.

그 기차에 얼마나 오래 머물렀는지 모르겠다. 기차는 천천히 달렸고 딱히 이유도 없이 자주 섰다. 졸고 있는 릴리앙을 품에 안고 나무판 틈새로 밖을 내다보니 끝도 없이 긴 군대, 포로, 민간인 들이 만신창이가 된 조국을 행진하는 모습이 보였다. 빗 줄기는 점점 더 거세졌다. 사람들이 모은 물을 돌려 마시면서 만족스러운 속삭임이 퍼졌다. 추웠지만 비가 오고 기온이 낮아 서 그나마 다행스러웠다. 날이 더웠다면 기차 안이 얼마나 끔찍 했을지, 악취는 또 얼마나 더 심해졌을지 상상도 할 수 없었다.

시간이 가면서 프랑스인과 이야기를 나눴다. 내가 그의 모 자에 붙은 숫자와 재킷의 빨간 줄무늬에 대해서 묻자, 그건 ZAB(폴란드인 부대) 출신이라는 뜻이라고 말했다. 전선으로 옮겨져 연합군의 포화에 노출되는 최악의 일을 맡아야 하는 죄 수들이라고 했다. 그는 매주 소년들, 여자들, 처녀들을 가득 실 은 기차들이 독일군을 위해 노예처럼 일하도록 국토를 가로질 러 솜므 강으로, 에스코 강으로, 아르덴으로 가는 것을 봤다고 말해줬다. 오늘 밤에는 부서진 막사나 공장, 소개된 마을의 학 교에서 묵게 될 것이라고 했다. 우리가 포로수용소로 가는지

근로 부대로 가는지는 그도 알지 못했다.

"먹을 것을 안 줘서 우리를 약하게 만들어놓지요. 그래야 탈출 시도를 못 하니까. 지금 숨이 붙어 있는 것만으로도 감사할 일이지요." 그는 내 가방에 먹을 것이 있는지 물었다. 없다고 하자 실망했다. 나는 그에게 뭐라도 주지 않으면 안 될 것 같아서 엘렌이 싸준 손수건을 줬다. 그는 깨끗이 빤 면을 비단이라도 되는 듯이 쳐다봤다. 그러더니 되돌려줬다. "넣어두세요. 친구를 위해 써요. 친구가 무슨 일을 했다고요?"

그에게 릴리앙이 한 용감한 행동, 목숨을 걸고 우리 마을에 정보를 가져다준 얘기를 들려주자, 그는 그냥 몸뚱이가 아니라 한 인간을 보는 눈으로 새롭게 그녀를 봤다. 그에게 남편의 소식을 찾고 있으며, 아르덴으로 보내졌다고 말해줬다. 프랑스 남자의 얼굴이 어두워졌다.

"거기 몇 주 있었어요. 거기에 장티푸스가 돌았다는 거 들었나요? 남편이 무사하기를 기도하겠습니다." 나는 두려움을 애써 눌렀다.

"당신 부대의 나머지 사람들은 어디 있어요?" 나는 화제를 바꾸려고 이렇게 물어봤다. 기차가 속도를 늦췄고 우리는 터벅터벅 무거운 발걸음을 옮기는 또 다른 포로들의 줄을 지나쳤다. 기차가 지나가도 아무도 고개를 들지 않았다. 나는 에두아르가 그들 속에 있을지 모른다고 두려워하며 그 얼굴들을 하나씩 살폈다.

잠시 말이 없다가 그가 대답했다.

"나 하나만 살아남았어요."

날이 어두워지기 한참 전에 우리는 측선으로 빠졌다. 시끄럽게 문이 열리더니 독일군의 목소리가 우리에게 나오라고 외쳤다. 사람들은 바닥에서 지친 몸을 일으켰고 에나멜 그릇들을 움켜쥐고 쓰지 않는 철길을 따라 걸어갔다. 우리가 가는 길옆에 독일 보병들이 줄지어 서 있었다. 그들은 우리를 총으로 쿡쿡 찌르며 줄 안으로 밀어 넣었다. 인간이 아니라 몰이를 당하는 짐승이 된 기분이었다. 생페론에서 젊은 포로가 필사적으로 도망치던 기억이 떠오르면서 문득 그가 거의 성공할 가망이 없음을 알면서도 달아났던 이유가 무엇인지 알 것 같았다.

릴리앙을 부축하고 걸었다. 그녀는 천천히, 너무 천천히 걸었다. 한 독일군이 우리 뒤로 와서 그녀를 걷어찼다.

"하지 말아요!" 내가 항의하자 그가 개머리판으로 내 머리를 후려쳤다. 나는 비틀거리며 땅바닥에 쓰러졌다. 사람들이 붙잡아줘서 눈앞은 흐릿하고 정신은 멍한 채로 다시 앞으로 걸어갔다. 손으로 관자놀이를 만져보니 피로 끈적했다.

우리는 거대한 텅 빈 공장 안으로 인도됐다. 바닥에서는 깨진 유리 조각이 밟혔고 싸늘한 찬바람이 창문으로 불어 들어왔다. 멀리서 대포 소리가 들리고 폭발하는 섬광까지 보였다. 여기가 어디일까 궁금한 마음에 밖을 내다보았지만 사위가 온통 어둠에 잠겨 컴컴했다.

"여기요." 목소리가 들려왔다. 그 프랑스 남자가 우리를 부축해 구석으로 데려갔다. "먹을 것이 있어요."

큰 항아리 두 개가 놓인 긴 테이블에서 다른 죄수들이 수프를 나누어주고 있었다. 형체를 알 수 없는 건더기가 든 멀건 수

프였지만 기대감으로 속이 죄어들었다. 프랑스 남자가 자기 에나멜 그릇과 엘렌이 내 가방에 넣어줬던 컵에 수프를 가득 받아왔다. 구석에 앉아 함께 먹고 릴리앙에게도 먹여줬다. 그녀는 한쪽 손의 손가락을 다 다쳐서 제대로 쓸 수가 없었다.

"늘 음식이 있는 것은 아니에요. 이제 좀 운이 좋아지려나 봅니다." 프랑스 남자가 자신은 없는 투로 말했다. 그는 항아리가 있는 테이블 쪽으로 사라졌다. 거기에는 벌써 좀 더 얻을 수 있을까 싶어 사람들이 잔뜩 몰려들어 있었다. 나는 좀 더 빠릿빠릿하게 움직이지 못한 스스로를 자책했다. 하지만 릴리앙이 걱정되어 잠시도 곁을 떠날 수가 없었다. 잠시 후 그가 수프를 가득 담은 그릇을 들고 되돌아왔다. 그는 우리 곁으로 와서 나에게 그릇을 주면서 릴리앙을 가리켰다. "여기요. 기운을 좀 내야 해요."

릴리앙이 고개를 들었다. 그녀는 친절한 대접을 받아보는 게 어떤 것인지도 잊어버렸다는 듯이 그를 쳐다봤다. 내 눈가에 눈물이 고였다. 프랑스 남자는 우리가 다른 세상에 있다는 듯이 우리에게 고개를 끄덕이고 잘 자라고 정중하게 인사를 건넸다. 그리고 남자들이 자는 쪽으로 물러갔다. 나는 앉아서 릴리앙 베튄에게 어린아이를 먹이듯 한 모금씩 삼키게 했다. 그녀는 두 번째 그릇을 다 비우자 떨리는 한숨을 내쉬고는 나에게 머리를 기대고 잠이 들었다. 나는 조용히 움직이는 사람들에 둘러싸여 어둠 속에 앉아 있었다. 기침하는 사람들, 흐느끼는 사람들도 있고 러시아, 영국, 폴란드의 억양이 들리기도 했다. 멀리서 포탄이 떨어지면서 때때로 바닥을 통해 진동이 느껴졌다. 다른 죄수들이 나지막이 주고받는 소리에 귀를 기울였다. 기온이 내려가면서 몸이 덜덜 떨려왔다. 엘렌이 내 옆에서 잠든 동안 어린 에디트가 내 머리카락 속에 손을 넣고 자던 우리 집을 떠올렸다. 나는 어둠 속에서 조용히 눈물을 흘리다가 결국 피로에 지쳐 잠이 들었다.

잠에서 깨었을 때 잠시 여기가 어디인지 어리둥절했다. 에두아르의 품에 안겨 그의 무게를 느끼고 있었다. 이윽고 작은 균열이 생기면서 그 사이로 안도감이 밀려 들어왔다. '그가 여기 있구나!' 그러나 내 몸을 누르고 있는 것이 남편이 아니라는 것을 금방 깨달았다. 어느 남자의 손이 은밀하게, 끈질기게 내 치마 속을 파고들고 있었다. 어둠에 몸을 숨기고서 아마도 내가 겁에 질리고 피로에 지쳐 방어하지 못할 거라 믿은 듯했다. 나는 이 침입자가 나한테서 빼앗아 갈 수 있다고 생각하는 것이 무엇인지 알아차리고서 격렬하고 차가운 분노를 느끼며 뻣뻣하게 누워 있었다. 소리를 지를까? 그런들 누가 신경이나 써줄까? 독일군이 나를 벌줄 또 다른 구실로 삼지는 않을까? 몸 아래쪽을 천천히 더듬어보니 창문에서 떨어져 나온 날카롭고 차가운 유리 조각이 손에 닿았다. 손가락을 오므려 그것을 쥐고 내가 무슨 짓을 하고 있는지 생각할 틈도 없이 몸을 돌려 그 날카로운 끝을 정체 모를 치한의 목에 갖다 댔다.

"한 번만 더 나한테 손대면 확 그어버리겠어." 내가 속삭였다. 그의 구린내 나는 입 냄새와 그가 받은 충격을 느낄 수 있었다. 저항할 줄은 예상 못 했던 것이다. 내 말을 이해조차 못

했을지 모른다. 그러나 날카로운 유리 끝은 이해했다. 항복의 표시로 손을 들었다. 어쩌면 사과의 표시인지도 몰랐다. 나는 내 뜻을 확실히 전달하기 위해 조금 더 유리 조각을 누르고 있었다. 어둠 속에서 잠깐 시선이 마주친 순간 그가 겁을 먹었다는 것을 알았다. 그 역시 자신이 어떤 규칙도, 질서도 없는 세계에 있다는 것을 깨달은 것이다. 낯선 사람을 덮칠 수 있는 세상이라면, 자기 또한 목을 베일 수 있는 세상이다. 내가 유리 조각을 떼자마자 그는 재빨리 사라졌다. 잠든 사람들 사이를 비틀거리며 공장 반대편으로 가는 그의 형체만 간신히 알아볼 수 있었다.

나는 유리 조각을 치마 주머니에 넣고 꼿꼿이 앉았다. 릴리앙의 잠든 몸을 팔로 받쳐주고 기다렸다.

깜박 잠이 들었다가 고함 소리에 깨어났다. 독일 경비병들이 방 한가운데를 오가며 개머리판으로 잠자던 사람들을 때리고 군홧발로 걷어차서 깨우고 있었다. 나는 몸을 일으켰다. 머리를 꿰뚫는 듯한 통증에 비명이 터져 나오려는 것을 겨우 참았다. 흐릿한 눈으로 우리 쪽으로 다가오는 군인들을 보고 얻어맞기 전에 릴리앙을 끌어당겨 일으켜 세웠다.

파르스름한 새벽빛에 주위를 분명히 살펴볼 수 있었다. 공장은 엄청나게 컸는데 버려진 듯했다. 지붕 한가운데 구멍이 뻥 뚫렸고 부서진 서까래와 창틀이 바닥에 흩어져 있었다. 멀리 저쪽 끝에 가대식 탁자에서 커피와 흑빵 덩어리인 듯한 것을 나눠주고 있었다. 릴리앙을 일으켰다. 음식이 떨어지기 전에 그 넓은 공간을 가로질러 데리고 가야 했다. "여기가 어디예요?" 그녀가 부서진 창으로 밖을 내다보며 물었다. 멀리서 포격 소리가 들렸다. 전선이 가까운 게 분명했다.

"나도 몰라요." 그녀가 짧은 대화나마 나눌 수 있을 만큼 회복됐다는 데 마음이 놓였다.

우리는 컵과 프랑스인의 그릇에 커피를 받았다. 그에게 커피를 주지 못하면 어쩌나 걱정이 되어 그를 찾았지만 독일군 장교가 벌써 남자들을 몇 무리로 나누었고 일부는 공장에서 줄지어 빠져나가고 있었다. 릴리앙과 나는 주로 여자들로 이뤄진 다른 집단에 배치되어 공동 화장실로 향했다. 밝은 데로 나오니 다른 여자들의 피부에 낀 때와 머리카락을 마음대로 기어다니는 회색 이들이 보였다. 몸이 근질거려서 살펴보니 내 치마에도 한 마리가 있었다. 소용없는 짓인 줄 알면서도 이를 털어냈다. 무슨 짓을 해도 이들을 피할 수는 없을 것이다. 다른 사람들과 바짝 붙어서 많은 시간을 보내야 하는 상황에서는 어쩔 수가 없었다.

열두 명이 쓸 수 있는 화장실에서 씻고 용변을 보려는 여자가 삼백 명은 족히 됐다. 릴리앙을 변소 칸으로 데려갔을 때 우리 둘 다 눈앞의 광경에 구역질이 나왔다. 우리는 찬물을 펌프질해 할 수 있는 한 몸을 씻고 독일군이 무슨 수작을 부릴지 경계하며 주위를 힐끔거렸다. 릴리앙이 말했다. "가끔씩 그놈들이 불쑥 들어와요. 옷을 벗지 않는 편이 더 쉽고 안전해요."

독일군이 남자들을 지휘하느라 분주할 동안 나는 주위를 돌아다니며 잔해 속에서 삭정이와 끈 등속을 찾아와서 릴리앙과 앉았다. 그러고는 옅은 햇빛 속에서 그녀의 부러진 왼손 손가락에 부목을 대고 끈으로 묶어줬다. 얼마나 용감한지 틀림없이 아팠을 텐데도 얼굴 한 번 찡그리지 않았다. 피는 멎었지만 아직 고통스러운 듯 잘 걷지 못했다. 용기를 내어 그녀에게 무슨 일이 있었느냐고 물어봤다.

"당신을 만나서 기뻐요, 소피." 그녀가 자기 손을 살피면서 말했다.

나는 생각했다. 저기 어디쯤 생페론에서 알던 여자의 그림자가 아직 있을지 몰라. "다른 사람을 보고 이렇게 기뻤던 적이 없어요." 내 깨끗한 손수건으로 그녀의 얼굴을 닦아주며 말했다. 진심이었다.

독일군은 남자들을 일하는 곳으로 보냈다. 우리는 멀리서 그들이 삽과 곡괭이를 메고 줄지어 지평선 위로 지긋지긋한 소음이 들리는 쪽을 향해 행진하는 모습을 볼 수 있었다. 속으로 자비로운 프랑스 남자가 무사하기를 바라는 기도를 한 뒤, 늘 하듯이 에두아르를 위해서 기도했다. 그럴 동안 여자들에게는 기차 차량 쪽으로 이동하라는 명령이 떨어졌다. 또 악취가 나는 긴 여정에 오른다니 가슴이 쿵 내려앉았지만 나 자신을 꾸짖었다. '불과 몇 시간 밖 거리에 에두아르가 있을지도 몰라. 이건 나를 그에게로 데려다줄 기차야.'

나는 불평 없이 차량에 올랐다. 기차는 더 작았지만 삼백 명을 다 태울 모양이었다. 앉으면서 욕설과 몇 마디 억눌린 불평 소리가 나왔다. 릴리앙과 나는 벤치에 작은 공간을 발견했다. 벤치 아래 가방을 쑤셔 넣고 그녀의 발치에 앉았다. 나는 그 가방을 아기라도 되는 듯 애지중지 다뤘다. 기차가 덜컹하고 흔들릴 정도로 가까운 거리에서 포탄이 터지자 누군가 비명을 질렀다.

"에디트 얘기 좀 해주세요." 기차가 출발하자 그녀가 말했다. "그 애는 아주 잘 지내요." 나는 최대한 자신 있는 투로 말했다. "에디트랑 미미는 이제 떨어질 수 없을 만큼 가까워졌어요. 에디트는 아기를 좋아하고, 미미도 그 애를 좋아해요." 내가 생페롱에서 딸이 어떻게 지내는지를 그림을 그리듯 묘사해주자 그녀는 눈을 감았다. 안도감인지 슬픔인지 나로서는 알수가 없었다.

"그 애는 행복한가요?"

나는 신중하게 대답했다. "에디트는 어린애예요. 엄마를 보고 싶어 해요. 하지만 르코크루주가 안전하다는 것을 알아요." 그 정도 얘기만으로 충분할 듯했다. 나는 에디트가 악몽을 꾼다는 말도, 엄마가 보고 싶어 밤이면 운다는 얘기도 하지 않았다. 릴리앙은 바보가 아니었다. 벌써 속으로는 그런 일들을 다 짐작하고 있을 것 같았다. 내가 이야기를 끝내자 그녀는 한참 동안 생각에 잠겨 넋을 잃고 창밖만 내다봤다.

"소피, 당신은 어쩌다 여기까지 온 거예요?" 그녀가 드디어 나에게로 관심을 돌려 이런 질문을 던졌다.

릴리앙보다 나를 더 잘 이해해줄 사람은 세상에 아무도 없을 것이다. 그런데도 나는 겁에 질려 그녀의 얼굴을 살폈다. 그러나 나의 짐을 다른 사람과 나눌 수 있을지도 모른다는 생각은 너무나 큰 유혹이었다.

나는 그녀에게 다 털어놨다. 사령관에 대해, 그의 막사에 갔던 날 밤에 대해, 그에게 제시한 거래에 대해 이야기했다. 그녀는 한참 동안이나 나를 쳐다봤다. 나더러 바보라고도, 그를 믿지 말았어야 했다는 말도 하지 않았다. 사령관이 원하는 대로 하지 않은 탓에 내가 사랑하는 사람들까지는 아니지만 나 스스로를 죽음으로 밀어넣었다는 말도 하지 않았다.

그녀는 아무 말 하지 않았다.

"나는 사령관이 약속을 꼭 지킬 거라 믿어요. 나를 에두아르에게 보내줄 거라 믿어요." 나는 있는 대로 확신을 끌어모아 말했다. 그녀가 멀쩡한 손을 내밀어 내 손을 꼭 잡았다.

저물녘에 기차가 작은 숲 속에서 크게 요동치며 서서히 멈췄다. 우리는 다시 출발하기를 기다렸지만 이번에는 기차 문이 뒤쪽에서 열렸다. 나는 반쯤 졸고 있다가 귓가에 울리는 릴리앙의 목소리에 정신이 들었다.

"소피, 일어나요. 일어나요."

독일군 경비병이 문가에 서 있었다. 그가 내 이름을 불렀지만 즉시 알아차리지 못했다. 나는 가방을 잊지 않고 잡고 펄쩍 뛰어 일어나 릴리앙에게 같이 가자는 손짓을 했다.

"신분증." 그가 요구했다. 릴리앙과 나는 우리 신분증을 내밀었다. 그가 명단에서 우리 이름을 확인하더니 트럭을 가리켰다. 문이 등 뒤에서 쾅 닫히면서 다른 여자들의 실망한 한숨 소리가 들렸다. 릴리앙과 나는 트럭으로 떠밀려 갔다. 그녀가 약간 뒤처져서 오는 것을 눈치챘다.

"왜 그래요?" 그녀의 표정이 불신으로 어두웠다.

"예감이 좋지 않아요." 그녀가 기차가 떠나기 시작하는 뒤쪽을 힐끗 보면서 말했다.

"괜찮아요. 우리만 따로 추려낸 거예요. 아마 사령관이 시켰을 거예요."

"그게 바로 마음에 안 든다고요."

"들어봐요. 총소리가 더는 안 들려요. 전선에서 멀어지고 있는 게 틀림없어요. 그럼 당연히 좋은 거 아닌가요?"

우리는 트럭 뒤쪽으로 절룩거리며 갔다. 그녀가 트럭에 오르도록 도와주며 목 뒤를 긁었다. 가렵기 시작했다. "믿음을 가져요." 그녀의 팔을 꼭 잡아주면서 말했다. "최소한 드디어 다리는 펼 수 있게 됐잖아요."

한 젊은 경비병이 뒤에 올라 우리를 노려봤다. 나는 도망칠 의사가 없다는 것을 알리려고 애써 미소를 지었지만, 그는 혐오스럽다는 눈길로 나를 노려보더니 경고하듯 우리 사이에 총을 놨다. 나한테서 아마 씻지 않아 악취가 풍길 것이고, 이렇게 가까이 한 공간에 있으면 내 머리의 이가 옮겨가리라는 데 생각이 미쳐서 서둘러 옷을 뒤져 이를 잡았다.

트럭이 출발했다. 차가 흔들릴 때마다 릴리앙은 얼굴을 찌푸렸다. 이내 그녀는 고통에 지쳐 다시 잠에 빠졌다. 머리가 쿵쿵 울렸지만 총소리가 멈추어서 다행스러웠다. '믿음을 가져.' 나는 우리 둘에게 속으로 애써 말했다.

우리는 탁 트인 길을 1시간 가까이 달렸다. 겨울 해가 먼 산 뒤로 서서히 지고 있었고 길가는 수정 같은 얼음이 덮여 반짝였다. 방수포가 펄럭일 때마다 길 표지판이 언뜻 보였다. 내가 잘못 생각한 게 틀림없어. 나는 생각했다. 몸을 앞으로 내밀고 눈이 부셔 눈을 가늘게 뜬 채 방수포 끝자락을 쳐들고 다음 표지판을 놓치지 않도록 내다봤다. 표지판이 나타났다.

'만하임.'

온 세상이 내 주위에서 빙빙 돌다가 딱 멈췄다.

"릴리앙?" 나는 속삭이며 그녀를 흔들어 깨웠다. "릴리앙. 밖을 봐요. 뭐가 보여요?" 트럭이 구덩이를 피하느라 속도를 늦춰서, 그녀 역시 밖을 내다봤을 때 그것을 봤음이 틀림없었다.

"우리는 남쪽으로 가야만 해요. 아르덴 쪽으로요." 이제 우리 뒤로 그림자가 보였다. 우리는 동쪽으로 가고 있었고, 벌써 한참을 달려왔다.

"에두아르는 아르덴에 있어요." 나는 목소리에서 공포를 누를 수가 없었다. "그가 거기 있다는 소식을 들었어요. 우리는 아르덴을 향해 남쪽으로 가야 했어요. 남쪽으로."

릴리앙이 포장을 내렸다. 그녀는 나를 외면한 채 입을 열었다. 그녀의 얼굴에서 그나마 남아 있던 핏기가 가셨다. "소피, 총소리가 들리지 않는 건 우리가 이미 전선을 지났기 때문이에요." 그녀가 감정이 실리지 않은 투로 말했다.

"우리는 독일로 가고 있어요."

24

기차는 힘차게 웅웅거린다. 14호 객차 저쪽 끝에서 여자 한 무리가 자지러지게 웃음을 터뜨린다. 크리스마스 기념 여행에서 돌아오는 길인 듯한 맞은편의 중년 커플은 크리스마스용 반짝이 장식을 달고 있다. 짐칸은 사온 물건으로 가득하다. 잘 익은 치즈, 와인, 값비싼 초콜릿 등 크리스마스 시즌 음식 냄새가 진동한다. 그러나 모와 리브에게는 영국으로 돌아가는 여행이 우울하다. 그들은 거의 말없이 앉아 있다. 모는 하루 종일 숙취에 시달리고 있어서 작지만 굉장히 비싼 와인을 한 병 더 마셔야 한다. 리브는 접이식 테이블에 작은 영불 사전을 놓고 한 단어씩 찾아 번역해가며 노트를 읽고 또 읽는다.

누렇게 바랜 종이는 바스러질 듯하다. 그녀의 손끝은 습기를 빨아들인다. 에두아르가 소피에게 보낸 초기의 편지들이 있다. 그가 보병 대대에 입대하고 그녀가 여동생과 같이 살기 위해 생페론으로 이주했을 무렵이다. 에두아르는 그녀가 너무나 그리

워서 어떤 밤에는 숨조차 쉬기 힘들다고 쓴다. 머릿속에 그녀를
그리며 차가운 허공에 그녀의 그림을 그린다고 말한다. 소피는
편지에서 상상의 그림 속 자신을 질투하며 남편을 위해 기도하
고 그를 나무란다. 그녀는 남편을 털북숭이라고 부른다. 그녀
의 말에서 그려지는 그들의 이미지가 너무나 강렬하고 친근한
나머지 프랑스어를 번역하느라 씨름하면서도 리브는 숨을 쉬
기가 힘들 지경이다. 빛바랜 편지지를 손가락으로 따라 훑어
내려가며 초상화 속의 소녀가 이런 말들을 썼다는 데 놀란다.

소피 르페브르는 이제 칠이 벗겨진 금박 액자 속의 매혹적인
여자가 아니다. 그녀는 한 인간, 살아 숨쉬는 3차원적인 존재
가 됐다. 빨래나 먹을 것이 모자란 상황, 남편의 군복 입은 모
습, 자신의 공포와 좌절감을 말하는 한 여자다. 그녀는 새삼 소
피의 그림을 떠나보낼 수 없다는 것을 깨닫는다.

리브는 두 장을 넘긴다. 여기에서는 글이 더 빽빽해진다. 멀
리 허공을 응시하는 에두아르 르페브르의 빛바랜 사진이 중간
에 들어 있다.

1914년 10월

파리 북역은 군인들과 흐느끼는 여인들로 발 디딜 틈도 없이
붐벼요. 담배와 증기와 가슴 아픈 작별 인사로 공기가 탁해요.
당신은 내가 우는 것을 바라지 않겠지요. 게다가 이별이 길지
는 않을 테니까요. 신문들도 다 그러던걸요.

내가 이렇게 말했지요. "내 스케치 많이 해요. 그리고 꼭 밥 잘
챙겨 먹고요. 술을 마신다거나 싸움을 한다거나 체포당하거나,

그런 어리석은 짓은 절대 하면 안 돼요. 되도록 빨리 집에 돌아오기를 바라요."

당신은 나에게 엘렌과 몸조심하며 지내야 한다고, 적들이 조금이라도 우리 쪽으로 밀고 내려온다는 소문이 들리면 바로 파리로 돌아가겠다고 약속하게 했지요.

내가 아무 말도 하지 않았나봐요. 당신이 이렇게 말했으니.

"그렇게 스핑크스처럼 알 수 없는 표정 짓지 말아요, 소피. 당신 생각부터 하겠다고 약속해요. 당신이 위험할지 모른다고 생각하면 싸울 수가 없을 거요."

나는 당신을 안심시켰지요. 멀리서 기차가 내뱉던 날카로운 기적 소리가 기억나요. 증기와 기름 타는 냄새가 피어올라 일순간 플랫폼의 인파가 뿌옇게 보였어요. 당신의 푸른색 서지 군모를 고쳐 씌워주었지요. 그런 다음 뒤로 물러서서 당신을 보았어요. '이런 남자가 내 남편이라니!' 군복을 입은 당신은 어깨가 떡 벌어졌고 그 자리의 누구보다도 머리 반 개는 더 컸어요. 그때조차 당신이 정말로 떠난다는 사실을 믿을 수 없었던 것 같아요.

당신은 그 전주에 나를 그린 작은 과슈화를 끝냈지요. 그것을 넣은 윗도리의 호주머니를 톡톡 쳤어요. "당신은 늘 나와 함께 있을 거요."

나는 손으로 내 가슴을 쓰다듬었어요. "그리고 당신은 나와 함께 있고요." 말은 않았지만 나에게는 당신을 그린 그림이 없어서 질투가 났어요. 기차 문이 여닫히고, 마지막으로 맞잡은 우리 두 사람의 손가락이 서로 얽혔어요.

"당신이 떠나는 모습을 보지 않을 거예요, 에두아르. 눈을 감고 내 앞에 선 모습으로만 당신을 기억할래요."

당신은 나를 끌어안고 키스해주었지요. 당신의 입술이 내 입술을 누르고 큼직한 팔이 나를 꽉 껴안아주었어요. 나도 눈을 꼭 감고 당신을 안은 채 당신이 없을 동안 그 흔적이 끝까지 남게 하려는 듯이 당신의 체취를 들이마셨어요. 당신이 정말로 떠난다는 것을 그때만큼은 믿는 것처럼요. 그리고 견딜 수가 없어서 차분하게 굳은 표정으로 몸을 뺐어요.

당신의 얼굴 표정을 보고 싶지 않아서 여전히 눈을 감은 채 당신의 손을 잡았어요. 그런 다음 재빨리 등을 꼿꼿이 편 채 몸을 돌리고 인파를 헤치고 당신 곁을 떠났어요.

왜 기차에 오르는 당신 모습을 보지 않으려 했는지 저도 모르겠어요, 에두아르. 매일 후회하고 있어요.

집에 와서야 호주머니 속을 봤어요. 당신이 저를 안고 있을 때 넣어준 듯한 종이가 한 장 있더군요. 군복 차림으로 조그맣고 가는 허리의 저를 안고 씩 웃고 있는 큰곰 같은 당신과 저를 그린 작은 캐리커처였지요. 저는 딱딱하고 엄숙한 표정으로 머리는 뒤로 단정하게 늘어뜨렸어요. 당신의 둥글둥글한 글씨체를 계속 읽고 또 읽다보니 그 말이 제 안에서 지워지지 않게 됐어요. "당신을 만나기 전까지는 진정한 행복을 몰랐소."

리브는 눈을 깜박인다. 폴더에 편지들을 잘 넣는다. 앉아서 생각에 잠긴다. 그러다 공모자처럼 미소 짓는 표정의 소피 르페브르의 초상화를 다시 펼쳐본다. 베세트 씨의 말이 어디까지 사실일까? 이렇게 자기 남편을 사랑했던 여자가 어떻게 다른 남자도 아니고 적군과 함께 남편을 배신할 수가 있었을까? 이해가 가질 않는다. 리브는 사진을 다시 말아서 가방 속에 넣는다.

모가 이어폰을 뺀다. "자. 30분이면 세인트판크라스 역에 도착해요. 원하던 것을 얻은 것 같아요?"

그녀는 어깨를 으쓱한다. 목구멍으로 뭔가 큰 덩어리 같은 것이 올라와서 말을 할 수가 없다.

모가 흑단같이 검은 머리카락을 뒤로 넘기자 핏기 없이 창백한 뺨이 드러난다. "내일 일이 두려워요?"

리브는 침을 삼키고 힘없이 미소를 짓는다. 지난 한 달 반 동안 그 이외의 다른 일은 거의 생각도 않고 살았다.

"한마디만 하자면요." 모가 그 일에 대해 오랫동안 생각해왔다는 듯 말한다. "맥캐퍼티가 일부러 당신에게 그런 짓을 했다는 생각은 들지 않아요."

"뭐라고?"

"난 거짓말을 밥 먹듯이 하는 쓰레기 같은 인간들을 많이 알아요. 그는 그런 사람은 아니에요." 그녀가 엄지손가락에서 피부 껍질을 떼어내고 이렇게 말한다. "당신들 두 사람이 서로 반대편으로 만나게 된 건 정말 못된 운명의 장난 같아요."

"하지만 그가 꼭 내 그림을 추적할 필요는 없었잖아."

모가 눈썹을 들어 올린다. "정말요?"

리브는 그녀를 빤히 쳐다보다가 또다시 목구멍에 치미는 것을 간신히 누르며 창밖으로 시선을 돌린다. 기차가 런던으로 들어서고 있다.

테이블 건너편에 크리스마스 장식을 단 커플이 보인다. 서로에게 몸을 기댄 그들은 손을 꼭 잡은 채 잠에 빠져 있다.

나중에 그녀는 왜 자기가 그런 짓을 했는지 도통 이해할 수가 없다. 모는 세인트판크라스 역에서 리브에게 당부를 남긴다. 밤새 애매모호한 반환 소송 사례를 찾느라 인터넷에만 매달려 있지 말고 카망베르 치즈가 상해서 온 집 안에 냄새가 퍼지기 전에 냉장고에 제발 좀 넣으라고. 그리고 자기는 래닉의 집으로 가겠다고 한다. 리브는 인파로 들끓는 중앙 홀에 냄새나는 치즈를 담은 비닐봉지를 들고 서서, 가방을 무심하게 어깨에 걸치고 지하철역으로 향하는 모의 작고 검은 뒷모습을 바라본다. 모가 래닉 얘기를 하는 투가 뭔가 의기양양하고 전에 없이 자신 있게 들린다.

그녀는 모가 사람들 사이로 사라져 보이지 않을 때까지 서서 지켜본다. 통근하는 사람들이 인파 속에 징검돌처럼 선 그녀를 스치고 지나간다. 다들 쌍쌍이 팔짱을 끼고 수다를 떨고 서로를 애정 어린, 흥분된 시선으로 바라보거나, 혼자인 사람은 사랑하는 사람에게 돌아가겠다는 결연한 자세로 고개를 푹 숙이고 걸어간다.

"당신을 만나기 전까지는 진정한 행복을 몰랐소."

제이크가 엄마에게 돌아가고 나서 아파트의 고요는 뭔가 전과 달라졌다. 몇 시간 동안 친구 집에 놀러 가 있을 때와는 전혀 다른, 단단하고 무거운 정적이다. 그 시간에 집의 예리한 정적에는 죄의식, 실패의 느낌이 배어 있다는 생각을 폴은 하곤한다. 그것은 아들이 적어도 나흘 동안은 돌아오지 않으리라는 것을 잘 알고 있기에 더욱 사람을 짓누르는 정적이다. 제이크가 크리스피 초콜릿 케이크를 만들었다. 주방 기구 아래마다 온통 튀긴 쌀투성이다. 폴은 주방 청소를 마치고 앉아서 매주 습관처럼 집어 드는 일요판 신문을 쳐다본다. 하지만 늘 그렇듯 읽지는 못한다.

레오니가 떠나고 초기에는 이른 아침이 가장 두려웠다. 어린 제이크의 맨발이 내는 불규칙한 발소리, 머리카락이 삐치고 눈은 반쯤 감은 채 그들의 침실에 나타나 엄마 아빠 사이에 눕겠다고 우기던 아이의 모습을 얼마나 사랑했는지, 그 전에는 미처 알지 못했다. 아이의 발에서 미세하게 느껴지는 냉기, 아기 냄새가 나는 따뜻한 피부, 아들이 침대로 파고들면 느껴지던 그 본능적인 감각, 그것이면 만사 걱정할 것이 없었다. 그러다가 그들이 떠난 후로 몇 달을 아침에 홀로 잠에서 깨었다. 매일 아침은 그저 아들을 그리워할 또 하루가 시작됐다는 의미일 뿐이었다. 이제 아침에도 그보다는 기분이 나아졌지만, 제이크가 레오니에게로 돌아가고 난 후 처음 몇 시간은 여전히 사람을 무력감에 빠뜨리는 힘이 있었다.

셔츠를 몇 장 다려야 한다. 체육관에 갔다가 샤워를 하고 뭘 좀 먹을 수도 있다. 그런 몇 가지 일로 그럭저럭 저녁을 보낼 것이다. 텔레비전을 두어 시간 보고, 다 잘 정리가 됐는지 확인차 서류를 좀 훑어보고 잠자리에 들 수도 있을 것이다.

셔츠 다림질이 막 끝났을 때 전화벨이 울린다.

"여보세요?" 제이니다.

"누구시죠?" 그는 누구인지 뻔히 알면서 그렇게 묻는다.

"저예요." 그녀는 살짝 기분 상한 티를 목소리에서 애써 지우며 대답한다. "제이니요. 그냥 내일 준비가 잘됐는지 확인이나 해보려고요."

"잘하고 있어요. 션이 서류를 모두 검토했어요. 법정변호사도 준비가 됐고. 완벽해요."

"처음 그림이 사라진 경위에 대해서는 정보를 더 찾지 못했나요?"

"별로 없어요. 하지만 제삼자의 서신이 충분히 있으니 그 점은 크게 문제 되지 않을 겁니다."

전화 건너편에서 짧은 침묵이 흐른다.

"브릭앤소스턴이 자체 추적 업무 대행 업체를 낼 거래요." 그녀가 말한다.

"거기가 어딘데요?"

"경매소예요. 제2의 수단이 분명해요. 그들에게도 든든한 후원자들이 있어요."

"제기랄." 폴은 책상 위의 서류 더미를 바라본다.

"벌써 다른 에이전시들 직원과 접촉하기 시작했어요. 미술품과 골동품 전담반의 전 멤버들 중에서 골라 뽑아가고 있는 게 분명해요." 그녀가 무엇을 묻고 싶은지 충분히 짐작할 수 있다.

"탐정 일 경험이 있는 사람은 누구든지 다요."

"흠, 나한테는 접근하지 않았는데."

짧은 침묵이 흐른다. 그녀가 자기 말을 믿어줄까 의심이 든다.

"이번 소송에서 이겨야 해요, 폴. 우리가 업계 선두라는 사실을 확실히 해야 해요. 잃어버린 귀중품을 찾고 돌려받으려면 우리를 찾아와야 한다는 걸 알게요."

"알겠어요."

"난…… 당신이 얼마나 중요한 사람인지 알았으면 좋겠어요. 내 말은, 회사에요."

"말했지만, 제이니. 나한테 접촉해온 사람은 아무도 없었다니까요."

다시 짧은 침묵.

"좋아요."

그녀는 자기가 보낸 주말에 대해서 얘기를 늘어놓는다. 부모님에게 다녀왔고 데번에서 열리는 결혼식에 초대를 받았다고 했다. 결혼식 얘기를 너무 길게 해서 같이 가자고 말할 용기를 내느라 그러는 게 아닌가 싶어진다. 그는 단호하게 화제를 바꾼다. 마침내 그녀가 전화를 끊는다.

샤워를 하면서 막 머리를 다 헹구었을 때 초인종 소리를 희미하게 알아듣는다. 그는 욕설을 내뱉으며 수건을 더듬어 찾아 얼굴을 닦는다. 수건을 두르고 아래층으로 내려가면서 제이니일 거라 생각한다. 그녀가 이것을 다른 의미로 받아들이지는 않았으면 좋겠다.

그는 젖은 몸에 티셔츠를 껴입고 아래층으로 내려가면서 벌써 변명할 말을 연습해본다.

그러나 제이니가 아니다.

보도 한가운데 작은 여행 가방을 든 리브 할스턴이 서 있다. 그녀 위로 장식 전구 줄이 밤하늘을 수놓고 있다. 그녀는 여행 가방을 발치에 내려놓고 창백하고 진지한 얼굴로 할 말을 잠시 잊어버린 듯 그를 쳐다본다.

"내일 재판이 시작돼요." 리브가 입을 열기 전에 폴이 말한다. 그녀한테서 눈을 뗄 수가 없다.

"알아요."

"우리는 서로 이야기를 하면 안 돼요."

"그렇지요."

"둘 다 굉장히 곤란해질 거요."

그는 거기 서서 기다린다. 두꺼운 검은 코트 깃에 싸인 그녀의 얼굴은 잔뜩 긴장한 표정이고 눈은 그로서는 알 수 없는 백만 가지 대화가 속에서 오가는 것처럼 흔들린다. 그는 사과의 말을 하려 한다. 그러나 그녀가 먼저 말한다.

"저기요. 전혀 이해 못 할지도 모르겠지만, 재판에 대해서는 잊어버리면 안 될까요? 딱 하룻밤만이라도?" 그녀의 목소리가 너무나 가냘프게 들린다.

"다시 그냥 우리 둘이 될 수는 없나요?"

그녀의 목소리에는 그를 무너뜨리는 뭔가가 있다. 폴 맥캐퍼티는 무슨 말을 하려다가 몸을 숙여 그녀의 여행 가방을 들어 복도로 옮긴다. 둘 중 어느 한쪽이 마음을 바꾸기도 전에 그가 그녀를 끌어당겨 꼭 껴안는다. 바깥의 세상이 다 사라질 때까지 거기 그대로 있는다.

"안녕, 잠꾸러기."

그녀는 몸을 일으키며 자기가 있는 곳이 어디인지 둘러본다. 서서히 정신이 돌아온다. 폴이 침대에 앉아 머그잔에 커피를 따르고 있다. 커피를 그녀에게 건넨다. 그는 놀랄 만큼 잠이 말짱하게 다 깬 것 같다. 시계는 새벽 6시 32분을 가리키고 있다.

"토스트를 좀 사왔어요. 집에 돌아가야 그 전에……."

그 전에…….

소송 전에. 그 생각이 완전히 이해되기까지 잠시 시간이 걸린다. 그는 그녀가 눈을 비비는 동안 기다리더니 몸을 숙여 가볍게 키스해준다. 그가 벌써 양치를 한 것을 알고 그녀는 자기는 아직 이를 닦지 않았다는 데 살짝 부끄러움을 느낀다.

"토스트에 뭘 바르면 좋아하는지 몰라서요. 잼을 좋아하면 좋겠는데." 그가 쟁반에서 잼을 집는다. "제이크가 좋아하는 거예요. 설탕 98퍼센트라던가."

"고마워요." 그녀는 무릎 위의 접시를 본다. 누군가 침대로 아침을 가져다준 것이 얼마 만인지 기억이 나지 않는다.

그들은 서로를 바라본다. 오, 세상에. 그녀는 어젯밤을 떠올린다. 다른 생각은 전부 사라진다. 그리고 그녀의 마음을 읽기라도 한 듯 폴의 눈가에 주름이 잡힌다.

"당신…… 다시 돌아와줄 건가요?" 그녀가 묻는다.

그는 그녀 쪽으로 자리를 옮겨 따듯하고 단단한 다리를 그녀의 다리에 감는다. 그녀는 그가 자기 어깨를 감싸 안아줄 수 있도록 몸을 움직여 그에게 기대어 눈을 감고 그 느낌을 즐긴다. 그에게서 따스하고 졸린 냄새가 난다. 그의 피부에 얼굴을 묻고 그대로 있고만 싶다.

긴 침묵이 흐른다. 밖에서 쓰레기차가 후진하는 소리, 쓰레기통 부딪치는 소리를 들으며 다정한 침묵 속에서 토스트를 먹는다.

"당신이 그리웠어요, 리브."

그는 잠시 있다가 다시 말한다. "리브…… 이 소송 때문에 당신이 파산할까 걱정돼요." 그녀가 자기 커피잔을 쳐다본다.

"리브?"

"소송 얘기는 하고 싶지 않아요."

"그 얘기…… 자세히는 않겠소. 단지 걱정하고 있다는 얘기는 해야겠어서요."

그녀가 애써 미소 짓는다. "그러지 말아요. 아직 당신이 이긴 것도 아니니까요."

"당신이 이긴다 해도 그래요. 법률 비용이 많이 들어요. 난 여러 번 이런 일을 해봐서 당신이 얼마나 지출해야 하는지 잘 알아요."

그가 머그잔을 내려놓고 그녀의 손을 잡는다. "봐요. 지난주에 르페브르 가족과 따로 얘기를 했어요. 내 동료 이사인 제이니는 모르는 일이에요. 당신의 상황을 좀 설명해주고, 당신이 그림을 너무나 사랑해서 내주고 싶어 하지 않는다는 얘기를 해줬소. 당신에게 적절한 합의금을 지불하겠다는 동의를 끌어냈어요. 상당한 액수가 될 거요. 수십만 파운드예요. 그 정도면 지금까지 쓴 법률 비용을 감당하고도 좀 남을 거예요."

리브는 그들의 맞잡은 손을 바라본다. 좋았던 기분이 한순간에 날아가버린다.

"당신은…… 나한테 패배를 인정하라고 설득하는 건가요?"

"당신이 생각하는 그런 이유 때문은 아니에요."

"그건 무슨 뜻이지요?"

그가 허공을 바라본다. "자료를 찾았어요. 당신 변호사에게 얘기하면 볼 수 있을 거예요." 그녀의 마음 한쪽 구석이 아주 차분해진다. "프랑스에서요?"

그가 그녀에게 어디까지 얘기해야 할지 따져보려는 듯 입을 꾹 다문다. "당신의 그림을 소유했던 그 미국 기자가 쓴 옛날 신문 기사를 찾아냈어요. 당신의 그림은 다하우 수용소 인근의 도난당한 미술품을 보관한 창고에서 구했다고 해요."

"그래서요?"

"그러니까 그 작품들은 모두 도난당한 것들이었어요. 그림이 불법적으로 탈취되어 독일군의 소유로 넘어갔다는 사실은 우리 쪽에 유리하게 작용할 거예요."

"그건 추정일 뿐이잖아요."

"이후에 어떤 식으로 취득했든 오점이 남게 되는 거지요."

"그건 당신 말이고요."

"난 내 분야에서 유능해요, 리브. 우리는 절반까지 왔어요. 그리고 증거가 더 나온다면 내가 찾아내리라는 것을 당신이 알아야 해요."

그녀는 점점 마음이 굳어지는 것을 느낀다. "거기에서 중요한 단어는 '만약'일 거예요." 그녀가 그에게 잡힌 손을 뺀다.

그가 몸을 돌려 그녀를 마주본다. "좋아요. 내가 이해할 수 없는 건 바로 이 점이에요. 여기에서 도덕적으로 무엇이 옳고 그른지는 제쳐두더라도, 거의 공짜로 얻었고 이제 수상쩍은 과거가 있다는 것을 알게 된 그림을, 되돌려주면 큰돈을 주겠다는데도, 정말로 똑똑한 여자가 왜 여기에 응하지 않는 건지 이해할 수가 없어요. 그림값으로 지불한 돈하고는 비교도 안 될 만큼 큰돈인데."

"돈이 문제가 아니에요."

"아, 이봐요, 리브. 일단 확실한 것만 짚어봅시다. 당신이 이 소송을 계속 밀고 나갔다가 졌을 경우 수십만 파운드를 잃게 된다는 것 말이에요. 어쩌면 당신 집까지 잃게 될지 몰라요. 당신의 안전 전부를요. 그 그림 때문에 그럴 거요? 정말로?"

"소피는 그들의 것이 아니에요. 그들은…… 그들은 소피에게는 관심도 없어요."

"소피 르페브르는 90년 전에 죽었어요. 이러나저러나 그녀에게는 아무 차이도 없다니까요."

리브는 침대에서 빠져나와 바지를 찾는다. "당신은 정말로 이해 못 해요. 그렇지 않아요?" 그녀가 바지를 끌어올려 거칠게 지퍼를 채운다. "맙소사. 당신을 내가 잘못 봤어요."

"아뇨. 난 당신이 아무것도 아닌 것 때문에 집을 잃는 모습은 보고 싶지 않을 뿐이에요."

"아, 됐어요. 깜박했군요. 맨 처음 내 집에 이 거지 같은 사건을 끌고 들어온 사람이 바로 당신이지요."

"다른 사람이라면 이렇게 안 했을 거라고 생각하는 거예요? 이건 하나도 복잡할 게 없는 사건이에요, 리브. 이런 일을 맡을 회사는 우리 말고도 널렸어요."

"이제 끝났나요?" 그녀는 브라 후크를 채우고 스웨터를 머리 위로 뒤집어쓴다.

"아, 젠장. 봐요. 난 단지 당신이 그 생각을 좀 해봤으면 좋겠어요. 난…… 난 단지 당신이 원칙을 고수하느라 모든 것을 잃는 건 싫어요."

"아. 그러니까 이 모든 게 다 나를 걱정해서라는 말이군요. 맞아요."

그는 화를 참으려는 듯 이마를 문지른다. 그러더니 고개를 젓는다. "그거 알아요? 이게 그림에 관한 문제라고는 전혀 생각지 않아요. 문제는 당신이 새 출발을 하지 못하고 있다는 거예요. 그림을 포기한다는 것은 과거에 데이비드를 남겨두고 떠난다는 의미예요. 그래서 당신이 그렇게 하지 못하는 것이고요."

"나는 새 출발을 했어요! 당신도 알잖아요! 어젯밤은 대체 뭐였다고 생각해요?"

그가 그녀를 빤히 쳐다본다. "당신은 뭔지 알아요? 난 모르겠어요. 정말 모르겠어요."

리브가 그의 곁을 휙 지나쳐 떠날 때도 그는 잡으려 하지 않는다.

25

법정 밖에 사람들이 있다. 계단 앞에 몇몇 사람들이 모여들고 있다. 그녀는 처음에는 구경꾼이려니 생각했으나 택시에서 내리자 헨리가 팔을 잡아끈다. "아, 맙소사. 고개 숙여요." 그가 말한다.

"뭐라고요?"

그녀가 보도 위로 발을 내딛자 이내 번쩍이는 플래시 섬광이 마구 터진다. 그녀는 잠시 몸이 마비된다. 그러자 헨리가 그녀를 앞으로 밀어서 여기저기서 그녀의 이름을 외치는 소리가 들리는 가운데 인파 속을 헤치고 나아간다. 누군가 그녀의 손에 종이 한 장을 쥐여준다. 인파가 그녀를 에워싸고 더 바짝 몰려들자 헨리의 목소리에 희미하게 겁에 질린 기미가 묻어나는 것을 느낄 수 있다. 그녀는 재킷 차림의 사람들과 시커멓고 속이 들여다보이지 않는 거대한 렌즈들에 에워싸여 있다. "물러서요. 다들, 제발. 물러서요." 그녀는 경찰관 제복의 반짝이는 황동 장식을 힐끗 보고 눈을 감은 채 헨리에게 팔을 꼭 잡혀 옆으로 몸이 떠밀리는 것을 느낀다.

이제 그들은 조용한 법정 안으로 들어와 보안장치를 통과한다. 그녀는 충격에 빠진 표정으로 건너편에서 눈을 껌벅이며 그를 본다.

"이게 대체 다 뭐예요?" 그녀가 거칠게 숨을 헐떡인다.

헨리가 머리카락을 매만지며 문밖을 힐끗 내다본다. "신문사들이에요. 소송이 너무 큰 주목을 끈 것 같아서 걱정이네요."

그녀는 재킷을 바로잡고 주위를 돌아본 순간 보안장치를 통과해 들어오는 폴과 눈이 딱 마주친다. 그는 옅은 푸른색 셔츠에 검은 바지 차림이고 흠잡을 데 하나 없이 아주 말끔한 모습이다. 그를 성가시게 하는 사람은 아무도 없다. 둘의 눈이 마주치자 그녀는 말없이 그에게 성난 표정을 짓는다. 그의 걸음이 느려지면서 뚝 멈추었지만 표정은 변하지 않는다. 그는 옆구리에 서류를 끼고 뒤를 힐끗 돌아보더니 2번 법정 쪽으로 계속 걸어간다.

그제야 그녀는 손에 든 종이를 본다. 조심스럽게 종이를 펼쳐본다.

독일군이 빼앗아 간 것을 소유하는 것은 범죄입니다. 유대인들의 고통을 끝내주세요. 정당한 주인에게 되돌려주세요. 너무 늦기 전에 정의를 실천해주세요.

"그건 뭔가요?" 헨리가 그녀의 어깨 너머로 넘겨본다.

"왜 나한테 이런 것을 줬을까요? 청구인은 유대인도 아닌데!" 그녀가 외친다.

"경고하는데 전시 약탈은 대단히 민감한 주제예요. 유감이지만 직접적으로 영향이 있건 없건 온갖 이해 단체가 이 사건에 들러붙었다는 것을 알게 될 거예요."

"하지만 이건 말도 안 돼요. 우리는 그 망할 그림을 훔치지 않았다고요. 10년도 넘게 우리 것이었는데!"

"자, 리브. 2번 법정으로 갑시다. 당신한테 물 좀 가져다주라고 할게요."

기자회견 장소는 발 디딜 틈도 없이 붐빈다. 판사가 도착하기 전에 기자들이 서로 밀치면서 수군대고 농담을 주고받고 조간신문을 뒤적이는 모습이 보인다. 느긋하지만 여차하면 달려들 태세를 취하고 먹잇감을 노려보는 포식 동물 무리 같다. 그녀는 일어나서 그들에게 소리 지르고 싶다. "당신들에게는 이건 게임이지. 내일이면 피시 앤 칩스 포장지로나 쓰일 쓰레기일 뿐인데!" 가슴이 마구 쿵쾅거린다.

양측이 두툼한 서류 더미와 전문가 증인 목록, 프랑스 법에서 모호한 법적 사항들에 대한 진술서를 잔뜩 쌓아놓고 있다. 헨리는 농담조로 이제 리브가 특별 소송에 휜해져서 나중에 자기가 채용해야겠다고 말했다. "그래야 할지도 모르겠네요." 그녀는 침울하게 대꾸한다.

"일동 기립."

"시작이군요."

헨리가 그녀를 안심시키려 미소 지으며 그녀의 팔을 잡는다.

르페브르 가에서는 노인 두 명이 벌써 션 플래허티와 함께 벤치에 앉아 그들의 법정변호사인 크리스토퍼 젠크스가 사건 개요를 설명할 동안 조용히 지켜보고 있다. 그녀는 만사가 불만이라는 듯한 그들의 시무룩한 표정과 팔짱 낀 태도를 쳐다본다. 그는 모리스와 앙드레 르페브르가 에두아르 르페브르의 유작과 유산의 신탁 관리인이라고 법정에 설명한다. 그의 작품을 안전하게 지키고 그의 유산을 보호하는 것이 그들의 관심사라고 말한다.

"그리고 자기들 주머니를 채우는 것도." 그녀가 중얼거린다. 헨리가 고개를 가로젓는다.

젠크스는 법정을 이리저리 오가면서, 가끔씩 메모를 참고해 가며 판사에게 직접 말한다. 최근 르페브르의 인기가 치솟고 있어서 그의 후손들이 남은 작품들에 대해 감사를 시행했고 그 과정에서 한때 화가의 아내인 소피 르페브르 소유였던 「당신이 남겨두고 간 소녀」라는 초상화가 언급된 내용을 발견했다고.

사진과 일부 기록으로 그림이 제1차 세계대전 중 독일군에게 점령됐던 마을인 생페론의 르코크루주라는 호텔에 걸려 있었다는 사실이 드러났다.

마을의 점령 책임자였던 사령관 프리드리히 헨켄이 여러 차례 그 작품에 대해 감탄한 기록이 남아 있다. 르코크루주는 독일군이 사사로운 용도로 쓰기 위해 징발했다. 소피 르페브르는 그들의 점거에 격하게 항의했다. 소피 르페브르는 1917년 초에 체포되어 생페론을 떠났다. 비슷한 시기에 그림도 사라졌다.

젠크스는 이 점으로 보아 강압이 있었으며, 많은 사랑을 받는 그림을 취득하는 과정에서 "문제가" 있었음을 알 수 있다고 주장한다. 심지어 그림을 불법으로 강탈당했다는 힌트는 이뿐만이 아니라고 단호하게 말한다.

최근 입수한 증거에서는 제2차 세계대전 중 도난·약탈당해 독일군의 손에 들어간 예술 작품들의 수집소로 알려진 베르히테스가덴의 보관 시설에서 그림이 나타났음을 알 수 있었다. 그는 자신의 요지를 강조하려는 듯 "도난당하고 약탈당한 예술 작품"이라는 말을 두 번이나 되풀이한다. 젠크스는 그림이 기이하게도 미국 기자인 루앤 베이커의 손에 들어갔는데, 그녀는 그 수집소에서 하루를 보내고 미국 신문에 그에 대한 기사를 썼다고 말한다. 그 당시 기사에서 그녀는 "기념품" 혹은 "선물"로 그림을 받았다고 말한다. 그녀의 가족이 확인해줬듯이, 집에 그림을 두었고 10년 전 데이비드 할스턴이 그 그림을 구입하여 아내에게 결혼 선물로 줬다.

리브는 법정에서 자기 그림의 역사를 큰소리로 읽는 것을 듣는다. 그러는 동안 자신의 침실 벽에 고요히 걸린 그 작은 초상화에 이런 트라우마, 이런 전 지구적으로 의미 있는 사건이 연관됐다고 상상하기가 어렵다.

그녀는 기자석을 곁눈질했다. 기자들은 판사와 마찬가지로 완전히 푹 빠진 듯하다. 자신의 모든 미래가 여기 달려 있지 않다면 그녀 또한 저렇게 넋을 잃고 재미있게 들을 수 있을까 생각해본다. 벤치에는 폴이 팔을 뒤로 올려 머리를 괸 채로 뒤로 기대어 앉아 있다.

리브가 시선을 돌려 옆을 훑어보자 그가 그녀를 똑바로 마주본다. 그녀는 살짝 얼굴을 붉히며 시선을 돌린다. 재판이 진행될 동안 그가 매일 올지 궁금하다. 누군가에게 이렇게까지 분노를 느껴본 적이 있던가 싶다.

크리스토퍼 젠크스가 그들 앞에 서 있다. "재판장님, 할스턴 씨가 자신도 모르게 일련의 역사적 범죄 속으로 말려들어간 점은 대단히 유감스럽습니다만, 범죄는 범죄입니다. 저희가 주장하는 바는 이 그림이 두 차례 도난당했다는 것입니다. 한 번은 소피 르페브르의 집에서이고, 또 한 번은 제2차 세계대전 중 수집소에서 이뤄졌습니다. 특히 당시에 그림을 불법으로 무상으로 내줌으로써 그녀의 후손들로부터 도둑질했습니다. 유럽이 너무나 혼란스러워서 그 정도 비행은 기록되지도 않고 넘어갔던 시절이고, 그래서 아직까지 발견되지 않았던 것입니다.

그러나 제네바 협약과 최근의 반환 관련법 모두 이러한 범죄 행위가 시정되어야 한다고 못 박고 있습니다. 이 그림이 정당한 주인인 르페브르 가에 반환되어야 한다는 것이 저희의 주장입니다. 감사합니다."

헨리는 그녀 옆에 무표정한 얼굴을 하고 있다.

리브는 「당신이 남겨두고 간 소녀」를 실제 크기로 복제한 그림이 작은 스탠드 위에 놓여 있는 방구석을 본다. 플래허티는 그림의 운명이 결정될 때까지 제3의 장소에 보관해줄 것을 요구했으나, 헨리는 그녀에게 거기 동의할 의무는 없다고 말했다.

그러나 여기, 엉뚱한 장소에서 그 그림을 보고 있으려니 기가 꺾이고 그림 속의 소녀가 눈앞에서 벌어지는 소송을 조롱하는 듯 보인다. 집에서 리브는 그녀를 보려고 침실로 들어가면서 곧 그녀를 영영 보지 못할 수도 있다는 생각에 더욱 집중해서 보게 된다.

오후가 지나간다. 법정의 공기는 중앙난방으로 답답해진다. 크리스토퍼 젠크스는 개구리를 해부하는 외과의사 같은 법의학자의 효율적인 태도로, 취득시효를 주장하려는 리브 쪽의 시도에 맹공격을 퍼붓는다. 그녀는 때때로 고개를 들고 "명의변경"이니 "불완전한 출처" 같은 표현에 귀를 기울인다. 판사가 기침을 하고 노트를 들여다본다. 폴이 같은 회사의 여자 이사에게 뭐라고 속삭인다. 그가 말을 걸 때마다 그녀는 완벽하고 작은 하얀 치아를 드러내고 웃는다.

이제 크리스토퍼 젠크스가 읽기 시작한다.

1917년 1월 15일

오늘 그들이 소피 르페브르를 끌고 갔다. 그런 광경은 평생 처음이었다. 그녀가 르코크루주의 지하 저장실에서 일을 보고 있었고 독일군 병사 둘이 광장을 건너와서 범죄자 다루듯 그녀를 계단으로 질질 끌고 갔다. 여동생은 애원하며 울부짖었고 고아가 된 릴리앙 베튄의 아이도 그랬다. 사람들이 몰려와 항의했지만 파리 떼 쫓듯 내쫓겼다. 노인 두 명은 소란스러운 와중에 바닥에 밀쳐져 쓰러졌다. 내세에 정당한 보상이 있다면 맹세코 독일놈들은 그 대가를 톡톡히 치러야 할 것이다.

그들은 여자를 가축 운반용 트럭에 태웠다. 시장이 나서서 말렸지만 요즘 딸의 죽음으로 약해져서 기운이 쇠한 나머지 독일놈들한테 밀리기 일쑤였다. 그들은 시장의 항의를 귓등으로도 듣지 않았다.

마침내 차가 사라지자 그는 르코크루주로 들어와서 가능한 한 최고위층에게 정식으로 항의하겠노라고 호언장담했다. 하지만 우리 중 아무도 귀담아듣지 않았다. 불쌍한 여동생 엘렌은 카운터에 엎드려 흐느끼고 남동생 아우렐리앙은 야단맞은 개처럼 뛰쳐나가 버렸다. 소피가 돌보던 릴리앙 베튄의 아이는 작은 유령처럼 구석에 서 있었다.

"어, 엘렌이 너를 돌봐줄 거다." 내가 그 애에게 말했다. 허리를 숙여 손에 동전을 한 개 쥐여주었지만 아이는 마치 그게 뭔지 모른다는 듯 쳐다봤다. 화등잔처럼 휘둥그레 뜬 눈으로 나를 쳐다보기만 했다. "무서워하지 말렴, 애야. 엘렌은 좋은 사람이야. 너를 보살펴줄 거다."

소피 르페브르가 떠나기 전에 남동생 때문에 소란이 좀 있었던 것 같지만 내가 가는귀가 먹은 데다 하도 시끄럽고 정신이 없어서 잘 듣지는 못했다. 하지만 그녀가 독일군에게 몹쓸 짓을 당했을까 두렵다. 르코크루주를 차지하기로 그놈들이 일단 마음먹으면 소피 신세도 볼 장 다 본 것과 다름없지만, 그녀는 내 말은 들으려 하지를 않았다. 뭔가 그들의 심기를 거스른 게 분명하다. 소피는 늘 좀 충동적인 데가 있었다. 그녀를 탓하는 건 아니다. 독일군이 내 집에 들어와 있다면 나 역시 고분고분 비위를 맞춰줄 수 있을지는 잘 모르겠으니까.

그렇다. 나는 소피 르페브르와는 처지가 다르지만 오늘 밤에는 영 마음이 무겁다. 벌써 시체가 된 것처럼 가축 운반용 트럭에 실려 가는 모습을 보고 나니, 그녀의 앞날을 상상하면…….
암울한 시절이다. 진작 죽었으면 이 꼴 저 꼴 보지 않아도 됐을
텐데. 때로는 밤이면 우리 작은 마을이 이렇게 미쳐 돌아가고
있다는 것을 믿을 수가 없다.

나지막하면서 낭랑한 목소리로 크리스토퍼 젠크스가 낭독을
마친다. 법정 안은 고요하다. 침묵 속에서 속기사 소리만 들린
다. 머리 위에서 팬이 환기를 하지도 못하면서 느릿느릿 돌아
간다.

"'르코크루주를 차지하기로 그놈들이 일단 마음먹으면 소피
신세도 볼 장 다 본 것과 다름없지만.' 여러분, 이 일기를 보면
생페론에서 소피 르페브르와 독일군들의 관계가 그리 좋지는
않았다는 것을 분명히 알 수 있습니다."

그는 해변에서 바람을 쐬는 사람처럼 법정 안을 성큼성큼 걸
으며 복사지를 무심히 들여다본다.

"그러나 이것 말고도 다른 참고 자료들이 있습니다. 같은 마
을 주민인 비비엔 루비에는 그 작은 마을에서 생활을 놀랄 만
큼 잘 기록해뒀습니다. 그리고 몇 달 전으로 되돌아가보면, 이
렇게 쓴 대목이 있습니다.

독일군이 르코크루주에서 밥을 먹고 있다. 베세트 가 자매들을
시켜 차리게 하는 진수성찬 냄새가 광장까지 다 퍼진다. 덕분
에 우리 모두 반쯤 돌아버릴 지경이다. 내가 빵집에서 소피 베
세트—이제는 르페브르—에게 당신 아버지 같으면 그런 꼴을

참고 견디지는 않았을 거라고 한마디 해줬지만 그녀는 자기로
서는 어쩔 수 없다고만 한다.

그가 고개를 들었다. "'자기로서는 어쩔 수 없다.' 독일군은
화가의 아내가 운영하는 호텔에 쳐들어와 자기들을 위해 요리
를 하게 시켰습니다. 그녀는 집 안에 적을 들여놨던 겁니다. 완
전히 무력했지요. 모두 강압으로 이뤄진 일이었습니다. 그러나
이것 말고도 증거가 있습니다. 르페브르 기록 보관소를 뒤져서
소피 르페브르가 남편에게 보낸 편지를 찾았습니다. 남편에게
전달되지 않은 것이 분명하지만 상관없을 겁니다."
그가 빛 속에서 더 잘 보려는 듯 종이를 쳐든다.

사령관은 베컴보다 영리하지만 그렇다고 내 기를 꺾지는 못해
요. 그가 당신이 그린 내 초상화를 하도 빤히 쳐다봐서 무슨 권
리로 그렇게 들여다보느냐고 쏘아붙여주고 싶어요. 다른 무엇
보다도 그 그림은 당신과 나의 것이에요. 당신은 아무리 특이
한 것이든 다 알고 있잖아요, 에두아르? 그는 정말로 당신의
작품에 감탄해 마지않아요. 그는 그 그림을 알고, 마티스, 베
버, 푸르만 파도 알아요. 독일군 사령관 앞에서 당신의 화법이
얼마나 훌륭한지 옹호하고 있다니 이상도 하지요!
하지만 엘렌이 뭐라고 하든 그림을 치우지 않겠어요. 그림을
보면 당신이, 우리가 함께 행복했던 시절이 생각나거든요. 인
류가 파괴뿐만 아니라 사랑과 아름다움을 창조해낼 능력도 있
다는 것을 잊지 않게 해줘요.

당신이 무사하기를, 빨리 돌아오기를 기도해요.

사랑하는 여보.

당신의 소피

"'다른 무엇보다도 그 그림은 당신과 나의 것이에요.'"

젠크스가 되풀이해 읽는다. "그러니까 그녀의 사후 한참이 지나서야 발견된 이 편지를 보면, 그림이 화가의 아내에게 큰 의미가 있었음을 알 수 있습니다. 독일군 사령관이 눈독을 들였다는 것도 확실히 알려주지요. 그뿐만이 아니라 그가 시장 전반에 대해서 잘 알고 있었다는 것도요. 그는 말하자면 미술품 애호가였던 것입니다." 그는 그 말을 처음 써보는 양 한 자 한 자 강조하면서 발음한다.

"그리고 제1차 세계대전 중 벌어진 약탈은 제2차 세계대전에서도 이어졌을 것입니다. 여기에서 보면 교육받은 독일군 장교들은 자기들이 원하는 것을 알고 있었고, 무엇이 가치가 있는지도 알고 미리 점찍어……."

"이의 있습니다." 리브의 변호사인 앤절라 실버가 벌떡 일어선다. "그림을 좋아하고 예술가에 대해 잘 안다고 해서 실제로 그림을 빼앗아 가리라고 단정 지을 수는 없습니다. 변호사님은 사령관이 그림에 감탄했고 르페브르 부인이 살았던 호텔에서 식사를 했다고만 했지, 그가 그림을 가져갔다는 증거는 전혀 제시하지 못했습니다. 전부 정황증거일 뿐입니다."

판사가 웅얼거린다. "계속하시오."

크리스토퍼 젠크스가 이마를 훔친다. "저는 1916년 생페론에서 생활을 묘사해드리려는 것뿐입니다. 당시의 분위기를 이해하지 못하면 그림이 어떻게 누군가의 손에 넘어갈 수 있었는지를 이해할 수가 없습니다. 독일군은 뭐든지 다 징발할 수 있고, 자기들이 고른 어느 집에서건 원하는 것은 뭐든 빼앗아 갈 권리가 있었습니다."

"이의 있습니다." 앤절라 실버가 메모를 들여다본다. "관계없는 진술입니다. 이 그림이 징발당했음을 암시하는 증거는 전혀 없습니다."

"계속하시오. 요점만 말하십시오, 젠크스 씨."

"다시 말씀드리지만, 단지…… 상황을 묘사하려는 겁니다. 재판장님."

"묘사는 르페브르에 관한 것으로 한정하도록 하시오, 젠크스 씨." 법정에 낮은 웃음소리가 퍼져나간다.

"많은 귀중품들이 당시의 독일 지도자들이 약속한 대로 '보상을 받지' 못했듯이, 독일 군대에 의하여 기록도 남기지 않고 증발됐음을 보여드리려는 의도입니다. 「당신이 남겨두고 간 소녀」도 그런 물건이었다는 것이 저희의 주장이기 때문에, 약탈 행위를 둘러싼 당시의 일반적인 분위기를 말씀드리고자 하는 것입니다."

"'그가 당신이 그린 내 초상화를 하도 빤히 쳐다봐서 무슨 권리로 그렇게 들여다보느냐고 쏘아붙여주고 싶어요.' 자, 재판장님. 프리드리히 헨켄 사령관은 진짜로 모든 권리가 자기에게 있다고 생각했다는 것이 저희가 주장하는 바입니다. 그리고 그 그림은 그 후로 30년간 독일인의 수중에 있었다는 것입니다."

폴이 리브를 본다. 그녀는 외면한다. 그녀는 소피 르페브르의 그림에만 정신을 집중한다. '바보들.' 소피는 속을 알 수 없는 시선으로 그곳에 있는 모든 사람을 바라보며 그렇게 말하는 듯하다.

리브는 폴을 힐끗 바라보며 생각한다. '그래, 맞아. 우린 다 바보들이야.'

3시 30분에 휴정한다. 앤절라 실버는 자기 방에서 샌드위치를 먹고 있다. 가발을 옆 테이블에 올려놓고 찻잔은 책상 위에 놨다. 헨리가 맞은편에 앉아 있다.

그들은 그녀에게 첫날은 예상한 대로 흘러갔다고 말한다. 그러나 해변에서 불어오는 소금기 섞인 바람처럼 긴장감이 감돈다. 리브는 헨리가 앤절라와 이야기할 동안 복사한 번역본을 뒤적인다.

"리브, 소피의 조카와 이야기했을 때, 그가 뭔가 그녀에게 불명예스러운 일이 있었다는 말을 했다고 했지요? 혹시 그 부분을 더 파고들어볼 여지가 있을지 궁금하군요."

"이해가 안 되는데요." 리브가 대꾸한다. 둘 다 그녀를 기대에 찬 표정으로 보고 있다.

실버는 입에 든 것을 다 씹어 넘기고서 입을 연다. "저기, 만약 소피에게 불명예스러운 일이 있었다면 그건 사령관과 합의하에 관계를 가졌을지 모른다는 의미 아닐까요? 그 점을 입증할 수 있다면, 그러니까 소피가 독일군과 불륜을 저질렀다고 제시할 수 있다면, 초상화가 선물이었다고 주장할 수 있을 거예요. 바람을 피우면서 애인한테 자기 초상화를 준다는 건 충분히 있을 법한 일이잖아요."

"하지만 소피가 그랬을 리 없어요." 리브가 말한다.

헨리가 대답한다. "그거야 우리는 모르는 일이지요. 소피가 사라진 후 가족들은 다시는 그녀의 이름을 입에 올리지 않았다고 그랬잖아요. 그녀가 떳떳하다면 기억에서 지웠을 리가 없지요. 어떤 수치스러운 일 때문에 그녀를 숨긴 것 같아요."

"사령관과 합의하에 관계를 가졌을 거라고는 생각지 않아요. 이 엽서를 보세요." 리브가 서류철을 다시 연다. "'이 미쳐가는 세상에서 당신은 나의 북극성이에요.' 부역 행위를 했다고 지목되기 석 달 전의 것이에요. 이게 서로에게 애정이 없는 부부가 하는 소리처럼 들리나요?"

"물론 남편이야 아내를 사랑했지요. 하지만 소피 쪽에서도 그랬는지는 알 수 없는 일이에요. 그 당시 독일군과 사랑에 빠져 미쳐 있었을지도 몰라요. 외로웠거나 판단력이 흐려졌을 수도 있고요. 남편을 사랑했다고 해서 남편이 없는 동안 다른 사람과 사랑에 빠지지 않는다는 법은 없어요." 헨리의 말이다.

리브는 머리카락을 뒤로 넘긴다. "끔찍하군요. 소피의 이름을 더럽히는 것 같아요."

"이미 더럽혀졌어요. 그녀의 가족은 그녀에 대해 곱게 말하지 않잖아요."

"조카의 말을 빌미 삼아 소피를 공격하고 싶지 않아요. 그나마 그녀에게 마음 쓰는 사람은 그 조카뿐이에요. 우리가 내막을 다 아는 것은 아니잖아요."

"그건 중요하지 않아요." 앤절라 실버가 샌드위치 상자를 구겨 쓰레기통에 넣는다. "봐요, 할스턴 씨. 그녀가 사령관과 불륜을 저질렀다는 것을 입증할 수 있다면 당신이 그림을 계속 갖고 있을 가능성이 높아지는 거예요. 상대방이 그림을 도둑맞았거나 강압에 의해 빼앗겼다고 주장할 수 있는 한, 당신 입지는 약해져요."

그녀는 손을 닦고 머리에 가발을 다시 쓴다. "이건 상당히 어려운 일이에요. 그리고 분명히 말하건대 상대편도 가만히 있지는 않을 거예요. 그러니까 결국 문제는 이거예요. 이 그림을 지키기 위해서 얼마나 독해질 수 있나?"

리브는 두 변호사가 일어설 때까지 자기 샌드위치에는 손도 대지 않은 채 테이블 앞에 앉아 있다. 자기 앞의 메모들을 쳐다본다. 소피의 기억을 더럽힐 수는 없다. 하지만 그림을 내놓을 수도 없다. 더 중요한 것은, 폴이 이기는 꼴을 볼 수는 없다.

"소피에게 무슨 일이 있었는지 알아보겠어요."

26

그들이 여기 있는 것이, 바로 우리 지붕 아래에서 먹고 떠드는 것이 이상하기는 하지만 겁나지는 않아요. 그들은 대체로 예의 바르고 세심하게 배려하기까지 해요. 그리고 사령관은 그들의 어떤 잘못된 행동이라도 결코 용인하지 않을 거예요. 그러니까 우리의 불안한 휴전이 시작된 거죠…….

이상하지만 사령관은 교양 있는 사람이에요. 마티스를 알아요! 베버와 푸르만도 알고요! 독일인과 당신의 화법을 놓고 세세한 부분까지 토론을 한다니 얼마나 희한한지 상상이 돼요?

오늘 밤에는 배불리 잘 먹었어요. 사령관이 주방으로 들어와서 우리에게 남은 생선을 먹으라고 했어요. 어린 장은 다 먹고서 울었어요. 당신도 어디에 있건 배곯고 지내지 않기를 기도해요…….

리브는 글 속에 숨은 의미를 읽어내려 애쓴다. 그리고 이런 단편적인 글들을 몇 번이고 되풀이해 읽는다. 소피의 글들은 조각조각 흩어져 있고 여기저기 잉크의 빛이 바래서 순서를 맞추기가 어렵다. 하지만 프리드리히 헨켄과의 관계는 확실히 풀렸다. 소피는 그와 긴 토론을 나눴다. 그쪽에서도 가끔가다 그들에게 음식을 주면서 계속 친절을 베풀었음을 암시하고 있다. 말할 것도 없이 소피가 인간 취급을 안 하는 상대와 예술에 대해 토론하거나 음식을 받아먹지는 않았을 것이다.

읽어나갈수록 이 글을 쓴 사람에게 동정심이 느껴진다. 제대로 읽었는지 확인하려고 두 번을 번역한 돼지를 아기로 꾸민 이야기를 읽으면서 그 결과에 박수를 보내고 싶어진다. 법정 자료들, 루비에 부인이 묘사한 소피의 반항적인 태도, 그녀의 용기, 선한 마음을 다시 뒤져본다. 그녀의 영혼이 종이에서 튀어나올 것만 같다. 이에 대해 폴과 이야기할 수 있으면 얼마나 좋을까 아쉬운 마음이 잠깐 고개를 든다.

리브는 조심스레 서류철을 덮는다. 그리고 헨리에게 보여주지 않은 서류들을 둔 책상 쪽을 죄책감을 느끼며 바라본다.

사령관의 눈빛은 강렬하고 날카롭지만 가끔씩은 진짜 감정을 숨기려는 듯 베일에 싸여 있다. 내가 평정을 잃어가는 것이 그의 눈에 보일까봐 두려웠다.

종이의 나머지 부분은 찢겼는지 아니면 세월에 삭았는지 없다.

"당신과 춤을 추겠어요, 사령관님. 하지만 주방에서만이에요."
나는 이렇게 말했다.

그리고 소피의 것이 아닌 필적으로 쓴 쪽지가 있다. 거기에
는 이렇게만 적혀 있다. "한 번 일어난 일은 되돌릴 수 없어."
처음 읽었을 때 리브는 심정이 쿵 하고 떨어지는 듯했다.

그녀는 글들을 읽고 또 읽으며 자신의 적인 남자와 묘하게
꼭 껴안은 여자의 모습을 그려본다. 그러고는 서류철을 덮고
서류 더미 아래 조심스럽게 끼워 넣는다.

"오늘은 몇 통이나 왔어요?"

"네 통요." 리브는 그날 온 악의적인 내용의 편지들을 건네
며 대답한다. 헨리는 그녀에게 모르는 필적이 적힌 편지는 아
무것도 열어보지 말라고 했다. 그의 직원들이 열어보고 위협하
는 내용이 있는 것은 보고할 것이다. 그녀는 이러한 새로운 전
개에도 기운을 잃지 않으려고 애를 쓰지만 이제는 낯선 편지가
눈에 띨 때마다 흠칫한다. 초점이 불분명한 이 모든 증오가 어
딘가에서 목표를 기다리고 있다는 생각. 그녀는 더는 검색
엔진에 「당신이 남겨두고 간 소녀」를 쳐보지 못한다. 예전에는
역사적인 참조 정보 두 건이 떴는데, 이제는 전 세계에서 인터
넷 그룹들이 복사한 신문 기사 웹 버전, 그녀와 데이비드를 이
기적이고 정의를 무시하는 인간들이라고 비난하는 인터넷 채
팅룸들이 뜬다. 단어들이 후려치듯 튀어나온다. "약탈된, 도난
당한, 도둑맞은, 악녀."

누군가 로비의 우편함에 두 번이나 개똥을 넣어놨다.

적대감을 아주 뚜렷하게 드러낸다. 진행 중인 소송은 결과가 아직 분명하지 않다. 이웃들은 이제 밝게 인사를 건네는 대신 외면하고 지나쳐버린다. 소송이 신문에 보도된 후로는 아무도 그녀를 초대하지 않는다. 저녁 식사나 특별 초대전에 초대하지 않고, 보통은 거절하지만 항상 초대가 오던 건축계 행사조차 연락이 없다. 처음에는 그 모든 것이 우연의 일치라고 생각했지만 이제는 슬슬 의심이 일어난다.

신문은 매일 그녀를 "수수하다"거나 가끔은 "절제된 스타일"이라고, 그리고 늘 "금발"로 묘사하면서 그녀의 옷차림을 보도한다. 소송 구석구석까지 파고드는 탐욕이 끝없는 듯하다. 정작 누가 그녀의 견해를 듣기 위해 연락을 취해온 적이 있는지는 알 수 없다. 그녀의 전화기는 플러그를 빼놓은 지 며칠째다. 헨리는 한 신문에 좀 더 호의적으로 인물 소개가 실리도록 손을 썼지만 그 영향은 미미했던 것 같다.

리브는 르페브르 쪽의 꽉 찬 벤치를 바라본다. 그들은 첫날처럼 무표정하게 앉아 있다. 소피가 가족들로부터 홀로 차갑게 내쳐졌다는 사실을 들으면 그들이 어떤 기분일까 궁금하다. 그녀에 대해 달리 느끼게 될까? 아니면 그저 돈에만 정신이 팔려 이 사건의 핵심인 그녀의 존재 따위는 신경도 안 쓸까?

폴은 매일 벤치 끝에 앉아 있다. 보지 않아도 전기 파동처럼 그의 존재를 느낄 수 있다.

크리스토퍼 젠크스가 발언을 시작한다. 그는 「당신이 남겨두고 간 소녀」가 실은 더럽혀진 미술품이라는 최근 증거를 요

약해 제시하겠다고 말한다.

"그림의 현 소유주인 할스턴 부부는 루앤 베이커의 자산에서 그것을 구매했습니다. 일명 '용감한 베이커 양'으로 알려졌던 그녀는 1945년 몇 안 됐던 여성 종군기자 중 한 명이었습니다. 「뉴욕 레지스터」의 기사들을 보면 제2차 세계대전 막바지에 그녀가 다하우 수용소에 있었다는 것을 알 수 있습니다. 동맹군이 수용소를 해방시킬 때 그녀가 있었다는 생생한 기록이 남아 있습니다."

리브는 남자 기자들이 휘갈겨 쓴 필적을 집중해서 들여다본다. "제2차 세계대전 기사들이란." 헨리는 앉으면서 이렇게 중얼거렸다. "언론은 나치라면 사족을 못 써요."

"특히 한 기사를 보면 베이커 씨가 해방될 무렵 어느 날인가 수집소로 알려진 넓은 창고에서 하루를 보낸 적이 있다고 나와 있습니다. 나치 사무실들이 있던 뮌헨 인근인데, 미군이 그곳에 도난당한 예술품들을 보관해뒀습니다." 그는 그 당시 어느 기자가 동맹군을 도와주어 고맙다며 그림을 받은 일화가 있다고 말한다. 그림은 법적으로 문제가 되어 결국 원주인에게 반환됐다.

헨리가 살짝 고개를 가로젓는다.

"재판관님, 이제 1945년 11월 6일 신문 기사 복사본을 한번 보시도록 돌리겠습니다. 제목이 '나는 어떻게 베르히테스가덴의 관리자가 됐나'입니다. 여기를 보면 보잘것없는 기자였던 루앤 베이커가 어떻게 해서 상궤에서 완전히 벗어난 방법으로 현대의 걸작을 손에 넣었는가가 나와 있습니다."

법정이 조용해진다. 기자들은 몸을 숙이고 노트에 필기할 준비를 한다. 크리스토퍼 젠크스가 읽기 시작한다.

전시에는 별일을 다 겪게 되는 법이다. 그러나 내가 베르히테스가덴의 괴링이 군인이자 정치가로서 약탈한 수억 달러어치 미술품의 관리자가 됐던 그날은 나조차 예상치 못했다.

과감하고 유능한 젊은 기자의 목소리가 세월을 거슬러 울린다. 그녀는 오마하 해변에 스크리밍 이글스와 함께 상륙한 뒤 뮌헨 부근에서 그들과 함께 주둔한다. 그러던 어느 날 아침, 군대가 밖으로 나가고 그녀는 자신이 해병 두 명과 소방차 한 대를 맡게 됐음을 알게 된다. 그녀는 괴링이 미술에 대단한 열정을 가지고 있었으며, 체계적으로 오랫동안 미술품을 약탈한 증거가 있다고 말한다. 그녀는 미군이 돌아와 자신이 맡았던 책임을 내려놓을 수 있게 되자 안심한다.

그리고 크리스토퍼 젠크스가 말을 멈춘다.

내가 떠날 때, 병장 한 명이 소위 "애국적 의무"를 다한 데 대한 감사의 표시라며 기념품을 하나 가져가도 좋다고 말했다. 그래서 나는 하나 가져왔고, 아직도 가지고 있다. 내 평생 가장 기이했던 날들의 작은 기념품이다.

그는 눈썹을 치켜세우며 일어선다. "어떤 기념품."
앤절라 실버가 벌떡 일어선다. "이의 있습니다. 그 기사에서는 기념품이 「당신이 남겨두고 간 소녀」라는 언급은 없습니다."

"그녀가 창고에서 한 점을 가져가도 좋다는 허락을 받았다고 언급한 건 놀라운 우연의 일치란 말이군요."

"기사에는 그 한 점이 그림이라는 말은 전혀 없습니다. 하물며 바로 이 그림이라고는 하지 않았습니다."

"계속하시오."

앤절라 실버가 벤치에 앉는다. "재판장님, 저희는 베르히테스가덴의 기록을 조사했습니다. 수집소의 보관 시설에서 이 그림이 나왔다는 문서화된 기록은 전혀 없습니다. 그 당시의 목록이나 재고 기록에도 없습니다. 그러니 지금 상대측 변호사가 연관지으려 하는 것은 억지스럽습니다."

"전쟁 중에는 항상 기록되지 않은 것들이 있다고 이미 문서에 나와 있습니다. 전쟁 중 도난당한 기록이 전혀 없었으나 나중에 도난품으로 밝혀진 예술품들이 있다는 전문가의 증언도 있습니다."

"재판관님, 상대측 변호사가 「당신이 남겨두고 간 소녀」가 베르히테스가덴에서 약탈당했다고 주장하는 것이라면, 우선 이 그림이 정말로 거기 있었다는 사실을 확실히 입증할 책임은 청구인 쪽에 있습니다. 그 그림이 수집품 속에 있었다는 확실한 증거는 전혀 없습니다."

젠크스가 고개를 가로저었다. "데이비드 할스턴은 자기 입으로 그림을 샀을 때 루앤 베이커의 딸로부터 어머니가 그림을 1945년 독일에서 손에 넣었다는 얘기를 들었다고 했습니다. 그녀는 출처를 밝혀주지는 못했고, 그 역시 미술품 시장에 대해 충분히 알지 못해서 출처를 요구해야 한다는 것을 몰랐습니다. 독일 점령기에 프랑스에서 사라졌고 독일 사령관이 탐냈다고 기록되어 있는 그림이, 기록상으로 독일에서 귀중한 기념품을 가지고 고향에 돌아왔고 그 후로 다시는 거기에 가지 않았다고 하는 여자의 집에 다시 모습을 나타냈다니. 이상도 하군요."

벤치에서 노란기가 도는 녹색 옷을 입은, 머리카락이 검은 여인이 몸을 앞으로 숙인다. 그러고는 자기 앞줄의 벤치 등을 크고 마디진 손으로 움켜쥐고 들릴 만큼 한숨을 내쉰다. 리브는 전에 본 적이 있는 여자인가 긴가민가하다. 그 여자는 힘주어 고개를 가로젓는다. 일반석에는 노인들이 많이 앉아 있다. 저들 중 이 전쟁을 개인적으로 기억하는 이가 몇 명이나 있을까? 자기 그림을 잃어버린 사람들은 또 얼마나 될까?

앤절라 실버가 판사에게 말한다. "재판장님, 다시 말씀드리지만 전부 정황일 뿐입니다. 이 기사에 그림에 대해 딱 꼬집어 언급한 내용은 하나도 없습니다. 여기 언급된 바에 따르면 기념품은 군인의 배지일 수도 있고 조약돌 한 개일 수도 있습니다. 이 법정에서는 오로지 증거에만 의거하여 판단을 내리셔야 합니다. 이 증거 중 어디에서도 그 그림에 대해 특별히 언급하고 있지는 않습니다."

앤절라 실버가 자리에 앉는다.

"매리앤 앤드루스를 불러도 될까요?"

노란기가 도는 녹색 옷차림의 여인이 천천히 몸을 일으켜 재판석 쪽으로 나아간다. 서약을 하고 눈을 가볍게 깜박이며 주위를 둘러본다. 핸드백을 쥔 굵직한 손마디에 핏기가 가신다. 리브는 전에 어디에서 그녀를 봤는지 이제 막 기억난다. 10년쯤 전에는 지금 같은 검은 머리가 아니라 금발이었다. 바르셀로나의 태양이 작열하던 뒷골목에서 봤다. 바로 매리앤 존슨이었다.

"앤드루스 부인. 루앤 베이커의 외동딸이시죠."

"앤드루스 씨입니다. 미망인이거든요. 하여간 맞습니다." 리브는 강한 미국식 억양을 기억해낸다.

앤절라 실버가 그림을 가리킨다. "앤드루스 씨. 이 그림, 복사본이지만 당신 앞의 법정에 있는 그림 알아보시겠습니까?"

"물론이지요. 어린 시절 내내 우리 거실에 걸려 있던 그림입니다. 제목은「당신이 남겨두고 간 소녀」이고 에두아르 르페브르의 작품이지요." 그녀는 "르 피버"라고 발음한다.

"앤드루스 씨, 어머님께서 기사에서 언급하신 기념품에 대해 말씀하신 적이 있습니까?"

"아뇨, 없습니다."

"기념품이 그림이라고는 말씀하신 적이 없단 말이지요?"

"예, 그렇습니다."

"그림을 어디에서 얻으셨는지는 말씀하신 적이 있나요?"

"저에게 말씀하신 적은 없습니다. 하지만 그 그림이 수용소의 희생자의 것이라고 생각하셨다면 엄마가 그림을 받지 않으셨으리라는 점만은 분명히 말씀드릴 수 있습니다. 그런 분이 아니었어요."

판사가 몸을 앞으로 숙인다. "앤드루스 씨, 우리는 알려진 사실을 벗어나서는 안 됩니다. 어머님의 성품과 관계가 있으리라 추측할 수는 없습니다."

그녀가 발끈한다. "흠, 당신들은 모두 그런가보군요. 당신들은 어머니를 모르잖아요. 어머니는 늘 공정하게 행동해야 한다고 믿는 분이었어요. 어머니가 보관하신 기념품은 쭈그러든 머리나 옛날 총이나 자동차 번호판 같은 것들이었어요. 아무도 거들떠보지 않을 것들이요." 그녀는 잠시 생각한다. "좋아요, 그 쭈그라든 머리도 한때는 누군가의 것이었을 수 있겠지만, 그들이 돌려받고 싶어 할 리는 없잖아요, 안 그런가요?"

법정에 잔잔한 웃음소리가 퍼진다.

"어머니는 다하우 수용소에서 일어난 일에 정말로 크게 분노하셨어요. 그 후로 오랫동안 그 일은 거의 입에 담지조차 못하셨어요. 그 불쌍한 영혼들에게 더 상처가 될지 모른다고 생각하셨다면 아무것도 받지 않으셨을 것이 확실해요."

"그러면 어머님께서 저 그림을 베르히테스가덴에서 얻으셨다고는 믿지 않으신다는 겁니까?"

"어머니는 뭐든 그냥 받지 않으셨어요. 정당한 대가를 지불하셨어요. 늘 그렇게 하셨어요."

젠크스가 일어난다. "좋습니다, 앤드루스 씨. 하지만 말씀하셨듯이 이 그림을 어머님께서 어떻게 얻으셨는지는 모르신다는 말씀이죠?"

"말씀드렸듯이 어머니가 도둑이 아니었다는 건 압니다."

리브는 재판관이 뭔가 메모하는 것을 본다. 눈앞에서 어머니의 이름에 흠집이 나자 인상을 팍 쓰고 있는 매리앤 앤드루스를 본다. 승리감을 감추지 못하고 르페브르 형제들에게 미소 짓는 제이니 디킨슨을 본다. 몸을 앞으로 숙이고 기도하듯 양손을 무릎 위에서 맞잡은 폴을 본다.

리브는 그림의 복사본에서 눈을 돌리고 담요처럼 빛을 가리면서 자신을 덮쳐오는 새로운 무게를 느낀다.

"안녕." 그녀는 안으로 들어가면서 불러본다. 4시 30분이지만 모는 집에 없다. 그녀는 주방으로 들어가서 주방 테이블 위의 메모를 집는다. "래닉한테 가요. 내일 돌아올게요. 모."

리브는 메모를 내려놓고 조그맣게 한숨을 내쉰다. 집 안에서 빈둥거리는 모의 존재에 익숙해졌다. 그녀의 발소리, 멀리서 콧노래 부르는 소리, 목욕하는 소리, 오븐에서 풍기는 따스한 음식 냄새. 이제 집이 텅 빈 것 같다. 모가 오기 전에는 이렇게까지 텅 빈 느낌은 아니었다.

모는 며칠 동안 좀 서먹하게 대한다. 리브는 파리에서 돌아온 후 무슨 일이 있었는지 그녀가 짐작했나 싶기도 하다. 무엇이 그녀가 폴에게 단번에 돌아가게 만들었는지를.

그러나 폴에 대해서 생각해봤자 소용없다.

그녀는 코트를 벗고 차를 한 잔 만든다.

리브는 침묵을 좀 누그러뜨리려고 음악을 튼다. 세탁기에 빨랫감을 넣는다. 그리고 지난 2주 동안 무시했던 봉투와 서류 뭉치를 집어 의자에 앉아 훑어보기 시작한다.

청구서는 가운데 놓는다. 최종 통지문은 오른쪽. 왼쪽에는 당장 급하지 않은 것을 놓는다. 은행 계좌 내역서는 무시한다. 변호사한테서 온 진술서들은 그것만으로 한 뭉텅이다.

숫자를 세로로 써넣은 커다란 메모장이 있다. 그녀는 숫자를 더하고 빼고, 종이 가장자리에 계산한 것을 자세히 살펴보면서 체계적으로 작업을 해나간다. 어두운 하늘 아래 의자에 다시 앉아 한참 동안이나 숫자를 응시한다.

그녀는 침실로 걸어가 소피 르페브르의 초상화를 바라본다. 소피의 눈은 변함없이 그녀의 눈을 똑바로 되쏘아본다. 그러나 오늘을 어쩐지 무표정하고 도도해 보인다. 오늘 리브는 그녀의 표정 뒤에 감추어진 새로운 사실을 찾아낼 수 있을 것만 같다.

'당신에게 무슨 일이 있었던 거지, 소피?'

그녀는 며칠 동안 이 결정을 해야만 한다는 생각을 죽 해왔다. 어쩌면 줄곧 그 사실을 알고 있었을지 모른다. 하지만 여전히 배신하는 기분이 든다.

그녀는 전화번호부를 뒤져 수화기를 들고 다이얼을 돌린다.

"여보세요? 베링턴 부동산이죠?"

27

"그러니까 그림이 사라진 게 언제라고요?"

"1941년이오. 1942년일지도 몰라요. 아시다시피 관련된 사람들이 모두 죽었기 때문에 확실하지가 않습니다." 금발 여자가 서글프게 웃는다.

"아, 그러셨지요. 그러면 저한테 좀 상세히 설명해주실 수 있을까요?"

여자가 테이블 위로 서류철을 민다. "저희가 갖고 있는 건 이게 전부예요. 대부분은 제가 11월에 보내드린 편지에 있어요."

"해볼만한 가치가 있다고 생각하십니까?"

폴이 노트에서 고개를 든다. 여자는 의자에 뒤로 기대어 앉아 있다. 여자의 얼굴은 아름답다. 피부는 맑고 얼굴 윤곽도 또렷하지만 세월의 흔적을 완전히 지우지는 못한다. 하지만 그녀의 얼굴은 자신의 감정을 숨기는 데 익숙하다는 듯이 무표정하다. 아니면 보톡스를 맞아서일지도 모른다. 그는 숱 많은 머리

를 힐끗 훔쳐보면서 저게 가발인지 아닌지 리브라면 금세 알아
낼 거라는 생각을 한다.

"칸딘스키 작품은 큰돈이 될 테니까요, 그렇지 않나요? 남편
말로는 그렇다더군요."

폴은 신중하게 말을 고른다. "저, 그렇습니다. 그 작품이 부
인 것이라고 입증할 수만 있다면요. 하지만 쉽지는 않은 일입
니다. 소유권 문제로 되돌아가볼까요? 그 그림을 어디에서 얻
으셨는지 증거가 있습니까?"

"저, 저희 할아버지가 칸딘스키와 친구셨어요."

"좋습니다." 그는 커피를 한 모금 마신다. "증거가 될 서류
가 있습니까?"

그녀의 표정이 멍해진다.

"사진이나 편지 말입니다. 아니면 두 분이 친구 사이였다는
참고 자료라던가요."

"아, 없어요. 하지만 할머니께서 자주 그 얘기를 하셨어요."

"아직 살아 계신가요?"

"아뇨. 편지에도 그렇게 썼는데요."

"죄송합니다. 할아버지 성함이 뭐라고 하셨지요?"

"안톤 페로브스키에요." 그녀는 그의 노트를 가리키며 할아
버지의 성 철자를 불러준다.

"살아 계신 가족 중에서 거기에 대해 알만한 분이 있습니까?"

"없어요."

"작품이 전시된 적이 있는지는 아십니까?"

"몰라요."

그는 애초에 광고를 시작한 것이 잘못이었다고 생각했다. 그 바람에 이런 온갖 신뢰성이 떨어지는 사건들이 몰려오게 됐다. 그러나 제이니가 고집을 부렸다. "적극적으로 나가야 한다고요." 그녀는 경영진다운 어휘를 골라 말했다. "시장에서 우리 지위를 안정적으로 다지고, 평판을 확고히 해야 해요. 적극적으로 이 시장을 확 휘어잡아야 한다고요." 그녀는 추적 및 반환 업무를 하는 모든 회사의 목록을 모은 뒤 미리엄을 가짜 고객으로 꾸며 경쟁사에 보내서 그들이 쓰는 수법을 알아내자고 제안했다. 그가 그건 미친 짓이라고 말해도 그녀는 눈 하나 깜짝하지 않았다.

"역사에 대해서 기본적인 조사는 해보셨나요? 구글이나 미술책에서요?"

"아뇨. 돈을 지불하니까 그쪽에서 당연히 해주시는 거라 생각했는데요. 업계에서 최고 아닌가요? 르페브르 그림도 찾아내셨잖아요." 그녀가 다리를 꼬고 자기 시계를 흘끔 본다.

"이런 사건은 얼마나 시간이 걸릴까요?"

"흠, 그건 확실히 답할 수 없는 문제입니다. 역사적 기록과 출처가 있으면 상당히 빨리 해결할 수 있습니다. 그렇지 않으면 몇 년씩 걸리기도 하고요. 그리고 이런 법적 절차 자체에만 상당한 비용이 소요된다는 점은 이미 알고 계시리라 생각합니다. 시작하기 전에 잘 생각해보시는 게 좋습니다."

"그러면 수수료를 받고 일하시나요?"

"경우에 따라 다릅니다만 최종 합의금에서 약간의 비율로 수수료를 받습니다. 회사 내에 법률 담당 부서가 있습니다."

그는 서류를 뒤적이며 넘긴다. 과연 해볼 가치가 있을지 따져보고 있는데 그녀가 다시 입을 연다. "새로운 회사에도 알아보러 갔었어요. 브릭앤소스턴 아시죠? 당신들보다 1퍼센트 적게 요금을 받는다고 하던데요."

서류 위에 있던 폴의 손이 멎는다. "죄송합니다만 뭐라고 하셨죠?"

"수수료 말이에요. 당신들이 그림을 찾아주면 받는 요금보다 1퍼센트 적게 받는다고 했어요."

폴은 잠시 뜸을 들였다가 입을 연다. "하코트 양, 저희 회사는 꽤 좋은 평판을 유지하고 있습니다. 집안의 아끼는 예술품을 추적하고 되찾기 위해 저희의 다년간에 걸친 기술, 경험, 인맥을 활용하고 싶으시다면, 당연히 검토해보고 그것이 가능할지에 대해 최고의 조언을 해드릴 것입니다. 하지만 가격 흥정을 할 생각은 없습니다."

"흠. 돈이 한두 푼이 아니에요. 이 칸딘스키 그림이 수백만 달러의 가치가 있다면, 우리로서는 가능한 한 최선의 거래를 하는 게 이익이지요."

폴은 턱 근육이 뻣뻣해지는 것을 느낀다. "제 생각에는, 1년 반 전까지도 이 그림과 관계가 있다는 사실조차 전혀 모르셨다는 점을 감안한다면, 일단 그림부터 되찾고 나서 거래할 생각을 하시는 편이 좋겠습니다."

"좀 더 경쟁력 있는…… 가격으로 해줄 뜻이 없다는 말을 그런 식으로 하나요?" 그녀의 얼굴은 무표정하지만 우아하게 꼰 다리 끝에 걸쳐진 슬링백 슈즈가 달랑거리며 흔들린다. 여자는

원하는 것을 손에 넣곤 했고, 어떤 감정도, 감상도 없이 그렇게
해왔다.

폴이 펜을 내려놓는다. 그는 파일을 덮고 그녀 쪽으로 밀어
놓는다.

"하코트 양. 만나서 반가웠습니다. 하지만 여기까지인 것 같
군요."

잠시 침묵이 흐른다. 그녀가 눈을 깜박인다. "뭐라고요?"

"서로 할 얘기는 이것으로 다 끝난 것 같습니다."

제이니가 크리스마스 초콜릿 상자를 들고 사무실을 지나가
다 소동을 보고 발을 멈춘다.

"당신같이 무례한 사람은 내 평생 처음이야." 하코트 양이
소리를 지른다. 그녀는 값비싼 핸드백을 왼쪽 옆구리에 끼고
있다. 그는 편지가 든 폴더를 그녀에게 내밀고는 문 쪽으로 내
몬다.

"과연 그럴까요?"

"이런 식으로 사업을 할 수 있다고 생각한다면, 당신은 내가
생각했던 것보다도 더 바보야."

"진심으로 아끼는 게 분명한 그림에 대한 조사가 대장정이
될 것 같은데, 저한테는 안 맡기신다니 정말 다행입니다."

그가 목소리도 높이지 않고 대꾸한다. 그가 문을 열어주자
하코트 양은 값비싼 향수 냄새를 풍기며 계단까지 뭐라 알아들
을 수 없는 고함을 질러대며 나간다.

"대체 무슨 일이에요?"

제이니의 곁을 지나 자기 사무실로 되돌아가는 폴에게 그녀가 묻는다.

"아무것도 아니에요. 별일 아니라고요. 됐지요?"

그는 문을 쾅 닫고 책상 앞에 앉는다. 손에 한참 머리를 파묻고 있다가 드디어 고개를 들었을 때, 제일 먼저 그의 눈에 띈 것은 「당신이 남겨두고 간 소녀」의 초상화다.

28

"그러니까 여기가 주방이에요. 보시다시피 강과 도시가 삼면으로 훤히 다 내다보인답니다. 오른쪽으로는 타워브리지가 보이고요, 저기 런던아이도 있지요. 맑은 날에는 여기 버튼을 누르면……. 그거 맞지요, 할스턴 씨? 천장이 열린답니다."

리브는 부부가 위쪽을 쳐다보는 모습을 지켜본다. 사업가인 50대 남자는 디자이너의 개성이 묻어나는 안경을 쓰고 있다. 도착한 후로 줄곧 표정이 굳은 것이, 조금이라도 마음에 드는 기색을 내비쳤다가는 가격을 제시할 때 불리해질 수 있다고 생각하는 모양이다.

그러나 유리 천장이 드러났을 때는 남자도 놀라움을 감추지 못한다. 약간의 소음도 없이 매끄럽게 천장이 열리자 그들은 끝없이 펼쳐진 푸른 하늘을 쳐다본다. "아무리 열어놓아도 싫증나지 않겠지요?" 젊은 부동산 중개인은 오늘 아침부터 세 번을 봤지만 이 기계장치에 싫증을 내지 않는다. 천장이 깔끔하게 닫히자 지나치게 몸을 부르르 떨면서 만족감을 숨기지 못하고 바라본다. 몸집이 조그맣고 매듭을 정교하게 묶은 스카프를 목에 두른 일본 여자가 남편을 팔꿈치로 쿡 찌르며 귀에 대고 뭐라고 속삭인다.

리브는 냉장고 옆에 말없이 서서 볼 안쪽을 씹고 있다. 결코 쉽지 않을 줄은 알았지만 이런 사람들이 온 집 안을 휘젓고 다니고 탐욕만 가득한 감정 없는 눈빛으로 그녀의 물건들을 샅샅이 살피는 데 너무나 욕지기가 나고 죄책감을 느낀다. "가전제품도 모두 최고급이고 다 판매에 포함됩니다." 부동산업자가 냉장고 문을 열며 말한다.

"특히 오븐은 거의 쓰지 않은 거예요." 문 쪽에서 나는 목소리가 말을 덧붙인다. 번쩍이는 자주색 아이섀도를 바르고 컴포트로지 요양소 간호복 위에 파카를 걸친 모가 서 있다.

부동산 중개업자가 약간 놀란다.

"저는 할스턴 씨의 개인 조수예요. 죄송합니다만 잠시만요. 약 드실 시간이 다 되어서요."

부동산 중개업자는 어색하게 웃으며 부부를 이끌고 서둘러 아트리움 쪽으로 향한다. 모가 리브를 한쪽으로 끌고 간다. "우리 커피 마시러 가요."

"난 여기 있어야 해."

"아니, 안 그래도 돼요. 그건 자학 행위예요. 자, 코트 입어요."

낮에 모를 보기는 처음이다. 리브는 그녀가 나타나자 예상외로 안도감을 느낀다. 150센티미터 키에 자주색 아이섀도를 바르고 깨끗한 튜닉을 입은 고스족 소녀와 함께 있으면서 막연하게 정상적인 생활을 애타게 갈망하고 있었음을 깨닫는다.

리브의 삶은 기이하고 혼란스러워졌다. 서로 대결하는 법정 변호사들, 제안과 반박, 논쟁들. 그리고 약탈하는 사령관들과 함께 법정에 붙박였다. 그동안의 삶과 평범한 일상을 잃고 일종의 가택 연금 상태에 놓였다. 그녀의 새로운 세계는 고등법원 2층의 분수, 불편한 벤치 좌석, 말하기 전에 코를 쓰다듬는 판사의 특이한 버릇이 중심이 됐다. 그리고 받침대에 놓인 그녀의 초상화의 복사본.

폴. 청구인 쪽 좌석에 100만 마일 떨어져 있는.

"정말 팔아도 괜찮겠어요?" 모가 집 쪽으로 고갯짓을 한다.

리브는 대답하려고 입을 여는 순간, 일단 어떤 기분인지 말하기 시작하면 절대 멈출 수 없을 거라는 생각이 든다. 그녀는 다음 크리스마스 때까지는 그대로 있을 거라고 어물어물 대답한다. 보는 것이 거의 무의미해질 때까지 신문에 매일 재판에 대한 기사가 실리고, 그녀의 이름이 퍼져나간다. 기사에는 온통 "절도"니 "공정함"이니 "범죄"같은 단어들투성이다. 더는 달리기를 할 수가 없다. 그녀에게 침을 뱉어주려고 밖에서 기다리는 남자도 있다. 의사가 수면제를 줬지만 쓰기가 겁이 난다. 진찰실에서 자기 상태를 설명하면서 의사의 표정에서도 못마땅해하는 기색이 보이지 않을까 살핀다.

"난 괜찮아." 그녀가 대답한다. 모가 눈을 가늘게 뜬다.

"정말이야. 어쨌거나 저건 그냥 건물일 뿐이야. 유리와 콘크리트로 만들어진."

"나도 예전에 아파트가 있었어요." 모가 아직도 커피를 휘저으며 말한다. "집을 팔던 날 바닥에 주저앉아 아기처럼 엉엉 울었어요."

리브가 머그잔을 입으로 가져가다가 멈춘다.

"결혼했었어요. 잘 안 됐지만." 모가 어깨를 으쓱한다. 그러더니 날씨 얘기를 늘어놓기 시작한다.

모가 평소와는 다르다. 그녀의 태도에 딱히 얼버무리는 데가 있어서가 아니라, 그들 사이에 보이지 않는 벽 같은 것이 있다. 리브는 생각한다. '내 탓일지도 몰라. 내가 돈이랑 소송 문제에만 너무 정신이 팔려서 모의 삶에 대해서는 거의 아무것도 물어본 적이 없어.'

리브가 잠시 있다가 입을 연다. "저기, 크리스마스 계획을 생각해봤어. 래닉이 그 전날 밤에 와서 지내면 어떨까? 정말 이기적인 이유지만." 그녀가 미소를 짓는다. "너희 둘이 내가 음식 장만하는 걸 도와주면 어때? 사실 한 번도 크리스마스 만찬을 만들어본 적이 없거든. 아빠랑 캐롤라인이 워낙 요리를 잘해서, 내가 망치고 싶지는 않아." 그녀는 자신이 횡설수설하고 있다는 것을 안다. 그저 '난 뭔가 기대할 거리가 필요해.' 그렇게 말하고 싶다. '어떤 근육을 써야 할지 생각할 필요 없이 웃어보고 싶어.'

모가 자기 손을 내려다본다. 왼쪽 엄지손가락을 따라 파란색 볼펜으로 적은 전화번호가 있다. "저기. 그거라면……."

"그의 집은 사람이 많아 비좁다고 했잖아. 그러니까 크리스마스 밤에 여기 와 있으면 좋겠어. 택시를 타고 집에 돌아가려면 끔찍할 거야." 그녀는 억지로 밝게 웃는다. "재미있을 것 같아. 내 생각에는……. 우리 다 같이 재미있게 즐길 수 있을 거야."

"리브, 그는 오지 않을 거예요."

"무슨 뜻인지 모르겠어."

모는 말 한 마디 한 마디가 일으킬 파문을 고려해보듯이 신중하게 말을 내뱉는다. "래닉은 보스니아 사람이에요. 부모님은 발칸에서 모든 것을 잃었어요. 당신의 법정 소송, 그게 그에게는 현실이에요. 그는 당신의 집에 와서 크리스마스를 보내고 싶은 마음은 없을 거예요. 미안해요."

리브는 그녀를 쳐다본다. 그러나 모는 그녀와 눈을 마주치지도 못한다. 리브가 기다리자 그녀가 덧붙인다. "좋아요, 자, 우리가 그런다고 해서……." 그녀가 숨을 깊이 들이마신다. "……내가 래닉과 같은 의견이라는 말은 아니에요. 하지만 당신이 그림을 돌려줘야 한다고 생각해요."

"뭐라고?"

"리브, 난 그림이 누구 것이든 그런 건 상관 안 해요. 하지만 당신은 질 거예요. 당신만 빼고 모두 다 알아요."

리브는 그녀를 쳐다본다.

"신문에서 읽었어요. 당신에게 불리한 증거들이 쌓여가고 있어요. 계속 싸우면 모든 것을 잃게 돼요. 뭣 때문에 그런 짓을 한단 말이에요? 기름 몇 방울 뿌린 낡은 캔버스 때문이에요?"

"아무리 그래도 도저히 그녀를 넘겨줄 수가 없어."

"대체 왜 안 되는데요?"

"그 사람들은 소피에게는 관심이 없어. 다들 눈에 보이는 건 돈뿐이야."

"이런 젠장. 리브, 그건 그림이에요."

"그냥 그림이 아니라고! 주변의 모든 사람들이 그녀에게 등을 돌렸어. 마지막에는 그녀에게 아무도 없었다고! 그리고 그녀는…… 내게 남겨진 전부야."

모가 그녀를 한참을 쳐다본다. "정말요? 그렇다면 나 역시 당신의 아무것도 아닌 것 속에 들어가겠군요."

두 사람은 눈을 마주쳤다가 서로 피한다. 리브의 목으로 피가 몰려와 화끈거린다.

모가 심호흡을 하고 몸을 앞으로 내민다. "당신이 지금 폴의 일 때문에 사람을 잘 믿지 못한다는 거 알아요. 하지만 한 걸음 물러서서 볼 필요가 있어요. 그리고 솔직하게 말할까요? 당신에게 이런 얘기를 해줄 사람이 주변에 아무도 없는 것 같아서요."

"흠, 고마워. 다음에 아침에 온 욕설 편지 꾸러미를 열어보거나 집 주변에서 이상한 사람이 눈에 띄면 기억해둘게."

두 여자 사이에 스쳐가는 표정이 갑자기 싸늘해진다. 그들 사이에 침묵이 깔린다. 모는 뭔가 나오려던 말을 도로 삼키고 입술을 꾹 다문다.

"좋아요." 그녀가 드디어 입을 연다. "저, 지금 이보다 더 어색해질 수는 없을 것 같으니 차라리 지금 말할게요. 저 이사 나갈게요." 그녀는 몸을 숙이고 신발을 만지작거리느라고 목소리가 테이블 높이쯤에서 분명치 않게 들린다. "래닉과 같이 지내겠어요. 꼭 소송 때문은 아니에요. 당신 말처럼 내가 당신 집에 언제까지나 얹혀살 수는 없는 일이었으니까요."

"정말로 그러고 싶어?"

"그게 최선일 것 같아요."

모는 커피를 죽 들이켜고 컵을 치운다. "자, 그럼 이걸로 된 것 같군요."

"그렇군."

"괜찮다면 내일 나갈게요. 오늘 밤에는 근무가 있어요."

"그래." 그녀는 어조를 차분히 유지하려고 애쓴다. "도움이…… 많이 됐어." 냉소적으로 말하려던 것은 아니다.

모는 조금 더 기다리더니 일어서서 재킷을 걸치고 어깨에 배낭끈을 멘다.

"한 번만 생각해봐요, 리브. 그리고 내가 그 사람이건 뭐건 아는 게 없다는 거 잘 알아요. 하지만 당신은 그 사람 얘기를 정말 많이 했어요. 계속 궁금해요. 데이비드라면 어떻게 했을까?"

그의 이름이 작은 폭발처럼 침묵을 깬다.

"진지하게요. 당신의 데이비드가 아직 살아 있었더라면, 그때 이런 일이 터졌더라면……. 그림이 어디에서 나왔는지, 그 여자랑 가족이 어떤 고통을 받았을지, 그림의 역사에 관한 그 온갖 것들을 다 알았더라면, 그가 어떻게 했을 거라고 생각해요?"

모는 정적 속에 그 생각을 남겨둔 채 돌아서서 카페를 나간다.

리브가 카페를 나서는데 스벤한테서 전화가 온다. 그의 목소리가 긴장되어 있다.

"사무실에 잠깐 들를 수 있어요?"

"지금은 좀 곤란한데요, 스벤." 그녀가 글라스 하우스를 올려다보며 눈을 문지른다. 손이 아직도 덜덜 떨리고 있다.

"중요한 일이에요." 그는 미처 대꾸할 틈도 주지 않고 전화를 끊는다.

리브는 집에서 나와 사무실로 향한다. 요즘은 어디를 가나 낯선 사람들의 눈을 피하느라 모자를 귀 바로 위까지 푹 눌러 쓰고 고개를 숙인 채 걷는다. 가다가 두어 번 눈가에서 남몰래 눈물을 훔쳐야 한다.

"소송은 어떻게 되고 있어요?"

"좋지 않아요." 리브가 대답한다. 스벤이 이런 식으로 자기를 습관적으로 호출하는 데 짜증이 난다. 그녀의 마음속에는 아직도 모의 마지막 말이 웅웅 울리고 있다. '데이비드라면 어떻게 했을까요?'

그러다가 스벤이 거의 멍해 보일 정도로 창백한 표정을 지은 채 자기 앞의 메모장에 시선을 고정하고 있음을 알아챈다.

"괜찮아요?" 그녀가 묻는다. 그녀는 잠시 겁에 질린다. '제발 크리스틴은 괜찮다고, 아이들도 모두 아무 일 없다고 말해 줘요.'

"리브, 문제가 생겼어요."

그녀는 자리에 앉아 무릎 위에 가방을 놓는다.

"골드스타인 형제들이 빠져나갔어요. 계약을 취소했다고요. 당신의 소송 때문에요. 사이먼 골드스타인한테서 오늘 아침 전화가 왔어요. 그동안 신문을 봤다는군요. 그가 하는 말이…….

445

자기네 가족도 나치에게 모든 것을 잃었대요. 자기네 형제는 그걸 아무렇지도 않게 생각하는 사람과는 관계를 맺을 수 없다는군요."

세상이 그들 주위에서 딱 멈춘다. 리브는 그를 올려다본다.

"하지만 그럴 수는 없어요. 전 그 회사 사람도 아니잖아요?"

"당신은 여전히 명예 이사예요, 리브. 그리고 데이비드의 이름은 당신의 소송에서 아주 큰 부분을 차지해요. 사이먼은 계약서에서 아주 사소한 조항을 들먹이고 있어요. 당신이 그쪽 편의 주장에 무게를 실어주는 모든 증거에 맞서서 소송을 진행하는 통에 회사 이름에 오명을 씌우고 있다는 거예요. 나는 그에게 이건 너무 부당하다고 항의했어요. 그는 우리가 이의를 제기하고 싶으면 해도 좋지만, 자기에게는 엄청난 재력이 있다고 하더군요. 그가 한 말을 그대로 옮기자면 이래요. '당신이 나를 상대로 싸울 수도 있어요, 스벤. 하지만 내가 이길 거요.' 그들은 다른 팀에게 일을 끝내도록 부탁할 겁니다."

리브는 충격을 받는다. 골드스타인 빌딩은 데이비드에게 평생의 작업 중 정점을 찍는 작품이자 그를 영원히 기억되게 할 건축이었다.

그녀는 꼼짝도 않고 스벤의 옆모습만 바라본다. 그는 돌로 깎은 사람 같다. "그 형제는…… 반환 문제에 대해 아주 확고한 견해를 갖고 있는 것 같더군요."

"하지만…… 하지만 이건 공정하지 않아요. 아직 그림에 대한 모든 진실을 다 알지도 못하잖아요."

"그게 문제가 아니에요."

"하지만 우린……."

"리브, 온종일 이 문제를 고민했어요. 그들이 우리 회사와 일을 계속하게 하려면 유일한 길은……." 그가 숨을 깊이 들이쉰다. "할스턴의 이름을 더 이상 이 사업과 연관짓지 않는 겁니다. 즉 당신이 명예 이사직을 버리는 거예요. 그리고 회사 이름을 바꾸는 거지요."

리브는 입을 열기 전에 그 말을 이해해보려고 머릿속에서 되풀이해본다.

"그 사업에서 데이비드의 이름을 지우자는 거로군요."

"그래요."

그녀는 자기 무릎을 쳐다본다.

"미안해요. 충격일 줄은 나도 잘 알아요. 하지만 우리 역시 충격이에요."

한 가지 생각이 떠오른다. "그럼 제가 아이들과 하던 일은 어떻게 되는 거지요?"

그가 고개를 젓는다. "미안해요."

그녀의 몸속 가장 깊은 곳까지 얼어붙는 듯하다. 긴 침묵이 흐른다. 그녀는 간신히 아주 천천히, 조용한 사무실에서는 부자연스럽게 큰 목소리로 말한다. "그러니까 내가 우리 그림……. 데이비드가 오래전 정당하게 샀던 그 그림을 내놓으려 하지 않는다는 이유로, 우리를 정직하지 못하다고 판단했군요. 그래서 그의 자선 활동과 사업에서 우리 존재를 지우고 싶어 하고요. 데이비드가 만든 건물에서 그의 이름을 지우겠다고요."

"그건 상황을 다소 멜로드라마처럼 보는 거요."

처음으로 스벤이 어색해 보인다. "리브, 이건 엄청나게 곤란한 상황이에요. 하지만 내가 당신의 소송을 지지한다면 이 회사 사람들은 모두 일자리를 잃게 돼요. 우리가 골드스타인 빌딩에 얼마나 전력을 쏟아왔는지 알잖아요. 이제 와서 그들이 발을 뺀다면 솔버그 할스턴은 살아남지 못할 겁니다."

그는 책상 위로 몸을 기울였다. "고객 중에 억만장자가 그리 많지 않아요. 그리고 난 우리 회사 사람들 생각을 해야 해요."

사무실 밖에서 누군가 인사를 한다. 잠시 웃음소리가 터진다. 사무실 안은 숨이 막힐 듯 고요하다.

"그럼 내가 그림을 내놓으면, 그들이 데이비드의 이름을 건물에 넣어줄까요?"

"그 얘기는 아직 해보지 않았어요. 그럴 수도 있겠지요."

그럴 수도 있다. 리브는 그 말을 되새긴다. "그럼 제가 거부하면?"

스벤이 펜으로 책상을 톡톡 두드린다.

"그럼 우리는 회사 문을 닫고 새 회사를 세워야지요."

"그럼 골드스타인이 계속 작업을 진행할 거란 말이지요."

"그럴 수도 있죠. 맞아요."

"그러면 내가 뭐라고 말하든 사실 중요하지 않군요. 그냥 예의상 물어본 거네요."

"미안해요, 리브. 어쩔 수 없는 상황이에요. 나도 이러지도 저러지도 못할 처지예요."

리브는 조금 더 앉아 있는다. 그리고 한마디 말도 없이 일어나서 스벤의 사무실을 나온다.

새벽 1시다. 리브는 천장을 쳐다보며 모가 방 안을 오가는 소리, 짐 가방 지퍼 올리는 소리, 가방을 문 옆에 쿵 하고 내려놓는 소리를 듣는다. 화장실 물 내리는 소리, 가벼운 발자국 소리가 들리고 잠이 들었는지 조용해진다. 복도를 건너가 모에게 떠나지 말라고 말할까 생각해보지만 머릿속에서 말들이 어지러이 뒤섞일 뿐, 아무리 애를 써도 질서정연하게 맞춰지지를 않는다. 멀리 떨어진 곳에서 반쯤 완성된 유리 건물과 그 토대만큼이나 깊숙이 묻혀버리게 될 그 건축가의 이름을 곰곰이 생각해본다.

침대 옆으로 손을 뻗어 휴대전화를 집어 든다. 희미한 불빛 속에서 작은 액정 화면을 들여다본다.

새로 온 메시지는 없다.

외로움이 거의 육체적인 고통에 가깝도록 강렬하게 그녀를 내려친다. 주위의 벽이 비현실적으로 느껴진다. 주위의 벽은 그 바깥의 적대적인 세계로부터 어떤 보호막도 되어주지 못하는 것 같다.

이 집은 데이비드가 바랐던 만큼 투명하고 순수하지 않다. 텅 빈 공간들은 차갑고 무정하다. 깨끗한 선에는 역사가 뒤엉켰고 유리 표면은 거기 얽힌 삶의 자취들로 흐릿해졌다.

그녀는 막연하게 밀려오는 공포를 억누르려 애쓴다. 기차에 실린 죄수를, 소피의 글을 생각한다. 법정에 그것들을 보여준다면 그림을 자기 것으로 둘 수 있을지도 모른다는 것을 안다.

그녀는 생각한다.

'내가 그렇게 한다면 소피는 영원히 독일군과 잔 여자, 남편은 말할 것도 없고 조국까지 배신한 여자로 기록에 남을 거야. 그러면 나는 그녀를 매몰차게 내친 마을 사람들과 다를 게 없어.'

"한 번 일어난 일은 다시 되돌릴 수 없어."

29
1917년

더 이상 집이 그리워 울지는 않았다. 밤낮이 뒤섞여 얼마나 오래 이동했는지 알 수가 없었다. 잠은 잠깐씩 왔다 가는 손님 같았다. 만하임을 좀 벗어나면서부터 머리가 아프기 시작하더니 이내 열이 올랐다가 오한이 오기를 반복했다. 덕분에 몇 가지 남지도 않은 옷을 벗어버리고 싶은 충동과 싸워야 했다. 먹을 것을 거의 받지 못했다. 돼지들에게 음식 찌꺼기를 던져주듯 뒤로 던져준 물과 흑빵이 고작이었다. 릴리앙은 내 옆에 앉아 치맛자락으로 이마를 닦아주며 기차가 멈출 때마다 나를 도와 줬다. 얼굴에 근심이 가득했다. "곧 좋아질 거예요." 나는 이건 지나가는 감기일 뿐이라고, 지난 며칠 동안 추위와 충격에 시달렸으니 당연한 결과라고 스스로를 달래며 그녀에게 계속 말했다.

그러다 열이 더 오르면서 먹을 것이 없는 것도 신경 쓰지 않게 됐다. 머리, 관절, 뒷목이 다 아파서 허기를 생각할 틈이 없었다. 식욕도 사라졌다. 릴리앙이 음식이 있을 때 먹어야지 몸을 유지할 수 있다며 아픈 목에 억지로 물을 삼키게 했다. 무엇이 우리를 기다리고 있을지 말하지 않는 편이 낫다는 것을 다 알고 있다는 듯, 그녀가 하는 모든 말에는 거역할 수 없는 권위가 있었다. 기차가 설 때마다 그녀의 눈은 불안으로 커져갔다. 아파서 정신이 혼미한 와중에도 그녀가 느끼는 두려움이 나에게 전염됐다.

릴리앙은 잠을 잘 때도 악몽으로 얼굴이 움찔거렸다. 때로는 허공을 휘젓거나 고통스러워하며 알아들을 수 없는 소리를 냈다. 할 수 있으면 그녀의 팔을 잡고 부드럽게 깨워줬다. 가끔은 독일의 풍경을 내다보면서 내가 왜 그랬을까 생각해보기도 했다.

아르덴으로 향하고 있지 않다는 것을 알고 나자 더는 나 자신의 믿음을 고수할 수가 없었다. 사령관과 거래는 이제 아주 멀고 먼 얘기가 된 것 같았다. 반짝이는 마호가니 카운터가 있던 호텔에서의 생활, 여동생, 내가 자란 마을이 이제 오래전 상상했던 것처럼 꿈속의 일 같았다. 우리의 현실은 불편하고 춥고, 고통스럽고, 머릿속에서 윙윙거리는 소리처럼 영원히 끝나지 않을 것 같은 두려움이 전부였다. 나는 정신을 모아 에두아르의 얼굴을, 그의 목소리를 기억해내려 애썼지만 그조차 뜻대로 안 됐다. 그의 옷깃 위로 흘러내린 부드러운 갈색 곱슬머리, 억센 손 등 작은 단편들만 떠올릴 수 있을 뿐, 마음에 위안이 될 전체적인 모습은 떠올릴 수가 없었다. 이제 내 손을 잡아주는 릴리앙의 부러진 손이 더 익숙했다. 멍든 손가락에 대충 부목을 만들어 댄 그녀의 손을 보면서 이 모든 일에 목적이 있을 거라고, 지금은 믿음이 시험을 받아야 할 때라고 나 자신을 자꾸만 타일렀다. 멀리 갈수록 계속 그렇게 믿기가 점점 더 힘들어졌다.

비가 개었다. 우리는 작은 마을에서 멈췄다. 젊은 군인이 긴 팔다리를 뻣뻣하게 펴면서 밖으로 나갔다. 엔진이 멈췄고 독일군 몇이 밖에서 주고받는 이야기 소리가 들렸다. 잠깐 그들에게 물을 좀 달라고 부탁해볼까 싶었다. 입술이 말라붙었고 팔다리에 기운이 없었다.

릴리앙은 공기 중에 떠다니는 위험의 냄새를 맡은 토끼처럼 내 맞은편에 꼼짝도 않고 앉아 있었다. 나는 맥박이 뛰는 게 느껴지는 머리로 애써 생각하면서 점차 시장 소리가 들린다는 것을 알았다. 쾌활한 상인들이 외치는 소리, 여자들과 노점상들이 부드럽게 흥정하는 소리였다. 아주 잠깐 눈을 감고 독일어 억양을 프랑스어로, 그 소리를 생페롱의 소리로 상상해봤다. 옆구리에 장바구니를 낀 여동생이 토마토와 가지 무게를 가늠해보고 살며시 도로 놓으면서 고르는 모습을 그려볼 수 있었다. 내 얼굴에 내리쬐는 햇살, 프랑스식 소시지, 프로마주리 치즈 냄새가 거의 느껴질 정도였고 노점들 사이를 천천히 걷는 내 모습이 보였다. 그때 포장을 들추고 한 여자의 얼굴이 불쑥 나타났다.

너무 놀라서 나도 모르게 헉하고 숨이 막혔다. 여자는 나를 쳐다봤다. 잠시 우리에게 음식을 주려는 것일까 생각했지만 그녀는 핏기 없는 손으로 여전히 포장을 들춘 채 몸을 돌리고 독일어로 뭐라 소리쳤다. 릴리앙이 나를 끌고 트럭 뒤로 기어갔다. "머리를 가려요." 그녀가 속삭였다.

"뭐라고요?"

그녀가 미처 대답하기도 전에 돌멩이가 날아와 내 팔에 맞았다. 어리둥절하여 아래를 내려다보는 사이 또 한 개가 날아와 내 옆머리를 때렸다. 나는 눈을 껌벅였다. 여자 서너 명이 증오로 일그러진 얼굴로 손에 돌멩이와 썩은 감자, 나무토막, 던질 수 있는 것이면 뭐든 들고 나타났다.

"창녀!"

비 오듯 돌멩이 세례가 날아들자 우리는 머리를 가리고 구석에 웅크렸다. 손과 머리로 돌이 날아왔다. 나는 그들에게 맞서 고함을 지르려 했다. '왜 이런 짓을 하는 거야? 우리가 당신들한테 무슨 짓을 했다고?' 그러나 그들의 얼굴과 목소리에 밴 증오는 나를 얼어붙게 만들었다. 이 여자들은 진심으로 우리를 경멸했다. 할 수만 있다면 우리를 갈가리 찢어발겼을 것이다. 목구멍으로 공포가 솟아올랐다. 공포를 그렇게 몸으로 생생하게 느껴본 적이 없었다. 공포는 짐승처럼 내가 누구인지에 대한 감각을 뒤흔들고, 내 생각을 강타하고, 두려움으로 배에 힘이 풀리게 만들었다. 용기를 내어 힐끗 고개를 들자 뒤에 앉아 있던 젊은 군인이 보였다. 그는 옆으로 물러나 서서 아무 일 없다는 듯이 시장을 둘러보며 담배에 불을 붙이고 있었다. 나는 분노가 치밀었다.

돌팔매질은 아마 몇 분 동안이었겠지만 몇 시간처럼 느껴졌다. 그러다 갑자기 뚝 멈췄다. 귀에서 울리던 아우성 소리도 몇고 따스한 핏방울이 눈가로 흘러내렸다. 밖에서 말소리를 겨우 알아들을 수 있었다. 그러더니 엔진 시동이 걸리고 젊은 군인은 무심하게 뒤편으로 기어 올라왔다. 차가 앞으로 움직이기 시작했다.

안도한 나머지 흐느낌이 가슴 속에서부터 올라왔다. "못된 년들." 나는 프랑스어로 속삭였다. 릴리앙이 성한 손으로 내 손을 꼭 잡아줬다. 우리는 두근거리는 가슴을 안고 덜덜 떨면서 다시 벤치로 돌아가 앉았다. 드디어 그 작은 마을을 빠져나오자 아드레날린이 서서히 몸에서 빠져나가면서 기력이 다 소진된 나머지 거의 시체처럼 몸이 축 처졌다. 잠이 들까 봐 두려웠고 다음에는 또 무슨 일이 일어날지 두려웠지만 릴리앙은 눈을 크게 뜨고 포장 틈새로 보이는 풍경에 작은 것까지 놓치지 않으려 집중했다. 나는 조금은 이기적으로 그녀가 나를 돌봐줄 것이며 다시 잠들지 않으리라는 생각에 안도했다. 벤치에 머리를 뉘었다. 빨라졌던 심장 박동이 보통 때와 같아지자 눈을 감고 무의식 속으로 빠져들었다.

빛. 릴리앙이 손으로 내 입을 막고 내 눈을 들여다보고 있었다. 내가 눈을 깜박이면서 나도 모르게 그녀의 손을 물리치려 하자 그녀는 손가락을 들어 입술에 갖다 댔다. 알겠다는 표시로 고개를 끄덕이자 그녀는 그제야 손을 치웠다. 트럭이 다시 멈춰 있었다. 숲 속이었다. 눈이 땅 위에 얼룩덜룩하게 군데군데 덮여 있고 사위는 적막하고 조용했다.

그녀가 경비병을 가리켰다. 그는 머리에 군용 배낭을 받치고 벤치 위에 누워 깊이 잠들어 있었다. 칼라 위로 목의 맨살을 다 드러내고 권총집도 드러나 보이게 내놓은 채, 그야말로 무방비 상태로 코를 골고 있었다. 어느새 나는 손을 주머니에 넣어 유리 조각을 더듬어보고 있었다.

"뛰어내려요." 릴리앙이 속삭였다.

"뭐라고요?"

"뛰어내리라고요. 눈이 쌓이지 않은 저기 깊은 곳으로 들어가면 발자국이 남지 않을 거예요. 군인들은 몇 시간 뒤에야 깨어날 거고요."

"하지만 우리는 독일에 있잖아요."

"내가 독일어를 좀 할 줄 알아요. 달아날 길을 찾아봐요."

그녀는 생기가 돌고 확신에 차 있었다. 생폐론을 떠난 이후로 그렇게 활기찬 모습은 처음 보는 것 같았다. 나는 잠든 군인과 릴리앙을 번갈아 쳐다봤다. 그녀는 이제 조심스레 포장을 들추고 푸르스름한 빛 속을 내다보고 있었다.

"하지만 잡히면 총살당할 텐데."

"그냥 있어도 어차피 총살당해요. 그리고 차라리 총살당하는 편이 나을걸요. 이게 우리한테는 기회예요." 그녀가 소리죽여 속삭이며 가방을 들라고 나에게 손짓했다.

나는 일어섰다. 숲을 내다봤다. 그리고 멈췄다. "난 못 가요."

그녀가 나에게로 몸을 돌렸다. 그녀는 어딘가 닿을까 두려운 듯 여전히 부러진 손을 품에 꼭 붙이고 있었다. 대낮의 빛 속에서 얼굴에는 전날의 돌팔매질로 생긴 긁힌 자국과 멍이 보였다. 나는 침을 꿀꺽 삼켰다.

"이들이 나를 에두아르에게 데려가는 거라면요?"

릴리앙이 나를 쏘아봤다.

"제정신이에요? 자, 소피, 가요. 이건 기회라니까요."

"난 안 갈래요."

그녀가 다시 잠든 병사를 불안스레 힐끗 보며 몸을 숙이더니 성한 손으로 내 손목을 잡았다. 그녀는 험악한 표정을 하고 유난히 멍청한 아이를 대하는 투로 말했다. "소피. 당신을 에두아르한테 데려가주지 않아요."

"사령관이 말하기를……."

"그는 독일인이에요, 소피! 당신은 그에게 굴욕감을 줬어요. 남자로서 수치스럽게 만들었다고요! 그런데도 그가 보답으로 친절을 베풀어주리라 믿는 건가요?"

"나도 실낱같은 희망인 줄은 알아요. 하지만…… 나한테 남은 건 그것뿐이에요." 그녀가 나를 쳐다보자 나는 가방을 내 쪽으로 끌어당겼다. "저, 당신은 가요. 이걸 가져가요. 전부 다 가져가요. 당신은 해낼 거예요."

릴리앙은 가방을 쥐고 뒤쪽을 내다보며 생각에 잠겼다. 어디로 가는 것이 제일 좋을지 궁리하는 듯 준비를 하고 있었다. 나는 경비병이 깨어날까 두려워서 불안하게 그를 바라봤다.

"가요."

왜 그녀가 움직이지 않는지 이해할 수가 없었다. 그녀는 괴로운 기색으로 내 쪽으로 천천히 돌아섰다. "내가 탈출하면 그들이 당신을 죽일 거예요."

"뭐라고요?"

"내가 탈출하도록 도왔다고요. 당신을 죽일 거예요."

"하지만 당신은 여기 있으면 안 돼요. 당신은 저항군의 자료를 배포한 죄로 잡혔어요. 나랑은 처지가 달라요."

"소피. 나를 인간으로 대해준 사람은 당신뿐이었어요. 양심상 당신을 죽게 놔둘 수는 없어요."

"난 괜찮을 거예요. 늘 그랬으니까요."

릴리앙 베튄은 내 더러운 옷과 열이 오르는 말라빠진 몸으로 싸늘한 아침 공기에 떨고 있는 나를 바라보더니 무겁게 주저앉았다. 그리고 더는 누가 듣든 상관 않는다는 듯이 가방을 내려놨다. 내가 쳐다봤지만 그녀는 내 눈길을 피했다. 우리 둘 다 트럭 엔진이 다시 시동을 거는 소리에 놀라 펄쩍 뛰어올랐다. 외침 소리가 들렸다. 트럭이 길에 팬 구덩이 위를 넘어갈 때 천천히 움직여서 둘 다 옆으로 쿵 하고 부딪쳤다. 병사는 코고는 소리만 낼 뿐 꿈쩍도 하지 않았다.

나는 그녀의 팔을 잡고 속삭였다.

"릴리앙, 가요. 갈 수 있을 때 가요. 아직 시간이 있어요. 당신이 도망쳐도 듣지 못할 거예요."

그러나 그녀는 내 말을 무시했다. 발로 가방을 내 쪽으로 밀어놓고 잠든 군인 옆에 앉았다. 그녀는 트럭 옆에 기대어 멍한 눈으로 허공을 응시했다.

트럭이 숲 속을 빠져나와 탁 트인 길로 나왔다. 우리는 그다음 몇 마일을 가는 동안 침묵 속에 있었다. 멀리서 총소리가 들리고 다른 군용 차량들이 보였다. 회색의 누더기가 된 옷을 입고 터덜터덜 걷는 사람들의 행렬을 지나칠 때는 속도를 늦췄다.

그들은 고개를 푹 숙이고 있었다. 진짜 사람이 아니라 유령 같았다. 나는 그들을 쳐다보는 릴리앙을 보면서 트럭에서 그녀의 존재가 무거운 짐처럼 느껴졌다. 나만 아니었으면 그녀는 무사히 도망쳤을지 모른다.

"릴리앙……."

그녀는 듣고 싶지 않다는 듯 고개를 저었다.

우리는 계속 달렸다. 다시 얼어붙을 듯한 진눈깨비가 내리기 시작했다. 천장의 구멍으로 눈발이 새어 들어오면서 피부에도 뚝뚝 떨어졌다. 몸이 심하게 떨렸고 차가 흔들릴 때마다 통증이 온몸을 꿰뚫고 퍼져나갔다. 그녀에게 미안하다고 말하고 싶었다. 내가 끔찍하고 이기적인 짓을 했다고 말하고 싶었다. 그녀가 기회를 이용하도록 해줬어야 했다. 그녀가 옳았다. 내가 그런 짓을 했는데도 사령관이 보상해줄 거라 생각했다니 어리석었다.

드디어 그녀가 입을 열었다. "소피?"

"네?" 그녀가 나에게 말을 걸어주기를 간절히 바라고 있었다. 틀림없이 그녀에게는 내 목소리가 딱할 정도로 절박하게 들렸을 것이다.

그녀가 자기 신발 끝에 시선을 고정한 채 침을 꿀꺽 삼켰다.

"만약…… 만약 나한테 무슨 일이 생기면 엘렌이 에디트를 돌봐줄까요? 내 말은, 정말로 그 애를 보살펴줄까요? 아껴줄까요?"

"물론이지요. 엘렌이 아이를 사랑하지 않는다는 건……. 글쎄요, 독일놈과 한패가 되는 것만큼이나 있을 수 없는 일이에요."

나는 애써 미소를 지었다. 아픔을 되도록 숨기고, 좋은 일이 생길 거라 그녀를 안심시켜주기로 마음먹었다. 앉은 자리를 옮겨 억지로 몸을 꼿꼿이 세웠다. 몸을 움직이니 뼈 마디마디가 다 쑤시고 아팠다. "하지만 그런 생각은 하면 안 돼요. 우리는 살아남을 거예요, 릴리앙. 그리고 당신은 고향에 있는 딸에게로 되돌아갈 거예요."

릴리앙은 성한 손을 얼굴로 가져가 눈썹 끝에서 뺨을 따라 난 붉은 흉터를 쓸어내렸다. 그녀는 내 존재도 잊고 깊은 생각에 잠긴 듯했다. 내 확신이 그녀를 조금이나마 안심시켜주기를 기도했다.

"지금까지도 잘 살아남았잖아요? 이제 더는 그 끔찍한 가축 수송용 트럭에 타고 있지 않아요. 그리고 우리는 죽 같이 왔고요. 틀림없이 운이 좋아 하느님이 돌보신 거예요."

그녀를 보고 있으니 갑자기 더 어두웠던 시절의 엘렌이 떠올랐다. 그녀에게 다가가서 손을 쓰다듬어주고 싶었지만 기운이 너무 없었다. 나무 벤치에 몸을 지탱하고 앉아 있기도 힘들 지경이었다. "믿음을 잃어서는 안 돼요. 다시 상황이 좋아질 거예요. 틀림없이."

"당신은 정말로 우리가 고향에 돌아갈 수 있을 거라고 생각해요? 생페론으로? 우리가 그런 짓을 하고서도?"

군인이 눈을 비비며 몸을 일으키기 시작했다. 우리의 대화가 자기를 깨웠다는 듯 짜증이 난 기색이었다.

내가 더듬더듬 대답했다. "저……. 어쩌면 당장은 안 되겠죠. 하지만 프랑스로 돌아갈 수 있을 거예요. 언젠가는 사정이……."

"소피, 우리는 이제 다른 세상에 와 있어요, 당신과 나 말이에요. 우리에게 고향 같은 건 남아 있지 않아요."

릴리앙이 고개를 들었다. 그녀의 눈이 크고 시커멨다. 호텔을 자신만만한 걸음걸이로 지나가던 그 화려한 여자라고는 생각할 수 없을 만큼 완전히 딴사람이 되어 있었다. 그러나 그녀의 모습을 바꿔놓은 것은 흉터와 멍만이 아니었다. 영혼 속 깊은 곳에서 뭔가가 찢기고 시커멓게 변했다.

"당신은 정말로 독일까지 온 죄수들이 다시 돌아갈 수 있을 거라 생각해요?"

"릴리앙, 그런 말 말아요. 제발요. 당신이 필요한 건……."

내 목소리가 흐려졌다.

"믿음이 있는, 인간성에 대한 맹목적인 낙관을 잃지 않는 소피." 그녀가 나에게 살짝 미소 지었다. 끔찍하고 음산했다.

"당신은 저놈들이 우리한테 무슨 짓을 할지 전혀 몰라요."

릴리앙은 그 말과 함께 내가 뭐라 더 말할 틈도 주지 않고 군인의 권총집에서 총을 뽑았다. 그러고는 자기 머리에 대고 방아쇠를 당겼다.

30

"그러니까 오늘 오후에는 영화나 보러 갈까 했어. 오전에는 제이키가 나를 도와 개들을 산책시켜줄 테고." 플리트 스트리트를 달리면서 그렉은 음악에 맞추듯 액셀러레이터에서 발을 댔다 떼었다 하며 거칠게 운전을 해서, 간헐적으로 폴의 상체가 앞으로 홱 쏠린다.

"제 닌텐도 갖다 드릴까요?"

"아니, 닌텐도는 됐어, 이 게임중독자야. 지난번에 그랬던 것처럼 또 걷다가 나무를 들이박으려고."

"슈퍼마리오처럼 나무 위로 걸어 올라가는 훈련 중이라고요."

"잘했다, 요 꼬맹아."

"몇 시에 돌아오실 거예요, 아빠?"

"음?"

조수석에서 폴은 신문을 훑어보고 있다. 전날 법정에서 있었던 사건들에 관한 기사가 네 건이었다.

헤드라인은 TARP와 르페브르 가의 승리가 임박했다고 알린다. 재판에서 이기고도 이렇게 기쁘지 않았던 적이 없다.

"아빠?"

"젠장. 뉴스 좀 듣자." 그가 시간을 확인하더니 몸을 앞으로 숙이고 주파수를 맞춘다.

"독일 강제수용소 생존자들이 전쟁 중 약탈당한 예술품들의 반환을 지원할 관련법의 빠른 제정을 촉구하며 정부를 방문했습니다……."

"법조계 소식통에 따르면 올해에만 생존자 일곱 명이 집안의 소유물을 반환받기 위한 법적 절차를 기다리다가 사망했습니다. '비극'이라 하지 않을 수 없는 상황입니다."

"제1차 세계대전 중 약탈당했다고 주장하는 그림에 대한 소송이 고등법원에서 계속되면서 압박이……."

폴이 몸을 앞으로 숙인다. "이거 볼륨 어떻게 키우지?" 어디서 이런 내용을 얻어올까?

"팩맨 한번 해보실래요? 이제 컴퓨터 게임으로도 있어요."

"뭐라고?"

"아빠? 몇 시요?"

"잠깐만, 제이크. 이것 좀 듣자."

"할스턴은 고인이 된 남편이 선의로 그림을 구입했다고 주장하고 있습니다. 논란이 뜨거운 사건은 지난 10년간 점점 수가 늘고 있는 복잡한 반환 소송에 대처하는 데 법률 시스템이 어려움을 겪고 있음을 잘 보여주고 있습니다. 르페브르 소송은 전 세계적으로 주목을 끌고 있으며, 생존자 집단들은……."

"저런. 불쌍한 리브 양." 그렉이 고개를 절레절레 흔든다.

"내가 저 입장이 아니라서 다행이야."

"무슨 뜻으로 하는 말이야?"

"흠, 신문이며 라디오의 기사들 좀 봐. 장난 아니라고."

"이건 그저 비즈니스일 뿐이야."

그렉이 외상을 요구하는 손님을 쳐다볼 때의 표정으로 그를 본다.

"복잡해." 폴이 말한다.

"그래? 전에 형이 이런 일은 늘 흑백이 분명하다고 말했던 것 같은데."

"좀 빠지시지, 그렉? 안 그러면 나중에 내가 들러서 바 운영에 대해 한 수 가르쳐 주겠다고 나설 수도 있어. 어떻게 되어 가는지 보자고."

그렉과 제이크는 서로 마주보며 눈짓을 한다. 놀랄 정도로 짜증이 난다.

"고등법원 다 왔다." 그렉이 차를 급정거하는 바람에 모두 몸이 앞으로 홱 쏠린다. 택시 한 대가 요란하게 경적을 울리며 그들을 지나쳐 방향을 튼다. "여기에서 꼭 세워야 되나? 주차권 끊으면 형이 돈 내줄 거지? 어? 저기 그 여자 아니야?"

폴은 길 건너 고등법원 밖의 인파를 본다. 계단 앞 넓은 공간이 사람들로 바글바글하다. 지난 며칠 동안 인파는 계속 불어났지만 오늘은 옅은 안개 속에서조차 뭔가 다른 차이를 감지할 수 있다. 사람들의 얼굴마다 숨기기 힘든 반감이 가득하고 잔뜩 성이 난 분위기다.

"어." 그렉의 목소리에 폴이 그의 시선을 따라 눈을 돌린다.

길 건너 리브가 손에 가방을 단단히 쥐고 깊은 생각에 잠긴 듯 고개를 푹 숙인 채 법정 입구 쪽으로 향하고 있다. 눈을 힐 끗 들었다가 자기 앞에 있는 시위대의 성격을 눈치채자 얼굴에 불안한 기색이 스친다.

누군가 그녀의 이름을 외친다. "할스턴!" 사람들이 이내 그녀를 알아본다. 리브는 좀 더 빠른 걸음으로 지나가려 한다. 그녀의 이름이 나지막한 웅성거림으로 되풀이되어 퍼져간다. 목소리는 비난하는 기색으로 변한다.

입구 건너편에 막 나타난 헨리가 무슨 일이 벌어지는지 이미 알았다는 듯이 잰걸음으로 보도를 가로지른다. 그녀에게로 다가간다. 리브의 걸음걸이가 흔들리자 그가 앞으로 달려 나가지만 군중이 밀려들다가 잽싸게 틈을 만들어 거대한 유기체처럼 그녀를 삼켜버린다.

"맙소사."

"저런……."

폴이 서류철을 떨어뜨리고 차에서 뛰쳐나와 길을 건너 달려간다. 그는 사람들 속으로 뛰어들어 한가운데로 사람들을 헤치고 나아간다. 손과 깃발들이 뒤엉킨 엄청난 혼란 속에서 귀가 먹먹할 정도로 시끄럽다. 쓰러지는 깃발에서 "도둑질"이라는 단어가 그의 눈앞을 스치고 지나간다. 카메라 플래시가 보이고 리브의 머리카락이 보인다. 그녀의 팔을 잡자 그녀가 놀라 비명을 지르는 소리가 들린다. 군중이 앞으로 밀려들어 그는 하마터면 넘어질 뻔한다. 그는 건너편의 헨리를 발견하고 자기 코트를 움켜잡는 남자에게 욕설을 퍼부으며 그쪽으로 인파를 뚫고 나간다. 제복 차림에 네온 조명을 단 경찰관들이 나타나 항의하는 사람들을 해산시킨다. "흩어져요. 물러서요. 물러서." 리브는 누군가에게 신장 쪽을 주먹으로 얻어맞아서 숨쉬기가 힘들다. 드디어 인파에서 빠져나오자 그들은 리브를 양쪽에서 인형처럼 끌고 계단을 재빨리 오른다. 경찰 무전의 치직거리는 소리와 호루라기 소리가 들린다. 건장한 경찰들의 안내를 받아 보안장치를 통과한다. 그런 뒤 평온하고 안전한 건너편으로 들어선다. 안으로 들어오지 못한 군중들은 밖에서 벽이 울릴 정도로 항의하는 고함을 질러댄다.

리브의 얼굴은 백지장처럼 하얗다. 그녀는 한 손을 얼굴 앞에 들어 올리고 말없이 서 있다. 뺨을 긁혔고 하나로 묶은 머리카락은 반쯤 풀어헤쳐졌다.

"맙소사. 대체 당신들은 어디 있었어요?" 헨리가 성이 나서 재킷을 바로잡으며 경찰들에게 고함을 지른다. "보안이 이게 뭐요? 이런 사태를 예상했어야지!"

경찰관이 한 손을 들고 다른 손으로는 무전기를 입가에 대고 지시를 내리면서 그에게 건성으로 고개를 끄덕인다.

"괜찮아요?" 폴이 그녀를 놓아준다. 그녀는 고개를 끄덕이며 그제야 겨우 그의 존재를 알아차렸다는 듯 그에게서 떨어진다. 손을 덜덜 떨고 있다.

"감사합니다, 맥캐퍼티 씨." 헨리가 칼라를 바로잡으며 인사한다. "도와줘서 고맙습니다. 정말⋯⋯." 그가 말끝을 흐린다.

"리브에게 물 좀 한 잔 갖다줄까요? 어디 좀 앉을 데라도?"

"오, 세상에." 리브가 소매를 보며 나직이 중얼거린다. "누가 침을 뱉었네."

"자. 닦아요. 닦아내버려요." 폴이 그녀의 어깨에서 코트를 벗겨준다. 그녀는 바깥에 있는 증오의 무게에 짓눌린 듯 어깨가 움츠러들어서 갑자기 더 작아 보인다.

헨리가 그에게서 코트를 받아든다. "걱정하지 말아요. 리브. 직원에게 깨끗이 닦아놓으라고 일러둘게요. 그리고 나갈 때는 뒷문으로 갑시다."

"그래요, 부인. 나중에 뒷문으로 내보내드리겠습니다." 경찰관이 말한다.

"죄인처럼요." 그녀가 감정을 싣지 않은 투로 말한다.

"다시는 그런 일이 일어나지 않게 할게요." 폴이 그녀 쪽으로 한 걸음 나서면서 말한다. "정말로요. 미…… 미안해요."

그녀가 눈을 가늘게 뜨고 그를 올려다보더니 한 걸음 뒤로 물러선다. "왜 내가 당신을 믿어야 하죠?"

그가 미처 대답하기도 전에 그녀는 헨리의 손에 이끌려 복도를 따라 자기 법률팀과 함께 법정 안으로 사라진다. 하나로 묶은 머리에서 끈이 반쯤 벗겨진 것도 알아차리지 못한 채.

폴은 재킷을 입은 어깨를 쭉 펴고 천천히 길을 건넌다. 그렉이 차 옆에 서 있다가 그의 흩어진 파일들과 가죽 서류 가방을 내민다. 비가 내리기 시작했다.

"괜찮아?"

그는 고개를 끄덕인다.

"리브는?"

"어……." 폴은 법정 쪽을 뒤돌아보며 머리를 문지른다.

"그럭저럭. 나 들어가봐야 해. 둘 다 나중에 보자고."

그렉이 그를 쳐다보고 군중 쪽으로 시선을 돌린다. 그들은 지난 10분 동안 아무 일도 없었다는 듯, 한가롭고 평온한 분위기로 서성이며 잡담을 나누고 있다. 그렉의 표정이 그답지 않게 싸늘하다.

"그래서." 그가 차에 오르면서 말한다. "그렇게 천사표로 굴어서, 뭐 득 본 거나 있어?"

그는 폴에게 눈길도 주지 않고 차를 몰아 떠나버린다. 차가 시야를 벗어날 때까지 뒷유리창 너머 제이크가 창백한 얼굴로 무덤덤하게 그를 바라보고 있다.

그가 법정 안으로 들어가자 제이니가 그의 옆으로 온다. 그녀는 머리를 단정하게 핀으로 고정하고 밝은 빨간색 립스틱을 발랐다. "감동적이군요." 그녀가 말한다.

그는 못 들은 척한다.

션 플래허티가 벤치 위에 서류철들을 쿵 내려놓고 보안장치를 통과할 준비를 한다. "조금씩 우리 손을 벗어나고 있어요. 이런 일은 처음이에요."

"맞아요." 폴이 턱을 문지르며 대꾸한다. "이건 마치……. 아, 모르겠어요. 언론에 던져준 이 모든 선동적인 헛소리들이 효과를 발휘하고 있는 것 같아요." 그가 제이니에게로 돌아선다.

"그 말은?" 제이니가 차갑게 되묻는다.

"누군지는 몰라도 기자들한테 미주알고주알 다 불고 이해집단들을 자극하는 사람은 이 일이 아무리 추악해지건 콧방귀도 안 뀔 거란 뜻이죠."

"신사 나셨네요." 제이니도 지지 않고 그의 시선을 맞받는다.

"제이니? 저 항의 시위, 당신은 전혀 모르는 일인가요?"

잠시 침묵이 흐른다.

"말도 안 되는 소리 말아요."

"맙소사."

션이 자기 앞에서 각자 자기 할 말만 하는 이 대화를 이제 겨우 알아들었다는 듯 두 사람을 번갈아 본다. 그는 법정변호사에게 잠시 할 말이 있다며 자리를 뜬다. 돌로 된 긴 복도에 폴과 제이니만 남는다.

그는 머리카락을 한 손으로 쑤시면서 법정 쪽을 돌아본다.

"난 이런 거 싫어요. 전혀 마음에 들지 않아요."

"이건 일이에요. 그리고 전에는 당신도 전혀 신경 안 썼잖아요." 그녀가 시계를 힐끔 보더니 창밖으로 시선을 돌린다. 스트랜드 가는 여기에서는 보이지 않지만 항의하는 사람들의 구호 소리는 건물에 가려 알아듣기 힘들어도 여전히 들려온다. 그녀가 팔짱을 낀다.

"하여간, 시치미 떼지 말아요."

"무슨 말이에요?"

"무슨 관계인지 나에게 말해줄래요? 할스턴 씨하고?"

"아무 관계도 아니에요."

"나를 바보로 알아요?"

"좋아요. 당신하고는 전혀 상관없는 일이에요."

"당신이 우리 소송 상대와 사귀고 있다면, 그건 분명 내 일이라고 봐요."

"그런 사이 아니라니까요."

제이니가 그에게 더 가까이 다가선다. "개수작하지 마요, 폴. 나 모르게 르페브르 가에 접근해서 합의금을 놓고 협상했잖아요."

"그래요. 당신한테 얘기하려고 했는데……."

"저기 바깥에 조그만 소란 갖고 나한테 뭐라 하면서, 당신은 그녀를 위해서 판결을 며칠 남겨두고 합의를 하려고 한단 말이지요?"

"좋아요." 폴이 재킷을 벗고 벤치에 무겁게 앉는다. "좋아요."

그녀는 기다린다.

"그녀의 정체를 알기 전에 잠깐 만나는 사이였어요. 우리가 서로 반대편 입장에 있다는 것을 알고 관계가 끝났소. 그게 전부예요."

제이니가 아치형 천장을 올려다본다. 무심한 어조로 이렇게 묻는다.

"다시 그녀랑 잘해볼 생각인가요? 이 일이 끝나고 나서?"

"당신이 상관할 일 아니오."

"웃기지 마요. 당신이 정말로 우리 고객과 우리 회사의 이익을 위해 일했는지 알아야겠어요. 이번 소송은 협상의 여지가 없었다는 것을 알아야겠어요."

그의 목소리가 텅 빈 공간에 폭발하듯 울린다.

"우리가 이길 거요, 안 그렇소? 뭘 더 원해요?"

법률팀 마지막 사람이 법정으로 들어가고 있다. 션의 얼굴이 육중한 참나무 문 옆에 나타난다. 그가 소리죽여 들어오라고 그들에게 속삭인다.

폴은 숨을 깊이 들이쉰다. 누그러진 목소리로 말한다. "자. 개인적인 감정은 접어두고, 이 일은 합의를 보는 게 옳다고 생각해요. 우린 아직……."

"우린 합의하지 않을 거예요. 도대체 왜 우리가 그래야 하죠? 지금껏 우리 회사가 맡은 사건 중에서 가장 세간의 주목을 끄는 소송의 승리를 눈앞에 두고 있는데." 제이니가 서류철로 손을 뻗는다.

"우린 남의 인생을 망가뜨리고 있어요."

"우리랑 싸우기로 결정한 날부터 자기가 자기 인생을 망가뜨린 거예요."

"그녀가 자기 것이라고 믿는 것을 우리가 가져가려 한 거예요. 당연히 그녀 입장에서는 우리와 싸우려 하겠지요. 자, 제이니, 이게 공정한지 따져보자고요."

"공정함이 무슨 상관이에요. 전혀 상관없어요. 웃기는 소리 그만둬요." 그녀가 코를 푼다. 그에게로 몸을 돌리는 순간 그녀의 눈빛이 번쩍인다. "아직 법정에서 이틀 더 소송이 남아 있어요. 뜻밖의 일이 생기지 않는 한, 소피 르페브르는 그 후에 자기가 있어야 할 자리로 되돌아가게 될 거예요."

"당신은 그 자리가 어디인지 잘 안다고 확신하고 있고요."

"그래요. 당신이 그렇듯이. 그리고 르페브르 가 사람들이 대

체 우리가 아직까지 밖에서 뭘 하고 있는지 의아해하기 전에
들어가는 게 좋겠어요."

그는 서기의 쏘아보는 눈초리를 무시하고 웅웅 울리는 머리
를 안고 법정 안으로 들어간다. 자리에 앉아 두어 번 심호흡을
하며 애써 생각을 정리하려 한다. 제이니는 션과 이야기를 나
누느라 정신이 팔려 있다. 심장박동이 정상으로 돌아오자 그는
런던에 처음 왔을 때 이야기를 나누곤 했던 은퇴한 탐정을 기
억해낸다. 세상사 돌아가는 꼴이 참 재미있다는 쓴웃음을 짓다
가 얼굴에 생긴 주름이 깊이 새겨진 사람이었다.

"중요한 것은 뭐니 뭐니 해도 진실 하나야, 맥캐퍼티." 그는
맥주에 취해 허튼소리를 늘어놓기 직전에 꼭 그런 말을 하곤
했다. "그게 없으면 자네는 사람들의 얼빠진 생각을 갖고 노는
것뿐이야."

그는 재킷에서 메모장을 꺼내 몇 단어를 휘갈겨 쓴 다음 종
이를 반으로 조심스레 접는다. 옆을 흘낏 살피고 자기 앞의 남
자를 톡톡 두드린다. "이것 좀 사무변호사에게 전해주시겠습
니까?" 그는 흰 종잇조각이 벤치를 따라 하급 사무변호사에게
까지 전달된 다음 헨리에게로 넘겨지는 것을 지켜본다. 헨리가
종이를 힐끗 보고 리브에게 전해준다.

그녀는 종이를 열어보기가 내키지 않는다는 듯이 조심스러
운 눈길로 쳐다본다. 그리고 종이를 펼쳐본 순간 갑자기 굳어
버린다. 표정이 점점 심각해지는 것으로 보아 그녀가 내용을
보았음을 짐작한다.

'내가 이 일을 해결할게요.'

그녀는 고개를 돌려 눈으로 그를 찾는다. 그를 찾아내자 입모양으로만 소근거린다. "내가 왜 당신을 믿어야 하나요?"

시간이 멈춘 듯하다. 그녀가 시선을 돌린다.

"제이니에게 나 먼저 간다고 말해줘. 급한 모임이 있어서."

그가 션에게 말한다.

"당신은 플래허티 씨 쪽 사람이지요." 매리앤 앤드루스가 문틀에 비해 자기 몸집이 너무 크다는 듯 몸을 약간 수그린다.

"이렇게 집 앞까지 찾아와서 죄송합니다만, 얘기를 좀 하고 싶어서요. 그 소송 건으로 말입니다." 폴이 말한다.

그녀는 그를 내치려는 듯한 표정이다. 그러더니 큼직한 손을 쳐든다. "아, 들어오세요. 하지만 경고해두는데 당신네 전부 우리 어머니를 무슨 범죄자 취급하듯 떠들어대서 머리가 돌아버릴 지경이에요. 신문도 마찬가지예요. 고등학교 시절부터 오랜 친구인 마이라와 지금 막 통화를 했는데, 그 애한테 새아버지가 뱅크 오브 아메리카에 30년 동안 그 살찐 늙은 엉덩이를 붙이고 앉아 한 것보다 우리 엄마가 6개월 동안 한 일이 더 가치 있다고 말해줬어요."

"물론이지요."

"오, 그렇고말고요." 그녀는 뻣뻣한 발을 질질 끌며 그를 안으로 들인다. "엄마는 사회진보주의자였어요. 노동자들의 곤경이나 갈 곳 잃은 아이들에 대한 기사를 썼어요. 전쟁에 몸서리를 치셨지요. 도둑질을 하느니 괴링한테 데이트를 신청하셨을걸요. 자, 마실 것 좀 드릴까요?"

폴은 다이어트 콜라 한 잔을 받아 높이가 아주 낮은 소파에 앉는다. 창 너머에는 찌는 듯 무더운 공기가 가득하다. 멀리서는 러시아워 속에서 달리는 차들의 소리가 들린다. 처음에는 쿠션으로 착각했다. 그 덩치 큰 고양이가 몸을 쭉 펴고 그의 무릎 위로 펄쩍 뛰어올라 말없이 기쁨에 취해 그의 허벅지에 몸을 치댄다.

매리앤 앤드루스가 앉아서 담배에 불을 붙인다. 한 모금 길게 쭉 빨아들인다. "브루클린 억양이네요?"

"뉴저지입니다."

"흠." 그녀는 옛 주소를 묻더니 잘 안다는 듯 고개를 주억거린다. "여기 사신 지 오래됐나요??"

"7년째입니다."

"난 6년이에요. 최고의 남편이었던 도널드와 함께 왔지요. 그는 지난 7월에 저세상 사람이 됐어요." 약간 부드러워진 목소리로 그녀가 묻는다. "자, 하여간, 무슨 일로 오셨지요? 법정에서 말한 것 이외에 더 해드릴 말이 있을 것 같지 않지만."

"모르겠습니다. 그저 아무거라도 저희가 놓친 것이 혹시 있지 않을까 해서요."

"아뇨. 플래허티 씨에게도 말했듯이, 그림의 출처에 대해서는 전혀 아는 바가 없어요. 솔직히 말하자면 엄마는 기자 시절을 추억하시면서 JFK와 함께 비행기 화장실에 갇혔던 일 따위의 얘기를 더 즐겨하셨지요. 그리고 아시다시피 아빠랑 나는 별로 관심이 없었어요. 전직 기자들 얘기란 다 뻔하다니까요."

폴은 아파트를 슬쩍 둘러본다. 그녀의 시선은 여전히 그를 향하고 있다. 그를 찬찬히 뜯어보고는 허공으로 담배 연기를 동그랗게 뿜는다. "맥캐퍼티 씨. 법정에서 그림이 도난당한 것이라고 판단한다면 당신 고객들이 나한테 보상금을 내놓으라고 쫓아올까요?"

"아뇨. 그들이 원하는 건 그림뿐입니다."

매리앤 앤드루스가 고개를 젓는다. "절대 아닐걸요." 그녀는 다리를 꼬고 있으니 불편하다는 듯 얼굴을 찡그리며 꼬았던 다리를 푼다. "이 소송 전체에서 구린 냄새가 나요. 할스턴 부인의 이름이 이런 식으로 진흙탕 속으로 끌려들어가는 거 마음에 안 들어요. 할스턴 씨도 그렇고. 그분은 그 그림을 정말로 좋아했는데."

폴이 고양이를 내려다본다. "할스턴 씨가 그림의 진짜 값어치를 잘 알고 있었을 가능성도 있습니다."

"대단히 죄송하지만 맥캐퍼티 씨, 당신은 그 자리에 없었잖아요. 내가 사기를 당했다는 뜻으로 한 말이라면, 사람 잘못 보셨어요."

"그림의 가치에 대해서 정말로 개의치 않으십니까?"

"당신과 내가 '가치'라는 단어를 다른 의미로 쓰고 있는 것 같군요." 매리앤 앤드루스가 담배를 비벼 끈다. "그리고 난 불쌍한 올리비아 할스턴을 생각하면 마음이 너무 안 좋아요."

그는 망설이다가 부드럽게 말한다. "예, 저 역시 그렇습니다."

그녀가 눈을 치켜뜬다.

그가 한숨을 쉰다. "이건…… 까다로운 사건입니다."

"그 딱한 여자를 파산으로 내몰 만큼요?"

"저는 제 일을 할 뿐입니다, 앤드루스 씨."

"예. 엄마도 그런 말을 몇 번 들어보셨을 거예요."

그녀의 말투는 부드러웠지만 그의 뺨이 붉어진다.

그녀는 잠시 그를 쳐다보더니 갑자기 큰 소리로 '하!' 하고 탄식을 내뱉는다. 고양이가 깜짝 놀라 그의 무릎에서 팔짝 뛰어내린다. "아, 하느님 맙소사. 좀 더 센 걸로 드릴까요? 술이 도움이 될 수도 있거든요. 이제 슬슬 해가 질 것 같은데." 그녀가 일어나서 칵테일 보관장 쪽으로 걸어간다. "버번 어때요?"

"감사합니다."

버번을 손에 들고 고향의 억양이 귓가에 울리니, 침묵을 깨뜨릴 줄은 몰랐다는 듯이 그의 말이 끊어졌다 이어졌다 하면서 흘러나오기 시작한다. 그의 이야기는 도둑맞은 핸드백으로 시작되어 법정 밖에서의 돌연한 헤어짐으로 끝난다. 자신도 모르는 사이에 새로운 부분들이 나오기도 한다. 그녀를 만나고 느꼈던 예상치 못한 행복, 죄의식, 나무껍질처럼 그를 에워싸고 자란 듯한 이 가시지 않는 불편한 마음. 그는 왜 이 여자에게 이렇게 속 얘기를 다 털어놓는지 자신도 영문을 알 수 없다. 모든 사람들 중에서도 하필 어째서 그녀가 이해해주기를 기대하는지 알 수 없다.

그러나 매리앤 앤드루스는 공감하느라 인상을 쓰고 이야기에 귀를 기울인다. "흠, 정말 난감한 상황에 빠졌군요, 맥캐퍼티 씨."

"그러게요. 그렇게 됐습니다."

그녀가 또 담배에 불을 붙이고 고양이를 야단치자 고양이는 거실과 이어진 주방 쪽으로 먹을 것을 찾아 야옹거리며 간다.

"이봐요, 딱히 해결책이 없네요. 그림을 빼앗아서 그녀를 마음 아프게 하던가 당신이 실직자가 되어서 그녀가 당신 마음을 아프게 하던가 둘 중 하나예요."

"아니면 다 잊는 방법도 있죠."

"그러면 둘 다 마음 아플 거예요." 그녀의 말대로다. 그들은 말없이 앉아 있다. 바깥은 거의 움직이지 못하는 차들의 소리로 시끄럽다.

폴이 생각에 잠겨 술을 한 모금 마신다.

"앤드루스 씨, 어머님께서 노트를 보관해두셨나요? 기사 작성용 노트 말입니다."

매리앤 앤드루스가 고개를 든다. "바르셀로나에서 가져오기는 했지만 아쉽게도 많이 내버렸어요. 흰개미가 갉아먹어서요. 쪼그라든 머리 중 하나도요. 플로리다에서 짧은 결혼생활이 위기에 처했을 때요. 하지만……." 그녀가 긴 팔을 짚고 일어선다. "당신 말을 들으니 생각나는 게 있군요. 복도 벽장 속에 엄마의 옛날 일기가 아직 있어요."

"일기라고요?"

"예. 그 비슷한 거요. 아, 터무니없는 생각이지만 언젠가 누가 엄마의 전기를 쓸지도 모른다고 생각했거든요. 엄마는 흥미로운 일을 아주 많이 하셨으니까요. 어쩌면 내 손자들 중에서 할 사람이 나올지도 모르지요. 엄마의 기사와 일기가 든 상자가 아마 있을 거예요. 열쇠 가져올게요. 가서 한번 봅시다."

폴은 매리앤 앤드루스의 뒤를 따라 공용 복도로 간다. 그녀는 힘겹게 숨을 씩씩 몰아쉬면서 그를 두 층 아래로 인도한다. 이제 카펫이 깔리지 않은 계단이 나오고 자전거들이 벽을 따라 줄지어 세워져 있다.

그들은 높은 파란 문까지 온다. 그녀는 원하는 것을 찾을 때까지 혼잣말을 중얼거리며 열쇠 다발을 뒤진다. "이거네." 그녀가 스위치를 켜면서 말한다. 안에서 희미한 전구 불빛 아래 길고 검은 벽장이 드러난다. 한쪽에는 금속 선반들이 있고 바닥은 종이 상자, 책 더미, 낡은 램프로 어지럽다. 낡은 신문지와 밀랍 항아리 냄새가 풍긴다.

"다 치워버려야 하는데." 매리앤이 코를 찡그리며 한숨을 쉰다. "하지만 늘 더 재미있는 일이 있어서."

"제가 물건들을 좀 내려도 될까요?"

매리앤이 반색을 한다. "이렇게 할까요? 당신이 알아서 혼자 뒤져보면 어때요? 내가 천식이 있어서 먼지는 안 좋거든요. 값어치 있는 것은 아무것도 없어요. 뭐든 찾으면 문 잠그고 나한테 소리쳐주면 돼요. 아, 그리고 금 잠금쇠가 달린 청록색 핸드백을 찾거든 그건 좀 갖다주세요. 어디로 없어져버렸는지 궁금해 죽겠어요."

폴은 상자들을 희미한 빛이 비치는 복도로 내놓고 벽에 기대어 쌓아 놓았다. 비좁은 벽장에서 1시간을 보내면서도 과연 이것들이 도움이 될까 의심스럽다. 벽장이 비어갈수록 복도에는 물건들이 쌓여간다. 낡은 지도가 가득한 여행 가방들, 장갑 한 짝, 모자 상자들, 좀먹은 모피 코트, 오만상을 쓰고 그를 노려

478

보는, 치아만 커다란 쪼그라든 머리 또 한 개.

다행히도 앞장에 날짜가 적힌 노트 한 뭉치를 찾아낸다. 1968년, 1969년 11월, 1971년이다. 모든 책의 책장 사이를 뒤지고, 모든 서류철의 내용을 살피면서 상자를 하나씩 체계적으로 조사해나간다. 상자와 궤짝을 하나씩 열어 내용물을 쌓아올린 다음 깔끔하게 다시 넣는다. 낡은 스테레오, 낡은 책 두 상자, 기념품 모자 상자가 있다. 11시, 12시. 30분이 또 지난다. 시계를 보고 가망이 없다는 것을 깨닫는다.

어디에서 진실을 찾을 수 있을지 몰라도 A40 도로 북쪽의 이 물건이 꽉 찬 벽장 속은 아니다. 그러던 중 뒤쪽에서 말라서 가느다란 육포 조각처럼 두 쪽으로 갈라진 낡은 가죽 배낭끈이 눈에 띈다.

그는 선반 밑으로 손을 뻗어 그것을 꺼낸다.

재채기를 두 번 하고 눈을 문지른 다음 가방 덮개를 들춘다. 안에는 두꺼운 표지의 연습장이 여섯 권 들어 있다. 한 권을 열자 첫 페이지에 공들인 동판인쇄체 글씨가 눈에 들어온다. 날짜를 찾는다. 1941년이다. 또 다른 것을 열어본다. 1944년이다. 서둘러 찾느라 한 권씩 보고 떨어뜨리면서 책들을 뒤진다. 드디어 끝에서 두 번째로 연 것이 1945년이다.

1945년 4월 30일
자, 오늘은 확실히 기대했던 것과는 달랐다. 나흘 전 콜 데인스 중위가 다하우 강제수용소에 들어갈 수 있을 거라고 했었다.

폴은 몇 줄 더 읽으면서 점점 열중하여 두 차례 욕설을 내뱉는다. 자신이 들고 있는 것의 무게가 시시각각으로 점점 더 의미심장해지면서 꼼짝도 않고 서 있다. 페이지들을 넘겨보고 다시 욕설을 뱉는다.

가슴이 쿵쾅거린다. 노트를 다시 벽장 구석에 꽂아놓고 당장 매리앤 앤드루스에게로 돌아가서 아무것도 찾지 못했노라고 말할 수도 있다. 소송에서 이기고 보너스를 챙길 수도 있다. 소피 르페브르를 법적 주인에게 돌려줄 수도 있다.

아니면…….

그의 눈앞에 여론의 뭇매, 낯선 사람들의 거친 말, 임박한 재정적 파멸로 만신창이가 된, 고개를 푹 숙인 리브가 떠오른다. 어깨에 힘을 주고 머리는 뒤로 삐딱하게 묶은 채 법정에서의 또 하루로 걸어 들어가는 모습이 보인다.

그들이 처음 키스했을 때 그녀의 얼굴에 서서히 퍼지던 기쁨의 미소가 보인다.

'이 일을 하면, 되돌아갈 수 없게 될 거야.'

폴 맥캐퍼티는 책과 배낭을 재킷 옆에 놓고 벽장 속에 상자들을 쌓기 시작한다.

그가 땀과 먼지 범벅이 되어 마지막 상자를 치웠을 때 매리앤이 문가에 나타난다. 그녀는 1920년대 신여성처럼 담배를 긴 담뱃대에 끼워서 피우고 있다. "세상에……. 당신이 어떻게 된 건가 슬슬 궁금해지더라고요."

그가 허리를 펴고 이마를 훔친다.

"이걸 찾았어요." 청록색 핸드백을 들어 올린다.

"정말요? 아, 당신 대단해요!" 그녀가 손뼉을 딱 치고 가방을 받아들어 사랑스럽다는 듯이 쓰다듬는다. "어디에 뒀을까 속상했는데. 내가 이렇게 정신이 없다니까요. 고마워요. 정말 고마워요. 이 아수라장 속에서 이걸 찾아낼 줄이야."

"다른 것도 찾았어요." 그가 일기들을 들어 올리며 말한다.

"여기 나온 내용으로는⋯⋯." 그는 심호흡을 한 번 한다. "진짜로 그 그림은 어머님이 선물로 받으셨던 거래요."

"내가 그랬잖아요!" 매리앤 앤드루스가 환호성을 지른다. "우리 엄마는 도둑이 아니라고 했잖아요! 다 내 말대로였어요."

긴 침묵이 흐른다.

"그럼 이제 그 노트들을 할스턴 씨에게 주겠군요."

그녀가 천천히 말한다.

"그게 현명한 짓일지 잘 모르겠어요. 이 일기들 탓에 우리는 소송에서 지게 될 거예요."

그녀의 표정이 어두워진다. "무슨 소리예요? 그럼 주지 않겠다는 말이에요?"

"그런 말은 아니고요."

그가 호주머니에 손을 넣어 펜을 꺼낸다. "하지만 이것들을 여기에 놔두면, 당신이 그녀에게 갖다준다고 해도 말릴 사람은 없겠지요?" 그는 전화번호를 적어 그녀에게 건넨다. "그녀의 번호예요."

그들이 잠시 서로를 마주 본다. 그녀는 뭔가 새삼 확인했다는 듯이 환히 웃는다. "그렇게 할게요, 맥캐퍼티 씨."

"앤드루스 씨?"

"매리앤이라고 불러요."

"매리앤. 이 일은 우리끼리만 알고 있기로 해요. 어떤 쪽에서는 안 좋게 퍼질 것 같아서요. 문제가 생길 수 있으니까요."

그녀가 단호히 고개를 끄덕인다. "당신은 여기 온 적도 없는 거예요, 젊은이." 그녀는 문득 깜짝 놀란다. "그럼 할스턴 씨한테도 말하지 말라는 건가요? 당신이 바로⋯⋯."

그는 고개를 끄덕이고 펜을 다시 주머니에 넣는다. "이미 배는 떠났을지 몰라요. 그녀가 이기는 것을 보는 것으로 충분해요." 그는 허리를 숙여 그녀의 뺨에 입맞춘다.

"중요한 건 1945년 4월이에요. 그 장을 접어놨어요."

"1945년 4월이라."

그는 재킷을 집어 들고 벽장 열쇠를 내민다. 매리앤이 그의 팔꿈치를 잡고 붙잡아 세운다.

"저기, 해줄 얘기가 있는데, 난 다섯 번 결혼했어요. 다섯 번 결혼하고 아직 살아 있는 세 명의 전남편과는 여전히 친구로 잘 지내고요. 그 얘기가 당신한테 그 망할 사랑에 대해 조금이라도 가르쳐주는 점이 있을 거예요."

폴이 미소를 지었지만 그녀는 아직 얘기가 다 끝나지 않았다. 그의 팔을 잡은 손아귀 힘이 놀랄 만큼 억세다.

"맥캐퍼티 씨, 당신에게 그 이야기가 주는 교훈은요, 인생에는 이기는 것보다 중요한 게 잔뜩 있다는 거예요."

31

헨리가 법정 뒷문에서 그녀와 만난다. 그는 팽 오 쇼콜라 부스러기를 우물우물 씹으며 말을 한다. 얼굴은 발갛게 달아올랐고 하는 말을 거의 알아들을 수가 없다. "그것을 다른 아무한테도 주지 않을 거랍니다."

"뭘요? 누가요?"

"정문 쪽에 있어요. 가요. 갑시다."

더 묻기도 전에 헨리가 그녀를 법정 뒤쪽으로, 거미줄같이 얽힌 복도와 돌계단을 지나 주출입구 맨 위의 보안 구역으로 끌고 나간다. 매리앤 앤드루스가 자주색 코트를 입고 폭이 넓은 타탄 머리띠를 하고 보안문 옆에서 기다리고 있다. 그녀는 리브를 보자 안도의 한숨을 과장되게 내쉰다. "세상에, 연락하느라 얼마나 애먹었는지 알아요?" 그녀가 나무라며 곰팡내가 나는 배낭을 내민다. "당신한테 전화를 몇 번을 했는지 모른다고요."

"미안해요. 요즘은 전화를 아예 안 받아서요."

"그 속에 있어요." 매리앤이 일기를 가리킨다. "당신에게 필요한 거 전부 다요. 1945년 4월."

리브는 손에 들린 낡은 노트를 쳐다본다. 그러고는 믿을 수 없다는 듯 올려다본다. "저한테 필요한 게 다요?"

"그럼 말이에요." 매리앤이 버럭 화를 낸다. "아이고, 나 원 참. 이게 무슨 새우 수프 요리법이라도 되는 줄 알아요?"

상황이 급박하게 돌아간다. 헨리가 판사의 방으로 뛰어가 잠시 휴정해줄 것을 요청한다. 공개 원칙에 따라 일기를 복사하고 하이라이트 표시를 하고, 내용을 르페브르 쪽 변호사에게 보낸다. 리브와 헨리는 사무실 구석에 앉아 책갈피를 꽂아 표시해둔 페이지들을 훑어볼 동안 매리앤은 늘 말했듯이 자기 어머니는 도둑이 아니었다고, 이제 그 망할 젠크스 씨가 열 좀 받을 거라고 신이 나서 자랑스럽게 쉴 새 없이 수다를 떤다.

하급 변호사가 커피와 샌드위치를 가져온다. 리브는 너무 긴장이 되어 먹을 수가 없다. 그들은 음식 포장 상자에 손도 대지 않는다. 그녀는 이 한 귀퉁이를 접어놓은 책이 자신의 문제에 대한 답을 담고 있을지 모른다는 것을 믿을 수가 없어서 일기에서 눈을 떼지 못한다.

"어떻게 생각해요?" 앤절라 실버와 헨리가 이야기를 끝내자 그녀가 묻는다.

"좋은 소식인 것 같습니다." 그가 대답한다. 신중한 말과는 달리 얼굴은 웃고 있다.

앤절라가 말한다. "꽤 직설적인 것 같아요. 마지막 두 번의 교환이 깨끗했고, 사령관이 그림을 강압적으로 손에 넣었다는 확실한 증거가 없다는 것을 입증할 수만 있다면, 해볼만한 게임이에요."

"정말 고마워요." 리브는 이런 극적인 반전을 믿을 수가 없다. "고마워요, 앤드루스 씨."

"아, 나야말로 정말 기뻐요." 매리앤이 담배를 흔들며 말한다. 아무도 그녀에게 담배 피우지 말라고 제지하지 않는다. 그녀는 몸을 앞으로 숙이고 리브의 무릎 위에 앙상한 손을 올려놓는다. "그리고 그이가 내가 제일 좋아하는 핸드백을 찾아주었답니다."

"예?"

노부인의 미소가 흔들린다. 그녀는 브로치를 고쳐 다는 척 딴청을 피운다. "아이, 아무것도 아니에요. 신경 쓰지 말아요."

리브는 그녀를 쳐다보면서 희미하게 남아 있던 혈색이 사라진다. "이 샌드위치 안 먹어요?" 매리앤이 명랑하게 묻는다.

전화가 울린다. "좋아요." 헨리가 수화기를 놓으며 말한다.

"다들 준비됐지요? 앤드루스 씨……. 이 증거물을 법정에서 읽어주실 수 있을까요?"

"가방에 제일 좋은 독서용 안경을 가져왔지요."

"좋습니다." 헨리가 심호흡을 한다. "그럼 이제 가볼까요."

1945년 4월 30일

흠, 오늘은 기대했던 것과는 달랐다. 나흘 전 콜 데인스 중위가 내가 자기들과 함께 다하우 강제수용소에 들어갈 수 있을 거라고 했었다. 데인스는 괜찮은 사람이다. 처음에는 군인들이 대개 그렇듯이 기자들을 좀 무시했지만, 내가 오마하 해변에 스크리밍 이글스 사단과 함께 상륙한 후로는 쿠키 요리법이나 따러 온 새파란 주부는 아니라는 것을 알고 태도가 좀 달라졌다. 제102 공수부대는 이제 나를 명예회원이라 부르면서 완장만 차면 나도 자기네들 중 한 명이라고 말한다. 그래서 내가 그들을 따라 수용소에 들어가서 그 안의 사람들에 대해 기사를 쓰고, 운이 좋으면 죄수들 몇 사람이랑 거기 상황에 대해 인터뷰도 좀 따기로 합의를 봤단 말이다. WRGS 라디오에서도 짤막한 기사를 원해서, 테이프 다 감아놓고 준비를 해놨다.

자, 이제 새벽 6시에 완장을 차고 준비를 거의 다 마쳐가던 중 그가 내 방 문을 두드렸다. "웬일이에요, 중위님?" 내가 그에게 농을 걸었다. 나는 아직 머리를 손질하고 있었다. "관심 있다는 말은 한 적 없잖아요." 우리끼리 늘상 주고받는 농담이었다. 그는 내 나이보다 더 오래된 군화를 갖고 있다고 농담하곤 한다.

"계획이 바뀌었어요, 아가씨." 평소의 그답지 않게 담배를 피우고 있었다. "당신을 데려갈 수가 없게 됐어요."

머리를 만지던 손이 딱 멈췄다. "설마, 농담이겠죠?" 「더 레지스터」 편집자는 이 기사만 기다리고 있었다. 나를 위해 두 페이지를 광고도 없이 통째로 비워놨다.

"루앤, 그게……. 우리가 예상했던 정도가 아니에요. 내일까지 아무도 들어서는 안 된다는 명령을 받았어요."

"아, 제발요."

"진짜예요." 그가 목소리를 낮췄다. "난 당신을 같이 데려가고 싶어 한다는 거 알잖아요. 하지만 어제 우리가 거기에서 뭘 봤는지 당신은 믿지 못할 거예요……. 밤새 한잠도 못 잤다니까요. 나나 부하들이나. 노부인들이랑 거기 돌아다니는 애들이 있는데……. 뭐랄까……. 그러니까, 어린아이들 말이오……."

그는 고개를 가로저으며 나에게서 시선을 돌렸다. 데인스는 덩치가 큰 남자다. 그런데 그런 그가 어린아이처럼 울먹거릴 듯한 얼굴이었다. "밖에 기차가 있었어요. 시체들이……. 수천구가……. 인간이 아니에요. 진짜라니까요.

루앤, 군과 적십자사 말고는 오늘은 아무도 드나들 수 없어요. 모든 인력을 동원해서 도와야 해요."

"뭘 도와요?"

"나치군을 수감하는 거요. 포로들을 도와주고요. 우리 군인들이 자기들이 본 광경에 흥분해서 SS 개새끼들을 죽이는 일이 없도록 막아야 해요. 마슬로비치라는 젊은 녀석이 있는데, 나치 놈들이 폴란드 사람들한테 한 짓을 보고는 미친 사람처럼 울부짖고 날뛰더라고요. 그 녀석 총을 부사관한테 넘겨야 했다니까요. 그래서 기밀을 지켜야 해요. 그리고……." 그가 침을 꿀꺽 삼켰다. "시체를 처리할 방법을 찾아야 해요."

"시체라고요?"

그가 고개를 저었다. "그래요, 시체들. 수천 구요. 그놈들이 모닥불을 피웠어요. 모닥불! 상상도 못 할 거요……." 그가 긴 한숨을 내쉬었다. "하여간, 아가씨. 당신한테 부탁 좀 하나 해야겠어요."

"나한테 부탁할 일이 있다고요?"

"당신이 창고 시설을 좀 맡아주었으면 해요."

나는 그를 빤히 쳐다봤다.

"베르히테스가덴 끝자락에 창고가 하나 있어요. 어젯밤에 열어봤는데 예술품들이 창고가 터져나가도록 쌓여 있더라고요. 나치군이랑 괴링이 그야말로 믿을 수 없는 것들을 다 약탈해놓은 거예요. 고위 간부들은 거기 물건들이 아마 수억 달러 가치가 나갈 거래요. 대부분 도난품이고."

"그게 나하고 무슨 관계가 있는데요?"

"그걸 감시해줄 믿을만한 사람이 필요해요. 딱 오늘 하루만요. 당신 뜻대로 부릴 수 있는 소방반이랑 해병 두 명을 붙여줄게요. 시내는 완전히 아수라장이에요. 아무도 거기 드나들지 못하게 해야 해요. 거기에는 엄청난 것들이 있어요, 아가씨. 난 예술 쪽은 잘 모르지만, 뭐랄까⋯⋯. 잘은 모르지만 「모나리자」 같은 거예요."

실망이 어떤 맛인지 알고 있는지? 식은 커피에 든 쇳가루 같은 맛이다. 데인스가 나를 창고까지 태워다줄 때 딱 그런 느낌이었다. 그리고 그것은 마거릿 히긴스가 전날 린든 준장과 함께 수용소에 들어갔다는 것을 알게 되기 전이었다.

그것은 창고라기보다는 거대한 학교나 시청 같은, 거대한 회색 판석으로 된 시 공공건물이었다. 그가 나에게 자기 해병 두 명 쪽을 가리키자 그들은 나에게, 그리고 내가 앉아 있어야 할 정문 옆의 사무실 쪽에 경례를 했다. 그에게 차마 싫다고는 못 하고 마지못해 부탁을 받아들였다. 진짜 기사가 될 만한 이야깃

거리는 다른 곳에 있을 게 뻔했다. 평소 같으면 활기에 넘치고 팔팔했을 청년들이 자기들끼리 모여서 파랗게 질린 얼굴로 담배를 피우고 있었다. 상관들은 충격에 빠진 진지한 얼굴로 나지막이 이야기를 주고받았다. 얼마나 끔찍한 것을 발견했기에 저러는지 알고 싶었다. 이야기를 들으려면 그 자리에 있어야 했다. 그리고 마음이 불안했다. 하루하루 지날수록 고위 간부들은 내 청을 점점 더 무심하게 거절했다. 이 상황을 다시 말하자면, 경쟁자들이 더 유리해지는 셈이었다.

나는 2시간을 거기 앉아서 사무실 창 너머로 지켜봤다. 군용 차량들이 군인들을 가득 싣고 큰길을 오갔다. 독일군들은 머리에 손을 올리고 반대 방향에서 행군해왔다. 몇몇 독일 여자들과 아이들이 거리 모퉁이에 꼼짝도 않고 서 있었다. 자기들은 어떻게 될지 궁금해하는 기색이 역력했다. 나중에 그들이 시체를 매장하는 일을 돕도록 동원됐다고 들었다. 그럴 동안 내내 멀리서 날카로운 구급차 사이렌 소리가 보이지 않는 공포를 전했다. 내가 놓치고 있는 공포들.

드디어 내가 입을 열었다. "그럼 갑시다, 크라보우스키. 이 건물 구경 좀 시켜줘요."

처음에는 별다를 것이 없어 보였다. 그저 나무 선반들이 줄지어 있고 내용물은 회색의 군용 담요로 덮여 있었다. 나는 아무거나 잡히는 대로 꺼내 보기 시작했다.

중세의 성상, 인상주의 그림, 거대한 르네상스 시대 그림, 어떤 경우에는 특별 제작한 상자에 든 정교한 액자들이었다. 나는 피카소 그림 한 점을 손가락으로 쓸어 보며 잡지나 갤러리 벽에 걸린 것만 보았던 미술품을 이렇게 내키는 대로 손으로 만져볼 수 있다는 데 놀랐다.

"오, 세상에, 크라보우스키. 이거 봤어요?"

그가 그림을 쳐다봤다. "음······. 예, 봤습니다."

"이게 뭔지 알아요? 피카소라고요."

그는 아무 생각도 없어 보였다.

"피카소? 유명한 화가인가요? 전 사실 미술에 대해서는 잘 몰라요."

"당신 꼬마 여동생이 이보다는 잘 그릴 것 같지 않나요?"

그는 나에게 안도의 미소를 보냈다. "예, 맞아요."

"여기 방들이 다 이런가요?"

"위층 방 두 개에는 그림이 아니라 조각상이랑 모형 따위가 있습니다. 하지만 대개 다 비슷해요. 그림이 있는 방은 열세 개입니다. 여기는 그중에서 가장 작은 방이고요."

"오, 하느님 맙소사." 나는 멀리까지 작품들을 줄 맞추어 쌓아놓은 먼지 앉은 선반들을 둘러봤다. 그러고는 어느 소녀의 초상화 한 점을 꺼냈다. 뒷면에 "키라, 1922"라고 적혀 있었다. 어린 소녀가 엄숙한 표정으로 나를 마주보고 있었다. 이 그림들 한 점 한 점이 모두 누군가의 것이었다는 사실이 내 머리를 스치고 지나갔다. 한 점 한 점이 다 누군가의 집 벽에 걸려 있었고, 소중히 여겨졌던 것들이었다. 진짜 살아 있는 사람이 앉아서 그림을 감상하거나, 그림을 사려고 돈을 모았거나, 그것을 그렸거나, 자녀들에게 물려주고 싶어 했던 것이다. 불과 몇 마일 밖에서 데인스가 시체 처리에 대해 했던 말이 떠올랐다.

나는 그의 겁에 질린 우락부락한 얼굴을 떠올리고 몸서리를
쳤다.

오전이 지나고 점심시간이 지나고 다시 오후가 됐다. 기온이
오르고 창고 주위의 공기는 바람 한 점 없이 고요해졌다. 창고
에 관해「더 레지스터」에 보낼 기사를 쓰고「우먼스 홈 컴패니
언」에 낼, 고향으로 돌아가고픈 젊은 군인들의 소망에 관한 기
사를 위해 크라보우스키와 로저슨을 인터뷰했다. 그런 다음 군
은 다리를 펴고 담배도 한 대 피우려고 밖으로 나왔다. 군용 지
프차의 보닛 위에 앉아 면바지 밑으로 전해지는 금속의 온기를
느꼈다. 길은 쥐 죽은 듯 적막했다. 새 한 마리 없고 누구의 목
소리도 들리지 않았다. 사이렌 소리조차 멈춘 듯했다. 위를 올
려다보며 햇빛에 눈을 찌푸리는데 한 여자가 내 쪽으로 길을
따라 걸어왔다.

여자는 예순 이상으로는 보이지 않았지만 눈에 확 띄게 다리
를 절뚝거리면서 힘겹게 움직였다. 더운 날씨인데도 머릿수건
을 썼고 옆구리에 뭔가 천으로 싼 것을 하나 끼고 있었다. 나를
보자 걸음을 멈추고 주위를 살폈다. 그녀는 내 완장을 봤다. 나
가기로 한 일정이 취소됐을 때 벗는 것을 잊고 그대로 차고 있
었다.

"영국인인가요?"

"미국인입니다."

그녀는 됐다는 듯이 고개를 끄덕였다. "여기가 그림들이 보관
되어 있는 곳이지요?"

나는 아무 말도 하지 않았다. 그녀는 첩자 같아 보이지는 않았

지만 어디까지 정보를 발설해도 좋은지 알 수가 없었다. 그저 조심해야 할 때였다.

그녀가 옆구리에 낀 물건을 꺼냈다. "제발. 이거 받아주세요." 나는 뒤로 물러섰다.

그녀는 잠시 나를 보더니 싼 것을 풀었다. 그림 같았다. 잠깐 힐끗 본 것으로는 여자의 초상화였다.

"제발. 받아주세요. 저기에 둬주세요."

"부인, 왜 당신의 그림인데 저기에 보관해달라는 거지요?"

그녀는 그 자리에 있기가 창피하다는 듯 힐끗 뒤를 돌아봤다.

"제발요. 그냥 받으세요. 집에는 두고 싶지 않아요."

나는 그녀로부터 그림을 받았다. 붉은색 긴 머리의 내 또래 여자 그림이었다. 아주 아름답지는 않았지만 눈을 뗄 수 없게 만드는 뭔가가 있었다.

"당신의 그림인가요?"

"남편 것이었답니다." 그 말을 할 때 그녀의 얼굴은 인자하고 푸근하며 연약한 할머니의 표정 대신, 쓰라린 감정밖에 없는 듯한 모습이 됐다. 가느다란 주름이 진 입을 굳게 다물 따름이었다.

"하지만 아름다운데요. 어째서 이렇게 예쁜 그림을 버리시려고 하나요?"

"남편과 저는 한때는 행복했지만 저 여자가 남편을 망쳐놨어요. 그리고 결혼생활 내내 하루도 빠짐없이 나를 떠나지 않는 저 얼굴을 견뎌내야만 했어요. 이제 남편이 죽었으니 더는 저 눈길을 참아줄 이유가 없어요. 원래 있던 곳이 어디였건 마침내 돌려보낼 수 있게 됐어요."

그녀는 손등으로 눈가를 훔쳤다. "가져가지 않으시겠다면 태 워버리는 수밖에요."

나는 그림을 받았다. 달리 내가 무슨 수가 있었겠는가?

데인스에게 왜 그림에 대해 말하지 않았는지 나도 모르겠다. 말했어야 했을지도 모르지만, 하여간 그 그림은 창고에 있던 것이 아니었다. 그 독일 노파는 그림이 더 이상 자기 눈에 띄지 않기만 하면 어떻게 되건 전혀 개의치 않았을 것이다.

그리고, 결혼생활 전체를 뒤흔들 수 있을 정도로 힘 있는 그림 을 가질 수 있다니 어쩐지 마음에 든다. 그녀에게서 눈을 뗄 수 가 없다. 주위 돌아가는 꼴을 생각하면 이나마 눈을 즐겁게 해 주는 것이 있어서 다행이다.

매리앤 앤드루스가 일기장을 덮자 법정 안은 쥐죽은 듯 조용 해진다. 리브는 너무 정신을 집중한 나머지 기절할 것만 같다. 벤치 쪽을 슬쩍 곁눈질해 폴을 보니 그는 고개를 약간 앞으로 기울이고 무릎 위에 팔꿈치를 괴고 있다. 그의 옆에 앉은 제이 니 디킨슨은 메모장에 뭔가 맹렬히 쓰고 있다.

핸드백.

앤절라 실버가 일어섰다. "그러면 이 점을 분명히 해둬야겠 군요, 앤드루스 씨. 「당신이 남겨두고 간 소녀」로 알고 계시는 그림은 어머님이 받으셨을 때 그 창고 안에 있지 않았고, 한 번 도 그 안에 있었던 적은 없었다는 거로군요."

"그렇습니다."

"그리고 반복하자면 창고에는 약탈당한 미술품, 도난당한 예술품이 가득했지만 이 그림만큼은 그 안에 있지 않았으며 어머님이 받으신 것입니다."

"예, 그렇습니다. 독일 부인한테서요. 일기에 나온 대로요."

"재판장님, 루앤 베이커가 직접 쓴 이 일기는 이 그림이 절대 수집소에 있었던 것이 아니라는 사실을 의심의 여지 없이 입증해주고 있습니다. 이 그림은 결코 그림을 원치 않았던 여인이 그냥 버린 것입니다. 버렸다는 말입니다. 이유야 뭐가 됐건 간에, 기이한 성적 질투심인지, 역사적인 원한인지 우리로서는 영영 알 수 없겠지요. 하지만 여기에서 핵심은 이 그림은 우리가 들은 바와 같이 하마터면 폐기 처분될 뻔했고, 선물로 주어졌다는 점입니다.

재판장님, 지난 2주 동안 격동의 시기에 존재했던 많은 그림들의 경우가 그렇듯 이 그림의 출처가 불완전하다는 것이 아주 확실해졌습니다. 하지만 이제 의심의 여지 없이 입증할 수 있는 사실은 이 그림의 소유권이 두 차례 이전되는 과정에서 아무런 문제도 없었다는 것입니다. 데이비드 할스턴은 1997년 아내를 위하여 적법하게 이 그림을 샀고, 아내가 이를 입증할 영수증을 가지고 있습니다. 그에 앞서 그림의 주인이었던 루앤 베이커는 1945년에 그림을 받았으며, 그녀가 남긴 기록이 있습니다. 정직하고 정확하기로 유명했던 여성의 글입니다. 이런 이유로 저희는 현재의 주인이「당신이 남겨두고 간 소녀」를 그대로 보유해야 마땅하다고 주장하는 바입니다."

앤절라 실버가 자리에 앉는다.

폴이 그녀를 올려다본다. 그녀와 눈이 마주친 짧은 순간, 리브는 희미한 미소를 읽어냈다고 확신한다.

점심시간이 끝나고 크리스토퍼 젠크스가 일어선다. "앤드루스 씨. 간단한 질문 하나 드리겠습니다. 어머님이 이 놀랍도록 관대한 노부인의 이름을 물어보셨나요?"

매리앤 앤드루스가 눈을 깜박이며 대답한다. "그건 저도 모르겠습니다."

리브는 폴에게서 눈을 뗄 수가 없다. '당신이 나를 위해 그 일을 했단 말이에요?' 그녀는 침묵으로 그에게 묻는다. 이상하게도 그는 더 이상 그녀와 눈을 마주치지 않는다. 그는 불편한 기색으로 제이니 디킨슨 옆에 앉아 시계를 확인하고 문 쪽을 힐끔거린다. 그에게 나중에 무슨 말을 하면 좋을지 모르겠다.

"주는 사람이 누구인지도 모르면서 받다니 이상한 선물이군요."

"흠, 미친 시대의 미친 선물이죠. 그 시대를 겪어보지 않은 사람이 어떻게 알겠어요."

나지막한 웃음소리가 법정에 퍼져나간다. 매리앤 앤드루스가 가볍게 춤추듯이 몸을 흔든다. 리브는 채 꽃피우지 못한 무대에 대한 꿈을 감지한다.

"정말로요. 어머니의 일기를 전부 다 읽어보셨나요?"

"아이고, 아뇨. 30년 치 일기예요. 우리가, 제가 그것들을 찾은 게 어젯밤인걸요." 그녀의 눈길이 벤치 쪽으로 잠깐 향한다. "하지만 중요한 부분을 찾아냈어요. 엄마가 그림을 받으셨다는 부분요. 그게 바로 여기 가져온 이유예요." 그녀는 "받으셨다"는 말을 특별히 강조하여 말하며 리브 쪽으로 슬쩍 눈을 돌려 고개를 끄덕인다.

"그러면 루앤 베이커의 1948년 일기는 아직 읽지 않으셨단 말씀이시죠?"

짧은 침묵이 흐른다. 리브는 헨리가 자기 서류철로 손을 뻗는 것을 알아챈다.

젠크스가 손을 들자 사무변호사가 종이 한 장을 건네준다.

"재판장님, '집 이사'라는 제목이 붙은 1948년 5월 11일의 일기를 좀 보아주시겠습니까?"

"어쩌려는 걸까요?" 겨우 리브는 다시 재판으로 관심을 돌린다. 서류를 뒤져보고 있는 헨리 쪽으로 몸을 기울인다.

"보는 중이에요." 그가 속삭인다.

"거기 보면 루앤 베이커가 에식스 주의 뉴워크에서 새들 리버로 가족이 이사를 한다고 말하고 있습니다."

"맞아요." 매리앤이 말한다. "새들 리버예요. 제가 자란 곳입니다."

"예……. 여기 보시면 그녀는 이사를 상세히 설명하고 있습니다. 냄비를 찾았다던가, 풀지 않은 짐들에 둘러싸여 있는 악몽 등의 얘기가 나오고요. 누구나 충분히 공감할 법한 얘기입니다. 그러나, 가장 관련성이 있는 부분인데, 그녀는 새 집 안을 돌아다니면서……." 그는 그 표현 그대로 읽겠다는 듯이 잠시 숨을 고른다. "……리에즐의 그림을 걸 딱 맞는 자리를 찾았다."

리에즐.

리브는 기자들이 노트를 뒤지는 것을 본다. 그러나 역겨운 느낌과 함께 이미 그 이름을 알고 있다는 것을 깨닫는다.

"말 같잖은 소리." 헨리가 중얼거린다.

젠크스도 그 이름을 알고 있다. 션 플래허티 쪽 사람들이 그들을 앞선 것이다. 팀 전체가 점심시간 동안 일기를 읽은 것이 틀림없다.

"제1차 세계대전 중 독일군이 남긴 기록에 주목해주시기 바랍니다. 생페론에 1916년부터 주둔했던 사령관, 르코크루주에 군대를 이끌고 왔던 남자의 이름은 프리드리히 헨켄이었습니다." 그는 그 말을 강조하기 위해 잠시 뜸을 들인다. "기록상으로 사령관은 그 당시 거기 주둔했습니다. 에두아르 르페브르의 아내의 그림을 매우 높이 평가했던 사령관이 바로 프리드리히 헨켄이죠.

그리고 이제 베르히테스가덴 주변 지역의 1945년 인구 조사 기록을 보여드리겠습니다. 전 사령관 프리드리히 헨켄은 은퇴한 후 아내 리에즐과 함께 그곳에 정착했습니다. 수집소 창고에서 멀지 않은 곳이지요. 또한 그녀는 어린 시절 소아마비를 앓은 후유증으로 다리를 눈에 띄게 절었다는 기록이 있습니다."

그들의 변호사가 일어선다. "다시 말씀드리지만 이것은 정황일 뿐입니다."

"프리드리히 헨켄 부부입니다. 재판장님, 프리드리히 헨켄 사령관이 1917년 르코크루주에서 그림을 빼앗아 갔다는 것이 저희의 주장입니다. 그는 아마도 아내의 뜻을 거스르고 그림을 자기 집에 두었던 것입니다. 이렇게 강렬한 다른 여자의 그림이니 반대했을 법도 하지요. 그림은 그가 죽을 때까지 그 집에 있었고, 헨켄 부인은 그림을 빨리 없애버리고 싶어서 수백만 점의 예술품이 있다는 가까운 창고로 그림을 가져갔던 것입니다. 거기 두면 다른 그림들과 뒤섞여서 다시는 자기 눈에 띄지 않을 테니까요."

앤절라 실버가 자리에 앉는다.

젠크스가 말을 계속한다. 이제 그의 어조에 새로운 기운이 솟는다. "앤드루스 씨. 그 당시 어머님의 기억으로 되돌아가봅시다. 다음 구절을 좀 읽어주시겠습니까? 공식적으로 말씀드리는데, 같은 일기에서 나온 것입니다. 거기에서 루앤 베이커는 자신이 '그 소녀'라고 부르던 그림에 딱 맞는 완벽한 장소를 찾아낸 것 같습니다.

응접실에 걸자마자 그녀는 편안해 보인다. 거기에서는 직사광선이 닿지 않으면서 남쪽으로 난 창을 통해 따뜻한 빛이 들어와 그녀의 색이 선명히 빛난다. 하여간 그녀는 행복해 보인다!

매리앤은 이제 어머니의 그런 말이 낯설어서 천천히 읽는다. 그녀는 리브를 힐끗 쳐다본다. 이미 어떻게 흘러갈지 알겠다는 듯한 사과의 눈빛이다.

직접 못을 박았다. 하워드는 항상 못을 박을 때 석고를 주먹 크기만큼 떨어뜨린다. 하지만 그녀를 막 걸려다가 왠지 모르지만 그림을 뒤집어 뒷면을 봤다. 그 불쌍한 여자, 그 노인의 슬픔과 적의에 찬 늙은 얼굴이 생각났다. 그리고 전쟁 이후로 잊고 있던 것이 기억났다.

나는 늘 그림을 하늘에서 뚝 떨어진 물건처럼 생각했다. 그러나 리에즐이 그림을 나에게 줄 때, 마음이 바뀐 듯이 잠시 그림을 도로 낚아채더니 마치 뭔가 닦아내려는 것처럼 뒷면을 문질렀다. 미친 여자처럼 문지르고 또 문질렀다. 하도 박박 문질러대서 저러다가 손가락을 다치겠다는 생각이 들 정도였다.

법정은 조용히 귀를 기울이고 있다.

흠, 그때처럼 지금 그 뒷면을 봤다. 그런 행동 때문에 그 딱한 여자가 그림을 줄 때 제정신이었을까 의심이 들었다. 그 그림의 뒷면을 아무리 오래 들여다본들, 제목 말고는 분필 뭉개진 자국 말고는 거기에는 아무것도 없으니까.

제정신이 아닌 사람한테서 뭔가를 받는다면 잘못된 일일까? 아직도 그 답을 모르겠다. 솔직히 그 당시에는 세상이 다 너무 미쳐 돌아가서 수용소에서 있었던 일이며 다 큰 남자들이 엉엉 울던 일, 가치가 수억 달러 되는 다른 사람들의 물건들 속에 있던 나를 생각하면, 늙은 리에즐과 아무것도 없는데 문질러대느라 벗겨져 피가 나던 손마디 정도는 이상한 일 축에도 못 끼는 것 같았다.

"재판장님, 이 사실과, 리에즐이 자기 성을 알려주지 않은 점이 이 그림이 어디에서 난 것인지 흔적을 감추거나 없애려 했다는 명백한 증거입니다. 물론 그녀는 성공했습니다."

젠크스의 말이 끝나자 그의 법률팀에서 한 명이 법정을 가로질러 와 종이 한 장을 건넨다. 그는 그것을 읽고 숨을 들이쉰다. 법정을 죽 훑어본다.

"오늘 르페브르 부인의 죽음을 둘러싼 정황과 관련하여 결정적인 증거를 입수했습니다. 독일 인구조사 기록에 남은 그녀의 이름 철자가 잘못됐던 것이 분명합니다. 그 바람에 그녀를 추적하는 일이 지연됐습니다. 하지만 이 기록에 따르면 소피 르페브르는 수용소에 도착하기 직전에 스페인 독감에 걸렸습니다. 그 후 바로 거기에서 사망했습니다."

리브는 그의 말을 들으면서 귀가 웅웅거린다. 말들이 육체적인 타격의 여파처럼 몸속에서 진동을 일으킨다.

"재판장님, 이 법정에서 들은 바와 같이 소피는 엄청나게 부당한 일을 당했습니다. 그리고 그녀의 후손 역시 부당한 일을 당했습니다. 그녀는 남편, 자신의 존엄, 자유, 결국은 생명까지 빼앗겼습니다. 도둑맞은 것입니다. 유일하게 남은 것인 그녀의 그림마저 이 모든 증거에 따르면 그녀에게 가장 큰 불의를 저지른 바로 그 남자가 그녀의 가족으로부터 빼앗았습니다. 이러한 불의를 바로잡는 길이 비록 뒤늦은 것일지 모르나, 단 한 가지 있습니다. 그림은 르페브르 가에 반환되어야 합니다."

나머지 말은 거의 그녀의 귀에 들리지 않는다. 폴은 이마를 손으로 감싸 쥐고 앉아 있다. 그녀는 제이니 디킨슨을 힐끔 넘겨다본다. 리브는 그녀와 눈이 마주치는 순간 이 소송을 단순히 그림에 관한 것만으로 여기지 않는 참여자가 자기 외에도 또 한 명 있다는 사실을 희미한 충격과 함께 깨닫는다.

법정을 떠날 때는 헨리조차 풀이 죽어 있다. 리브는 모두가 트럭과 충돌한 듯한 기분이 든다.

소피는 수용소에서 죽었다. 병들어 홀로. 다시는 남편을 보지 못하고서.

그녀는 법정 건너편에서 활짝 웃고 있는 르페브르 가 사람들을 쳐다본다. 그들에게 너그러워지고 싶다. 큰 불의가 이제 곧 바로잡힐 거라 생각하고 싶다. 그러나 자기 집안에서는 소피의 이름을 입에 올리는 것조차 금지됐다던 필립 베세트의 말이 떠오른다. 잠시 곧 소피가 적의 손에 넘어갈 듯한 기분이 든다. 기묘하게도 누군가와 사별한 듯한 기분이다.

"자, 판사가 어떤 판결을 내릴지는 아무도 모르지요." 헨리가 뒤쪽 보안 구역으로 그녀를 데려다주면서 말한다. "주말 동안에는 너무 많이 생각하지 말도록 해요. 이제 할 수 있는 건 다 했어요."

그녀는 애써 미소를 지어 보인다. "고마워요, 헨리. 전화할게요."

법정에 내내 갇혀서 오후를 훌쩍 넘길 만큼 너무 오래 있었는지, 겨울 햇살 속으로 나오니 기분이 낯설다. 1945년에서 여기로 곧장 온 듯한 기분이다. 헨리가 그녀를 위해 택시를 잡아주고 고개를 끄덕여 인사를 한다. 바로 그때 보안문에 서 있는 그가 눈에 들어온다. 그는 마치 거기에서 그녀를 기다리고 있었던 것 같은 모습으로 곧장 걸어온다.

"미안해요." 그가 침울한 표정으로 말한다.

"폴, 그런⋯⋯."

"진심이에요. 모든 게 다 미안해요."

마지막으로 한 번 그녀의 눈을 쳐다보고는 돌아서서 세븐스 타스 펍에서 나오는 손님들, 서류 카트를 끄는 법률 사무소 직원들을 신경 쓰지 않고 가버린다. 리브는 그의 구부러진 어깨, 평소답지 않게 푹 숙인 머리를 본다. 오늘 일어났던 일 중에서 결국 그녀에게 뭔가 해결된 것이 있다면 바로 이것이다.

"폴!" 차들의 소음을 뚫고 들리도록 한 번 더 소리 질러야 한다. "폴!"

그가 돌아본다. 여기에서도 그의 홍채의 검은 테두리가 보인다.

"알아요."

그가 잠시 꼼짝 않고 서 있다. 멋진 양복 차림의, 어깨가 좀 축 처진 키 큰 남자.

"알아요. 고마워요⋯⋯. 애써줘서."

가끔 삶은 장애물의 연속이다. 산 넘어 산. 때로는 맹목적인 믿음의 문제일 뿐이라는 생각이 갑자기 떠오른다.

"저기⋯⋯ 언제 같이 술 한잔하지 않을래요?" 그녀는 침을 꿀꺽 삼킨다. "지금이라도?"

그가 신발을 힐끗 내려다보며 생각하더니 다시 고개를 들어 그녀를 본다. "잠깐만 기다려줄래요?"

그가 법정 계단을 다시 올라간다. 변호사와 한창 대화 중인 제이니 디킨슨이 보인다. 폴이 그녀의 팔꿈치를 톡 치더니 뭐라 잠깐 이야기를 주고받는다. 리브는 불안해진다. 좀 불평하는 투의 목소리다. 지금 폴이 제이니에게 뭐라고 말하는 것일까? 리브는 고개를 돌리고 택시에 올라 불안을 가라앉히려 한다. 다시 고개를 들어 창밖을 내다보니 그가 목에 스카프를 두르며 힘찬 걸음걸이로 계단을 내려오고 있다. 제이니 디킨슨이 파일을 든 손을 축 늘어뜨린 채 택시 쪽을 보고 있다.

그가 택시 문을 열고 올라타서 쾅 하고 문을 닫는다.

"때려치웠어요."

그는 한숨을 길게 내쉰 뒤 그녀의 손을 잡는다.

"자. 어디로 갈까요?"

32

그렉은 무표정한 얼굴로 문 쪽을 향해 외친다. "또 만났네요, 리브 양." 입구에 나타난 그녀를 보고도 충분히 예상했다는 투다. 폴이 그녀의 어깨에서 코트를 벗겨주고, 그녀에게 반가워 달려드는 개들을 쫓을 동안 그는 다시 홀로 들어간다. "리소토를 망쳤어. 하지만 제이크는 버섯을 좋아하지 않으니까 상관없대. 그래서 피자는 어떨까 생각 중이야."

"피자 좋군. 그리고 내가 내지. 당분간은 마지막일지 모르니까." 폴이 말한다.

그들은 플리트 스트리트를 따라오면서 놀라 할 말을 잃고 손만 잡고 있었다. "나 때문에 당신이 실직자가 됐군요." 결국 그녀가 입을 열었다. "두둑한 보너스도 날아갔고요. 아들을 위해 더 큰 집을 살 기회였는데."

그는 앞만 똑바로 바라봤다. "당신 때문에 잃은 것은 아무것도 없어요. 내 마음대로 나온 거예요."

그렉이 눈을 치켜뜬다. "4시 30분쯤 주방에서 레드 와인을 한 병 땄어. 하루 종일 조카를 돌봤으니 그 정도야 아무것도 아니지. 그렇지, 제이크?"

"삼촌이 그러는데 이 집에서는 언제나 와인 마시기 딱 좋은 때래요." 다른 방에서 남자아이 목소리가 들려온다.

"고자질쟁이 같으니라고." 그렉이 맞받아 외친다. 그러고는 리브에게 말한다. "오, 안 돼요. 당신한테 술을 줄 수는 없어요. 지난번 우리랑 같이 있으면서 취했을 때 일을 생각해봐요. 멀쩡하던 우리 형을 넋 나간 비극의 사춘기 소년으로 바꿔 놨잖아요."

"너한테 다시 일깨워줘야겠는데, '넋 나간'이라는 말이 여기에서는 전혀 다른 의미로 쓰이기도 해." 폴이 그녀를 주방 쪽으로 데려가며 말한다.

"리브, 이 분위기에 익숙해지려면 시간이 좀 걸릴 거예요. 실내 장식에 대한 그렉의 생각은 기본적으로 과할수록 좋다는 거예요. 미니멀리스트하고는 거리가 멀어요."

"난 내 작은 집에 개성을 부여한다고. 빈 서판 따위가 아니야."

"아름답네요." 그녀는 주변을 온통 에워싼 화려한 벽과 볼드체, 작은 사진 들을 보며 말한다. 아끼는 물건을 셀 수도 없을 만큼 많이 선반마다 올려뒀고, 벽도 빈틈 하나 없이 빼곡하다. 시끄러운 음악이 꽝꽝 울리고, 텔레비전 앞의 깔개에 어린아이가 누워 있는 이 작은 집에서 이상할 정도로 마음이 편안해진다.

"애야." 폴이 거실로 들어가며 거기에서 강아지처럼 뒹굴거리는 아이를 부른다.

"아빠." 아이가 그녀를 힐끗 본다. 그녀는 소년의 시선에 잡고 있던 폴의 손을 놓고 싶은 충동을 애써 누른다. "아줌마가 법원에서 오신 그분이에요?" 잠시 있다가 소년이 묻는다.

"그러기를 바라. 다른 여자가 또 있는 게 아니라면."

제이크가 말한다. "그렇지는 않을 거예요. 사람들이 아줌마를 깔아뭉개는 줄 알았어요."

"응, 나도 좀 그랬어."

아이는 잠시 그녀를 자세히 뜯어본다. "우리 아빠가 지난번에 아줌마를 만나러 갈 때 향수를 뿌리던데요."

"애프터셰이브야." 폴이 말하면서 허리를 숙여 아들에게 입 맞춰준다. "별걸 다 일러바치는구나."

'그러니까 얘가 미니 폴이로군.' 그렇게 생각하니 기분이 유쾌하다.

"이쪽은 리브야. 리브, 얘가 제이크에요."

그녀는 한 손을 들어 올린다. "내가 알고 지내는 사람 중에 네 또래는 별로 없어. 그래서 엄청 촌스럽게 굴지도 모르지만, 만나서 정말 반갑다."

"괜찮아요. 그런 건 익숙하니까요."

그렉이 나타나 그녀에게 레드 와인을 한 잔 건넨다. 그가 그들을 재빠르게 훑어본다. "자, 이건 또 뭐지? 서로 싸우던 파벌들 간에 평화협정이라도 맺은 건가? 당신들 둘은 지금……. 비밀 부역자라도 된 건가요?"

리브는 그의 어휘 선택을 눈감아준다. 그녀는 폴을 돌아본다.

"내 일은 상관없어." 그가 그녀의 손을 감싸 쥐고 조용히 말했다. "내가 아는 건 당신 곁에 있지 않으면 내가 비열한 인간이 되고 모든 것에 화가 치민다는 것뿐이에요."

"아니에요." 리브는 자신도 모르게 활짝 웃는다. "그는 내내 잘못된 쪽에 서 있었다는 것을 이제야 깨달은 거예요."

그렉의 남자친구인 앤디가 엘윈 스트리트에 도착했다. 그들 다섯으로 작은 집이 꽉 찼지만 붐빈다는 느낌은 전혀 없다. 리브는 작은 탑처럼 쌓은 피자 조각 옆에 앉아서 창고 꼭대기의 싸늘한 글라스 하우스를 생각한다. 갑자기 그 집이 법정 소송과 그녀의 불행과 너무나 꽉 얽힌 것 같아서 집에 돌아가고 싶지가 않다.

이제 곧 어떤 일이 닥칠지 알면서 소피의 얼굴을 보고 싶지 않다. 이 아직은 낯선 사람들 속에 앉아서 게임을 하고 가족 간의 농담에 웃음을 터뜨리며 기묘하게 편안한 느낌을 만끽한다.

그리고 폴이 있다. 그는 모든 것을 잃은 장본인이 그녀가 아니라 자신인 양, 그날 있었던 일로 완전히 녹초가 된 듯하다. 그가 고개를 돌려 자기를 볼 때마다, 그녀는 자기 몸이 다시 행복해질 수 있을지도 모른다는 가능성에 스스로를 맞춰 조율하려는 듯, 자기 안에서 뭔가가 변화하는 느낌이다.

'괜찮아요?'라고 그의 표정이 묻고 있다.

'네.' 그녀도 표정으로 대답한다. 진심이다.

"그럼 월요일에는 어떻게 되는 거예요?" 그렉이 모두가 테이블에 둘러앉자 묻는다. 그는 사람들에게 바의 색깔을 새로

조합할 때 쓸 패브릭 견본을 보여줬다. 테이블은 빵 부스러기와 반쯤 비운 와인잔으로 어지럽다. "그림을 내줘야 하는 건가요? 정말로 지는 거예요?"

리브가 폴을 쳐다본다. "그럴 것 같아요. 머리로는 그 사실을 받아들이려 애쓰고 있어요⋯⋯. 그녀를 떠나보내야만 한다는 것을." 예상과 달리 목구멍으로 뭔가가 치밀어 오르지만 애써 삼키며 미소를 짓는다.

그렉이 그녀에게 손을 내민다. "아, 미안해요. 속상하게 하려는 뜻은 아니었는데."

그녀가 어깨를 으쓱한다. "난 괜찮아요. 정말로요. 이제 그녀는 내 것이 아니에요. 오래전에 그 사실을 받아들였어야 했어요. 난⋯⋯ 눈앞의 현실을 보고 싶지 않았나봐요."

"적어도 당신한테는 아직 집이 있잖아요. 형 말로는 정말 근사한 집이라던데." 그렉이 위로한다. 그는 폴의 경고하는 시선을 눈치챈다. "뭐? 형이 리브 얘기를 했다는 거 리브 앞에서 말하면 안 되는 거야? 뭐 어때서? 우리가 뭐 사춘기 애새끼들이야?"

폴이 순간 당황한 기색이다.

"아, 실은 아니에요. 음, 그렇지 않아요."

"뭐라고요?"

"집을 팔기로 했어요. 소송 비용을 감당하려면 그 수밖에 없거든요."

"그래도 다른 집을 살 돈은 충분히 있겠지요?"

"아직 잘 모르겠어요."

"하지만 그 집은……."

"……이미 담보 대출을 최대한도까지 받은 상태예요. 그리고 일도 해야 하고요. 데이비드가 죽은 후로 일을 하지 않았어요. 데이비드 생각은 달랐지만, 보온성이 있는 놀라운 수입 유리라고 해도 언제까지나 버텨주지는 않아요."

폴의 표정이 굳어진다. 갑자기 의자를 뒤로 홱 밀치고 일어서서 자리를 뜬다.

리브는 그렉과 앤디를 쳐다보고 문으로 시선을 돌린다.

"아마 정원에 나갔을 거예요." 그렉이 눈썹을 치켜세우며 말한다. "손바닥만 한 정원이에요. 형은 당신 곁을 떠나지 않을 거예요." 그녀가 일어서자 그가 중얼거린다. "우리 형을 저렇게 계속 망가뜨려주다니 친절도 하시네요. 내가 열네 살 때 당신 같은 기술이 있었더라면 좋았을 텐데."

그는 작은 안뜰에 서 있다. 그곳은 겨울 서리가 앉아 말라빠지고 마구 자란 식물들의 테라코타 화분이 빼곡히 놓여 있다. 그는 양손을 주머니에 찔러 넣고 그녀로부터 등을 돌리고 있다. 그의 표정이 참담하다.

"그러니까 당신은 모든 것을 잃었군요. 나 때문에."

"당신 말처럼, 당신이 아니었더라도 다른 누군가가 대신했을 일이에요.'"

"내가 무슨 생각으로 그랬을까요? 대체 무슨 생각을 하고 있었던 걸까요?"

"당신은 당신 일을 했을 뿐이에요."

그가 손을 들어 자기 턱을 만진다. "내 기분을 풀어주려고 애쓸 필요 없어요."

"난 괜찮아요. 정말로."

"어떻게 괜찮을 수가 있겠어요? 그럴 수가 없어요. 난 정말 화가 나서……. 아, 젠장." 그의 좌절감에 찬 목소리가 커진다.

그녀는 잠시 기다리다가 그의 손을 잡고 작은 테이블 쪽으로 이끈다. 쇠의 싸늘한 감촉이 옷을 뚫고 전해진다. 그녀는 의자를 앞으로 당겨 그의 무릎 사이에 자기 무릎을 넣고 그가 자기 말을 듣고 있다는 확신이 들 때까지 기다린다.

"폴."

그의 얼굴은 굳어 있다.

"폴, 나를 좀 봐요. 이해해야 해요. 나에게 일어날 수 있는 최악의 일은 벌써 다 일어났어요."

그가 고개를 든다.

그녀는 잘 나오지 않는, 나오기를 거부하는 말을 준비하며 침을 꿀꺽 삼킨다. "4년 전의 일이에요. 데이비드와 나는 여느 날 밤처럼 이를 닦고 침대에 누워 책을 읽으면서 다음 날 갈 레스토랑 얘기를 했어요……. 그리고 아침에 잠에서 깨어나보니 그가 내 옆에 싸늘하게 식은 채로 누워 있었어요. 핏기 하나 없이 새파래진 얼굴로요. 난…… 난 그가 떠나는 줄도 몰랐어요. 말조차 못 해보고……."

짧은 침묵이 흐른다.

"제일 사랑하는 사람이 당신 옆에서 죽어가는데 내내 잠만 잤다는 것을 안다면 기분이 어떨지 상상이 되나요? 어떻게든 그를 도울 수 있었을지도 모르는데? 어쩌면 그를 구할 수도 있었을 텐데? 그가 내 쪽을 보면서, 말없이 애원했을지도 모르는데……."

말을 끝맺지 못하고 숨이 턱 막히면서 익숙한 느낌이 다시 그녀를 덮치려 위협한다. 그가 천천히 손을 뻗어 그녀가 다시 입을 열 수 있게 될 때까지 그녀의 손을 감싸 쥐여준다.

"세상이 정말로 끝난 것 같았어요. 다시는 좋은 일은 아무것도 일어날 수 없을 거라 생각했어요. 정신 차리지 않으면 무슨 일이 일어날지 모른다고 생각했어요. 먹지 않았어요. 외출도 하지 않았어요. 아무도 만나지 않았어요. 하지만 난 살아남았어요, 폴. 나 스스로도 무척 놀랐지만, 나는 견뎌냈어요. 그리고 삶은…… 삶은 조금씩 다시 살아볼만한 것이 됐어요."

리브는 폴에게 더 바짝 몸을 기댄다. "그래서 소피한테 일어난 일을 들었을 때 그런 생각이 들었어요. 그럼, 집……. 그런 건 그저 물건일 뿐이라고. 솔직히 모든 것을 다 가져갈 수도 있어요. 하지만 정말로 중요한 것은 사람뿐이에요." 그녀가 그의 손을 내려다본다. 그녀의 목소리가 갈라진다.

"정말로 중요한 것은 당신이 사랑하는 사람뿐이에요."

폴은 아무 말도 하지 않지만 그녀의 머리에 닿을 정도까지 고개를 깊이 숙인다.

그들은 겨울의 정원에 앉아서 하얗게 숨을 내뿜으며 집 안에서 들려오는 그의 아들의 웃음소리를 듣는다. 길 아래쪽 멀리 주방에서 냄비 달그락거리는 소리, 텔레비전 소리, 차 문 닫는 소리, 뭔가 성이 나서 짖어대는 개 소리 등 초저녁 도시의 소리

511

들이 들려온다. 복닥이면서 활기 넘치는 삶.

"당신에게 잘못한 것을 갚겠어요." 그가 조용히 말한다.

"벌써 갚았는걸요."

"아니오. 그러겠소."

그녀의 뺨 위로 눈물이 흘러내린다. 그들이 어떻게 거기까지 왔는지 알 수가 없다. 그의 파란 눈이 갑자기 차분해진다. 그녀의 얼굴을 양손으로 감싸고 키스한다. 눈물에 키스한다. 그녀의 피부에 닿는 그의 부드러운 입술이 미래를 약속하는 듯하다. 그는 함께 미소 지으며 그녀가 발의 감각이 완전히 없어질 때까지 키스한다.

"집에 가봐야겠어요. 매수자들이 오늘 오기로 했거든요." 그녀가 내키지 않지만 그에게서 몸을 떼며 말한다.

글라스 하우스는 텅 비어 있다. 그곳으로 돌아갈 생각을 하니 여전히 내키지 않는다. 그녀는 그가 붙잡아주기를 반쯤은 기다린다. "저기…… 같이 가줄래요? 제이크는 손님방에서 재우면 돼요. 그 애를 위해서 지붕을 여닫아줄 수도 있고요. 그걸로 점수 좀 딸 수 있을지도 모르지요."

그가 시선을 피한다. "난 못 가요." 그가 단도직입적으로 거절한다. "내 말은, 가고는 싶소. 하지만……."

"주말에 만날 수 있나요?"

"제이크를 봐야 해요. 하지만…… 물론이죠. 뭔가 방법을 찾아봅시다."

그는 딴생각을 하는 듯 보인다. 그녀는 그의 얼굴에 드리워진 의구심을 본다. 우리가 서로에게 치르게 만들었던 대가를 정말로 용서할 수 있을까? 잠깐 그런 생각이 스치고 지나가면서 추위와는 무관한 냉기를 느낀다.

"집까지 태워다줄게요." 그가 말한다. 그리고 그 순간이 지나간다.

집 안은 조용하다. 그녀는 문을 잠그고 옆에 열쇠를 놓고 주방으로 들어간다. 석회암 바닥에 그녀의 발소리가 울린다. 집을 나선 것이 겨우 오늘 아침이라니 믿을 수가 없다. 한평생이 획 지나간 기분이다.

리브는 평범한 금요일 밤 바깥에서 들려오는 소리를 듣는다. 아파트 아래 멀리서 둔중하게 들려오는 쿵쿵 소리, 대문 닫는 소리, 웃음소리를. 세상은 아무 일 없다는 듯 멀쩡히 잘 돌아가고 있다는 것을 새삼 깨닫는다.

저녁이 지나간다. 샤워를 하고 머리를 감는다. 내일 입을 옷을 펼쳐놓고 크래커와 치즈를 먹는다.

그러나 마음이 가라앉지를 않고 줄지어 걸어놓은 빈 옷걸이들처럼 맞부딪친다. 피곤하지만 가만히 앉아 있을 수가 없어 집 안을 서성인다. 아직도 입술에 폴의 느낌이 남아 있고, 귓가에 그의 말이 들린다. 잠깐 그에게 전화를 걸어볼까 생각했으나 전화기를 들자 버튼 위에서 손가락이 멈춘다. 우선, 무슨 말을 해야 하나? 그냥 당신 목소리를 듣고 싶었다고 할까.

손님방으로 들어간다. 그 방은 아무도 머물렀던 적 없다는 듯이 티끌 하나 없이 깨끗하고 텅 비어 있다. 의자 등받이, 서랍을 지나치면서 손가락으로 가볍게 쓸어본다. 침묵과 텅 빈 공간이 이제 더는 위로가 되지 못한다. 그녀가 지금 막 있다 온 집처럼 시끄럽고 사람이 붐비는 집에서 래닉과 웅크리고 있을 모를 그려본다.

마침내 차 한 잔을 끓여 침실로 간다. 침대 한가운데 앉아 베개에 등을 기대고 도금 액자 속 소피를 바라본다.

결혼생활 전체를 뒤흔들 수 있을 정도로 힘 있는 그림을 가질 수 있다니 왠지 마음에 든다.

그녀는 생각한다. '흠, 소피, 당신은 그 이상으로 많은 것을 흔들어놓았어요.' 그녀는 거의 10년 가까이 아껴왔던 그림을 바라보다 드디어 그녀와 데이비드가 그림을 샀던 날, 스페인의 햇살 속에서 소피를 높이 들어 올리자 그녀의 색채가 하얀빛 속에서 반사되던 모습을 떠올린다. 그들이 함께하리라 믿었던 미래를 회상한다. 집에 돌아와 이 방에 그림을 걸던 기억, '그 소녀'를 바라보며 데이비드가 자기에게서 어떤 면이 그림과 닮았다고 본 것일까 궁금해했던 기억, 그가 그렇게 봤다는 점 때문에 그림이 더 아름답게 느껴졌던 기억을 떠올린다.

"당신이 그녀와 닮아 보일 때는⋯⋯."

그가 죽고 나서 몇 주가 지난 어느 날이던가 젖은 베게에서 겨우 고개를 들었을 때 소피가 자신을 똑바로 바라보는 듯하던 기억을 떠올린다. 이것도 견뎌낼 수 있어요. 그녀의 표정이 그렇게 말하고 있었다. 지금은 알 수 없을지도 몰라요. 하지만 당신은 살아남을 거예요.

소피는 살아남지 못했다는 점만 제외하면.

리브는 갑자기 목구멍에 치밀어 오르는 것을 애써 누른다.

"당신에게 일어난 일은 정말 유감이에요." 그녀는 텅 빈 방에 대고 말한다. "그렇게 되지 않았더라면 좋았을 텐데."

갑자기 슬픔을 이기지 못하고 벌떡 일어나 그림으로 걸어가더는 보지 않도록 그림을 뒤집어놓는다. 차라리 이 집을 떠나게 된 것이 잘된 일일지도 모른다. 벽의 빈자리는 그녀의 실패를 끊임없이 상기시킬 것이다. 소피의 존재가 완벽하게 지워없어진 것부터가 기묘하게 상징적인 의미가 있는 것처럼 느껴진다.

막 그림을 내리려다 멈춘다.

지난 몇 주 동안 서재는 발 디딜 틈 없이 펼쳐진 서류 더미로 난장판이 됐다. 그녀는 새롭게 생각한 일을 하기 위해 서재로 가서 서류들을 단정히 쌓고, 폴더에 넣고, 고무줄로 잘 묶는다. 소송이 끝나면 서류들을 어떻게 할지는 아직 모른다. 드디어 필립 베세트한테서 받았던 빨간색 폴더를 찾아낸다. 바스러질 듯한 종이들을 넘겨보다 마침내 찾고 있던 두 장을 발견한다.

그녀는 그것들을 확인해보고 주방으로 가져간다. 초를 켜고 종이를 한 번에 한 장씩, 흔들리는 불빛에 넣고 재만 남을 때까지 다 태워버린다.

그녀가 중얼거린다. "자, 소피, 적어도 이것으로 당신을 위해 한 가지는 해준 거예요."

그녀는 생각한다. 그리고 이제, 데이비드를 위한 것도.

33

"이제는 형이 더 손써볼 일은 없을 줄 알았는데. 제이크는 〈아메리카 퍼니스트 홈 비디오〉 보다가 잠들었어." 그렉이 맨발로 주방으로 걸어 들어와 하품을 한다. "제이크를 손님방으로 옮길까? 집으로 데려가기에는 시간이 좀 늦은 것 같은데."

"그게 좋겠다." 폴은 파일에서 눈도 들지 않고 대답한다. 그는 앞에 노트북을 펴놓고 있다.

"뭘 다시 조사하고 있는 거야? 판결은 월요일 아니었어? 그리고……. 음……. 형 일 그만두지 않았어?"

"내가 놓친 게 있어. 이제 알겠어." 폴이 페이지를 손가락으로 훑으며 초조하게 다음 장으로 휙 넘긴다. "증거를 자세히 살펴봐야 해."

"형." 그렉이 의자를 끌어당긴다. "형." 그가 목소리를 좀 더 높인다. "끝났어, 형. 그리고 괜찮아. 리브는 형을 용서했어. 형도 그 정도면 할 만큼 했고. 이제는 형도 미련 버려야 해."

폴이 몸을 뒤로 젖히고 손으로 눈을 덮는다. "정말 그렇게 생각해?"

"진심이야? 형 좀 제정신이 아닌 것 같아."

폴이 커피를 벌컥벌컥 마신다. 차갑다. "리브는 그 그림을 정말 사랑해, 그렉. 그리고 그 사실이 그녀를 조금씩…… 갉아먹을 거야. 리브가 그림을 빼앗기게 된 건 내 책임이라는 거 말이야. 지금은 괜찮을지 모르지. 한 1~2년 후까지도 괜찮을지 몰라. 하지만 언젠가는 터질 거야."

그렉이 싱크대에 몸을 기댄다. "리브도 형의 일에 대해서 똑같은 말을 할 수 있어."

"일은 괜찮아. 어차피 그만둘 거였어."

"그리고 리브도 그림은 괜찮다고 말했지."

"그래. 하지만 그녀는 막다른 골목까지 몰렸어." 그렉이 낙담하여 고개를 젓자 그는 서류 위로 몸을 숙인다. "상황이 어떻게 바뀔지 다 보여, 그렉. 처음에는 괜찮을 거라 장담했던 일이 결국은 좋은 부분을 다 야금야금 좀먹어버릴 수 있다고."

"하지만……."

"그리고 사랑하는 것을 잃는다는 건 쉽게 잊히지 않는 법이야. 리브가 언젠가 나를 보면서 그런 생각과 싸우는 건 싫어. 당신이 바로 내 인생을 망가뜨린 장본인이지."

그렉은 주방을 조용히 가로질러서 찻주전자를 올려놓는다. 그는 커피 세 잔을 만들어 한 잔을 폴에게 건넨다. 그는 형의 어깨를 토닥여주고 나머지 두 잔을 거실로 가져갈 준비를 한다. "상황을 바로잡고 싶어 하는 형의 마음은 잘 알아. 하지만 솔직히 말할까? 이번만큼은 다 잘 풀리기를 하느님께 비는 수밖에 없을 거야."

폴의 귀에 그의 말은 들리지 않는다. "소유주 목록." 그가 중얼거린다. "르페브르 작품의 최근 소유주들 목록."

8시간 후 그렉이 잠에서 깨어나보니 제이크의 얼굴이 그의 눈앞에 있다. "배고파요." 아이가 코를 거칠게 문지르며 그렉에게 말한다. "코코팝 있다고 했지만 못 찾겠어요."

"맨 아래 찬장." 그가 잠에 취한 목소리로 말한다. '커튼 틈새로 빛이 전혀 안 들어오네.' 그는 희미하게 알아차린다.

"그리고 우유도 떨어졌어요."

"몇 시니?"

"7시 15분 전이요."

"아이고." 그렉이 이불 속으로 파고 들어간다.

"개들도 이렇게 일찍은 안 일어나. 아빠한테 가서 해달라고 하렴."

"아빠가 집에 없어요."

그렉이 천천히 눈을 뜨고 커튼을 쳐다본다. "그게 무슨 말이야, 아빠가 없다니?"

"나갔다고요. 침낭은 말아둔 그대로니까 아빠가 소파에서 주무시지는 않았을 것 같아요. 길 아래 그 가게에서 크루아상 사와도 돼요? 초콜릿으로?"

"일어나마. 일어날게. 일어났어." 그는 간신히 몸을 일으키고 이마를 문지른다.

폴은 정말 집에 없다. 하지만 주방 테이블 위에 메모를 남겨 뒀다. 법정 증거 목록 뒷면에 적어서 흩어진 서류 더미들 위에 놓아뒀다. "가야겠다. 제이크 좀 부탁해. 전화할게."

그는 휴대전화를 들고 문자를 보낸다.

"형이 지금 섹스하러 거기 간 거라면, 형 나한테 크게 빚진 거야."

그는 휴대전화를 주머니에 넣기 전에 잠시 기다려보지만 답이 없다.

토요일은 고맙게도 분주하다. 리브는 매수인들이 치수를 재러 오기를 기다린다. 그다음에는 건설업자들과 건축가가 해야하는 끝이 없어 보이는 일을 점검할 것이다. 그녀는 자기 집에서 이 낯선 이들 속을 오가며 "나가"라고 고함을 지르고, 그들에게 유치한 손가락 욕을 해주고 싶은 자신의 진짜 감정은 잊는다. 집 매도인에게 어울리는 협조적이고 우호적인 자세를 유지하면서 균형을 잡고 있다. 그녀는 짐을 싸고 청소를 하는 일로 정신을 돌리고, 소소한 집안일로 위안을 삼는다. 낡은 옷들을 쓰레기봉투 두 개에 담아버린다. 차량 대절 업체 여러 곳에 전화를 건다. 그들에게 낼 수 있는 금액을 말하자 길고 경멸에 찬 침묵이 돌아온다.

폴에게서는 전화가 없다.

그날 오후 그녀는 아버지의 집에 간다. "캐롤라인이 크리스마스를 위해 너에게 제일 근사한 요리를 했단다. 마음에 들 거다."

"우아, 좋네요."

그들은 점심으로 샐러드와 멕시코 요리를 먹는다. 캐롤라인은 먹으면서 콧노래를 흥얼거린다. 리브의 아버지는 자동차 보험 광고 일을 맡게 될지도 모른다. "당연히 겁쟁이 흉내를 내야 해. 무사고 할인 혜택을 받는 겁쟁이."

그녀는 아버지가 하는 이야기에 정신을 집중하려 하지만 자꾸 폴 생각이 떠오른다. 전날 밤에 있었던 일만 계속 생각난다. 그에게서 전화가 없다니 놀랍다.

'아, 맙소사. 난 그냥 질척거리며 달라붙는 그런 여자 친구 중 한 명이 됐나봐. 그리고 우리는 아직 정식으로 24시간을 함께 있어본 적도 없어.'

리브는 "정식으로"라는 말에 스스로 비웃음이 난다.

글라스 하우스로 되돌아가기가 내키지 않아서 평소보다 한참이나 더 오래 아버지의 집에 머문다. 아버지는 술을 많이 마시고 기분이 좋아 보인다. 서랍 정리를 하다가 찾은 자신의 흑백사진을 꺼낸다. 사진을 뒤지다보니 좀 기분 전환이 된다. 이번 소송이 있기 전, 불쌍하고 운 나쁜 소피 르페브르와, 유지할 여유가 없게 된 집과, 다가오는 법정의 끔찍한 최후의 날이 있기 이전에 온전한 삶이 있었다는 것을 떠올리게 해준다.

"참 예쁜 아이였지."

사진 속의 활짝 웃는 얼굴을 보자 울고 싶어진다. 아버지가 그녀를 안아준다. "월요일에 너무 속상해하지 말렴. 많이 힘들었지. 하지만 우리는 네가 정말 자랑스럽단다."

"뭐가 자랑스러워요?" 그녀가 코를 풀면서 대꾸한다.

"전 실패했어요, 아빠. 대부분의 사람들은 제가 애초에 그런 짓을 시작도 하지 말았어야 한다고 생각해요."

아버지가 딸을 자기 쪽으로 끌어당긴다. 아버지한테서 레드 와인 냄새와 100만 년은 묵은 것 같은 그녀 삶의 일부의 냄새가 난다. "포기하지 않고 밀고 나갔다는 것만으로도 자랑스럽다. 가끔은, 내 딸아, 그것 자체로 영웅적이란다."

4시 30분이 다 되어서 그에게 전화를 건다. 거의 하루가 다 지나갔다고 합리화를 한다. 그리고 누군가 당신을 위해 자기 삶을 반쯤 포기했다면 데이트의 일반적인 법칙은 적용되지 않는다. 전화를 걸면서 심장 박동이 약간 빨라진다. 벌써 그의 목소리를 기대하고 있다. 그날 저녁 비좁은 작은 아파트의 소파에 웅크리고 앉아 있는, 어쩌면 깔개 위에서 제이크와 카드 게임을 하게 될 그들의 모습을 상상한다. 그러나 벨이 세 번 울리고 자동 응답기로 넘어간다. 그녀는 긴장하여 전화를 휙 끊고는 유치한 자신이 한심해진다.

'뭘 걱정해.' 혼잣말을 한다. '그가 전화할 거야.'

전화는 오지 않는다.

8시 30분이 되자 그녀는 집에서 남은 저녁을 보내야 한다는 현실을 받아들인다. 그러고는 일어나서 코트를 입고 열쇠를 든다.

그렉의 가게까지는 금방 걸어갈 거리다. 운동화를 신고 달린다면 훨씬 더 짧은 거리다. 그녀는 문을 열다가 벽 같은 소음에 놀란다. 왼편의 작은 무대 위에 여장을 한 남자가 열광하는 군중으로부터 요란한 야유를 받으며 디스코 박자에 맞춰 거친 목소리로 노래를 부르고 있다. 반대편의 테이블은 꽉 차 있고 꼭 끼는 옷을 입은 사람들로 테이블 사이도 발 디딜 틈이 없다.

그렉을 찾는 데 잠시 시간이 걸린다. 그녀는 바를 따라 어깨에 차 수건을 걸친 그에게 재빨리 다가간다. 그녀는 누군가의 겨드랑이 밑을 비집고 앞으로 겨우 뚫고 나가서 그의 이름을 외친다.

몇 번을 불러서야 간신히 그렉이 그녀의 목소리를 듣는다. 그가 몸을 돌린다. 그녀의 미소가 얼어붙는다. 그는 기묘하게도 반갑지 않은 얼굴이다.

"자, 빨리도 나타나셨군요."

그녀가 눈을 깜박인다. "무슨 말인가요?"

"9시가 다 됐지요? 당신들 지금 나 갖고 장난치는 거죠?"

"무슨 말인지 모르겠는데요."

"하루 종일 그 애를 봤다고요. 앤디는 오늘 밤에 외출을 해야 했어요. 그런데 취소하고 집에서 애를 봐야 했단 말이에요. 기분이 좋을 리 없겠죠."

리브는 바의 소음 속에서 그의 말을 알아듣기가 힘들다. "폴을 만나러 왔어요."

"당신이랑 같이 있지 않았어요?"

"아뇨. 그리고 전화도 안 받아요."

"전화 안 받는 건 나도 알아요. 난 그 이유가 형이…… 아, 말도 안 돼요. 안으로 들어오세요." 그가 카운터의 출입문을 들어 올려 그녀가 안으로 들어오게 해주고 기다리는 사람들의 불만스러운 고함 소리에 두 손을 번쩍 들어 올린다. "2분만요, 여러분. 딱 2분만 기다려줘요."

주방으로 이어지는 작은 복도에서 벽을 통해 박자에 맞춰 쿵쿵 전해지는 진동에 리브의 발이 떨린다. "그런데 그가 어디로 간 거예요?" 리브가 묻는다.

"나도 몰라요." 그렉의 분노는 다 사라졌다. "아침에 일어나보니까 나가봐야 한다고 메모가 있더라고요. 그게 다였어요. 당신이 가고 나서 어젯밤에 형이 좀 이상했어요."

"이상했다니, 무슨 말이에요?"

그는 말을 이미 너무 많이 해버렸다는 듯이 좀 찔리는 기색이다. "평소 같지 않아요. 형은 이 일을 아주 심각하게 받아들이고 있어요." 그가 입술을 깨문다.

"뭐라고요?"

그렉의 표정이 어색해진다. "저, 형은…… 형은 그 그림이 당신과 잘해볼 기회를 다 망쳐버릴 거라고 그랬어요."

리브가 그를 쳐다본다. 우리가 서로에게 치르게 한 대가를 용서할 수 있을까?

"틀림없이 형의 말뜻은……."

리브는 애써 미소 짓는다. 힘없이 "고마워요"라는 말을 간신히 내뱉지만 들리지 않는다. 그녀는 돌아서서 바를 나온다.

아무 할 일도 없는 일요일은 영원히 끝나지 않을 것만 같다. 리브는 적막한 집 안에 앉아 있다. 전화벨은 울리지 않고 머릿

속은 웅웅거리며 빙빙 돈다. 그저 세상이 끝나기만 기다리고
있다.

그녀는 한 번 더 그의 휴대전화로 전화를 걸어봤지만 자동
응답기로 넘어가자 바로 끊어버린다.

'그의 마음이 차갑게 식어버린 거야.'

'아니, 그럴 리가 없어.'

'그는 내 편에 서느라고 자기가 버린 모든 것을 생각해볼 시
간이 필요했던 거야.'

'그를 믿어야 해. 그는 내가 당신에게 잘못한 것을 갚아줄게
요, 라고 말했어.'

그녀는 모가 그립다. 외로운 여자들한테서 도망치는 남자들
에 대해 모가 했던 말을 생각한다. 모가 곁에 있으면 얼마나 좋
을까 싶다.

밤이 다가오고 하늘이 어두워지면서 도시는 짙은 안개에 덮
인다. 그녀는 텔레비전을 보지도 못하고 간간이 깜빡 잠이 들
었다가 새벽 4시에 불안하고 불길한 생각들로 마음이 어지러
운 채 깨어난다. 5시 30분이 되자 포기하고 목욕을 하고서 잠
시 누워 천창을 통해 어두운 하늘을 바라본다. 머리를 드라이
기로 꼼꼼히 말리고 데이비드가 좋아했던 회색 블라우스와 가
는 세로줄 무늬 치마를 입는다. 그렇게 입으면 비서처럼 보인
다고, 그는 마치 그게 칭찬이라는 투로 말하곤 했다. 거기에 모
조 진주 목걸이를 걸고 결혼반지를 낀다. 공들여 화장을 한다.
눈 밑의 그림자와 누렇게 뜬 지친 피부를 감출 수단이 있어서
고맙다.

'그는 올 거야. 믿음을 가져야만 해.'

그녀는 장롱식 옷 건조기에서 낡은 담요를 꺼내어 「당신이 남겨두고 간 소녀」를 조심스럽게 싼다. 소피의 얼굴을 보지 않아도 되도록 그림을 계속 반대쪽으로 돌려놓고 선물 포장하듯 싼다.

리브가 머그잔 두 개를 들고 다가가자 프랜이 그녀를 쳐다보더니 하늘을 올려다본다. 굵은 빗방울이 떨어지고 강가에서 세상을 끝장낼 듯한 둔중한 소리가 들려온다.

"달리기 안 해?"

"안 해요."

"당신답지 않아."

"아무것도 저답지 않아요, 정말요."

리브가 커피 한 잔을 건넨다. 프랜이 한 모금 마시고 기분 좋게 끙, 하는 소리를 내고는 그녀를 쳐다본다. "거기 그렇게 목석처럼 서 있지 말고. 앉아."

주위를 둘러보니 프랜이 가리키는 작은 우유 궤짝이 눈에 띈다. 그녀는 궤짝을 끌어당겨 앉는다. 비둘기 한 마리가 자갈길 위를 걸어 그녀 쪽으로 다가온다. 프랜이 구겨진 종이봉지 속에 손을 넣어 빵부스러기를 꺼내 뿌려준다. 여기 있으니 템스 강물이 부드럽게 강가에 찰랑이며 부딪치는 소리가 들려온다. 기묘할 정도로 평화롭다.

리브는 사교계의 잘나가는 미망인이 친구와 아침을 같이 먹는 모습을 신문들이 본다면 뭐라고 떠들까 하는 삐딱한 생각을 해본다. 바지선 한 척이 안개 속에서 나타나 조용히 지나간다.

배의 불빛들이 잿빛 새벽 속으로 사라진다.

"당신 친구가 떠났군."

"어떻게 아셨어요?"

"여기 오래 앉아 있다보면 모르는 게 없게 되지. 다 들린다고. 알아?" 프랜이 옆머리를 톡톡 친다. "이제는 아무도 듣지 않아. 다들 무얼 듣고 싶어 하는지는 알지만, 실은 아무도 듣지 않는다니까."

그녀는 뭔가 기억을 떠올리듯 잠시 말을 멈춘다. "신문에서 자기를 봤어."

리브가 커피를 후후 불어 식힌다. "온 런던이 저를 신문에서 봤을 거예요."

"신문 있어. 내 상자 속에." 그녀가 문가 쪽을 손짓한다. "이게 그건가?" 그녀는 리브가 옆구리에 낀 것을 가리킨다.

"예." 그녀가 커피를 한 모금 마신다. "예, 맞아요." 그녀는 프랜이 리브의 범죄 행위에 대해 자기 나름의 의견을 덧붙이기를, 왜 그림을 계속 갖고 있으려 해서는 안 됐는가에 대한 이유들을 읊기를 기다리지만 아무 말도 없다. 그 대신 프랜은 코를 킁킁거리며 강 쪽을 바라본다.

"그래서 내가 너무 많이 갖는 것을 별로 좋아하지 않는다고. 쉼터에 있었을 때 사람들이 늘 물건을 슬쩍했어. 어디에 두어도 소용없어. 침대 밑이건, 사물함 속이건. 나가기만 기다렸다가 가져가는 거야. 그러다 보면 자기 물건을 잃어버릴까 봐 겁이 나서 아예 밖으로 나갈 마음이 없어진단 말이야. 상상해보라고."

"뭘 상상해요?"

"자기가 잃게 될 것. 그래봤자 별것도 아닌 것에 매달려서 말이야."

리브는 프랜의 세파에 시달린 주름진 얼굴을 바라보다 갑자기 이제 더는 놓치지 않을 삶을 생각하며 문득 가슴 가득 충만한 기쁨을 느낀다.

리브는 잿빛 강을 바라본다. 그녀의 눈에 뜻하지 않은 눈물이 차오른다.

34

헨리가 뒷문에서 그녀를 기다리고 있다. 마지막 날 고등법원 앞에는 시위자들은 물론이고 텔레비전 카메라도 나와 있다. 그가 미리 경고했다. 택시에서 내린 그녀가 들고 있는 것을 본 순간 그의 얼굴에서 미소가 사라지고 인상을 쓴다. "그게 내가……. 그럴 필요는 없었다니까요! 우리한테 불리하게 작용하면 보안 차량을 보내라고 했을 텐데요. 세상에, 리브! 수백만 파운드짜리 미술품을 빵 한 덩어리 들고 오듯 가져오면 어떡해요."

리브는 그림을 든 손에 힘을 준다. "폴 있어요?"

"폴?" 그가 병든 아이를 병원으로 옮기는 의사처럼 그녀를 법정 안으로 서둘러 끌고 들어간다.

"맥캐퍼티요."

"맥캐퍼티? 전혀 모르겠는데요." 그가 다시 꾸러미를 힐끗 본다. "젠장, 리브. 미리 언질이라도 줬어야지요."

528

그녀는 그의 뒤를 따라 보안 구역을 통과해 복도로 들어선다. 그는 경비원을 불러 그림을 손짓으로 가리킨다. 경비원은 놀란 얼굴로 고개를 끄덕이고는 무전기에 대고 뭐라 말한다. 특별 경비 조치가 취해질 것이 틀림없다. 법정 안으로 들어와서야 헨리가 긴장을 풀기 시작한다. 그는 자리에 앉아 길게 한숨을 내쉬고 두 손바닥으로 얼굴을 쓰다듬는다. 그러더니 리브를 돌아본다. "아직 끝나지 않았어요." 그는 그림을 보고 유감스러운 미소를 짓는다. "신임투표 같은 건 아니지요."

그녀는 아무 말도 하지 않는다. 주변이 속속 사람들로 채워지고 있는 법정 안을 훑어본다. 그녀의 위로 방청석의 얼굴들이 마치 재판에 회부된 것이 리브 본인인 것처럼 뭔가 헤아려보는 듯 무표정한 얼굴로 그녀를 내려다보고 있다. 오렌지색 옷을 입고 어울리는 색의 플라스틱 귀걸이를 한 매리앤이 보인다. 그녀는 살짝 손을 흔들고 어색하게 엄지손가락을 치켜든다. 무표정한 시선들 속에서 그나마 우호적인 얼굴이다. 제이니 디킨슨이 벤치 제일 끝 쪽에 앉아서 플래허티와 몇 마디 주고받는 모습이 보인다. 방은 바닥을 끄는 발소리와 예의를 차린 대화, 의자 끄는 소리, 가방 놓는 소리로 가득하다. 그녀는 점점 커져가는 두려움을 다스리려 애쓴다. 9시 40분이다. 자꾸만 문 쪽을 힐끗거리며 폴을 찾는다. 믿음을 가져야 해. 그는 올 거야.

그녀는 9시 50분, 9시 52분까지도 같은 말을 되뇌인다. 9시 58분이 된다. 10시가 되기 직전에 판사가 들어온다. 법정이 기립한다. 리브는 갑자기 덮쳐오는 공포를 느낀다. '그는 오지 않을 거야. 결국 오지 않아. 아, 맙소사. 그가 없으면 이 일을 버텨낼 수 없어.' 그녀는 억지로 심호흡을 하면서 눈을 감고 자신을 진정시키려 한다.

헨리가 파일을 뒤적이고 있다. "괜찮아요?"

입속에 분가루가 가득 찬 것 같다. "헨리." 그녀가 속삭인다. "내가 잠깐 한마디만 해도 될까요?"

"뭘요?"

"얘기를 좀 할 수 있느냐고요. 법정에서요. 중요한 거예요."

"지금요? 판사가 이제 막 판결을 내릴 텐데."

"중요한 거라니까요."

"무슨 말을 하려고 그래요?"

"판사에게 물어봐줘요. 제발."

그의 얼굴은 불신으로 가득하지만 그녀의 표정에서 뭔가를 보고 겨우 납득한다. 그는 몸을 앞으로 기울여 앤절라 실버에게 뭐라고 속삭인다. 그녀가 뒤쪽의 리브를 힐끗 돌아보고 눈살을 찌푸리더니 짤막한 대화를 주고받은 다음 일어서서 벤치에 접근할 수 있게 허가를 요청한다. 크리스토퍼 젠크스도 함께하도록 요청을 받는다.

법정변호사들과 판사가 조용히 상의할 동안 리브는 손바닥에 땀이 배어나오는 것을 느낀다. 살갗이 따끔거린다. 꽉 찬 법정 안을 둘러본다. 말 없는 적의를 아주 생생하게 느낄 수 있을 지경이다. 그녀의 손은 그림을 꼭 쥐고 있다. '네가 소피라고 상상해봐.' 그녀는 혼잣말을 한다. '그녀라면 해냈을 거야.'

드디어 판사가 입을 연다.

"올리비아 할스턴 씨가 법정 발언을 하기를 원합니다." 그가 안경 너머로 그녀를 힐끗 본다. "앞으로 나오세요. 할스턴 씨."

그녀는 일어나서 그림을 여전히 꼭 붙든 채 법정 앞으로 나간다. 마룻바닥을 울리는 발걸음 소리를 들으며 자기에게 쏟아지는 시선들을 날카롭게 의식한다. 헨리는 여전히 그림 걱정을 떨칠 수가 없는지 그녀 옆에 서 있다.

그녀가 심호흡을 한다. 「당신이 남겨두고 간 소녀」에 대해 몇 말씀 드리고 싶습니다." 그녀는 잠시 말을 멈추고 주변의 얼굴들에 퍼져나가는 놀란 기색을 본 다음, 조용한 가운데 가볍게 떨리는 가느다란 목소리로 말을 이어간다. 남의 목소리 같다.

"소피 르페브르는 용감하고 고결한 여성이었습니다. 법정에서 나온 이야기들을 통해 이 점이 분명해졌기를 바랍니다."

그녀는 제이니 디킨슨의 얼굴을, 그녀가 메모장에 뭔가 끄적이는 것을, 법정변호사들이 지루함에 웅얼거리는 것을 희미하게 의식한다. 그녀는 액자를 손가락으로 감아쥐고 힘겹게 계속해나간다.

"제 전남편인 데이비드 할스턴도 좋은 사람이었습니다. 정말로 좋은 사람이었어요. 그가 소피의 초상화, 그가 아꼈던 그림에 이런 역사가 있다는 것을 알고 있었다면 벌써 오래전에 돌려줬을 거라고 믿습니다. 이 소송을 하면서 그의 인생이고 꿈이었던 건물에서 그의 이름이 지워졌습니다. 그 골드스타인 빌딩은 그의 기념비가 되어야 마땅하기 때문에 저로서는 너무나도 통탄스럽습니다."

그녀는 기자들이 고개를 드는 것을, 벤치에서 잔물결이 퍼지듯 관심이 높아지는 것을 본다. 기자들 여럿이 상의를 하며 메모를 하기 시작한다.

"이 그림이 소피의 삶을 파괴했듯이 그의 유산이었어야 할 많은 것을 파괴했습니다. 그런 식으로 두 사람 모두 부당한 취급을 당했습니다." 그녀의 목소리가 갈라지기 시작한다. 그녀는 주변을 둘러본다. "그런 이유로 저는 싸우기로 한 결정은 저 혼자만의 것이었다고 기록되기를 바랍니다. 제가 실수를 저질렀다면 대단히 죄송합니다. 여기까지입니다. 감사합니다."

그녀는 옆으로 어색하게 두 발짝 물러선다. 기자들이 맹렬히 써내려간다. 누군가 골드스타인의 철자를 확인하는 모습이 보인다. 벤치에 앉은 사무변호사 두 명이 급하게 대화를 나눈다.

"잘했어요." 헨리가 그녀에게 다가와 부드럽게 말한다. "변호사를 했어도 됐겠어요."

'내가 해냈어.' 그녀는 속으로 생각한다. 이제 골드스타인 쪽에서 어떻게 나오건, 데이비드와 그 건물과의 관계를 지워버릴 수는 없을 거야.

판사가 조용히 해달라고 요청한다. "할스턴 씨, 판결에 앞서 발언을 다 하셨습니까?" 그가 피곤한 기색으로 묻는다.

리브는 고개를 끄덕인다. 목이 탄다. 제이니가 변호사에게 속삭이고 있다.

"그리고 이것이 그 문제의 그림입니까?"

"예." 그녀는 여전히 방패처럼 그림을 꼭 쥐고 있다.

그가 법정 서기 쪽으로 고개를 돌린다.

"누가 저 그림을 좀 안전하게 보관해주겠습니까? 여기 두어도 좋을지 확신이 안 서는군요. 할스턴 씨?"

리브는 그림을 법정 서기에게 내민다. 잠시 그녀 안의 또 다른 자아는 지시를 무시하기로 마음먹은 듯이 손가락이 그림을 놓으려 하지 않는다. 드디어 그림을 놓자 서기는 마치 그가 건네받은 물건이 방사성 물체라도 되는 듯 잠시 얼어붙은 사람처럼 서 있다가 곧 담요를 되돌려준다.

'미안해요, 소피.' 갑자기 드러난 여자의 모습이 자신을 마주 보고 있다.

리브는 담요를 둘둘 말아 옆구리에 끼고 주변에서 점점 시끄러워지는 소리도 듣지 못한 채 휘청거리며 자기 자리로 되돌아간다. 판사가 양쪽 법정변호사들과 대화 중이다. 여러 명이 문 쪽으로 간다. 아마도 석간신문 기자들일 것이다. 그들 위로 방청석은 토론하느라 정신이 없다. 헨리가 그녀의 팔을 잡고 잘했다고 격려해준다.

그녀는 앉아서 무릎을 내려다본다. 손가락에 낀 결혼반지를 빙빙 돌리면서 어쩌면 이렇게도 마음이 허전할까 의아하다.

바로 그때 그 목소리가 들려온다.

"실례합니다?"

아수라장 속에서 두 번을 되풀이하고야 그 목소리가 사람들에게 들린다. 그녀는 주위 사람들의 시선이 돌아가는 곳을 따라 고개를 든다. 거기 문가에 있는 사람은 폴 맥캐퍼티이다.

그는 파란 셔츠 차림이고 턱에는 수염이 거뭇하게 돋아 있다. 그의 표정에서는 의미를 읽어낼 수가 없다. 문을 밀어서 열고 천천히 법정 안으로 휠체어를 밀고 들어온다. 주위를 둘러보며 그녀를 찾는다. 갑자기 그들 둘뿐인 것 같다. 그가 입 모양으로 괜찮아요? 하고 묻자 그녀는 고개를 끄덕인다. 그제야 자신이 숨을 참고 있었던 것을 깨닫고 길게 숨을 내쉰다.

그가 다시 소음을 뚫고 들리도록 외친다. "실례합니다? 재판장님?"

책상을 치는 망치 소리가 총성처럼 울린다. 법정이 순간 조용해진다. 제이니 디킨슨이 일어서서 무슨 일인가 하고 돌아본다. 폴이 노부인이 앉은 휠체어를 밀고 법정 중앙 복도를 내려온다. 그녀는 나이를 짐작할 수 없을 정도로 늙어서 양치기의 갈고리 지팡이처럼 허리가 굽었고, 작은 가방 위에 손을 올려놓고 있다. 남색 정장을 말끔하게 차려입은 또 한 여자가 폴의 뒤를 급히 따라오며 뭔가 속닥속닥 상의를 한다. 그가 판사 쪽으로 손짓을 한다. "저희 할머니께서 이 소송에 관련하여 중요한 정보를 갖고 계십니다." 여자가 말한다. 여자의 말투에는 프랑스어 억양이 강하게 배어 있다. 중앙 통로를 걸어 내려오면서 양편의 사람들을 어색하게 힐끔거린다.

판사가 두 손을 쳐든다. "왜 안 되겠습니까?" 그가 다 들릴 만큼 큰 소리로 중얼거린다. "너도나도 발언권을 얻고 싶어 하는 것 같군요. 청소부라도 자기 견해를 피력하고 싶으면 하는 거지요. 안 될 거 뭐 있습니까?"

여자는 기다린다. 판사가 잔뜩 화가 나서 말한다. "오, 제발, 부인. 벤치 쪽으로 가주십시오."

그들은 몇 마디를 서로 주고받는다. 판사가 두 법정변호사를 부르더니 이야기가 길어진다.

"이건 또 뭘까요?" 헨리가 리브 옆에서 자꾸 물어본다. "대체 어떻게 돌아가는 걸까요?"

법정 안이 조용해진다.

"이분이 하겠다는 말을 들어봐야 할 것 같습니다." 판사가 말한다. 그는 펜을 들고 노트를 뒤적인다. "여기 진짜 판결처럼 시시껄렁한 일에 관심 가질 분이 있기는 할지 모르겠군요."

판사에게 손짓을 했던 여자는 노부인이 탄 휠체어를 법정 앞 가까이로 밀고 가서 세운다. 누군가 노부인에게 마이크를 갖다준다. 부인은 영어를 오랜만에 써보는 듯 주저하며 천천히 말을 한다.

"그림의 앞날이 결정되기 전에, 여러분이 알아야 할 것이 하나 있습니다. 이 소송은 잘못된 전제에서 시작됐습니다."

그녀가 말을 잠시 쉰다.

"「당신이 남겨두고 간 소녀」는 결코 도둑맞은 작품이 아닙니다."

판사가 약간 몸을 앞으로 내민다. "어떻게 그걸 아신다는 건가요, 부인?"

리브가 고개를 들어 폴을 본다. 그의 시선은 두려움도, 흔들림도 없이 묘하게 승리감에 차 있다.

노부인이 손녀를 막으려는 듯 한 손을 든다. 그녀는 헛기침을 하고 천천히, 또렷이 말한다.

"내가 바로 헨켄 사령관에게 그림을 준 장본인이기 때문입니다. 제 이름은 에디트 베튄입니다."

35

1917년

나는 새벽녘이 좀 지나서야 차에서 내릴 수 있었다. 길 위에 얼마나 오래 있었는지 알 수 없었다. 열이 계속 올라서 밤인지 낮인지도 분간할 수가 없었고 내가 아직 살아 있는지, 유령처럼 다른 어떤 현실을 드나들고 있는지도 헷갈렸다. 눈을 감으면 바의 창문 블라인드를 걷어 올리고 머리카락을 햇빛에 반짝이며 나를 돌아보며 미소 짓는 여동생이 보였다. 웃고 있는 미미가 보였다. 에두아르, 그의 얼굴, 그의 손이 보이고 귓가에 부드럽고 친숙한 그의 목소리가 들렸다. 그를 잡으려 손을 뻗어보곤 했지만 그는 사라져버렸다. 트럭 바닥에서 정신을 차려보면 병사의 군화가 내 눈앞에 있었다. 울퉁불퉁한 길을 지나며 덜컹거릴 때마다 머리가 흔들려서 고통스러웠다.

릴리앙이 보였다.

그녀의 시체는 저기 바깥, 하노버 길 위 어딘가에 있었다. 군인들은 모래 자루처럼 시체를 길바닥에 던져버렸다. 그녀의 피

를 덮어쓴 채 있어야 했기 때문에 상태가 더 나빠졌다. 옷이 피
투성이였다. 입술에서도 피 맛이 났다. 바닥이 온통 피바다였
지만 더는 몸을 일으킬 기력이 남지 않아 끈적한 바닥에 그대
로 누워 있었다. 더는 나를 물어뜯는 이도 느끼지 못했다. 아무
감각이 없었다. 시체가 된 릴리앙이나 다름없는 상태였다.

내가 거기에서 죽게 되리라 생각했고, 실은 이제는 아무래도
좋았다.

온몸이 고통으로 달아올랐다. 열로 피부가 따끔거리고, 관절
이 쑤시고, 머리는 멍했다. 뒤쪽의 포장 덮개가 들춰졌다. 경비
병이 나에게 차 밖으로 나가라고 명령했다. 나는 거의 움직일
수가 없었지만 그가 말 안 듣는 어린애를 다루듯 내 팔을 홱 잡
아끌었다. 내 몸은 너무 가벼워서 트럭 뒤편을 가로질러 날아
가다시피 했다.

아침 안개가 짙게 끼었다. 안개 사이로 가시철조망 담장과
거대한 문이 보였다. 그 위에는 "스트로헨"이라고 적혀 있었
다. 그게 무엇을 뜻하는지 알고 있었다.

또 다른 경비병이 나에게 그 자리에 그대로 있으라고 몸짓으
로 전하고 초소 쪽으로 갔다. 잠깐 의논을 하더니 한 명이 밖으
로 몸을 내밀어 나를 쳐다봤다. 문 너머 길게 줄지어 늘어선 공
장 작업장들이 보였다. 손에 잡힐 듯이 비참함과 공허함의 분
위기가 감도는 황량하고 몰개성한 곳이었다. 탈출을 막기 위해
감시탑이 구석마다 세워져 있었지만 탈출을 걱정할 필요는 없
어 보였다.

운명에 자신을 내맡긴다는 것이 어떤 기분인지 아는가? 환

영하는 기분이라 해도 좋을 정도다. 더는 고통도, 두려움도, 갈망도 없다. 가장 큰 위안으로 다가오는 것이 바로 희망의 죽음이다. 곧 에두아르의 곁으로 갈 수 있다. 신이 선하다면 우리에게서 이 위안마저 빼앗아갈 만큼 잔인하지는 않으리라 굳게 믿으니, 내세에서 다시 만나게 될 것이다.

초소에서 격한 말싸움이 벌어지는 것을 희미하게 알아차렸다. 누군가 나타나 내 서류를 요구했다. 나는 너무 기운이 없어서 주머니에서 서류를 꺼내는 것도 세 번을 시도해야 했다. 그가 나에게 손짓으로 신분증을 들어보라고 했다. 내 몸에 이가 온통 들끓고 있어서 나에게 손대지 않으려 했다.

그가 목록에서 뭔가를 확인하더니 나를 잡고 있는 경비에게 독일어로 뭐라고 소리쳤다. 그들은 잠시 대화를 주고받았다. 대화가 들렸다 안 들렸다 했는데, 그들이 목소리를 낮춰서인지 아니면 내 정신이 흐려져서인지 잘 분간이 되지 않았다. 나는 이제 양처럼 온순하고 순종적이었다. 더는 생각을 하고 싶지도 않았다. 어떤 새로운 공포가 앞에 놓여 있을지 상상하고 싶지도 않았다. 릴리앙의 목소리가 들려왔다. 내가 살아 있는 내내 두려워하게 되리라는 것을 희미하게나마 알았다. "그놈들이 우리한테 무슨 짓을 할지 당신은 전혀 몰라요." 그러나 두려움에 맞서 기운을 차릴 수가 없었다. 경비병이 내 곁에서 팔을 잡고 있지 않았더라면 땅바닥에 쓰러져버렸을 것이다.

문이 열리고 차 한 대가 나오더니 문이 다시 닫혔다. 나는 정신이 들었다 나갔다 했다. 눈이 감겼고 잠깐 동안 파리의 한 카페에 앉아 머리를 뒤로 젖히고 얼굴에 햇살을 받는 꿈을 꿨다.

남편이 옆에 앉아 있었다. 그의 우렁찬 웃음소리가 내 귓전에 울리고 그의 큼직한 손이 테이블 위의 내 손을 잡았다.

"아, 에두아르." 나는 싸늘한 새벽 공기에 덜덜 떨면서 소리 없이 흐느꼈다. '당신은 이런 고통에서 벗어나기를 기도해요. 당신은 편안하기를 기도해요.'

다시 나는 앞으로 끌려갔다. 누군가가 나를 향해 소리를 지르고 있었다. 나는 여전히 가방을 움켜쥔 채 치맛자락을 밟고 비틀거렸다. 문이 다시 열렸고, 거칠게 수용소 안으로 떠밀려 들어갔다. 두 번째 초소에 닿자 경비병이 다시 나를 불러 세웠다.

'나를 좀 어디 헛간에라도 넣어줘. 눕게만 해줘.'

너무 지쳤다. 릴리앙의 손이 보이고 그녀가 미리 계획한 대로 정확히 자기 머리에 총을 갖다 대던 모습이 보였다. 숨이 끊어지기 전 마지막 순간 내 눈을 똑바로 쳐다보던 그녀의 눈빛이 생생하게 기억났다. 그 눈은 심연을 향한 창문, 끝없는 검은 구멍이었다. '그녀는 이제는 아무것도 느끼지 않겠지.' 이렇게 생각하면서 마음 한구석에서 느끼는 감정이 질투임을 인정했다.

호주머니에 신분증을 도로 넣다가 유리 조각 끝에 손이 스치면서 그것이 있었음을 알아차렸다. 그 끝을 내 목에 갖다 댈 수도 있다. 동맥이 어디 있고 얼마만큼의 힘을 줘야 하는지 알고 있었다. 생페론에 묶여 있던 돼지를 떠올렸다. 한 번 재빠르게 획 긋자 돼지는 조용한 황홀경에 빠진 듯 눈을 감았다. 그 자리에 서 있으니 머릿속에서 그 생각이 점점 확고해져갔다. 내가 하려는 짓을 그들이 미처 눈치채기 전에 해치울 수 있었다. 그러면 자유로워질 수 있다.

"그놈들이 우리한테 무슨 짓을 할지 당신은 전혀 몰라요."

손가락을 감싸 쥐었다. 그때 목소리가 들렸다.

"소피."

이제 고통에서 풀려날 순간이 다가오고 있다는 것을 알았다. 손가락에서 유리 조각을 놓았다. 바로 이것이었다. 나를 집으로 이끄는 남편의 다정한 목소리였다. 나는 너무나 마음이 놓여 거의 미소를 지었다. 몸을 조금씩 좌우로 흔들면서 그 목소리가 내 몸을 통해 울려 퍼지게 했다.

"소피."

한 독일인의 손이 나를 돌려세우더니 문 쪽으로 도로 나를 떠밀었다. 나는 어리둥절하여 비틀거리면서 뒤를 돌아봤다. 그때 안개 속을 뚫고 다가오는 경비병이 보였다. 그의 앞에는 뭔가 꾸러미를 안은 키가 크고 구부정한 남자가 서 있었다. 그에게서 뭔가 낯익은 느낌을 받고 눈을 가늘게 뜨고 봤다. 그러나 남자는 빛을 등지고 있어서 잘 보이지 않았다.

"소피."

정신을 집중하려고 애쓰던 중 갑자기 세상이 조용해지고 내 주위의 모든 것이 침묵 속에 잠겼다. 독일인들도 입을 다물었고 엔진도 멎었다. 나무들조차 속삭임을 멈췄다. 그리고 그 죄수가 내 쪽으로 다리를 절룩이며 다가오는 모습이 보였다. 그의 실루엣, 어깨의 피부와 뼈는 낯설었지만 그의 걸음걸이는 자석이 그를 나에게로 끌어당기는 듯 흔들림이 없었다. 그리고 내가 알아차리기도 전에 몸이 먼저 알았다는 듯 경련하듯 덜덜 떨리기 시작했다. "에두아르?" 목소리가 갈라져 나왔다. 믿을 수가 없었다. 감히 믿지 못했다.

"에두아르?"

그러자 그가 이제 나를 향해 반쯤 뛰다시피 발을 질질 끌며 다가왔다. 그의 뒤에서 경비병이 그의 걸음을 재촉했다. 그리고 나는 이것이 무시무시한 속임수는 아닌가, 정신을 차려보면 여전히 나는 군홧발 옆에 머리를 대고 트럭 뒤편에 누워 있는 것은 아닌가 두려움을 떨치지 못한 채 그 자리에 못 박힌 듯 서 있었다. '제발, 신이시여, 그렇게 잔인하게 굴지는 말아주세요.'

그가 나에게서 불과 몇 발짝 앞에 멈춰 섰다. 그의 얼굴은 야위고 핼쑥해졌다. 아름답던 머리카락은 박박 밀어 보이지 않았고 얼굴에는 흉터가 있었다. 그러나, 오, 신이여, 그의 얼굴이었다. 그의 얼굴이다. 나의 에두아르. 믿을 수 없는 일이다. 나는 하늘을 향해 얼굴을 쳐들고 가방을 손에서 떨어뜨린 채 땅바닥에 풀썩 쓰러졌다. 나를 감싸 안는 그의 팔을 느꼈다.

"소피. 나의 소피. 그놈들이 당신한테 무슨 짓을 한 거요?"

에디트 베튄은 조용한 법정에서 휠체어에 몸을 기댄다. 서기가 그녀에게 물을 가져다주자 감사의 표시로 고개를 끄덕인다. 기자들조차 쓰던 손을 멈췄다. 그들은 입을 헤벌리고 펜을 손에 쥔 채 그대로 앉아 있다.

"우리는 소피 아줌마한테 무슨 일이 있었는지 전혀 몰랐습

541

니다. 죽었으리라 믿었지요. 어머니가 잡혀가시고 여러 달 후
에 새로운 정보망이 만들어졌습니다. 수용소에서 죽은 많은 사
람들 중에 소피 아줌마도 있다는 소식을 들었습니다. 그 소식
에 엘렌 아줌마는 일주일 내내 우셨어요.

그러던 어느 날 아침, 새벽에 그날 하루 준비를 시작하려고 내
려갔어요. 저는 엘렌 아줌마의 주방 일을 도왔거든요. 누군가
르코크루주의 문 밑으로 밀어 넣은 편지를 발견했습니다. 제가
편지를 집으려 했지만 엘렌 아줌마가 제 뒤에 있다가 먼저 낚
아채 갔어요.

'넌 이걸 못 본 거야.' 아줌마의 말이었지요. 아줌마가 저한테
그렇게 날카롭게 말한 적은 한 번도 없었기 때문에 깜짝 놀랐
습니다. 아줌마의 얼굴은 백지장처럼 새하얗게 변했어요.

'내 말 안 들리니? 넌 이걸 못 봤다고, 에디트. 아무한테도 말해
서는 안 된다. 아우렐리앙한테조차도. 아니, 아우렐리앙한테야
말로 말하면 안 돼.'

저는 고개를 끄덕였지만 자리를 뜨지는 않았어요. 그 안에 무
엇이 있는지 알고 싶었어요. 엘렌 아줌마는 떨리는 손으로 편
지를 뜯었어요. 카운터에 기대선 아줌마 얼굴에 아침 햇살이
비쳤어요. 손을 너무 덜덜 떨어서 글씨를 읽을 수나 있을까 싶
을 정도였지요. 갑자기 아줌마의 몸이 축 처지더니 손으로 입
을 막고 가늘게 흐느끼기 시작했지요. '오, 감사합니다, 하느
님, 오, 감사합니다'라고 말했어요.

그분들은 스위스에 있었어요. '독일에 봉사'를 대신하도록 받
은 가짜 신분증을 갖고 있어서 스위스 국경 근처 숲지대로 옮

겨졌습니다. 소피 아줌마는 그때 병이 나서 에두아르 아저씨가 검문소까지 마지막 약 24킬로미터를 아줌마를 안고 갔다고 했습니다. 그분들을 태워다준 경비병이 프랑스에 있는 사람 누구와도 연락해서는 안 된다고 경고했다고 합니다. 그랬다가는 그분들을 도와준 사람들이 노출될 위험이 있다고요. 편지는 '마리 르빌'이라고 서명이 되어 있었습니다."

그녀는 법정을 둘러본다. 리브는 이미 울고 있었다. 소리 없이 너무 격하게 우느라고 참고 있다는 것도 잊었다. '살아 있었어.' 그녀는 속으로 중얼거린다. '소피가 살아 있었어. 그리고 그들이 서로를 찾아냈어.'

"그분들은 스위스에 남으셨습니다. 소피 아줌마가 다시는 생페론으로 돌아올 수 없다는 것은 저희도 잘 알고 있었습니다. 독일군에게 점령당했던 시절에 대한 감정이 워낙 격했으니까요. 소피 아줌마가 나타난다면 질문 공세가 이어졌을 겁니다. 그리고 물론 그때쯤에는 두 분이 함께 탈출하도록 도와준 사람이 누구였는지 저도 알았습니다."

"그게 누구였나요, 부인?"

그녀는 지금에 와서조차 말하기가 쉽지 않다는 듯 입술을 오므린다. "프리드리히 헨켄 사령관입니다."

판사가 말한다. "죄송합니다. 정말 놀라운 이야기로군요. 하지만 그게 그림이 사라진 것과 어떤 관계가 있다는 건지 잘 이해가 되지 않습니다."

에디트 베튄이 마음을 진정시킨다. "엘렌 아줌마는 저에게 편지를 보여주지 않으셨지만 아줌마 머릿속에는 온통 편지 생각뿐이라는 것을 알고 있었습니다. 아우렐리앙 오빠는 소피 아줌마가 떠난 후로는 르코크루주에서 거의 시간을 보내는 일이 없었는데도 오빠가 옆에 있으면 안절부절못했어요. 하지만 이틀 후, 오빠는 집에 없고 어린아이들은 옆방에서 자고 있을 때 아줌마가 저를 침실로 부르셨습니다. '에디트, 너한테 좀 부탁할 것이 있다'라고 하셨어요. 아줌마는 한 손으로 소피 아줌마의 초상화를 받치고 바닥에 앉아 계셨습니다. 다른 손에는 뭔가 확인하는 듯 편지를 들고 보고 계셨어요. 고개를 가볍게 흔들고는 분필로 그림 뒤에 몇 자 적으셨습니다. 제대로 됐는지 확인하려는 듯 무릎을 꿇고 앉으셨습니다. 그러고는 그림을 담요로 싸서 저에게 건네주셨어요. '사령관이 오늘 오후에 숲에서 사냥을 할 거다. 이 그림을 그에게 좀 갖다주었으면 한다.'

'그렇게는 못 해요.' 저는 그 남자를 죽도록 미워하고 있었습니다. 어머니가 끌려가신 것이 그의 탓이었으니까요.

'내 말대로 해. 이 그림을 사령관에게 갖다주도록 해라.'

'싫어요.' 그때는 사령관이 무섭지 않았습니다. 이미 저에게 상상할 수 있는 가장 나쁜 짓을 했으니까요. 하지만 잠시라도 그를 상대하고 싶지 않았습니다.

엘렌 아줌마는 저를 노려봤어요. 아마 아줌마도 제가 진심이라는 것을 알아차리셨을 거예요. 아줌마는 저를 끌어당겼습니다. 그렇게 단호한 표정은 처음이었어요.

'에디트, 사령관은 이 그림을 가져야 해. 너나 나나 그가 죽어버리기를 바라지만, 우린……' 아줌마는 잠시 머뭇거렸습니다. '언니의 뜻대로 해줘야 해.'

'그럼 아줌마가 갖다주세요.'

'내가 할 수는 없어. 내가 그랬다가는 온 마을이 수군거릴 거야. 언니 못지않게 내 소문도 나빠지면 너무 위험해. 게다가 아우렐리앙이 뭔가 벌어지고 있다는 것을 눈치챌 거야. 그 애가 진실을 알면 안 돼. 언니나 우리나 모두 무사하려면, 아무도 알아서는 안 돼. 그렇게 해주겠지?'

달리 도리가 없었습니다. 그날 오후 엘렌 아줌마의 신호에 따라 그림을 옆구리에 끼고 골목길을 걸어, 황야를 지나 숲으로 갔습니다. 그림은 무거웠고 액자가 겨드랑이 속을 파고들었습니다. 그는 또 다른 장교와 함께 거기 있었어요. 손에 총을 든 그들의 모습을 보니 겁이 나서 다리가 후들거렸습니다. 사령관은 저를 보자 다른 장교에게 자리를 비키라고 명령했습니다. 저는 나무들 사이를 천천히 걸어갔습니다. 숲의 땅바닥이 얼어붙어 발이 차가웠습니다. 제가 다가가자 그는 약간 긴장한 얼굴이었습니다. 그때 이런 생각을 했던 기억이 납니다. '잘됐군. 당신이 언제까지나 나 때문에 불안해했으면 좋겠어.'

'나한테 할 얘기가 있나?' 그가 물었습니다. 그림을 넘겨주고 싶지 않았습니다. 그에게는 아무것도 주고 싶지가 않았어요. 그는 벌써 내 삶에서 가장 소중한 것을 두 가지나 빼앗았으니까. 그 남자가 증오스러웠습니다. 바로 그때 한 가지 생각이 떠올랐습니다.

'엘렌 아줌마가 저한테 이것을 드리라고 하셨어요.'

사령관은 나에게서 그것을 받아들고 포장을 벗겼습니다. 그는 어찌할 바를 모르는 듯 흘깃 보고 그림을 뒤집었습니다. 뒷면에 적힌 글을 보더니 그의 표정에 기묘한 변화가 일어났습니다. 표정이 순간 부드럽게 풀어지면서 마치 기뻐서 울 듯이 연한 파란색 눈에 물기가 비쳤습니다.

그는 나에게 고맙다고 했습니다. 그림을 다시 바로 들어 소피 아줌마의 얼굴을 보고, 다시 뒤를 보고 거기 적힌 글을 나지막이 읽었습니다. 'Danke(고맙습니다).' 그는 부드럽게 말했지만 아줌마에게 하는 말인지 나에게 하는 말인지는 알 수 없었습니다.

그가 나에게서 행복해질 기회를 모두 빼앗아가놓고는 행복해하는 모습, 안도하는 모습을 더는 참고 볼 수가 없었습니다. 그 남자가 그 누구보다도 증오스러웠습니다. 그는 모든 것을 망쳐놓았어요. 적막한 공기 속에 종소리처럼 또렷이 울리는 내 목소리가 내 귓가에 들렸습니다. '소피 아줌마는 죽었어요. 우리에게 사령관님께 이 그림을 드리라는 부탁을 하고 나서 죽었어요. 수용소에서 스페인 독감으로 죽었대요.'

그는 정말로 충격을 받은 것 같았습니다. '뭐라고?'

어디서 그런 말이 나왔는지 나도 모르겠습니다. 나는 어떤 결과가 올지 두려움도 없이 막힘없이 술술 말했습니다. '아줌마는 죽었다고요. 잡혀간 탓이에요. 그림을 사령관님께 드리라는 전갈을 보내고서 바로 죽었어요.'

그는 나에게 정말이냐고 물었습니다. 잘못 전해졌을 수도 있다고요.

'틀림없는 사실이에요. 사령관님께 말씀드리면 안 됐을지도 모르는데. 비밀이거든요.'

저는 심장이 돌처럼 굳어서 그 자리에 선 채로 그의 얼굴에서 핏기가 가시는 것을 봤지요.

'그림이 마음에 드셨으면 좋겠어요.' 저는 이 말을 남기고 집으로 돌아왔습니다. 그 후로 다시는 세상에 아무것도 두렵지 않았습니다.

사령관은 우리 마을에서 아홉 달을 더 있었습니다. 그러나 그는 다시는 르코크루주에 오지 않았습니다. 저는 승리한 기분이었지요."

법정 안이 쥐죽은 듯 고요하다. 기자들의 눈은 에디트 베퇸에게 쏠려 있다. 마치 이 자리에, 이 작은 방 안에 역사가 갑자기 되살아난 듯하다. 이번에는 판사의 목소리가 부드럽다.

"부인, 그림 뒷면에 뭐라고 씌어 있었는지 말씀해주시겠습니까? 이 문제에서 상당히 중요한 부분인 듯합니다. 확실히 기억하시는지요?"

에디트 베퇸이 주변의 사람들로 빼곡한 벤치들을 둘러본다.

"아, 그럼요. 아주 분명히 기억하고 있지요. 그게 무슨 뜻인지 알 수가 없었기 때문에 기억합니다. 분필로 이렇게 적혀 있었어요. '이해해주실 분인 사령관님께. 빼앗기는 것이 아니라 드리는 것입니다.'"

36

리브는 새들의 구름처럼 주변의 소음이 커져가는 것을 듣는다. 기자들이 안테나처럼 펜을 움직이며 노부인을 에워싸고, 판사가 변호사들과 급히 이야기를 주고받고 망치를 두드리지만 아무 소용이 없다. 그녀는 방청석을, 열중한 얼굴들을 보고 노부인을 향한 것인지 진실을 향해서인지, 어느 쪽인지 알 수 없는 기이한 박수 소리가 서서히 터져 나오는 것을 듣는다.

폴이 사람들 속을 겨우 헤치고 나아간다. 그녀한테까지 오자 그녀를 끌어당겨 품에 꼭 껴안고 그녀의 귀에 속삭인다. "그녀는 당신 것이에요, 리브." 그의 목소리에는 안도감이 짙게 배어 있다. "당신 거예요."

"소피가 살아 있었어요." 그녀는 웃다가 울다가 한다. "그들이 서로를 찾아냈어요." 그녀는 그의 품 안에서 고개를 들고 혼란의 도가니가 된 주위를 둘러본다. 더는 군중이 두렵지 않다. 사람들은 이런 결과가 나와서 잘됐다는 듯, 이제 그녀가 적이 아니라는 듯 웃고 있다.

르페브르 형제들이 상여꾼처럼 어두운 얼굴로 자리를 뜨려고 일어서는 것이 보인다. 소피가 그들과 함께 프랑스로 돌아가지 않아도 된다는 안도감이 물밀 듯이 밀려든다. 방금 일어난 일을 믿을 수가 없다는 듯 차갑게 굳은 표정으로 천천히 자기 물건을 챙기는 제이니가 보인다.

"저건 어때요?" 헨리가 만면에 미소를 띠고 그녀의 어깨를 툭 친다. "저건 어때요? 불쌍한 늙은 판사가 하는 말에는 아무도 귀 기울이는 사람이 없어요." 아수라장 속에서 어디선가 판사가 소송을 각하한다.

"자." 폴이 그녀의 어깨를 보호하듯 감싸며 말한다. "이제 여기에서 나갑시다."

서기가 인파 속을 헤치고 나타난다. 그는 겨우 그 정도를 오는데도 힘이 들어 약간 숨을 헐떡이며 그녀를 막아선다. "자, 부인." 그가 그녀에게 그림을 건네며 말한다. "이건 당신 것입니다."

리브가 도금 액자를 꼭 잡는다. 소피를 내려다본다. 법정의 흐린 불빛에 머리카락이 떨리고 미소는 그 어느 때보다 수수께끼 같다.

"도로 가져가시도록 하는 게 가장 좋을 것 같아서요." 서기가 덧붙인다. 경비가 그의 곁에 나타나 무전기에 대고 뭐라 말하며 그들을 문 쪽으로 안내한다.

폴이 앞으로 나가려는 듯 움직였지만 그녀가 그의 팔을 잡고 말린다.

"아니에요." 리브가 말한다.

그녀는 심호흡을 하고 어깨를 쫙 편다. 그러자 키가 조금 더 커 보인다.

"이번에는 아니에요. 정문으로 나가는 거예요."

에필로그

1917년부터 1926년까지 안톤과 마리 르빌은 스위스의 몽트뢰 호숫가 근처의 작은 집에서 살았다. 그들은 오락을 즐기지 않는 조용한 부부였지만 금슬은 더할 나위 없이 좋아 보였다. 르빌 부인은 동네 식당에서 웨이트리스로 일했다. 사람들은 그녀를 일 잘하고 싹싹하나 먼저 나서서 대화를 하려 하지는 않던 사람이라고 기억했다. "여자로서는 보기 드문 성품"이라고 식당 주인은 자기 아내를 곁눈질로 흘끔거리며 말하기도 했다.

매일 저녁 9시 15분이 되면 키가 크고 검은 머리에 걸음걸이가 좀 이상한 안톤 르빌이 식당까지 15분 거리를 걸어오는 모습을 볼 수 있었다. 그는 열린 문을 통해 매니저에게 모자를 기울여 인사를 한 다음 밖에서 아내가 나타날 때까지 기다렸다. 그가 팔을 내밀면 아내는 그 팔을 잡고, 때로는 호숫가의 석양이나 유난히 멋있게 꾸며놓은 상점 진열장 등에 감탄하느라 느린 발걸음으로 함께 걸어서 돌아가곤 했다. 이웃들의 말에 따르면 평일에는 그것이 그들의 일과였고, 거의 거르는 법이 없었다. 가끔씩 르빌 부인은 작은 선물 등을 북부 프랑스의 어느 주소로 포장해 보내곤 했으나 그 이외에는 바깥세상 일에는 거의 관심이 없어 보였다.

주말이면 부부는 집에서 시간을 보냈다. 가끔씩 동네 카페에 갔다. 볕 좋은 날이면 카드놀이를 하거나 남편의 큰 손을 아내의 작은 손 위에 포개놓고 사이좋게 말없이 몇 시간이고 앉아 있기도 했다.

"아버지는 르빌 씨에게 부인을 잠시라도 놓아주면 산들바람에도 날아갈세라 애지중지한다고 농담을 하곤 하셨지요."

옆집에서 자랐다는 안나 바에르치의 말이었다.

"아버지는 어머니에게 남들 다 보는 앞에서 자기 부인이랑너무 꼭 붙어 다니니까 좀 망측하다고 말씀하시곤 했답니다."

르빌 씨에 대해서는 건강이 좋지 않아 고생하는 듯했다는 이외에는 거의 알려진 바가 없었다. 개인적인 수입이 약간 있는 것 같았다. 언젠가 이웃집 아이 둘의 초상화를 그려주겠다고 한 적이 있었지만 그가 이상한 색을 고르는 데다 화법도 특이해서 썩 달갑게 받지는 않았다.

대부분의 마을 사람들은 속으로, 시계공이 그린 블룸 씨 그림처럼 붓질이 깔끔하고 진짜 같은 그림이 더 낫다고 생각했다.

크리스마스이브에 이메일이 한 통 온다.

좋아요. 그러니까 정식으로 인정하는데 내 예측이 완전히 빗나갔어요. 그리고 우정도 잃었을지 모르겠고요. 하지만 정말로 당신을 보고 싶어요. 당신이 내 저질 기술을 써먹어서 내 부두 인형을 만들지만 않았다면요. 충분히 그럴 법도 한 게, 요즘 머리가 아파 죽겠거든요. 당신 짓이라면 솜씨는 인정해줘야겠어요.

래닉하고는 별로예요. 침실 두 개짜리 아파트를 동유럽 출신 남자 호텔 직원 열다섯 명하고 같이 쓰는 게 뭐 신나는 경험이겠어요. 그럴 줄 알았나요, 뭐. 사람들이 구인구직을 하고 방이나 구하는 검트리 사이트에서 새집을 구해서 회계사랑 같이 쓰고 있어요. 뱀파이어물을 좋아하고, 나 같은 애랑 살면 런던의 젊은 애들 스타일을 익힐 수 있을지도 모른다고 생각하는 사람이에요. 내가 자동차에 치여 죽은 동물들을 냉장고에 꽉꽉 채워놓거나 런던 스타일 문신을 하지 않아서 좀 실망한 것 같아요. 하지만 괜찮아요. 그에게는 위성방송 텔레비전이 있고 요양원까지 걸어서 2분이면 갈 수 있으니까 더는 빈센트 부인의 기저귀를 제때 갈아주지 못하는 일이 없어졌거든요(묻지 말아요).

어쨌든, 당신이 그림을 계속 가질 수 있게 되어서 정말 기뻐요. 진짜로요. 그리고 내가 사람 대하는 거 잘 못해서 미안해요. 보고 싶어요.

모

"모를 초대하지 그래요." 폴이 그녀의 어깨 너머로 넘겨다보며 말한다.

"인생은 짧아요, 그렇지 않아요?"

그녀는 생각해보기 전에 벌써 전화번호를 누르고 있다.

"저기, 내일 뭐해?" 그녀는 모가 대답할 틈도 주지 않고 묻는다.

"그거 떠보려는 질문이죠?"

"우리 집에 오지 않을래?"

"그럼 우리 부모님이랑, 고장 난 리모컨이랑, 크리스마스판라디오 타임스로 맞이하는 지질한 연례행사가 아쉬울 것 같아요? 농담해요?"

"10시까지 와. 오천 명 분을 요리할 거야. 감자 요리 도와줄 사람이 필요해."

"알았어요." 모가 기쁨을 숨기지 못한다. "선물도 갖고 갈지 몰라요. 진짜로 사둔 게 있거든요. 하지만 6시쯤 잠깐 가서 노인네들을 위해서 노래 좀 불러줘야 돼요."

"인정도 많지."

"그러게요. 당신의 마지막 꼬챙이가 빗나간 게 틀림없어요."

아기였던 장 몽펠리에는 전쟁 말기에 독감으로 죽었다. 엘렌 몽펠리에는 충격에 빠진 나머지 장의사가 어린 아기를 데리러 왔을 때도, 아기를 땅에 묻었을 때도 울지 못했다. 그녀는 정해진 시간에 르코크루주 문을 열고 모든 도움의 손길을 뿌리치며 겉보기에는 멀쩡하게 행동했지만, 그 당시 시장이 적은 일기에 따르면 "꽁꽁 얼어붙은 여자"였다.

묵묵히 엘렌의 많은 책임을 도맡은 에디트 베튄은 몇 달이 지난 어느 날 오후 군복 차림의 야위고 지친 모습의 남자가 왼

팔에 부목을 하고 문 앞에 나타났던 때를 설명한다. 에디트는 유리잔의 물기를 닦으면서 그가 들어오기를 기다렸지만 그저 계단 위에 서서 이상한 표정으로 안을 들여다보고 있었다. 물 한 잔을 주어도 여전히 안으로 들어오지 않자 그녀가 물었다.

"몽펠리에 부인을 데려올까요?"

"그래주겠니, 애야." 그가 고개 숙여 인사를 하며 대답했다. 그의 목소리가 약간 갈라져 나왔다. "그래. 부탁한다."

그녀는 엘렌이 비척거리며 바 안으로 걸어 들어오던 일, 그녀의 믿을 수 없다는 표정, 빗자루를 떨어뜨리고 치맛자락을 모아 쥐고 쏜살같이 그의 품 안으로 뛰어들어 열린 문밖으로 생페론의 거리 전체에 다 울려 퍼질 만큼 큰 소리로 엉엉 울던 일을 얘기한다. 그 바람에 저마다 자기들이 잃은 것으로 마음이 굳어버렸던 이웃들마저 하던 일을 내던지고 쳐다보고는 눈물을 찍어냈다는 얘기도.

그녀는 침실 밖 계단에 앉아 그들이 잃어버린 아들 때문에 숨죽여 흐느끼는 소리에 귀 기울이던 일도 기억한다. 장을 좋아했지만 그녀 자신은 눈물을 흘리지 않았다고 덤덤하게 말한다. 어머니의 죽음 이후로는 다시는 울지 않았다고 한다.

역사적 기록에 따르면 르코크루주는 몽펠리에 가가 주인으로 운영하던 기간 내내 딱 한 번만 문을 닫았다. 1925년 3주간이었다.

마을 사람들은 엘렌, 장 미셸, 미미, 에디트가 아무에게도 알리지 않고 덧문을 내리고, 문을 잠그고, 문에 '휴가 중'이라는 팻말만 걸어놓고 사라졌던 일을 기억한다. 작은 마을 안에서

적잖이 놀라움을 일으켰고 지역 신문에 항의 편지가 두 통 실렸으며 블랑 바에는 평소보다 손님이 붐볐다. 돌아온 후 어디 다녀왔느냐는 질문을 받으면 엘렌은 스위스에 여행 갔다 왔다고 대답했다.

"엘렌의 건강에 거기 공기가 특히 좋은 것 같아요." 몽펠리에 씨가 말했다.

"아, 그럼요." 엘렌이 살짝 웃으며 맞장구를 쳤다. "제일……기운을 되찾게 해줘요."

루비에 부인이 호텔 식구들이 마음 내키는 대로 아무 때나 죄송하다는 말도 없이 외국으로 훌쩍 사라져버린 것도 그렇지만, 그런 짓을 하고도 신나 죽겠다는 얼굴로 돌아온 것도 참 별일이라고 말한 기록이 있다.

소피 아줌마와 에두아르 아저씨가 그 후로 어떻게 됐는지는 전혀 알지 못합니다. 그들이 1926년까지 몽트뢰에서 지냈다는 것은 알지만 정기적으로 연락을 취한 사람은 엘렌 아줌마뿐이었고, 아줌마는 1934년 갑자기 돌아가셨습니다. 그 후로는 편지를 보내도 수취인 불명으로 되돌아왔습니다.

에디트 베튄과 리브는 네 차례 편지를 주고받으면서 오랫동안 숨겨졌던 정보를 교환하고 빈 구멍을 메웠다. 리브는 두 군데 출판사에서 연락을 취해온 후로 소피에 대한 책을 쓰기 시작했다. 솔직히 말하면 겁이 나지만, 폴은 그녀만큼 그런 책을 쓸 자격이 되는 사람이 누가 있겠느냐고 한다.

노부인의 필체는 그 나이 사람치고는 또렷하다. 간격이 일정하고 뒤로 기울어진 동판인쇄용 서체다. 리브는 침대 옆으로 등을 더 가까이 옮겨놓고 편지를 읽는다.

이웃에게 편지를 썼더니 그분 말로는 에두아르 아저씨가 병이 걸렸다고 들었지만 확실히는 모른다고 하더군요. 오랜 세월 동안 이런 연락을 취하면서 최악의 상황을 믿게 됐어요.

어떤 사람들은 아저씨가 건강이 점점 나빠졌다고 기억해요. 어떤 이들은 건강이 나빠진 쪽을 소피 아줌마로 기억하고요. 그들이 그냥 자취를 감춰버렸다고 하는 사람들도 있었어요. 미미의 기억으로는 어머니가 말씀하시길, 그분들이 더 따뜻한 곳으로 옮겼다고 하셨답니다. 그 무렵에는 이미 너무 여러 번 이사를 다녀서 소피 아줌마가 저에게 연락을 하고 싶어도 할 방법이 없었을 거예요.

굶주림과 수용소 생활로 몸이 많이 상한 두 분이 어떻게 되셨을지는 이성적으로 생각해보면야 뻔하지요. 그렇지만 저는 늘 전쟁이 끝나고 일고여덟 해가 지나, 다른 누구도 책임질 필요가 없게 된 두 분이 드디어 집을 옮겨도 될 만큼 안전하다고 생각하고 짐을 꾸려 이주를 하셨다고 생각하고 싶었어요. 햇살이 화창한 곳에서 휴일이면 그랬듯이 행복하게, 함께 있다는 데 만족해하며 보내셨다고 상상하고 싶어요.

그녀 주변 침실은 다음 주 이사 준비를 하느라 평소보다 훨씬 더 텅 비어 있다. 그녀는 폴의 작은 아파트에서 지낼 계획이다. 그녀의 집을 구하겠지만, 그들 중 누구도 그 얘기를 서둘러 할 생각은 없는 것 같다.

그녀는 자기 옆에서 잠든 그를 내려다보며 새삼 그가 얼마나 잘생겼는지 놀란다. 그의 모습, 그가 곁에 있다는 단순한 기쁨을 즐긴다.

크리스마스 때 오셨던 아버지가 다른 사람들이 거실에서 떠들썩하게 보드게임을 할 동안 주방으로 찾아와 그녀가 설거지한 접시의 물기를 닦아주며 하던 말을 생각한다. 그녀는 아버지가 평소답지 않게 과묵한 데 놀라 고개를 들었다.

"너도 알겠지만, 데이비드도 저 사람을 마음에 들어할 거다."

아버지는 그녀를 보지 않고 접시만 계속 닦았다.

그녀는 그 일을 생각할 때면 자주 그러듯 눈가를 훔치고 편지로 다시 눈을 돌린다. 요즘 정말 감상적이 됐다.

이제 나는 늙어서 더 이상 새로운 일은 없을 거예요. 하지만 어느 날 예기치 못한 풍요로운 색채로 가득한 아름답고 기이한 그 모든 그림들이 어디서 나왔는지도 모르게 나타날 거라 믿어요. 그림들은 야자수 나무 그늘 아래에서, 혹은 노란 태양을 바라보는 붉은 머리 여인의 모습을 담고 있을 거예요. 그녀의 얼굴은 약간 더 나이 들고 머리카락은 좀 희끗희끗해졌을지 몰라도 여전히 애정이 가득한 눈으로 활짝 웃고 있을 거예요.

리브는 침대 맞은편의 초상화를 본다. 젊은 소피가 희미한 램프 불빛을 받으며 그녀를 마주본다.

그 편지를 두 번째로 읽으면서 단어를 하나하나 잘 새기고 행간을 읽는다. 에디트 베튄의 차분하고 모든 것을 다 안다는 듯한 시선을 다시 떠올린다.

"리브."

폴이 그녀 쪽으로 잠에 취해 몸을 돌린다. 팔을 뻗어 그녀를 끌어안는다. 그의 피부는 따뜻하고 숨결은 달콤하다.

"뭐하고 있어요?"

"생각하는 중이에요."

"위험하게 들리는데."

리브가 편지를 내려놓고 그와 얼굴을 마주하게 될 때까지 이불 속으로 파고든다.

"폴."

"리브."

그녀는 미소를 짓는다. 그를 볼 때마다 미소가 떠오른다. 그리고 숨을 살짝 들이쉰다.

"당신은 정말이지 물건 찾아내는 재주는 최고예요……"

당신이 남겨두고 간 소녀

펴낸날	초판 1쇄 2016년 3월 14일

지은이	조조 모예스
옮긴이	송은주
펴낸이	심만수
펴낸곳	(주)살림출판사
출판등록	1989년 11월 1일 제9-210호

주소	경기도 파주시 광인사길 30	
전화	031-955-1350	팩스 031-624-1356
기획·편집	031-955-4675	
홈페이지	http://www.sallimbooks.com	
이메일	book@sallimbooks.com	

ISBN 978-89-522-3333-2 03840

이 도서의 국립중앙도서관 출판시도서목록(CIP)은 서지정보유통지원시스템 홈페이지
(http://seoji.nl.go.kr)와 국가자료공동목록시스템(http://www.nl.go.kr/kolisnet)에서
이용하실 수 있습니다.(CIP제어번호: CIP2016002555)

책임편집·교정교열 구민준